少年轻读·马瑞芳教你读红楼梦

木石前盟

马瑞芳 / 著

海豚出版社
DOLPHIN BOOKS
CICG 中国国际传播集团

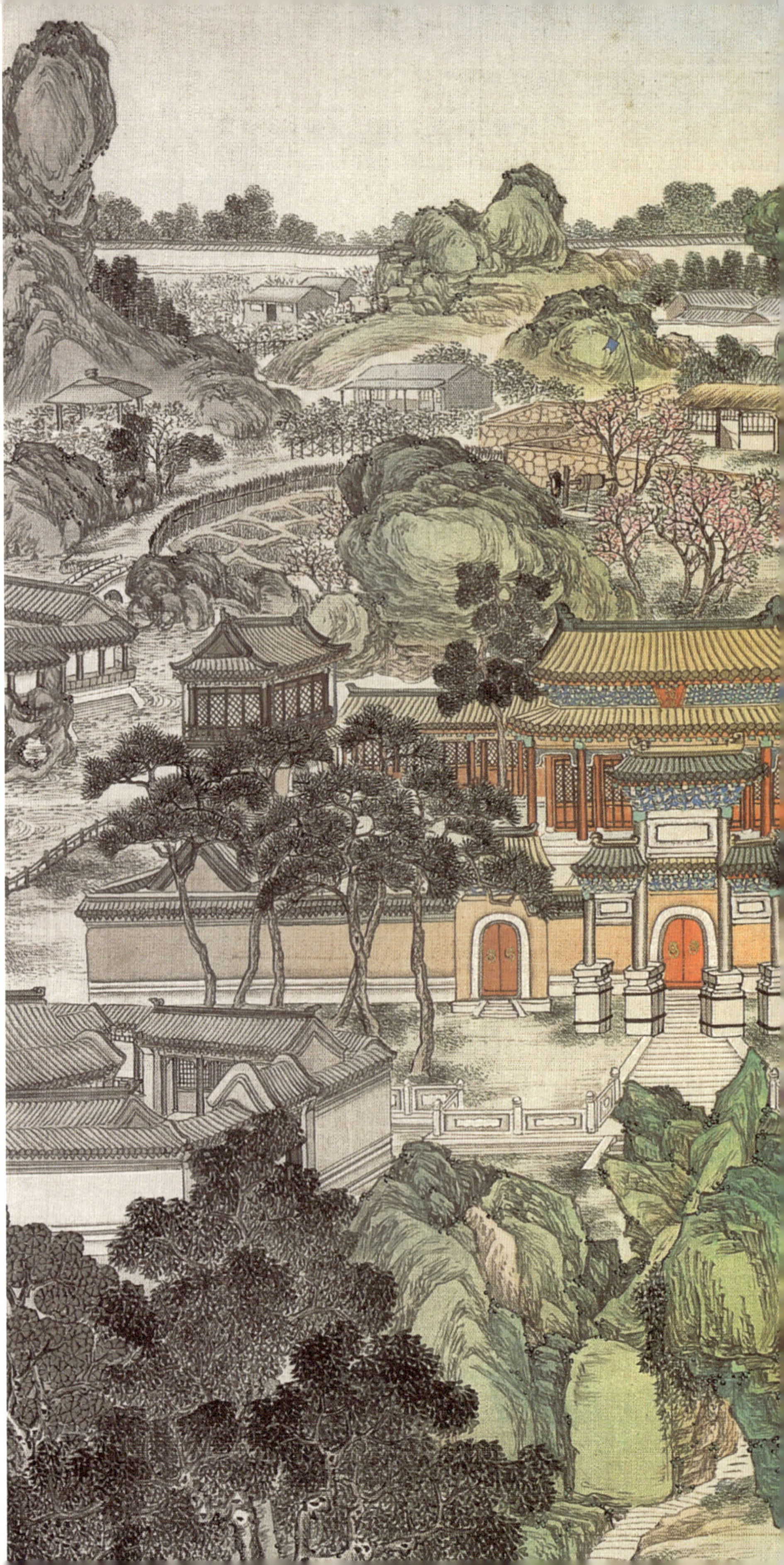

4	自序 观红楼悲欢 学传统文化
6	石头变宝玉
11	木石前盟
15	甄士隐
21	贾雨村
29	为什么出来个冷子兴
32	贾府末世和另类贾宝玉
38	林家父女
43	黛玉进府
49	"宝塔尖"上的贾母
53	王熙凤出场
63	见不着舅舅
67	宝黛初会
76	乱判糊涂案
86	神游太虚境
93	命运预示

自序　观红楼悲欢　学传统文化

我在山东大学讲了几十年《红楼梦》，也曾在中央电视台和喜马拉雅、B站等平台讲《红楼梦》，现在应海豚出版社约请，专门跟小学高年级和初中的孩子们一起品读《红楼梦》。

不弄懂一些传统文化的基本知识，根本看不懂《红楼梦》，也看不下去《红楼梦》。所以我想通过我的讲解，让孩子们能够：观红楼悲欢，学传统文化。

《红楼梦》是本什么样的书？

诗意化写人生的长篇小说，好看、好玩、有益的小说。

小说是虚构的文学形式，除科幻、神魔题材外，长篇小说一般会写人生五件大事：

人的出生，人的饮食，人的睡眠，人的情感，人的死亡。

是不是不管哪个国家、哪个时代的人，都面临人生五件大事？

古今中外的小说哪一部能把人生五件大事写得精彩、生动、感人？还得数《红楼梦》。

《红楼梦》用神话写贾宝玉、林黛玉的出生，有趣好玩背后，饱含深厚的文化和哲理意义。

《红楼梦》写了多少次吃饭？黛玉初进贾府，用三百字写在贾母处如何吃饭，把贵族之家的规矩给刻画出来；吃一次螃蟹，能吃出人物关系、巧词妙诗，还能吃出贫富差别。刘姥姥二进荣国府，史太君两宴大观园，茄鲞（xiǎng）、鸽子蛋、宴席酒令，是饮食还是文化？贾宝玉挨打后喝碗汤，牵涉多少人物？写尽多深世情？栊翠庵喝碗茶，喝出多少位人物性格？

贾宝玉做了个梦，把《红楼梦》中的主要人物命运都预示出来；林黛玉说句梦话"每日家情思睡昏昏"，把她深藏的心思透露出来……

红楼人物的情感世界多么复杂和耐人寻味？

贾宝玉为什么乐意亲近林黛玉？

宝钗扑蝶和湘云醉卧显示了她们什么样的心态？

王熙凤不过二十岁，怎么管理几百人的贾府？

贾元春回趟娘家怎么是关系贾府命运的重大事件？

贾母、刘姥姥两位地位悬殊的老太太怎么能那样合拍？

大观园诗社的诗和诗人的性格、命运有什么关系？

香菱学诗为什么那样耐人寻味？

晴雯如何"任性"地撕扇，又不顾重病给贾宝玉补裘？

鸳鸯抗婚为什么能成功？……

秦可卿死了，贾府大办丧事，办出了国公府的气派，更推出了巾帼英杰王熙凤。

晴雯之死以及贾宝玉为她写的《芙蓉女儿诔》有什么深刻意义？

《红楼梦》把封建社会人生五件大事写得面面俱到，特别是曹雪芹还创造了一个大观园，红楼人物的人生，伴随着春花秋月，在大观园中徐徐展开，孩子们在欣赏红楼人物悲欢离合的同时，还进行了一次美妙的大自然之旅。

更妙的是，《红楼梦》在写这五件大事时，把中国博大精深的传统文化，像盐溶于水一样融入人物的活动当中，读者在愉快地阅读小说时，不知不觉地把传统文化的精髓学到了。

长篇小说最讲究结构，《红楼梦》是网络式结构，横竖交叉，严密紧凑。曹雪芹给《红楼梦》设置两个核心人物并由他们牵动三条线索：

贵族之家的不肖子弟贾宝玉身上维系着他和林黛玉的"木石前盟"、和薛宝钗的"金玉良缘"；

巾帼才俊王熙凤身上维系着贾府盛衰，她也是封建婚姻男尊女卑的受害者；

自始至终跟王熙凤打交道的刘姥姥三进荣国府，是写贾府盛衰的又一线索。

有人说，《红楼梦》不好懂，但是如果弄清红楼悲欢背后的传统文化，就好懂了，也好看了。读懂红楼悲欢离合，也就看清了封建社会生活图像，明白贵族之家为什么会消亡。由此让孩子爱上《红楼梦》，爱上传统文化。

那么，在红楼悲欢里，在一个个有趣的小说情节中，都悄悄隐藏了哪些中华传统文化？

这套书就是要把《红楼梦》和传统文化结合的难点、亮点剖析出来，像解开一个一个难解的"扣子"，让孩子们觉得：

啊！原来是这样？多有意思、多有趣、多好玩啊！然后，兴味盎然地把《红楼梦》读下去。

《红楼梦》已被教育部列为高中一年级"整本书阅读"，小学高年级和初中的孩子们如果捷足先登，在小学高年级和初中就把《红楼梦》和传统文化的难点打通，进了高中再读《红楼梦》，可就事半功倍啦。

《红楼梦》现有多种版本，本书所引原文，主要参照以下四个版本：

《红楼梦》，中国艺术研究院红楼梦研究所校注，人民文学出版社2000年出版；

《红楼梦》，俞平伯校，启功注，人民文学出版社2000年出版；

《蔡义江新评红楼梦》，龙门书局2010年出版；

《马瑞芳评注红楼梦》，山东教育出版社2019年出版。

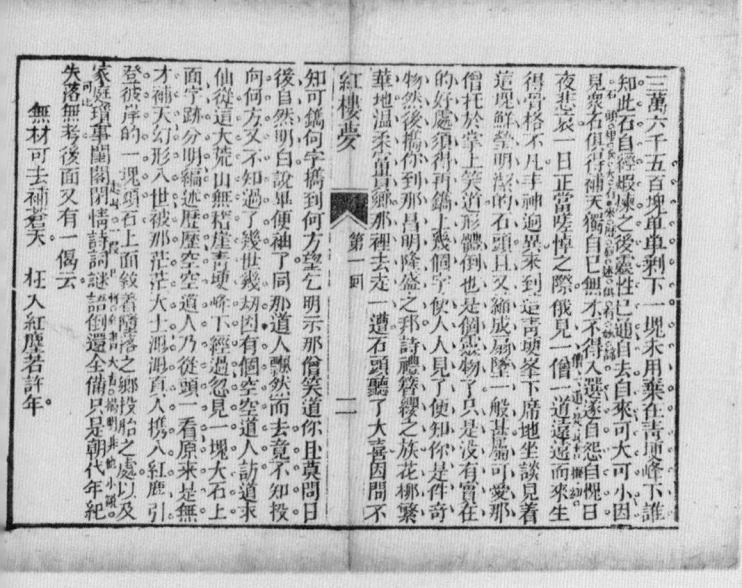

《新增批评绣像红楼梦》文畲堂藏板
清嘉庆十六年东观阁刊本

石头变宝玉

《红楼梦》第一回写了两个神话：

一个神话是无材补天的大石头幻形入世，成为贾宝玉出生时嘴里衔着的通灵宝玉；

一个神话是贾宝玉林黛玉从灵河岸边开始情定三生，林黛玉人世还泪。

这两个神话对《红楼梦》有纲领性意义，是整部小说的根基。

先看女娲补天的故事：

> 原来女娲氏炼石补天之时，于大荒山无稽崖炼成高经十二丈、方经二十四丈顽石三万六千五百零一块。娲皇氏只用了三万六千五百块，只单单的剩了一块未用，便弃在此山青埂峰下。谁知此石自经煅炼之后，灵性已通，因见众石俱得补天，独自己无材不堪入选，遂自怨自叹，日夜悲号惭愧。

《红楼梦》开头的简短描写，需要明白几件事：

女娲补天是远古神话

女娲是上古"三皇"之一，称"女娲氏""娲皇氏"。古人没有地球绕太阳自转的知识，认为天圆地方，天由四根柱子支撑，因为两个神话人物共工和祝融打架，共工把一根天柱撞断，天塌了，暴雨倾盆，洪水泛滥，关怀黎民的女娲炼石补天。女娲把三万六千五百块硕大的石头补到天上，只有一块石头不合要求，没用。

曹雪芹改写了女娲补天的神话

曹雪芹按照小说构思需要，改写了女娲补天的神话。大荒山出现在远古奇书《山海经》中，曹雪芹加上无稽崖，大荒山无稽崖是荒唐无稽的意思，是说对《红楼梦》要当虚构的小说看，不要当成小说家的家事来看。没能补天的石头被弃在青埂峰下，"青埂"谐音"情根"，感情之根。石头已经不能补天，还放到"情根"下边，和封建社会重"理"的要求相违背。

中国古代对"天"的另一种解释

古人认为皇帝是天子，传承上天意旨，补天，就是为皇权所用，不能补天，就是不能学成文武艺，卖于帝王家，是无用之材。

不能补天的石头悲号时，来了茫茫大士和渺渺真人。又是"茫茫"又是"渺渺"，都意味着虚无缥缈，和大荒山无稽崖一样，是小说家造的。茫茫大士和渺渺真人高谈阔论，说到红尘（人世间）当中的富贵，石头很感兴趣，说红尘这么好，你们携带我去看看行不。两位大师就把石头变成块扇坠大小的晶莹宝玉，把它含在胎儿贾宝玉的嘴里，送到人间。

这块无材补天的大石头变成通灵宝玉后被送到了什么地方？

昌明隆盛之邦，诗礼簪缨之族，花柳繁华地，温柔富贵乡。

这四句话需要一句一句地解释。

"昌明隆盛之邦"，昌明，指文化昌盛、隆盛，指经济繁荣，此句指中华大地的长安大都，暗指北京城；

"诗礼簪缨之族"，诗礼，指读诗书、讲礼仪，簪缨，指官员的冠饰，此句说石头要到讲究诗礼的官宦人家；

"花柳繁华地"，热闹繁华的地方，指贾宝玉降生时的豪华富贵的国公府；

"温柔富贵乡"，富裕人家的舒适住处，指贾宝玉开始住的贾母上房和后来的绛芸轩。

通灵宝玉的四大功能

这块通灵宝玉仅仅是块玉？或者说仅仅是块石头？不，它至少有四大功能：

第一个功能，它是无处不在的记者或摄像师，记录贾宝玉周围发生的事情。《红楼梦》开头的一些章节，石头有时还出来发

表些议论和感慨，后来就藏到幕后了。所以《红楼梦》又有个书名叫《石头记》。

第二个功能，小说家曹雪芹的心理。暗含这块石头"无材"补天，就是说它的材质达不到补天要求。石头是曹雪芹的化身，曹雪芹一生最惭愧的事情，就是无材补天，这里边暗含曹雪芹的愤懑。曹雪芹祖上曾是康熙皇帝宠臣，三代人担任江宁织造，负责领导整个江南纺织品生产、供应皇宫，比如皇帝的龙袍，还要向皇帝密报江南官情民情。康熙皇帝五次南巡，四次下榻江宁织造府，由曹雪芹祖父曹寅接驾，曹家曾有繁华极盛、风光无限的岁月。雍正皇帝上台后，曹家却被抄家，一败涂地。曹雪芹不能继承前人官位，也不能参加科举考试，成了"无用之材"。在那个时代，读书做官是读书人唯一出路，没有出路多郁闷。石头"日夜悲号惭愧"，表达的是小说家曹雪芹的心理。曹雪芹因为自身不幸，进而观察社会弊端，对封建制度的合理性产生根本性怀疑，把观察和思考写进《红楼梦》。

第三个功能，石头是贾宝玉的"命根子"。贾宝玉对封建制度的叛逆性，就是由这块石头，也是由曹雪芹的秉性决定。所以他被封建家长看成"无能""不肖"，他的父亲甚至认为他大逆不道，要打死他。

第四个功能，通灵宝玉被看成"金玉良缘"的象征。

"无材补天"，决意著书

通灵宝玉既然是曹雪芹的化身，曹雪芹在小说开头说的一番话就要特别重视：

今风尘碌碌，一事无成，忽念及当日所有之女子，一一细考较去，觉其行止见识，皆出于我之上。何我堂堂须眉，诚不若彼裙钗哉？

按传统观念，曹雪芹认为他"无材补天"也就是不能读书做官，只能写小说，是碌碌无为。但他要把他所见识过的美丽、聪慧、有见识的女子描写出来，把她们的光彩发挥出来。这太重要了！

中国古代学者不管写历史还是写小说，多半遵守"男尊女卑"，曹雪芹却反其道而行之，借贾宝玉的嘴说出"女儿是水做的骨肉，男人是泥做的骨肉。我见了女儿，我便清爽；见了男子，便觉浊臭逼人"。《红楼梦》之前的几部重要长篇小说，《三国演义》写帝王将相，《水浒传》写英雄传奇，《西游记》写神魔，里边的杰出人物都是男性，《红楼梦》却创造了从贵妃贾元春到唱戏小姑娘龄官，从一品夫人贾母到农村穷婆子刘姥姥，创造了林黛玉、王熙凤、薛宝钗、史湘云、贾府四位小姐、妙玉等众多女性群像，特别是王熙凤和林黛玉，在世界文学画廊都是精彩人物。

所以《红楼梦》还有个书名叫《金陵十二钗》。这些美丽女性都围绕贾宝玉活动。

一块巨大的石头变成扇坠大小的通灵宝玉够神奇了吧？更神奇的是，含着这块通灵宝玉降生的贾宝玉，又是仙境里赤瑕宫的神瑛侍者，他到人世是为了兑现和林黛玉前身绛珠仙草的"木石前盟"。

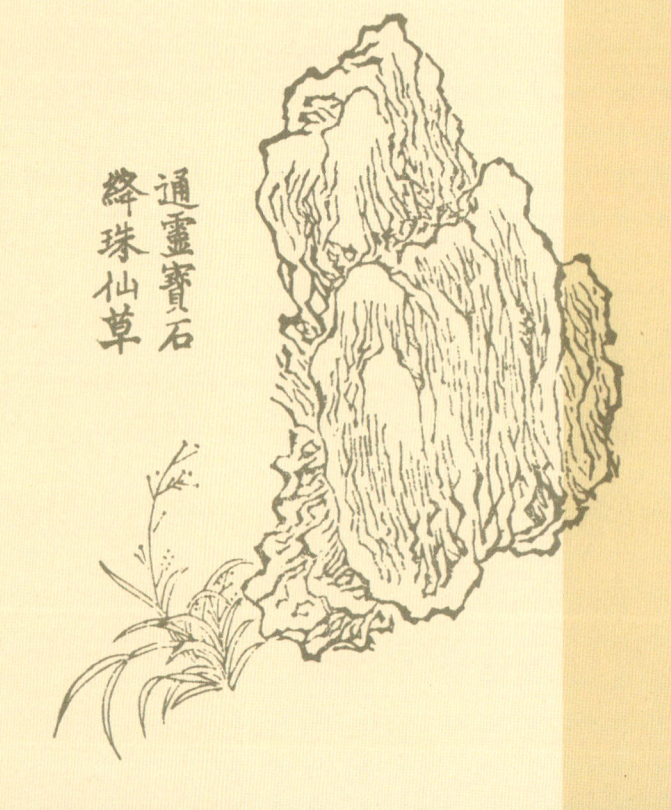

通靈寶石　絳珠仙草

《金陵十二钗正册》卡内基梅隆大学波斯纳中心藏

造扳历世伍不知起於何处落於何方那僧道此事说来好笑只因当年这个石头娲皇未用自己却也落得逍遥自在各处去游玩一日来到警幻仙子处那仙子知他有些来历因留他在赤瑕宫中名他为赤瑕宫神瑛侍者他却常在西方灵河岸上行走看见那灵河岸上三生石畔有棵绛珠仙草十分娇娜可爱遂日以甘露灌溉这绛珠草始得久延岁月后来既受天地精华复得雨露滋养遂脱得胎化人形仅修成女体终日游於离恨天外饥则食蜜青果为膳渴饮灌愁水以为汤只因尚未酬报灌溉之德故甚至五内郁结著一段缠绵不尽之意常说

木石前盟

《红楼梦图咏》清 改琦绘 长玉版
民国十年浙江杨氏文元堂翻刻本

《红楼梦》第一回第二个神话是木石前盟。

小说这样写：

西方灵河岸上三生石畔，有绛珠草一株，时有赤瑕宫神瑛侍者，日以甘露灌溉，这绛珠草始得久延岁月。后来既受天地精华，复得雨露滋养，遂得脱却草胎木质，得换人形，仅修成个女体，终日游于离恨天外，饥则食蜜青果为膳，渴则饮灌愁海水为汤。只因尚未酬报灌溉之德，故其五内便郁结着一段缠绵不尽之意。恰近日这神瑛侍者凡心偶炽，乘此昌明太平朝世，意欲下凡造历幻缘，已在警幻仙子案前挂了号。警幻亦曾问及，灌溉之情未偿，趁此倒可了结的。那绛珠仙子道："他是甘露之惠，我并无水可还。他既下世为人，我也去下世为人，但把我一生所有的眼泪还他，也偿还得过他了。"

两百多字暗藏多么有趣的深刻内涵！

宝黛之间的"讹缘"

林黛玉前身是有着绿莹莹叶子、大红珠状果实的绛珠草,是"木";贾宝玉前身是赤瑕宫神瑛侍者,"瑛"是似玉的美石,是"石"。他们之间是"木石前盟"。请记住,这里边的"木"不是人们通常认为的灵芝,"石"不是那块无材补天的大石头,不是通灵宝玉。绛珠这种大红珠状果实像神话传说中娥皇女英哭丈夫大舜时掉落的泪珠。大舜死后,他的妻子娥皇女英哭他,带血的泪珠滴在竹子上,竹子变成斑竹。将来林黛玉的居处恰好凤尾森森,她的诗句"窗前亦有千竿竹,不识香痕渍也无?",林黛玉的泪要为贾宝玉流到滴血,流尽最后一滴。

林黛玉灵气的来源

林黛玉前身绛珠草生长在西方灵河岸边,灵河是西方极乐世界的河,是林黛玉心的源泉。"灵"字意味着灵敏、灵秀、灵气,都是林黛玉的性格特点。林黛玉是《红楼梦》中最聪明的姑娘,她的灵气从仙界带来,常在大观园诗会中大大方方地表现出来,写诗一挥而就,有时在与人对话时肆无忌惮地表现出来。贾宝玉的奶妈说：林姐嘴像刀子一样。

"绛珠草"的三世情

绛珠草长在三生石畔，三生本是佛教概念，指前世、今生、来世，或者过去、现在、未来。三生石故事来自唐传奇《甘泽谣·圆观》。惠林寺和尚圆观和李源是好友，圆观去世前对李源说，十二年后中秋，你到杭州天竺寺见我。十二年后，李源在天竺寺外遇到个牧童唱《竹枝词》，意思是我们是缘定三生的好友，我虽变成小孩，我们的友谊永远不变。林黛玉前身的绛珠草长在三生石边，说明林黛玉会连续三世为真情献身。

第一世，神瑛侍者用甘露浇灌绛珠草。

第二世，绛珠仙子对神瑛侍者满怀缠绵不尽之意。

第三世，林黛玉和贾宝玉在荣国府相见，知心知己，相濡以沫。

从绛珠仙草到绛珠仙子到林黛玉，贾宝玉和林黛玉的感情是三世情，是古代戏曲小说最真挚的感情。

林黛玉第二个前身绛珠仙子住的离恨天，是天的最高层，是相思凝聚的地方。绛珠仙子吃的是蜜青果，谐音"秘情果"，古代青年男女的自主感情是秘密的感情，喝的是灌愁海水，谐音"惯愁海水"，意味着因为感情与家庭、社会发生矛盾而习惯性忧愁。绛珠仙子的经历决定了林黛玉的性格，为真情而哀愁而痛苦，为真情而九死不悔。

甘露之惠

绛珠草能久延岁月，是因为神瑛侍者用甘露浇灌的结果。甘是甜美的水，露是清晨植物上的露珠。神瑛侍者不是直接从灵河里舀瓢水浇灌绛珠草，而是细心地收集露水，后来贾宝玉也是这样细心地呵护林黛玉。甘露浇灌传承自《聊斋志异》黄生如何对待白牡丹花神：黄生和劳山下清宫牡丹花神相恋，牡丹花被人掘走枯死，黄生为了让牡丹花神复活，每天用一杯中药浇灌。牡丹花神叫香玉，正是贾宝玉说小老鼠偷香芋时送给林黛玉的绰号。牡丹花神走路时香风飘拂，林黛玉身上也自带香味。

"还泪说"空前绝后

如果说三生石、甘露浇灌都有文学渊源可寻，那么，"还泪说"不管在中国文学还是世界文学，都是前无古人的创造。贾宝玉和林黛玉凑到一块，总伴随着怄气、争执，林黛玉总会哭，林黛玉哭的原因是不确定贾宝玉是不是心里只有我。所谓情重愈斟情。随着一次次还泪，两人的感情一步步加深，最后林黛玉为贾宝玉流干眼泪，生命走到尽头。曹雪芹构思，贾宝玉虽然跟薛宝钗结婚，但总忘不了林黛玉，最后"悬崖撒手"，弃家为僧。

仙境中的木和石到人世兑现"木石前盟"，哪个送他们下凡？警幻仙子。

当现实生活中不能实现理想时，古代作家会创造空中楼阁，创造虚构的理想世界，警幻仙子和她所在的太虚幻境，就是曹雪芹创造的理想人物和理想世界，对《红楼梦》很重要。

甄士隐

英莲

甄士隐

《红楼梦》喜欢用谐音，绛珠仙子在离恨天吃的蜜青果（秘情果），喝的灌愁（惯愁）海水用谐音，此后小说不断出现这种用法。

小说第一回，贾宝玉和林黛玉已经从仙境向人世飘落，曹雪芹将无材补天的石头化身为通灵宝玉含在贾宝玉口中做他的命根子，贾宝玉和林黛玉的人生悲欢该往下写了吧？没有。小说先出来两个次要人物：甄士隐和贾雨村。这是曹雪芹为长篇小说巧妙布局。

甄士隐登场

苏州西北门边、葫芦庙旁住着位乡宦，所谓"乡宦"，指祖上曾有人做官，家中富有资财。这位乡宦住的地方叫十里街、仁清巷，谐音"势利街""人情巷"。意思是这个社会讲究势利、什么都靠人情、不讲真理。乡宦号"甄士隐"，谐音"真事隐"，名叫"甄费"，谐音"真废"。为什么清高善良的人成了真正的废物？因为在势利世界，不蝇营狗苟的人就真成废物。甄士隐岳父名"封肃"，谐音"风俗"，他按照黑白颠倒的势利风俗对待甄士隐，有钱是好女婿，没钱是废物。曹雪芹巧妙地用几个谐音，把时代特点和风俗交代出来。

甄士隐有个可爱的女儿"甄英莲",谐音"真应怜"。她的命运真应该可怜。

甄士隐梦到一个地方,来了把大石头变成通灵宝玉的一僧一道,他们边走边说要把"蠢物"(通灵宝玉)送到警幻仙子那儿。甄士隐好奇地问什么"蠢物",一僧一道把三生石畔绛珠仙草和神瑛侍者的故事讲给他听,说现在石头要跟着神瑛侍者下凡。甄士隐说我看看好不好。甄士隐看到扇坠大小的红色美玉上有四个字——通灵宝玉,后面还有几行小字,刚想细看,和尚已抢回去。甄士隐见他们过了个大牌坊,也跟过去看,上面写着"太虚幻境",有副对联:

假作真时真亦假,

无为有时有还无。

甄士隐正琢磨对联是什么意思,忽然醒了,梦境也忘了。

他抱着漂亮乖觉的女儿到街上玩,遇到一僧一道,和尚癞头跣足,道人跛足蓬头。他们实际是甄士隐在梦境中看到的一僧一道,但到人间故意变成贫困落拓的样子。和尚看到英莲就大哭,要求甄士隐把女儿送给他,跟他出家,甄士隐当然不干,和尚用一首诗隐秘地告诉甄士隐,你女儿命运很不幸,将来要被抢到薛家,受尽折磨。甄士隐没听懂。

不久,和尚预言应验。元宵节甄士隐叫家人霍启抱着甄英莲去看花灯。"霍启"谐音"祸起"。霍启要方便一下,把

甄士隐抱孩遇僧道

因小解英莲失踪影

葫芦庙失火烧甄家

英莲放到台阶上，等他回来，孩子不见了，霍启逃跑。甄士隐年近半百就这么一个女儿，还丢了，为此夫妻俩都病了。

到三月十五日，他家旁边的葫芦庙炸东西供应神佛，油锅的油溅到柴堆，烧着窗纸，一条街烧得像火焰山。甄士隐家产烧没了，到田庄上去，偏偏水旱不收，盗贼蜂起。他只好把田地卖了，投靠岳父封肃。势利小人看女婿这么狼狈，不高兴，幸亏甄士隐手里还有点银子，封肃半赚半卖给他置点薄产，再人前人后说他的闲话：不会过日子，好吃懒做。甄士隐悔恨：我怎么投靠这么个岳父？病得更厉害了。

甄士隐拄了拐杖到街上散心，那边来个跛足道人，旧鞋破衣，疯疯癫癫，念念有词。

跛足道人这几句词是《红楼梦》主题性质的《好了歌》：

> 世人都晓神仙好，惟有功名忘不了！
> 古今将相在何方？荒冢一堆草没了。
> 世人都晓神仙好，只有金银忘不了！
> 终朝只恨聚无多，及到多时眼闭了。
> ……

世人都晓神仙好　惟有功名忘不了
古今将相在何方　荒冢一堆草没了
世人都晓神仙好　只□□□□□
终朝只恨聚无多　□□□□□□□
世人都晓神仙好　只有娇妻忘不了
君生日日说恩情　君死又随人去了
世人都晓神仙好　只有儿孙忘不了
痴心父母古来多　孝顺子孙谁见了

甄士隐对跛足道人说，你满口说些什么呀？只听见你说"好""了"，"好""了"。道人说，你听见"好""了"两个字还算你明白，你知道吗，世界上万般事好便是了，了便是好，若不了便不好，若要好便是了，我这歌就叫《好了歌》。甄士隐说：等等，我给《好了歌》加点注解怎样？道人说，你解。甄士隐说的《好了歌解》把《红楼梦》后边描写的贾宝玉所在的国公府从高官厚禄、歌舞升平，到家族败落、子弟沦为乞丐的人和事，一件一件预示出

你说神仙好，但是你忘不了功名。古今那些将相在哪儿？一堆荒草埋了。你认为神仙好，但是你忘不了金银。你整天在那里聚敛金银，金银多的时候，你眼睛闭了，赤条条来去无牵挂，你能带走一文钱？曹雪芹用朗朗上口的歌谣，反复吟诵：到头一梦，万境皆空。

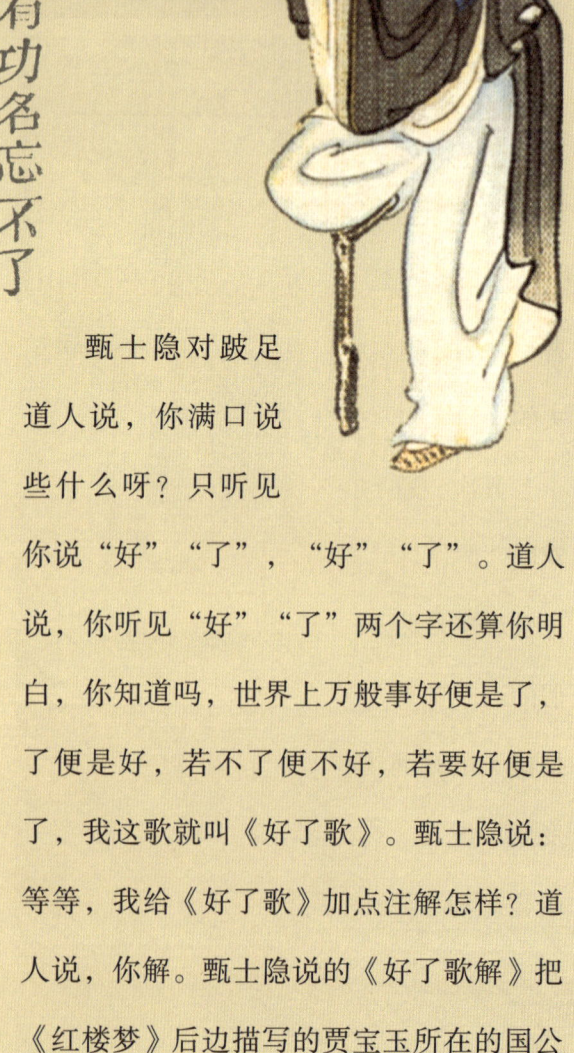

来，最后唱：有钱的当官的乱哄哄你方唱罢我登场，反认他乡是故乡，太荒唐了，对自己一点用也没有，都是给他人作嫁衣裳。

甄士隐把道人肩上的褡裢抢过来背着，不回家，他拜道人为师，出家了。

甄士隐缘何先登场

《红楼梦》第一回，曹雪芹写完女娲补天和三生石畔小草的两个神话后，先把甄士隐放到前边写，有什么用意？

首先，"甄士隐"谐音是"真事隐"，曹雪芹借人名说明：《红楼梦》是把真事隐去的小说。

其次，甄士隐在梦境中没来得及思索的对联"假作真时真亦假，无为有时有还无"比较难懂，翻译成通俗的话就是：如果把虚假的当成真实，真实的也就成了虚假；如果把虚无的东西当作实有，实有的东西也就变成了虚无。这是《红楼梦》纲领性语言。和"甄士隐"是"真事隐"是一回事，那就是：《红楼梦》是虚构的小说，不要把它当成是实事。

曹雪芹为什么要一再声明，他写的是小说，不是真事？因为曹雪芹祖父曾是康熙皇帝的宠臣，后来曹家被雍正皇帝抄家，曹雪芹写《红楼梦》。如果有人向乾隆皇帝告状，说《红楼梦》讽刺先皇（雍正皇帝），那麻烦就大了。在清朝，因为"文字狱"被杀头的不在少数。在曹雪芹之前的蒲松龄，用《聊斋志异》写清朝从朝廷到地方官像老虎恶狼一样残害老百姓，采用的是神鬼狐妖形式。曹雪芹不得不小心翼翼一再声明：我写的是无朝代可考的小说。

当时写小说，既没有稿费，也提高不了社会地位，被世俗看作是没出息的人干的事。但曹雪芹就是用毕生精力，完

成了胡适说的"盖世奇书"《红楼梦》。什么叫"盖世奇书"？就是全世界最奇异美妙的书。能写出这样的书，曹雪芹的人生怎么没有价值？哪儿是"碌碌无为"？曹雪芹是中华传统文化的大功臣，他给后世留下一部非常精彩的小说，又像是百科全书，古代戏剧、哲学、建筑、美食、民俗，像盐溶于水一样隐现在小说里。读者在兴味盎然读小说的同时，传统文化知识就被潜移默化地接受下来。

再次，红学家喜欢把甄士隐的故事叫"甄府小荣枯"，起到预示、铺垫后边贾府大荣枯的作用。甄家人物的命运和贾府人物的命运有相当的可比性。甄士隐本是过着优哉游哉生活的士绅，之后家破人亡，遁入空门，很像后来的贾宝玉，本来锦衣玉食，家庭败落后，人生幻灭，出家做和尚。甄英莲本是父母钟爱的小姐，因为被拐，命运多舛，很像林黛玉，本是探花家千金小姐，父母的掌上明珠，因为父母双亡，不得不寄人篱下，最后泪尽而亡。

最后，不管是和尚对甄士隐念的甄英莲命运的诗，还是跛足道人的《好了歌》、甄士隐的《好了歌解》都预示《红楼梦》写的是大悲剧。

什么是悲剧？悲剧就是把美好的东西毁灭给大家看。

按照曹雪芹的构思：

林黛玉、薛宝钗、王熙凤、史湘云、贾府的四位小姐……

香菱（甄英莲）、晴雯、金钏、鸳鸯、尤三姐……

爱护女性、同情弱者的贾宝玉和他的好朋友柳湘莲……

一个个年轻美好的生命，无一例外，或死，或做乞丐，或出家……

钟鸣鼎食的贾府，先被抄家，后遭火灾，落了片白茫茫大地真干净。

遗憾的是，《红楼梦》只留下前八十回，曹雪芹去世，他构思的悲剧大结局没传下来。

我们欣赏到的前八十回，叙述的是这些美丽的生命如何绽放青春、展示聪明才智。

现在看到的一百二十回《红楼梦》，后四十回是后人续，思想性和艺术性都和曹雪芹写的不一样。

贾雨村

第一回及第二回开头写贾雨村,简单地说,是这样的内容:甄士隐邀请穷儒贾雨村来家做客,贾雨村等待甄士隐会见其他客人时,甄家丫鬟娇杏撷花时看到贾雨村,想到甄士隐想接济他,就多看了两眼。贾雨村认为丫鬟慧眼识俊杰,写诗抒发怀才不遇的感情,此后甄士隐听到贾雨村中秋节咏诗,认为贾雨村有才华有抱负,仗义资助他进京参加进士考试。贾雨村中皇榜后做了官,期间甄士隐丢了女儿、家产被烧,随跛足道人出家。贾雨村做官后从甄士隐岳父处要走娇杏,其妻病亡后,生了儿子的娇杏成为诰命夫人。后来贾雨村因贪酷被罢官。

贾语村风尘怀闺秀

非常简单的情节,却有相当复杂的文化内涵,需要弄明白。

小说人物的名、字、号意味深长

贾雨村名"贾化",谐音"假话",他做人虚伪,不说实话;

他的家乡是湖州,谐音"胡诌",仍然是不说真话;

他表字"时飞",意味着抓住一切机会,利用一切可以利用的人往上爬,一心想要飞黄腾达;

他别号"雨村",和"甄士隐"是"真事隐"一样,"贾雨村"是小说家用来说明《红楼梦》是"假语存",不是什么人的家史。

曹雪芹在一个次要人物身上用多么深细的心思!

贾雨村先是利用甄士隐,后是利用林黛玉的父亲、贾宝玉的父亲和舅舅,走上仕途(做官或复官),然后做尽坏事,最后爬到朝廷大臣的位置,在贾府倒霉时落井下石。

贾雨村想考进士没路费

贾雨村本来也是诗书仕宦人家,没落后,必须通过科举考试才能改变命运,他想到京城考进士,但是没钱,住在葫芦庙卖字作文为生,非常贫寒。

在中国古代,没钱住客店的读书人常借住寺院,既可以安静读书,也可以通过帮和尚抄写经卷换点钱支持清苦的生活。贾雨村住在葫芦庙卖字作文,就是既帮和尚抄写经卷,又替不识字的人写书信换几文钱。他连件像样的衣服都没有,想进京考进士却没有路费。

考进士是怎么回事？

封建社会的科举制度为统治者选拔人才，分三步进行：

不管什么年龄，只要没有功名，都叫"童生"。

童生经过县、府、道三级严格考试被录取为秀才。秀才每年都要考试，考得好的可以参加举人考试（乡试）。优等秀才达到一定年限，可以享受朝廷一年四两银子的津贴。

贡士参加由皇帝亲自主持的"殿试"，被录取后为"进士出身"或"同进士出身"。一甲前三名叫状元、榜眼、探花，可以进翰林院任职，其他可以任命为七品县令。

科举考试考什么内容？八股文和试帖诗。

八股文内容要求代圣贤立言，字数和格式有严格规定。

八股文规定在《四书》内出题。《论语》《大学》《中庸》《孟子》合称《四书》。南宋理学家朱熹曾给《论语》作注，从《礼

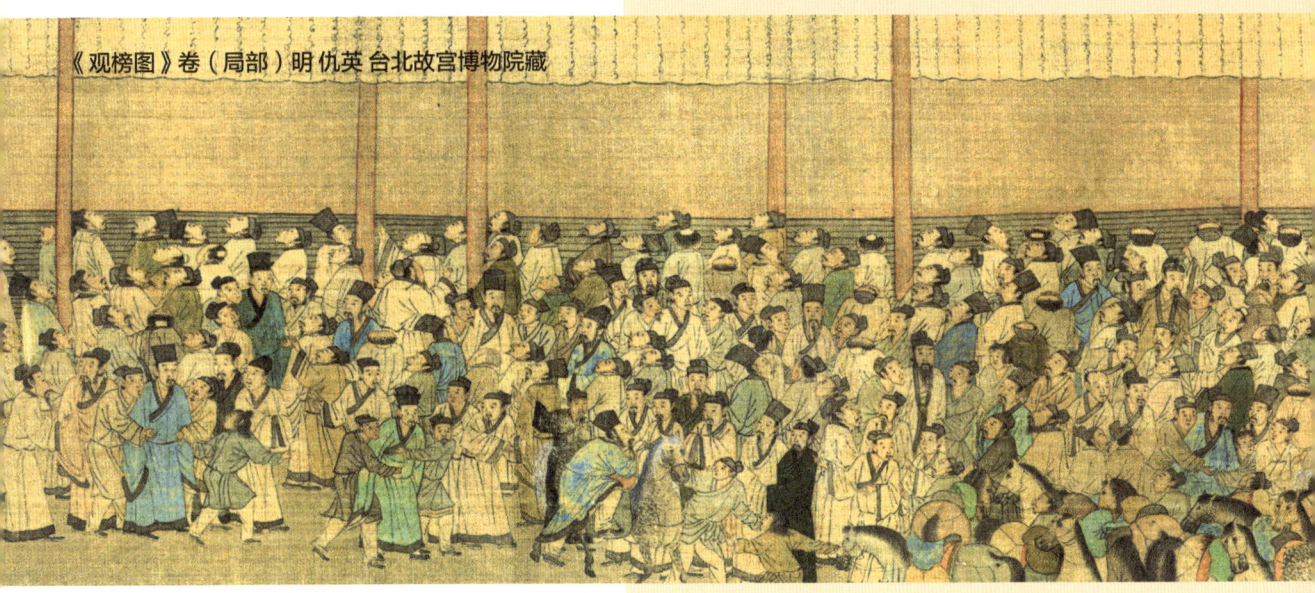

《观榜图》卷（局部）明 仇英 台北故宫博物院藏

秀才三年一次参加乡试，录取后成为举人，举人可以做低级小官，因为乡试在秋天举行，所以叫"秋闱"。

录取为举人后，可以在第二年春天参加在京城由礼部举行的考试，叫"春闱"，也叫"大比之年"。考试合格者录取为贡士，

记》中摘出《大学》《中庸》，和《孟子》编在一起，称《四书章句集注》。元明清规定科举考试发挥题意要以朱熹《四书章句集注》为依据。

贾雨村为改变命运，刻苦钻研八股文和试帖诗，并靠此敲开做官的大门。

贾宝玉讨厌思想上绳捆索绑、艺术上古板僵硬的八股文和试帖诗，喜欢科举考试绝对不考的内容，追求自由的灵魂，因此他特别讨厌和贾雨村打交道。

这么破烂，大概就是主人常说的贾雨村。主人常想帮他，又没机会，这样想，回头又看了两次。贾雨村的心怦怦跳起来。哎呀，这姑娘是不是有意于我？她肯定是个巨眼英雄，像当年红拂女一样，风尘中认识英雄，是我的知己。

贾雨村想入非非

甄士隐邀请贾雨村来家坐坐。刚坐下喝茶，有人报告，严老爷来拜，甄士隐去接待，贾雨村随意翻书，听到窗外有女子咳嗽声，他看眉清目秀的丫鬟摘花看呆了。甄家丫鬟看见窗后有人，戴破头巾，穿旧衣服，但腰圆背厚，面阔口方，眉毛浓浓上挑，眼睛炯炯有神，高高大大，相貌周正。甄家丫鬟想，这人这么雄壮，又

甄士隐出手帮助贾雨村

第二天中秋节，甄士隐去请贾雨村喝酒时，贾雨村正在胡思乱想，姑娘对我有意，我这么有能力，却这么贫困，于是对天长叹，高吟一联：

玉在椟中求善价，
钗于奁内待时飞。

意思是：玉在不为人知时寂寞地等待认识它的人出高价；宝钗放在化妆盒里没人用，真有人用它时，就飞黄腾达了。

贾雨村吟的对联包括两个典故：

"玉在椟中"用《论语·子罕》中的典故："子贡曰：'有美玉于斯，韫（yùn）椟而藏诸，求善贾而沽诸？'子曰：'沽之哉！沽之哉！我待贾者也。'"

"钗于奁内"用郭宪《洞冥记》中的典故：传说汉武帝元鼎元年，有神女留下一件玉钗。昭帝时，有人偷开匣子，不见玉钗，只见一只白燕从中飞出，升天而去。

甄士隐听见贾雨村吟诵后说：雨村兄抱负不浅！

贾雨村到甄士隐家喝酒赏月，又吟出一首绝句：

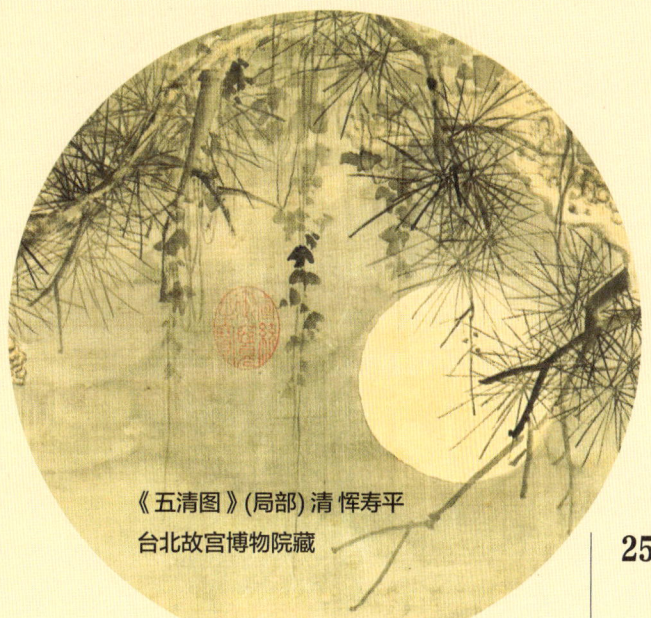

时逢三五便团圆，满把晴光护玉栏。
天上一轮才捧出，人间万姓仰头看。

《五清图》(局部) 清 恽寿平
台北故宫博物院藏

这是描绘月亮，也是讲自己有才能，将来如果有机会做官，就像明月被捧到天上，人间万姓仰头来看。甄士隐说，老兄，听你这诗，飞黄腾达的征兆已有，肯定不会久居人下。贾雨村说，如果论学问，我能考中，但我连路费都没有。甄士隐说，你怎么不早说，马上派书童取五十两银子、两套冬衣,送给贾雨村说:雨村兄将来雄飞高举,我们再见面,不是大快人心?

《聊斋志异》作者蒲松龄做家庭教师一年收入,不到二十两银子。甄士隐一次给贾雨村私塾老师两年半工资,而贾雨村只不过略谢一语。为什么?因为他心里清楚,我考上进士做了官,就是你甄士隐的父母官,受赠你五十两银子是区区小事。后面林黛玉的父亲资助他,他的感谢就完全不一样,贾雨村是看人下菜碟的势利鬼。

贾雨村眼明手快,该出手就快出手

甄士隐给贾雨村经济帮助,又细心地想到给他写几封信,让他到京城有人照顾,没想到第二天,葫芦庙的和尚告诉他:"贾爷"说,读书人不讲黄道黑道,一早就上路进京,不及面辞。"黄道黑道"是古代天文学的名词,黄道指日,黑道指月,黄道主吉,黑道主凶。古代人出行,要查皇历,看什么样的日子适合外出。贾雨村急于进京,不和资助者告别,说明他遇事果断,也说明他人情淡薄。

贾雨村既然从葫芦庙出身,曾在葫芦庙当沙弥(小和尚),后来还俗当了衙役者,当然熟悉他,引出后边葫芦僧乱判葫芦案的情节。

娇杏侥幸

甄士隐出家,丫鬟继续服侍主人封氏,她在门前买线,听到街上有人鸣锣开道,一问,说新太爷上任,丫鬟好奇地躲门后看,见一个大轿抬着戴乌纱帽穿红袍的过去,好面熟!到晚上,本府太爷差人到封家问话。原来官府贾雨村老爷找封肃问事。第二天贾雨村派人送银子绸缎答谢甄家娘子,密信给封肃,找甄家娘子要封家丫鬟。当晚一乘小轿把娇杏送到贾雨村身边。不过,一年后贾雨村妻子去世,生了儿子的丫鬟扶正做诰命夫人。命运如此好,就因为曹雪芹给她起的名字,"娇杏"谐音"侥幸"。曹雪芹写两句诗,"偶因一着错,便为人上人"有讽刺意味。"一着错",怎么错?即便是丫鬟,也不可以随便看男人,但回头看了贾雨村,因为这一看,成官太太了。

封肃曾把女婿出家、外孙女被拐之事告诉贾雨村。贾雨村说,我想办法给你找回来。说说而已!后来他知道甄英莲的下落,非但不帮她回母亲身边,倒借此巴结上两个有权势的家族。

贾雨村罢官

贾雨村接受甄士隐赠银后,到京城考中进士做了官。他很有才干但未免贪酷,手伸得很长,而且恃才侮上。同僚和上级对他侧目而视。不到一年,他人给皇帝奏本说他"生情狡猾""擅篡礼仪"。什么叫"擅篡礼仪"?科举考试用的儒家经典必须用朱熹做的注本,否则就是擅篡礼仪。贾雨村是地方官员,也是考官,他指定考生的参考书不是朱熹注。同时,他还"暗结虎狼之属",也就是拉帮结伙。惹得龙颜大怒,罢官!

贾雨村因为贪酷罢官。贪,贪污;酷,审案时或草菅人命,或收贿赂。

这个被罢官的家伙,马上要跟林黛玉发生联系了。

大丫鬟买线得奇缘

《红楼梦》是最好的章回小说

《红楼梦》是最好的中国故事，这个故事是用长篇小说形式写出来。中国古代长篇小说唯一的艺术形式是章回小说。章回小说的特点是：分回标目、段落整齐、故事连接。也就是说，每一回都有一个醒目的标题，说明这一回的主要内容。回与回之间字数大体相同，往往某一回或某几回是相对独立的故事，回与回之间有机联系，构成小说的完整故事。《红楼梦》第一回标题《甄士隐梦幻识通灵　贾雨村风尘怀闺秀》，写甄士隐梦中知道灵河岸边三世情和仙人将带着通灵宝玉下凡之事，而贾雨村的活动将像一条引线，把主要人物的故事徐徐展开。

关于《红楼梦》的两种情况

关于《红楼梦》，需要了解两种情况：

一是《红楼梦》经过曹雪芹五次修改，有些互相矛盾的文字保存在现在的文本里。

比如，《红楼梦》人物年龄不准确，曹雪芹有的版本写：林黛玉丧母不久来到贾府，跟贾宝玉青梅竹马一起长大，史湘云小时也曾跟贾宝玉一起生活在贾母身边。有的版本却写：林黛玉进府回答王熙凤问话说她十三岁，但林黛玉比贾宝玉小一岁，她进府很久，贾宝玉才十三岁。这一点，红学家讨论得很热闹，但对理解整个小说的思想艺术成就影响不大。

二是《红楼梦》创作过程中，脂砚斋和畸笏叟等参与抄写、评点，传下来十几种《脂砚斋重评石头记》。曹雪芹虽然把《红楼梦》写完了，但八十回后的文字丢失，脂砚斋等的评语透露不少曹雪芹丢失文字的内容，红学家经常通过这些内容研究曹雪芹原有的构思。

红学界发生过各种争论，大体与这两种情况有关，青少年读者可暂不管它。

为什么出来个冷子兴

想看懂《红楼梦》,首先必须读懂前五回。从第一回,我们知道对《红楼梦》全书至关重要的两个神话:贾宝玉林黛玉的三世缘和还泪说,未能补天之石变成通灵宝玉将要随贾宝玉到人世间;知道曹雪芹写《红楼梦》是"真事隐、假语存",是写一部伟大的小说,不是记录自己的家史。甄士隐和贾雨村两个次要人物,不仅是小说构思的需要,还是引起后边情节的人物。

仙境的人下凡,会发生什么情况?通灵宝玉真灵吗?读者兴趣已经被引起来,贾宝玉和林黛玉的故事该开始描写了吧?曹雪芹仍然不急于让他们出来,或者说"正式"出来,而是再来些铺垫、渲染、交待。

《红楼梦》第二回写《贾夫人仙逝扬州城 冷子兴演说荣国府》。章回标题是什么意思?贾夫人,指原来荣国府嫁到林家的贾敏,贾母的娇女、林黛玉的母亲。贾府什么情况?冷子兴给大家介绍一下。曹雪芹好像担心读者,特别是青少年读者弄不清《红楼梦》的人物关系,所以他在第二回通过冷子兴演说荣国府,写出简练明晓的人物表,画出纲举目张的关系图。要言不烦地交代贾府的过去和现在,用侧面描写的方法,重点推出《红楼梦》中最重要的人物林黛玉、贾宝玉、王熙凤。

贾雨村郊游看到智通寺

贾雨村因为贪酷被罢官后,把做官积累下的"资财",也就是他贪赃枉法得来的财富和家人一起送回家乡，自己游山玩水，结果生病，没钱了，想办法到巡盐御史家当教书先生，成了林黛玉的老师。这对他是新际遇。他是"谋"到林家教书，也就是说，他知道林如海的身份高贵，除了临时找地方安身之外，已打定主意利用林如海。

贾雨村出来散步，到了个山环水旋、茂林修竹之处，这里隐隐有座庙宇，破破烂烂的匾题着"智通寺"，旁边有副破旧对联：

身后有余忘缩手，

眼前无路想回头。

一个荒凉野寺叫"智通"，有智慧才能想得通。对联是警示世人，你们千方百计敛财、求官，凡有余地都不肯留下后手，当你碰到大钉子，碰得头破血流，眼前没路时，你想回头，没辙了。这是预示贾雨村将来的命运：虽然挖空心思向上爬，利用各种可以利用的关系爬上去，最后还是避免不了因为道德堕落失败，成为罪人。贾雨村当然明白这副对联的警世意义，但他跟所有野心家一样，不会"缩手"，最后因为贪赃枉法被抓进监狱，"枷锁扛"，无法回头。

冷子兴演说荣国府拉开小说序幕

贾雨村在野外散步累了，想到酒店里喝两杯，遇到京城古董行朋友冷子兴。

《红楼梦》中人物的命名，常带有谐音及更隐秘的含义。"冷子兴"这个名字就隐含着冷眼旁观的意思，通过他介绍贾

贾雨村遇游智通寺

府重要人物和特点，拉开小说序幕。

冷子兴演说荣国府，既是冷眼旁观，又深知内幕。为什么这样说？有两个原因。

一个原因是冷子兴是古董商。在封建社会，什么人能玩得起古董？有钱的人，当官的人，既当官又有钱的人。古董商容易和既有地位又有钱的国公府发生联系。后边黛玉进府在荣禧堂看到的古董就是商代的青铜器。

另一个原因是冷子兴是荣国府王夫人陪房周瑞的女婿。王夫人从娘家带过来的男仆叫周瑞，周瑞之妻叫"周瑞家的"，经常陪伴在王夫人身边，在贾母、王熙凤周围活动，贾府大大小小上上下下的事情，她都清楚，知道很多内幕。冷子兴能听到岳父母讲贾府。黛玉进府不久，冷子兴遭遇官司，就是靠他的岳母求了王熙凤轻松过关。

贾雨村谋复职

冷子兴演说完荣国府，两个闲聊的朋友准备走，突然外面有人叫，雨村兄，恭喜了，特来报个喜信儿。这个朋友叫张如圭。"圭"本来是手里拿的玉，曹雪芹巧用谐音，"如圭"既可以说是"如鬼"，也可以说"如龟"，像鬼，像乌龟，是讽刺。张如圭告诉贾雨村，现在朝廷有令，罢官的可以复职。

冷子兴建议贾雨村，回去求你东家转求贾府。

贾雨村回到林府就去"谋之林如海"，又用了个"谋"字！

林黛玉的父亲又被贾雨村算计上了。

冷子兴演说宁国府

贾府末世和另类贾宝玉

冷子兴演说荣国府时，顺带讲到宁国府，说明贾府已经处于末世，子弟一代不如一代。贪图享受者多，创业奋进者无。宁国府家教弛堕，贾敬不管家事，贾珍寻欢作乐。能给荣国府带来希望的贾珠早逝；贾琏不喜读书，擅长钻营，夸夸其谈；贾宝玉年纪小小就说出离经叛道的言论。荣国府阴盛阳衰，贾府大小姐已经入宫，贾母是国公府的宝塔尖，贾琏妻子（王熙凤名字未出现）模样标致、心思深细，男人万不及一。

冷子兴特别说明：贾府子弟没有希望，贾宝玉是封建家族的另类。

贾府坐吃山空，子弟一代不如一代

诸侯之泽，五世而斩。有多少名门望族，表面看还体面讲究，里面已被不长进的儿孙像白蚁噬楼阁一样噬空。冷子兴介绍：宁国公和荣国公是亲兄弟，以军功起家，给贾家带来两个世袭爵位和将近百年的荣华富贵，但现在的贾府就像"百足之虫，死而不僵"。因为"安富尊荣者尽多，运筹谋画者无一"。贾府子弟在祖辈的荣耀上躺平，坐享其成，只知吃好、穿好、玩好，只知讲排场，不知节省，没有一个人去想怎样继承先祖荣耀，好好读书，争取科举出身，也不会想办法把家庭收入增加一点。所以冷子兴说，现在国公府的架子倒了一半了。

冷子兴又说，谁知这样的钟鸣鼎食之家、翰墨诗书之族，儿孙竟一代不如一代了。

冷子兴把贾府从第一代国公到第五代子弟的简况介绍出来，这些人将在《红楼梦》后边情节中，围绕着贾宝玉和贾母的活动亮相。

冷子兴说宁国公和荣国公是一母同胞兄弟两个，没把他们的名字说出来。他们的名字后来出现，荣国公贾源出现在林黛玉进府看到的荣禧堂大匾皇帝御笔上。宁国公贾演出现在皇帝恩赐祭祀银子时。宁国公死后，贾代化袭官，贾代化兄弟四人，所以宁府旁支有好多男子，跟贾宝玉一起读书的贾菌、贾蔷都是第一代宁国公的后人。第二代宁国公贾代化有两个儿子，长子贾敷，八九岁时死了，次子贾敬袭官，因为想做神仙，把官叫儿子贾珍承袭了。贾敬住在城外，冷子兴形容他时，不说不务正业、鬼

混,说"和道士们胡羼(chàn)",多么生动的口语。贾敬炼丹最后把自己毒死了。贾珍哪里肯读书,只一味高乐不了,竟把宁国府翻了过来,也没人敢管。几句话给贾珍定性。"高乐"就是无恶不作,把宁国府翻过来,暗示他会做很多欺男霸女的丑事。

冷子兴对贾雨村说,异事出在荣府。荣国公死后,长子贾代善袭了官,娶的是金陵世勋史侯家小姐为妻,她生了两个儿子,长子贾赦,次子贾政。贾代善去世,史太君还在。长子贾赦继承荣国公的官,次子贾政,皇帝恩赐主事衔,已升了员外郎。贾政夫人王氏,生长子贾珠,十四岁进学,不到二十岁娶妻生子,却死了。王氏后来又生了一位公子,一落胎胞,嘴里衔下块五彩晶莹的玉来,上面还有许多字,取名宝玉。

冷子兴对贾雨村说,这事稀奇不稀奇?

贾雨村说,看来这人来历不小。

冷子兴冷笑说,大家都这么说,他的祖母把他看得像宝贝一样。冷子兴为什么冷笑?因为他听了很多有关贾宝玉的稀奇古怪的举动,知道贾宝玉更不可能继承发扬国公府的荣光。

冷子兴把问题讲到最关键的地方了,一代不如一代是大家族衰败的原因。而贾家从宁国公、荣国公创立基业,后来到了贾敬、贾赦、贾珍、贾琏、贾宝玉,确实一代不如一代。

冷子兴介绍贾府"四春"和贾琏之妻

冷子兴介绍贾府小姐：大小姐元春，进宫做女史；二小姐迎春、三小姐探春、四小姐惜春，跟着史太夫人读书。贾雨村不知道，曹雪芹给贾家四小姐命名元春、迎春、探春、惜春，是谐音，连在一起叫"原应叹息"。贾雨村更不知道四位小姐的侍女名字分别是抱琴、司棋、侍书、入画，联起来是贵族小姐应具备的最重要的修养"琴棋书画"。这四位贾府小姐，大小姐将封妃，给贾府带来烈火烹油之势，二小姐是二木头，三小姐是又红又香却有刺的玫瑰花，四小姐将来会出家。

冷子兴又说，贾赦长子贾琏二十来岁，捐的是同知（知府副职，五品），不到任也不肯读书，口才好，善应变，在叔叔家里住着料理家务。这位琏爷娶王夫人内侄女两年，自从娶了他的夫人之后，上下无一人不称颂他夫人的，琏爷倒退了一射之地。说他夫人模样又极标致，言谈又极爽利，心机又极深细，竟是个男人万不及一的。

王熙凤名字还没出来，个性先出来了。她强出丈夫"一射之地"。一射就是一箭道，大概一百二十步，这是形容贾琏比王熙凤差远了。

贾宝玉最不能光宗耀祖

冷子兴用几个细节说明贾宝玉是封建贵族家庭的不肖子弟。

据《颜氏家训·风操篇》，中国古代

有个习俗叫"抓周",又叫"试儿",男孩满一岁时,家人在他周围陈列各种物品,任男孩随意抓取,以判断他未来的志向和前途。比如说抓大臣面见皇帝的笏板意味着他将来做大官,抓《论语》等《四书》,意味着他会好好读圣贤书,抓金银财宝意味着他将来会发大财。贾宝玉周岁时,贾政要试试他将来的志向,把文具、笏板、元宝、钗环、脂粉等放在他身旁让他抓。贾宝玉只把钗环、脂粉抓来。他爹气坏了,说这家伙将来是酒色之徒,也就不大喜欢他。

冷子兴说:祖母却当贾宝玉是命根子,现在长了七八岁,淘气异常,非常聪明,一百个里也找不出一个来;说起孩子话来也特别奇怪。

贾宝玉"抓周"抓钗环、脂粉只不过是一个小娃娃抓了颜色艳丽、有香味的东西,并不能说明他有什么志向,他的父亲说他将来必成酒色之徒,这是封建卫道者上纲上线,冤枉了儿子。但冷子兴说到的贾宝玉的"孩子话"却是对封建秩序叛逆的话。

贾宝玉说,女儿是水做的骨肉,男人是泥做的骨肉,我见了女儿我便清爽,见了男子便觉浊臭逼人。

这段话是贾宝玉最离经叛道的言论之一,也是中国古代小说里男子最别致的言论之一。中国古代小说里的男子,不是千方百计求取功名做官,就是千方百计当英雄,从来没有一个人把女人放到崇高位置上。贾宝玉却这么做。贾宝玉为什么要提出这样的观点呢?因为贾宝玉认为,女孩是没有受到读书做官、世俗高官厚禄污染的清净的人,男人为了升官利欲熏心。所

贾宝玉

以他见了女儿就清爽，见了男子就觉浊臭逼人。

贾雨村说到金陵甄府的甄宝玉跟他的小厮说"孩子话"：女儿两个字极尊贵、极清净，比那阿弥陀佛、元始天尊这两个宝号还要尊贵。你们这些浊口臭舌，万不可唐突了这两个字。要说女儿的时候，得用清水香茶漱了口才能说。

这里出来的两个宝玉，都性情古怪，都生活在姐妹群中，都有个溺爱他的祖母，都有天花乱坠的荒唐之言。红学家比较一致的看法是：写甄宝玉脾性就是写贾宝玉性格，写甄宝玉是为贾宝玉传影。所以甄宝玉关于女儿的言论，是贾宝玉女儿是水做的骨肉更加有趣味的拓展，可以把这段话当成是贾宝玉的话。

伴随两个次要人物的娓娓闲谈，小说主要人物贾宝玉、林黛玉、王熙凤等以鲜明的个性来到读者面前，真是大师之笔！

贾雨村正邪人物之论

贾雨村长篇大论的正邪人物论，小读者们现在可能读不懂，也没有必要仔细研究。这套理论是将韩愈《原道》的理学道统内容变通延展发挥：

> 斯吾所谓道也，非向所谓老与佛之道也。尧以是传之舜，舜以是传之禹，禹以是传之汤，汤以是传之文、武、周公，文、武、周公传之孔子，孔子传之孟轲，轲之死，不得其传焉。

曹雪芹续上孟子后的正统到朱熹，再列出从蚩尤到秦桧作非理学逆流，从陶渊明到朝云作张扬个性支流。贾雨村的长篇大论说明：曹雪芹博览群书，一部杰作的产生往往建立在作者阅读多部杰作的基础上。曹雪芹关注历史人物、朝代兴衰，关注仁人志士和大奸大恶之外的非主流也非逆流人物，特别关注特立独行的人物如竹林七贤和唐伯虎，关注活出自己精彩的女性如卓文君和崔莺莺。他最关心聪明俊秀在万人之上、乖僻邪谬在万人之下的人物，而且将这种特点以种种细节，像涓涓细流倾注到心爱的人物如贾宝玉、林黛玉身上。

林家父女

贾雨村靠甄士隐资助,进京考上进士做上官,却因为贪酷被罢官,他能再次进入官场,靠的是林如海的帮助。林如海是林黛玉的父亲。

《红楼梦》开头对林家父女的描写简略而精彩。

林黛玉被"安置"在有地位有文化的家庭

罢官后的贾雨村到了扬州,需要临时找个地方安身,瞅机会东山再起。他盯上了林如海,到林家做家庭教师,教五岁的女学生林黛玉。

林如海刚被任命为巡盐御史,他的祖上袭列侯,一直承袭到他的父亲,还是公侯。他自己是上一科进士考试的探花。探花是在皇帝亲自主持的殿试中位列进士第三名,通常要求学问出众,还得人品出众。

中国古代常有的情况是贵族之家没文化，有文化的常贫寒。曹雪芹安排心爱的女主角林黛玉前身是仙子，仙子不能下凡到普通人家，必须是既有贵族修养又有文化底蕴、父慈母爱的家庭。

贾家是军功出身，除了宁国府贾敬曾中进士，其他子孙没有通过科举考试当官的，贾政的官是皇帝送的，贾琏和贾蓉的官是买的。而林如海兼具钟鼎之家和书香门第，怪不得荣国公和贾母把唯一的女儿嫁给林如海。

林如海没有儿子，对唯一的女儿爱如珍宝，当男孩培养，让她很小就读书。

林黛玉"早慧"

林黛玉开始读书时只有五岁，这是古人说的虚岁，按现在的计算法，是四周岁。林黛玉在扬州读了多长时间书？两年左右。

这个娇弱女孩早慧，这个特点是从灵河带下来的，也传承自父母。

贾雨村发现他的女弟子遇到敏捷的"敏"，都要读作机密

贾雨村教读林黛玉

的"密"，书写时也缺一笔两笔。原来，林黛玉的母亲是贾母的女儿贾敏，是贾赦、贾政的胞妹。贾母说贾敏是她唯一疼爱的子女。看来贾敏是贾母最懂事也最孝顺的子女。林黛玉继承了母亲的特点，从小就聪明懂事，只有五岁就知道避讳母亲的名字。

讲避讳是中国人从周朝形成的重要文化传统，晚辈不能说长辈的名字，臣子不能说皇帝的名字，口述时说到长辈或皇帝、皇后的名字，得换个音，书写时，要缺笔（少写一划两划）。汉高祖的皇后叫吕雉，汉朝时都不说"雉"，得说"野鸡"；唐太宗叫李世民，干脆把印度传进来的观世音菩萨改名"观音菩萨"；康熙时有位大诗人王士禛，他已经死了，因为他的名字和雍正皇帝的名字"胤禛"有一个字相同，竟被改名叫"王士祯"。

林黛玉是娇弱懂事的大家闺秀。五岁开始读书，知道避讳母亲的名字。母亲生病，她侍汤侍药；母亲病故，她哀伤不已。黛玉之母病故，是黛玉进贾府的前提。

贾雨村给林黛玉启蒙，教了些什么？估计首先得教识字、写字，然后，虽然女孩不参加科举考试，但也会学《论语》等经典，学《列女传》，学《诗经》和唐诗、宋词、唐宋八大家之类。贾雨村曾是林黛玉的老师，但是《红楼梦》前八十回，林黛玉说过她的老师一个字吗？没有。利欲熏心、狡猾奸诈的贾雨村虽然给林黛玉启蒙，但是贾雨村的为人对林黛玉没有一丝一毫的影响。

曹雪芹构思林黛玉的形象特征是荷

花，荷花有个特点是出淤泥而不染。

林如海帮助贾雨村

贾雨村听说朝廷允许被罢官的官员复职后，接受冷子兴的建议，请林如海给他想办法。

林如海诚恳地对贾雨村说：事情十分凑巧，因为我妻子去世，京城中我岳母想到外孙女无人依傍教育，已经派船只和仆人来接，又因我女儿生病，还没来得及走。你教我的女儿，我一直想着报答，既然有这个机会，我一定在你复职一事上尽心尽力地帮助。你放心，我已为你筹划好了，并写下一封推荐你的书信，托我的内兄、女儿的舅舅务必全力帮助。不管用多少钱，都由我来承担，我在书信中都已说明，你不必为求人和花钱的事担忧。

明明是林如海动用最亲近的关系，还要掏不少银子做活动经费，帮贾雨村复职，林如海却说这都是你帮助了我，而不是我帮助了你。林如海是个谦谦君子。

贾雨村什么表现？他接受甄士隐资助，并不介意，略谢几语；林如海说了后，贾雨村一面打恭，一面谢不释口，前倨而后恭，态度完全不一样！因为林如海是巡盐御史，林如海拜托帮助贾雨村的是国公府的人，和甄士隐身份不一样。贾雨村看人下菜碟，多刁滑！

贾雨村又故意问，不知令亲大人现居何职？冷子兴演说荣国府时，已经把贾赦、贾政当时做什么官说得非常明确，贾雨村还故意问，假装对贾家的事一点都不知道。实际是他不想让林如海知道，他早就知道林如海的关系而且打算利用，他更想听听林如海亲自肯定贾家有多大权势，这个人太狡诈了。

曹雪芹写林如海的笔墨不多，他官职显要、门第高贵，但心地坦荡、为人善良，待人厚道，和奸诈的贾雨村形成鲜明对比。

贾雨村

雨村依附黛玉进京

林如海待人诚恳，对人不设防，是林黛玉清洁性格养成的因素。

林黛玉原来不想离开父亲，林如海通情达理的一番话，说服了她：

> 汝父年将半百，再无续室之意，且汝多病，年又极小，上无亲母教养，下无姊妹兄弟扶持，今依傍外祖母及舅氏姊妹去，正好减我顾盼之忧，何反云不往！

林如海让女儿随着奶娘和贾府几个老妇人坐一条船，另外给贾雨村雇一条船，派上两个书童服侍他。林如海的安排细心周到合理。林黛玉是小女孩，贾雨村虽然是她的老师，但在"男女授受不亲"的古代社会，有教养的家庭，老师可以给有侍女陪读的女孩授课，但不能居住在同一屋檐下，所以林黛玉和贾雨村共同进京却始终不在一条船上。

进士出身的贾雨村"依附"一个投奔外祖母的小女孩进京，是不是很有意思？

黛玉进府

《红楼梦》前两回是对人物和环境的总写，第三回是《贾雨村夤（yín）缘复旧职 林黛玉抛父进京都》。"夤缘"就是利用官场的人事关系办本来很难办的事，是写贾雨村的重要一笔。

从黛玉进府开始，详写人情世态，小说艺术魅力显示出来。

黛玉进府，《红楼梦》主要人物贾母、王熙凤、贾宝玉闪亮登场。通过黛玉的眼睛观察国公府气派和习俗，体验贾府复杂的人情、人际关系。

贾雨村复职

按照古代宗法制度，同出于一个远祖者为同宗，后来被泛称为同族或同姓。贾雨村跟贾府的关系，已经需要追溯到同为东汉贾复的后人，仅仅是同姓。冷子兴说贾雨村跟荣国府贾家是同宗时，贾雨村回答：虽然是同宗，但他们那等荣耀，我不便攀扯。其实他早就打定通过林如海攀扯贾府的主意。贾雨村受林如海之托，表面是他送林黛玉进京，实际是他搭贾府的顺风船进京，再靠贾府势力复职。

贾雨村到了京城，先放弃寄人篱下的

私塾老师身份，拿着"宗侄"名片去拜见贾政。这张妙极的名片说明他多么擅长攀龙附凤！

贾政本喜欢结交读书人，特别是"正途"也就是进士出身的人，他已经接到妹丈的信，又见雨村相貌魁伟，言语不俗，贾政很乐意帮他。贾政哪儿知道此人外表堂皇，内心阴贼？贾政优待雨村，竭力内中协助。清代官场官员被罢官后起复，往往要候缺（候补等到缺官员的位置）一两年，因为贾政及他的内兄王子腾向皇帝保举贾雨村，而王子腾担任京城最高治安长官，很有权势，不到两个月，贾雨村被任命为金陵应天府知府。任命既快，所授又是肥缺。

贾雨村一朝权在手，便把令来行，下一回就乱判葫芦案了。

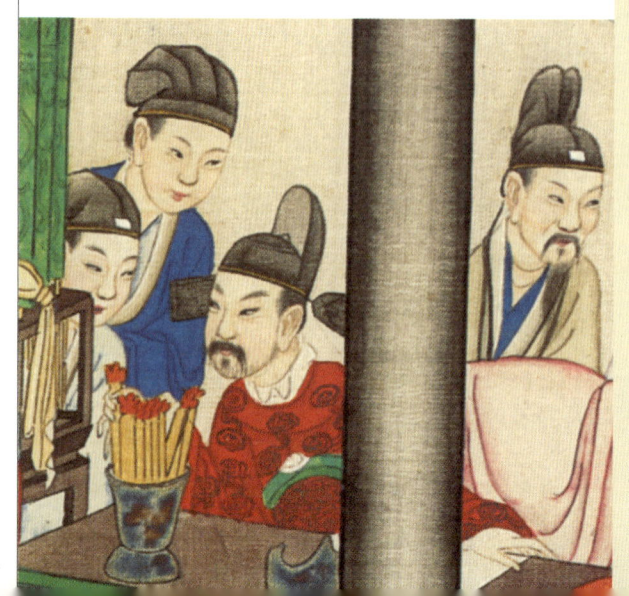

尊贵显要国公府

黛玉母亲多次说过外祖与别家不同。国公府到底与一般的官僚家庭有什么不同？《红楼梦》第三回用林黛玉的视角层次分明地加以描写。

第一层次：贾府仆妇与众不同。幼小的林黛玉见到贾府来的三等仆妇吃穿用度已经不凡。"三等仆妇"是什么意思？林如海祖上封列侯，自己是巡盐御史，家中奴仆成群，也分等级：大管家一等，服侍老爷、夫人、小姐的大丫鬟二等，仆妇为三等。林黛玉发现贾府的三等仆妇已经和她自己家的不同。贾母为什么只派三等仆妇迎接外孙女？并非不重视黛玉，而因仆妇是已婚女子,照顾儿童有经验。

第二层次:国公府的气派。进入京城,林黛玉上了轿,从纱窗向外看,街市繁华与扬州不同,走了半日:

忽见街北蹲着两个大石狮子,三间兽头大门,门前列坐着十来个华冠丽服之人。正门却不开,只有东西两角门有人出入。正门之上有一匾,匾上大书"敕造宁国府"五个大字。黛玉想道:"这必是外祖之长房了。"想着,又往西行,不多远,照样也是三间大门,方是荣国府了。却不进正门,只进了西边角门。那轿夫抬进去,走了一射之地,将转弯时,便歇下,退出去了。后面的婆子们已都下了轿,赶上前来。另换了三四个衣帽周全十七八岁的小厮上来,复抬起轿子。众婆子步下围随,至一垂花门前落下。众小厮退出,众婆子上来打起轿帘,扶黛玉下轿。林黛玉扶着婆子的手,进了垂花门。两边是抄手游廊,当中是穿堂,当地放着一个紫檀架子大理石的大插屏。转过插屏,小小的三间厅,厅后就是后面的正房大院。正面五间上房,皆雕梁画栋。两边穿山游廊厢房,挂着各色鹦鹉、画眉等鸟雀。台矶之上,坐着几个穿红着绿的丫头,一见他们来了,便忙都笑迎上来,说:"刚才老太太还念呢,可巧就来了。"于是三四人争着打起帘笼,一面听得人回话:"林姑娘到了。"

"兽头大门"是屋顶上安有兽头的大门。兽头是古代建筑屋顶上安装的瓦制或琉璃质的兽形雕饰，一般安螭吻（龙之一种）。清代府第建筑有严格的等级规定，官位二品以上者，宅第才能安兽头。贾府"三间兽头大门"，表示贵族身份。宁

螭吻（chī wěn），古代神话传说中龙生九子的第九子，龙头鱼身，可以用来辟火。

国公和荣国公都官居一品，林黛玉的外祖母贾母是一品诰命夫人。

"敕造"是奉皇帝之命建造。国公府庭院深深，世家气派，进一层换一拨伺候之人。看门的仆人华冠丽服，服侍的丫鬟穿红着绿。垂花门是内院院门，两侧雕刻下垂花饰，上有宫殿式顶檐。进垂花门是内宅，小厮退出，礼教森严。

聪慧敏感的林黛玉像全能摄像师，从舍舟登陆，到进入荣国府，荣国府的建筑方位、陈设布置、贵族之家的礼仪规矩，观察得面面俱到，形象生动。一路仔细写来，何等气派！

垂花门

第三个层次,也是最重要的层次:荣禧堂。

> 进入堂屋中,抬头迎面先看见一个赤金九龙青地大匾,上写着斗大的三个字,是"荣禧堂",后有一行小字:"某年月日书赐荣国公贾源",又有"万几宸翰之宝"。大紫檀雕螭案上,设着三尺来高青绿古铜鼎,悬着待漏随朝墨龙大画,一边是金蜼(wěi)彝,一边是玻璃盉(hǎi)。地下两溜十六张楠木交椅,又有一副对联,乃是乌木联牌,镶着錾银字迹,道是:
>
> 座上珠玑昭日月,
>
> 堂前黼黻(fǔ fú)焕烟霞。
>
> 下面一行小字,道是:"同乡世教弟勋袭东安郡王穆莳拜手书"。

这几句话的大意是:紫檀木条几上摆着价值连城的古玩和进口的昂贵玻璃饰品;墙上悬挂皇帝赏赐的盖御玺的赤金九龙大匾;匾下挂着一幅气势磅礴的雨天海潮墨龙大画,背景是雨天海潮,就成了"待漏随朝墨龙",这是王公大臣侍奉皇帝的象征;画旁银雕对联"座上珠玑昭日月,堂前黼黻焕烟霞",形容来到荣禧堂的高官显宦衣饰华贵,佩珠戴玉。

皇帝御题的匾、墨龙大画、银雕对联、名贵的古董摆设,把封建大官僚的气势写了出来。

这段话里的词语有着丰富的传统文化内涵:

有九条龙的"荣禧堂"大匾是皇帝亲自书写赐给荣国公贾源,也就是贾宝玉的曾祖父的。

"万几宸翰之宝"是皇帝印章上的文字。"万几"即日理万机;"宸"即北极星,皇帝坐北朝南,故以北宸代指;宸翰,皇帝的亲笔字;宝,皇帝的御玺。

大紫檀雕螭案,雕刻着蟠螭纹样的紫檀木大型条案。

青绿古铜鼎,通身结有绿绣的古鼎,周朝出土文物。

凤纹方座簋 西周早期 台北故宫博物院藏

待漏随朝墨龙大画，是以水墨画出的雨天海潮中的龙。龙象征皇帝，"潮"谐"朝"，"雨"切"漏"，是古代计时器铜壶滴漏。待漏随朝即大臣在五更前到朝房等待按次序朝见皇帝。

金蜼彝，有长尾猿图案的贵重陈设。蜼是长尾猿，彝是古代礼器，蜼彝是《周礼》规定的六彝之一。金蜼彝是用黄金制作的仿古蜼彝，贵重礼器陈设。

盦，清代早期从广州进口、周身磨出花纹的玻璃大碗，价值不菲。

楠木交椅，楠木是名贵的建筑家具用材，木色灰褐，纹理闪光；交椅，折叠椅。

乌木联牌，镶着錾银字迹，乌木是产自印度尼西亚等地的常绿乔木，木质坚硬细密，色黑有光泽，是高级进口木材；錾银是在银器上凿刻的工艺。

珠玑，座上客人佩戴的珠玉；黼黻，古代高官礼服上绣的花纹。

黛玉进府，纷至沓来的印象使她知道：外祖家与自己家确实不同。不是贫富不同，而是京城贵族和地方高官的不同，特别是国公府规矩与一般官吏家庭的不同。

黛玉初进贾府时相当懂事内敛，想得多，说得少。不该说的话，一句不说；该说的话，都说到点子上；该行什么礼，都行到礼数上。黛玉对进府后遇到的人和事的应对，完美得体，无懈可击。这时黛玉在贾府人眼中，是美丽文弱、懂事明理的乖乖女。

"宝塔尖"上的贾母

林黛玉因外祖母挂念被接到贾府。

一品诰命夫人贾母是贾府的No.1，是贵族家庭的宝塔尖，她是贾府全盛时期的"硕果"，拥有贾府至高无上的权威。

贾府的晨昏定省、大筵小宴、看花赏月，过节拜寿，都围绕她。

贾府上至老爷下至小丫鬟几百人，唯贾母之命是听。

贾母在小说开头出现，对贾宝玉和林黛玉的人生有什么影响？对小说进展有什么意义？

贾母最疼"两个玉儿"

贾母一见黛玉，就搂到怀里"心肝儿肉"叫着大哭，说："我这些儿女，所疼者独有你母。"这句话意味深长。贾母当着两个儿媳妇的面，不是说她在三个儿女中"最疼"的是黛玉之母，而说"所疼者独有你母"，说明贾母对两个儿子都不满意，女儿最令她满意。

唯一疼爱的女儿不在了，贾母把疼爱转移到女儿唯一的根苗身上。

林黛玉进贾府之前，贾母把衔玉而生的贾宝玉看成命根子一般，黛玉进府后，贾母心中分量最重的，是"两个玉儿"，嫡孙贾宝玉和外孙女林黛玉。在《红楼梦》中，贾母搂到怀里的孙辈只有宝玉和黛玉，时刻挂在心头口头的，也是"两个玉儿"。

贾府的人密切观察贾母的"感情动向",尤其是大管家王熙凤,对贾母观察到位,体贴、顺从、配合到家。她最关切照顾的,也是"两个玉儿"。

贾母一顿饭尽显国公府气派

黛玉进府的第一顿饭是林黛玉人生的重要课程。曹雪芹只用三百多个字写这顿饭,字里行间却蕴藏着深厚的文化底蕴和贵族家族的规矩和气派:

已有多人在此伺候,见王夫人来了,方安设桌椅。贾珠之妻李氏捧饭,熙凤安箸,王夫人进羹。贾母正面榻上独坐,两边四张空椅,熙凤忙拉了黛玉在左边第一张椅上坐了,黛玉十分推让。贾母笑道:"你舅母你嫂子们不在这里吃饭,你是客,原应如此坐的。"黛玉方告了座,坐了。贾母命王夫人坐了,迎春姊妹三个告了座方上来。迎春便坐右手第一,探春左第二,惜春右第二。旁边丫鬟执着拂尘、漱盂、巾帕。李、凤二人立于案旁布让。外间伺候之媳妇丫鬟虽多,却连一声咳嗽不闻。

寂然饭毕,各有丫鬟用小茶盘捧上茶来。当日林如海教女以惜福养身,云饭后务待饭粒咽尽,过一时再吃茶,方不伤脾胃。今黛玉见了这里许多事情不合家中之式,不得不随的,少不得一一改过来,因而接了茶。早见人又捧过漱盂来,黛玉也照样漱了口。盥手毕,又捧上茶来,这方是吃的茶。

《红楼梦》程乙本 清 乾隆五十七年 萃文书屋活字印本

什么叫诗书礼乐之家的礼数？贾母这一顿饭，展现得活灵活现。

贾母吃饭，王夫人必须急忙前去伺候，这是封建家庭的规矩，不管王夫人是多高的诰命夫人，婆婆吃饭，她必须亲自伺候。伺候贾母的人看到王夫人来了，才安设桌椅。贾母坐下，贾府三位小姐、林黛玉要入座时，按常理，迎春是姐姐，理当坐孙辈陪祖母吃饭时的首位，但王熙凤拉林黛玉坐最尊贵的上座。王熙凤是揣摩透贾母的心思，才敢把外孙女置于孙女之上、表妹置于表姐之上。正因王熙凤的安排合了贾母心意，迎春嫡母邢夫人也不敢反对。然后，贾珠之妻（李纨）把饭端过来，王熙凤给贾母和妹妹们放好筷子，王夫人端上汤。为什么那么多仆妇丫鬟在场，却要三位贵夫人干这类服侍人的活？这也是贵族之家的规矩，儿媳必须伺候婆婆，孙媳既得伺候太婆婆，还得伺候小姑子。就餐者坐好，贾母命王夫人坐，王夫人才在一边坐下，不吃，陪着，监视服侍贾母的人是否周到。按照封建家庭的规矩，王夫人是儿媳妇，不能跟婆婆坐到一起，但贾母通情达理，令她坐。李纨和凤姐是孙媳妇，不能跟太婆婆、婆婆、小姑子平起平坐，得恭恭敬敬地伺候贾母和妹妹们，她们站在饭桌旁不断地给贾母和小姐们搛菜，劝餐。丫鬟执着拂尘、漱盂、巾帕候在旁边。外间伺候的媳妇丫鬟虽多，却连一声咳嗽也听不到。

饭后，小丫鬟捧上茶来，黛玉在扬州受到的教育是惜福养身，饭后片时喝茶。现在她只得接了茶，仔细观察贾府的规矩。开头她还以为是喝的茶，但不马上喝,接着有人捧过漱盂来,黛玉才发现是先用茶水漱口!漱了口,洗了手,服侍的人才捧上喝的茶。

贾母安排林黛玉的住处

林黛玉进贾府后,住在什么地方?贾母吩咐,把宝玉从他原来居住的碧纱橱挪出来,随她住在套间暖阁里面。贾宝玉说,他就住在碧纱橱外面的床上就行了,他到套间暖阁里面闹得老祖宗不安生。贾母一听,同意了。

碧纱橱是清代建筑室内装修的一种,又叫隔扇门,用来分割房间的空间。它是由连排的木隔扇组成,上边有横披,中间或偏一旁设帘架门,木隔扇的格心做成灯笼框式样,灯笼心上装裱字画,格心外木隔扇框架上糊纱或者糊绫,所以叫"碧纱橱"。

贾母给黛玉安排的住处是什么形势?是贾母住最里边的暖阁,林黛玉住暖阁外用木隔扇隔成的碧纱橱,碧纱橱外住着贾宝玉。这样一来,贾府两个最尊贵的人物,贾母和贾宝玉,就成为林黛玉一里一外的护卫,也形成宝玉黛玉长期青梅竹马的局面:

宝玉和黛玉二人亲密友爱处,亦自较别个不同,日则同行同坐,夜则同息同止,真是言和意顺,略无参商。

幼年丧母的黛玉从外祖母身上又享受到母爱,也被置于众人瞩目、嫉妒的风口浪尖。

王熙凤出场

美国好几所大学中文系学生学《红楼梦》，问他们最喜欢哪个人物，百分之八十的学生回答：王熙凤。

王熙凤是《红楼梦》中塑造的最成功，也最具有现代意义的人物。

王熙凤与贾宝玉并列为《红楼梦》核心人物。

《红楼梦》有两条线索，贾宝玉维系宝黛知己情，王熙凤维系贾府盛衰。

王熙凤出场是古代小说人物出场的经典场面。短短几百字写活了王熙凤这个人物形象，写绝了王熙凤和贾母的关系，写透了林黛玉的聪慧，对整个小说的发展有举足轻重的作用。

我们先看看原文：

后院中有人笑声，说："我来迟了，不曾迎接远客！"黛玉纳罕道："这些人个个皆敛声屏气，恭肃严整如此，这来者系谁，这样放诞无礼？"心下想时，只见一群媳妇丫鬟围拥着一个人从后房门进来。这个人打扮与众姑娘不同，彩绣辉煌，恍若神妃仙子：头上戴着金丝八宝攒珠髻；绾着朝阳五凤挂珠钗；项上戴着赤金盘螭璎珞圈；裙边系着豆绿宫绦双衡比目玫瑰佩；身上穿着缕金百蝶穿花大红洋缎窄裉袄，外罩五彩刻丝石青银鼠褂；下着翡翠撒花洋绉裙。一双丹凤三角眼，两弯柳叶吊梢眉，身量苗条，体格风骚。粉面含春威不露，丹唇未启笑先闻。黛玉连忙起身接见。贾母笑道："你不认得他，他是我们这里有名的一个泼皮破落户儿，南省俗谓作'辣子'，你只叫他'凤辣子'就是了。"

黛玉正不知以何称呼，只见众姊妹都忙告诉他道："这是琏嫂子。"黛玉虽不识，也曾听见母亲说过，大舅贾赦之子贾琏娶的就是二舅母王氏之内侄女，自幼假充男儿教养的，学名王熙凤。黛玉忙陪笑见礼，以"嫂"呼之。

这熙凤携着黛玉的手，上下细细打量了一回，仍送至贾母身边坐下，因笑道："天下真有这样标致的人物，我今儿才算见了！况且这通身的气派，竟不像老祖宗的外孙女儿，竟是个嫡亲的孙女，怨不得老祖宗天天口头心头一时不忘。只可怜我这妹妹这样命苦，怎么姑妈偏就去世了！"说着，便用帕拭泪。贾母笑道："我才好了，你倒来招我。你妹妹远路才来，身子又弱，也才劝住了，快再休提前话。"这熙凤听了，忙转悲为喜道："正是呢！我一见了妹妹，一心都在他身上了，又是喜欢，又是伤心，竟忘记了老祖宗。该打，该打！"又忙携黛玉之手，问："妹妹几岁了？可也上过学？现吃什么药？在这里不要想家，想要什么吃的，什么玩的，只管告诉我。丫头老婆们不好了，也只管告诉我。"一面又问婆子们："林姑娘的行李东西可搬进来了？带了几个人来？你们赶早打扫两间下房，让他们去歇歇。"

说话时，已摆了茶果上来。熙凤亲为

捧茶捧果。又见二舅母问他:"月钱放过了不曾?"熙凤道:"月钱已放完了。才刚带着人到后楼上找缎子,找了这半日,也并没有见昨日太太说的那样的,想是太太记错了。"王夫人道:"有没有,什么要紧。"因又说道:"该随手拿出两个来,给你这妹妹去裁衣裳的,等晚上想着叫人再去拿罢,可别忘了。"熙凤道:"这倒是我先料着了,知道妹妹不过这两日到的,我已预备下了,等太太回去过了目好送来。"王夫人一笑,点头不语。

这段描写内涵太丰富,我们逐一看看:

王熙凤出场

黛玉对王熙凤未见其人先闻其声,纳闷:人人敛声屏气,什么人这样放诞无礼?这也正是读者想的:贾府众人,包括邢、王两位贵夫人在贾母跟前都大气不敢喘,什么人敢嘻嘻哈哈、吵吵嚷嚷?难道她不懂礼法?接着,贾母开玩笑地向林黛玉介绍叫她凤辣子,既说明王熙凤的特点,也说明她在贾母跟前得宠。她最能使贾母开心。王熙凤到来,跟黛玉见面的贾母第一次露出笑容。

《红楼梦图咏》清 改琦绘 长玉版
民国十年浙江杨氏文元堂翻刻本

恍若神仙妃子

林黛玉看到王熙凤为什么会产生"彩绣辉煌，恍若神妃仙子"的印象？因为王熙凤的衣饰豪华、昂贵、时髦，我们一件一件看。

头上戴着金丝八宝攒珠髻，"髻"指假发髻，古代富贵女子喜欢用假髻戴在原来的发髻上。王熙凤的假发髻以金丝银丝穿上珍珠缠扭成美丽的花样，再镶嵌上名贵珠宝。

绾着朝阳五凤挂珠钗，攒珠髻上绾着宝钗，钗头作五凤形，凤口衔着珠串。

项上戴着赤金盘螭璎珞圈，脖子上的赤金项链扭作螭的形状，缀着珍珠宝玉。"螭"是古代传说黄色像龙而无角的珍兽，常用作装饰；璎珞，俗称"项珠"。

裙边系着豆绿宫绦双衡比目玫瑰佩，裙子上系着青豆色宫制丝带，丝带上挂着美玉和琼珠的佩饰。宫绦，皇宫制作的丝带；豆绿，青豆一般的绿色；"衡"是大块美玉，"双衡"是在两块大美玉之间串联着琼珠；"玫瑰佩"是"琼瑰佩"笔误。

身上穿着缕金百蝶穿花大红洋缎窄裉袄，指身上穿着剪裁合身的过膝大袄，这种大袄用宫廷大红织金缎制作，上边用金丝和彩线织成百蝶穿花的样子。

外罩五彩刻丝石青银鼠褂，穿着石青色彩色刻丝的衣面、银鼠皮里的外衣。石青是像蓝铜矿所制颜料般的蓝色，清代衣服，除黄色外，以石青色最贵重；银鼠皮是非常贵重的毛皮；刻丝是要求特别高的丝织品织法，用半熟蚕丝做经，用彩色熟丝做纬织成各种花纹，正反如一。

下着翡翠撒花洋绉裙，翡翠指蓝绿色；撒花，衣料上像撒花样的图案；洋绉，是进口的丝织品。

王熙凤珍珠假发髻上用金丝银线穿起珠宝，发髻上插着凤口衔挂珠钏的金钗，项圈用赤金缀玉扭成似龙形状，身上佩戴着昂贵的古玉，衣服用中国顶尖衣料和昂贵皮毛及进口洋绉，剪裁合体。整身装扮中西合璧，豪华时髦。

众人都聚集在贾母身边迎接她心爱的外孙女，王熙凤为什么来晚？是曹雪芹故意安排，她不能混在众人中出现，必须单独惊艳登场。她明明要在众多丫鬟仆妇簇拥下处理贾府日常事务，却穿着出席重大场合的礼服衣饰，曹雪芹故意给她这样装扮，既显示国公府豪华，也暗示王熙凤对贾母接外孙女的重视。

第六回王熙凤接见刘姥姥时的衣饰，才是管家少妇在家中的日常打扮。

王熙凤长什么模样

鲁迅先生说巧妙写人的技巧就是"画眼睛"。

曹雪芹对王熙凤，既画眼睛，还画眉毛。

林黛玉看到王熙凤身量苗条，重点注意她的眼睛眉毛："一双丹凤三角眼，两弯柳叶吊梢眉。"太妙了。这眼睛这眉毛，只能放到王熙凤脸上，绝对不能放到《红楼梦》其他女性脸上。丹凤眼表示眼睛曲线细长柔和美丽，柳叶眉说明眉毛像柳叶细长柔美。但王熙凤的眼睛和眉毛加了形容词，丹凤眼是"三角"，柳叶眉是"吊梢"，这就和通常的丹凤眼、柳叶眉不一样，有了狠相、奸相、霸王相。为什么说有霸王相？因为王熙

凤这只凤是盘旋在荣国府上空的霸王凤。王熙凤是美的，但是因为三角眼和吊梢眉的出现，就和贵族少妇应有的娴静、温婉绝缘。这双炯炯有神的三角眼，会在做一切奸诈、机变事情的时候瞪起来。这两弯吊梢眉将在她发狠、发怒、发飙的时候立起来。这样的眼睛和眉毛给王熙凤带来"粉面含威春不露"的特点。

王熙凤还有个外貌特征读者想不到，她的太阳穴总贴着治头疼的药膏。人为什么头疼？中医观点是用脑过度，少阴不足。王熙凤头疼是因为机关算尽太聪明，整天琢磨怎样抓钱抓权。王熙凤太阳穴贴着膏药，林黛玉当然看到了，但曹雪芹不写，后来在别人的故事中带出来。晴雯感冒太阳穴疼，贾宝玉派麝月找凤姐要"姐姐那里常有那西洋贴头疼的膏子药，叫作依弗哪"。晴雯贴上，麝月说晴雯"病的蓬头鬼一样，如今贴了这个，倒俏皮了。二奶奶贴惯了，倒不大显"。曹雪芹人物外貌描写实在巧妙。

贾母画龙点睛的介绍

贾母已向林黛玉介绍大舅母、二舅母、珠大嫂子，应该同样郑重其事地介绍王熙凤吧？不。贾母居然对黛玉

说："你不认得她,她是我们这里有名的一个泼皮破落户儿,南省俗谓作'辣子',你只叫她'凤辣子'就是了。"什么话?刚进府的小女孩听到这番话,还不满头雾水?但初进贾府的林黛玉是乖乖女,"连忙起身接见"。探春姐妹们赶紧告诉她是"琏嫂子",林黛玉开口叫"嫂子"。

贾母的介绍太绝了。假如贾母一本正经地告诉黛玉,这是你琏二嫂子。黛玉就会认为,琏二嫂子犯上作乱,放诞无礼,你太婆婆在这儿接待贵客,你一个孙媳妇在外面大呼小叫,成何体统?但贾母这样介绍,就说明来人放诞无礼,是老太太娇惯的。更妙的是,贾母三言两语就点出了王熙凤最重要的性格特点:泼和辣。

王熙凤开口说话,句句到位、色色周到、八面生风

王熙凤创造了一个对贾母的特有称呼"老祖宗"。贾府上上下下都称贾母"老太太",这是正常称呼。贾府祖宗当然姓贾,王熙凤却别出心裁地叫贾母"老祖宗",是巧妙恭维:史太君才在贾府至高无上。后边,王熙凤还会叫"好祖宗""亲祖宗"。

《新增批评绣像红楼梦》
文畬堂藏板 清嘉庆十六年东观阁刊本

王熙凤如何在"老祖宗"跟前表演她对林黛玉关怀备至?巧舌如簧。

王熙凤携着黛玉的手,上下细细打量了一回,仍送至贾母身边坐下,笑道:"天下真有这样标致的人物,我今儿才算见了!况且这通身的气派,竟不像老祖宗的外孙女儿,竟是个嫡亲的孙女,怨不得老祖宗天天口头心头一时不忘。只可怜我这妹妹这样命苦,怎么姑妈偏就去世了!"说着,便用帕拭泪。

太生动了,太精彩了!什么叫说的

比唱的还好听？王熙凤就是。以一当十，一石三鸟。她夸黛玉标致，并不开口就夸，而是细细打量之后夸。这就表示她不是客气，是观察之后真心夸。而黛玉的标致是她从来没有见过的，"今儿才算见了"。但仅仅夸林黛玉标致，能算王熙凤的本事？得把小表妹和老祖宗巧妙联系起来才叫本事。王熙凤说，黛玉通身的气派像老祖宗的嫡亲孙女。这是夸谁？当然是夸林黛玉，主要却是夸贾母，还顺带恭维了小姑子。林黛玉长的标致，模样有几分像贾母，可能是事实，但也可能贾母老了胖了，她和林黛玉相似已不大容易看出来，但是凤姐说的是什么？"通身的气派"，是林黛玉的高贵气质像贾母。这就是更高层次了。而林黛玉"竟是个嫡亲的孙女"，这又叫嫡亲孙女高兴，因为旧时代小姑子是所谓"站着的婆婆"，嫂子再得宠，再飞扬跋扈，对小姑子不能不格外谨慎，王熙凤多聪明？夸奖远来的小姑子的同时，顺带恭维了朝夕相处的小姑子。

贾母听了当然高兴。但她马上就制止王熙凤淌眼泪，"我才好了，你倒来招我"。王熙凤听了马上转悲为喜说："正是呢！我一见了妹妹，一心都在她身上了，又是喜欢，又是伤心，竟忘记了老祖宗。该打，该打！"从悲到喜，见风转舵，转得飞快，转得巧妙。王熙凤真的一心都在林妹妹身上忘了老祖宗吗？当然不是。王熙凤恰好因为一心在老祖宗身上，她也深知老祖宗现在一心只在她亲爱的外孙女身上，她才做出以林黛玉为中心的精彩表演。老祖宗需要什么，我就准备什么，老祖宗关心什么，我立即关心什么。这就是孙媳妇王熙凤稳坐荣国府管家之位的诀窍。

老祖宗现在最牵挂什么？刚到的外孙女。王熙凤就按照这条路子往下表演，问了林黛玉好几个问题，"妹妹几岁了？可也上过学？现吃什么药？在这里不要想家，想要什么吃的，什么玩的，只管告诉我。丫头老婆们不好了，也只管告诉我。"表演好表嫂关心刚来的小表妹，也表演大管家管家的能耐。贾母、邢夫人、王夫人都坐在这里，王熙凤这样大包大揽是什么意思？就是：我是管家奶奶，我说了算。

王熙凤问黛玉，妹妹几岁了，她得回答；王熙凤问可也上过学，黛玉得回答；问现吃什么药，黛玉得回答。曹雪芹为什么不叫她回答？因为曹雪芹要突出王熙凤。

接着，王熙凤周密细致地安排林黛玉带来的人住，但就不提也不问林黛玉住哪里。王熙凤知道这事必须贾母发话。王熙凤简直是贾母肚子里的蛔虫。

发月钱和准备衣料

王熙凤忙活完了林黛玉，王夫人问：月钱放完了不曾？王熙凤说，月钱放完了。

什么叫"月钱"？旧时富贵人家每月按身份等级发给家里上中下人等的零用钱。比如，贾母及邢、王夫人二十两，少爷小姐二两，大丫鬟一两，小丫鬟五百钱。

这看似寻常的闲聊暗藏玄机，王夫人为什么问月钱放完了不曾？因为王熙凤常把月钱从前面账房领来后先不发，放高利贷。只用这个钱，一年赚近千两银子。王夫人问月钱放完不曾，也是向贾母表演关心刚来的外甥女，如果月钱还没放完，赶快把她的月钱加进去。王熙凤对王夫人说月钱放完了，其实，根本没那么回事，如果放完了，王夫人会收到月钱，怎么还会问？

王夫人刚提到给林黛玉做衣服，王熙凤就把给林黛玉裁衣服的缎子拿出来了？

是她真拿出来了,还是王夫人提起,她灵机一动,宣布已经准备好,接着再去准备也晚不了?王夫人听后一笑,是很满意的笑,还是知道自己内侄女"花马吊嘴",都是可能的。

林黛玉是绛珠仙子下凡,灵敏灵秀灵透,她当然立即看出王熙凤是什么样的人。非常能干,更重要的是善于显示自己能干,善于把好钢用到刀刃上。后来林黛玉对王熙凤做个精彩概括,"打花呼哨,讨好老太太"。"打花呼哨"这四个字只有语言天才才能想出来,太准确,太精彩了。林黛玉的智商肯定比王熙凤高,但情商肯定比王熙凤低很多。林黛玉能看透王熙凤的为人,但叫她学习王熙凤,还不如杀了她。因为这两个人的人生理想和目标不一样。林黛玉信奉理想主义、唯美主义。王熙凤信奉实用主义、功利主义、金钱至上、权势至上。《红楼梦》中有个奇怪现象:王熙凤跟丈夫亲表妹林黛玉多次亲热地开玩笑,跟自己的亲表妹薛宝钗没有一个字的交谈。王熙凤跟林黛玉最好,跟薛宝钗疏远,这个现象背后隐藏着王熙凤对切身利益的思虑和谋划。

黛玉进府首先接触到的人中,贾母展示了国公府老当家的尊贵和慈祥,王熙凤展示了国公府少当家的豪华和张扬。

王熙凤一出场,巧言令色,扬风乍毛,神采奕奕,活色生香,雕塑般立了起来。

在中国古代长篇小说中,王熙凤的出场描写是经典中的经典。

为什么要把王熙凤的出场做比较详细的剖析?因为看懂这一段描写,就知道王熙凤为人处世的特点,以及贾府复杂的人际关系了。

见不着舅舅

林黛玉投奔外祖家,外祖父已不在,大舅舅承袭荣国公,二舅舅有官职,她理所当然进府当天就拜见两位舅舅,偏偏都见不着!曹雪芹的描写特别有趣,值得深思。

林黛玉拜见过贾母后,贾母安排两个老嬷嬷带着黛玉去见舅舅,贾赦之妻邢夫人起来说,我带着过去很便宜(方便)。

奇怪的住房布局

林黛玉在大舅母带领下,看到大舅舅的住房:

出了西角门,往东过荣府正门,便入一黑油大门中,至仪门前方下来。众小厮退出,方打起车帘,邢夫人搀着黛玉的手,进入院中。黛玉度其房屋院宇,必是荣府中花园隔断过来的。进入三层仪门,果见正房厢庑游廊,悉皆小巧别致,不似方才那边轩峻壮丽。

一等将军贾赦,现任荣国公,住在荣国府外边,他的房子没有贾母住处高大雄伟,母亲住的比儿子好,勉强可以理解,但接着林黛玉看到二舅舅住房远超大舅舅住房的规格,就有点不可理喻了。

一时黛玉进了荣府，下了车，众嬷嬷引着，便往东转弯，穿过一个东西的穿堂，向南大厅之后，仪门内大院落，上面五间大正房，两边厢房鹿顶耳房钻山，四通八达，轩昂壮丽，比贾母处不同。黛玉便知这方是正内室，一条大甬路，直接出大门的。进入堂屋中，抬头迎面先看见一个赤金九龙青地大匾，匾上写着斗大的三个大字，是"荣禧堂"。

这是贾政的住处。贾政不过是皇帝送个官，位居员外郎，级别不过五品，比贾赦的荣国公一等将军差远了，而且贾政是次子，贾赦是长子。贾赦却住在偏院，房子"小巧别致"，贾政住有皇帝赐匾的荣禧堂，法定的荣国公住处，房子"轩昂壮丽"，不仅比贾赦住的东院宏伟大气，也超过贾母，完全是一家之主态势，奇怪不奇怪？

更奇怪的是，在荣国府管家的是王夫人，而不是长房邢夫人，贾赦的儿子贾琏、儿媳王熙凤协助管家。似乎长房也参与管家，实际上，真实原因是王熙凤是王夫人娘家的侄女。

按照封建宗法制度常规，应该长子住正房，长媳管家，荣国府完全倒过来。

这个现象是如何造成的？贾赦在一次家宴上讲笑话，含沙射影说贾母偏心。

红学家做过各种分析，且不细说。

如此奇怪的住房布局和管家分工，成为贾府衰落原因之一：家庭内部矛盾重重。

大舅舅不见，大舅母留饭

邢夫人带林黛玉进了贾赦正室，早有许多盛装丽服的姬妾丫鬟迎着，多深刻，多有意思！贾赦胡子都白了，他的正室却有一帮年轻漂亮华贵时髦的姬妾丫鬟，暗点贾赦是老色鬼。

请贾赦的人回话，老爷说了：连日身上不好，见了姑娘彼此倒伤心，暂且不忍相见。劝姑娘不要伤心想家，跟着老太太和舅母，即同家里一样。姊妹们虽拙，大家一处伴着，亦可解些烦闷。或有委屈之处，只管说得，不要外道才是。

按贾赦的身份，这番话很得体，林黛玉站起身一一听了，表现得恭敬、懂事。

接着是大舅妈不懂事。邢夫人苦留林黛玉吃饭，林黛玉笑着回答："舅母爱惜赐饭，原不应辞，只是还要过去拜见二舅舅，恐领了赐去不恭。"邢夫人真诚地留林黛玉吃饭，出于好心，但活化出一个顾前不顾后、心里没数的人。难道她不知道林黛玉还得去看贾政？难道她不知道林黛玉初来乍到应该跟外祖母吃第一顿饭？

《新增批评绣像红楼梦》
文畬堂藏板 清嘉庆十六年东观阁刊本

这里展示出邢夫人既愚蠢又倔强的性格特点。关系人物命运，尤其是王熙凤。

二舅妈给黛玉挖陷阱

林黛玉到了王夫人正房，看到正面炕桌堆着书籍茶具，靠东边有个椅垫，王夫人坐西边，见林黛玉来了就往东边让。

这似乎寻常的让座，其实非常不寻常。

炕桌上堆着书籍，上座空着，当然是贾政的座位，上座。

王夫人为什么叫林黛玉坐到舅舅的座

位上？是特别友好，还是想试探林黛玉懂事不懂事，知道不知道规矩？甚至是内心深处跟当年自己不得不仰视的小姑子贾敏较劲？

王夫人后来回忆贾敏在家时如何金珠玉贵，现在的贾府小姐还不如她的丫鬟。

林黛玉对王夫人起居室的观察细致极了，一边细看一边细想，判断出王夫人叫自己坐的是上座，因此坚决不坐，坐到了给孩子准备的椅子上。王夫人再三叫她上炕，她就挨着王夫人坐了，挨着舅妈坐，既不越轨又亲切。林黛玉绝不越雷池半步。如果王夫人有意考察林黛玉，这时也不得不服气。

看到王夫人跟林黛玉打交道，容易联想到西方名著《简·爱》里那个把外甥女当敌人的舅妈，那是公开迫害。王夫人更高明，暗地较劲。王夫人的内心，一方面对当年受婆婆宠爱的小姑子有本能的反感，另一方面对林黛玉和贾宝玉的交往有本能的反抗。

这么细致的人情世故，黛玉一进府就接触到了。她此后会受到更大的精神压力，来自王夫人的敌意是其中之一。

黛玉进府第一天，应该见的两个舅舅都没见到。大舅妈无意中给林黛玉挖个陷阱，二舅妈可能是故意给林黛玉挖陷阱。聪慧的林黛玉都不动声色地躲过陷阱，这也给她幼小的心灵增加了负担：外祖母家确实和自己家不一样！得时时留心、处处小心，不敢多走一步路，不肯多说一句话，恐怕被人耻笑了去。此后她变得小性儿、行动爱恼人，是贾母和宝玉娇宠的结果。

宝黛初会

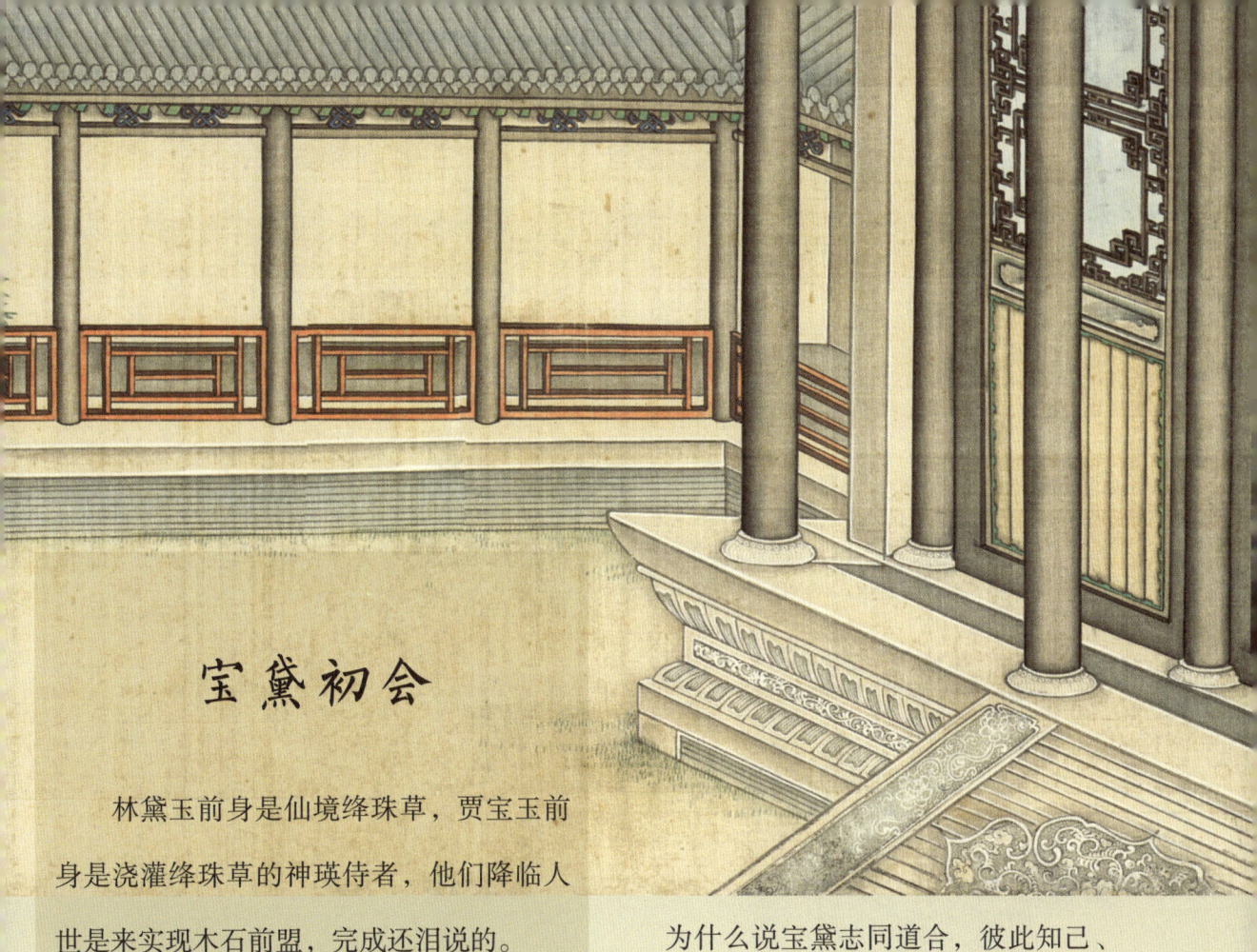

林黛玉前身是仙境绛珠草，贾宝玉前身是浇灌绛珠草的神瑛侍者，他们降临人世是来实现木石前盟，完成还泪说的。

荣国府初见是宝黛人世缘的开始，他们在人世志同道合，彼此知己、知心。

为什么说宝黛志同道合，彼此知己、知心？因为在整个贾府，当所有的人包括贾宝玉的父母、姐妹、表姐薛宝钗都认为他应该走"正道"，也就是走读书做官的路时，只有林黛玉不劝贾宝玉"立身扬名"。他们喜欢说"我为的是我的心"，这里的"心"是赤子之心、童心。他们都不想做利欲熏心、趋炎附势的人，喜欢清清白白处世，堂堂正正做人，希望诗意地栖居。而追求清高淡泊的人生和争名逐利的社会、望子成龙的贵族家庭格格不入。

曹雪芹对宝黛初见采用带有浓厚感情色彩的"互观式"描写，也就是从林黛玉眼中观察描写贾宝玉，从贾宝玉眼中观察描写林黛玉，写天上人间重聚首的惊喜，写两人初见的震撼，曹雪芹用的是画家的"皴染法"，也就是如同画家画人时不是一次画出，而是分几次画成，越画越清晰，越精彩。

《红楼梦赋图册》清 沈谦赋 盛昱录

林黛玉被打"预防针"

看到贾宝玉前，有两个人向林黛玉灌输贾宝玉是什么样的人。

一个是林黛玉的母亲：二舅母生的有个表兄，衔玉而诞，顽劣异常，极恶读书，最喜在内帏厮混，外祖母宠爱，无人敢管。这是比较客观的介绍。

另一个是王夫人：我有个孽根祸胎、混世魔王，有天无日，疯疯傻傻。王夫人嘱咐黛玉，不要睬他，不要沾惹他，只休信他，离他远点。这是带有明显目的性的介绍。王夫人不希望宝玉黛玉亲近。

有两个先入为主的介绍，当林黛玉听人报告说宝玉来了时想，贾宝玉可能是个吊儿郎当、邋里邋遢的蠢物，既不懂事又不驯服，她不想见他了。

读者被打"预防针"

当贾宝玉出现、黛玉观察宝玉的同时,曹雪芹写了两首《西江月》形容贾宝玉,这是给《红楼梦》读者打预防针:我写的贾宝玉跟你们过去在作品中见识的任何人物都不同!

> 无故寻愁觅恨,有时似傻如狂。纵然生得好皮囊,腹内原来草莽。
>
> 潦倒不通世务,愚顽怕读文章。行为偏僻性乖张,那管世人诽谤。
>
> 富贵不知乐业,贫穷难耐凄凉。可怜辜负好韶光,于国于家无望。
>
> 天下无能第一,古今不肖无双。寄言纨绔与膏粱,莫效此儿形状。

这两首词是以反讽语调给贾宝玉定调,用贬斥语气给封建逆子唱赞歌,形象地概括了贾宝玉的思想、个性。

贾宝玉衣食无忧,他能有什么愁有什么恨?他却要无故寻愁觅恨,他寻的是跟封建秩序背道而驰的思想和道路,而且执着到似傻如狂。他虽然长得文静漂亮,肚子里却没有在社会上安身立命的东西,他不喜欢科举考试需要的八股文、试帖诗,却喜欢对读书做官百无一用的庄子、屈原的作品,以及唐诗、宋词,还有家长不让看的"闲书",甚至禁书。《四书》《五经》是经典,参加科举考试最要紧,必须背熟,贾宝玉却"怕读文章(《四书》《五经》)",他对理学家和家长反对读的《庄子》《牡丹亭》《西厢记》却爱如珍宝。读书做官是最大世务,贾宝玉却不屑一顾,认为热衷功名的人是"禄蠹",按照世俗观点,这样的贾宝玉就是"潦倒""愚顽",就是"无能""不肖"。他这样做人当然会受世人诽谤,首先受到的是父亲的斥责,甚至拷打。

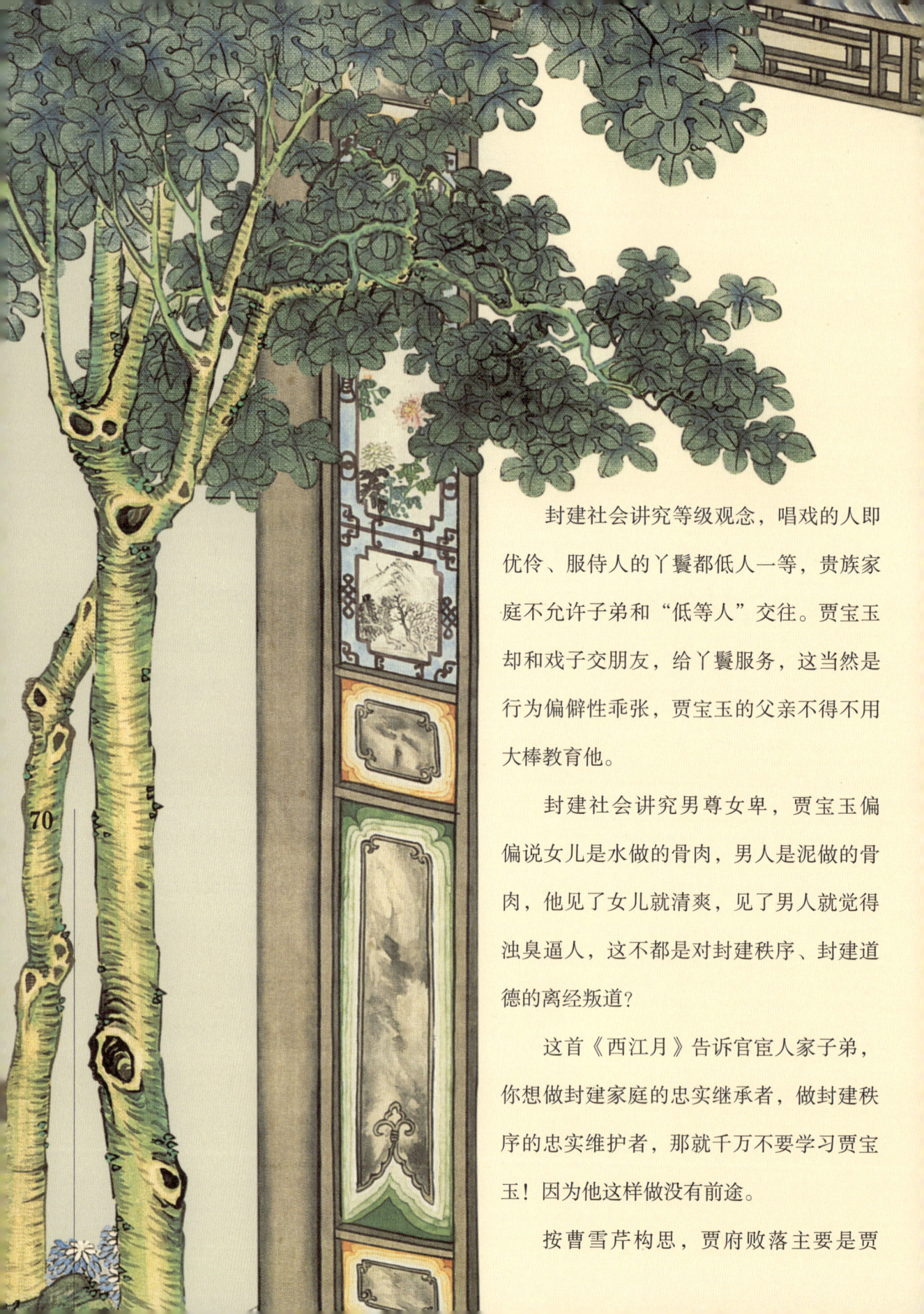

封建社会讲究等级观念，唱戏的人即优伶、服侍人的丫鬟都低人一等，贵族家庭不允许子弟和"低等人"交往。贾宝玉却和戏子交朋友，给丫鬟服务，这当然是行为偏僻性乖张，贾宝玉的父亲不得不用大棒教育他。

封建社会讲究男尊女卑，贾宝玉偏偏说女儿是水做的骨肉，男人是泥做的骨肉，他见了女儿就清爽，见了男人就觉得浊臭逼人，这不都是对封建秩序、封建道德的离经叛道？

这首《西江月》告诉官宦人家子弟，你想做封建家庭的忠实继承者，做封建秩序的忠实维护者，那就千万不要学习贾宝玉！因为他这样做没有前途。

按曹雪芹构思，贾府败落主要是贾

赦、贾珍、贾琏、王熙凤作恶，也跟贾宝玉和优伶来往、得罪权贵有关。贾宝玉过惯了钟鸣鼎食的生活，一旦家庭败落，便不能自食其力，在彻底绝望后，出家为僧。

贾宝玉的思想和行为是对封建制度、对贵族家庭提出的怀疑，在当时的社会是叛逆，曹雪芹对这种叛逆性格大加赞扬，实际上它展现的是进步的民主主义思想，闪烁着新时代思想的光芒。

林黛玉见贾宝玉：倒像在哪里见过

出现在林黛玉跟前的贾宝玉是个俊美少年公子，林黛玉两次观察到贾宝玉着装，第一次看到的是：

头上戴着束发嵌宝紫金冠，齐眉勒着二龙抢珠金抹额；穿一件二色金百蝶穿花大红箭袖，束着五彩丝攒花结长穗宫绦；外罩石青起花八团倭缎排穗褂，登着青缎粉底小朝靴。

贾宝玉外出的着装，需要一件一件地看看。

头上束发嵌宝紫金冠：冠，古代男子的束发用具；紫金，紫磨金，一种精美的金子；嵌宝，镶嵌着各种珠宝。

齐眉勒着二龙抢珠金抹额：金抹额是覆于前额的金饰，与束发冠配合使用，上边有二龙抢珠的纹饰。

穿一件二色金百蝶穿花大红箭袖：二色金，花纹用金丝银线织出，以金丝为主，少量花纹用银线点缀；百蝶穿花，清代乾隆年间流行的纹饰图案；箭袖，也叫箭衣，是古代射者之服，袖端去其下半，仅可覆手，便于射箭。

束着五彩丝攒花结长穗宫绦：扎着用五彩丝攒聚成花朵、带着长长穗子的宫制丝带。

外罩石青起花八团倭缎排穗褂：褂，是外衣；倭缎，福建泉州等地模仿日本织法织成的缎子；起花八团，衣面上刻丝或绣成八个彩团图案；排穗，衣服下缘排缀之穗；倭缎底色，是高贵的石青色。

登着青缎粉底小朝靴：穿一双黑色缎子的靴面、白色靴底的方头靴。

贾宝玉这样着装显示出贵族公子的豪华气派。冠饰是昂贵的，衣料是昂贵的，衣料的颜色是高贵的，也都是时髦的。跟王熙凤出场时的服装起着相同的作用，彰显贵族之家的高级享用。

这样的着装说明贾宝玉外出做什么去了？王夫人对林黛玉介绍是去庙里还愿，我觉得他在还愿之前先去做军功出身的贵族子弟必修功课：骑马射箭去了。他里边穿的是射击者的服装箭袖，罩着讲究的外衣褂，就像现在外出时的披风或大衣。

贾宝玉箭袖底色是大红，这是他的重要特点：他处的环境有"红"，他穿的衣服常"红"，他住的地方叫绛芸轩。

贾宝玉已看到祖母身边多了个神仙似的妹妹，他向母亲汇报后急忙跑回来，林黛玉再次看到的贾宝玉如同一幅贵族公子家常行乐图：

头上周围一转的短发，都结成小辫，红丝结束，共攒至顶中胎发，总编一根大辫，黑亮如漆，从顶至梢，一串四颗大珠，用金八宝坠脚；身上穿着银红撒花半旧大袄，仍旧带着项圈、宝玉、寄名锁、护身符等物，下面半露松花撒花绫裤腿，锦边弹墨袜，厚底大红鞋。

林黛玉除细致观察贾宝玉的穿衣打扮，还两次仔细地看到贾宝玉的面貌。

林黛玉第一次看到的贾宝玉：脸圆圆的，亮堂堂像中秋的满月；脸上洋溢着朝气，脸色像春天早上的花朵；头发又黑又亮又浓密，鬓角好像用刀裁出来的一样；眉毛弯弯长长，像画出来的；眼睛如秋波般,晶光闪闪。

林黛玉想:"好生奇怪,倒像在哪里见过一般,何等眼熟到如此。"

他们在哪儿见过?在仙境见过,灵河岸边,三生石畔那棵小草,每天都看到神瑛侍者拿着甘露来浇灌自己。

林黛玉第二次看到贾宝玉是:脸色滋润白皙,嘴唇鲜艳丰满,像抹了口红,看起人来带着柔美感情,说起话来带着迷人的笑容。林黛玉第二次看到的贾宝玉更美好了,带着她自己都不知道的、天上人间重相逢的喜悦心理。

贾宝玉:这个妹妹我见过

林黛玉进府穿什么衣服?戴什么首饰?林黛玉家世那么高贵,当然得穿绫罗绸缎,戴金银首饰翡翠玉器。但跟对王熙凤、贾宝玉的描写截然相反,曹雪芹没用一个字写林黛玉衣饰。因为不能写。写豪华了,和林黛玉将寄人篱下不符合;写寒酸了,和探花小姐身份不符合。曹雪芹还是要对林黛玉"画眼睛"。

林黛玉长什么模样?贾宝玉印象最深的是林黛玉的眉毛和眼睛:

> 两弯似蹙非蹙罥(juàn)烟眉,一双似泣非泣含露目。

这是中国古代小说中,独一无二仅属于林黛玉的眉目。林黛玉的眉毛细长,弯弯的,形色好像是挂在树梢上的青烟;眉好像皱着,又好像没皱着,含着淡淡的哀愁;眼睛好像刚哭过,又好像里面含着晶

莹的泪珠还没掉下来。关于林黛玉的眼睛和眉毛，《脂砚斋重评石头记》十几种版本有八种写法，此处引自列宁格勒藏本，是红学家公认的最好写法。

仅林黛玉眉毛就有两个出处，一个是《庄子·天运》，"西施病心而颦"，"颦"就是蹙眉。贾宝玉马上送林黛玉一个表字叫"颦颦"，后来连贾母都叫她"颦儿"。罥烟眉来自《西京杂记》，其中描写著名才女卓文君眉色如望远山，这种眉毛被称为远山眉。罥烟眉的意思就是疏朗的眉毛像挂在树梢上的青烟，是化用远山眉。林黛玉两弯眉毛居然和古代两个大名鼎鼎的美女，卓文君还是才女，挂上了钩。

在贾宝玉的眼里，林黛玉"态生两靥之愁，娇袭一身之病。泪光点点，娇喘微微。闲静时如姣花照水，行动处似弱柳扶风。心较比干多一窍，病如西子胜三分"。林黛玉比西施美，她的美是病弱的美。她静止的时候，像娇花倒映在水中，行动的时候，像柔弱的细柳摆动。林黛玉的美又和聪慧连在一块。比干是传说中最聪明的人，林黛玉的心比比干的还要多一窍，也就是说林黛玉比古代最聪明的人还聪明，这就使蹙眉黛玉比捧心西施多了层智慧的美。

林黛玉的美总和她的思考、和她的愁怨联系在一起。大自然的花开花落，人世间的风霜雨晴，总会使林黛玉敏感地感受着、呼应着。更重要的是，林黛玉的美还和泪联系在一起。她的眼里隐隐含着泪水，她是绛珠仙子到人间还泪。

贾宝玉一看到林黛玉，马上产生个印象，神仙似的妹妹。这是对林黛玉的定位，林黛玉身上有仙气，这仙气和绛珠仙子神瑛侍者的前世情缘联系到一起。

贾宝玉见到林黛玉说的第一句话"这个妹妹我曾见过"，这是林黛玉在想，但没有说出来的"倒像在哪里见过一般"。贾宝玉还进一步说和林黛玉是远别重逢。多有意思！他们确实是远别重逢，多远的地方？从灵河岸边，从太虚幻境来到京城，来到荣国府。

宝玉摔玉，黛玉流泪

贾宝玉与林黛玉见面后各自发生了一件事，贾宝玉摔玉，林黛玉流泪。

贾宝玉问林黛玉：你有玉没有？贵族子女都佩玉，但不是出生时带下来，林黛玉马上知道贾宝玉出生时嘴里衔玉，就希望林黛玉跟他一样也有玉，林黛玉小心翼翼地回答："我没有那个。想来那玉亦是一件罕物，岂能人人有的。"贾宝玉一听，立即发起疯病，摘下命根子通灵宝玉狠命摔在地上，说："什么罕物，连人之高低不择，还说通灵不通灵呢！我也不要这劳什子了！"他认为如果这块玉是好东西，林黛玉就该有。既然神仙似的妹妹都没有，就说明这玉不是好东西。贾母现场编套鬼话哄孙子，她说，你妹妹原来也有玉，你姑妈去世时把她的玉给带走了，你妹妹说她没有玉，这是她自己不便于夸张。贾宝玉听了，她也有玉，那我就把这个玉再戴上吧。

到了晚上，林黛玉因为贾宝玉摔玉而淌眼抹泪。这是绛珠草第一次还甘露水。林黛玉是贾宝玉的知己，她体贴贾宝玉，贾宝玉为了她居然不爱惜命根子一样的通灵宝玉，她怎能不受感动？此后林黛玉经常哭，每次哭都是绛珠草向神瑛侍者还甘露浇灌之恩，每哭一次，他们的感情就向前迈进一步。曹雪芹把神话和人世结合得多么巧妙！

乱判糊涂案

贾宝玉和林黛玉已在贾府见面,他们从仙境带来的三世情、还泪缘,应该马上往下进行了吧?没有。曹雪芹又倒回去写起贾雨村来。

宋元话本说"葫芦提"即糊里糊涂,"葫芦案"即糊涂案。《红楼梦》第四回回目叫《薄命女偏逢薄命郎 葫芦僧乱判葫芦案》,回目暗含讽刺:被拐卖的薄命女甄英莲偏偏遇到想买她而被薛蟠打死的薄命郎冯公子,知府贾雨村不按律法判杀人案,是听了葫芦(糊涂)僧的主意。

黛玉进府后,王夫人拆读金陵来信,其兄王子腾派人传话,因金陵城薛姨妈之子薛蟠倚财仗势打死人命,要唤取薛蟠进京。王子腾在小说里没有正式出场,一个唤取薛蟠进京,把这位京都最高军事长官无视国法、倚势凌人的态势写了出来。

打死人命白白走了？

贾雨村复职担任应天府知府，一上任就接到一桩杀人案，前任觉得棘手拖延着不处理：两家争买一个女孩，金陵一霸薛公子打死小乡宦之子冯渊（谐音"逢冤"）。薛蟠打死冯渊，抢走女孩，若无其事地走了。苦主（被害）家告一年状，没人作主。

贾雨村此前因为贪酷被罢官，现在新官上任三把火，想搞出点"政绩"，断好前任没断好的案件。他一听仗势欺人的杀人案竟然拖着不断，大怒，岂有这样的事！打死人命白白地走了？

此时贾雨村是个"正义"或者说正常的官员。

贾雨村立即要发签拘捕薛蟠，他手下一个门子向他施眼色让他不要发。

奇怪！贾雨村是知府，身份很低的衙役门子竟敢向大老爷使眼色，这不正常。

贾雨村生性狡猾，马上想到这里面有事，于是退衙，把门子叫来。

门子"揭老底"

回到内衙，门子与贾雨村叙旧，他原来是苏州葫芦庙小沙弥（小和尚），对命案两造（原告和被告）、被拐少女、贾雨村考进士受恩甄士隐、复职受益贾政和王子腾都知根知底。

门子告诉贾雨村：被害者冯渊是没权没势的乡绅之子，杀人犯薛蟠是贾政和王子腾的亲外甥，被拐少女是甄士隐的女儿甄英莲。

门子又告诉贾雨村：薛家、贾家、王家、史家在当今社会最有权势，这四家"皆

联络有亲,一损俱损,一荣俱荣",触犯这些人家,不要说做官,命都难保!

贾雨村面对的案情一点儿也不复杂:薛蟠打死冯渊,薛蟠及家奴逍遥法外,被拐卖少女是甄士隐之女甄英莲。欠债还钱、杀人偿命是基本法律;受恩当报是做人底线。贾雨村正确的做法是:把杀人犯薛蟠缉拿归案,按律法惩罚;把被拐少女甄英莲救出来送还甄士隐之妻,惩罚拐卖少女的拐子;薛家按民法,赔偿冯家。

贾雨村一听到门子说杀人犯的家庭背景,立即变脸,从虚张声势按律断案做"好官",变成琢磨怎么偏袒杀人犯,因为那样做对自己有利!

贾雨村知道:他绝对不能得罪最有权势的家族。他这次能重新做官,靠的就是薛蟠姨父贾政、舅舅王子腾极力推荐。他想依靠贾政和王子腾在官场继续向上爬,必须将朝廷法度、天理人情,抛到九霄云外!

贾雨村对杀人犯薛蟠的情况一句不问,对当年恩人甄士隐的女儿的下落也一句不问,又调查明白"冯家人口稀疏,不过赖此欲多得些烧埋之费",遂判薛家赔偿冯家一些钱,胡乱了结此案,然后写信向贾政和王子腾献媚请功。

贾雨村接触案情时，骂前任拖延不办是"放屁的事"，而他办成放狗屁的事了。

护官符

促使贾雨村乱判葫芦案的关键，是门子给他提供的"护官符"。

什么叫"符"？过去把道士所画、驱使鬼神帮人消灾纳福的图形叫"符"，社会上把可以护庇自己的势力叫"护身符"，曹雪芹创造性地将其改为"护官符"，是对《红楼梦》中出现的四大家族权势和财富的形象概括。

贾雨村不过是应天府地方官，"护官符"上写的，是在朝廷上下有知名度和影响力的高官显宦、金陵地界最有势力的贾、史、王、薛四大家族：

贾不假，白玉为堂金作马。

宁国荣国二公之后，共二十房分，宁荣亲派八房在都外，现原籍住者十二房。

阿房（ē páng）宫，三百里，住不下金陵一个史。

保龄侯尚书令史公之后，房分共十八，都中现住者十房，原籍现居八房。

东海缺少白玉床，龙王来请金陵王。

都太尉统制县伯王公之后，共十二房，都中二房，余在籍。

丰年好大雪，珍珠如土金如铁。

紫薇舍人薛公之后，现领内府帑（tǎng）银行商，共八房分。

四句歌谣介绍四大家族的组成和豪富，他们的豪富从何而来？权势。

这四句歌谣需要一一解释。

贾不假，白玉为堂金作马。此句说贾府的尊贵和豪富，用了两个典故，一个是《汉乐府·相逢行》中"黄金为君门，白玉为君堂"，一个是《三辅黄图》中"金马门，宦者署。武帝时，得大宛马，以铜铸像，立于署门，因以为名"。所以，对"金作马"不要理解为贾家的马是金子做的，而是贾家住处有标志高官身份的金马门。具体体现到小说里，就是林黛玉见过的国公府是"敕造（皇帝下令造）"的，有兽头大门。荣国公和宁国公是封建贵族中爵位最高的国公。

阿房宫，三百里，住不下金陵一个史。此句形容史家门第显赫。阿房宫是秦朝造的、方圆三百多里的皇宫，这么大的地方却住不下史家。尚书令是秦朝设置的官职，到魏晋时相当于宰相，明清时已废。曹雪芹自称《红楼梦》无朝代年纪可考，小说中用的许多官职，明清时已没有。如王子腾时任京营节度使，节度使是地方最高军事长官，唐朝官名，明清时已没有。

东海缺少白玉床，龙王来请金陵王。此句说王家豪富，多奇珍异宝。传说四海龙王富有，以东海龙王为最，而龙王需要向王家借白玉床。太尉，古官名，秦汉时为全国军事首脑。统制，北宋时的官名，南宋时是禁军将官。

丰年好大雪（薛），珍珠如土金如铁。此句说薛家的豪富。紫薇舍人即中书舍人，给皇帝拟诰敕的官，唐代开元年间曾把中书省改称紫薇省。帑银，国库收藏的钱财。

这四家按照公、侯、伯、舍人，从高到低的顺序排列。歌谣极力夸四家豪富，他们的豪富从哪里来？做官的俸禄，皇帝赏赐的田庄，更靠巧取豪夺，做大地主、放高利贷，靠权势获得财富。

贾、史、王、薛"护官符"上的四家，是能够进退官吏的"巨室"。

战国时孟轲就说过："为政不难，不得罪于巨室。"（《孟子·离娄上》）

巨室，即豪绅之家，他们有缙绅间的宗族姻亲，有为虎作伥的狼仆。地方上趋炎附势的狡猾官吏靠他们保全官位，宁得罪百姓，不得罪豪绅，这些都成了比较普遍的社会现象。

奸诈刁滑的贾雨村

贾雨村一听到门子讲的"护官符"，就心领神会，知道必须放过杀人犯薛蟠。

贾雨村和门子交谈，小说写得特别生动，因为贾雨村想知道门子为什么不让他发签。揣测到门子要说的事情很机密，把他让到密室：

这门子忙上来请安，笑问："老爷一向加官进禄，八九年来就忘了我了？"雨村道："却十分面善得紧，只是一时想不起来。"那门子笑道："老爷真是贵人多忘事，把出身之地竟忘了，不记当年葫芦庙里之事？"雨村听了，如雷震一惊，方想起往事。原来这门子本是葫芦庙内一个小沙弥，因被火之后，无处安身，欲投别庙去修行，又耐不得清凉景况，因想这件生意倒还轻省热闹，遂趁年纪蓄了发，充了门子。雨村那里料得是他，便忙携手笑道："原来是故人。"又让坐了好谈。这门子不敢坐。雨村笑道："贫贱之交不可忘。你我故人也；二则此系私室，既欲长谈，岂有不坐之理？"这门子听说，方告了座，斜签着坐了。

从字面描写上看，贾雨村对突然出现的"故人"很热情，携手、让座，还说"贫贱之交不可忘"，结合后面的描写看，贾雨村对"故人"出现既震惊且担

忧。他现在发达了，最不乐意被人知道贫贱时的事：他曾住在和尚庙卖文为活，能进京考进士是接受甄士隐资助。这个不知天高地厚、喜欢夸夸其谈的门子，肯定会把他和知府大人的"旧交"宣扬出去，把知府大人当年如何贫贱、怎么样往上爬宣扬出去，这非常危险！这个人可以利用，但绝对不能继续留在身边！

贾雨村听完门子讲薛蟠打死冯渊的前因后果后，先感叹"这也是他们的孽障遭遇"，用命中注定巧妙地给甄英莲被拐、薛蟠杀人做解，又假装礼贤下士地问门子："目今这官司，如何剖断才好？"门子又不知深浅地揭了贾雨村更私密的老底：老爷补升此任，亦系贾府王府之力，何不顺水行舟，作个整人情，将此案了结，日后也好去见贾、王二公。雨村说："你说的何尝不是。但事关人命，蒙皇上隆恩，起复委用，实是重生再造，正当殚心竭力图报之时，岂可因私而废法？是我实不能忍为者。"贾雨村此时更加胆战心惊：门子连我如何复职都门儿清，这个人必须除掉！

贾雨村徇情枉法断了葫芦案之后，找个理由，把门子远远地充军，除去心头大患。

贾雨村对"故人""热情"，他表示不忍心徇情枉法断案，全是假门假式的变色龙表演。脸上笑着、心里想着坏点子的奸险小人形象活跳纸上。忘恩负义是贾雨村性格中的重要成分，对甄士隐如此，对帮助他断案的门子如此，将来对贾政、王子腾也是如此。只是曹雪芹后三十回稿子遗失，贾雨村如何在贾府败落时狠狠地踢了一脚，我们就不知道了。

葫芦案放到小说开头第四回，太重要了。曹雪芹根据自己对社会的观察看出

来,作为封建社会基石的贵族、地主,他们的日常生活建筑在什么基础上,他们能横行霸道、钟鸣鼎食,就是因为他们掌握权力。而封建社会的法律对他们一点儿办法都没有。第四回通过一个案子,把这些人的丑恶本质揭个底儿掉。这样的人还配有好命运吗?必定要衰亡。

宝钗进府

贾雨村徇情枉法的结果是,被杀者冤沉海底,杀人者带着母亲薛姨妈、妹妹薛宝钗,还有抢来的甄英莲进了贾府。

薛宝钗是《红楼梦》中的又一女主角。曹雪芹在黛玉进府后,紧锣密鼓地让宝钗进府。宝钗进府没有黛玉进府的诗情画意,反而带点儿腥风血雨的滋味。薛蟠抢人害命后行若无事,认为花几个臭钱,就没有不了的。薛宝钗就与这位地方恶少成长在同一家庭中,她虽然举止娴雅、读书识礼,但其思维、价值观、为人处世不可能不打上"皇商"标志。后来金钏自杀,她安慰王夫人说的残忍而颠倒黑白的话,以及她在平儿无辜被王熙凤打后劝慰平儿忍让的话,都是例证。

薛宝钗进京是为了待选公主、郡主入学陪侍,进宫充才人等宫中女官。她进入贾府后,对于待选之事曹雪芹一个字不提。薛宝钗当然是因为没选上才能继续住在贾府。她为什么没入选?有人推测是薛蟠的劣行让她没通过"政治审查"。这大概是以今日情势度古代制度。不管薛宝钗以什么理由进京,曹雪芹必须让她留在贾府,好戏才能开锣。

薛宝钗的重要性不全在于让金玉良缘与木石前盟形成对峙,还在于她与林黛玉不同的人生追求,以及不同的价值观对贾宝玉的人生道路形成不同的设想。薛宝钗是曹雪芹描写的十分成功的"大家闺秀"加"封建卫道者"形象。她的美丽娴雅、博学多才、心机缜密构成小说重要而生动的情节。

曹雪芹喜欢用花比喻他笔下的人物,林黛玉是风露清愁的荷花,薛宝钗是艳冠群芳的牡丹花。这朵美丽的牡丹花偏偏有个呆霸王哥哥,这个哥哥欺男霸女害死人命,薛宝钗才离开故乡,往京城而来。

薛家人为什么直奔贾府?

薛家人在进京城的路上,听到王子腾升了九省统制,这是宋代武官名,负责九个省军事指挥。薛蟠正愁进京有亲母舅管着不能任意挥霍,现在天从人愿!跟母亲商量,咱们京城有房子,赶快派人去打扫。他母亲说,我们到京城去先是拜望亲友。舅舅或者姨爹家房子多,我们凑合着住,慢慢再去收拾自己的房子。

王夫人带薛姨妈拜见贾母,送人情土物、贾府摆席接风。薛蟠拜见贾赦、贾政、贾珍。贾政和贾母派人挽留薛姨妈一家住下,薛姨妈立即同意,对王夫人说,一应日费供给一概免却。薛姨妈打算在贾府长住,贾府供应不是常法,自己拿生活费才能住得长久。薛姨妈为什么自己有房屋非得住亲戚家?为了权势。皇商地位怎比国公府?薛蟠犯杀人罪已得到国公府护庇,等到贾元春封妃,为促成薛宝钗和"国舅"贾宝玉的"金玉良缘",薛姨妈更要死皮赖脸长住贾府。

有钱就有朋友。贾府纨绔子弟喜欢和

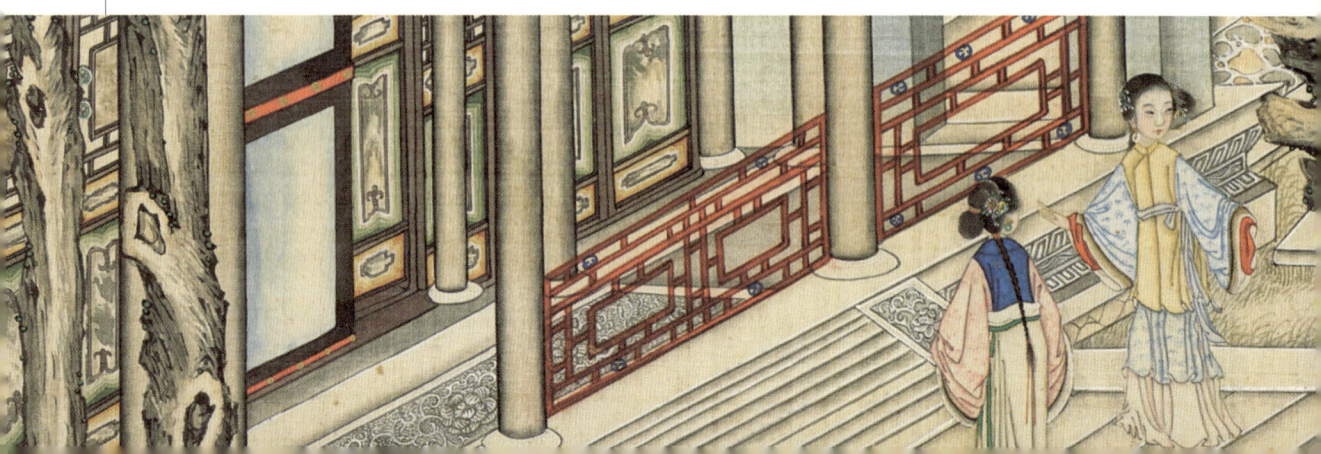

薛蟠来往。贾珍、贾琏、贾蓉和薛蟠一路货色,今天会酒,明天观花,无所不至,引诱的薛蟠比当初更坏了十倍。薛蟠是打死人都不在意的地方恶少,现在比当初更坏了十倍,贾府真是个大染缸。而族长贾珍是纨绔子弟中最坏的一个。

宝、黛、钗局面形成

黛玉进府后,贾母万般怜爱,宝玉黛玉亲密友爱,日则同行同坐,夜则同息同止。现在突然来个薛宝钗,品格端方,容貌丰美,行为豁达,随分从时,不像林黛玉孤高自许,目无下尘。世俗眼中认为薛宝钗比林黛玉强。薛宝钗会根据周围环境决定对人的态度,林黛玉只顾自己内心。因此宝钗比黛玉更多得到贾府众人之心。

贾宝玉只是把表姐表妹都当成一起玩的对象。因为与黛玉从小一起长大,更亲密。既然亲密就不免"求全之毁,不虞之隙"。求全之毁是因追求完美而有所责难。谁追求完美?谁责难人?林黛玉。她要求的完美,就是贾宝玉只能和我玩,不能和薛宝钗玩,否则我就不高兴。不虞之隙,是说二人虽然亲密却难免有意料不到的误会,如果贾宝玉找薛宝钗玩,林黛玉就会认为贾宝玉疏远自己,就会产生误会,整个故事情节都照这个模式往前发展。

这一天不知为什么宝黛又闹矛盾,黛玉又哭了,宝玉赶快赔不是,哄林妹妹,黛玉才稍微缓和下来。这成了宝黛相处常态:林黛玉不断地找事,贾宝玉不断地赔不是。林黛玉是因为个性坏而不断找事吗?不,是因为她心里只有一个贾宝玉。

从小说布局看,提示《红楼梦》社会背景、为宝黛钗聚合拉开序幕,是第四回的作用。薛蟠出场既暴露了官场黑幕与四大家族欺压良善的劣迹,又导致宝钗进府,开始"木石前盟"和"金玉良缘"的对峙。

神游太虚境

《红楼梦》第五回《游幻境指迷十二钗　饮仙醪曲演红楼梦》，贾宝玉梦游太虚境可以看作《红楼梦》的总纲。曹雪芹通过贾宝玉一个神奇的梦，预示了主要女性人物和贾府命运。

《红楼梦》第五回，对孩子们来说，比较难懂，但是如果解读好小说情节背后的传统文化内涵，就能大体上看明白这一回，后面的情节会迎刃而解。

《红楼梦》程乙本插图

警幻仙子来了

宁府花园梅花盛开，贾珍妻尤氏请贾母等赏花。宝玉累了，贾蓉妻秦氏引宝玉和随从到贾珍上房。贾宝玉一看有幅《燃藜图》，讲的是劝人苦读的故事：汉代刘向夜读没有灯，仙人把藜杖吹出火来给他照明，还有副对联：

世事洞明皆学问，

人情练达即文章。

贾宝玉本来厌恶读圣贤书，却看到劝读图，本来讨厌世故，偏偏看到讲世故的对联，他马上说快出去。贾宝玉被带进秦氏房门，有股细细的甜香袭来，这香叫引梦香，贾宝玉更困了，很快入梦：

但见朱栏白石，绿树清溪，真是人迹希逢，飞尘不到。宝玉在梦中欢喜，想道："这个去处有趣，我就在这里过一生,纵然失了家也愿意,强如天天被父母师傅打呢。"

贾宝玉平时总要接受家长和私塾老师的教诲:要一心读圣贤书,要学习"仕途经济"(如何考取功名、如何做官的学问),如果不照他们的要求做,就会挨打。他渴望自由自在的生活,不想受各种封建律条的约束。他在梦中进入只有自然美景,没有人世喧嚣的所在,当他希望长驻到这里,连家都不想回了时,听到有女子唱歌:

春梦随云散,飞花逐水流。
寄言众儿女,何必觅闲愁。

这是为将来地面上的太虚幻境大观园儿女风流云散的境况发出预言。所谓"儿女闲愁"是在封建礼教禁锢下,青年男女因感情不能自由而抒发的愁闷,"闲愁"主要指贾宝玉和林黛玉的真情。

警幻仙子出现。曹雪芹用篇赋描写她。赋是中国从汉代开始的文体,用骈体文写成。所谓"骈",就是两匹马并排。

骈文，是以字句两两相对而成篇章的文体。常用四字句、六字句，全文以双句为主，讲究对仗工整和华美。赋常用夸张笔法来形容事物，如《滕王阁序》。第五回的赋用大自然美妙的梅、菊、松、霞形容警幻仙子："其素若何，春梅绽雪。其洁若何，秋菊被霜。其静若何，松生空谷。其艳若何，霞映澄塘。"中国古代真实美人西施、王昭君都不及她，神话传说仙女聚集地瑶池和紫府也找不出比她美丽的。

警幻仙子是管理人世青春美妙生命的神仙。神瑛侍者衔着通灵宝玉出生成为贾宝玉，绛珠仙子为报答神瑛侍者甘露之恩来到人世，成为林黛玉，把一生的眼泪还给他，都是警幻仙子的安排，如今，贾宝玉入梦，也是警幻仙子导引。

贾宝玉为什么入梦？

警幻仙子导引贾宝玉入梦，是贾府祖业开创者宁国公和荣国公请求的。

当众仙女埋怨警幻仙子给仙境引来个须眉浊物时，她对其他仙子说：

今日原欲往荣府去接绛珠，适从宁府所过，偶遇宁荣二公之灵，嘱吾云："吾家自国朝定鼎以来，功名奕世，富贵传流，虽历百年，奈运终数尽，不可挽回者。故遗之子孙虽多，竟无可以继业。其中惟嫡孙宝玉一人，禀性乖张，生性怪谲，虽聪明灵慧，略可望成，无奈吾家运数合终，恐无人规引入正。幸仙姑偶来，万望先以情欲声色等事警其痴顽，或能使彼跳出迷人圈子，然后入于正路，亦吾兄弟之幸矣。"

如此嘱吾，故发慈心，引彼至此。先以彼家上中下三等女子之终身册籍，令彼熟玩，尚未觉悟。故引彼再至此处，令其再历饮馔声色之幻，或冀将来一悟，亦未可知也。

警幻仙子本要到贾府接绛珠也就是林黛玉入梦，游太虚幻境，因为宁国公和荣国公的灵魂委托，变成接贾宝玉。宁、荣二公认为贾府经过百年繁华，现在到了一群败家子手里，将要土崩瓦解。贾宝玉虽然"乖张怪谲"，不喜欢读书做官的学问，但他聪慧正直，如果他能改邪归正，把精力放到好好读圣贤书、走光大门楣的路子，贾府还有希望。宁国公和荣国公希望警幻仙子对唯一可能光大家业的嫡孙"以情欲声色等事警其痴顽"，引导宝玉走正路。警幻仙子用美酒、香茗、仙宴招待，让宝玉看家中女子命运图册，将具备黛玉、宝钗、秦可卿之美的仙女许配宝玉，想令宝玉知道：谁也抵不过命运捉弄，人生到头一梦，一切皆空；兼具黛玉、宝钗之美的"兼美"可卿和你成亲也不过如此；仙境美食不过如此，凡俗声色享受更等而下之。所以不要沉湎世俗享受，要把精力放到仕途经济上。

宁、荣二公的目的达到没有？正如警幻仙子所说：痴儿尚未觉悟。

宝玉不能觉悟，他如果现在就觉悟，《红楼梦》就不用往下写了。

警幻仙子是做什么的？

警幻仙子接受宁、荣二公委托，却带贾宝玉神游太虚境，根本就南辕北辙。警幻仙子不可能也不想完成宁、荣二公委托的任务。这是由警幻仙子的身份决定的。

警幻仙子住离恨天、灌愁海、放春山、遣香洞,这天、这海、这山、这洞,无一不与人世真情、与浪漫青春联系在一起,跟老气横秋的仕途经济,跟利欲熏心的读书做官,完全不是一条道。

警幻仙子是中国翩翩来迟、掌管人世真情挚爱之神,不是让人读书做官的司文郎,更不是让人金榜题名的魁星。警幻仙子的职责是"司人间之风情月债,掌尘世之女怨男愁",她是到人间布散相思,不是来倡导读圣贤书、走功名路的。警幻仙子手下的仙女叫"痴梦""钟情""引愁""度恨",她们只关注感情上的方方面面,管人间缕缕情思,和读书做官没一毛钱关系。警幻仙子为警醒贾宝玉让他听的是《红楼梦》中的十二支曲,唱的是青春挽歌、真情挽歌。不是宋真宗《劝学文》"书中自有黄金屋,书中自有千钟粟,书中自有颜如玉"。《红楼梦》是一部封建时代的青春悲歌。

几千年前古希腊罗马神话就有爱神维纳斯,但是多少年来中国古代神话传说中,只有婚姻之神,如唐传奇《定婚店》中给一男一女拴红线的月下老人,没有爱神。因为中国古代婚姻不要求青年男女自由相爱,而要求他们遵父母之命、媒妁之言。直到警幻仙子出现,中国才有了爱神,《红楼梦》才成为以真情挚爱为线索、跟家族兴衰水乳交融的最佳中国故事。

贾宝玉在太虚幻境看到了什么?

贾宝玉跟着警幻仙子进入一个所在,

石牌坊上写的是"太虚幻境",两边的对联写"假作真时真亦假,无为有处有还无"。转过牌坊,一座宫门上面横写四个大字"孽海情天",又有一副对联:

> 厚地高天,堪叹古今情不尽。
> 痴男怨女,可怜风月债难偿。

通俗的语言概括人生规律:天地广阔,痴情者找不到情尽的地方。岁月流逝,什么时候追求真情不再付出痛苦代价?贾宝玉看了,还不知道他就是痴男,林黛玉就是怨女。风月债主要指他和林黛玉的三世情、还泪说,他们展现的是中国古代最优美的知己情。

仙姑带贾宝玉进二层门,两边配殿都有匾额、对联,从几处匾额上可看出配殿分别是"痴情""结怨""朝啼""夜怨""春感""秋悲"各司,警幻仙子对贾宝玉说,各司储藏普天下女子簿册,你凡眼肉胎,不可先知。经宝玉苦苦哀求,警幻允许他到"薄命司"看看,宝玉抬头看到对联:

> 春恨秋悲皆自惹,
> 花容月貌为谁妍。

对联隐示小说主要情节是宝黛情中花容月貌林黛玉之痴。林黛玉桃花落时写《葬花吟》,秋草黄时写《秋窗风雨夕》,写得珠泪涟涟,是偿还"风月债",也是偿还甘露浇灌之恩,都是心甘情愿、"自惹"。她的"薄命"囊括痴情、结怨、朝啼、夜怨、春感、秋悲各种情绪。

实际上写黛玉的"春恨秋悲皆自惹",和宝黛初会时《西江月》中写宝玉"无故寻愁觅恨"高度契合。妙不可言!宝玉寻觅为封建主流意识形态不容的愁和恨，只有黛玉和他同感同知，心灵相通，林黛玉的花容月貌（包括面容之美和心灵之美）都为贾宝玉而"妍"（美丽）。

警幻仙子对贾宝玉的性情归纳

警幻仙子把贾宝玉的性情归纳为"意淫"，这大概是孩子们最难弄懂的词，需要做解释。

警幻仙子讲一番尘世富贵家绿窗风月绣阁烟霞，皆被纨绔子弟、流荡女子玷辱后，对贾宝玉说：

> 如尔则天分中生成一段痴情，吾辈推之为"意淫"。"意淫"二字，惟心会而不可口传，可神通而不可语达。汝今独得此二字，在闺阁中，固可为良友，然于世道中未免迂阔怪诡，百口嘲谤，万目睚眦。

简单地说，贾宝玉与贾珍、贾琏、薛蟠这些哥哥完全不同：贾珍之流根本不尊重女性，他们把女性看成低于男子的"第二性"，对身份低微的女性态度尤其恶劣，把她们当成玩弄的对象，他们和女性交往是搞"皮肤滥淫"。而贾宝玉尊重女性、爱护女性。他的"意淫"是对女性一味体贴、爱护。宝玉对黛玉，思想共鸣、体贴照顾、息息相关；对黛玉之外的王熙凤、薛宝钗、史湘云、妙玉等其他金钗以及晴雯、平儿、香菱，甚至梨香院小戏子，都充分尊重、香花供养。宝玉与贾府的男人迥然不同，有博爱之心、大爱之心。

《新增批评绣像红楼梦》
文畲堂藏板 清嘉庆十六年东观阁刊本

命运预示

《红楼梦赋图册》清 沈谦赋 盛昱录

　　曹雪芹热爱古代戏剧，他本来也打算写一部如同《牡丹亭》那样的剧本，《红楼梦》的评点者脂砚斋劝他写小说。《红楼梦》的戏剧因素仍很多，在小说进展中多次借戏剧预示人物命运，借戏剧描写人物性格。第五回通过贾宝玉神游太虚境，预告主要人物命运，为小说确定悲剧基调，这是古代戏剧构思方法的变形：宋元南戏开头"题目"或第一出，明清传奇第一出"传概"，预告的就是整部剧本的主要情节和创作主旨。

　　中国古代剧本线索一般比较单一，而《红楼梦》是网状结构，几条线索向前推进，第五回预示主要人物的命运以及贾府

贾宝玉神游太虚境看到金陵十二钗及香菱、晴雯、袭人的图谶，是《红楼梦》人物命运的总提示，贾宝玉听到的《红楼梦》曲的序曲和尾曲除总摄金陵十二钗命运外，还预告所有女性和贾府的悲剧命运。

正册、副册、又副册如何区分？

贾宝玉在薄命司看到的金陵十二钗正册、副册、又副册，是按人物身份、在小说中的重要性以及和贾宝玉关系远近进行区分。

正册是"主子"，排列次序为林黛玉、薛宝钗、贾元春、贾探春、史湘云、妙玉、贾迎春、贾惜春、王熙凤、李纨、巧姐、秦可卿。基本是小姐在前，媳妇在后。贾元春已婚却排前面，因为她对贾府

《说文解字》书影 清 段玉裁注

结局，是统率全书的大手笔，因曹雪芹丢失后三十回，读者可从第五回，结合脂砚斋评语，推测曹雪芹笔下《红楼梦》的结局。

谶图、谶诗、谶曲预示人物命运

段玉裁《说文解字注》解释"谶：验也"。谶图、谶诗、谶曲就是用图、诗、曲预示人物命运。中国古代史书和《三国演义》《水浒传》等小说都喜欢用图谶，《红楼梦》达到极致，第五回谶图是人生写意画，谶诗交代名字及命运，谶曲咏叹人生感受。

命运有重大影响，也因为同样原因，王熙凤排在长嫂李纨前，探春排在迎春前，巧姐未婚，却排到她母亲王熙凤后。

副册人物介于主奴之间，又副册是丫鬟。

又副册和副册人物

又副册和副册只出现晴雯、袭人、香菱，因前二人跟贾宝玉关系密切，香菱命运是林黛玉命运的预演。甄府小荣枯是贾府大荣枯的彩排。

又副册第一个是晴雯。画上满纸乌云浊雾，预示晴雯所处环境污浊险恶。判词："霁月难逢，彩云易散。心比天高，身为下贱。风流灵巧招人怨。寿夭多因毁谤生，多情公子空牵念。"雨过天晴的月叫霁月，暗藏"晴"字，彩云暗藏"雯"字，后几句是晴雯个性和命运。晴雯是奴才，模样标致、心灵手巧、口角爽利，心高气傲，不肯低三下四讨好主子，被人嫉恨，遭迫害而死。多情公子指贾宝玉。

又副册第二个是袭人。画一簇鲜花，一床破席，暗藏花袭人名字。判词："枉自温柔和顺，空云似桂如兰，堪羡优伶有

福,谁知公子无缘。"袭人姓花,所以如桂似兰。她性情温柔,照顾贾宝玉无微不至,却又有利己小算盘,故她的温柔和顺是"枉自""空云",最后嫁给戏子蒋玉菡。优伶是对演员的蔑视性称呼。

副册首页画株桂花,下边池沼水涸泥干,莲枯藕败。画预示香菱名字和命运。判词:"根并荷花一茎香,平生遭际实堪伤。自从两地生孤木,致使香魂返故乡。""两地生孤木"拆字拆出"桂",暗含夏金桂进薛家,香菱末日到了。香菱原名甄英莲,被薛蟠霸占后改名香菱,莲、菱连在一块。香菱五岁被拐卖,夏金桂嫁给薛蟠后,百般折磨香菱,香菱病入膏肓。通行本续书写夏金桂想害死香菱却害死了自己,香菱生儿子后成薛蟠正妻,不符合曹雪芹的香菱是被折磨死的构思。

林黛玉和薛宝钗

林黛玉和薛宝钗合为一图,画两株枯木,暗寓"林",木上悬着一围玉带,暗寓"黛玉"。下面有堆雪,谐音"薛",雪下有股金簪,金簪即宝钗。四句判词:"可叹停机德,堪怜咏絮才。玉带林中挂,金簪雪里埋。"后两句寓两人名字,前两句写两人特点。

薛宝钗有停机德。停机德,用《列女传》典故。东汉乐羊子外出求学,半途而废,回到家,正在织布的妻子拿刀把线割断,说:你中断学业就是这样子!

林黛玉有咏絮才。典故来自《世说

新语》。有一天下雪，谢安让子女形容一下"白雪纷纷何所似"，谢朗说"撒盐空中差可拟"，空中撒盐也能形容下雪，但不生动。谢道韫说"未若柳絮因风起"，从此人们把有才能的女子叫"咏絮才"。

《红楼梦》十二支曲第一支曲《终身误》也把两人一起吟唱："都道是金玉良姻，俺只念木石前盟。空对着，山中高士晶莹雪；终不忘，世外仙姝寂寞林。叹人间，美中不足今方信。纵然是齐眉举案，到底意难平。"这是用贾宝玉的语气咏叹婚姻对宝钗、宝玉都是终身误。"晶莹雪"指薛宝钗，她和贾宝玉成就金玉良缘，"寂寞林"指林黛玉，她和贾宝玉有着木石前盟。贾宝玉和薛宝钗结婚后曾有一段齐眉举案，这用的是梁鸿孟光夫妻和美典故。但是宝玉、宝钗内心距离遥远，薛宝钗总惦记着叫贾宝玉立身扬名，贾宝玉始终忘不了从不劝他立身扬名的林黛玉。薛宝钗得不到贾宝玉的真情，最后贾宝玉为林黛玉出家，留下薛宝钗终身寂寞。

下一支曲《枉凝眉》吟唱林黛玉和贾宝玉的感情："一个是阆苑仙葩，一个是美玉无瑕。若说没奇缘，今生偏又遇着他；若说有奇缘，如何心事终虚化？一个枉自嗟呀，一个空劳牵挂。一个是水中月，一个是镜中花。想眼中能有多少泪珠儿，怎经得秋流到冬尽，春流到夏！"林黛玉到人世间还泪，最终为贾宝玉泪尽而逝。"阆苑仙葩"指林黛玉前身灵河岸边三生石畔的绛珠仙草,"美玉无瑕"是说通灵宝玉晶莹剔透,是贾宝玉性格的象征。贾宝玉前身神瑛侍者也是石头,"瑛"即像玉的美石。绛珠仙子到人间向神瑛侍者还泪,林黛玉的眼泪始终为贾宝玉而流,万苦不辞,无怨无悔。在曹雪芹丢失的后三十回中,贾府败落,宝玉逃亡,黛玉为外出逃亡的宝玉日夜悲啼,眼泪流尽,飘然而逝。

贾府小姐或"原应叹息",或最终做村姑

贾府小姐元春、迎春、探春、惜春、巧姐命运多舛。贾宝玉四个姐妹的名字谐音"原应叹息",巧姐的名字是刘姥姥所取,恰巧被刘姥姥从火炕救出做了村姑。

金陵十二钗正册第三位贾元春。图上画着一张弓,谐音"宫",弓上挂个香橼,谐"元",点出元春名字和身份。弓弦在古代宫廷有个特殊功能:用来处死犯罪妃嫔。判词:"二十年来辨是非,榴花开处照宫闱。三春争及初春景,虎兕(sì)相逢大梦归。"贾元春二十岁封贤德妃,"榴花"用《北史》的典故:北齐安德王高延宗称帝,纳赵郡李祖收的女儿为妃,后来皇帝到李宅摆宴,妃子母亲宋氏送上一对石榴,以石榴多子表示祝贺。元春做贵妃,三个妹妹都没她风光,但她命不长,怎么死的?最后一句有两个版本,一个"虎兕相逢",虎和兕都是凶恶的动物,暗示贾元春死于两派政治势力斗争。另一个版本"虎兔相逢",意味着贾元春死在虎年兔年之交。贾元春的《红楼梦》曲《恨无常》:"喜荣华正好,恨无常又到。眼睁睁,把万事全抛。荡悠悠,把芳魂消耗。望家乡,路远山高。故向爹娘梦

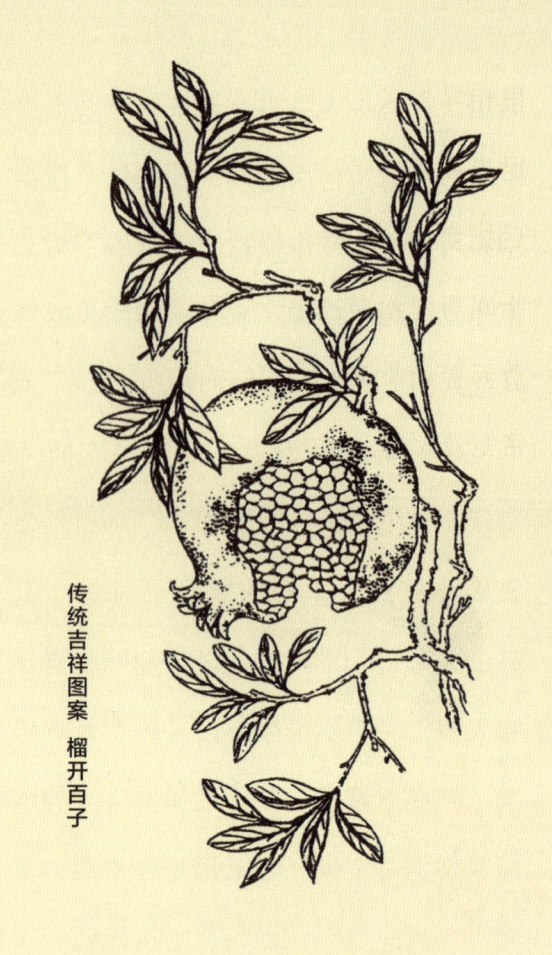

传统吉祥图案 榴开百子

里相寻告：儿命已入黄泉，天伦呵，须要退步抽身早！"《恨无常》吟唱贾元春死后托梦劝父亲赶快从官场抽身保全家庭。脂砚斋说元春的曲子"悲险之至"，说明贾元春绝非善终，并非后四十回所写，皇帝宠爱太重，她发福得痰疾而死。

于末世运偏消。清明涕送江边望，千里东风一梦遥。"《红楼梦》曲《分骨肉》吟唱探春远嫁时心情："一帆风雨路三千，把骨肉家园齐来抛闪。恐哭损残年，告爹娘，休把儿悬念。自古穷通皆有定，离合岂无缘？从今分两地，各自保平安。奴去也，莫牵连。"探春远嫁不归，怕爹娘哭坏，就告诉爹娘，自古以来家族兴旺和衰败都有定数，悲欢离合也都根据缘分决定。人生缘分决定我离开你们，你们不要牵挂我。

金陵十二钗第四位贾探春的画是两人放风筝，一片大海，一只大船，船里一女子掩面啼哭，寓意探春远嫁。判词也写贾探春虽有才干，但遇到末世，只能远嫁千里再不能回家："才自精明志自高，生

金陵十二钗第七位迎春的画画个恶狼追美女要吃她。判词:"子系中山狼,得志便猖狂。金闺花柳质,一载赴黄粱。""子"和"系"合起来是繁体的"孙",指迎春丈夫孙绍祖。中山狼指恩将仇报的人。孙家曾受贾府恩惠,但迎春嫁孙绍祖一年就被折磨死了。迎春的《红楼梦》曲《喜冤家》:"中山狼,无情兽,全不念当日根由。一味的骄奢淫荡贪欢媾。觑着那,侯门艳质同蒲柳,作践的,公府千金似下流。叹芳魂艳魄,一载荡悠悠。"《喜冤家》咏叹迎春嫁的中山狼骄奢淫荡,百般作践迎春,迎春结婚一年就死了。

金陵十二钗第八位惜春的画画的是古庙内美人看经。惜春看透三个姐姐的不幸,觉得人生没指望,便出家为尼。判词:"勘破三春景不长,缁衣顿改昔年妆。可怜绣户侯门女,独卧青灯古佛旁。""缁衣"是尼姑衣服;绣户侯门女,指国公府千金。惜春的曲子《虚花悟》:"将那三春看破,桃红柳绿待如何?把这韶华打灭,觅那清淡天和。说什么,天上夭桃盛,云中杏蕊多。到头来,

贾惜春

勘破三春景不长，
缁衣顿改昔年妆。
可怜绣户侯门女，
独卧青灯古佛旁。

谁把秋捱过？则看那，白杨村里人呜咽，青枫林下鬼吟哦。更兼着，连天衰草遮坟墓。这的是，昨贫今富人劳碌，春荣秋谢花折磨。似这般，生关死劫谁能躲？闻说道，西方宝树唤婆娑，上结着长生果。"《虚花悟》吟惜春叹息三个姐姐的不幸命运，叹息贾府从盛到衰的命运，看透人生出家。当初繁华富贵像天上夭桃，云中杏蕊，现在白杨清枫，贾府那么多人死了，什么是拯救我的法宝？清淡天和，淡泊清静，保持元气，信佛。佛教把人的生死说成是生关死劫。惜春看透了，出家做尼姑。

金陵十二钗第十位巧姐的画画的是荒村野店美人纺绩。判词："势败休云贵，家亡莫论亲。偶因济刘氏，巧得遇恩人。"曹雪芹原来构思：贾府败落，王熙凤被扣狱神庙，巧姐被狠舅奸兄卖进烟花巷。刘姥姥把巧姐救回来，让她嫁给板儿。巧姐的《红楼梦》曲《留余庆》："留余庆，留余庆，忽遇恩人，幸娘亲，幸娘亲，积得阴功。劝人生，济困扶穷，休似俺那爱银钱忘骨肉的狠舅奸兄！正是乘除加减，上有苍穹。"《留余庆》咏叹因王熙凤接济过刘姥姥，贾府败落，巧姐被卖进妓院后，刘姥姥把她救出火坑。狠舅是王仁，奸兄应是贾蓉。通行本续书写刘姥姥救

巧姐

巧姐出来，做媒将巧姐嫁给家财巨万的财主，不符合曹雪芹原有构思。

史湘云和妙玉

金陵十二钗正钗第五位史湘云的画画几缕飞云、一湾逝水，名字在里面。史湘云自幼父母双亡，后来嫁个有才有貌的丈夫，可惜结婚没多久就分离，幸福像彩云飘散。判词："富贵又何为，襁褓之间父母违。展眼吊斜晖，湘江水逝楚云飞。"《红楼梦》曲《乐中悲》唱史湘云的命运："襁褓中，父母叹双亡。纵居那绮罗丛，谁知娇养？幸生来，英豪阔大宽宏量，从未将儿女私情略萦心上。好一似，霁月光风耀玉堂。厮配得才貌仙郎，博得个地久天长，准折得幼年时坎坷形状。终久是云散高唐，水涸湘江。这是尘寰中消长数应当，何必枉悲伤！"史湘云光明磊落，襟怀坦荡。本来嫁个才貌仙郎，如果白头到老就把幼年父母双亡、没人疼爱都准折过去了。没想到两人分手。"云散高唐""水涸湘江"是用典故说她的不幸。

妙玉
欲潔何曾潔 云空未必空
可憐金玉質 終陷淖泥中

高唐云散了，夫妻不恩爱了。水涸湘江用传说舜南巡路中死亡、湘妃溺于湘江，来说史湘云和丈夫分离。

金陵十二钗第六位妙玉的画画块美玉掉到泥垢中。妙玉是寄居贾府的尼姑，出身高贵有洁癖，虽入空门，对人生仍有涓涓温情。最终贾府败落，她流落江湖，掉到污浊的泥坑里。判词："欲洁何曾洁，云空未必空。可怜金玉质，终陷淖泥中。"《红楼梦》曲《世难容》："气质美如兰，才华复比仙。天生成孤癖人皆罕。你道是啖肉食腥膻，视绮罗俗厌，却不知太高人愈妒，过洁世同嫌。可叹这，青灯古殿人将老，辜负了，红粉朱楼春色阑。到头来，依旧是风尘肮脏违心愿。好一似，无瑕白玉遭泥陷，又何须，王孙公子叹无缘。"《世难容》咏叹妙玉有才华，像兰花一样美丽，天生孤僻，不肯吃肉，不肯穿绫罗绸缎，品性高洁，但世人嫌她，念佛念得人快老了，辜负了找个美貌才郎的命运，到头来还是风尘肮脏违心愿。"肮脏"有时也念 kǎng zǎng，不屈服的意思。妙玉在贾府败落后，在风尘污浊

《资治通鉴》曾用冰山形容杨国忠的权势。王熙凤大权独揽，但是结局是被休回金陵。"一从二令三人木"的"一从"说王熙凤遵从父母之命嫁入贾府，"二令"说王熙凤在贾府发号施令，"三人木"说王熙凤劣迹败露被贾琏休回金陵。王熙凤的曲子《聪明累》："机关算尽太聪明，反算了卿卿性命。生前心已碎，死后性空灵。家富人宁，终有个家亡人散各奔腾。枉费了，意悬悬半世心；好一似，荡悠悠三更梦。忽喇喇似大厦倾，昏惨惨似灯将尽。呀！一场欢喜忽悲辛。叹人世，终

生涯中挣扎，有学者考证，她后来流落瓜洲，不得不红颜随枯骨，给年老士绅做妾。

贾府媳妇王熙凤、李纨、秦可卿

金陵十二钗第九位是《红楼梦》核心人物王熙凤。图上画一片冰山上有只雌凤。判词："凡鸟偏从末世来，都知爱慕此生才。一从二令三人木，哭向金陵事更哀。""凡鸟"合起来是繁体的"鳳"字，冰山暗喻王熙凤独揽大权不能长久。

难定！"《聪明累》咏叹王熙凤的悲惨结局，聪明反被聪明误，为金钱用尽心血，耍够计谋，最后劣迹败露，丢了钱财还丢了性命。

金陵十二钗第十一位李纨。她的画画一盆茂兰，旁有凤冠霞帔美人。茂兰暗喻李纨的儿子贾兰做高官；凤冠霞帔暗喻李纨被皇帝封诰命夫人。判词："桃李春风结子完（隐藏李纨名字），到头谁似一盆兰（隐藏贾兰名字）。如冰水好空相妒（李纨有守节好名声），枉与他人作笑谈。"《红楼梦》曲《晚韶华》，所谓晚韶华就是晚年过得不错："镜里恩情，更那堪梦里功名！那美韶华去之何迅！再休提绣帐鸳衾。只这戴珠冠，披凤袄，也抵不了无常性命。虽说是，人生莫受老来贫，也须要阴鸷（zhì）积儿孙。气昂昂头戴簪缨，气昂昂头戴簪缨；光灿灿胸悬金印；威赫赫爵禄高登，威赫赫爵禄高登；昏惨惨黄泉路近。问古来将相可还存？也只是虚名儿与后人钦敬。"歌词中有几句故意重复，"气昂昂头戴簪缨"连续两句，强调贾兰做大官了，"威赫赫爵禄高登"连续两句，强调贾兰高官厚禄、扬眉吐气。李纨青春守寡，夫妻恩爱成了镜里恩情；晚年丧子，儿子功名像梦幻散失。流行的一百二十回本没写李纨的结局。曹雪芹后三十回丢了，我们只能根据歌词推测李纨早年丧夫、晚年丧子。这个歌词里不大容易理解的是"虽说是，人生莫受老来贫，也须要阴鸷积儿孙"，说明李纨虽没受到老来贫，儿子却死了。儿子为何英年早逝？因为上辈子或本人缺了德。究竟哪一个缺德，怎么缺德？贾兰是不出资救助巧姐的"奸兄"，是红学家的说法之

一。也有红学家解读：李纨青春守寡，晚年儿子做高官时，她却死了。

金陵十二钗最后一位秦可卿，画美人在高楼悬梁自缢。判词："情天情海幻情身，情既相逢必主淫。漫言不肖皆荣出，造衅开端实在宁。"预示秦可卿因与公爹贾珍的丑事暴露悬梁自尽。后面两句说，荣国府有不肖子弟，但是贾府败落却从宁府开始。关于秦可卿的《红楼梦》曲《好事终》："画梁春尽落香尘。擅风情，秉月貌，便是败家的根本。箕裘颓堕皆从敬，家事消亡首罪宁。宿孽总因情。"

秦可卿
情天情海幻情深情既相逢
必主淫漫言不肖皆荣出造
衅开端实在宁

曲子暗藏什么内容？擅风情、秉月貌的秦可卿是败家根本，她和贾珍的丑事被发现，在天香楼自尽，就是"画梁春尽落风尘"。贾府儿孙不能继承家业，不是从贾珍而是从贾敬开始。贾敬不理家事，放任贾珍造孽。"箕裘颓堕皆从敬"是什么意思？"箕裘"指簸箕和皮袍，比喻前人事业，《礼记·学记》："良冶之子，必学为裘，良工之子，必学为箕。"学习冶炼的人得先学习修补，比如补皮袍；学习做工的人得先学怎么弯竹子做簸箕。"箕裘"指继承祖业，但是贾敬不继承祖业，和道士胡羼，宁国府的颓堕从他开始。

第五回明确预示秦可卿上吊而死，但是和后面秦可卿之死的描写不一样。因为曹雪芹写作当中受到家人干预，修改了秦可卿天香楼自尽情节，写成秦可卿病死。这样一来，秦可卿的图、判词、《好事终》曲，对理解曹雪芹原来构思有了特殊价值。

飞鸟各投林，树倒猢狲散

贾宝玉最后还听了支《红楼梦》十二支曲收尾《飞鸟各投林》。这是与《好了歌》一样的《红楼梦》主题曲：

为官的，家业凋零；富贵的，金银散尽；有恩的，死里逃生；无情的，分明报应。欠命的，命已还；欠泪的，泪已尽。冤冤相报实非轻，分离聚合皆前定。欲知命短问前生，老来富贵也真侥幸。看破的，遁入空门；痴迷的，枉送了性命。好一似食尽鸟投林，落了片白茫茫大地真干净！

腾，总括全书，和曹雪芹祖父曹寅喜欢说的"树倒猢狲散"一个意思。

在《红楼梦》十二支曲之前，《红楼梦》引子，已定下悲剧曲调：

开辟鸿蒙，谁为情种？都只为风月情浓。趁着这奈何天，伤怀日，寂寥时，试遣愚衷。因此上，演出这怀金悼玉的《红楼梦》。

这是总写金陵十二钗，也是总写贾府的命运，贾府最后一败涂地，家破人亡，悲惨之极。飞鸟各投林，家亡人散各奔

"情种"是谁？应该是作者曹雪芹，即《石头记》作者。怀金，是薛宝钗还在；悼玉，林黛玉已去世。怀金和悼玉用

情程度不同,"悼"更加凝重深沉。

第五回贾宝玉梦中看到的图册、判词,听到的曲子,写的是香菱、晴雯、袭人、金陵十二钗,但概括的不仅是这十五人的命运,而是整个《红楼梦》女性的悲剧命运,是整个贾府的命运,整个社会的命运。

在演唱《红楼梦》曲之前,警幻仙子带着贾宝玉入室,贾宝玉闻到香味。接着喝茶喝酒,这香味,这茶,这酒,都赋予特殊含义。

贾宝玉闻到一缕幽香,警幻说,这个香,尘世没有,你当然闻不到,这是诸名山胜境内初生异卉之精,合各种宝林珠树之油所制,叫"群芳髓",暗含"群芳碎"。

丫鬟捧茶,贾宝玉觉得茶清香异味,纯美异常,问是什么茶。警幻说,这个茶出在放春山遣香洞,以仙花灵叶上所带的宿露而烹,叫"千红一窟",谐音"千红一哭",意为所有女性都在哭。

贾宝玉看到一副对联,说明所有聪明俊秀的人都对这个世道无可奈何:

> 幽微灵秀地,无可奈何天。

警幻仙子叫贾宝玉喝酒,端来琥珀

杯、玻璃盏，贾宝玉闻到酒清香甘洌，异乎寻常，问是什么酒。警幻说，此酒乃以百花之蕊、万木之汁，加以麟髓凤乳酿成，叫"万艳同杯"，谐音"万艳同悲"，意为所有女性一起悲痛。

有这样一些铺垫，贾宝玉看到的图册，听到的《红楼梦》曲子就不仅仅是贾府女性的命运，而是整个社会的悲剧命运。

贾宝玉看到的金陵十二钗正册十二个人，可以分三类，第一类是贾府外来人，占据最重要笔墨，林黛玉、薛宝钗、史湘云、妙玉。第二类贾府五位小姐，元春、迎春、探春、惜春、巧姐。第三类是贾府媳妇，王熙凤、李纨、秦可卿。不管外来户，还是贾府小姐，还是贾府媳妇，无一例外，全部是悲剧。不管个性是什么、信仰是什么，都是悲剧。不管是忠实信奉封建礼法像薛宝钗，还是有颗自由心灵像林

黛玉；不管是妇德严格遵守者像李纨，还是风流放荡像秦可卿；不管是才能突出的王熙凤、探春，还是无能的迎春、惜春；不管是为家族利益积极入世的贾元春，还是为个人心灵宁静拜佛的妙玉，总而言之，不管什么品性都没有好下场。整个贾府女性，最后只有巧姐在刘姥姥的帮助下否极泰来，但巧姐在这之前也先成了青楼女子。为什么所有人都不幸？因为覆巢之下，焉有完卵。这个家族不行，这个社会不行，忽喇喇似大厦倾，哪根木头也支撑不住，这是整体的悲剧，不可挽回的悲剧。

这就是《红楼梦》第五回贾宝玉看到太虚幻境，预示《红楼梦》主要人物的命运所揭示的。

图书在版编目（CIP）数据

马瑞芳教你读红楼梦. 木石前盟 / 马瑞芳著.

北京：海豚出版社，2024.9. ——（少年轻读）.

ISBN 978-7-5110-6978-8

Ⅰ. I207.411-49

中国国家版本馆 CIP 数据核字第 2024T0P811 号

少年轻读·马瑞芳教你读红楼梦 木石前盟

出 版 人：	王磊
选题策划：	孟科瑜
出版统筹：	许海杰
责任编辑：	许海杰 孟科瑜 杨文建 张国良
美术统筹：	赵志宏
图文设计：	聚力创景
责任印制：	于浩杰 蔡丽
法律顾问：	中咨律师事务所 殷斌律师
出　　版：	海豚出版社
地　　址：	北京市西城区百万庄大街24号 邮编：100037
电　　话：	010-68325006（销售） 010-68996147（总编室）
传　　真：	010-68996147
印　　刷：	北京利丰雅高长城印刷有限公司
开　　本：	16开（787mm×1092mm）
印　　张：	36
字　　数：	375千
版　　次：	2024年9月第1版 2024年9月第1次印刷
标准书号：	ISBN 978-7-5110-6978-8
定　　价：	188.00元（全5册）

版权所有 侵权必究

少年轻读·马瑞芳教你读红楼梦

元妃省亲

马瑞芳 / 著

海豚出版社
DOLPHIN BOOKS
CICG 中国国际传播集团

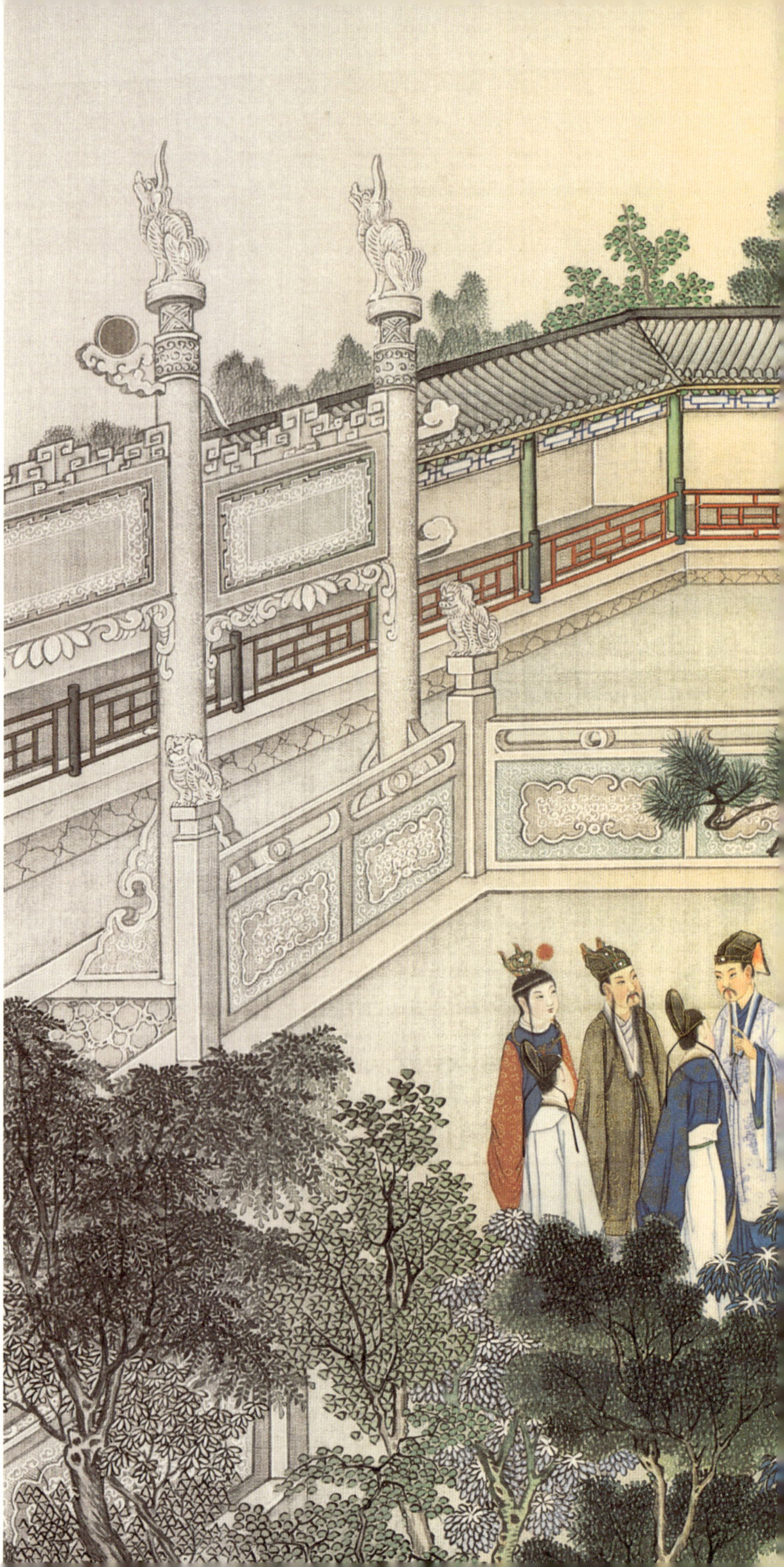

4	刘姥姥来了
14	周瑞家的送宫花
18	焦大醉骂·宝玉闹学堂
27	毒设相思局
31	协理宁国府
41	国公府大丧
51	贾元春封妃
57	贾宝玉题额
70	元妃归省
80	曲文藏玄机
85	元宵节灯谜
93	凤姐宝玉被暗算
101	清虚观打醮
107	宝玉挨打

板儿

刘姥姥

刘姥姥来了

第六回中刘姥姥与王熙凤同台演出,穷人进富家,这种陌生化的描写产生了强烈的艺术效果。

刘姥姥三进荣国府是小说情节隐线

《红楼梦》有两条情节主线,分别由两个核心人物维系:贾宝玉维系宝黛爱情,王熙凤维系贾府盛衰。小说还有条重要隐线,即刘姥姥三进荣国府。

刘姥姥是《红楼梦》中重要的小人物。一个大字不识,却会处理难题,既能以最小的代价获得最大的收获,又知恩报恩、敢作敢当,救了被抄家后落难的王熙凤独生女儿巧姐。

第六回回前诗

朝叩富儿门,富儿犹未足。

虽无千金酬,嗟彼胜骨肉。

因为家里连吃的都没有，刘姥姥代表女婿向王熙凤求帮，王熙凤却说"大有大的艰难去处"，这就是富儿不知足。王熙凤用二十两银子打发刘姥姥，对贾府来说是九牛一毛。刘姥姥却受恩不忘，最终救巧姐出火坑，远胜亲骨肉"狠舅奸兄"。

"朝叩富儿门"一诗，套用的是杜甫《奉赠韦左丞丈二十二韵》中的几句："朝扣富儿门，暮随肥马尘。残杯与冷炙，到处潜悲辛。"

曹雪芹留下的前八十回往往有回前诗和回末诗。回前诗总摄这一回的主要内容，回末诗对这一回发感慨。《脂砚斋重评石头记》甲戌本正文开头有这首曹雪芹的标题诗。

刘姥姥为什么可以进荣国府？

《红楼梦》前五回对全书做鸟瞰式整体布局，第六回进入日常生活描写。按说可以按宝玉、黛玉、宝钗交织着写小说吧？曹雪芹偏偏另辟蹊径：

按荣府中一宅人合算起来，人口虽不多，从上至下也有三四百丁；事虽不多，一天也有一二十件，竟如乱麻一般，并无个头绪可作纲领。正寻思从哪一件事自哪一个人写起方妙，恰好忽从千里之外，芥荳之微，小小一个人家，因与荣府略有些瓜葛，这日正往荣府中来，因此便就此一家说来，倒还是头绪。

来人就是乡村寡妇刘姥姥，她靠女婿养活。女婿王狗儿没钱过冬，在家里找事。刘姥姥说王狗儿一个男子汉没养家能力，只在家里"瞎生气"。王狗儿说"我又没有收税的亲戚，做官的朋友"，哪儿搞钱？几句话道出黑暗世道。刘姥姥替狗儿想出个办法：王狗儿的爹曾和金陵王家连过宗，何不去走动？他发一点好心，"拔一根寒毛比咱们的腰还粗呢"。

什么叫"连过宗"？连宗，指同姓而非同族的结为亲族关系。据王夫人说，金陵王家与王狗儿家原非一族，因为王狗儿的父亲与"太老爷"在一处做官，偶尔连了宗。"太老爷"应是王夫人之父。

周瑞家的

秋香桂子簽

福載德厚

陪房是陪同主子姑娘嫁到婆家的女仆。"周瑞家的"意思是周瑞的妻子。王狗儿建议刘姥姥替他去贾府，先找王夫人陪房周瑞家的，是个聪明办法，因为刘姥姥这样的穷婆子如果说来找王夫人，贾府守门的大概率会把她轰走，通过仆人再找主人就方便了。

刘姥姥如何进荣国府？

《红楼梦》的语言达到了中国古代白话文的艺术高峰。三言两语就刻画出人物，写活了情节。刘姥姥的话土得掉渣却充满智慧。刘姥姥劝女婿"多大碗儿吃多大的饭"，说王狗儿放不下自尊心求帮是"拉硬屎"，她说王夫人拔的还不是汗毛，是比汗毛还细的寒毛，多富有乡村生活气息！刘姥姥在荣国府门前，"掸"衣服、"溜"门前、"蹭"上去，称仆人"太爷们纳福"，"掸""溜""蹭"几个词，写出侯门似海、穷人胆怯的形状心理，逼真活跳。当周瑞家的问刘姥姥是路过还是特地来，刘姥姥本是来求王夫人施舍，却说："原是特来瞧瞧嫂子你，二则也请请姑太太的安。若可以领我见一见更好，若不能，便借重嫂子转致意罢了。"多擅长辞令！周瑞家的心领神会，刘姥姥是找王夫人打秋风，就卖弄要叫刘姥姥见见"真佛"，又说现在管事的是王熙凤。

用他人评价描写人物，是古代小说的成功经验，值得当代读者，特别是青少年读者学习。《红楼梦》里有多人评说王熙凤。《冷子兴演说荣国府》说贾琏妻模样标致、言谈爽利、心机深细，男人万不及一；黛玉母亲说王熙凤小时假充男儿教养；贾母介绍王熙凤是"辣子"；周瑞家的说王熙凤心机过人、口才过人、严厉过人，"少说些有一万个心眼子"，是下人对主子的评价，也是生动的人物侧面描写。

从细微日常生活描写体味写作技法和丰富的文化内涵

周瑞家的带着刘姥姥进入荣国府见王熙凤：

先到了倒厅，周瑞家的将刘姥姥安插在那里略等一等。自己先过了影壁，进了院门，知凤姐未下来，先找着凤姐的一个心腹通房大丫头名唤平儿的。周瑞家的先将刘姥姥起初来历说明，又说："今日大远的特来请安。当日太太是常会的，今日不可不见，所以我带了他进来了。等奶奶下来，我细细回明，奶奶想也不责备我莽撞的。"平儿听了，便作了主意："叫他们进来，先在这里坐着就是了。"周瑞家的听了，方出去引他两个进入院来。

上了正房台矶，小丫头打起猩红毡帘，才入堂屋，只闻一阵香扑了脸来，竟不辨是何气味，身子如在云端里一般。满屋中之物都耀眼争光的，使人头悬目眩。刘姥姥此时惟点头咂嘴念佛而已。于是来至东边这间屋内，乃是贾琏的女儿大姐儿睡觉之所。平儿站在炕沿边，打量了刘姥姥两眼，只得问个好，让坐。刘姥姥见平儿遍身绫罗，插金带银，花容玉貌的，便当是凤姐儿了。才要称姑奶奶，忽听周瑞家的称他是平姑娘，又见平儿赶着周瑞家的称周大嫂，方知不过是个有些体面的丫头了。

此处先要弄清几个名词。

倒厅：古代建筑的大厅多数坐北朝南，坐南朝北的厅房以及大厅后边向后院开门的附属部分叫"倒厅"。

影壁：坐落于门内，与门相对，作为屏障的短墙，其作用是区隔内外。

通房大丫头：贴身丫鬟收纳为妾，地位低于姨娘。

猩红毡帘：猩红，绯红色；毡帘，用厚厚的毛织品做成的门帘。

刘姥姥走进王熙凤女儿睡觉的房间后，嗅觉、视觉、听觉都发挥作用，又难发挥作用。因为她见所未见、闻所未闻、嗅所未嗅。对贵族生活没丝毫经验的农村老太，闯入贵族的房间，看到既保暖又贵重的猩红毡门帘是第一印象，也是刘姥姥唯一能判断的物品，接下来刘姥姥就完全丧失了辨别能力，只觉得耀眼争光，伴随眼前说不出名字物品的，是刘姥姥辨别不出的香气。王熙凤的娘家管对外贸易，这个房间的香气，说不定是来自法国的香水。

影壁

西洋自鸣钟

曹雪芹描写穷婆子对自鸣钟报时的感受,好玩极了。刘姥姥听到钟表走动,判断像"打箩柜筛面",看钟摆摆动,是"不住的乱晃",心想"这是什么爱物儿",自鸣钟报时,她"倒唬的一展眼",妙趣横生,不知曹雪芹如何琢磨出!板儿一见王熙凤吃剩下的菜就吵着要肉吃,刘姥姥却不能不一巴掌打下他去。《红楼梦》写贫穷则事事贫穷,贫穷到骨,把什么叫贫富差距,新奇有趣地写了出来。

穷老太太观察富少奶奶,笔笔传神的"阿凤正传"

周瑞家的等王熙凤吃完午饭后,带刘姥姥进入王熙凤的房间:

只见门外錾铜钩上悬着大红撒花软帘,南窗下是炕,炕上大红毡条,靠东边板壁立着一个锁子锦靠背与一个引枕,铺着金心绿闪缎大坐褥,旁边有银唾沫盒。那凤姐儿家常戴着秋板貂鼠昭君套,围着攒珠勒子,穿着桃红撒花袄,石青刻丝灰鼠披风,大红洋绉银鼠皮裙,粉光脂艳,端端正正坐在那里,手内拿着小铜火箸儿拨手炉内的灰。平儿站在炕沿边,捧着一个小小的填漆茶盘,盘内一个小盖钟。凤姐也不接茶,也不抬头,只管拨手炉内的灰,慢慢地问道:"怎么还不请进来?"一面说,一面抬身要茶时,只见周瑞家的已带了两个人在地下站着了。这才忙欲起身,犹未起身,满面春风的问好,又嗔周瑞家的怎么不早说。刘姥姥在地下已是拜了数拜,问姑奶奶安。凤姐忙说:"周姐姐,快搀住不拜罢,请坐。我年轻,不大认得,可也不知是什么辈数,不敢称呼。"周瑞家的忙回道:"这就是我才回的那姥姥了。"

读这一段，先要明白几个器用名词，才能理解荣国府的豪华和王熙凤的气派。

錾铜钩：刻有花纹的铜制门帘钩。

锁子锦：用金钱织出锁子甲纹样的锦缎。

金心绿闪缎大坐褥：绿色底子上闪烁着金黄色纹样的大坐褥。闪缎是缎子的一种，一般缎子正面亮，背面暗，闪缎编织时经纬线交叉，缎面在光线投照下，有暗处，有亮处，闪烁发光。

银唾沫盒：银质痰盂。

秋板貂鼠昭君套：貂鼠即貂，皮毛轻暖，为珍贵裘料；秋板是秋季绒毛还没长全的貂鼠皮，适合初冬时节用；昭君套是冬季暖额用的无顶皮帽罩。

攒珠勒子：串有勒子石的珍珠花，勒子石与猫眼石相似，产自缅甸；攒，聚集，攒珠，以金银丝穿聚珍珠并缠扭成各种花样。

石青缂丝灰鼠披风：石青色缂丝衣面、灰鼠皮里的礼服外套。灰鼠即松鼠，皮毛珍贵。清代妇女披风颜色有严格规定，天青色为吉服，石青为贵。

大红洋绉银鼠皮裙：大红洋绉面、银鼠皮里的裙子。洋绉，进口丝织品；银鼠即鼬鼠，皮毛极贵重。清代女子穿裙，以红色为贵。

小铜火箸儿：铜制小火筷子，用来拨手炉内的炭和灰。

团凤百花夹袍 清

金漆龙纹宝座 清 乾隆
故宫博物院藏

填漆茶盘：用填漆工艺制作的茶盘。填漆，以五色稠漆堆成花色后磨平。

小盖钟：有盖子的小杯子，"钟"同"盅"。

乾隆红漆填彩双鱼盘 清 大都会博物馆藏

曹雪芹用江宁织造府公子对纺织品的丰富阅历，对刘姥姥眼中的王熙凤做细致描绘。脂砚斋称"此回借刘妪，却是写阿凤正传"。王熙凤这座"佛"被安放在国公府奢华庙宇中。门上挂着大红带绣花软帘，炕上大红毡条上铺着绿底闪烁金黄绣纹坐褥，背后倚着金线织成、环环相套的锁子甲纹样锦缎靠垫，旁边放银制唾沫壶。王熙凤头戴昭君套，上袄、下裙、外罩披风。全身是适合初冬穿的贵重裘皮，用黄、红、石青三色、洋绉缂丝等高档编织品做衣面，整体展示出贵妇的阔气、琏二奶奶的霸气。一个拨火灰的动作，精雕细刻其尊贵和傲慢；她貌似对刘姥姥嘘寒问暖、随意聊天，实则豪华气派、高高在上，明知刘姥姥辈分与贾母相同，却说不知辈分，不会称呼，实际是她不肯称呼穷人为长辈。

日理万机的贵族少奶奶，明知对方来打秋风，表面上却没小瞧对方，先是忙欲起身，却并未起身，满面春风问好，接着承认跟刘姥姥是"亲戚"："朝廷都有三门穷亲，何况你我"，也顺嘴聊出来。口才好生了得！

雍容华贵、派头十足、演技超群的王熙凤被曹雪芹从穷婆子眼中写活写绝，写得形神兼备，写出性格多面性。脂砚斋评："阿凤乖滑伶俐，合眼如立在前。"

刘姥姥一进荣国府，是王熙凤再次"挑帘红"出场，也让钟鸣鼎食国公府的豪奢生活初露端倪。

粉彩鹊桥相会纹盖碗 清 中国茶叶博物馆藏

两个"侄儿"

贾蓉在刘姥姥求帮时插一杠子,是写小说惯用的"横云断山法",更是重要伏笔。王熙凤真正的侄儿贾蓉,与刘姥姥硬要跟王熙凤攀上的侄儿板儿,出现在同一情节,是将来事关巧姐命运的重要人物巧遇。贾蓉轻裘宝带,美服华冠;板儿穷困饥饿,没见过世面。两个侄儿,一个天上一个地下。王熙凤掌管偌大荣国府,令行禁止。宁国公的继承人贾珍派贾蓉借她的时髦摆设。贾蓉去见王熙凤时,得给她下跪。这一回的回末诗:

得意浓时易接济,受恩深处胜亲朋。

在春风得意的情况下,王熙凤容易出手给穷人钱。而穷困的刘姥姥受到资助却永远忘不了,她将来对王熙凤的救助远远胜过贾蓉这样的亲朋。王熙凤现在给板儿度过饥寒的钱,板儿将来会照顾巧姐一辈子。而王熙凤的亲侄儿、纨绔子弟贾蓉,只会吃喝嫖赌。国公府被抄了家,生活来源没了,此时有人出钱买王熙凤的女儿,卖巧姐的极可能就是"奸兄"贾蓉。

刘姥姥求帮时,正好碰上贾蓉借玻璃炕屏,这是曹雪芹为贾府败落后,王熙凤的女儿巧姐被狠舅奸兄卖进青楼,然后被刘姥姥救出、嫁板儿为妻，埋下的伏笔。

玻璃炕屏，是摆在炕上或窗台上作为文玩点缀的小型座屏，屏蕊为亭台楼阁山水人物玻璃画，故叫玻璃炕屏，是清代豪富人家时兴的室内陈设，多产于广州，常用于出口。

生动传神的语言

凤姐跟刘姥姥寒暄特别有意思。荣国府是大贵族，大富翁，刘姥姥贫无立锥之地。凤姐说："亲戚们不大走动，都疏远了。知道的呢，说你们弃厌我们，不肯常来，不知道的那起小人，还只当我们眼里没人似的。"这是真话吗？当然不是，但王熙凤说得多真诚。

刘姥姥对王熙凤说，"瘦死的骆驼比马大""你老拔根寒毛比我们的腰还粗呢"！王熙凤说"大有大的艰难去处"，口舌生风，形象有趣，有哲理内涵。类似精金美玉般的这种语言，前八十回每回都有，且出现在身份不同的人口中。

王熙凤向刘姥姥施恩，二十两银子很重要，是刘姥姥一家全年的生活费。王熙凤格外送的一吊钱或许更重要。王熙凤说，这一串钱，雇了车子坐吧。如果王熙凤不拿这一吊钱，刘姥姥同样感激她。但贫困惯了的刘姥姥可能舍不得从二十两银子中拿出一小块碎银子雇车，会带着板儿一步一挪回家。王熙凤就想到，这么大年纪，给你一串钱雇辆车吧。这是女强人王熙凤心中最柔软的角落。这个角落使得贵族少奶奶和贫苦老太太结下一辈子的缘分。

周瑞家的送宫花

第七回《送宫花贾琏戏熙凤 宴宁府宝玉会秦钟》写周瑞家的要向王夫人汇报刘姥姥的事，恰好王夫人在薛姨妈处长篇大套聊天，周瑞家的不敢惊动，就到里间看薛宝钗。这是薛宝钗进贾府后对她的第一次详细描写，这时带有性格暗示特点的冷香丸出现，冷香丸是小说家塑造人物性格的药丸，是薛宝钗个性的有机组成部分。薛宝钗还没正式在贾府活动，带有她性格显著特点的冷香丸就已巧妙亮相。薛宝钗淑女性格的馨香始终伴随着"冷"字。需要冷静就冷静，必须冷峻则冷峻；也有不该冷漠时冷漠，如对金钏之死的态度。

薛姨妈让周瑞家的给贾府的人送宫花，琐细笔墨对描写人物起着以下九大功能：

第一个功能写薛姨妈会做人。薛家是皇商，管着宫廷用品供应，宫廷嫔妃戴的精巧假花叫宫花。看来客居贾府的薛姨妈常给贾府的人送贵重新巧物品。她懂事、识趣、做人大方、会说话，这也是薛宝钗性格形成的依据。

第二个功能写薛宝钗个性。王夫人说这花留着宝丫头戴吧。薛姨妈说，宝丫头古怪，她从来不爱这些花儿粉儿的。这就是"淡极始知花更艳"的性格特点。

第三个功能写香菱。给周瑞家的拿宫花的是香菱，周瑞家的说她"倒好个模样，竟有些像咱们东府蓉大奶奶的品格"。苦命女孩香菱和红楼美人秦可卿有一比。

第四个功能写迎春、探春姐妹。周瑞家的送宫花，她们的丫鬟司棋、侍书出场，正下棋的两姐妹止住棋礼貌地请"周姐姐"坐并感谢。小说顺便交代黛玉进府后，已取代贾府小姐在贾母跟前的地位，贾母只留宝玉黛玉在身边，贾府小姐另行安排，由李纨照顾。

第五个功能预伏惜春命运。惜春说，我正和智能儿说到明儿我也剃了头同她做姑子去，可巧送了花来，剃了头把花戴哪里？小孩子开玩笑预示命运。

第六个功能是写王熙凤夫妻恩爱。他们一起午睡，丫鬟和周瑞家的都不敢打扰。

第七个功能写王熙凤和秦可卿的友谊。平儿拿了宫花向王熙凤汇报，接着拿出两枝花，派彩明送到那边给小蓉大奶奶戴。薛姨妈给贾府的人送宫花，其他人两枝，王熙凤四枝，说明

薛姨妈对王熙凤最亲。迎春、探春、惜春带点亲戚关系，林黛玉和薛家没有任何关系，而王熙凤是薛姨妈的亲侄女。薛姨妈送宫花，不经意中把人物关系分出远近。

第八个功能是写林黛玉敏感多疑，不会处理人际关系。这一段特别好玩，周瑞家的说："林姑娘，姨太太着我送花儿与姑娘带来了。"宝玉听说先问："什么花儿，拿来给我！"伸手接过来开匣看，两枝宫制堆纱新巧假花。黛玉只就宝玉手中看看，说："是单送我还是别的姑娘都有呢？"周瑞家的说，各位都有了，这两枝是姑娘的。黛玉再看了看，冷笑："我就知道，别人不挑剩下的也不给我。"周瑞家的听了，一声儿不言语。按照贾府布局，周瑞家的送宫花是按照离梨香院远近先后送达。没有故意绕个圈，先给贾府小姐和王熙凤送，把大家挑剩下的送给黛玉。按照缙绅小姐的妇德，林黛玉该先谢薛姨妈送宫花，再向周姐姐道辛苦。林黛玉却一句话得罪五个人，既得罪迎春、探春、惜春、凤姐，好像她们挑肥拣瘦，又得罪周瑞家的，好像她看人下菜碟。周瑞家的是王夫人陪房、王熙凤亲信，林黛玉无意中得罪了不该得罪的人。周瑞家的是下人，

宫花

林姑娘这样说,她不敢言语,但当面不言语不等于背后不言语,周瑞家的会向王夫人汇报什么?向下人宣传什么?林黛玉都想不到。贾府人说林黛玉孤高自许、目无下尘,未必没有周瑞家的飞短流长。

周瑞家的给林黛玉送宫花时,黛玉正在宝玉房里解九连环玩。他们正处于青梅竹马阶段。九连环是古代智力玩具,金属丝弯成的方圈上套九个圆环,可以解下套上。全解下来,像现在把魔方玩到一个面,就取胜了。清代红学家说可以用解九连环解释宝黛关系。

第九个功能是周瑞家的送宫花时插进自己家一件事,她的女儿惊慌失措地找她,说女婿冷子兴被人告了,要递解回乡。

九连环

周瑞家的说,小人家没经过什么事急成这样!在周瑞家的看来,这事晚上求求凤姐,一句话就解决。荣国府女仆对官府都有恃无恐,荣国府权势有多大?深闺少妇王熙凤包揽词讼,已在进行。

如果周瑞家的一花送到底,文字岂不呆板?生出周瑞家自己一段事,实际是写王熙凤的暗笔,穿插巧妙。

周瑞家的送宫花,多小的事,把那么多重要线索都提拉一下,写了若干人的个性。送宫花的过程像拍影视摇镜头,读者跟着周瑞家的一步一步观察将在红楼舞台上演出悲欢离合的主角。对大作家来说,没有小故事,没有小人物,只有对人生的深刻观察,巧妙体现。

焦大醉骂·宝玉闹学堂

焦大醉骂

王熙凤和贾宝玉到宁国府做客,贾宝玉和秦可卿的弟弟秦钟会面,一见如故,希望一起读书,王熙凤和贾宝玉回荣国府时,遇到焦大醉骂。

"醉骂"是谁骂?宁国府老家人焦大。

闹学堂是谁闹?贾宝玉。

这两件事之间有联系。"醉骂"与"闹学堂"都和秦钟有关。

刘姥姥进荣国府后,《红楼梦》仍没专注写宝玉、黛玉、宝钗的活动,而是写另外一个悲剧:贾珍秦可卿乱伦,引起焦大醉骂。闹学堂则是因秦钟而起,是有哲理意味的喜剧。

焦大曾跟宁国公出生入死，是有功劳的老家人。宁国府管家派焦大送秦钟回家。焦大喝醉，先骂管家是"没良心的王八羔子！"，后骂贾蓉摆主子架子。王熙凤对尤氏说，你们太没规矩了，叫他犯上作乱！焦大被揪翻，摁倒，拖往马厩。焦大越发连贾珍都说出来：

我要往祠堂里哭太爷去。那里承望到如今生下这些畜牲来！每日家偷狗戏鸡，爬灰的爬灰，养小叔子的养小叔子，我什么不知道？

焦大骂谁？"爬灰"指贾珍和秦可卿。养小叔子是哪个？红学家有不同看法，不必详说。

爬灰：又作"扒灰"，指公爹和儿媳有不正当关系。"扒灰"污染膝盖，是"污媳"的隐语。爬灰在当时是按律当斩的乱伦罪。

养小叔子：指嫂子和小叔子私通。中国古代讲究"长嫂如母""叔嫂不通问"，养小叔子也是很重的罪名。

焦大是《红楼梦》中的小人物，前八十回出来一次，但鲁迅先生称焦大为"贾府的屈原"。焦大醉骂，不过几百字，血淋淋地揭开了宁国府的脓疮，是《红楼梦》全书的"文眼"之一。

贾宝玉和秦钟成为朋友后，相约去贾府家塾读书，实际上是一起玩，结果出现闹学堂一幕。

顽童闹学堂

闹学堂在《红楼梦》花娇月媚的文字中，是段特殊的例外。应该是学经典、育人才的学堂，却纷乱打斗，满嘴脏话，热闹非凡，实在发人深思。

第一，贾政望子成龙。

贾政自己本准备"正途出身"，皇帝在荣国公临终时送了他个官，他已是员外郎。到了宝玉这里，他必须通过科举考试进入仕途。贾政厌恶宝玉从抓周开始。长子夭亡后，贾政不能不把光宗耀祖的希望寄托到宝玉身上。当他还不知道贾宝玉那些离经叛道的言论，只知道贾宝玉在祖母的溺爱下，贪玩，不喜欢上学时，已很不高兴。贾宝玉这次因为有了秦钟这个"风流情友"，主动上学，他来辞别父亲，出现这样的场景：

偏生这日贾政回家早些，正在书房中与相公清客们闲谈。忽见宝玉进来请安，回说上学里去，贾政冷笑道："你如果再提'上学'两个字，连我也羞死了。依我的话，你竟顽你的去是正理。仔细站脏了我这地，靠脏了我的门！"众清客相公们都早起身笑道："老世翁何必如此。今日世兄一去，三二年就可显身成名的了，断不似往年仍作小儿之态的。天也将饭时，世兄竟快请罢。"说着便有两个年老的携了宝玉出去。

贾政因问："跟宝玉的是谁？"只听外面答应了两声，早进来三四个大汉，打千儿请安。贾政看时，认得是宝玉的奶母之子，名唤李贵。因向他道："你们成日

训劣子李贵承申饬

《诗经·小雅·鹿鸣》："呦呦鹿鸣，食野之苹。"李贵不懂，误听为"荷叶浮萍"。贾政板着脸训儿子，训儿子跟班，李贵"荷叶浮萍"一打岔，庄严训子变成串帮滑稽。贾政说不要讲《诗经》古文虚应故事，把"四书"一气讲明背熟最要紧，这是为儿子前途着想。因为科举考试题目出自"四书"，还要代圣贤立言。

贾政认为宝玉上学"念了些流言混语在肚子里，学了些精致的淘气"，想不到更糟。贾宝玉的许多言论和封建社会主流意识形态尖锐对立。

家跟他上学，他到底念了些什么书！倒念了些流言混语在肚子里，学了些精致的淘气。等我闲一闲，先揭了你的皮，再和那不长进的算帐！"吓得李贵忙双膝跪下，摘了帽子，碰头有声，连连答应"是"，又回说："哥儿已念到第三本《诗经》，什么'呦呦鹿鸣，荷叶浮萍'，小的不敢撒谎。"说得满座哄然大笑起来。贾政也撑不住笑了。因说道："那怕再念三十本《诗经》，也都是掩耳偷铃，哄人而已。你去请学里太爷的安，就说我说了：什么《诗经》古文，一概不用虚应故事，只是先把《四书》一气讲明背熟，是最要紧的。"李贵忙答应"是"，见贾政无话，方退出去。

南宋太学石经《诗经·小雅·鹿鸣》

第二，龙蛇混杂，集体堕落。

义学本是培养人的场所。塾师"代儒"代表不了儒家，一天不上课，只留半副对联"作业"，玩忽职守。学中龙蛇混杂。清代时行男风，也就是男同性恋，这种风吹进私塾。头一个下流人物是薛蟠，用金钱把几个男孩骗到手。助教贾瑞人格猥琐，只想从薛蟠那里赚些酒肉，对薛蟠的恶行睁一只眼闭一只眼。

闹学堂的直接起因，是秦钟趁薛蟠不在，和外号"香怜"的男孩挤眉弄眼，递暗号，两人假装上厕所，出来说体己话。同窗金荣跟出来侦察，说了许多下流话。秦钟和香怜报告给贾瑞，反而被教训。金荣越发得意，说更不堪入耳的话。跟贾蓉最好的贾蔷，见秦钟被人欺负，悄悄挑拨宝玉的书童茗烟，茗烟揪住金荣骂了些很难听的话。金荣要打宝玉和秦钟，闹学堂开场。不管是金荣还是茗烟说的，都是当时市井脏话，但充满生活气息。

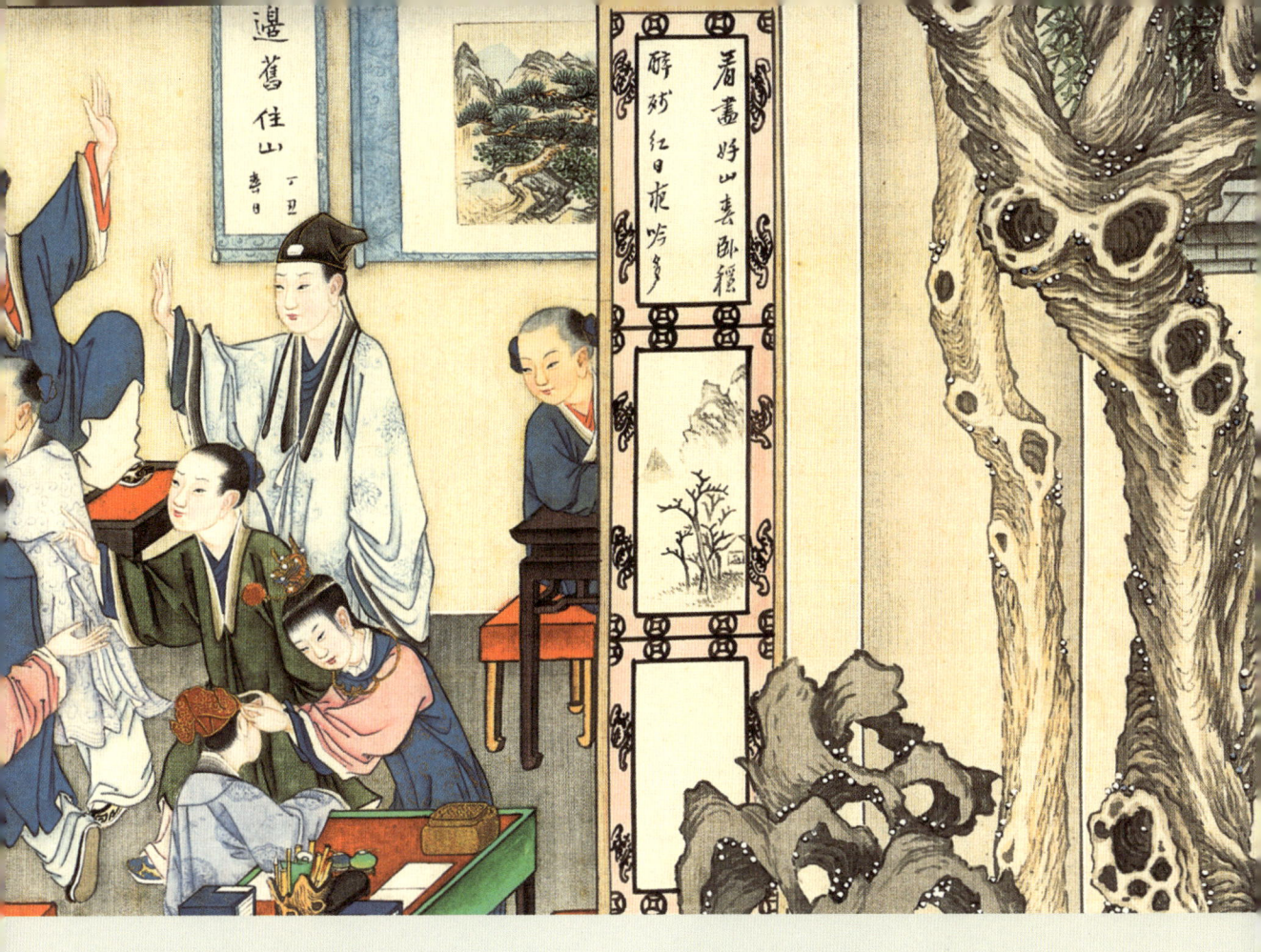

第三，顽童斗殴场面精彩。

和《三国演义》《水浒传》一样，《红楼梦》也有了"战争场面"，不过武器不一样。因人而异，就地取材。贾菌用书匣子，金荣顺手抄起毛竹大板子，墨雨掇起门闩。扫红、锄药用马鞭子，还有人什么工具也不拿，打太平拳。你看不见我，我背后给你一拳。场面既令人啼笑皆非，又热闹好玩。作家得有多副不同笔墨。曹雪芹既擅长绘花前月下，也会写泼妇骂街，还能刻画学童起哄架秧子。读此回像看《水浒传》鲁智深"卷堂大散"，奇绝有趣。

第四，李贵和茗烟。

李贵是宝玉奶哥，对宝玉既像警卫班长，又像大哥哥，悉心爱护，注意不叫宝玉在贾府留下闹事印象。李贵处理难题既掌握息事宁人的原则，又懂釜底抽薪，先有理有力教训贾瑞，再由贾瑞压服金荣。茗烟淘气、顽皮，唯恐天下不乱，喜欢挑事，还有点狗仗人势。一场闹学堂，两个男仆活生生站在读者面前。

有红学家上纲上线，说顽童闹书房，说明封建教育的失败，贾政教育方针的破产。

《红楼梦》程乙本 陈其泰批校 清乾隆五十七年萃文书屋活字本

第九回《恋风流情友入家塾 起嫌疑顽童闹学堂》是《红楼梦》的大文章、大场面，是前十回的小高潮，在数回如同风和日丽的家常生活描写后，出现一段暴风骤雨般的热闹文字，令读者眼前一亮。

贾政想让贾宝玉为官僚家庭继世，通过科举途径做官，而科举考试，要求代圣贤立言，考试题目皆出自"四书"。所以贾政连"五经"之一的《诗经》都不想让宝玉学，只要求把"四书"一气讲明背熟。贾宝玉却对"四书"有抵触情绪，不乐意与为官做宰者来往。而作为"儒"的代表的贾代儒——贾氏宗族代表儒家的人物——有"天、地、君、亲、师"中的高贵身份，贾宝玉这次上学，他却缺席，这当然是曹雪芹故意让他缺席。他如果在场，这伙学子如何造反？贾代儒不仅缺席，还只留下对对子的"作业"。贾政要求背熟的"四书"哪里去了？代替贾代儒管理学生的贾瑞，更不是什么好鸟。出现在第九回的私塾助教贾瑞贪财，为呆霸王薛蟠为虎作伥，他再出现就贪色，受到王熙凤腥风血雨般的教训。

贾政要求背"四书"，儒师只要对对子，助教只想混酒喝，学子频频吹"男风"，曹雪芹写如此学堂，如此儒师，如此学子，是巧妙反讽程朱理学。

顽童闹书房，引出金荣的姑妈想到宁国府问罪，结果跟她的寡嫂一样，贪利权受辱，她原本想到宁国府向秦可卿问罪，听到秦可卿生病是因为弟弟在学堂受了"附学"（外姓到贾氏私塾上学）者的气，贾珍夫妇正千方百计给她看病，吓得屁滚尿流，连提也不敢提了。

金寡妇贪利权受辱

秦可卿生的什么病？

曹雪芹在第五回贾宝玉神游太虚境中，对秦可卿的命运有明确安排：她是因为丑事暴露上吊而死。在曹雪芹的原稿中，描写过秦可卿因跟贾珍的丑事被人发现，羞愧上吊而死。但曹雪芹最亲近的人畸笏叟（可能是曹雪芹的父亲曹𫖯），命曹雪芹将具体写爬灰的四五页删除，改写为秦可卿病死。曹雪芹不能不听，天才作家将秦可卿之病写得似乎确有其事，但他心有不甘，在第五回中将秦可卿淫丧天香楼的提示清清楚楚地保留下来。秦可卿之死在其他几回中也埋下不少令人心疑的钉子。第十回中秦可卿看病的情节也耐人寻味。对秦可卿的病，贾珍尤氏都上心。贾珍因私情，尤氏因不知私情。贾蓉只是再三问医生，秦可卿会不会死？什么时候死？如此"恩爱夫妻"！

贾珍请来给秦可卿看病的业余中医大夫张友士很高明。他诊完脉说一番脉相如何，症状应如何，贴身服侍婆子说先生真神。张友士论病穷源，是个好医生，诊脉处方也符合中医观点，关键是张友士点出来秦可卿的病因：思虑过度。这一点很高明。思虑过度又和焦大醉骂联系到一起，是秦可卿淫丧天香楼的不写之写。

张太医论病细穷源

"87版"《红楼梦》电视连续剧写秦可卿之死,是按照曹雪芹原来的构思,参考脂砚斋评语而成:贾珍和秦可卿的丑事被两个丫鬟闯破,秦可卿羞愧得在天香楼上吊。

在给秦可卿治丧期间,秦钟跟小尼姑智能儿发生风流事,气死其父,不久,秦钟也死了。

秦氏一家三人在秦可卿与贾珍事件中先后丧生。

秦可卿是养父秦业从养生堂抱养的,秦业的官职是营缮郎。

此处需要弄懂几个名词。

营缮郎:清代内务府属下有营造司,掌管皇宫修缮工程;工部属下有营缮清吏司,掌管坛庙、宫府、城郭修缮工程。这两个部门的官职中有从五品员外郎,称营缮郎。

养生堂:育婴堂,收养育婴的慈善机构。

秦氏一家的命名都有特殊含义:

秦业,寓意"情孽","秦"谐音"情","业"谐音"孽";

秦可卿,寓意"情可轻",感情可以乱用;

秦钟,寓意"情种"。

毒设相思局

跟贾珍秦可卿的丑事几乎同步进行的，是王熙凤毒设相思局。贾瑞调戏王熙凤，被其设相思局狠狠教训。这两个事件都关乎贾府的道德沦丧。

贾宝玉神游太虚境看到秦可卿判词有这样的话："漫言不肖皆荣出，造衅开端实在宁。"贾府以玩乐为中心，贾敬生日成大摆筵席的理由。繁华之中暗流涌动，一明一暗写两个年轻人正走向死亡。明写王熙凤开始设局害贾瑞，暗写贾珍爬灰导致秦可卿丧命。

第十一回《庆寿辰宁府排家宴 见熙凤贾瑞起淫心》写王熙凤到宁国府参加宴会，先看望并安慰病重的秦可卿，然后准备穿过宁府花园去宴席，结果遇到贾瑞。

凤姐告别秦氏，带领丫鬟婆子进会芳园便门，王熙凤很少注意大自然美景，这次她注意到了，这是曹雪芹有特殊意义的安排。他用一篇赋描写会芳园，有些词很美。"黄花满地，白柳横坡。""红叶翩翩，疏林如画。"这是如实描写秋景，但赋里出现两句想象性词语："小桥通若耶之溪，曲径接天台之路"，有讽刺意味。

若耶是西施浣纱和范蠡私定终身的地方,天台是六朝小说写刘晨阮肇和仙女幽会的地方。用这样的两个典故,是暗示这个地方会出现跟社会道德不相容的私情。红楼人物什么人遇什么景,且与为人、命运联系,是曹雪芹惯用的笔墨。贾府坏风气从宁府开始,会芳园藏污纳垢。贾珍和秦可卿的丑事发生在这里,王熙凤难得欣赏一次大自然美景,恰好在会芳园遇见贾瑞。

即使最坏的人要害人,也须先有前因再有后果。凤姐漫步会芳园,贾瑞突然冒出来请安时,凤姐是深闺少妇待本家爷们的正常态度。先是尊敬地呼"瑞大爷",然后说"你哥哥"对你有好印象。言外之意我是你的长嫂,你放尊重些。贾瑞却接连两次说出他跟凤姐"有缘",且"拿眼睛不住地觑着凤姐儿",一副色胆包天、痰迷心窍的贼态贱相。凤姐虚与委蛇,贾瑞得寸进尺要去给凤姐请安。贾瑞进一步纠缠,凤姐才做出毒设相思局,以此教训贾瑞的决定。

贾瑞

荣国府管家少奶奶以凤凰自居,一个穷困本家竟然"癞蛤蟆想吃天鹅肉",伤害了她的自尊心,必须教训他。

会芳园公案发生在菊花盛开时,腊月初二,凤姐贾瑞才有第二次接触。凤姐步步勾魂,语语设陷,贾瑞鬼迷心窍。西边穿堂"约会",凤姐约而不会,让贾瑞在腊月过堂寒风中冻一夜。恶意耍弄、小加惩戒。穷极无聊的少奶奶玩感情游戏,满足对自己美貌、心机的好胜心理。凤姐的初衷是捉弄穷本家,并没想害死贾瑞。

寒风冻不死贾瑞的好色心,他继续纠缠,"凤姐因见他自投罗网,少不得再寻别计令他知改。"当两个坏蛋贾蓉、贾蔷搅进,贾瑞大难临头。《红楼梦》是人情小说,有的描写像《三国演义》。凤姐升帐点兵,贾蓉、贾蔷两个哼哈二将是急先锋,平儿、丰儿"搬运粮草"浇屎尿。贾瑞二次"甜蜜幽会"结果满身屎尿,冻得冰冷打战,回家被爷爷责打,再被贾蓉、贾蔷索债……凤姐从小被家中按男孩教养,很容易跟贾府恶少打成一片,因她手中有权,蓉、蔷是她的小跟班,她能派贾蓉、贾蔷干如此尴尬事,二人干坏事特别有创造性。愚蠢的贾瑞也不想想,你约会凤姐,贾蔷预先准备好敲诈你写借契的纸笔是怎么回事?

贾瑞害相思病,病势危殆,跛足道人给贾瑞的风月宝鉴,来自太虚幻境空灵殿,为警幻仙子所制,专治风雅王孙邪思妄动症。必须看骷髅立着的反面。这是警示世人,你看到美色,背后却是骷髅;你看到富贵荣华,背后却是穷困潦倒,要在得意时看到失意才能超脱。贾瑞本性追求淫乐,只照正面,里边王熙凤向他招手,他进入镜子,跟王熙凤"恩爱",因此他病情加重,死定了。贾瑞的祖父贾代儒认为是镜子害死孙子,烧镜子。风月宝鉴被烧时说的"你们自己以假为真,何苦来烧我"是警世之言。

第十二回《王熙凤毒设相思局 贾天祥正照风月鉴》的故事来自曹雪芹早期作品《风月宝鉴》,想用风月故事警醒世人。后来曹雪芹把《风月宝鉴》当作素材改进《红楼梦》。《风月宝鉴》也曾被看作是全书书名,后来才被《石头记》《红楼梦》代替。

王熙凤毒设相思局得到了什么?她最热衷的权、钱?一样没得。成了"高射炮打蚊子"的闹剧,还可能因此在贾府造成不利于王熙凤名声的影响。估计正因为"大投入小产出"的失落感,王熙凤才对病入膏肓的贾瑞恨之入骨。贾瑞病重,家人讨人参,凤姐故意不给,听其死亡。

贾瑞和秦氏姐弟成为《红楼梦》中最早丢掉青春生命的人。

《红楼梦》的主线是写贾宝玉和林黛玉的纯情,但小说前部却用数回描写两件"滥情"悲剧,跟宝黛情形成强烈对比。而秦可卿之死,更成了描写贾府命运的重要部分。

黛玉是天上掉下的林妹妹,曹雪芹不让世间污浊事和她发生任何联系。在贾府两桩滥情丑事进行中时,林黛玉的父亲去世,贾母安排贾琏送林黛玉回扬州,等她安葬完父亲回到京城,恰好遇到贾府的第二件大事——贾元春封妃。

贾代儒火焚风月鉴

协理宁国府

《红楼梦》写贾府盛衰的第一个大场面是秦可卿之死。包括三个回目：

第十三回《秦可卿死封龙禁尉　王熙凤协理宁国府》；

第十四回《林如海捐馆扬州城　贾宝玉路谒北静王》；

第十五回《王凤姐弄权铁槛寺　秦鲸卿得趣馒头庵》。

贾珍秦可卿爬灰的丑事演变成豪门大丧，秦可卿之死成为描写王熙凤的重头戏。

《红楼梦》在深刻描绘人物及人物之间的关系、揭示贵族家庭丑恶内幕的同时，对豪门的奢华、社会习俗做了细致生动的描绘。小说起到了社会风俗画、社会科学史料的作用。

秦可卿托梦

《红楼梦》的梦境常对小说构思、思想价值、人物描写有重要意义。秦可卿向王熙凤托梦，既是预告贾府命运且暗含曹家历史的重要笔墨，又是描绘王熙凤的点睛之笔。

秦可卿托梦，梦境迷离，梦中的话却如精金美玉，有着深刻的思想含义。

秦可卿说王熙凤"婶婶是脂粉队里的英雄，那些束带顶冠的男子也不能过你"，是全书对王熙凤的最高评价，与第十三回《秦可卿死封龙禁尉　王熙凤协理宁国府》回末诗"金紫万千谁治国，裙钗一二可齐家"，意思相同。"束带顶冠"是男子专有的装束，"金紫"指佩金饰穿紫袍的高官。秦可卿认为王熙凤的见识和能力都在高官厚禄的男人之上。秦可卿料想不到，王熙凤的作恶能力，也在许多男子之上。

秦可卿托梦的中心内容：贾府会有鲜花着锦般的繁华，但逃脱不了一败涂地的命运，所以需要未雨绸缪。第一，切记"树倒猢狲散"的名言；第二，采取措施保护危难时刻的家族，如在祖茔置土地并将家学设在那里，即使将来被抄家，祖先也有祭祀需要的钱财，子孙也有生活依靠；第三，马上有大喜事到来，但最后还是"盛筵必散"。

王熙凤梦会秦可卿

秦可卿托梦是对贾府命运的预言，也是对曹家沉痛历史的反思。曹雪芹虽"真事隐""假语存"，但其艺术描写难免涉及身世之痛。贾府从宁国公荣国公至贾蓉已历百年，曹府从曹家先祖跟随多尔衮入山海关至曹雪芹也历百年。曹府已被朝廷抄家，贾府盛极而衰将面临朝廷抄家。

这两个事件有相当的可比性。秦可卿提出上保宗祠、下保后代的主意，正是曹家的切肤之痛。"树倒猢狲散"恰好是曹雪芹祖父曹寅当年的口头语。对于曹家来说，"树"是康熙皇帝，"猢狲"是曹家及其亲家苏州织造李煦等官员；对于贾府来说，"树"是元妃，"猢狲"是贾府成员，甚至连累四大家族另外三家。

著名红学家吴世昌曾提出，秦可卿乃身份最低的重孙媳妇，且出身不高，怎么可能提出高瞻远瞩的见解？秦可卿托梦很可能是从曹雪芹构思小说后边的贾元春临死托梦移植。

畸笏叟因秦可卿托梦认为她虽有罪却可恕，命曹雪芹将淫丧天香楼改成病死。

秦可卿托梦和现实中的丧事这样巧妙联系起来：

三春去后诸芳尽
各自须寻各自门

"三春"二句的意思是：待到元春、迎春已死，探春远嫁，大观园众姐妹也死的死，散的散。贾府最后的结局是：飞鸟各投林，树倒猢狲散，落了片白茫茫大地真干净。

传事云板：古时大官僚私邸二门旁设有金属响器，叫"点"，多铸造成云彩状，故又叫"云板"。敲击云板可向内宅传递重大讯号，有喜庆事敲三下，有凶事丧事敲四

（秦可卿说）"我与婶子好了一场，临别赠你两句话，须要记着。"因念道："三春去后诸芳尽，各自须寻各自门。"凤姐还欲问时，只听二门上传事云板连叩四下，将凤姐惊醒，正是丧音，人回："东府蓉大奶奶没了。"

云板

贾珍

贾珍力邀王熙凤

下,有"神三鬼四"之说。王熙凤听到云板敲四下,接着听到了秦可卿的死讯。

王熙凤裙钗齐家

第一,该出手时就出手。

宁国府死的是长孙媳妇,来吊唁的主要是贵族达官家的女性。尤氏撂挑子,无人接待诰命贵妇,贾珍焦虑。经贾宝玉建议,贾珍请王熙凤协理宁国府。秦可卿之死实际促成了浓墨重彩推出王熙凤。时势造英雄,还需要有人慧眼识英雄。贾宝玉居然是推荐王熙凤的人,他深知凤姐能干,跟秦可卿关系最好,会尽心尽力。"无事忙"这次忙到了点子上。

王熙凤在荣国府埋头苦干这么长时间，虽彰显能力，却没能获得显赫名声，巴不得遇到婚丧大事施展才干。她素喜揽事，好卖弄才干，不遵守妇德、妇言、妇功等陈规陋俗。王夫人担心她没经过大事，没马上答应贾珍的要求。按照世俗常情，王熙凤应该表示谦虚，但她只要说一句推托的话，这事就办不成了。她公然大包大揽地说："大哥哥说得这么恳切，太就依了吧。"王熙凤巧妙地抓住机会。协理宁国府是她展示才能、邀买人心的最好机会。

贾珍向邢、王夫人恳请王熙凤协理宁国府，不按贾府关系称凤姐"二婶"，而按凤姐未嫁时表兄妹关系称"大妹妹"，这样更亲切，关系更"铁"，也避开了封建家庭大伯子和小婶子不能见面的习俗。贾珍到来，贾族其他妇人避之不迭，独凤姐款款站起来，这并非凤姐不懂"叔嫂不通问"，而因青梅竹马的兄妹关系，也因她英姿飒爽，不管繁文缛节。她成为缩手缩脚贾氏家族女性万绿丛中的一点红。

贾宝玉也从不叫凤姐"嫂子"，叫"凤姐姐"，《红楼梦》对人物关系的把握微妙传神。

第二，琢磨弊病，对症下药。

王熙凤一旦答应，便雷厉风行，当晚就到宁国府一所抱厦坐了，琢磨宁国府的弊病：

> 头一件是人口混杂，遗失东西；第二件，事无专执，临期推委；第三件，需用过费，滥支冒领；第四件，任无大小，苦乐不均；第五件，家人豪纵，有脸者不服钤束，无脸者不能上进。此五件实是宁国府中风俗。

荣国府大管家王熙凤根据日常观察，发现尤氏管不好宁国府的弊病，概括起

《红楼梦》程乙本 清 乾隆五十七年 萃文书屋活字印本

来，就是人无专职、分工不明、管理混乱、滥支冒领、苦乐不均、家人豪纵。好像名医看病望闻问切，知道病根才能对症下药，王熙凤找出宁国府弊病，果断采取相应的改革措施。

第三，张扬的独裁者气度。

凤姐第二天一早到任，对管家来升媳妇说：

> 既托了我，我就说不得要讨你们嫌了。我可比不得你们奶奶好性儿，由着你们去。再不要说你们这府里原是这样的，这如今可要依着我行，错我半点儿，管不得谁是有脸的，谁是没脸的，一例现清白处治。

王熙凤治理宁国府初出茅庐一番话，自立章程，像王公大臣治理国家。"错我半点儿……一例现清白处治。"顺我者昌，逆我者亡，这就是王熙凤。

第四，责任到人，赔偿到人。

从王熙凤分配任务，能看出宁国府有多少奴仆。王熙凤派这八个干什么，那八个干什么，这二十个干什么，那四十个干什么。有管倒茶的，有管添油守灵的，有管供茶供饭的，有管祭礼的，有管上夜的。王熙凤派了134人，剩下的奴仆，按房屋分开，各自负责守各自的地方，大约也得三四十人，宁府贴身侍候老爷太太、管账房的、门卫之类的还不在王熙凤派活之内，也得几十个奴仆。多大的奴仆群体！

王熙凤协理宁国府

粗算下来，宁国府总共贾敬、贾珍、尤氏、贾蓉、秦可卿五个主子，两百多奴仆伺候！王熙凤分派，每件事都职责到人、包干到人，最要紧的，是赔偿到人。不是管着供茶供饭、添油守灵，不管桌椅、古董、痰盂、茶杯茶碗，坏一个，分管者照原样赔。

第五，不讲情面，杀鸡儆猴。

一个可能是尤氏亲信的女仆迟到，王熙凤"眉立"（柳叶吊梢眉竖起来）下令：打她二十大板，革一个月的银米！再有迟到的，处罚加倍！

王熙凤还宣布，来升家的每天揽总查看，有偷懒的、赌钱吃酒的、打架拌嘴的，立刻来回我。来升媳妇徇情，我查出来，你这三四辈子的老脸就顾不成了。

王熙凤威重令行，杂乱的宁国府焕然一新。

第六，以身作则，不辞辛劳。

王熙凤在宁国府规定，她几点来点卯，几点吃早饭，下人领东西、汇报事情，是几点；烧了黄昏纸后，她到各个地方巡查一遍回荣国府。贵族少奶奶协理宁国府，一天上十六个小时班，同时继续井有条地管理荣国府，累得觉睡不好，饭吃不好，王熙凤任劳任怨，但一朝权在手，便把令来行，十分得意。她权力欲太强，找她请示的人越多，她越觉得自己多厉害。这个出类拔萃的女人，日夜不暇，筹划得十分整肃，步步安排到点子上。

《脂砚斋重评石头记》甲戌本十四回开头写了段话，认为写秦可卿之丧实际是写凤姐之金贵，写凤姐之英气，写凤姐之声势，写凤姐之心机，写凤姐之骄大。王熙凤金贵、英气、重声势、心机、骄大的性格特点，在协理宁国府时表现得最充分、最精彩。

第七，利令智昏，舞弊作孽。

王熙凤在给秦可卿出殡的过程中，应馒头庵尼姑静虚之求，假造一封贾琏给长安节度使云光的信，拆散财主之女张金哥和守备公子已订的婚事，将张金哥改许长安府太爷小舅子李衙内，不费吹灰之力，赚进三千两银子，致使张金哥和守备公子双双自杀。王熙凤从此知道国公府金字招牌好用，她一生舞弊作孽数不胜数，弄权铁槛寺是典型"案例"。

馒头庵老尼游说凤姐的情节精彩微妙。凤姐趾高气扬，老尼贼诡奸猾，活灵活现，如在眼前。

贾宝玉神游太虚境看到王熙凤的画，是站在冰山上的雌凤。冰山渐渐消融，凤没了立足地。"机关算尽太聪明，反算了卿卿性命"。王熙凤有曹操杀人如草不皱眉的"气度"，残忍狠毒，敢说敢干。敲诈三千两银子还说给小厮做盘缠，顺口把管家中饱私囊（"三万两银子也拿得出来"）泄露出来。协理宁国府的大能人，既是荣国府的顶梁柱，又是蛀空荣国府的

王熙凤弄权铁槛寺

白蚁王,是最终给贾府带来灭顶之灾的罪魁祸首之一。

王熙凤弄权,利用国公府势力调动封疆大吏以强凌弱。长安节度云光为讨好国公府,乱点鸳鸯谱,导致一对痴情男女自杀,其性质与葫芦僧乱判葫芦案不仅没什么区别,还有点更上层楼的意味。葫芦案中是金陵一霸欺负小乡绅公子,金哥案是大官压迫小官。四大家族与各级官吏沆瀣一气,都是金钱拜物教教徒,视人命如草芥,小老百姓岂有活路?

花言巧语愚弄丈夫

贾琏回到贾府后,感谢王熙凤的操劳和忙碌。凤姐长篇大论一段话,都不是真话,而是忽悠丈夫:"我那里照管得这些事!见识又浅,口角又不好,心肠又直率,人家给个棒槌,我就认作'针'。脸又软,搁不住人给两句好话,心里就慈悲了。"潜台词是:"你看看我照管了多大事?管了宁国府,捎带着管荣国府!你们贾府爷们,谁的口齿伶俐都没法和我比,谁的心眼也没我多,谁也别想骗我,姑奶奶脸酸心硬,心狠手辣。贾府人有千条妙计,我有一定之规!"

凤姐又说:"况且又没经历过大事,胆子又小,太太略有些不自在,就吓得我连觉也睡不着了。我苦辞了几回,太太又不容辞,倒反说我图受用,不肯习学了。殊不知我是捻着一把汗儿呢。一句也不敢多说,一步也不敢多走。""蓉儿媳妇死了,珍大哥又再三再四地在太太跟前跪着讨情,只要请我帮他几日,我是再四推辞,太太断不依,只得从命。依旧被我闹了个马仰人翻,更不成个体统,至今珍大哥哥还抱怨后悔呢。你这一来了,明儿你见了他,好歹描补描补,就说我年纪小,原没见过世面,谁叫大爷错委他的。"

王凤姐接风迎贾琏

正话反说，振振有词！贾珍求王熙凤去宁国府，根本没跪着求太太，也不是太太叫王熙凤去，而是王熙凤主动出击，而且她在宁府什么事不敢说？什么事不敢做？说打板子就打板子，说扣人的银米就扣人的银米。王熙凤这是叫贾琏找贾珍亲自听听，她在宁国府闯出多么精彩的场面，留下多么显赫的名声。

王熙凤说到管家奶奶不好缠，坐山观虎斗，借剑杀人，引风吹火，站高岸儿，推倒油瓶不扶，指桑骂槐，笑话打趣……全是生动的市井口语，借剑杀人，因风吹火，都是她干过的。她说这番话的目的是叫贾琏知道，甭管他们怎么办，魔高一尺，道高一丈，我都有本事把他们管住。

凤姐的话不是真话，却是趣话。她口角生风，天花乱坠，用一派狡诈语言愚弄贾琏，貌似谦逊而得意之极，越说自己无能，越显出对自己超强能力无比骄傲。聪明、心机、口才，跃然纸上。

"恨凤姐骂凤姐不见凤姐想凤姐。"红学家王昆仑说的话代表了广大读者对王熙凤这个文学形象的复杂心理。曹雪芹把王熙凤写得比宝玉、黛玉、宝钗还丰满。

国公府大丧

《红楼梦》第十三回至十五回,细致地描绘了中国古代贵族的豪门大丧,这也使《红楼梦》成为中国古代文学对葬礼描写的巅峰之作。这几回也是描写贾府鼎盛的重要笔墨。

贾珍悲痛失态

秦可卿死的消息传到荣国府,"彼时合家皆知,无不纳罕,都有些疑心。"棠村评语:"写尽天香楼之事,是不写之写。"秦可卿死了,贾府人疑心,就是怀

疑她是怎么死的。如果她病得严重，死了很正常，现在却都在纳闷，这就说明秦可卿不是正常死亡，是自杀。焦大醉骂在贾府早就是公开的秘密，贾珍不同寻常的表现更坐实了焦大醉骂内容的真实性。

贾宝玉得到秦可卿死讯，到停灵地方痛哭一番后去见尤氏。尤氏犯了胃疼病，睡在床上。尤氏可能真胃疼，气的；也可能假胃疼，装的。因为尤氏知道秦氏是怎么死的。宝玉看完尤氏再看贾珍。贾珍如丧考妣，哭得泪人一般，对贾代儒说："合家大小，远近亲友，谁不知我这媳妇比儿子还强十倍。如今伸腿去了，可见这长房内绝灭无人了。"封建家庭以男子为继承者，贾珍把儿子一笔抹倒，太出格。大家劝他，赶快商量怎么料理。贾珍又来一句："如何料理，不过尽我所有罢了。"打算把家当全用上给秦可卿送葬，不伦不类。

秦可卿死了，在整个治丧过程中，悲痛欲绝、忙前忙后的是其公爹贾珍，但她的丈夫贾蓉连贾珍为葬礼风光给他捐官都没出现，这些描写有言外之意。

秦可卿用上亲王棺木

贾珍看了几副杉木板，都不中用。杉木板在当时已算贵重棺材板，一般人家用不起，贾珍却瞧不上。恰好呆霸王薛蟠来吊唁，见贾珍在找好棺材板，说：我们店有副好板，叫什么樯木，出在潢海铁网山上，作棺材万年不坏。这是义忠亲王老千岁要的，因他坏了事，现在还在店里封着，没人敢出价买。你若要，就抬来使罢。

那棺材板帮底八寸厚，纹若槟榔，味若檀麝，以手扣之，玎珰如金玉，像金丝楠木，太贵重了。贾珍高兴了，贾政劝说："此物恐非常人可享者，殓以上等的杉木也就是了。"贾珍不听，为什么？"此时贾珍恨不能代秦氏之死，这话如何肯听。"老公公为什么要替他儿媳妇去死，耐人寻味。

世界上有没有"樯木"且长在潢海铁网山？这是曹雪芹虚构的木头、海、山，和大荒山无稽崖青梗峰一样，是小说家编的。樯是船上桅杆。"桅"谐音"危"，象征着危险，象征着苦海泛舟无边无际；潢海是像海一样深却停止不流的污水，即贾宝玉在太虚幻境最后见到的迷津；铁网是铁丝织成、挣不脱的尘网。这样一来，秦可卿就躺到污水中长成、充满险恶象征、堕入迷津、坠入苦难尘网的樯木做的棺材，永世不得翻身。

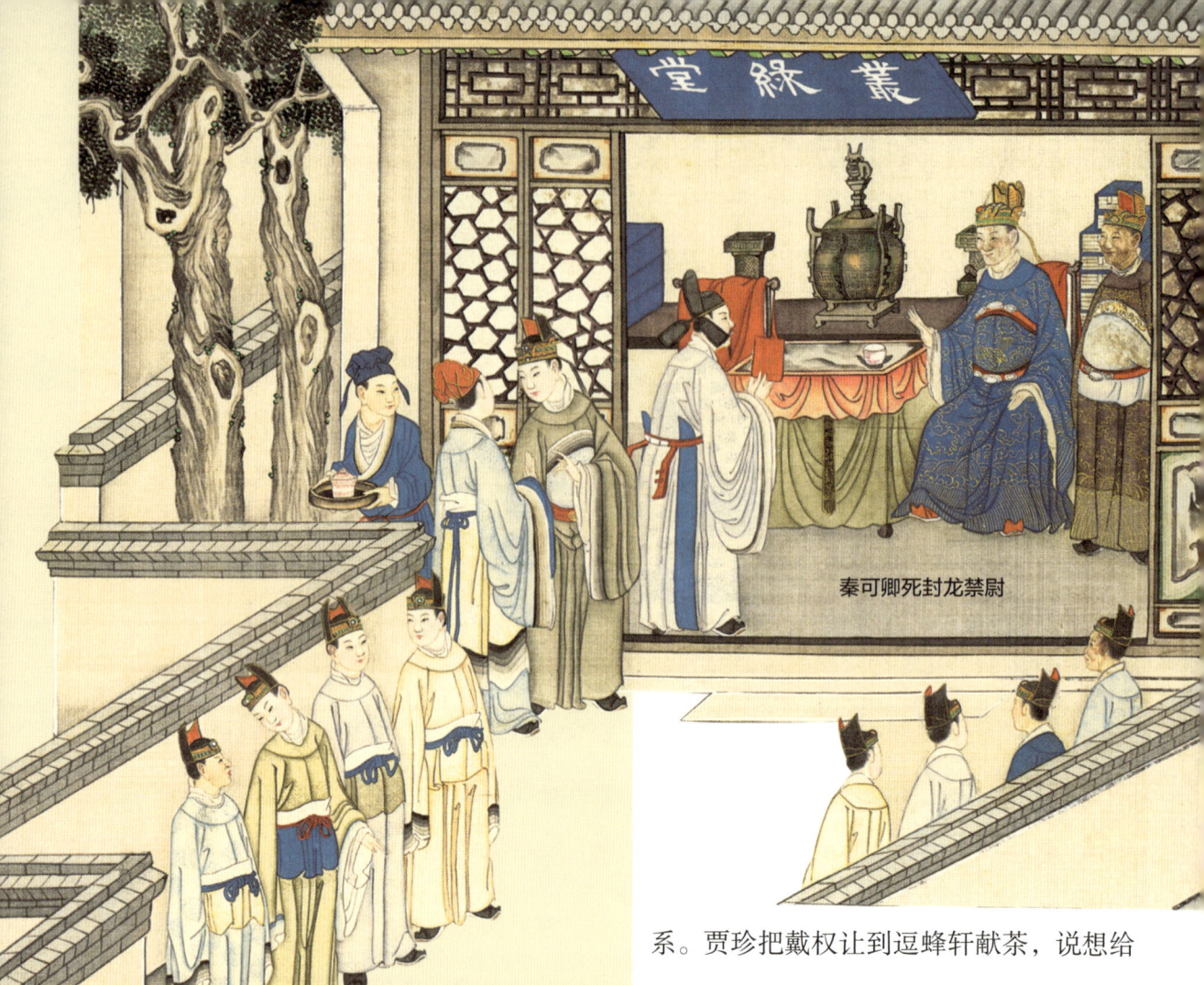

秦可卿死封龙禁尉

贾珍要给秦可卿办豪华大殡，贾蓉却只不过拿钱捐个监生。家里死了女人，得按丈夫身份摆执事（仪仗），监生没执事，往灵丧榜（说明死者身份的榜文）上写也不好看。贾珍很不自在。恰好首七第四天，大明宫掌宫内相戴权备祭礼、坐大轿、打伞鸣锣，亲自上祭。戴权，大权也。戴权为什么来上祭？因为他知道内幕，贾元春要封妃，他提前和贾府搞好关系。贾珍把戴权让到逗蜂轩献茶，说想给儿子捐个前程。戴权一听，"想是为丧礼上风光些？"贾珍说不错。戴权说："事倒凑巧，正有个美缺，如今三百员龙禁尉短了两员。"龙禁尉是名义上的皇帝侍卫，五品。"既是咱们的孩子要捐，快写个履历来。"太监受了宫刑，不可能有孩子。但他和贾珍说"咱们的孩子"，太有趣了。贾珍赶快吩咐书房的人把贾蓉履历写来，一张红纸上写："江南江宁府江宁县监生贾蓉，年二十岁。曾祖，原任京营节度使世袭一等神威将军贾代化；祖，乙卯科进士贾敬；父，世袭三品爵威烈将军贾珍。"戴权回手递给贴身小厮，说："回来送与户部堂官老赵。说我拜上他，起一张五品龙禁尉的票，再给个执照，就把那履历填上，明儿我来兑银子送去。"贾珍赶紧派人把银子送戴权府上。第二天贾珍叫贾蓉换了吉服把当官凭证领回来。

掌宫太监公开卖官，官场黑暗可见一斑。

贾珍很有钱，但他平时没给儿子捐官，现在为儿媳丧礼风光而捐。

秦可卿灵前摆上了四品执事。灵牌上写"天朝诰授贾门秦氏恭人之灵位"。贾蓉捐的是五品，五品夫人是宜人，但人死了可上浮一级，秦可卿成四品夫人恭人。会芳园两边摆鼓乐厅，青衣按时奏乐。一对对执事摆得整整齐齐，两面大字红牌竖门外，一面是"防护内廷紫禁道御前侍卫龙禁尉"，对面起宣坛（为僧道讲经作法设置的台子），榜上大书："世袭宁国公冢孙妇、防护内廷御前侍卫龙禁尉贾门秦氏恭人之丧"，下注掌管全国僧道事务的最高官衙首领万虚和叶生等，以及"敬谨修斋，朝天叩佛""四十九日消灾洗业平安水陆道场"等语。冢孙妇即长孙媳妇。

两个最高宗教领袖叫"万虚"(世间万事虚无繁华落空)和"叶生"(孽生)带有讽刺意味。

大规模宗教仪式

贾珍动用钦天监阴阳司择日为秦可卿安排丧事。钦天监是明清时官署,主管天文、定历数、辨禁忌等。阴阳司是小说家虚构的官署名。钦天监选了三天后开丧送讣文,停灵七七四十九天。停灵会芳园,宁国府最污秽的地方。这四十九天,单请一百单八和尚在大厅上拜大悲忏,这是佛教众僧念经拜佛、超度亡魂的礼仪。另设一坛在天香楼上(秦可卿上吊的地方),请九十九个全真道士(各门派道士)打四十九日解冤洗业醮,这是道教设坛念经、祈福消灾、超度亡魂的仪式。灵前另有五十个高僧、五十个高道,对坛按七作好事。就是一七、二七、三七,一直到七七四十九日,每到七念经祈祷,解除秦可卿的冤孽。

第十四回虽然回目叫《林如海捐馆扬州城 贾宝玉路谒北静王》,其实林如海去世只借贾琏小厮向王熙凤汇报交代一下,贾宝玉见北静王在回末才开始,这一回重点还是宁国府豪华大丧,其中五七正日(停灵第三十五天)的宗教活动特别有代表性:

> 那应佛僧正开方破狱,传灯照亡,参阎君,拘都鬼,筵请地藏王,开金桥,引幢幡;那道士们正伏章申

表，朝三清，叩玉帝；禅僧们行香，放焰口，拜水忏；又有十三众青年尼僧，搭绣衣，靸红鞋，在灵前默诵接引诸咒，十分热闹。

《红楼梦》是中国古代最好的白话小说，语言简练到极点，因为时代变迁，一些佛教道教活动，需要一句句剖析，才能读懂。

五七正日活动是和尚、道士、尼姑轰轰烈烈忙活，给秦可卿祈祷：

一百零八位高僧演说佛法，超度秦可卿，他们点起明亮的灯火给她照亮冥世的道路，免得她错误地走到十八层地狱。高僧参拜阎王爷，请阎王爷把捣乱的小鬼拘禁起来，宴请阎王爷头上的主管、拯救众生苦难的地藏王菩萨。请菩萨给秦可卿竖起走向来生富贵的旗幡，打开托生到富贵人家的金桥。

九十九位全真道士写上表章焚烧，朝拜道教主宰玉清元始天尊、上清灵宝天尊、太清太上老君，给道教总管玉皇大帝磕头，请他们保佑秦可卿。

高僧烧起高香，替秦可卿解冤除灾，烧纸到冥世间变成银钱让口中燃火的饿鬼抢，让他们不要拖住秦可卿。

十三个年轻小尼姑穿着美丽的绣花衣服，拖着鲜红绣花鞋，在秦可卿灵前默默念诵，接引从仙界传来的咒语，送秦可卿进入极乐世界。

和尚、道士、尼姑悉数到场，佛教、道教同台演出，都是为了叫秦可卿早日解冤洗业，求得下一辈子荣华。宗教仪式隆重热闹，但她怎么死的？因爬灰没脸见人上吊死的。滑稽不滑稽？

铁槛寺馒头庵的哲理意味

秦可卿出殡的铁槛寺、馒头庵命名大有深意,是从南宋范成大《重九日行营寿藏之地》引申而来:

纵有千年铁门限,终须一个土馒头。

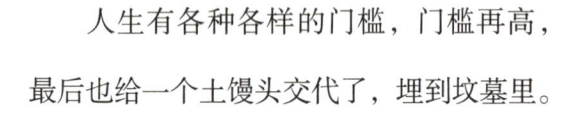

人生有各种各样的门槛,门槛再高,最后也给一个土馒头交代了,埋到坟墓里。

范成大的诗借自《全唐诗外编》王梵志的诗意,不赘。

秦可卿之丧是古代小说绝笔

宁府的豪门大丧摆些什么谱?

大张旗鼓,小题大做。秦可卿死在贾府百足之虫死而不僵时,借丧事大显威风,难道仅仅为了写贾府的威风?作者有深意。贾府一个重孙媳妇有如此隆重的高规格葬礼,曹雪芹原来是要反衬将来贾府败落后重要人物如贾赦出丧的惨状。因为曹雪芹后三十回稿子遗失,现在看不到了。

旷日持久,大事铺张。豪门大丧四十九天,宁国府白漫漫人来人往,花簇簇宦去官来。家丁亲友都穿着白衣服来吊丧;来吊唁的官员穿的衣服繁花似锦。

到出丧时,宁国府的豪门气派更显得淋漓尽致。

秦可卿出殡,出现了古代小说从未有过的精彩场面。

到天明选定的吉时,六十四名穿黑衣服的年轻家仆起灵,秦可卿的铭旌,就是

长条旗幡，上写死者姓名，用竹竿挑着，放到灵座右前方："奉天洪建兆年不易之朝诰封一等宁国公冢孙妇防护内廷紫禁道御前侍卫龙禁尉享强寿贾门秦氏恭人之灵柩。"什么叫享强寿？古人活到五十岁以上，叫享强寿，秦可卿不过活二十岁，居然写上强寿，是否暗藏她是强死、自杀而死？四品夫人恭人配套的执事陈设光艳夺目，是秦可卿死封龙禁尉，现造个四品夫人，新做出来仪仗；宝珠自行未嫁之女，摔丧驾灵，十分哀苦，义女也是现造的。实际是丫鬟瑞珠和宝珠闯破贾珍秦可卿丑事，瑞珠惧怕受迫害撞柱而死，宝珠认秦可卿为义母，做义女摔盆驾灵，永远为秦可卿守灵。贾珍还恬不知耻地把两个无辜丫鬟受害宣传成"殉主""忠主"，显示出贵族强权的虚伪可怕。

宁国公乃八公之一，来送殡的有镇国公等六个国公继承人、南安郡王孙子等七个郡王继承人，公侯伯子男到齐。王孙公子不可胜数，大轿小轿，不下百余辆。国公府、郡王府的摆设摆了三四里远。这是什么样的气派，什么样的排场？这样的气派、排场，跟后来的大衰落、大败局形成

贾宝玉路谒北静王

鲜明对比。

送葬更高规格是亲王路祭。东平王、南安王、西宁王、北静王，在贾府送葬路旁，搭起彩棚，奏起哀乐，点上香烛，祭奠亡灵。四王中地位最高的北静王亲自到场。亲王路祭是贾府权势的最高表达，也为将来的衰落做铺垫。现在死个重孙媳妇，四王路祭，将来贾母死了，谁路祭？曹雪芹肯定做辛酸描写，可惜看不到了。

"宁府大殡，浩浩荡荡，压地银山一般。"任何小说都找不到这样的字句，为什么像银山一样？因为穿孝服的队伍浩浩荡荡，像移动的银山。十几个字，写尽繁华，写尽权势。

第十五回虽然回目是《王熙凤弄权铁槛寺 秦鲸卿得趣馒头庵》，但重点描写的，是《红楼梦》的两个核心人物贾宝玉和王熙凤。他们分别做了精彩表演，贾宝玉受北静王赏识，王熙凤靠一封假托贾琏之名的信捞到三千两银子。这样的"表演"都会对此后的小说走向产生重要影响，王熙凤会越来越胆大妄为，贾宝玉跟皇室重要人物有了联系，受北静王影响甚至庇护，而这应是曹雪芹丢失的后三十回描写过的情节。第十五回回末贾宝玉发现秦钟的风流韵事，实际上也是描写"皮肤滥淫"和精神之恋的区别。

贾元春才选凤藻宫

贾元春封妃

元妃省亲是《红楼梦》的关键情节。

元妃省亲跟康熙南巡有密切关联；

元妃身系贾府安危，对贾府盛衰起重要作用；

为元妃省亲而建的大观园成为红楼人物的主场。

《红楼梦》用三个回目写贾元春封妃、贾府极盛：第十六回《贾元春才选凤藻宫 秦鲸卿夭逝黄泉路》，第十七至十八回《大观园试才题对额 荣国府归省庆元宵》。

在多数《脂砚斋重评石头记》抄本中，十七回和十八回没有分开。

贾元春晋封贤德妃

贾政生日宴会，六宫都太监传旨："立刻宣贾政入朝，在临敬殿陛见。"皇帝掌握生杀大权，他召见是福还是祸？贾府立即停止宴会，贾政急忙进宫，全家惊慌不已，七十多岁的贾母在廊下站几个时辰等消息。皇帝的权威多可怕。

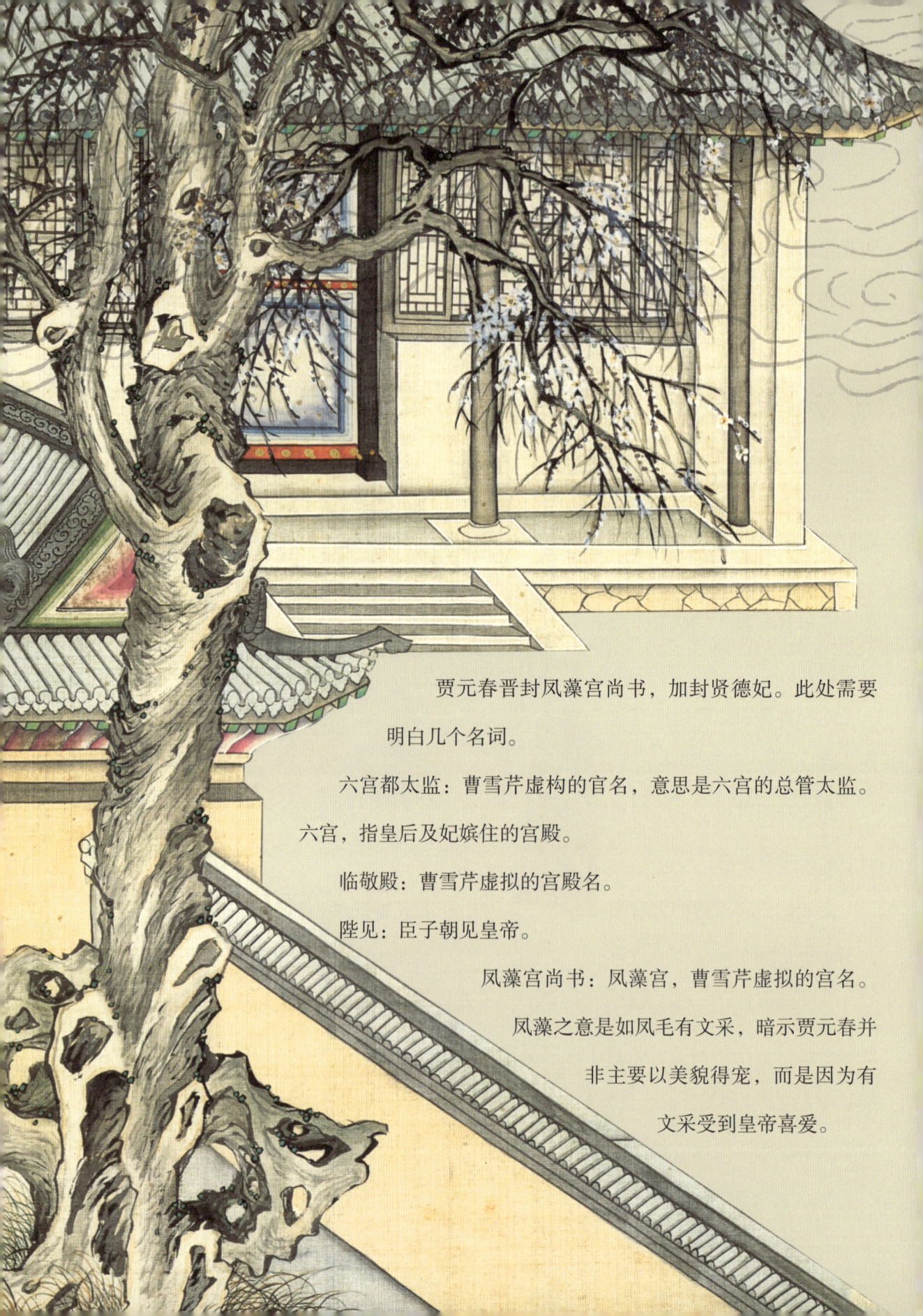

贾元春晋封凤藻宫尚书，加封贤德妃。此处需要明白几个名词。

六宫都太监：曹雪芹虚构的官名，意思是六宫的总管太监。六宫，指皇后及妃嫔住的宫殿。

临敬殿：曹雪芹虚拟的宫殿名。

陛见：臣子朝见皇帝。

凤藻宫尚书：凤藻宫，曹雪芹虚拟的宫名。凤藻之意是如凤毛有文采，暗示贾元春并非主要以美貌得宠，而是因为有文采受到皇帝喜爱。

尚书：指女尚书。东汉及三国魏时，皇宫中设置女尚书，掌管处理宫外奏事。唐代白居易《上阳白发人》写宫女幽闭怨旷之苦，有"遥赐尚书号"诗句，此封号暗示元春命运。

贤德妃：妃，本意为"匹配"之意，古时人妻皆可称妃，后世则专称皇帝的次于皇后之妾及太子、诸侯之妻，"贤德"是冠于妃之上的美称。

贾元春封妃消息一到，贾府立即变成欢乐的海洋。

贾府从八公变成皇亲国戚，达到烈火烹油、鲜花着锦的富贵顶峰，宁、荣两处上下里外，莫不欣然踊跃，个个面上皆有得意之状，言笑鼎沸不绝。唯有贾宝玉不同他人：

贾母等如何谢恩，如何回家，亲朋如何来庆贺，宁荣两处近日如何热闹，众人如何得意，独他一个皆视有如无，毫不曾介意。因此众人嘲他越发呆了。

曹雪芹连续用五个"如何"把贾府繁华一笔带过。这么荣耀的家族大喜事，贾宝玉不在乎，人们笑他傻。宝玉关心什么？秦钟生病；林妹妹父亲去世，她不知哭成什么样了。宝玉有粪土万户侯的真性情，只有黛玉和他知心。

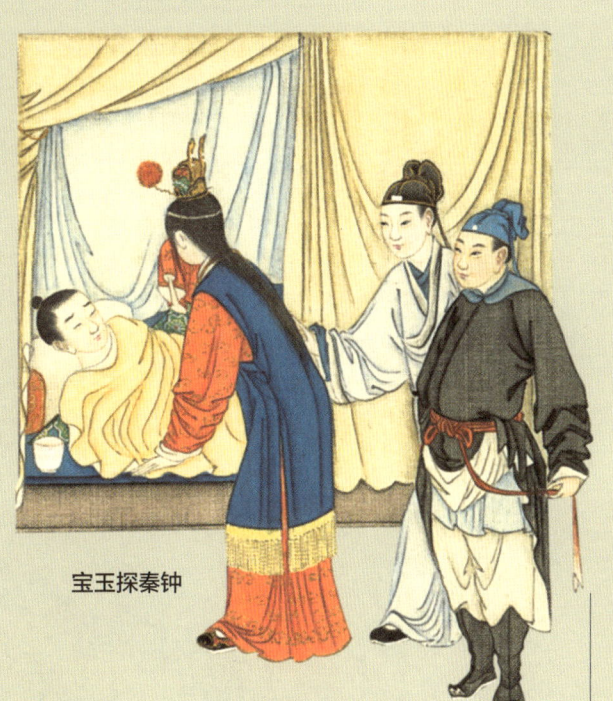

宝玉探秦钟

康熙南巡和元妃省亲

《红楼梦》中元妃省亲，和历史上康熙南巡、曹雪芹祖父接驾有联系。

贾琏王熙凤跟赵嬷嬷说到甄家四次接驾，银子花得像淌海水，几乎就是说曹雪芹爷爷曹寅给康熙南巡接驾。但康熙南巡只对元妃省亲起有限度的原型作用。如果曹雪芹对康熙南巡没有深刻印象,他很难写出皇家的礼仪。曹家并没出过皇妃,曹雪芹的姑姑是福晋,曹雪芹在世时朝廷也没有太上皇。所以家有皇妃、太上皇允许省亲都是小说家虚构。但康熙南巡却是元妃省亲的重要参考。

康熙南巡时曹寅在扬州三汊河畔建富丽堂皇的行宫。当时有柳枝词说:"三汊河干筑帝家,金钱滥用等泥沙。"曹寅接驾花上百万两银子,造成大量亏空,成为曹家被雍正抄家的诱因,是曹家从繁华到沦落的前提。

没有康熙南巡,不可能有《红楼梦》的产生。

没有康熙南巡的生活依据,曹雪芹写不出元妃省亲。

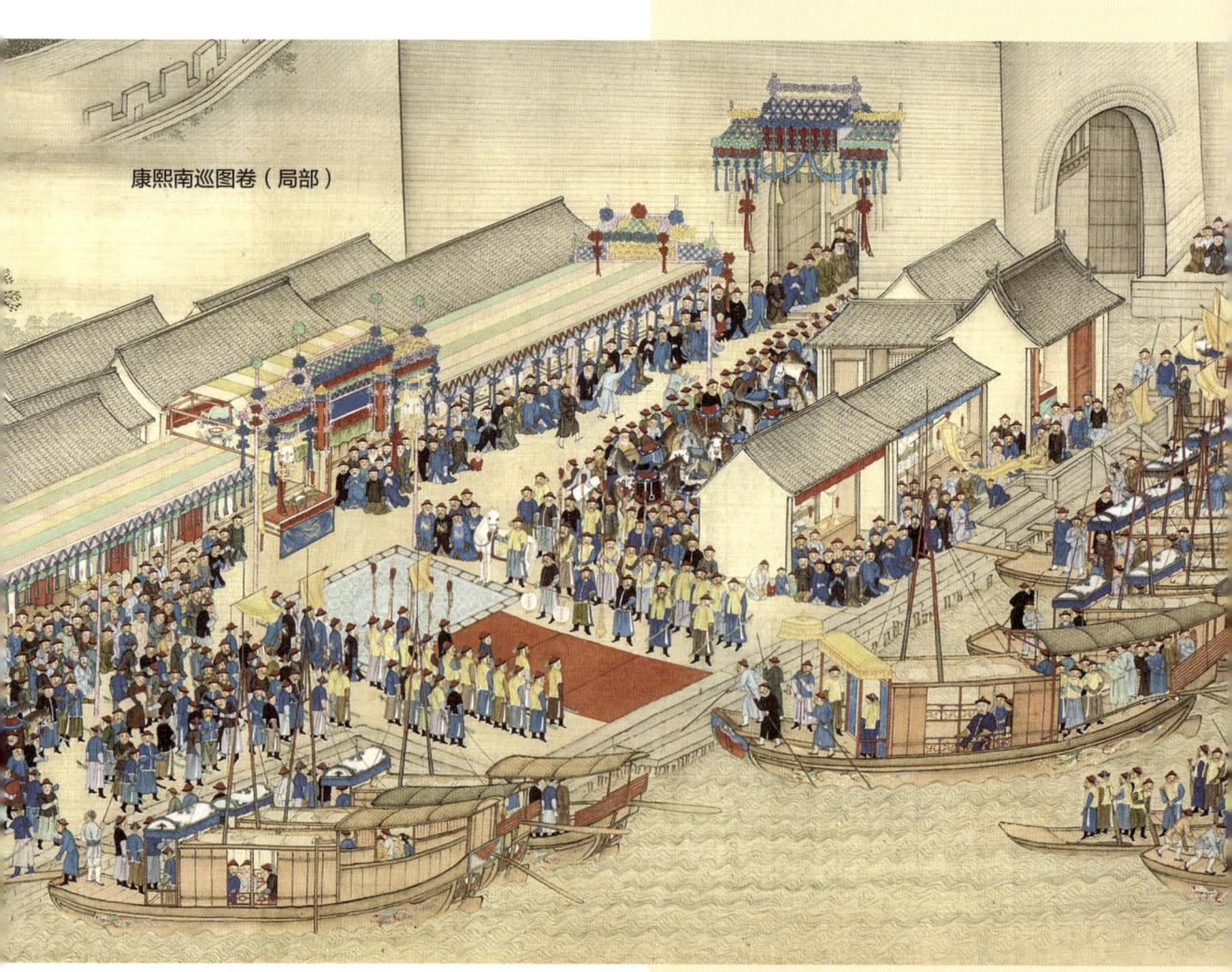

康熙南巡图卷(局部)

筹建省亲别墅

元妃省亲回贾府总共跟亲人团聚几个小时，皇家却要求：她得在深宅大院省亲。

贾府必须为元妃几个小时的活动建造一座全新的、造价昂贵的省亲别墅。

贾赦、贾政、贾珍、贾琏考察两府的地方，安排拆会芳园，处理东院花园，拆下人房子，腾出盖省亲别墅的地方。贾珍的会芳园、贾赦的东院，是贾府两处体现道德沦丧最突出的地方，在这个肮脏原址建起将来贾宝玉和红楼裙钗居住、地面上的太虚幻境大观园。会芳园那股活水，将来要引到潇湘馆，是不是有出污泥而不染的哲理意味？

省亲别墅由谁建造？顶级花花公子贾珍、贾琏，他们请山子野设计盖园子。贾宝玉等入驻后，贾珍、贾琏这对花花公子在大观园绝迹。

贾府为迎接元妃归省花多少银子？从一笔小账可看出。贾府原来存甄府五万两银子。贾蔷到江南采买女孩子和乐器，支用三万两；置办花烛、彩灯、帘栊帐幔用两万两。五万两银子仅用在两项极次要开支上。大观园工程花费多少钱？元妃省亲花多少钱？可以想象。后来贾蓉说，再省一次亲就精穷了。

元妃省亲，实际是"绝唱"，此后再无省亲事。

乐中悲

元春封妃跟三桩死亡同时降临：张金哥与宁备公子双双殉情，林如海抛下爱女仙逝，秦钟夭折。秦钟夭亡恰好在贾府上下迎接元妃省亲热闹喜庆时刻。曹雪芹惯用手法是写乐中悲，写热闹中的冷清。那边热火朝天准备贵妃省亲，这边秦钟和智能儿偷期密约，被老爹揍一顿。老爹被气死，秦钟濒临死亡。

秦钟之死有段荒唐描写。阎王派人捉他，秦钟要求先别捉走，他记挂着几件事，小鬼不肯徇私，说你是读过书的人，阎王叫你三更死，谁敢留人到五更？我们铁面无私，哪像你们阳世徇情？正闹着，秦钟听说宝玉来了，央求小鬼放他和好朋友说句话就来。什么好朋友？荣国公孙子宝玉。判官一听，害怕了，吆喝小鬼，我说你们先放他回去，你们不听，现在等他请出一个运旺时盛的人才罢。谁运旺时盛？贾宝玉运旺，因为北静王刚表扬他"雏凤清于老凤声"，时盛当然是他姐姐要当贵妃。小鬼说判官，你老人家雷霆电雹，原来听不得"宝玉"这两个字，我们是阴世，他是阳世，我们怕他干什么。判官说，放屁，天下官管天下事，阴阳一理，尊着这些有权的人没错。曹雪芹对秦钟之死做谐趣描写，借题发挥，对所谓无私执法的封建官吏，哪怕是阴司官吏，欺贫怕富，怕有势力的人，做绝妙讽刺。

贾宝玉题额

元妃归省在《红楼梦》占第十七、十八回，回目是《大观园试才题对额　荣国府归省庆元宵》。上句写贾宝玉随贾政巡视刚刚竣工的省亲别墅，下句写贾元春回荣国府省亲全过程。贾政让贾宝玉在园中题匾额和对联时，"大观园"这个名字还没出现，这个名字是元妃归省所题。在有的版本中，省亲别墅仍叫"会芳园"，在有的版本中，看来为叙述统一，曹雪芹提前把"大观园"名字用上。

贾宝玉为什么可以题额？

为元妃归省建园，必须元妃题额。贾政原是想带清客"暂拟"，恰好遇见宝玉，遂命宝玉参加。宝玉所题用灯笼或竹竿暂时挑上，待元妃定夺。

看到贾宝玉，就命他跟来。贾宝玉果然大放光彩，这就必须让清客有意藏拙。做清客得有点学问，能吟诗作赋，难道这么多清客不及一个黄口孺子？清客知道贾政要考察儿子，所以故意拿二流甚至三流题额、文不对题的对联敷衍，烘托贾宝玉，让其脱颖而出。

宝玉随贾政边看边题。经"曲径通幽"入园，看到一带清流从花木深处曲折泻于石隙之下。这股会芳园原址活水成了可行龙舟的河流，像条珠线将园中各景串连起来。

省亲别墅是为元妃省亲而盖，题额必须颂圣，潇湘馆匾"有凤来仪"，稻香村对联用颂后妃之德"浣葛"的典故。不能不颂圣,不能全颂圣,宝玉的题额主要还不是颂圣。玄妙!

宝玉并未将园中景致全题到。第七十六回《凸碧堂品笛感凄清》中,黛玉对湘云说,她拟了几个,"凡我拟的,一字不改都用了。"大观园题额实际是宝玉与众姐妹特别是黛玉"合作"的结果。微妙!

题额是宝玉的才学在建筑园林、自然景色前的亮相。沁芳溪、潇湘馆、稻香村、蘅芜苑、怡红院,在宝玉题额中以纯自然风景出现,清客们恭维叫好,给国公府公子戴高帽。贾政因儿子有才暗喜却假作训斥。伴随聪慧杂学的宝玉跟迂阔古板的贾政、有意装蠢的清客在才情和思想上的交锋,题额同时描绘出世态人情及人物关系,巧妙!

大观园是古代建筑园林集大成者,宝玉题额体现出山水文化和文人诗词水乳交融,楼、阁、亭、堂、轩、榭、坞、斋,无不精准;前人诗词,史籍典故,契合巧妙;佳木构制、异卉铺排,如繁星点点。梁思成规定《红楼梦》为清华大学建筑系教材,青少年读者可将宝玉题额当作一次古代文化综合课。

潇湘馆、稻香村、蘅芜苑、怡红院怎能成"主景"?

为元妃省亲建造别墅,主体建筑是大观楼等举行重大仪式处,曹雪芹故意省略这些地方题额,为什么?因为将来生活在大观园的是贾宝玉、林黛玉、薛宝钗、迎春、探春、惜春,还有管理他们的李纨。贾宝玉题额的重点是潇湘馆、稻香村、蘅芜苑、怡红院。

第一，潇湘馆。

忽抬头看见前面一带粉垣，里面数楹修舍，有千百竿翠竹遮映。众人都道："好个所在！"于是大家进入，只见入门便是曲折游廊，阶下石子漫成甬路。上面小小三间房舍，一明两暗，里面都是合着地步打就的床机椅案。从里间房里又得一小门，出去则是后院，有大株梨花兼着芭蕉。又有两间小小退步。后院墙下忽开一隙，得泉一派，开沟仅尺许，灌入墙内，绕阶缘屋至前院，盘旋竹下而出。

粉垣即白灰粉刷的墙壁；修舍即精致的房屋。

贾宝玉题的匾额是：

有凤来仪

语出《尚书·益稷》："箫韶九成，有凤来仪。"箫韶为舜制的音乐。这是说箫韶之曲连续演奏九章，凤凰也随乐声翩翩起舞。《诗经·大雅·卷阿》："凤凰于飞，翙翙其羽。有凤来仪兮，见则天下安宁。"凤凰是传说中的神鸟，多用来比拟后妃，匾额很切题。

贾宝玉题的对联：

宝鼎茶闲烟尚绿，
幽窗棋罢指犹凉。

宝鼎,指煮茶的鼎炉,茶沸时会有绿烟,在绿竹掩映的幽静窗下下棋,指头觉凉。

贾府公认贾元春是金凤凰。在曹雪芹的意念中,真正的凤凰,精神的凤凰,却是在潇湘馆诗意栖居的林黛玉。凤凰非梧桐不栖,非澧泉不饮,非竹实不餐,是传说中的神鸟,也是传说中自重自矜之鸟。曹雪芹将神鸟的气质化入绛珠仙子临凡的林黛玉身上,以清秀、清灵、清雅构成潇湘馆的基调,和灵河岸边绛珠草的生存环境暗合;粉墙修舍、绿竹清流、梨花芭蕉,铺就林黛玉的生存氛围。绿和白是主色调,竹和水是主旋律。竹又称"君子竹",是林黛玉的"背景图案"。

第二,稻香村。

贾宝玉随从贾政进入下一个景点:

转过山怀中,隐隐露出一带黄泥筑就矮墙,墙头皆用稻茎掩护。有几百株杏花,如喷火蒸霞一般。里面数楹茅屋。外面却是桑、榆、槿、柘,各色树稚新条,随其曲折,编就两溜青篱。篱外山坡之下,有一土井,旁有桔槔辘轳之属。下面分畦列亩,佳蔬菜花,漫然无际。

桔槔辘轳,是旧时井上汲水工具。桔槔又叫吊杠,井台上架杠杆,一端系水桶,一端系大石。辘轳,井台上加一有柄转轴,轴上绕绳索,摇柄转轴,吊起水桶。此处用黄泥矮墙、茅屋、桑榆槿柘青篱等乡野常见树木篱笆、土井、菜蔬等农村常见物品,造就"归农"场景。贾政喜欢,贾宝玉却跟他辩论:"不及'有凤来仪'多矣。"强调"天然"才好,省亲别墅出现这么个田庄,"人力穿凿扭捏而成",贾政气愤地下令将贾宝玉"叉出去",又喝命回来题额。贾宝玉题对联:

新涨绿添浣葛处,
好云香护采芹人。

对联意思是：洗葛衣的地方涨满了绿绿的初春水，读书人周围有祥云、有杏花香气环绕。"浣葛"出自《诗经·周南·葛覃》，是描写新妇勤劳，以颂后妃之德的典故。"采芹人"用《诗经·鲁颂·泮水》中"薄采其芹"的典故，泮水，泮宫之水，泮宫即学宫。考中秀才为"采芹"，指读书人。古代诗人常以云比喻盛开的花，"好云"指云能生色，同时比喻"喷火蒸霞一般"的杏花，暗喻元妃像祥云一样庇护贾府的后世读书人。

贾政等因此处有杏花，想题作"杏花村"，还叫人做个酒幌，用竹竿挑在树梢，以迎合杜牧《清明》诗句："借问酒家何处有，牧童遥指杏花村。"贾宝玉公

然认为老爹的意见"陋俗",不如因旧诗"红杏枝头挑酒旗",把酒幌题作"杏帘在望",据唐诗"柴门临水稻香村",命名"稻香村"。贾政口头上说不通、不好,实际却为儿子才情喜悦。"严父慈心"情节写得妙。

将来住在这里的李纨,青春守寡,形如槁木,心若死灰,是被封建礼教扭曲的女性,跟贾宝玉所说的"人力穿凿扭捏"的场景谐合。景物成为人物性格的延展。

第三,蘅芜苑。

贾政、贾宝玉等进入下一庭院:

度过桥去,诸路可通,便见一所清凉瓦舍,一色水磨砖墙,清瓦花堵。那大主山所分之脉,皆穿墙而过。……步入门时,忽迎面突出插天的大玲珑山石来,四面群绕各式石块,竟把里面所有房屋悉皆遮住,且一株花木也无。只见许多异草:或有牵藤的,或有引蔓的,或垂山巅,或穿石隙,甚至垂檐绕柱,萦砌盘阶,或如翠带飘飘,或如金绳盘屈,或实若丹砂,或花如金桂,味芬气馥,非花香之可比。

贾宝玉给此处题额"蘅芷清芬",对联是:

吟成荳蔻才犹艳,
睡足酴醾梦也香。

蘅芷清芬：各种香草发出淡淡幽香，与冷香丸暗合。

荳蔻：豆蔻，草荳蔻，春天开花，初生时卷于绿叶中，俗称"含胎花"，比喻少女。杜牧《赠别》："娉娉袅袅十三余，豆蔻梢头二月初。"

酴醿：也作"荼蘼"，花枝软垂无力像睡梦沉酣。

"吟成荳蔻才犹艳"的意思是，写出杜牧那样的豆蔻诗后，才思还很旺，将来住在这里的薛宝钗是才思敏捷的美女诗人。"睡足酴醿梦也香"是说人在香气中睡觉做梦都香甜。匾额和对联都暗喻散发着淑女芳香的薛宝钗。

将来叫"蘅芜苑"的地方满院香草，是为散发妇德馨香、"德容言功"、美貌博学、"珍重芳姿昼掩门"的薛宝钗移栽。古人称有持久香味的藤萝谓"蘅芜"。蘅芜苑可能参考圆明园"西峰秀色"建筑模式，"苑"是皇家园林，以"蘅芜苑"命名，说明居住于此的薛宝钗雍容华贵、香气馥郁、艳冠群芳。蘅芜苑房屋藏在大玲珑山石背后，宝钗也有深山遮挡的风光，她擅藏会掖，才能内敛而不张扬，聪明蕴藉而不放纵，温柔敦厚，委婉谨慎，是按封建妇德内外兼修的人，是用"淑女"厚壳隐藏真情怀的人。

贾政本来说"此处这所房子，无味得很"，进入庭院看到香草后则说"有趣"，倒像是读者对薛宝钗为人的感受。

第四，怡红院。

贾宝玉游园看到的最后一处，是将来他的住处：

> 绕着碧桃花，穿过一层竹篱花障编就的月洞门，俄见粉墙环护，绿柳周垂。贾政与众人进去，一入门，两边都是游廊相接。院中点衬几块山石，一边种着数本芭蕉，那一边乃是一棵西府海棠，其势若伞，丝垂翠缕，葩吐丹砂。

芭蕉有阔大的绿叶，西府海棠有艳红的花朵，这个地方如何题额？先有个清客说"崇光泛彩"，是套用苏东坡《海棠》中的诗句"东风渺渺泛崇光（增长的春光）"的诗意。贾宝玉说这地方蕉、棠两植（一红一绿），不应只题海棠，漏了芭蕉，应题"红香绿玉"。这里隐含宝玉和黛玉，贾宝玉的通灵宝玉灿若明霞，林黛玉的前身是绿莹莹的绛珠草。元妃归省时改为"怡红快绿"，似透露不喜欢"绿玉"，即黛玉。

怡红院外红玫瑰与绿垂柳相映，院内阔大的芭蕉叶状如绿玉，盛开的女儿棠如火苗簇簇，绿肥红艳，花团锦簇。房内隔断皆用雕空玲珑木板，或翎毛花卉，或集锦博古，满墙满壁，照古董玩器之形抠成槽子，琴、剑、悬瓶、桌屏之类，虽悬于壁，却与壁相平。曹雪芹创造了一个文学化木雕博物馆，贾宝玉现在的金屋银饰跟将来的绳床瓦灶会形成尖锐对比。

大观园是《红楼梦》主要人物的活动中心，怡红院是大观园的中心，是少女及少女呵护者宝玉的乐园。宝玉拒绝长大，拒绝成为按主流意识形态存活、懂仕途经济、光宗耀祖的男人，希望永远跟姐姐妹妹在一起。跟寻花问柳、醉生梦死的纨绔子弟贾珍、贾琏、贾蓉相比，贾宝玉是国公府更彻底的不肖子弟。

《红楼梦》：一篇人与自然和谐的哲学论文

大观园有没有原型？袁枚说大观园是他家隋园（前身曹家花园），有专家说大观园参考苏州园林，有专家说大观园模仿圆明园。归根到底，大观园是小说家头脑

里造的园子，不是任何真实园林的再现。本来说要占用两府间三里半地方造园子，大观园有四十多处自成院落，如潇湘馆蘅怡红院等前后有院子。大观园里有荼蘼架、木香棚、牡丹亭、芍药圃、蔷薇院、芭蕉坞，还有清堂茅舍，或堆石为垣，或编花为牖，山下幽尼佛寺，林中女道丹房，长廊曲洞，方厦圆亭……正殿则"崇阁巍峨，层楼高起，面面琳宫合抱"，玉石牌坊龙蟠螭护，玲珑凿就。多大规模？整个园子实际占地三十里不止。曹雪芹是将头脑中的园子缩微安放进设计师山子野的图纸上，塞到荣府宁府之间区区数里空间中。

像每个神需要一个庙宇，小说家要给小说人物安排特定的活动空间。诸葛亮生活在人杰地灵的隆中，《聊斋》中个性自由的婴宁住在野花烂漫的深山。曹雪芹给他的红楼人物设置的专属庙宇，就是怡红院、潇湘馆、蘅芜苑、栊翠庵等，组合起来是大观园。每处景色都是为写人而创造，和居住于此的人谐合无间。每处景色都为叙事服务，和发生在此的故事相辅相成。西方一些评论家说长篇小说可做哲学论文看，《红楼梦》就是一篇人与自然和谐的哲学论文。

地面上的太虚幻境

贾宝玉在大牌坊下想他到过相似的地方，大观园是地面上的太虚幻境，是曹雪芹心中的伊甸园。从第二十三回到第八十

回，贾宝玉跟姐妹们在大观园有分有合的活动，是《红楼梦》最有诗意的内容。大观园成为年轻人展示烂漫青春的场所。

贵族家庭如何容忍出现青年男女的乌托邦？大观园借元妃归省建造，合情合理。宝玉和姐妹们在大观园过上远离尘嚣和干扰的惬意日子，诗才和个性得到了充分发挥。黛玉葬花、宝钗扑蝶、湘云醉卧、宝琴立雪、菊花诗会、怡红夜宴，这些诗情画意的场面，都出现在大观园。

曹雪芹对大观园的分散描写很多，集中描写的则有宝玉题额、元妃归省、贾芸进怡红院、贾母带刘姥姥游园、凤姐查抄。每次的集中描写都各有侧重，各有韵味。

贾宝玉题额成了打擂台，一方是人称"自幼酷爱读书"的五品官贾政和他门下附庸风雅的清客，一方是"愚顽怕读文章"的封建逆子贾宝玉。结果孰优孰劣？孰智孰愚？孰神采飞扬孰窘态百出？小说一步一步写来，年仅十三岁的贾宝玉聪慧博学、文思敏捷，贾政及清客被曹雪芹做了妙趣横生的嘲讽，令人喷饭。

元妃归省

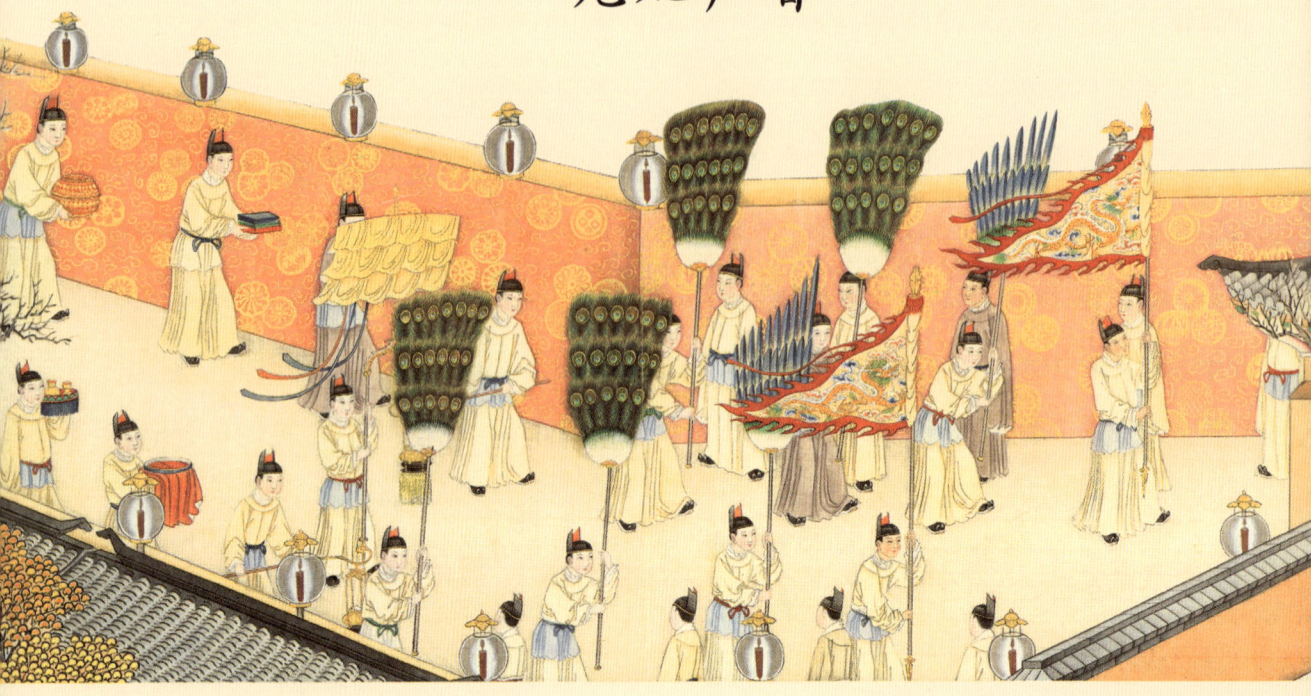

贾府鼎盛的标志是秦可卿大丧和元妃归省。秦可卿之死大悲,而悲中寓喜,寓豪门内幕;元妃归省大喜,但喜中有悲,寓贾府未来。曹雪芹以如椽之笔,浓墨重彩地描绘了皇家典仪的大场面,淋漓尽致地刻画了国公府的豪华气派,细致入微地描写了亲情实感。

元妃归省前,曹雪芹用简短语言交代三件小事。

其一,贾蔷从姑苏采买十二个女孩及行头,聘教习在梨香院教演女戏。小戏班将对后面的情节起推动作用。戏班女孩如龄官、芳官、藕官等成为大观园群钗的特色人物并和贾宝玉发生联系。

其二,薛姨妈一家迁于东北上一所幽静房舍居住,将梨香院腾出来给戏班用。这一迁移值得推敲。如果这所幽静房屋够戏班住,何必让贾府贵客搬家?如果小于梨香院,那就带逐客令意味。尽管薛家有很多房屋,薛姨妈却就是不走,为什么?元春封妃,"金玉良缘"更有吸引力了。

其三,王夫人礼聘妙玉主持栊翠庵。金陵十二钗之一的妙玉率先进入大观园。

皇权高于一切

贾元春要归省，贾母天没亮就按诰命一品凤冠霞帔化好妆，带领贾赦等到荣国府门口呆等，得到消息是元妃晚饭后才请旨动身。晚饭后贾赦带全族男子在西街口外迎接，贾母带全族女眷在荣国府大门外迎接：

忽见一对红衣太监骑马缓缓的走来，至西街门下了马，将马赶出围幕之外，便垂手面西站住。半日又是一对，亦是如此。少时便来了十来对，方闻得隐隐细乐之声。一对对龙旌凤翣，雉羽夔头，又有销金提炉焚着御香，然后一把曲柄七凤黄金伞过来，便是冠袍带履。又有值事太监捧着香珠、绣帕、漱盂、拂尘等类。一队队过完，后面方是八个太监抬着一顶金顶金黄绣凤版舆，缓缓行来。

我们看看皇家仪仗中对当代青少年读者比较陌生的名词。

龙旌凤翣(shà)，雉羽夔(kuí)头：皇帝皇后贵妃仪仗用物，龙旌是以龙为图案的旌（旗帜），凤翣是用雉（野鸡）或孔雀羽毛编成的大掌扇，顶端有夔(kuí)，夔是古代神话传说中的灵异之兽。

销金提炉：朱漆描金柄、柄端錾铜镀金龙头、龙口中衔铜炉链、悬于链端的炉。提炉人手持朱漆描金柄焚着御香，需成对使用。

曲柄七凤黄金伞：明黄色绸缎上绣有七凤花纹、用顶部弯曲之柄支撑的仪仗用伞。

金顶金黄绣凤版舆：后妃仪仗中有赤金顶、黄绫上绣金龙凤的华丽坐车。

贾母合族迎贵妃

元妃一到，贾赦带全族男子、贾母带全族女子连忙在路旁跪下。祖母给孙女下跪，今天的人看来不可思议，当时却是天经地义，这就是封建宗法制度下的社会状况。

孙女回娘家得向祖母行礼，元妃进贾母正室想行家礼，"贾母等俱跪止不迭"。

在封建社会，皇权高于亲情，高于原有亲属关系。

在《红楼梦》中，只要王熙凤在场，就有奇思妙想的话语。唯独元妃归省，最有生机活力的凤姐一句话不能说，只是贾元春半吞半吐告诉祖母和母亲，皇宫成了"见不得人的去处"，亲人相聚，出现频率最高的词是"呜咽"。

贾政隔着帘子向女儿下跪请安，父女对话特别精彩：

贾政至帘外问安，贾妃垂帘行参等事。又隔帘含泪谓其父曰："田舍之家，虽齑盐布帛，终能聚天伦之乐，今虽富贵已极，骨肉各方，然终无意趣！"贾政亦含泪启道："臣，草莽寒门，鸠群鸦属之中，岂意得征凤鸾之瑞。今贵人上锡天恩，下昭祖德，此皆山川日月之精奇，祖宗之远德钟于一人，幸及政夫妇。且今上启天地生物之大德，垂古今未有之旷恩，虽肝脑涂地，臣子岂能得报于万一！惟朝乾夕惕，忠于厥职外，愿我君万寿千秋，乃天下苍生之同幸也。贵妃切勿以政夫妇残年为念，懑愤金怀，更祈自加珍爱。惟业业兢兢，勤慎恭肃以侍上，庶不负上体贴眷爱如此之隆恩也。"贾妃亦嘱"只以国事为重，暇时保养，切勿记念"等语。

元妃本想跟父亲说几句心里话，贾政却来了番战战兢兢颂圣。在皇权面前，一切都变得卑微。国公府变成"草莽寒门"，通常所说"上昭祖德"变成"下昭祖德"，还得"愿我君万寿千秋"。这番父女对话算得上世界文学史中写人情的奇葩。

当代青少年读者可能对这种父女关系感到不可理解：贾政这个父亲，在女儿回家省亲时，竟然连见女儿一面也不行！要说话，只能像臣子见皇帝一样"奏启"，只能隔帘问安。因为现在贾元春的身份是贵妃，是皇帝的妾，而贵妃除了太监，不准和任何男人见面，包括父亲和兄弟。

贾宝玉曾在贾母身边由贾元春教养，姐弟亲密无间，但现在他的姐姐想见他，"贾母乃启：'无谕，外男不敢擅入。'"贾元春下旨，贾宝玉才进来，先行国礼，给贵妃叩头，然后才姐弟叙话。

贾元春归省，她已经不是贾府的大小姐，而是皇帝的代表。她的祖母、伯父母、父母、兄弟姐妹长嫂，不但都要向她下跪行国礼，说话还必须恭顺谦卑，要用"奏"和"启"。元妃归省，令当代青少年读者看到封建专制究竟是怎么回事。

这样的场面，不仅在中国古代文学作品中从来没人描写过，世界文库中也找不到第二份。

太豪华靡费了

通过贾元春的视角，大观园第二次在读者面前展露。贾元春在船上看到，偌大园子布满"花""鸟"，俨然春天景象：

《红楼梦》程乙本 清乾隆五十七年萃文书屋活字印本

元春入室,更衣毕复出,上舆进园。只见园中香烟缭绕,花彩缤纷,处处灯光相映,时时细乐声喧,说不尽这太平气象,富贵风流。……执拂太监跪请登舟,贾妃乃下舆。只见清流一带,势如游龙,两边石栏上,皆系水晶玻璃各色风灯,点得如银花雪浪,上面柳杏诸树虽无花叶,然皆用通草、绸绫、纸绢依势作成,粘于枝上的,每一株悬灯数盏,更兼池中荷荇凫鹭之属,亦皆系螺、蚌、羽毛之类作就的。诸灯上下争辉,真系玻璃世界,珠宝乾坤。船上亦系各种精致盆景诸灯,珠帘绣幕,桂楫兰桡,自不必说。

大观园金银幻彩,珠宝争辉,彩灯都是纱绫扎的,精致之极;河边石栏上的灯

是水晶玻璃做的，点起来像银花雪浪；树上有绿色的"叶"、艳美的"花"，河里有"荷花"，有"水草"，还有各种"彩禽"飘动，太漂亮了。

贾元春归省是严冬，哪来的叶、花、鸟？原来都是由通草、绸绫、彩纸做成的叶和花，一个一个粘在枝上。一个园子，多少树？需要剪多少叶？造多少花？河里的仙鹤、鸬鹚、鸳鸯，都在水里漂着，它们是活的吗？不是，都是手工制作的。费这么多金银，用这么多的人工，只为让元妃在船上看一眼！这样的气派，连皇帝妃子都暗暗叹息，太豪华靡费了。元妃确实应该感叹，因为此时皇宫里也满目萧瑟，没有树叶，没有鲜花，没有禽鸟。她娘家造的园林，却有"叶"，有"花"，有"鸟"，是花费巨资现造出来的。

造豪华省亲别墅导致贾府极度透支，因讲排场摆阔气，贾府尚未尽的内囊用光了。

省亲别墅的奢华令元妃感到不安，嘱咐如果再归省，万不可如此靡费。

事实上元妃再也没有归省。虽然太上皇允许王夫人等定期进宫探视，但元妃跟贾府多数亲人，比如生父贾政、同父同母爱弟贾宝玉的生离即是死别。

贵妃宴题大观园

花开富贵

"有凤来仪"赐名曰"潇湘馆"

"红香绿玉"改作"怡红快绿"即名曰"怡红院"

"蘅芷清芬"赐名曰"蘅芜苑"

"杏帘在望"赐名曰"浣葛山庄"

元妃对宝玉题额做了部分修正，将园子命名"大观园"，题一绝：

衔山抱水建来精，多少工夫筑始成。
天上人间诸景备，芳园应锡大观名。

这首诗颇有韵味。天上，指太虚幻境，人间，指红尘世界。大观包罗万象，从闺阁到官场，从民间到皇宫，大观园成为地面上的太虚幻境，并与红尘世界有千丝万缕、刀割不断的联系。将来大观园内发生的贵族家庭的故事，成了整个封建宗法社会的缩影，蔚为大观，成为封建社会末期的"清明上河图"。

大观园首次诗歌节

贾元春游园后大开筵宴，贾母等在下相陪，尤氏、李纨、凤姐等亲捧羹把盏。元妃择几处最喜者赐名：

"顾恩思义"匾额

"天地启宏慈，赤子苍头同感戴；
古今垂旷典，九州万国被恩荣。"此一匾一联书于正殿

"大观园"园之名

中国古代小说里，人物聚会常写诗，曹操征伐敌人还要横槊赋诗。但由皇妃带来诗歌节，其他小说从没有过。元春令姐妹各题一匾一诗。这时元春已见过宝钗黛玉且感叹两个妹妹像娇美的鲜花、晶莹的美玉。元妃看过众姐妹的诗后说："终是薛、林二妹之作与众不同，非愚姊妹可同列者。"元春不算出色诗人，却是不错的诗评家。

宝钗题匾额"凝晖钟瑞"，意思是皇恩光辉凝聚。晖、瑞都是光辉之意。宝钗的诗歌颂皇帝恩典，歌颂元春像凤凰归来，归省显示皇室的孝化：

芳园筑向帝城西，华日祥云笼罩奇。
高柳喜迁莺出谷，修篁时待凤来仪。
文风已著宸游夕，孝化应隆归省时。
睿藻仙才盈彩笔，自惭何敢再为辞。

说得多得体，迁莺出谷，飞到皇宫变成凤凰回家，皇妃文辞这么好，我怎么还敢再写诗？

林黛玉题的匾额"世外仙源"，诗歌：

名园筑何处，仙境别红尘。
借得山川秀，添来景物新。
香融金谷酒，花媚玉堂人。
何幸邀恩宠，宫车过往频。

黛玉说园子像仙境，像当年石崇的金谷园，花儿映照着皇宫（玉堂）来的人。我们能参加宴会是邀了恩宠。黛玉提到仙境，因为她本来从仙境下来。

什么人写什么样的诗，是《红楼梦》描写人物的重要手段。这次应制诗（应皇帝或后妃要求写诗），宝钗雍容典雅，黛玉潇洒脱俗，但都颂圣。

元妃更关心她亲自带过多年的弟弟，让宝玉做四首。

宝钗黛玉都关心宝玉写诗。宝钗关心并指点让宝玉讨皇妃姐姐欢心，对"穿黄袍"艳羡不已。黛玉当上宝玉"枪手"，替贾宝玉写出《杏帘在望》：

杏帘招客饮，在望有山庄。
菱荇鹅儿水，桑榆燕子梁。
一畦春韭绿，十里稻花香。
盛世无饥馁，何须耕织忙。

林黛玉替贾宝玉写的诗，比她自己的《世外仙源》好得多，就是放到唐诗，和著名田园诗都有一比。特别是中间四句，用绝妙的对仗写出田庄的美景。菱荇鹅儿水，写水面有白秆紫红色叶子的荇菜，鹅儿在水面荇菜间嬉戏；桑榆燕子梁，写燕子在桑树和榆树之间飞来飞去，忙忙碌碌筑巢。春韭是绿的，稻花是香的，一片丰收景色。

《杏帘在望》被元妃指为宝玉四诗之首，立即将"浣葛山庄"更名为稻香村。

此时元春对黛玉宝钗同样欣赏，对钗黛赏赐也相同。

元妃还有两个弟弟，贾环不失时机地病了，贾琮连提也不提，说明小说家文字调度水平之高超。

题诗匾宝玉逞才藻

元妃点戏预示贾府命运

贾元春决定着贾府的荣辱。元春归省点戏，预示了贾府的命运。

第一出戏《豪宴》出自清初李玉《一捧雪》。莫怀古家有珍贵玉杯"一捧雪"，严世蕃向莫怀古索要。莫怀古用赝品代替。莫怀古门客汤勤向严世蕃告密，严世蕃把莫怀古害得家破人亡。贾家以后会发生与"一捧雪"相似的事件。贾赦为几把扇子，导致石呆子家破人亡，是贾府被抄的原因之一。故《豪宴》伏贾家之败。

第二出戏《乞巧》出自清代戏剧《长生殿》。杨贵妃长生殿乞巧，唐明皇对天发誓，愿"生生世世，共为夫妇，永不分离"。安史之乱后，唐明皇下令缢死杨贵妃。元妃极大可能也是在政治斗争中被皇帝赐死，故《乞巧》伏元妃之死。

第三出戏《仙缘》，脂砚斋评语"《邯郸梦》中，伏甄宝玉送玉"。《邯郸梦》即《邯郸记》，明代汤显祖据唐传奇《枕中记》写成。卢生梦中大富大贵，出将入相，又因官场内斗，被贬到云南。卢生醒来发现，他入梦时店家蒸的黄粱还未熟，泼天富贵，不过黄粱一梦，遂看破人生，被吕洞宾引渡上天，接过何仙姑的花帚扫花。《仙缘》可能预示贾宝玉像卢生一样看破人生、出家。至于甄宝玉如何给贾宝玉送玉，因曹雪芹后几十回丢失，已不得而知。

第四出戏《离魂》。脂砚斋评"《牡丹亭》中，伏黛玉之死"。

曹雪芹在小说进展过程中一再用戏剧暗示人物命运。

写完诗，看完戏，元妃赏赐，面面俱到，但比起贾府盖大观园的开销，九牛一毛。

贾元春最后到佛寺题匾额"苦海慈航"。几乎是她本人和贾府的命运写照。他们都得在苦海中苦苦挣扎，希望能得到解脱。

元春进园后，有段"此时自己回想当初"第一人称的话。曹雪芹假托他的小说是石头上记录的故事。遂在小说发展过程中插上几句石头对大荒山的回忆并发议论。古代小说一般采用第三人称叙事，曹雪芹别致地加上石头说话，"待蠢物将原委说明"，是对古代小说叙事手法的创新。可惜后来石头就隐身了。

曲文藏玄机

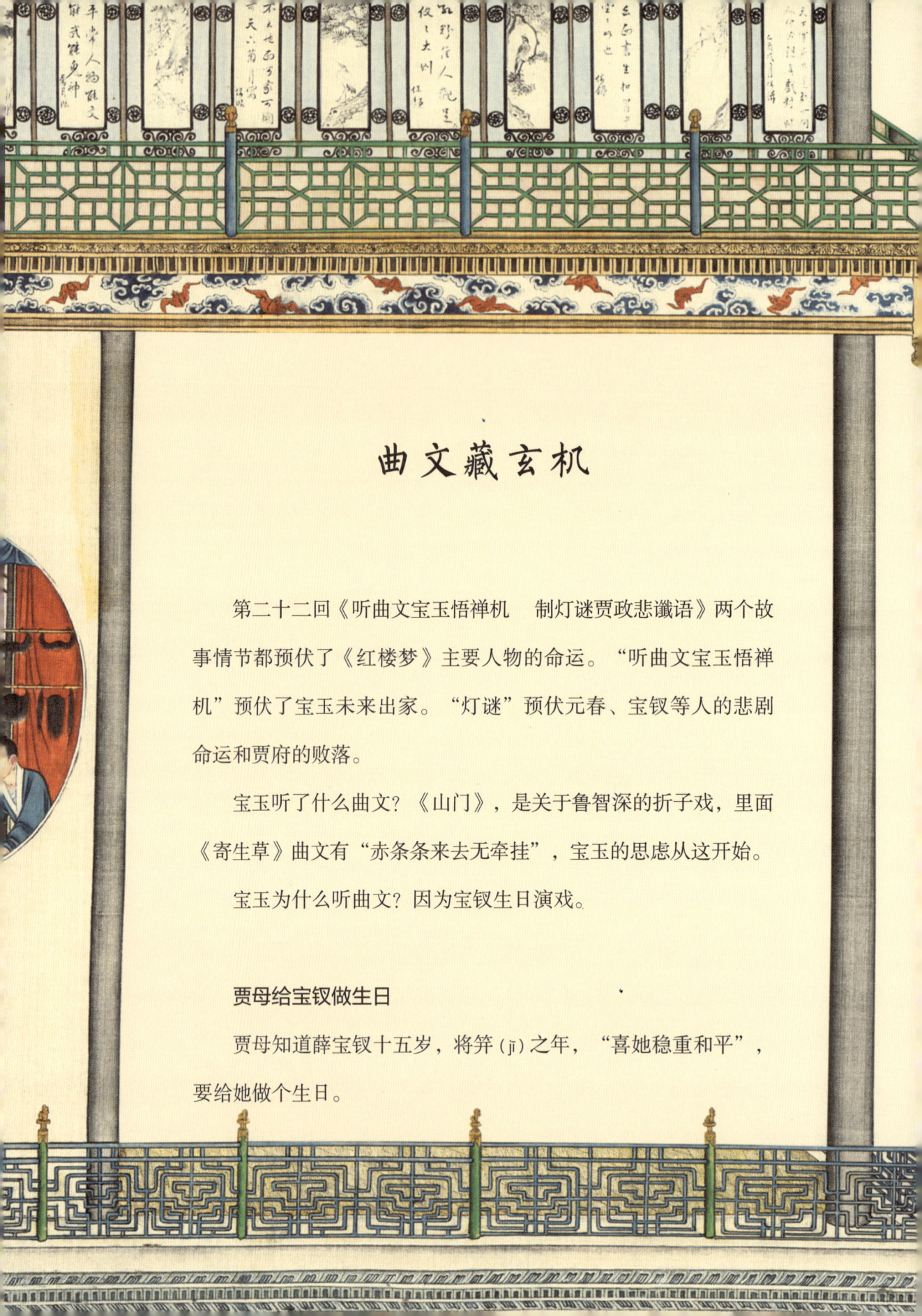

第二十二回《听曲文宝玉悟禅机　制灯谜贾政悲谶语》两个故事情节都预伏了《红楼梦》主要人物的命运。"听曲文宝玉悟禅机"预伏了宝玉未来出家。"灯谜"预伏元春、宝钗等人的悲剧命运和贾府的败落。

宝玉听了什么曲文？《山门》，是关于鲁智深的折子戏，里面《寄生草》曲文有"赤条条来去无牵挂"，宝玉的思虑从这开始。

宝玉为什么听曲文？因为宝钗生日演戏。

贾母给宝钗做生日

贾母知道薛宝钗十五岁，将笄（jī）之年，"喜她稳重和平"，要给她做个生日。

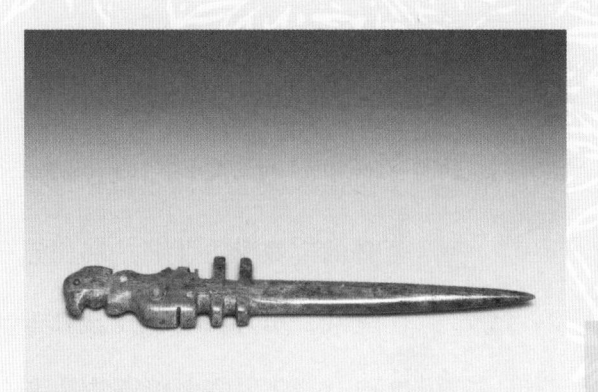

雕骨鸟首笄 西周
台北故宫博物院藏

笄是用玉石、金属、骨角等物制成的簪子，《礼记·内则》规定，女子十五岁可以戴笄，意味着成年，可以谈婚论嫁。

贾母在荣国府高高在上，王夫人管家事。王夫人胞妹在贾府住，几乎成贾母的清客。贾母要对儿媳示好，怎么办？给王夫人的外甥女宝钗做个生日。

贾母拿出二十两银子，叫凤姐来，交给她办酒唱戏。对照后来贾母学小家子凑钱给王熙凤过生日，凑出一百五十多两，办得十分热闹，就知道二十两银子实在办不成多隆重的生日宴，不过是宴会时贾府戏班子来演几场折子戏，这是太极高手贾母对儿媳娘家人略表客情，并不意味着贾母看上宝钗，想成就"金玉良缘"。

王熙凤长袖善舞

凤姐时时揣摩贾母心意，她还没着手办生日，先信口开河引贾母开心：

一个老祖宗给孩子们作生日，不拘怎样，谁还敢争？又办什么酒戏！既高兴要热闹，就说不得自己花上几两。巴巴的找出这霉烂的二十两银子来作东道，这意思还叫我赔上？果然拿不出来也罢了，金的，银的，圆的，扁的，压塌了箱子底，只是勒掯我们。举眼看看，谁不是儿女？难道将来只有宝兄弟顶了你老人家上五台山不成？那些体己只留于他。我们如今虽不配使，也别苦了我们。这个够酒的？够戏的？

这些话，贾府其他任何人，就是吃了豹子胆也不敢这么说。凤姐其实是恭维贾母有钱，说贾母将来要成佛上五台山。凤姐巧话反说，引得贾母特别开心。贾母叫她"猴儿"，凤姐有七十二变，都是为了巩固在贾府、在贾母跟前得宠应时而变。

满情绪。但贾母心疼黛玉，体贴黛玉，不想她因外祖母给宝钗做生日而不悦。过生日的宝钗和办生日的凤姐点完戏，贾母先于宝玉让黛玉点。黛玉礼貌地让王夫人和薛姨妈点。贾母说："今日原是我特带着你们取笑，咱们只管咱们的，别理他们。我巴巴地唱戏摆酒，为他们不成？他们在这里白听白吃，已经便宜了，还让他们点呢！"明确告诉黛玉，她给宝钗做生日，是"特地带着你们取笑"，这个"你们"中最重要的，是贾母最溺爱的黛玉和宝玉。

宝钗察言观色懂事明理

贾母问宝钗，爱听什么戏？爱吃什么东西？宝钗也很会掌握贾母的心理。她知道贾母年纪老了，喜欢看热闹戏文，吃甜烂食品，就总依贾母往日素喜者说了出来。十五岁小姑娘多懂人物心理？这样做，既讨贾母欢心又不露痕迹，贾母更加高兴。

宝钗仍然不如凤姐技高一筹，宝钗只知点热闹戏，比如《西游记》，凤姐却知道贾母更喜欢插科打诨的戏，她点的《刘二当衣》，贾母更喜欢。

黛玉对外祖母疼宝钗有心结，在宝玉跟前有尖酸语，在众人面前却并没表露任何不

和尚引出和尚

贾母又命宝钗点戏,她点了《鲁智深醉闹五台山》。

《鲁智深醉闹五台山》是清初邱圆写的《虎囊弹》中的一出,又叫《山门》或《醉打山门》。演《水浒传》中鲁达打死恶霸郑屠之后,在五台山出家为僧,改名鲁智深,因不守佛门清规,破戒醉酒,大闹寺院山门,打坏诸僧,被师父智真长老打发离山去相国寺。这出戏相当热闹。

宝玉说宝钗"只好点这些戏",宝钗说宝玉哪知道这出戏的好处?排场又好,词藻更妙。戏里有一套《北点绛唇》,铿锵顿挫,有一支《寄生草》,填得极妙。

北点绛唇:点绛唇,曲牌名,有南曲、北曲两种。寄生草:曲牌名,《北点绛唇》套曲中的一支,在《山门》中是鲁智深辞别师傅时所唱。

宝玉叫着"好姐姐",求宝钗把《寄生草》念给他听:

> 漫揾英雄泪,相离处士家。谢慈悲,剃度在莲台下。没缘法,转眼分离乍。赤条条,来去无牵挂。哪里讨,烟蓑雨笠卷单行?一任俺,芒鞋破钵随缘化!

这支曲子里有几个词句需要解释一下。

漫揾（wèn）：随意地擦拭。

"相离"句：处士，不做官的隐居之士，指七宝村的赵员外，鲁达打死郑屠后，先在他家避难，后因走漏风声，只好到五台山出家。

剃度：佛教徒剃去须发，接受戒条，出家为僧。

莲台：也叫"莲华台"，即佛像所坐的莲花形台座。

烟蓑雨笠：蓑衣斗笠；卷单行，离寺而去。

缘法：缘分，机缘；乍，仓促。

芒鞋：草鞋；随缘化，随机缘求人布施。

宝玉听了宝钗念的《北点绛唇·寄生草》，"喜的拍膝画圈，称赏不已，又赞宝钗无书不知。林黛玉道：'安静看戏罢，还没唱《山门》，你倒《妆疯》了。'"

《妆疯》：元代无名氏《功臣宴敬德不伏老》折子戏，演唐代尉迟敬德不肯挂帅而装疯。黛玉看到宝玉听了宝钗的话后，手舞足蹈，兴奋不已，难免有醋意，但她思维敏捷，即景而发，言语机敏锋利，巧用两个戏名挖苦宝玉，十分贴合当时情境，《妆疯》对《山门》尤其妙。

《北点绛唇·寄生草》曲子把宋词苏（东坡）辛（弃疾）豪放派的词境和禅意机锋巧妙结合起来，豪放与凄凉并存，从容简捷，富有抒情气息。宝钗博学多识，无书不读，但她做梦也不会想到，她给宝玉介绍的这支曲子，恰好和将来宝玉弃她出家吻合。

元宵节灯谜

第二十二回《制灯谜贾政悲谶语》,"谶语"一词放进回目相当醒目。继贾宝玉神游太虚境看到预告红楼群钗悲剧命运、贾元春归省点戏预示贾府悲剧命运后,《红楼梦》再次用谶语预示金陵十二钗的悲剧命运。

元妃回宫后编辑归省的诗歌,令探春抄写后在大观园刻石。元宵节太监给贾府送来一盏四角平头白纱灯,上有元妃的灯谜,要求兄弟姐妹猜,然后每人拿现实生活一个物件写成谜语,挂在宫灯上。太监晚上回来说,娘娘制的灯谜,二小姐和三爷猜得不对,猜着的有赏。你们做的谜语,娘娘也都猜了,三爷编的谜语不通,娘娘没猜,叫我带回来问问三爷这是什么东西。大家一看,哄然一笑。

贾环做了什么谜语？为什么使得大家哄堂大笑？

> 大哥有角只八个，二哥有角只两根。
> 大哥只在床上坐，二哥爱在房上蹲。

这个谜语用七言绝句写，作为绝句没文才，作为谜语说不通。谜语应该准确指向一个谜底，贾环却设计两个谜底，把枕头、兽头拉一起称"大哥二哥"，枕头有八个角却用"只"字。曹雪芹太有才，能给既没文才、思想又混乱的贾环编个令人喷饭的谜语，增加了《红楼梦》的阅读乐趣。

我小时常背诵环三爷谜语，一边背诵一边哈哈大笑。当时还觉得贾环造的灯谜不是没道理。那时枕头就是方方正正，像个长方形口袋，有八个角；蹲在房顶的兽不就是两只角？看来环三爷的灯谜体现了儿童心理，不过不符合猜谜规则。

贾母看元春这么有兴致，自己也高兴了，说做个小巧精致的围屏灯来，放到自己的房间里，姐妹们也做谜语粘到屏上，预备下礼品，谁猜到发给谁。

贾政看母亲这么高兴，又是元宵节，晚上也到贾母跟前承欢取乐。贾政也希望得到母爱。宝玉在贾母那里得到宠爱，难道母亲不该疼我这个亲儿子？所以他也趁着过节到母亲跟前来撒撒娇。这是板着严正面孔的贾政性格的另一个方面。曹雪芹写得细致。

贾政备了玩物、果品、好酒、彩灯，请贾母赏灯取乐。

元妃、贾母、贾政都想领着贾府的人快快乐乐过元宵节，但元妃送出非常不吉利的灯谜，引出贾府众姐妹一个比一个不吉利的灯谜，暗透贾府盛极必衰的哀音。

贾母先说个灯谜叫贾政猜：

猴子身轻站树梢。
——打一果名。

贾母灯谜"荔枝"谐音"立枝"。贾政一听就知道是荔枝，故意乱猜，讨母亲喜欢，罚了很多东西，最后猜着，也得了贾母的赏赐。

贾政念个谜语叫贾母猜：

身自端方，体自坚硬。虽不能言，有言必应。
——打一用物。

制灯谜贾政悲谶语

贾政灯谜砚台，"砚"通"言""验"。这个谜语出得好。贾政品行端方，坚持封建礼法。他并没有很高的文才，所以游园要宝玉题额。他本身很像砚台，端方坚硬，虽不能言，有言必应。他虽然板着一副道学家面孔，家里很多事情却需要他解决。他的长兄贾赦只能添乱。更重要的是，贾政的灯谜暗藏了曹府祖先的一些品格。据考证，雍正时曹家被抄家后，曹家家产全部赏给了继任江宁织造隋赫德。隋赫德给曹家人留了北京十七间半房子居住，后来考古者在崇文门外蒜市口十七间半房旧宅发现四扇屏门，是曹家的遗物，似是皇帝赐的。四扇屏门每扇上有一个字，合起来叫"端方正直"。贾政出的谜语和曹家遗物契合，说明贾政的个性有曹家先人的特点。

宋濂铭端砚 清 大都会艺术博物馆藏

贾政说完灯谜，悄悄说给宝玉，宝玉悄悄告诉贾母。贾母想了想，果然不差，就说："是砚台。"贾政给母亲凑趣说："到底是老太太，一猜就是。"回头说，"赶快把贺彩送上来！"底下人急忙把大盘小盘捧上。贾母一件一件地看，都是灯节下所用所玩的细巧新巧之物，很高兴。贾母很有钱，贾母也不在乎你送多贵重的礼物。但这是亲生儿子给母亲送的，而且都很好玩很新巧，所以她高兴，下令，"给你老爷斟酒。"亲儿子宝玉拿酒壶斟酒，二小姐迎春把酒给送上。元宵节难得出现这样温馨的场景。

贾母令贾政去猜众姐妹的谜语。第一个谜语是贾元春的：

能使妖魔胆尽摧，身如束帛气如雷。
一声震得人方恐，回首相看已化灰。

谜底之物原本声势烜赫，结果昙花一现。贾政猜是爆竹。这个谜语和贾宝玉在梦游太虚境看的图册结合起来了，是在预告元妃命运。爆竹能使妖魔丧胆，没放时像卷起来的绢帛，一放之后，震得人们都害怕，再一回头，化成灰了。爆竹化灰，意味着人死了。

爆竹

第二个是迎春的：

天运人功理不穷，有功无运也难逢。
因何镇日纷纷乱，只为阴阳数不同。

贾政猜是算盘。"二木头"（迎春）偶尔露峥嵘，作的谜语不错，且预伏了她未来的命运。解这个谜语首先要弄清楚几个词，"天运"就是天数，命中注定；"人

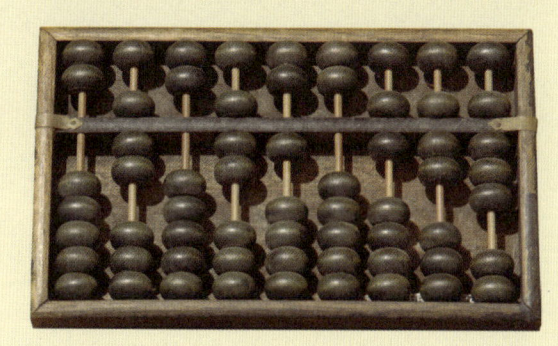

贾政猜是风筝。探春的灯谜明白晓畅，清明时节在天上，儿童看，还有游丝，这里以断线风筝喻探春远嫁不归。

算盘

功"指算盘上的珠子，要靠人拨，所以叫人功；"阴阳"指算盘上下的珠子，它们相逢得靠人工去拨，阴阳也代指男女、夫妻；"镇日"就是一天到晚。这个灯谜是说，迎春的命运是怎么拨也不能拨到阴阳相通、阴阳和谐，因为她嫁了个坏男人。

供灯

第四个是惜春的：

第三个是探春的：

前身色相总无成，不听菱歌听佛经。
莫道此生沉黑海，性中自有大光明。

阶下儿童仰面时，清明妆点最堪宜。
游丝一断浑无力，莫向东风怨别离。

惜春的灯谜暗示她将来做尼姑。贾政猜的是佛前海灯。年龄最小的惜春编的灯谜有点学问，惜春是贾珍的亲妹子，因贾母喜欢，接到荣国府和迎春、探春一起住，由李纨照管。这个谜语预示将来贾府四小姐要做尼姑。前两句意思是：前身因为迷恋尘世色相，没修成正果，这辈子要看破红尘做佛家子弟。"菱歌"就是情歌。乐府诗有菱歌莲曲，都是写男女的情歌。惜春不听男女情歌，要出家听佛

中国姑娘风筝 美国国家航空航天博物馆藏

晓筹不用鸡人报，五夜无烦侍女添。
焦首朝朝还暮暮，煎心日日复年年。
光阴荏苒须当惜，风雨阴晴任变迁。

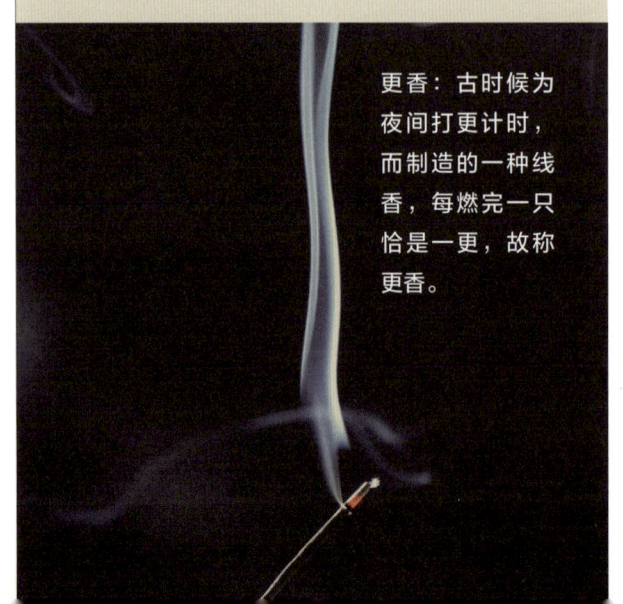

贾政猜对了，宝钗的灯谜是更香。这个灯谜预示着宝钗、宝玉、黛玉三人的命运。

宝钗很有学问，她的灯谜第一句"朝罢谁携两袖烟"，反用典故。杜甫写过《和贾至早朝大明宫》，众臣朝见皇帝，另外一个朝臣写首诗，杜甫的和诗里有句"朝罢香烟携满袖"，朝见皇帝回来后，两袖都带着宫廷的香味。这是得意官员写快乐的遭遇，但是宝钗反过来用，朝罢了，谁能给她携带回意味着皇帝恩宠的宫廷香味？宝钗的夫君跟朝廷没缘分，不可能给她带来皇帝的恩宠。第二句说，不仅和朝廷的烟没有缘分，和另外的烟也没有缘。人弹琴时，要焚香，睡觉时，要用香薰被窝。恩爱夫妻在一起，男的弹琴，女的红袖添香，恩爱夫妻同床共枕，躺在暖暖和和、香薰的被窝里夫妻恩爱。"琴边衾里总无缘"，既没有夫唱妇随，琴瑟和悦，也没有夫妻恩爱，一点儿缘分都没有，因为丈夫出家了。所以贾政一看，想：这个人没

经。"莫道此生沉黑海"意味着，贾宝玉梦游太虚境看到惜春三个姐姐命运不幸，都像人间繁华和自己绝缘，沉入漆黑的海底。惜春醒悟了，出家了，在佛教当中求得光明。

第五个灯谜是宝钗的：

朝罢谁携两袖烟，琴边衾里总无缘。

更香：古时候为夜间打更计时，而制造的一种线香，每燃完一只恰是一更，故称更香。

有福寿。贾政绝对想不到，宝钗之所以没有福寿，是因为宝玉的爱情选择。宝钗之所以像更香一样"焦首朝朝还暮暮，煎心日日复年年"，是因为宝玉看破红尘。心爱的黛玉不在了，他出家为僧。

贾政看完灯谜后琢磨，娘娘作的是爆竹，一响而散；迎春作的是算盘，打动起来乱如麻；探春作的是风筝，飘走了；惜春作的是海灯，越发孤独清静。刚刚元春归省完过元宵节，大家应该作喜庆、欢乐的，怎么都作些不祥之物？越想越郁闷，但在贾母跟前，他不敢表现出来，只能勉强往下看。等看到宝钗的灯谜，越发想到这些姐妹都不是些福寿之辈，心里很悲伤。刚才向母亲撒娇的精神减去十之八九，垂头沉思。贾母一看，我儿子今天见了皇帝，回到家又来惹我高兴，已经累了，而且他总在这待着，姐妹们就不能玩耍，特别是宝玉连吭声都不敢。就对贾政说，你不用再猜了，去休息吧，我们再坐一会儿，也要散了。

宝玉黛玉没写灯谜？当然写了，贾母吩咐大家做灯谜，他们岂能不写？贾环、贾兰、李纨也都写了。但许多严谨的《红楼梦》校订本都没提到宝玉、黛玉、贾环、李纨的灯谜。为什么?

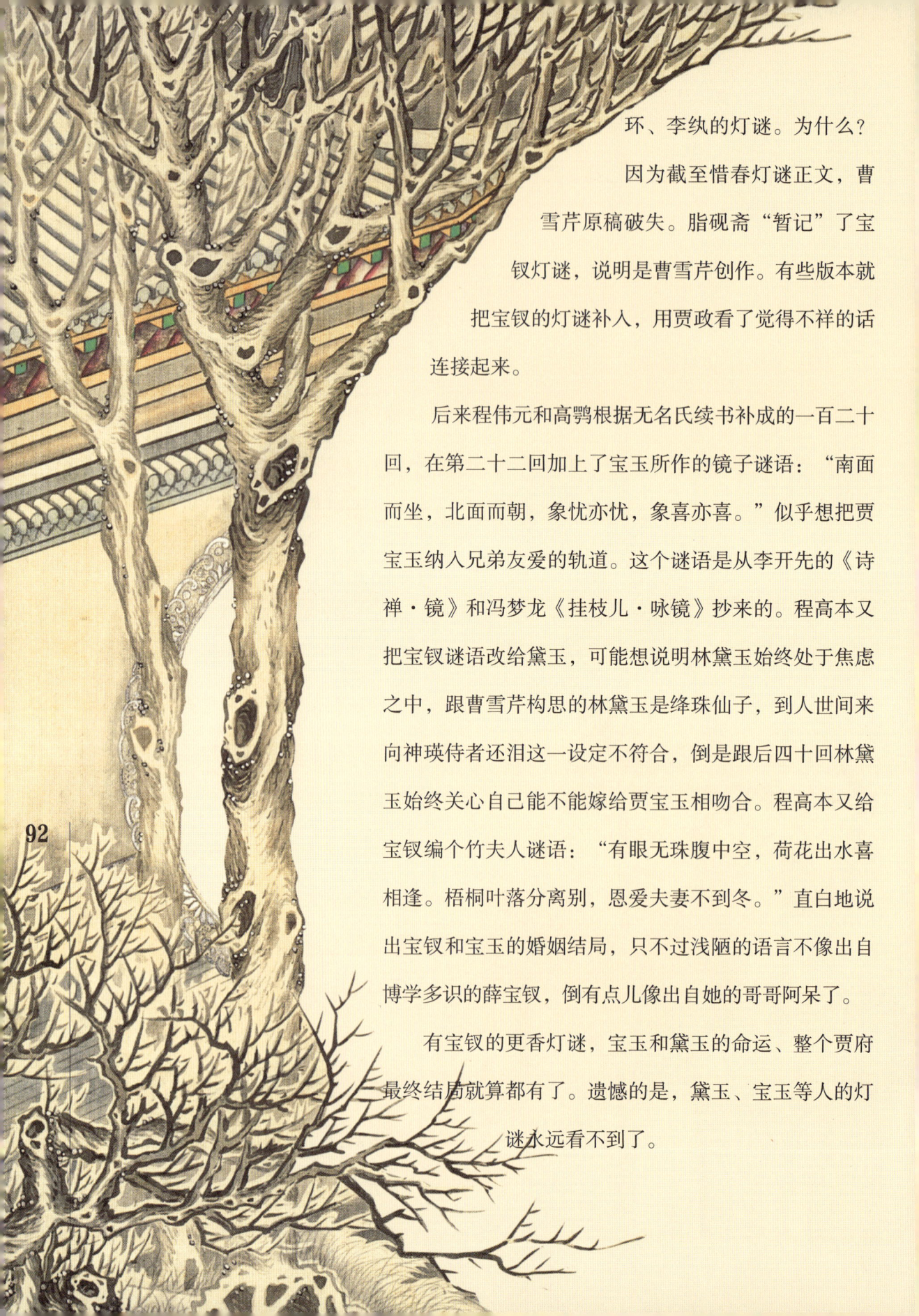

因为截至惜春灯谜正文,曹雪芹原稿破失。脂砚斋"暂记"了宝钗灯谜,说明是曹雪芹创作。有些版本就把宝钗的灯谜补入,用贾政看了觉得不祥的话连接起来。

后来程伟元和高鹗根据无名氏续书补成的一百二十回,在第二十二回加上了宝玉所作的镜子谜语:"南面而坐,北面而朝,象忧亦忧,象喜亦喜。"似乎想把贾宝玉纳入兄弟友爱的轨道。这个谜语是从李开先的《诗禅·镜》和冯梦龙《挂枝儿·咏镜》抄来的。程高本又把宝钗谜语改给黛玉,可能想说明林黛玉始终处于焦虑之中,跟曹雪芹构思的林黛玉是绛珠仙子,到人世间来向神瑛侍者还泪这一设定不符合,倒是跟后四十回林黛玉始终关心自己能不能嫁给贾宝玉相吻合。程高本又给宝钗编个竹夫人谜语:"有眼无珠腹中空,荷花出水喜相逢。梧桐叶落分离别,恩爱夫妻不到冬。"直白地说出宝钗和宝玉的婚姻结局,只不过浅陋的语言不像出自博学多识的薛宝钗,倒有点儿像出自她的哥哥阿呆了。

有宝钗的更香灯谜,宝玉和黛玉的命运、整个贾府最终结局就算都有了。遗憾的是,黛玉、宝玉等人的灯谜永远看不到了。

凤姐宝玉被暗算

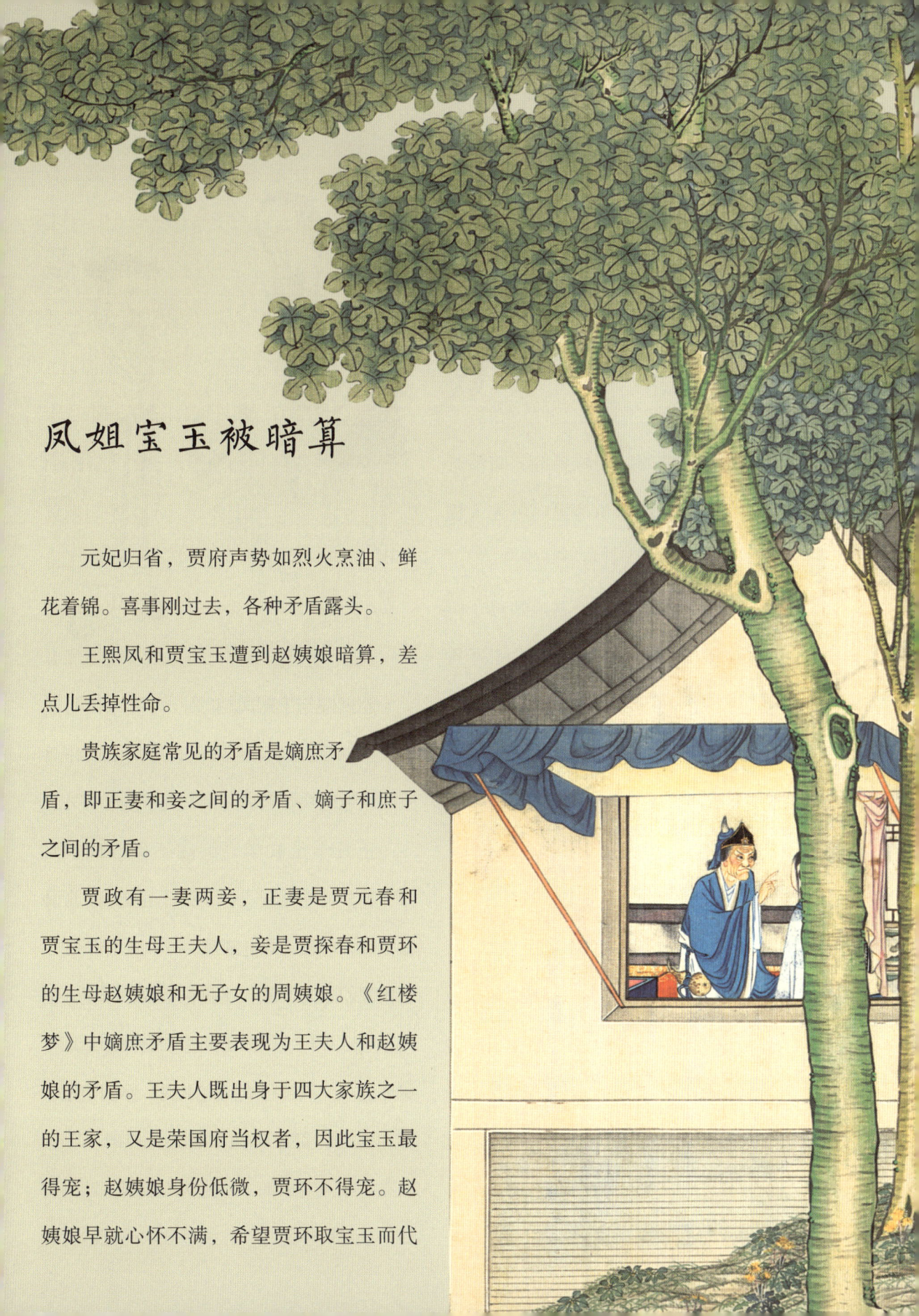

　　元妃归省，贾府声势如烈火烹油、鲜花着锦。喜事刚过去，各种矛盾露头。

　　王熙凤和贾宝玉遭到赵姨娘暗算，差点儿丢掉性命。

　　贵族家庭常见的矛盾是嫡庶矛盾，即正妻和妾之间的矛盾、嫡子和庶子之间的矛盾。

　　贾政有一妻两妾，正妻是贾元春和贾宝玉的生母王夫人，妾是贾探春和贾环的生母赵姨娘和无子女的周姨娘。《红楼梦》中嫡庶矛盾主要表现为王夫人和赵姨娘的矛盾。王夫人既出身于四大家族之一的王家，又是荣国府当权者，因此宝玉最得宠；赵姨娘身份低微，贾环不得宠。赵姨娘早就心怀不满，希望贾环取宝玉而代之。妨碍他们在贾府夺权的重要人物是凤姐。这两方面力量有强有弱，凤姐和宝玉地位尊贵且受贾母宠爱，力量强大；赵姨娘和贾环是弱势人群。赵姨娘本不具备公开争斗的能力，但她可以暗算。衔玉而诞的贾宝玉被贾母视如命根子，贾环也不具备公开争宠能力，但他也可以暗算。明枪易躲，暗箭难防。当赵姨娘们在阴暗角落里向风光人物施放暗箭时，这两个人就身处险境了。

贾宝玉和王熙凤先后被赵姨娘母子暗算，是《红楼梦》写封建贵族家庭内部矛盾的典型"案例"。主要情节写贾府在野党对得势者的一次疯狂攻击，通灵宝玉唯一一次镇魔驱怪，集中在第二十五回《魇魔法姊弟逢五鬼 红楼梦通灵遇双真》描写出来。

魇魔法，是迷信活动，采用诅咒等法术用魔鬼折磨人。

五鬼，旧时命相家认为的恶煞之一。

双真，两位仙人，即茫茫大士和渺渺真人幻形出现的癞头和尚、跛足道人。

赵姨娘与王熙凤结怨

第二十回《王熙凤正言弹妒意》中，王熙凤把赵姨娘教训一顿，提醒她是奴才。

正月学堂放学，闺阁不做针线。宝钗、香菱、莺儿赶围棋，贾环也要玩。贾环输了钱，却赖。莺儿嘟囔："一个作爷的，还赖我们这几个钱，连我也不放在眼里。前儿和宝二爷玩，他输了那些，也没着急。"贾环说："我拿什么比宝玉呢。你们怕他，都和他好，都欺负我不是太太养的。"宝钗骂莺儿。宝玉来了，他从不歧视、欺负贾环，只对贾环说："你原是来取乐玩的，既不能取乐，就往别处去寻乐玩去。"贾环回屋却歪曲事实告诉赵姨娘：

"同宝姐姐玩的，莺儿欺负我，赖我的钱，宝玉哥哥撵我来了。"赵姨娘啐道："谁叫你上高台盘去了？下流没脸的东西！哪里玩不得？谁叫你跑了去讨没意思！"

正说着，可巧凤姐在窗外过，都听在耳内。便隔窗说道："大正月又怎么了？环兄弟小孩子家，一半点儿错了，你只教导他，说这些淡话作什么！凭他怎么去，还有太太老爷管他呢，就大口啐他！他现是主子，不好了，横竖有教导他的人，与你什么相干！"

王熙凤

青少年读者读到这一段可能不理解。赵姨娘是贾政的妾，应该算长辈，王熙凤为什么这样训她？在封建宗法家庭，嫡庶有别，嫡妻可以和丈夫平起平坐，妾没有地位，只能站在旁边倒茶倒水掀帘子。妾生孩子后，孩子是主子，她仍是奴才。凤姐就用这样的道理教训赵姨娘：你儿子是主子，他不好了，谁教导他？老太太、老爷、太太，还有我这个嫂子，都可以教训他。但你不行，因为你是奴才。为什么这回题目叫《王熙凤正言弹妒意》？因为王熙凤讲的道理在当时正大光明。宗法社会中妾要做贤妾，一切听嫡妻的，不要和嫡妻争夺丈夫的宠爱，更不要说三道四。贾环是主子，赵姨娘是奴才。赵姨娘责骂调唆贾环，是以下犯上，而且赵姨娘"教育"贾环的是阴微见识。所以王熙凤劈头盖脸、声色俱厉地教训赵姨娘，是贵族家庭的"正言"。这一点曹雪芹写得非常客观。

赵姨娘和贾环人格低下。贾环为人猥琐，赵姨娘阴贼毒辣。但是王熙凤在和赵姨娘的关系上，有没有替王夫人出头的意思？很有可能。王夫人讨厌赵姨娘，但作为正妻，她不能显示出排斥丈夫的妾，要做出大度的样子。她的厌恶情绪通过她的娘家侄女淋漓尽致地表现出来了。

狠狠教训赵姨娘一顿后,王熙凤把贾环叫出来又指桑骂槐,说他"叫这些人教得歪心邪意,狐媚子霸道的。自己不尊重,要往下流走"。赵姨娘一声不敢吭,王熙凤如此对待赵姨娘,引起赵姨娘的刻骨仇恨,埋下害王熙凤和宝玉的伏笔。

戏彩霞贾环烫宝玉

贾环想烫瞎宝玉

首先动手密谋害贾宝玉的,竟是十岁左右的贾环。

按照宗法制度规定,妾生的子女也属于嫡妻,生身母只能称"姨娘"。王子腾夫人过生日,王夫人让薛姨妈带宝钗、宝玉、凤姐等去喝寿酒,没让贾环去。这说明王夫人内心深处并没把贾环当亲生儿子看待。贾环放学,王夫人命他抄金刚咒。贾环忽得"重用"很得意,拿腔作势抄写,使唤这个丫头倒茶、那个丫头剪灯花,又说那人挡了他的灯影。大家都讨厌他，都不搭理。只有和他关系较好的彩霞提醒他，你安分点吧，不要在这讨人嫌。贾环居然说："如今你和宝玉好，把我不搭理，我也看出来了。"彩霞说他"狗咬吕洞宾，不识好人心"。

喝寿酒的人回来。宝玉见了王夫人，规规矩矩地说几句话，脱去外出服装，一头滚在王夫人怀里。王夫人抚弄他，宝玉扳着王夫人脖子说长道短。亲生母子如此亲热，贾环已很不高兴，王夫人又叫宝玉在旁边躺下，叫：彩霞替他拍着。彩霞不大搭理宝玉，只往贾环这边看。宝玉拉着她的手说："好姐姐，你也理我一理儿呢。"彩霞把手一摔说："再闹，我就嚷了。"

贾环本就恨哥哥，现在看到宝玉和自己要好的丫鬟厮闹，心生一计——烫瞎哥哥的眼睛！兄弟间有些小矛盾，或者哪个受父母宠爱，另一个心理不平衡，可以理解，怎么至于要烫瞎对方眼睛？太阴毒了。这是赵姨娘教导的结果。贾环假装失手，把一盏油汪汪灯蜡推到宝玉脸上。宝玉满脸满头都是蜡油。凤姐三步两步跑到炕上给宝玉收拾，一边收拾一边说："老三还是这么慌脚鸡似的，我说你上不得高台盘。赵姨娘时常也该教导教导他才是。"一句话提醒了王夫人，她把赵姨娘叫过来骂："养出这样不知道理下流黑心种子来，也不管管！几番几次我都不理论，你们得了意了，这不越发上来了！"

贾环出于嫉恨竟想烫瞎宝玉的眼睛，小小年纪害同父异母的兄长，时机瞅得准，下手快且狠，令人发指。王夫人的话说明赵姨娘已好几次想害宝玉，王夫人没睬她。凤姐叫赵姨娘教导贾环，是不是言外之音，贾环的作为就是赵姨娘教的？所以王夫人才把赵姨娘叫来骂。这使得赵姨娘对王熙凤再次怀怨。

马道婆

失宠者暗算得宠者

赵姨娘挨一通臭骂,怀恨在心,密谋报复。江湖贼婆马道婆应运闪亮登场,宝玉的干娘变成索命魔鬼,只要给钱,什么缺德事也干。那个时代,有修养的家庭绝不允许三姑六婆进门。堂堂国公府,从老太君开始引狼入室,相信其鬼话,被忽悠点海灯祈福掏冤枉钱。贼不空手,多小便宜也占。马道婆先从赵姨娘处捞几块鞋面,接着跟赵姨娘密谈害凤姐和宝玉,得银数百两,阴险毒辣,使人胆颤。马道婆剪恶鬼害人,是迷信,也是当时社会常态。赵姨娘即便害死宝玉、凤姐,荣府长房长公子贾琏仍在,怎轮到二房庶子贾环继承家业?真是昏聩粗鄙,利令智昏。

在凤姐和宝玉轰轰烈烈的病灾中,曹雪芹淡笔描写贾府人物易被人忽略的一面。贾母、王夫人救治心肝自不必说,其他如邢夫人、薛姨妈对晚辈忘我救治,老色鬼贾赦死马当活马医的舐犊之情,贾琏对凤姐夫妇情深,贾府旁支贾芸关键时刻奋勇出力,都写得精彩。

贾母和赵姨娘"交锋"写得尤其生动。贾宝玉和王熙凤被暗算,头一天拿刀弄杖,两人被抬到王夫人上房,由贾芸带人日夜守护。第二天,二人烧得火烫一般;第三天,两个人连气都快没了。贾母、王夫人、贾琏、平儿、袭人,哭得寻死觅活,忘餐废寝。赵姨娘和贾环心里偷着乐。到第四天早晨,宝玉睁开眼对贾母说:"从今以后,我可不在你家了!快些收拾打发我走罢。"贾母一听,像摘了心肝。赵姨娘说:"老太太也不必过于悲痛了。哥儿已是不中用了,不如把哥儿的衣服穿好,让他早些回去罢,也免些苦。只管舍不得他,这口气不断,他在那世里也受罪不安生。"满心的幸灾乐祸,希望宝玉赶快咽气。贾母怎听得进这些不入耳的话,赵姨娘还没说完,贾母照脸啐了一口唾沫,骂起来:

> 烂了舌根的混帐老婆,谁叫你来多嘴多舌的!你怎么知道他在那世里受罪不安生?怎么见得不中用了?你愿他死了,有什么好处?你别做梦!他死了,我只和你们要命。素日都不是你们调唆着逼他写字念书,把胆子唬破了,见了他老子不像个避猫鼠儿?都不是你们这起淫妇调唆的!这会子逼死了他,你们遂了心,我饶那一个!

这番话说明贾母很厉害,对贾政身边的矛盾洞若观火。贾母虽然还不知道凤姐和宝玉生病是赵姨娘捣的鬼,但她明白这里面的利害关系:宝玉死了,贾环就有好处。平时赵姨娘就挑唆贾政,想逼死宝玉,赵姨娘母子遂心。作为太婆婆,对儿子的妾,一开始骂"烂了舌根的混帐老婆",多嘴多舌可以骂烂了舌根,后来骂儿子的妾是淫妇,且是"你们这起淫妇",连平时不言不语的周姨娘也一网打尽,又似乎给气糊涂了。人情世态跃然纸上。

通灵玉驱邪

凤姐和宝玉的病闹得天翻地覆,贾母要把做棺材的打死,却突然听到有人敲木鱼念"南无解冤孽菩萨",说善能医治中邪祟不利者。贾府深宅大院,外面木鱼声能传进来,因为来者是神仙。

贾政赶快叫人去请来癞头和尚和

跛足道人。贾政问："道友二人在那庙焚修？"和尚说，不要多说了，你们家人口不利，我们是来治疗的。

贾政道："倒有两个人中邪，不知二位有何符水？"那道人笑道："你家现放着希世奇珍，如何倒还问我们有何符水？"贾政听这话有意思，心中便动了，因说道："小儿落草时虽带了一块宝玉下来，上面说能除邪祟，谁知竟不灵验。"那僧道："长官你那里知道那物的妙用。只因他如今被声色货利所迷，故此不灵验了。你今且取他出来，待我们持颂持颂，只怕就好了。"

贾政听说，便向宝玉项上取下那玉来递与他二人。那和尚接了过来，擎在掌上，长叹一声道："青埂峰一别，展眼已过十三载矣！人世光阴，如此迅速，尘缘满日，若似弹指！

……

可叹你今朝这番经历：
粉渍脂痕污宝光，绮栊昼夜困鸳鸯。
沉酣一梦终须醒，冤孽偿清好散场！"

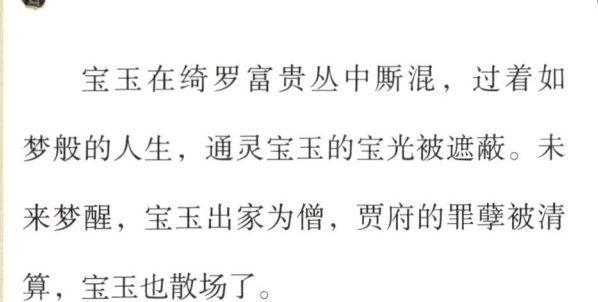

通灵玉蒙蔽遇双真

宝玉在绮罗富贵丛中厮混，过着如梦般的人生，通灵宝玉的宝光被遮蔽。未来梦醒，宝玉出家为僧，贾府的罪孽被清算，宝玉也散场了。

一僧一道持颂通灵宝玉，解脱了两个人的危难，再次预言了宝玉和贾府的命运。

通灵宝玉在《红楼梦》中，只有一次起到去邪祟作用，以后再也没有去邪祟。后四十回又拿通灵宝玉做一番文章，不是曹雪芹原来的构思。

清虚观打醮

第二十九回《享福人福深还祷福》中,元妃让族长贾珍带贾府爷们去清虚观打醮祈福,贾母变成率女性游乐听戏,这场活动既描写贾府成为皇亲国戚后的气势,也通过佛前拈戏预告未来悲剧命运。张道士提亲及他送贾宝玉的金麒麟,对小说发展有重要的推动作用。

烈火烹油国公府

清虚观打醮,贾府女眷倾巢出动:

贾母坐一乘八人大轿,李氏、凤姐儿、薛姨妈每人一乘四人轿,宝钗、黛玉二人共坐一辆翠盖珠缨八宝车,迎春、探春、惜春三人共坐一辆朱轮华盖车。然后贾母的丫头鸳鸯、鹦鹉、琥珀、珍珠,林黛玉的丫头紫鹃、雪雁、春纤,宝钗的丫头莺儿、文杏,迎春的丫头司棋、绣橘,探春的丫头待书、翠墨,惜春的丫头入画、彩屏,薛姨妈的丫头同喜、同贵,外带着香菱,香菱的丫头臻儿,李氏的丫头素云、碧月,凤姐儿的丫头平儿、丰儿、小红,并王夫人两个丫头也要跟了凤姐儿去的金钏、彩云,奶子抱着大姐儿另在一车,还有两个丫头,一共再连上各房的老嬷嬷、奶娘并跟出门的家人媳妇子,乌压压的占了一街的车。

车轿纷纷，阵仗赫赫，与秦可卿之丧、贾元春归省共同构成国公府鲜花着锦之势。这回是贾府丫鬟集中亮相。贾母身边的鸳鸯、鹦鹉、琥珀、珍珠，都是大气的名字；黛玉的丫鬟紫鹃、雪雁、春纤，都带有一定的悲剧意味；宝钗的丫鬟莺儿、文杏，暗含擅文善言。连香菱的丫鬟臻儿都有了，唯独缺少怡红院的丫鬟。一大群妙龄丫鬟出门，叽叽呱呱，说笑不绝。这个说"你压了我们奶奶的包袱"，那个说"蹭了我的花儿"，这边"碰折了我的扇子"，那边"我不跟你坐一个车"。这么热闹的场面，展示这时贾府还有相当重的青春气息。周瑞家的不得不出来劝阻，丫鬟们才不闹了。

贾母到清虚观，摆着全副执事，虽然一等将军贾赦没到，荣国公执事却可以到。贾母是来看戏，但贵妃祖母出面，京城达官贵人都被惊动，预备猪羊、香烛、茶食送礼，说明贾府在上层社会影响很大。

贾母拈香清虚观

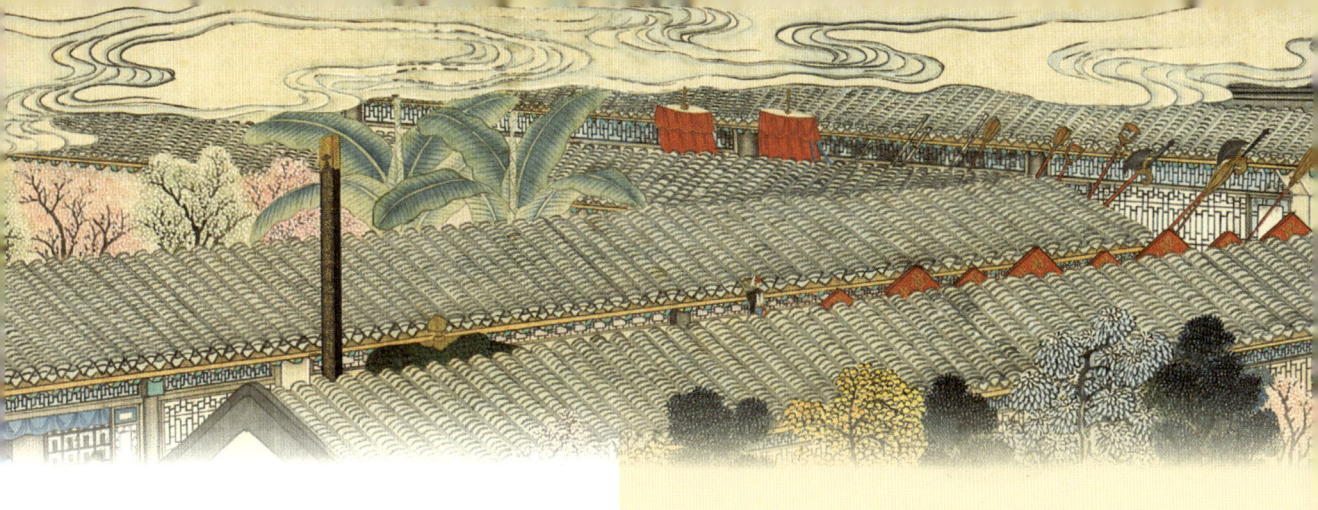

贾母等将到观前，张法官穿礼服执香带领众道士路旁迎接。贾母看到观前的守门大帅和千里眼、顺风耳、土地、城隍等泥塑像，下令住轿。史太君可以在俗人面前摆一品诰命的架势，在神灵面前却需要保持敬畏。

清虚观打醮这么热闹，反衬着将来败落时的悲凉。

在一派威势严整的阵势中，曹雪芹写一个小道士乱蹿，让局面平添了几分变化。

贾母进清虚观，凤姐上来搀扶贾母，有个小道士剪烛花，没来得及躲出去，一头撞到凤姐怀里。凤姐扬手一巴掌，把小道士打了个跟头，还骂了句新奇难听的脏话。贾母问清楚情况后，吩咐把小道士带来，好言安慰，给他钱买东西吃。说吓着了他，他老子娘还不得疼得慌？凤姐和贾母对待小道士的事儿很小，却展示出贾府两代管家奶奶的不同。凤姐眼里只有势力，贾母眼里却有人情。凤姐耀武扬威，贾母慈祥明睿。凤姐的威是她福薄，贾母的善是她福厚。小细节暗示大家族一代不如一代，从兴旺走向没落。

贾珍

族长规矩和家长威风

贾珍在秦可卿之死中是白面丑角,清虚观打醮却酣畅淋漓地表现了国公府的规矩和威风。

贾赦和贾政没来,贾府爷们贾珍为长,他还是族长,要伺候、保护贾府众多女眷,特别是贾母,要妥当安排清虚观祈神、听戏活动,不能稍有疏忽。他得严格管理包括贾府管家在内的下人,严控贾府仆人各尽职守,不能越位。贾珍把荣国府管家林之孝叫到跟前说:

> 虽说这里地方大,今儿不承望来这么些人。你使的人,你就带了往你的那院里去,使不着的,打发到那院里去。把小幺儿们多挑几个在这二层门上同两边的角门上,伺候着要东西传话。你可知道不知道,今儿小姐、奶奶们都出来,一个闲人也不许到这里来!

贾珍的话说明,清虚观不止一个院子,贾珍让林之孝使的人集中到一个院子里,用不着的人,到另一个闲置院子候着。叫林之孝多挑几个"小幺儿",也就是没留头(没成年)的小仆人,在二层门和两边角门上,等清虚观内要什么东西,丫鬟或仆妇出来传话时,由他们传话给大门外伺候的成年奴仆。贾珍最后嘱咐:今天小姐奶奶们都出来,一个闲人也不能到清虚观二门。

贾府规矩很严,成年男仆不能进入二门。黛玉进府,进府前是外边的人抬轿子,进入大门(旁门)后,换成四个小厮,也就是贾珍嘴里的小幺儿抬到二门,林黛玉才下轿。贾府女眷外出到清虚观,成年男仆同样不能进入清虚观二门。

贾珍臭骂乘凉的贾蓉,让小厮啐他,有个小厮便上来向贾蓉脸上啐一口。贾珍又命:"问着他!"小厮便问

清虚观会

贾蓉:"爷还不怕热,哥儿怎么先乘凉去了?"贾蓉垂手一声不敢说。贾府及旁支的"玉"字辈、"草"字辈贾琏、贾芸等都急忙从墙根溜上来。贾珍命贾蓉回宁府叫尤氏。贾蓉跑出来边要马边抱怨:"早都不知作什么的,这会子寻趁我。"贾珍擅作威福,却不会未雨绸缪,他到清虚观时,为何不顺便叫上尤氏?小段描写妙趣横生。

张道士出现的意义

荣国公替身出家、两代皇帝赐名、执掌道录司的张道士,对贾珍、宝玉、凤姐,或假作恭敬,或亲热随意,看人下菜碟。赞贾母气色好,夸宝玉才学高,"真情"忆国公爷风采并因宝玉像当年荣国公而流泪,说服贾母收众道士礼物,句句说到贾母心坎上,逢迎如水银泻地无孔不入,拍马屁妥妥帖帖不露痕迹。全书仅露一面、动辄呵呵大笑的江湖老道,曹雪芹"颊上三毛",顺笔点染,写人高明有趣。

张道士观玉送麒麟

张道士的出现对后边小说情节的作用：

其一，张道士给贾宝玉提亲，引出了贾母对贾宝玉婚姻的态度，我们放到后边说；

其二，张道士的道徒送给贾宝玉的金麒麟，将和史湘云的命运发生密切联系。

道友送金麒麟引起了贾母的兴趣，宝钗说史湘云有类似的一个。黛玉讽刺宝钗对别人戴的东西有兴趣，挖苦宝钗关注通灵宝玉。宝玉知湘云有就想揣起金麒麟，又怕被人看穿心思，偏偏黛玉留意，遂假装揣起给黛玉戴。黛玉不留情面，宝玉仍讪讪揣起，小儿女情态妙趣横生。

张道士提亲和送金麒麟两件事，都会在宝黛感情中引起波澜，这个将在《黛玉葬花》卷剖析。

佛前点戏预示命运

《红楼梦》喜欢用戏剧做谶语，清虚观打醮、佛前点戏影射了贾府的百年兴衰。

第一出《白蛇记》，演汉高祖斩蛇起家，对应宁国公荣国公以军功起家。

第二出《满床笏》，演郭子仪七子八婿富贵寿考，对应元春封妃后贾府荣耀富贵。

贾母听到佛前拈出这两出戏，高兴但不张狂，似乎谦逊地说："神佛要这样，也只得罢了。"

第三出《南柯梦》，演梦中高官享厚禄，醒来不过一梦。

很不吉利的戏预示贾府将一切成空。贾母懂戏，也在意神佛指点。第三本戏如此糟糕，她很不自在，只能不言语。

宝玉挨打

第三十三回《手足耽耽小动唇舌　不肖种种大承笞挞》，前一句是说宝玉兄弟贾环虎视眈眈，寻找陷害宝玉的机会，在贾政跟前进谗言，惹得贾政大怒；后一句是说宝玉被揭出几种罪状，被父亲狠打一顿。

宝玉挨打是《红楼梦》继秦可卿之死、贾元春归省后的家庭事件，像折子戏，根据戏曲矛盾冲突的需要，一个个人物按和宝玉关系远近做不同表现，人各一面，精彩生动。

宝玉挨打的主要原因是跟戏子蒋玉菡交往和金钏儿之死。

结识蒋玉菡

封建社会把演员叫"戏子""优伶"，属下九流，贵族家庭不允许子弟和戏子交往。但贾宝玉有平等意识，在第二十八回《蒋玉菡情赠茜香罗》中，贾宝玉在冯紫英的宴席上认识了优伶蒋玉菡，马上送扇坠。蒋玉菡把汗巾解下来送宝玉，宝玉把自己系的解下来送给蒋玉菡。

所谓汗巾，是系内裤用的腰巾，因近身受汗，故名"汗巾"。两个人交换汗巾，说明关系非比寻常。贾宝玉的汗巾是袭人的，第二十八回蒋玉菡的唱词预伏未

来他和袭人的婚姻，汗巾成为伏笔。蒋玉菡的汗巾是北静王送的，非常名贵。后文说明蒋玉菡是忠顺王府戏子，是王爷手中的玩物。

金钏儿之死

贾宝玉午睡时到王夫人房间，王夫人在凉榻上睡着，困倦的金钏儿坐在旁边捶腿。宝玉跟金钏儿聊起来：

"我明日和太太讨你，咱们在一处罢。"金钏儿不答。宝玉又道："不然，等太太醒了我就讨。"金钏儿睁开眼，将宝玉一推，笑道："你忙什么！'金簪子掉在井里头，有你的只是有你的'，连这句话语难道也不明白？我倒告诉你个巧宗儿，你往东小院子里拿环哥儿同彩云去。"宝玉笑道："凭他怎么去罢，我只守着你。"只见王夫人翻身起来，照金钏儿脸上就打了个嘴巴子，指着骂道："下作小娼妇，好好的爷们，都叫你们教坏了。"宝玉见王夫人起来，早一溜烟去了。

贾宝玉戏语金钏儿

金钏儿喜欢开玩笑，但她跟宝玉没有私情。因为幼年贾宝玉有爱红的毛病，喜欢吃丫鬟嘴上的胭脂，金钏儿曾在宝玉见贾政前开玩笑问他吃不吃她嘴上的胭脂。贾宝玉想把金钏儿要到怡红院，是想让金钏儿自由点儿，他不会自己午睡却叫丫鬟捶腿。金钏儿脱口而出"金簪子落到井里，有你的只是有你的"，是小说家故意让她说谶语，不存在勾引宝玉的意思。贾宝玉和金钏儿前边的对话虽然多少带点戏谑滋味，但不至于引王夫人大怒。向来宽厚念佛的王夫人为什么突然打金钏儿并将其撵出去？主要是因为金钏儿后边的话，金钏儿叫宝玉到东院拿环哥和彩云。这是教唆贾府凤凰宝玉向鸦鹊贾环学坏。王夫人说"好好的爷们，都是叫你们教坏了"。她用的不是单数"你"（指金钏儿），而是复数"你们"（主要指赵姨娘）。赵姨娘是王夫人心中永远的痛，所以金钏儿这个嘴巴有一多半是替赵姨娘挨的。宝玉跟金钏儿调笑，惹祸后马上溜走，是贵公子习气，他没料到会有极严重的后果。

　　金钏儿被撵出去后为什么会跳井？因为金钏儿是"家生子"，也就是由贾府奴仆所生，世世代代只能做贾府的奴仆，嫁人也只能由主子指定嫁给另外的奴仆。王夫人叫玉钏儿"把你妈叫来，带出你姐姐去"。金钏儿忙跪下哭道："我再不敢了。太太要打要骂，只管发落，别叫我出去就是天恩了。我跟了太太十来年，这会子撵出去，我还见人不见人呢！"看来金钏儿从六七岁就服侍王夫人，已到嫁人年龄，她被撵，说明做了十分丢脸的事，既不能再为贾府所用，也不能嫁人，只有死路一条。

宝玉羞愧难当夺路逃

第三十二回的《含耻辱情烈死金钏》,揭开了大观园从春日融融到秋气肃杀的序幕,顺便写了薛宝钗一笔。薛宝钗听到金钏儿投井,立即跑去安慰王夫人:

王夫人道:"原是前儿他把我一件东西弄坏了,我一时生气,打了他一下,撵了他下去。我只说气他两天,还叫他上来,谁知他这么气性大,就投井死了。岂不是我的罪过。"宝钗笑道:"姨娘是慈善人,固然是这么想。据我看来,他并不是赌气投井。多半他下去住着,或是在井跟前憨顽,失了脚掉下去的。他在上头拘束惯了,这一出去,自然要到各处去玩玩逛逛,岂有这样大气的理!纵然有这样大气,也不过是个糊涂人,也不为可惜。"王夫人点头叹道:"这话虽然如此说,到底我心不安。"宝钗笑道:"姨娘也不必念念于兹,十分过不去,不过多赏他几两银子发送他,也就尽主仆之情了。"

王夫人诡词掩饰金钏儿被撵真相,却不得不承认金钏儿之死"是我的罪过"。薛宝钗编了一套金钏儿贪玩落井的说辞,把金钏儿之死说成是她自己的责任。可能觉得这样为王夫人开脱太露骨,薛宝钗干脆说金钏儿是糊涂人,不为可惜。跟薛蟠一样,薛宝钗也认为害死人命,不过多花几两银子就能摆平。兄妹二人都有皇商金钱万能的思想基因。

薛宝钗如果单纯想安慰姨娘,就该请母亲同去,她却自己"忙向王夫人处来道安慰",说明她对"金玉良缘"的主导者更有热情。薛宝钗对金钏儿之死"冷"到骨子里,对王夫人"热"得蒸腾。这段描写对王夫人的虚伪和宝钗的残酷,贬斥非常明显。将来即使黛玉死了,有赤子之心的宝玉怎么可能跟这样的冷美人同心同德?

悲金钏公子五内伤

贾政：如今祸及于我！

王夫人把宝玉数落一顿，宝玉因金钏儿之死五内摧伤，茫然不知所往，一头撞到贾政怀里。贾政训宝玉几句，并没想收拾他，谁知更麻烦的事来了。忠顺王府长史官找上门：

长史官告状索琪官

"我们府里有一个做小旦的琪官，那原是奉旨由内园赐出，只从出来，好好在府里，住了不上半年，如今竟三五日不见回去，各处去找，又摸不着他的道路，因此各处察访。这一城内，十停人倒有八停人都说，他近日和衔玉的那位令郎相与甚厚。下官辈听了，尊府不比别家，可以擅来索取，因此启明王爷。王爷亦云：'若是别的戏子呢，一百个也罢了，只是这琪官乃奉旨所赐，不便转赠令郎。'若十分爱慕，老大人竟密题一本请旨，岂不两便？若大人不题奏时，还得转谕令郎，请将琪官放回，一则可免王爷负恩之罪，二则下官辈也可免操劳求觅之苦。"

忠顺府长史既代表忠顺王问罪贾政，更把皇帝抬出来威胁，一口咬定琪官即蒋玉菡失踪是贾宝玉所为。贾政急忙叫出宝玉训斥："那琪官现是忠顺王爷驾前承奉的人，你是何等草芥，无故引逗他出来，如今祸及于我。"宝玉不仅不承认"引逗"，连"琪官"都不知为何物。长史立即戳穿："既云不知此人，那红汗巾子怎么到了公子腰里？"茜香罗汗巾早被袭人丢到箱子里，但忠顺长史连这么私密的事都知道，宝玉不得不老实交代蒋玉菡的下落。结果是：宝玉目瞪口呆，贾政目瞪口歪。"呆""歪"一字之差，活画出了父子不同的心理。宝玉因跟戏子交往的私情被当父亲面揭穿轰去魂魄，贾政做梦也想不到堂堂荣国府公子干这么没脸的事！和戏子交朋友，还交换内衣腰带。这让荣国府多栽面？而得罪忠顺王，又可能影响到荣国府的安危和贾政的仕途。

贾环瞅准时机致命诬陷

宝玉向来对同父异母弟持爱护态度，贾环故意想烫瞎宝玉眼睛，宝玉却对贾母说是自己不小心，避免贾环受罚。但地狱里都是不知感恩的灵魂，贾环在关键时刻对哥哥落井下石。贾环乱跑被贾政喝住，他趁机陷害宝玉。他先说井里淹死个丫头，被泡得可怕，才赶着跑过来。这段话看似是孩童看到尸体语无伦次，但已埋下伏笔，准备叫贾政暴跳如雷。贾政惊疑，我家从没这事，叫外人知道，祖宗颜面何在？马上叫贾琏、赖大询问原因。小厮要去叫时，贾环拉住贾政袍襟，贴膝跪下说："父亲不用生气。此事除太太房里的人，别人一点也不知道。我听见我母亲

需要说明的是，在许多脂砚斋石头记评本中，比如以庚辰本为主要依据、红楼梦研究所校注的人民文学社版本，就没有琪官是皇帝赐给忠顺王的情节，只在脂砚斋列宁格勒藏本里有。而皇帝所赐，加重了贾宝玉"游荡优伶"的罪责，使贾政说的"祸及于我"更有道理。

如果贾政送走长史回来再问，宝玉如实交代是在表哥席面上认识的蒋玉菡，可能给父亲臭骂一顿就算了。没想到转眼间，宝玉又遭到更致命的诬陷——贾环告了哥哥的刁状。

说……"说到这里左看右看。贾政明白，贾环不想叫小厮听到他的话，使个眼色，小厮往两边退去。贾环悄悄说："我母亲告诉我说，宝玉哥哥前日在太太屋里，拉着太太的丫头金钏儿强奸不遂，打了一顿。那金钏儿便赌气投井死了。"一个十岁左右的孩子，诬陷别人时是多么轻车熟路！先在父亲跟前贴膝跪下，叫小厮退下，然后"悄悄"说出一番赵姨娘造谣诬蔑宝玉的话。

其实贾政在贾环开口时，就该掌他的嘴。为什么？贾环两次说"我听我母亲说"，按封建礼教规定，贾环母亲是王夫人，他的生母得叫"姨娘"。贾探春就分得清楚。讲究礼仪的贾政容忍贾环这样说，说明贾政宠爱赵姨娘，娇惯形容猥琐的庶出儿子。

贾环告刁状，贾政气得面如金纸，下令捆起宝玉，拿板子下死狠打。

酿到他弑君杀父

宝玉挨打体现了离经叛道的贵族青年与封建正统卫道者之间的思想冲突。贾政滥施威风，众人劝阻，贾政说是要把贾宝玉酿到弑父弑君的地步。但他不知道宝玉把为官做宰叫"国贼禄鬼"，把"文死谏武死战"的最高封建道德贬得一钱不值，说"男人是泥做的骨肉，女儿是水做的骨肉"。贾政如果知道这一系列离经叛道的怪论，恐怕真要拿绳子把儿子勒死。

贾母接管宝玉教育权

贾政以泰山压顶似的板子对付宝玉，贾母以泰山压顶般的语言对付贾政。为维护爱孙，贾母使出杀手锏，说贾政不孝，把他从高高在上的封建家长拉到忤逆子的地位。贾母说打宝玉是厌烦她娘儿们，暗刺贾政讨厌正妻嫡子，疼爱妾和庶子，还要带王夫人母子回南京。似乎不是宝玉有错，贾政教训，而是贾政寻衅跟母亲、妻子、嫡子作对，叫老母无立足之地。结果是贾政苦苦叩求认罪，声明再也不敢打宝玉。

贾母剥夺贾政的教子权，使得宝玉叛逆的性格进一步成长。贾母的溺爱堵住了宝玉的荣身之路。

急切切贾母救孙

一碗汤的作用

曹雪芹用宝玉挨打后喝的小荷叶小莲蓬汤写尽人世沧桑。什么叫豪奢？什么叫人情？第三十五回《白玉钏亲尝莲叶羹》用一碗汤展示贵族之家的"钟鸣鼎食"和人物之间的关系，成小说大章法。

宝玉给父亲胖揍一顿，好像成了有功之臣。在贾母的率领下，贾府众人群星捧月般穿梭在怡红院。薛姨妈问宝玉想吃什么？宝玉说想喝小荷叶小莲蓬汤。贾母一迭连声快做。凤姐却说得先找汤模子。经过管厨房、茶房、金银器三个部门才找到。一个小匣子装四副银模子，上面凿着豆子大小的菊花、梅花、莲蓬、菱角三四十种花样。薛姨妈说："你们府上也都想绝了，吃碗汤还有这些样子。不说出来，我也不认得是做什么的。"皇商主妇都不认识，因为是"备膳"，按皇宫规格做。

这碗汤写出了凤姐的机灵和王夫人的颟顸①（mān hān）。凤姐吩咐厨房拿几只鸡做十来碗。王夫人问：要这些做什么？凤姐回答："这一宗东西家常不大做，今儿宝兄弟提起来了。单做给他吃，老太太、姑妈、太太都不吃，似乎不大好。不如趁势儿弄些大家吃。托赖着我也上个俊儿。"王夫人问得愚笨，

① 颟顸：糊涂而又马虎。

贾母开心，宝钗总巧不过凤姐。贾母喜欢插科打诨，深闺少女宝钗不能像凤姐时刻演"春晚小品"逗贾母开心。凤姐说"我们老祖宗只是嫌人肉酸，若不嫌人肉酸，早已把我还吃了呢。"这话就比宝钗的话更好玩更有趣更令贾母开心。

这碗汤写出了宝玉的独特个性。王夫人派玉钏儿到怡红院送莲叶羹。宝玉有愧金钏儿，低声下气巴结玉钏儿，哄玉钏儿帮他尝莲叶羹，结果把碗打了，宝玉没

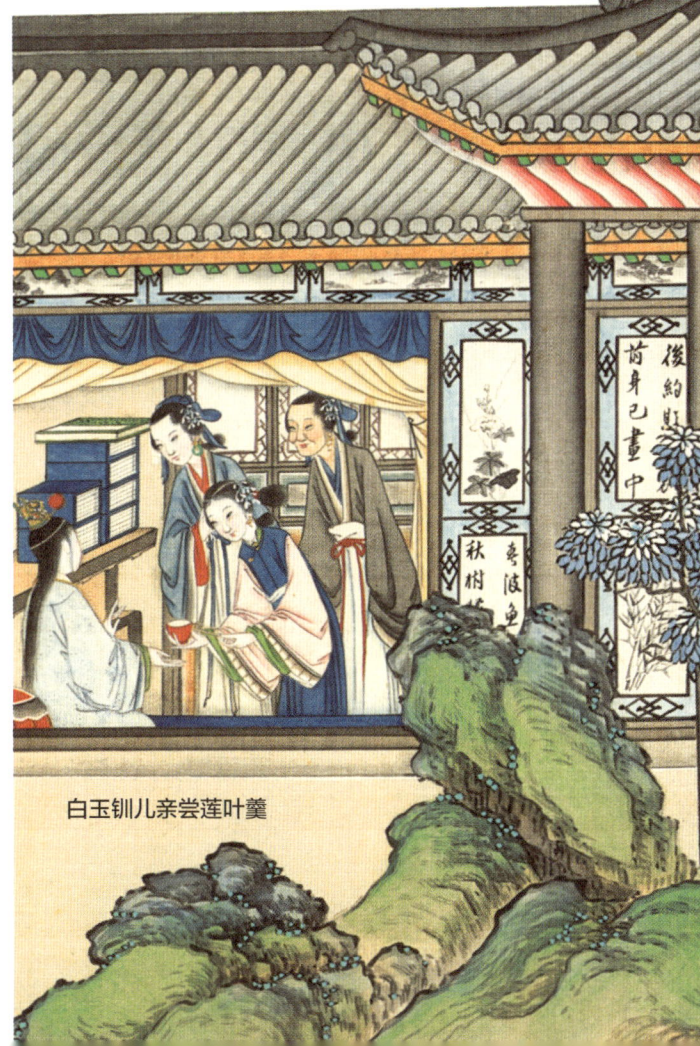

凤姐答得聪明。宝钗说："我来了这么几年，留神看起来，凤丫头凭她怎么巧，再巧不过老太太去。"说得更聪明，贾母能不高兴？贾母礼尚往来夸宝钗："提起姊妹，不是我当着姨妈的面奉承，千真万真，从我们家四个女孩儿算起，全不如宝丫头。"有红学家认为，这话说明贾母选择宝二奶奶的天平向宝钗倾斜。其实恰好相反，是贾母内定林黛玉为宝二奶奶。贾母说"我们家的四个女孩儿"能包括皇妃元春而且她还不如宝钗吗？显然不能也不敢，那就得在迎、探、惜之外添上一个才是四个女孩，添谁？黛玉。这说明贾母下意识已将黛玉算进"我们家的"。同样令

白玉钏儿亲尝莲叶羹

发现自己烫了手,倒问玉钏儿烫手不曾?这个行动恰好给傅试家女人看到,说贾宝玉是呆子,大雨淋得水鸡一样,倒告诉别人避雨去。经常自哭自笑,跟鸟儿鱼儿说话,给丫鬟服役等。这是小说家描写宝玉的"背面敷粉"。

这碗汤还写出了林黛玉的清高和孤寂。黛玉知道凤姐疼宝玉是讨好贾母。黛玉难道不知道整个贾府,包括客居的薛姨妈和宝钗,都在讨好贾母?黛玉却从不讨好外祖母,尽管贾母是她唯一的依靠。黛玉不在小荷叶小莲蓬汤喜剧现场,她没法目睹这场"小荷叶小莲蓬汤欢乐颂",表面上是给宝玉做,实际是让贾母开心。她跟会念诗的鹦鹉在一起。这是富有对比性的电影镜头:一边是怡红院里薛姨妈、王熙凤、薛宝钗此起彼伏地讨贾母开心,一边是潇湘馆里林黛玉教鹦鹉背诗。更妙的是,小荷叶汤送到王夫人上房,黛玉恰好没去吃这顿饭!宝玉、黛玉都没喝上贾宝玉点的小荷叶小莲蓬汤,他们都不喜欢俗世那些空话、大话、套话、假话、场面上

的话。当傅试家女人议论宝玉和鸟儿鱼儿说话时，黛玉正在教鹦鹉念诗。宝玉和黛玉才是身居两处，情发一心。

中国古代有个说法：棍棒之下出孝子。看来老子打儿子的事经常发生，但能像《红楼梦》这样，把老子打儿子的前因后果、整个过程生动精彩地描绘出来的，在其他小说里，我们还没看到过。通过宝玉挨打的前因后果，写贵族家庭父子（贾政和宝玉兄弟）、嫡庶（王夫人和赵姨娘）矛盾。王夫人说打宝玉"岂不是绝我"，贾母说"可怜我没养个好儿子"……语言精练，形象逼真。恨铁不成钢的贾政，溺爱孙子的贾母，委曲求全的王夫人，阴毒的贾环，精明的凤姐，聪明的薛家母女，孤傲的黛玉，特别是"爱博而心劳"的贾宝玉，个个活灵活现。宝玉心急如焚，寻人报信偏遇聋子，"要紧"成"跳井"，"小厮"成"了事"，行文变幻，紧急中添谐趣，小说着实好看。

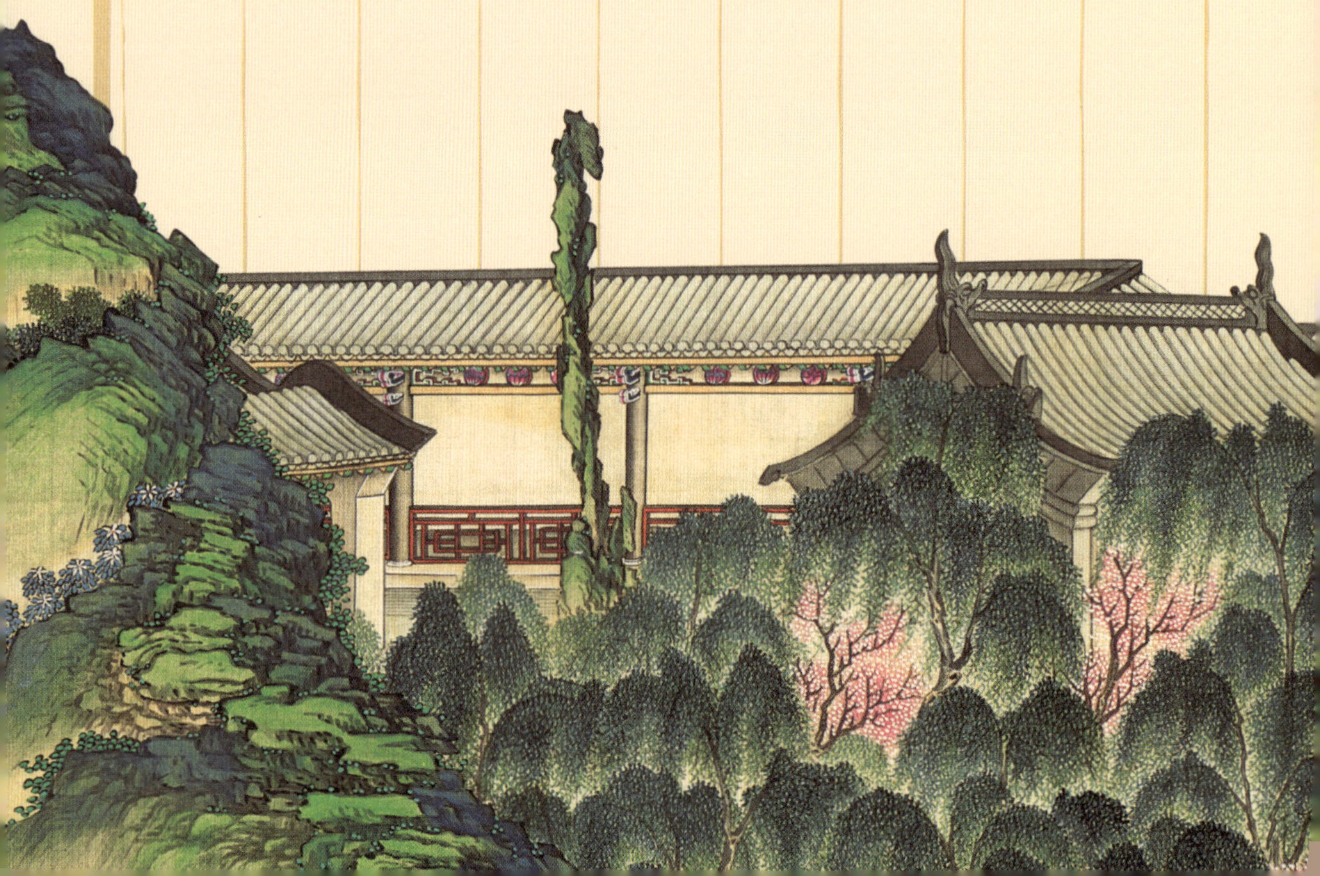

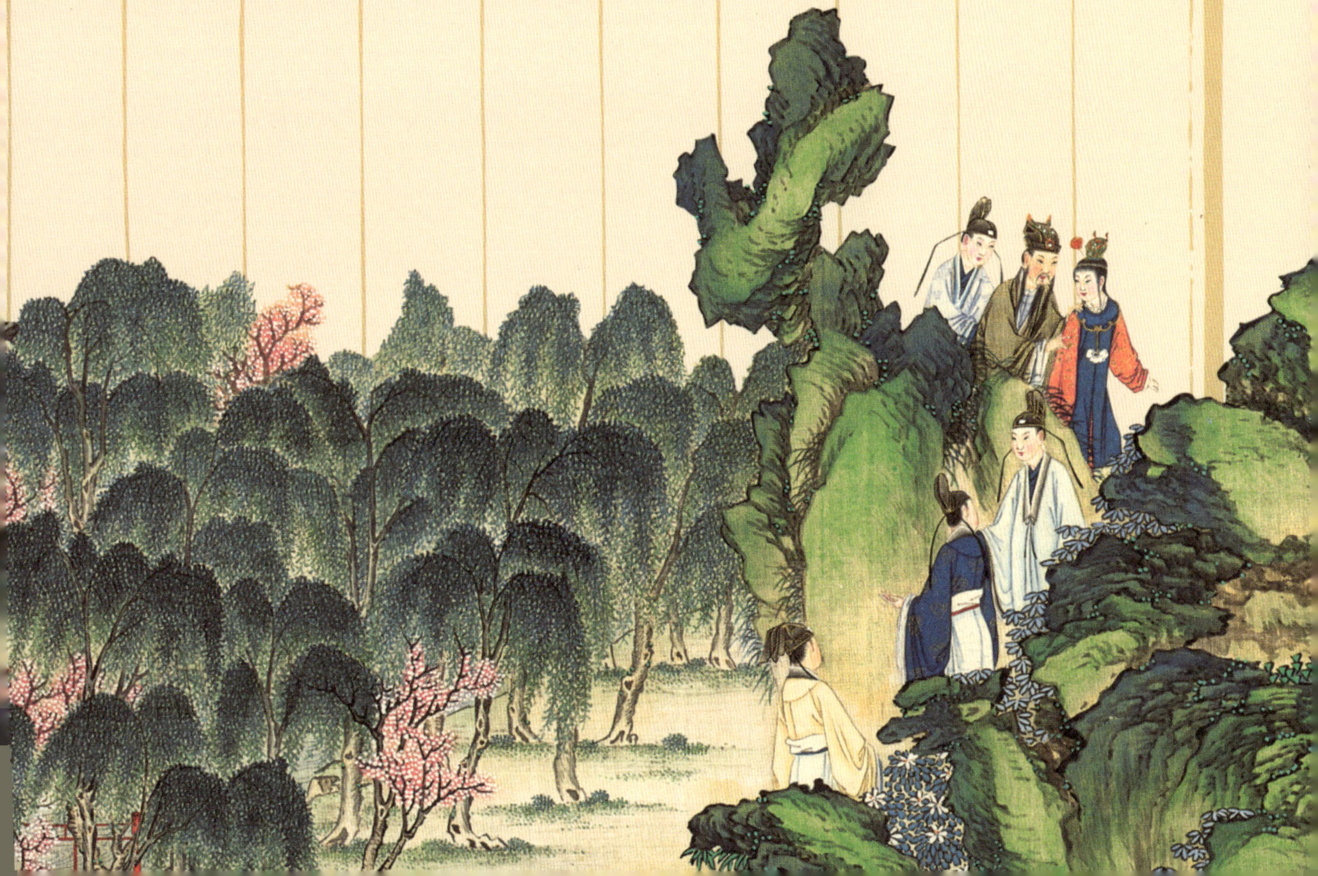

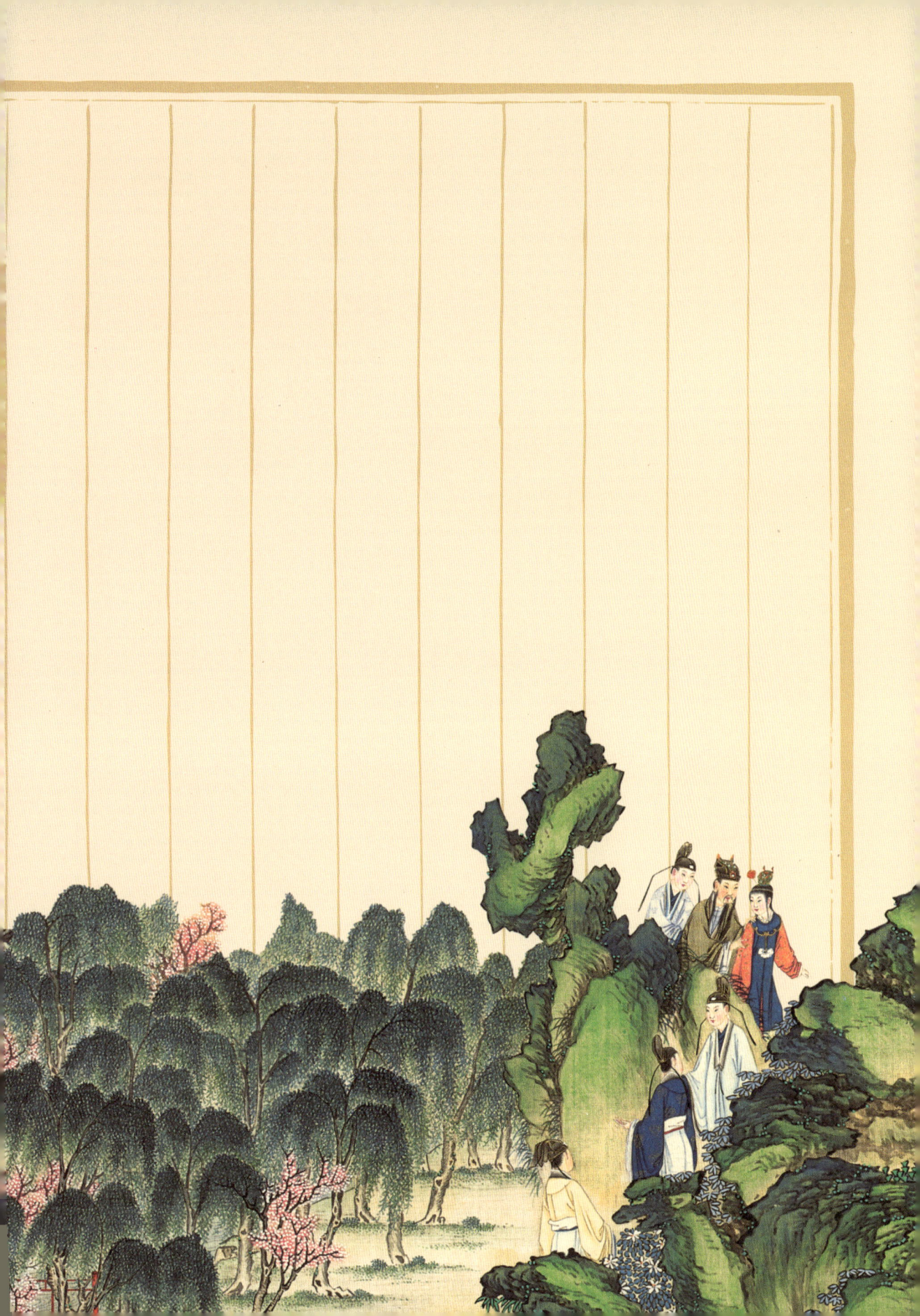

图书在版编目（CIP）数据

马瑞芳教你读红楼梦. 元妃省亲 / 马瑞芳著.
北京：海豚出版社，2024.9. --（少年轻读）.
ISBN 978-7-5110-6978-8

Ⅰ. I207.411-49

中国国家版本馆 CIP 数据核字第 20245LY285 号

少年轻读·马瑞芳教你读红楼梦　元妃省亲

出 版 人：王磊

选题策划：孟科瑜
出版统筹：许海杰
责任编辑：许海杰 孟科瑜 杨文建 张国良
美术统筹：赵志宏
图文设计：聚力创景
责任印制：于浩杰 蔡丽
法律顾问：中咨律师事务所 殷斌律师

出　　版：海豚出版社
地　　址：北京市西城区百万庄大街24号 邮编：100037
电　　话：010-68325006（销售） 010-68996147（总编室）
传　　真：010-68996147
印　　刷：北京利丰雅高长城印刷有限公司
开　　本：16开（787mm×1092mm）
印　　张：36
字　　数：375千
版　　次：2024年9月第1版 2024年9月第1次印刷
标准书号：ISBN 978-7-5110-6978-8
定　　价：188.00元（全5册）

版权所有　侵权必究

目 录

《红楼梦》内容简介   2
《红楼梦》作者简介   3

易考点提要   4
  （一）主要人物及性格特征   5
  （二）小说内容与重要情节   8
  （三）小说中的诗词曲赋   12
  （四）主题思想与艺术特色   17
  （五）文化常识   21

近五年真题展示（2020—2024）   23
总结与备考建议   31

《红楼梦》
内容简介

　　《红楼梦》是中国古典文学的瑰宝，学者通常认为前 80 回由清代作家曹雪芹所著，后 40 回由高鹗续写。

　　小说以贾、史、王、薛四大家族的兴衰为背景，以贾宝玉、林黛玉、薛宝钗之间的爱情婚姻悲剧为主线，刻画了众多栩栩如生的人物形象。除了爱情主题，小说还广泛涉及封建社会的各个方面，包括政治、经济、文化、道德、宗教等，深刻描绘了封建末世的社会生活，展现了真正的人性美和悲剧美，是描绘中国古代社会百态的史诗性著作。

　　此外，《红楼梦》还对中国传统文化进行了全面的继承和批判，既展现了传统文化的魅力，也揭示了其内在的矛盾和弊端。小说中对诗词歌赋、建筑园林、饮食服饰等的描写，都充满了浓郁的文化气息，让人仿佛置身于那个繁华而又腐朽的时代。

　　总的来说，《红楼梦》结构宏大，艺术手法精湛，文化内涵丰富，思想认识深刻，是中国乃至世界文学宝库中的一颗璀璨明珠。

《红楼梦》作者简介

曹雪芹（约1715—约1764），名霑，字梦阮，号雪芹，又号芹溪、芹圃，生于南京，约十三岁迁回北京。据传《红楼梦》前80回绝大部分出自他的手笔。

曹雪芹出身清代内务府正白旗包衣世家，其曾祖、祖父、父亲三代四人相继担任江宁织造六十余年，是当时的权贵之家。雍正六年（1728年），因亏空获罪被抄家，家道从此中落。这一巨大的家庭变故，为他日后撰写旷世巨著《红楼梦》积累了丰富的素材。

《红楼梦》是曹雪芹"披阅十载，增删五次""字字看来皆是血，十年辛苦不寻常"的产物，它的面世也得益于曹雪芹博学多才，爱好广泛，对金石、诗书、绘画、园林、中医、织补、工艺、饮食等均有见地。曹雪芹晚年住在北京西郊，举家食粥，最后穷困潦倒而死，一代文学巨星陨落，年不及五十岁。

易考点提要

（一）主要人物及性格特征

考点提要

　　《红楼梦》全书人物繁多，其中作者精心刻画、具有典型意义的人物有数十位。本主题着重考查学生对这部作品中人物形象的理解与分析能力，要求学生能够厘清错综复杂的小说人物关系，同时准确把握主要人物的性格特征。

1、知识清单

人物	性格特征	简介
贾宝玉	率性、叛逆、多情、善良，富有同情心，单纯，没有功利心	贾宝玉是小说的核心人物，性格中既有叛逆的一面，如对封建礼教的反感，追求自由与真爱；又有软弱的一面，如对家族和环境的依赖，因此难以彻底摆脱家族和环境的束缚。
林黛玉	敏感、细腻、聪慧，自尊自爱、多愁善感、优雅脱俗、善良真诚	林黛玉是金陵十二钗之首，宝玉的姑表妹。幼年丧母，体弱多病，身世可怜。黛玉聪慧无比，琴棋诗画样样俱佳，尤其诗作更是位于大观园群芳之冠。她与宝玉志趣相投，真心相爱，但饱受因爱情而产生的忧郁和痛苦，最终红颜薄命，泪尽而逝。
薛宝钗	贤淑、世故；处事周全、办事公平；外冷内热，关心人、体贴人	薛姨妈的女儿，家中拥有百万之富。薛宝钗温婉贤淑，善解人意，是封建社会中"完美女性"的代表。她与宝玉理想志趣的不同决定了二人的婚姻是一场悲剧，最后独守空闺，抱恨终身。
王熙凤	泼辣能干、尖酸刻薄，两面三刀、心狠手辣	王熙凤是贾琏之妻，王夫人的内侄女，她精明强干，心思缜密，是贾府的实际管理者。她的机智与手腕展现了女性在封建社会中的另一种生存智慧，但她的贪婪与狠毒最终导致了自身的悲剧。

探春	开朗、大方、刚烈、才情高、有远见、有抱负，敢说敢为、精明能干	贾探春是贾府三小姐，宝玉的妹妹，为赵姨娘所生。她精明能干，连王夫人与凤姐都让她几分，有"玫瑰花"之诨名。面对贾府大厦将倾的危局，她想用"兴利除弊"的微小改革来挽救，但无济于事，最后远嫁他乡。
史湘云	可爱、侠气、心直口快、开朗豪爽、天真烂漫	史湘云是贾母的侄孙女，父母早亡，由叔叔婶婶抚养长大，但叔叔婶婶待她不好。她生性豁达，得贾母喜欢，经常在贾府住，在诗社中的雅号为"枕霞旧友"。她开朗豪爽，爱淘气，身着男装，风流倜傥，不拘小节；诗思敏锐，才情超逸。

2、考点训练

（1）《红楼梦》第三回"两弯似蹙非蹙罥烟眉，一双似泣非泣含露目"描写的是哪个人物_____。"我也是知道艰难的。但俗话说的'瘦死的骆驼比马大'，凭他怎样，你老拔根寒毛比我们的腰还粗呢。"这是_____说的话。她因生活艰难，到贾府攀亲，见到了王熙凤，最后被施舍了二十两银子。

【答案】林黛玉；刘姥姥

【详解】《红楼梦》中描写林黛玉"两弯似蹙非蹙罥烟眉，一双似泣非泣含露目。态生两靥之愁，娇袭一身之病。泪光点点，娇喘微微。闲静时如姣花照水，行动处似弱柳扶风。心较比干多一窍，病如西子胜三分"，着重写黛玉的美丽、聪慧过人和她的多愁多病。《马瑞芳教你读红楼梦》中《木石前盟》册，《宝黛初会》第73—74页中借贾宝玉的眼睛对林黛玉的外貌，特别是眼睛和眉毛进行了详细的解说。

"我也是知道艰难的。但俗话说'瘦死的骆驼比马大'，凭他怎样，你老拔根寒毛比我们的腰还粗呢。"这是《红楼梦》第六回刘姥姥一进荣国府时所说。

《马瑞芳教你读红楼梦》中《元妃省亲》册，《刘姥姥来了》第13页生动解读了王熙凤与刘姥姥，也即富贵人家少奶奶及农村贫婆子之间有趣传神且富有哲理的寒暄。

（2）下面的肖像描写的是《红楼梦》中的哪个人物？（　　）

她姿容美丽，出场时总是满身锦绣，珠光宝气，"彩绣辉煌，恍若神妃仙子……一双丹凤三角眼，两弯柳叶吊梢眉，身量苗条，体格风骚。粉面含春威不露，丹唇未启笑先闻"。

A. 林黛玉　　B. 薛宝钗　　C. 王熙凤　　D. 秦可卿

【答案】C

【详解】根据题干中"满身锦绣，珠光宝气""一双丹凤三角眼，两弯柳叶吊梢眉"等可知，此肖像描写出自《红楼梦》第三回，写出了王熙凤的貌美心毒，笑里藏刀。故选C。《马瑞芳教你读红楼梦》中《木石前盟》册，《王熙凤出场》第55—60页通过黛玉观察、贾母等人介绍，对王熙凤的着装、容貌、性格等予以极为生动、详细的解读。

（3）下列《红楼梦》中人物及其与他人关系的表述，不正确的一项是（　　）

A. 李纨：字宫裁，金陵名宦之女，金陵十二钗之一，其别号为"稻香老农"，贾政长子贾珠的妻子，贾兰的亲生母亲。

B. 贾探春：金陵十二钗之一，成立"海棠诗社"，自号"蕉下客"，比同辈分的贾迎春、贾惜春年龄小，在贾府通称"三姑娘"。

C. 王夫人：荣国府掌权管事的家长之一；二老爷贾政的妻子，贾元春、贾珠、贾宝玉的母亲，王熙凤的姑母，薛宝钗的姨母。

D. 王熙凤：金陵十二钗之一，在贾府中被通称为凤姐、琏二奶奶；贾母的孙媳妇，贾赦与邢夫人的儿媳妇，贾琏的妻子，巧姐的母亲。

【答案】B

【详解】"贾探春……比……贾惜春年龄小"错误。探春是三姑娘，惜春是四姑娘，探春比惜春年龄大。"四春"的年龄排序如下：元春、迎春、探春、惜春。故选B。《马瑞芳教你读红楼梦》中《木石前盟》册，《贾府末世和另类贾宝玉》中第35页用谐音"原应叹息"为读者解读了贾府四位小姐的年龄排序。

（4）结合具体内容，简要说说《红楼梦》第三回"摔玉"事件反映了贾宝玉怎样的性格特征。

【参考答案】因为贾宝玉家中的姐妹都没有玉，他一向认为"女儿是水做的骨肉，男人是泥做的骨肉"，本就为家中姐妹们感到不平，而如今又得知林黛玉也没有玉，他更觉唯独自己有玉，有什么意思呢？于是就解下脖子上的玉，狠狠地摔在了地上。显示出他叛逆的性格。

（二）小说内容与重要情节

考点提要

　　本主题主要考查学生对小说的基本内容及重点情节的识记能力。学生在阅读文本时，要重视对情节脉络的梳理，明确故事的发生、发展、高潮和结局。此类题目考查的角度往往比较细微，学生答题时要认真阅读题干，做好与原文的对比，不放过任何一个细节，注意选项中是否有张冠李戴、无中生有、时间及地点等方面的错误。

1、知识清单

1	木石前盟：黛玉前身是西方灵河岸上的绛珠仙草，宝玉前身是神瑛侍者。神瑛侍者曾灌溉绛珠草，使其久延岁月，脱掉草胎木质，修成女体。后来神瑛侍者携带一块无才补天的顽石下凡造历，绛珠仙草为报答灌溉之恩，随之而去，投胎为林黛玉，决定用一生的眼泪偿还甘露之恩。故有"木石前盟"之说。
2	冷子兴演说荣国府：一是大致介绍了宁荣二府的主要家庭成员的情况，二是点明了贾府现时萧条的光景和面临的危机，透露出这样一个钟鸣鼎食之家，如今的儿孙竟一代不如一代了。这些为我们理解小说是写一个处于"末世"的封建家族的衰亡提供了启示。
3	林黛玉进贾府：黛玉的母亲死后，外祖母贾母怕她无人照顾，便接她到贾府。黛玉见贾府气派森严便步步留心、时时在意，拜见了贾母、邢王两位舅妈、凤姐等人后，与宝玉相见。宝玉见黛玉没有跟他一样有玉，便将通灵宝玉摔在地上，惹得黛玉不安。
4	贾雨村判案：薛姨妈之子薛蟠，为争买丫头英莲伤了人命，被告至应天府。刚到任的贾雨村判案时，一门子递给他一张"护官符"，告诉他薛蟠是金陵四大家族中的薛家人。贾雨村惧怕四大家族的势力，胡乱判了此案。最后薛蟠夺走英莲，逍遥法外。

5	刘姥姥三进荣国府：一进荣国府，刘姥姥小心谨慎，不但使贾府认下了这门亲戚，还拿回来二十两银子。二进荣国府是贾府鼎盛之时，刘姥姥左右逢源，打诨逗趣，逗得贾母欢心，又得了许多银子、衣服之类，风光了一阵。三进荣国府是贾家衰败之后，贾母已死，凤姐病得骨瘦如柴，刘姥姥挺身而出，耿直仗义，爽快地答应了日后照顾巧姐。
6	元妃省亲：元春被封为贤德妃并获恩准省亲。为迎接元妃，贾府大肆铺张修建大观园。及至骨肉相见，悲喜交加，相互解劝方归座。元妃在众人陪同下游园并将大观园各处赐名，又命宝玉及诸姐妹题匾助兴。接着元妃听戏烧香，并赏赐了贾府上下诸色人等。最后归省时辰到，元妃只得与亲人洒泪而别。
7	黛玉葬花：黛玉访宝玉吃了闭门羹，又眼看着宝玉送宝钗出来，产生误会，触动了寄人篱下的凄凉心境。至次日，又恰遇饯花之期，于是在沁芳桥畔因满地落花勾起无限伤春愁思，感花伤己，含泪葬花，借落花悲叹自己的命运。
8	抄检大观园：傻大姐在园子里捡到了绣春囊，王夫人令凤姐和王善保家的一起抄检大观园。抄到探春时，探春挺身护丫头，顶撞凤姐，怒打王善保家的，痛斥了"抄家"。抄到晴雯时，晴雯倒箧反抗。抄到司棋，发现潘又安的情书。于是晴雯、司棋都被逐出贾府。
9	晴雯之死：受王善保家的挑唆，晴雯被逐出大观园，回到家中，卧床不起。宝玉前去探望，她向宝玉诉说自己早知今日，也不如此痴心傻意。她将指甲齐根铰下，与贴身穿着的旧绫袄一起交与宝玉，并要宝玉把袄儿脱下给她穿。当夜晴雯死去。第二天，宝玉作《芙蓉女儿诔》祭奠晴雯。
10	黛玉焚稿：黛玉得知宝玉和宝钗即将成婚的消息，一病不起。生命垂危时，身边只有紫鹃一人，她陷入了彻底的绝望之中。她挣扎着狠命撕那宝玉送的旧帕和写有诗文的绢子，又叫雪雁点灯笼上火盆，黛玉将绢子撂在火上，雪雁也顾不得烧手，从火里抓起来撂在地下乱踩，却已烧得所余无几了。
11	宝玉出家：贾政从任上写信回家，要宝玉和贾兰(李纨之子)在今年秋闱赴考。赴考前，宝玉向王夫人磕头，与宝钗话别，并夜访潇湘，告别含恨而死的黛玉。宝玉就趁赴考的机会，独自出走了。多少天后，大雪封江，贾政官船停于毗陵驿渡口岸边，忽遇见宝玉，宝玉已做了和尚。

2、考点训练

（1）《红楼梦》中贾宝玉佩戴的玉叫_____，薛宝钗佩戴的是____，史湘云佩戴的是_____。

【答案】通灵宝玉；金锁；玉麒麟

（2）《红楼梦》中最热闹的情节是_____，最有趣的情节是_____，最凄惨的情节是_____。

【答案】元妃省亲；刘姥姥进大观园；黛玉焚稿

《马瑞芳教你读红楼梦》中《元妃省亲》册，有专门章节第70—79《元妃归省》、第4—13页《刘姥姥来了》，对元妃省亲的盛大场面，及刘姥姥三进荣国府的欢乐场面进行了全面解读。"黛玉焚稿"在《黛玉葬花》册第102页用寥寥几笔勾勒出了黛玉焚稿的前因后果。

（3）下列各项中对作品故事情节的表述，不正确的一项是（　　）

A. 柳湘莲向宝玉说起自己定亲一事。宝玉笑道："大喜，大喜！难得这个标致人，果然是个古今绝色，堪配你之为人。"湘莲却因此怀疑起尤三姐的为人，并说荣国府里除了那两个石头狮子干净，只怕连猫儿狗儿都不干净。

B. 凤姐担心张华掌握了自己的把柄，对自己不利。因此悄命旺儿遣人寻着了他，或说他作贼，和他打官司将他治死，或暗中使人算计，务将张华治死，方剪草除根，保住自己的名誉。

C.《红楼梦》第七十回之后，贾府的败象越来越明显。如第七十二回写到贾琏、凤姐和鸳鸯商议典当贾母的"金银家伙"以解燃眉之急。

D. 尤二姐终于不堪凌辱，吞金而逝。贾琏大恸，找凤姐要银两治办棺椁，只得了二三十两，幸亏平儿偷出了二百两银子给贾琏，尤二姐才得以完葬。

【答案】A

【详解】"并说荣国府里除了那两个石头狮子干净，只怕连猫儿狗儿都不干净"说法错误，柳湘莲说的不是荣国府，是宁国府。故选A。

（4）下列《红楼梦》中的情节发生在端午节的是（　　）

A. 琉璃世界白雪红梅　　B. 憨湘云醉眠芍药裀
C. 撕扇子作千金一笑　　D. 王熙凤效戏彩斑衣

【答案】C

【详解】A项，出自《红楼梦》第四十九回《琉璃世界白雪红梅 脂粉香娃割腥啖膻》，"琉璃世界""白雪"，可知情节发生在冬天，不是端午节；B项，出自《红楼梦》第六十二回《憨湘云醉眠芍药裀 呆香菱情解石榴裙》，此情节发生在宝玉生日那天，不是发生在端午节。C项，出自《红楼梦》第三十一回《撕扇子作千金一笑 因麒麟伏白首双星》，原文表述为："这日正是端阳佳节，蒲艾簪门，虎符系臂。"D项，出自《红楼梦》第五十四回《史太君破陈腐旧套 王熙凤效戏彩斑衣》中有描述："且说宝玉一径来至园中，众婆子见他回房，便不跟去，只坐在园门里茶房里烤火，和管茶的女人偷空饮酒斗牌。"可见，此情节发生在大冷天，不是发生在端午节。故选C。

（5）第三十九回，贾母笑道："凤丫头别拿他取笑儿。他是乡屯里的人，老实，那里搁的住你打趣他。""他"指的是谁？（　　）

A．周姨娘　　　B．赖大家的　　　C．刘姥姥　　　D．李嬷嬷

【答案】C

【详解】出自《红楼梦》第三十九回《村姥姥是信口开合 情哥哥偏寻根究底》，凤姐儿见贾母喜欢，也忙留道："我们这里虽不比你们的场院大，空屋子还有两间。你住两天罢，把你们那里的新闻故事儿说些与我们老太太听听。"贾母笑道："凤丫头别拿他取笑儿。他是乡屯里的人，老实，那里搁的住你打趣他。"故选C。《马瑞芳教你读红楼梦》中《海棠诗社》册，《大观园绝妙笑场》第37—40页从头至尾趣味解读刘姥姥在大观园"小品式"的表演给大观园带来的极致快乐。

（6）"盛筵必散"一语出自《红楼梦》中何人之口？（　　）

A．探春　　　B．秦可卿　　　C．小红　　　D．妙玉

【答案】B

【详解】《红楼梦》第十三回《秦可卿死封龙禁尉 王熙凤协理宁国府》中表述为："凤姐便问何事。秦氏道：'目今祖茔虽四时祭祀，只是无一定的钱粮；第二，家塾虽立，无一定的供给……若目今以为荣华不绝，不思后日，终非长策。眼见不日又有一件非常喜事，真是烈火烹油、鲜花着锦之盛。要知道，也不过是瞬息的繁华，一时的欢乐，万不可忘了那"盛筵必散"的俗语。此时若不早为后虑，临期只恐后悔无益了。'"可见，"盛筵必散"一语出自《红楼梦》中秦可卿之口。故选B。《马瑞芳教你读红楼梦》中《元妃省亲》册，《协理宁国府》第32页秦可卿托梦给王熙凤说出了"盛筵必散"之句，也预言了贾府的命运。

（三）小说中的诗词曲赋

考点提要

《红楼梦》中的诗词在体裁、形式和内容上十分丰富，是小说的有机组成部分，与小说的人物、情节和主题紧密相连，是小说知识考查的重要方向。解答此类题目，需要学生深入了解《红楼梦》的判词、曲子、灯谜、酒令等谶语类诗词，并把握其与人物和主题之间的联系。

1、知识清单

人物	人物判词
林黛玉 薛宝钗	可叹停机德，堪怜咏絮才。 玉带林中挂，金簪雪里埋。
贾元春	二十年来辨是非，榴花开处照宫闱。 三春争及初春景，虎兕相逢大梦归。
贾探春	才自精明志自高，生于末世运偏消。 清明涕送江边望，千里东风一梦遥。
史湘云	富贵又何为，襁褓之间父母违。 展眼吊斜晖，湘江水逝楚云飞。
妙玉	欲洁何曾洁，云空未必空。 可怜金玉质，终陷淖泥中。
王熙凤	凡鸟偏从末世来，都知爱慕此生才。 一从二令三人木，哭向金陵事更哀。
贾迎春	子系中山狼，得志便猖狂。 金闺花柳质，一载赴黄粱。
贾惜春	勘破三春景不长，缁衣顿改昔年妆。 可怜绣户侯门女，独卧青灯古佛旁。

巧姐	势败休云贵，家亡莫论亲。 偶因济刘氏，巧得遇恩人。
李纨	桃李春风结子完，到头谁似一盆兰。 如冰水好空相妒，枉与他人作笑谈。
秦可卿	情天情海幻情身，情既相逢必主淫。 漫言不肖皆荣出，造衅开端实在宁。
香菱	根并荷花一茎香，平生遭际实堪伤。 自从两地生孤木，致使香魂返故乡。
晴雯	霁月难逢，彩云易散。心比天高，身为下贱。 风流灵巧招人怨。寿夭多因毁谤生，多情公子空牵念。
袭人	枉自温柔和顺，空云似桂如兰， 堪羡优伶有福，谁知公子无缘。

（2）《红楼梦》十二曲

【终身误】 （宝黛钗）	都道是金玉良姻，俺只念木石前盟。空对着，山中高士晶莹雪；终不忘，世外仙姝寂寞林。叹人间，美中不足今方信。纵然是举案齐眉，到底意难平。
【枉凝眉】 （贾宝玉、 林黛玉）	一个是阆苑仙葩，一个是美玉无瑕。若说没奇缘，今生偏又遇着他；若说有奇缘，如何心事终虚化？一个枉自嗟呀，一个空劳牵挂。一个是水中月，一个是镜中花。想眼中能有多少泪珠儿，怎经得秋流到冬尽，春流到夏！
【恨无常】 （贾元春）	喜荣华正好，恨无常又到。眼睁睁，把万事全抛。荡悠悠，把芳魂消耗。望家乡，路远山高。故向爹娘梦里相寻告：儿命已入黄泉，天伦呵，须要退步抽身早！

【分骨肉】 （贾探春）	一帆风雨路三千，把骨肉家园齐来抛闪。恐哭损残年，告爹娘，休把儿悬念。自古穷通皆有定，离合岂无缘？从今分两地，各自保平安。奴去也，莫牵连。
【乐中悲】 （史湘云）	襁褓中，父母叹双亡。纵居那绮罗丛，谁知娇养？幸生来，英豪阔大宽宏量，从未将儿女私情略萦心上。好一似，霁月光风耀玉堂。厮配得才貌仙郎，博得个地久天长，准折得幼年时坎坷形状。终久是云散高唐，水涸湘江。这是尘寰中消长数应当，何必枉悲伤！
【世难容】 （妙玉）	气质美如兰，才华复比仙。天生成孤癖人皆罕。你道是啖肉食腥膻，视绮罗俗厌；却不知太高人愈妒，过洁世同嫌。可叹这，青灯古殿人将老，辜负了，红粉朱楼春色阑。到头来，依旧是风尘肮脏违心愿。好一似，无瑕白玉遭泥陷，又何须，王孙公子叹无缘。
【喜冤家】 （贾迎春）	中山狼，无情兽，全不念当日根由。一味的骄奢淫荡贪欢媾。觑着那，侯门艳质同蒲柳，作践的，公府千金似下流。叹芳魂艳魄，一载荡悠悠。
【虚花悟】 （贾惜春）	将那三春看破，桃红柳绿待如何？把这韶华打灭，觅那清淡天和。说什么，天上夭桃盛，云中杏蕊多。到头来，谁把秋捱过？则看那，白杨村里人呜咽，青枫林下鬼吟哦。更兼着，连天衰草遮坟墓。这的是，昨贫今富人劳碌，春荣秋谢花折磨。似这般，生关死劫谁能躲？闻说道，西方宝树唤婆娑，上结着长生果。
【聪明累】 （王熙凤）	机关算尽太聪明，反算了卿卿性命。生前心已碎，死后性空灵。家富人宁，终有个家亡人散各奔腾。枉费了，意悬悬半世心；好一似，荡悠悠三更梦。忽喇喇似大厦倾，昏惨惨似灯将尽。呀！一场欢喜忽悲辛。叹人世，终难定！
【留余庆】 （巧姐）	留余庆，留余庆，忽遇恩人，幸娘亲，幸娘亲，积得阴功。劝人生，济困扶穷，休似俺那爱银钱忘骨肉的狠舅奸兄！正是乘除加减，上有苍穹。

【晚韶华】（李纨）	镜里恩情，更那堪梦里功名！那美韶华去之何迅！再休提绣帐鸳衾。只这戴珠冠，披凤袄，也抵不了无常性命。虽说是，人生莫受老来贫，也须要阴骘积儿孙。气昂昂头戴簪缨，光灿灿胸悬金印；威赫赫爵禄高登，昏惨惨黄泉路近。问古来将相可还存？也只是虚名儿与后人钦敬。
【好事终】（秦可卿）	画梁春尽落香尘。擅风情，秉月貌，便是败家的根本。箕裘颓堕皆从敬，家事消亡首罪宁。宿孽总因情。

《马瑞芳教你读红楼梦》中《木石前盟》册，第93—111页用了一整章对金陵十二钗之正册、副册、又副册15个人物的图、判词、曲逐一解读，并揭示其中预示的人物命运。

2、考点训练

（1）诗"才自精明志自高，生于末世运偏消。清明涕送江边望，千里东风一梦遥"描写的是金陵十二钗中的＿＿＿＿＿＿。

【答案】贾探春

【详解】这是《红楼梦》中贾探春的判词。"精明"一词，小说中说"探春精细处不让凤姐"（第五十五回），又写她想有一番作为；"生于"句说探春终于志向未遂，才能无从施展，是因为这个封建大家庭已到了末世的缘故；清明节江边涕泪相送，当是说家人送探春出海远嫁；画中的风筝象征有去无回，所以是"千里东风一梦遥"。《马瑞芳教你读红楼梦》中《木石前盟》册，第99页结合《红楼梦》中探春的画及曲，对探春的命运做了预示。

（2）《红楼梦》中最长的一首诗是贾宝玉写的《＿＿＿＿＿＿＿＿＿＿》。

【答案】芙蓉女儿诔

【详解】《芙蓉女儿诔》（也作《芙蓉诔》）是《红楼梦》第七十八回《老学士闲征姽婳词 痴公子杜撰芙蓉诔》中主人公贾宝玉祭奠丫鬟晴雯时所用的一篇祭文，是《红楼梦》中所有诗文词赋中最长的一篇。

（3）下列对《红楼梦》相关内容的解说，不正确的一项是（　　）

A．"湘江水逝楚云飞"，是贾探春的判词。

B. 《红楼梦》第五十二回《勇晴雯病补孔雀裘》中，"孔雀裘"是贾母送给贾宝玉的。

C. 贾宝玉的通灵宝玉正面文字是"莫失莫忘，仙寿恒昌"。

D. 贾府的"四春"分别是：孤独的贾元春、懦弱的贾迎春、精明的贾探春、孤僻的贾惜春，取"原应叹息"之意。

【答案】A

【详解】"湘江水逝楚云飞"，不是贾探春的判词，而是史湘云的判词。故选A。《马瑞芳教你读红楼梦》中《木石前盟》册，第102页明确提出了史湘云的判词。

（4）根据要求，回答问题。

《红楼梦》第五回借助判词、曲词等暗示了主要人物的特点和命运。

①判词"可叹停机德，堪怜咏絮才。玉带林中挂，金簪雪里埋"提到薛宝钗的"德"与林黛玉的"才"，请分别举出原著中的具体情节加以印证。

②《红楼梦引子》："开辟鸿蒙，谁为情种？都只为风月情浓。趁着这奈何天，伤怀日，寂寥时，试遣愚衷。因此上，演出这怀金悼玉的《红楼梦》。"对于"怀金悼玉"，有人认为体现的是钗、黛二人的悲剧，也有人认为体现的是青年女性群体的悲剧。你认同哪种说法？请结合《红楼梦》相关内容，谈谈你的理解。

【参考答案】①"德"指薛宝钗的贤德，如宝玉挨打后，宝钗规劝宝玉读书、考取功名；"才"指林黛玉的诗才，如林黛玉咏菊夺魁。《马瑞芳教你读红楼梦》中《海棠诗社》册，第20—23页讲述林黛玉以《咏菊》《问菊》《菊梦》三个诗题夺得诗魁，展现了在吟诗方面的雄才。

②答案示例一：我认同钗、黛二人悲剧说。因为二人同为世家贵族且都爱上贾宝玉，但一个得而不被爱，一个爱而不得。薛宝钗在家族支持下，嫁给贾宝玉，但婚后贾宝玉出家，她落得个孤苦悲凉的结局；林黛玉与贾宝玉青梅竹马，共读西厢，互诉衷肠，但她最终"泪尽而逝"。所以说"怀金悼玉"写的是钗、黛二人的悲剧。

答案示例二：我认同青年女性群体悲剧说。因为《红楼梦》中不管是贵族少女，还是婢女，她们都具有金玉般的品质，为争得些许自由，都进行过抗争，却没有一个胜利者，如探春拒检、远嫁他乡，鸳鸯抗婚、投缳自尽。所以说"怀金悼玉"写的是青年女性群体的悲剧。《马瑞芳教你读红楼梦》中《木石前盟》册，第108—109页，首先直接引入《红楼梦》十二曲目前的引子，接着对引子所体现的宝钗、黛玉二人的悲剧命运进行说明，进而结合图册、判词、曲子揭示《红楼梦》中整个女性群体的悲剧命运。

（四）主题思想与艺术特色

考点提要

本主题考查学生对《红楼梦》主题思想和艺术特色的分析鉴赏能力。涉及角度包括小说内容、主旨、结构、手法等。要做好此类题，学生需要深入理解小说主题思想，挖掘主要人物如贾宝玉、林黛玉等人的命运与小说主题的关联，把握全篇的结构特点、艺术手法与语言风格。本主题旨在引导学生全面而深入地探索《红楼梦》这部复杂而丰富的文学作品，不仅理解其表面故事，更能洞察其深层意蕴和艺术魅力。

1、知识清单

（1）主题思想

《红楼梦》作为中国古典文学的巅峰之作，不仅以其丰富的人物群像、错综复杂的情节结构和高超的艺术技巧闻名于世，更以其深刻的思想内涵和广泛的社会批判，成为研究封建社会与人性哲理的宝贵资料。

《红楼梦》的核心情节围绕贾宝玉与林黛玉、薛宝钗之间的爱情与婚姻悲剧展开。贾宝玉与林黛玉之间的爱情纯洁而深厚，是对自由恋爱与自主婚姻的向往。然而，在封建礼教的束缚下，他们的爱情显得尤为脆弱，最终以悲剧收场。这一悲剧不仅是个人的不幸，更是对封建婚姻制度和社会伦理的深刻批判。宝玉与宝钗的婚姻，则是家族利益与社会习俗妥协的产物，进一步揭示了封建社会中婚姻与爱情的矛盾与冲突，以及个体追求在封建礼教面前的无力与悲哀。

《红楼梦》通过对贾、史、王、薛四大家族之兴衰的展现，全面而深刻地批判了封建社会的种种弊端。小说中的贾府，从一个鼎盛的贵族家庭逐渐走向衰败，反映了封建社会不可避免的衰落趋势。曹雪芹通过对贾府内部腐败、道德沦丧的描写，揭露了封建统治阶级的腐朽与无能；同时通过对丫鬟、小厮等底层人物的悲惨命运的刻画，揭露了封建社会的阶级压迫和不公。

小说中的人物形象各具特色，作者通过对人物性格的细腻描绘，展现了人性的复杂性与多面性。贾宝玉既有贵公子的风流倜傥，又有对自由与真爱的执着追求；林黛玉才情出众，性格却敏感多疑；薛宝钗温婉贤淑，但也有心机深沉的一面。小说中，"梦幻泡影，如梦人生"的主题贯穿始终，暗示了人生如梦，一切都是过眼云烟，引发了读者对命运无常的深刻思考，提醒人们珍惜眼前的时光，追求内心的平静与幸福。

贾宝玉、林黛玉等人物形象还体现了那个时代对个性解放和人权平等的初步追求。他们不愿受封建礼教的束缚，渴望自由恋爱与婚姻自主。这种叛逆精神在封建社会中显得尤为珍贵。然而他们的追求在强大的封建势力面前显得尤为渺小与无力，最终只能以悲剧收场。这种悲剧不仅是对个人命运的哀叹，更是对整个封建社会的控诉和批判。

《红楼梦》通过对贾氏家族兴衰史的描写，反映了社会变迁对家族命运的影响。贾府从鼎盛到衰败的过程，不仅是个别家族的命运沉浮，也是整个封建社会走向衰落的历史缩影。小说通过对家族内部矛盾、社会黑暗面的揭露，让读者看到封建社会的腐朽与不可持续性，从而引发对社会历史变迁的深刻反思。

（2）艺术特色

《红楼梦》作为中国古代文学的巅峰之作，在艺术上取得了极大的成就。

在人物塑造上，小说人物众多，其中给人深刻印象的有十几个，而贾宝玉、林黛玉、薛宝钗、王熙凤等形象更是成为千古不朽的艺术典型。这些人物性格鲜明，各具特色，如贾宝玉的叛逆与善良、林黛玉的聪慧与敏感等。小说中的人物并非单一的好人或坏人，而是具有复杂性和多面性，人物形象真实而自然。

在结构上，《红楼梦》打破了小说传统的单线结构方式，小说情节结构复杂而严谨，主线与副线纵横交错，形成一个浑然一体的网状结构。这种结构把中心的人物和事件放在错综复杂的环境中，使得众多人物活动于同一空间和时间，各种矛盾线索齐头并进，揭示出中心情节和其他情节之间的内在联系。

在手法上，小说广泛运用对比手法。全书构建了以女性为中心的大观园和以男性为中心的统治者世界，并有意将二者对比，以进行审美评判。此外，作者在人物配置、人物态度上也运用对比，以此揭示人物内心，表达作者情感倾向。

语言方面，小说中不仅包含了大量的诗词歌赋等文学形式，丰富了作品的内容，还使得整部小说带有浓厚的诗化色彩，增强了文学性和艺术性。小说中的人物语言能够准确显示其身份地位并形神兼备地表现其个性特征。如黛玉的诗词满纸愁苦，情调低沉，而宝钗的诗词则乐观开朗，一片雄心。

此外，在这部鸿篇巨制中，作者对贵族家庭的饮食起居等生活细节，进行了无微不至的刻画，其笔触之细腻，描绘之真切，令人叹为观止。无论是园林建筑的巧夺天工，家具器皿的精美绝伦，还是车轿排场的奢华铺张，风俗民情的丰富多彩，皆被作者一一捕捉，细腻呈现。

《红楼梦》中蕴含了丰富的文化知识，宛如一座璀璨的宝库，熠熠生辉。这些艺术特色共同构成了《红楼梦》这部伟大作品的独特魅力，使其成为中国文学史乃至世界文学史上的一座丰碑。

2、考点训练

（1）以下对《红楼梦》思想内容与艺术特色的表述中，正确的是（　　）

A. 《红楼梦》以贾宝玉与林黛玉的爱情悲剧为线索，描写了贾、史、王、薛四大家族的兴衰史，刻画了种种人情世态。

B. 《红楼梦》中"金陵十二钗"指贾府或和贾府有关系的十二个女性，其中年龄最小，辈分也最小的是惜春。

C. 王熙凤是《红楼梦》中个性鲜明的人物，她贪婪、凶狠、狡诈，设计害死贾瑞，因此王熙凤身上没有丝毫人性之美。

D. 在《红楼梦》中曾多次写到"癞头和尚"与"跛足道人"，其目的不过是为了给作品增添神秘气息，引起读者兴趣。

【答案】A

【详解】B项，"其中年龄最小，辈分也最小的是惜春"错，巧姐儿才是年龄最小、辈分最小的一位。

C项，"没有丝毫人性之美"太过于绝对。一是王熙凤多次接济刘姥姥；二是王熙凤的性格中也还有善良的因素，在面对无奈求助者时，王熙凤人性中蕴含的恻隐之心让她毫不犹豫地施以援手。王熙凤的性格绝不是单一的善与恶的问题，而是一个多面的、立体的、鲜活的性格综合体。

D项，这两人或明或暗地出现，草蛇灰线，神出鬼没，在甄士隐、甄英莲、林黛玉、薛宝钗、贾宝玉、贾瑞、王熙凤等人的故事中多次间接或直接出现，发挥了关键而又重要的作用。他们的作用是：开启和收束整个故事，给一场道尽世事苍凉的故事披上"梦幻"外衣，在文学上可以增添奇幻色彩；出现在一些特定的场景和情节中，通过"神仙"之口渲染故事的主旨，同时也对一些关键人物和事件进行暗示，务求达到"假作真时真亦假"的效果；作为"假作真时真亦假"的代表，引导读者对作者的真实意图进行深层思考。故选A。

作者马瑞芳将《红楼梦》的主旨思想和人物关系、性格等贯穿在整套《马瑞芳教你读红楼梦》中。以B项"金陵十二金钗"的辈分为例，《木石前盟》册第35页、第 98 页，《海棠诗社》册第 63 页，三次以谐音的形式提醒读者，贾府四位小姐的名字谐音为"原应叹息"。这是四位小姐的命运预示，也让读者轻松记住四位小姐的长幼次序，从而可以推理出辈分最小的不是惜春。

（2）根据要求，回答问题。

"三染法"是曹雪芹在《红楼梦》中塑造人物的常用手法。这里所说的"三染法"，是指先对人物进行定基调式的介绍与描写；后随情节的展开，不断对人物形象加以充实，从而塑造出丰满立体的人物形象。请从下列《红楼梦》中的四个人物中任选一个人物，简要说明作者是如何运用"三染法"塑造这一人物形象的。

　　　　贾宝玉　　　　林黛玉　　　　王熙凤　　　　薛宝钗

【参考答案】作者用"三染法"塑造王熙凤形象。一染，在第三回林黛玉入贾府时，王熙凤第一次出场，"我来迟了，未曾迎接远客"，用了未见其人、先闻其声的描写；贾母说她是"凤辣子"的介绍，既能看出王熙凤特殊的身份地位，又能看出她泼辣的性格，这里是基本定调。二染，第十三回《王熙凤协理宁国府》中，王熙凤做事雷厉风行，显示出非凡的管理才能。三染，第十五回《王熙凤弄权铁槛寺》中，王熙凤贪图银子，玩弄权术，结果害死两条人命。通过多次点染，从而塑造出一个泼辣、能力强、贪婪、心狠手辣的贾府实际大管家王熙凤的立体形象。

《马瑞芳教你读红楼梦》中虽没有明确指出"三染法"这一塑造人物的手法，但却在《木石前盟》第 53—62 页对王熙凤的首次登场进行细致解读，包括她的着装、外貌、言语等，把她巧言令色、活色生香、神采奕奕的人物形象雕塑般地立了起来。《元妃省亲》册第 31—40 页协理宁国府，以及《海棠诗社》刘姥姥进荣国府，王熙凤施舍给刘姥姥的二十两银子，都是对王熙凤性格的不断渲染及层次化体现。

（五）文化常识

考点提要

本主题考查学生对《红楼梦》相关文化常识的识记能力。《红楼梦》对封建时代贵族家庭的饮食起居等各方面细节做了真切描写，蕴含丰富的文化知识。学生在阅读名著时，要注意积累作家作品常识，还包括作家字号、作品别称、作品朝代及其在文学史上的地位等内容。

1、知识清单

《红楼梦》人物别号、住所及花签

人物	别号	住所	花签
贾宝玉	怡红公子	怡红院	
林黛玉	潇湘妃子	潇湘馆	芙蓉
薛宝钗	蘅芜君	蘅芜苑	牡丹
贾探春	蕉下客	秋爽斋	杏花
贾迎春	菱洲	紫菱洲/缀锦楼	
贾惜春	藕榭	藕香榭/蓼风轩	
李纨	稻香老农	稻香村	老梅
史湘云	枕霞旧友		海棠
袭人			桃花
麝月			荼蘼花
香菱（英莲）			并蒂花

2、考点训练

（1）下面对《红楼梦》的表述错误的是哪一项（ ）

A. 贾府中宝钗住了蘅芜院，黛玉住了潇湘馆，迎春住了蓼风轩，探春住了缀锦楼，惜春住了秋爽斋，李纨住了稻香村，宝玉住了怡红院。

B. "一个是阆苑仙葩，一个是美玉无瑕……一个枉自嗟呀，一个空劳牵挂。一个是水中月，一个是镜中花。"这首曲子是专门咏叹宝黛二人的。

C. 书中对晴雯作如下判词："霁月难逢，彩云易散。心比天高，身为下贱。风流灵巧招人怨。寿夭多因毁谤生，多情公子空牵念。"

D. 宝玉和黛玉在桃花树下共同读了一本《会真记》，就是广为人知的《西厢记》，其中的主角是崔莺莺、张生和红娘。

【答案】A

【详解】"迎春住了蓼风轩，探春住了缀锦楼，惜春住了秋爽斋"错误。迎春住了缀锦楼，探春住了秋爽斋，惜春住了蓼风轩。故选A。

（2）宝玉生日时行酒花令，下列人与花匹配错误的一项是（ ）

A. 探春——牡丹　　B. 湘云——海棠　　C. 李纨——老梅　　D. 黛玉——芙蓉

【答案】A

【详解】与牡丹匹配的应是宝钗。故选A。《马瑞芳教你读红楼梦》中《海棠诗社》册，第100页明确点出宝钗的花签是牡丹，第102页点明探春的花签是杏花。

（3）《红楼梦》中，环境、灯谜、物品等往往起着揭示人物特点、预示人物命运的作用。"潇湘馆"中翠竹林立，象征林黛玉_____的性格；"稻香村"中泥墙茅舍，恰合李纨_____的特点；灯谜"前身色相总无成，不听菱歌听佛经"隐喻了贾惜春_____的宿命；蒋玉菡和花袭人经贾宝玉交换的"汗巾"，预示着日后蒋花二人_____的命运。

【答案】孤标傲世；淡泊寡欲；出家为尼；结为夫妻

（4）《红楼梦》的曾用名，不包括以下哪一项（ ）

A. 石头记　　B. 大观园　　C. 风月宝鉴　　D. 情僧录

【答案】B

【详解】《红楼梦》别名《石头记》《情僧录》《风月宝鉴》《宝玉缘》等。故选B。

近五年真题展示（2020—2024）

1、(2024·北京卷) 根据要求，回答问题。

《红楼梦》第三十五回：

贾母听了，笑道："猴儿，把你乖的！拿着官中的钱你做人。"说的大家笑了。凤姐也忙笑道："这不相干。这个小东道我还孝敬的起。"便回头吩咐妇人，"说给厨房里，只管好生添补着做了，在我的帐上来领银子。"妇人答应着去了。

宝钗一旁笑道："我来了这么几年，留神看起来，凤丫头凭他怎么巧，再巧不过老太太去。"贾母听说，便答道："我如今老了，那里还巧什么。当日我像凤哥儿这么大年纪，比他还来得呢。他如今虽说不如我们，也就算好了，比你姨娘强远了。你姨娘可怜见的，不大说话，和木头似的，在公婆跟前就不大显好。凤儿嘴乖，怎么怨得人疼他。"

（1）贾母和薛宝钗用"乖""巧"评价王熙凤。请结合书中其他情节，谈谈你对王熙凤"乖""巧"的理解。

（2）薛宝钗的话体现了她怎样的性格，又反映了贾母怎样的人物特点？请结合书中其他情节，分别予以解说。

【参考答案】（1）王熙凤的"乖""巧"指的是她能说会道，精明能干，八面玲珑，善于笼络人心。例如王熙凤初次见到林黛玉时，携着黛玉的手，上下打量了一圈，仍送至贾母身边坐下，然后说："天下真有这样标致的人物，我今儿才算见了！况且这通身的气派，竟不像老祖宗的外孙女儿，竟是个嫡亲的孙女。"言语中既赞美了黛玉的美貌，又夸赞了在座的迎春姐妹，抬举了她们嫡亲的身份，还奉承了贾母，充分表现了王熙凤的伶牙俐齿、八面玲珑，善于笼络人心。

《马瑞芳教你读红楼梦》中《黛玉进府》册，第59—60页作者将王熙凤初见林黛玉时的神情、动作、语言分析得头头是道，把王熙凤开口说话时句句到位、八面生风的状态展现得淋漓尽致。

（2）①薛宝钗的话体现了她善于逢迎、圆滑世故的性格。例如，贾母要为薛宝钗作将笄之年的生日，问她爱听何戏、爱吃何物等，宝钗深知年老的贾母喜欢热闹戏文、爱吃甜烂之食，便总依贾母往日素喜者说了出来。

②反映了贾母精明能干，在家族中拥有至高地位的人物特点。例如，书中写贾母在处理大观园婆子聚赌事件时，处理方法老练：一是烧毁骰子牌；二是所有钱入官分散与众人；三是为首者每人四十大板，从者每人二十大板；四是为首者撵出，不许再入；五是革去从者三月月钱，并将其拨入圊厕行内。众人心里皆叹服。贾母的处理方式充分体现了她作为封建大家长的精明果决。

2、(2023·天津卷)《红楼梦》中出现了诸多人物，其中有些人物的话，可以给人带来愉悦的感受，请举出一个这样的人物，并结合情节说明。

【参考答案】示例：王熙凤说话八面玲珑，十分讨巧。比如，初见林黛玉时，她说黛玉气派十足，像贾母嫡亲的孙女，就同时奉承了贾母、黛玉、"三春"，令在场诸人都十分愉悦。

【解析】试题要求分析说明一些人物的讲话可以给人带来愉悦的感受，也就是说其说的话既符合人物的身份，也正好呼应对方的心里所想，因而让人感受到愉悦。比如，在"林黛玉进贾府"一节中，王熙凤初见林黛玉时说的"天下真有这样标致的人物，我今儿才算见了！况且这通身的气派，竟不像老祖宗的外孙女儿，竟是个嫡亲的孙女，怨不得老祖宗天天口头心头一时不忘。"本来，黛玉只是贾母的外孙女，按照中国古代社会的差序格局来划分亲疏，并没有孙女亲。而凤姐"竟是个嫡亲的孙女"这话就有意抬高黛玉身价，说成是贾母亲孙女，还真诚地夸黛玉是"标致的人物""通身的气派"，则也暗指贾母嫡亲的孙女都是有这"通身的气派"的，这也让在场贾母的亲孙女"三春"听来非常亲切舒适。而说明贾母不论是外孙女儿还是嫡亲孙女，都气派十足，一定程度上也彰显了贾母的身份，且"怨不得老祖宗天天口头心头一时不忘"则是替贾母再次抒发了对外孙女的思念喜爱之情，也奉承了贾母。总之，凤姐对黛玉说的这番话非常圆通，让在场的人听来都很舒服，尤其是贾母。因此在场的人听了凤姐这番话后，无不感到如沐春风，体现出凤姐真是八面玲珑，好会说话。

《马瑞芳教你读红楼梦》中《黛玉进府》册，第59—61页作者将王熙凤初见林黛玉时艺术性夸赞林黛玉进行了生动解读。

3、(2022·全国甲卷)阅读下面的材料，根据要求写作。

《红楼梦》写到"大观园试才题对额"时有一个情节，为元妃（贾元春）省亲修建的大观园竣工后，众人给园中桥上亭子的匾额题名。有人主张从欧阳修《醉翁亭记》"有亭翼然"一句中，取"翼然"二字；贾政认为"此亭压水而成"，题名"还须偏于水"，主张从"泻出于两峰之间"中拈出一个"泻"字，有人即附和题为"泻玉"；贾宝玉则觉得用"沁芳"更为新雅，贾政点头默许。"沁芳"二字，点出了花木映水的佳境，不落俗套；也契合元妃省亲之事，蕴藉含蓄，思虑周全。

以上材料中，众人给匾额题名，或直接移用，或借鉴化用，或根据情境独创，产生了不同的艺术效果。这个现象也能在更广泛的领域给人以启示，引发深入思考。请你结合自己的学习和生活经验，写一篇文章。

25

要求：选准角度，确定立意，明确文体，自拟标题；不要套作，不得抄袭；不得泄露个人信息；不少于800字。

【参考答案】例文：

在传承中锐意创新

在《红楼梦》"大观园试才题对额"的情节中，众人给匾额题名有着不同的做法。有人直接移用欧阳修《醉翁亭记》中"翼然"二字；有人借鉴化用"泻出于两峰之间"中的"泻"字，并题名为"泻玉"；也有人根据情境独创"沁芳"二字。三种题名皆有不同艺术效果，"翼然""泻玉""沁芳"，对优秀传统文化或"直接移用"，或"借鉴化用"，或"根据情境独创"，即创造性地传承。

如果说中华文化是一座大厦，那么"移用"与"化用"的文化就是水泥，是大厦成型的基础，而"独创"的文化则是钢筋，是使大厦永葆活力、处于不倒之境的关键。时代发展如江河奔涌向前，我们既要有"移用""化用"这类简单直接的文化传承，也要有"独创"这类创造性的传承。在传承中锐意创新，方能稳步前行，方能跟上时代的步伐。

文化要发展，传承是必经之路。"移用"为基，"化用"为翼，中华文化固若金汤。德·斯宾格勒说："一个失去了自身文化的民族，是一个漂泊无根的民族。"文化是民族之基础，国家之根本。假如一个国家缺乏文化的传承，那么民族精神与个体灵魂便会无所依托，便会逐渐走向虚无。正是因为走着文化传承之路，我们才能在《诗经》中感受先秦百姓的生活，才能在《离骚》中体会屈原的爱国情怀，才能在《史记》中了解上至传说中的黄帝时代，下至汉武帝太初四年间共3000多年的历史……若无传承，《醉翁亭记》便无人知晓；若无传承，文化大厦便不复存在。

文化要发展，创新是必备技能。"独创"为魂，中华文化历久弥新。传承是文化的延续，创新是时代的呼唤。上海戏剧学院学生边靖婷，与同学一起通过线上平台向大家展示宣传传统京剧戏腔，让戏腔走出剧院，走上网络，为更多人所了解；故宫，不止步于传统的展示，与现代科技互联网深度融合，积极展现自身的文化魅力。现在故宫已向腾讯平台开放了很多展品，比如《十二美人图》《韩熙载夜宴图》《海错图》……故宫的创新不仅吸引了无数年轻人关注传统文化，更是使无数人自发成为传承者。罗兴连曾说："古老传统文化如果不走向现代生活，那它就永远只是停留在故纸堆中的一堆符号而已。"我们既要传承传统文化，又要在传承中锐意创新，让更多人了解优秀传统文化，为文化大厦注入活力。

在传承中锐意创新，不限于文化领域。在中医药领域，疫情期间，无数医者传承中医药精华，锐意创新，使得中药在抗击疫情中发挥了重要作用；在航天领域，从"神舟"一号到十四号，从"嫦娥"奔月到"天问"探火，从"北斗"造福人类到空间站开门纳客，如此成就，与一代代航空人"移用""化用""独创"技术密不可分……

在现实生活中，在学习方面，我们也需做到在传承中锐意创新。比如在语文学习中，我们常常害怕写作，总是觉得难以下笔，究其根本，不过是因为我们缺少传承，极少去阅读经典，难以"移用""化用"一些语言，更不要提"独创"言语。因此，我们要在传承中锐意创新，先大量阅读与积累，再将知识融会贯通，"独创"属于自己的表达。没有传承，再新的"独创"也不过是无源之水；没有"独创"，再好的传承也不过是一潭死水。让我们在学习中踏实传承，在传承中锐意创新，为社会主义现代化建设积蓄力量，为实现中国梦奋力前行。

【解析】 本题考查学生的写作能力。

审题：本题为记叙性材料作文题。

材料的核心事件是给大观园的亭子匾额题名，"翼然""泻玉""沁芳"三个题名的由来，各有其法，各呈其妙。"翼然"是直接移自欧阳修《醉翁亭记》，"泻玉"是借鉴化用经典名句，而"沁芳"则是根据亭子周围的环境氛围独创所得，既合"境"又契"情"，情境俱妙。材料并没有对三个名字进行褒贬。

考生审题立意要把思考的重心放在三个亭子的命名之法上，即"直接移用""借鉴化用"和"根据情境独创"。给匾额题名的例子正好说明中国传统文化的博大精深和鲜活灵动。通过不同的艺术手段可以获得不同的艺术效果，充分体现了中华优秀传统文化的魅力。中华文化之所以灿若星河，源远流长，一个重要原因就是多变的艺术手法。"移用""化用"和"独创"，既是相对独立的关系，也呈现出艺术方法上的"低级""中级"到"高级"的进阶层级，当然，这三者之间更是一个密不可分的整体。

考生审题立意，不要在《红楼梦》的相关情节里打转，要注意题目引导语的暗示，"这个现象也能在更广泛的领域给人以启示"，这就在提醒考生把思维从《红楼梦》给亭子题名的情节方面上升到文化领域，进而延伸到文化以外的广阔天地，比如经济领域、科技领域、思想领域、教育领域……无论哪个领域，"移用""化用""独创"都是其发展的重要方法和手段，缺一不可。

材料仅是个思考的"引子"，积极联想、拓展思维、深化思考才是关键。另外，题目虽然没有"结合时代背景"之类的思维暗示，但考生也应该赋予其以新时代的意义。

比如，将"移用""化用""独创"与科技发展结合起来思考。能够从别处直接移用过来的技术，我们大可以如鲁迅先生所言"大胆地拿来"，为我所用，而不必缩头缩脑，畏首畏尾。对于不能直接搬过来的东西，我们则"借鉴化用"，如对外来的东西或是继承下来的东西，加以筛选、加工，使之变成我们自己的东西。"化用"并不简单，也考量着我们的勇气和智慧。当然，我们要想在科技上取得独立的地位，甚至领先于世界强国，我们就必须超越"移用""化用"阶段，破除科技"藩篱"，根据我国现有国情和经济实力走科技创新之路。中国的航空航天科技，中国的量子卫星技术，中国的桥梁船舶和生物医药技术，正是以"独创"为主终至成功的明证。"移用""化用"到"独创"，可谓中国科技的发展壮大之路。

具体行文，议论说理要体现出思辨性色彩，要能全面地看待"移用""化用""独创"三者之间的关系，还要能用历史的、发展的眼光来思考我国的现代化建设事业。论述要全面深刻，不要在作文中呈现出一种厚此薄彼，或者非此即彼的简单化思维。"结合自己的学习和生活经验"，其实就是提醒考生不要泛泛地议论，要有真实的有个性的见解，无论是议论，还是叙事，都应是有"我"之文。

立意：
1. 以移用为基，以化用为翼，以独创为魂，中华文化恒久远。
2. 移用、化用固然重要，但唯有独创才是发展的根本和灵魂。
3. 勇敢地拿来，大胆地鉴别，积极地创新，这是中国发展的必由之路。
4. 中国的现代化事业要走适合国情的创造性发展之路。
5. 成功无法复制，人生有无数种可能，适合自己的才是最好的。

4、（2021·天津卷）校文学社拟从《论语》《三国演义》《红楼梦》中选取一个场景拍摄视频短剧。假如你是导演，会选取哪部书中的哪个经典场景？请说明理由。要求100字左右。

【参考答案】场景：林黛玉进贾府

原因：黛玉进贾府，是鸿篇巨制《红楼梦》的开端。随着黛玉的进入，贾府的背景、人物一一呈现在我们面前。这也是黛玉下凡还泪，其美丽的悲剧一生之开端。通过对黛玉进府过程的描写，贾府繁琐礼节、奢侈排场的弊端一览无余。同时这也是黛玉与宝玉的第一次相会。

【解析】本题考查学生对经典名著基本内容、人物形象、情节等的整体把握能力。

作为导演，从三部经典作品中选取哪个场景拍摄，要看对这部作品的整体把握能力，如果没有对作品的全面把握和深层理解，是选不好这个场景的。换句话说，这个场景要么能够体现人物的典型性格，展现人物的精神品质，要么在整部作品中的地位举足轻重，对主题起到揭示作用，或对情节的展现或转折起到关键性的作用。如选《论语》，可以选择《子路、曾皙、冉有、公西华侍坐》这个场景，这个场景一是能够展现孔子循循善诱的教学风格，二是能够通过曾皙的理想看出孔子的政治理想。如选择《红楼梦》，可以选择"黛玉葬花"这个场景，因为它除了将黛玉的性格、心思，还有独有的诗人气质表现出来外，更展现了黛玉精神的洁净，也暗示着宝黛爱情的悲剧结局以及贾府的悲剧结局。如选择《三国演义》，可以选"火烧赤壁"，这一场景既体现出诸葛亮和周瑜的才华，也标志着孙刘联盟正式形成，三足鼎立的局面趋于稳定。

黛玉进府是《红楼梦》中一个较大且精彩的场面，为《红楼梦》故事推进拉开了序幕。《马瑞芳教你读红楼梦》中《木石前盟》册第43—48页设专门章节对这一场景进行了细致解读。

5、（2021·北京卷）根据要求，回答问题。

《红楼梦》第十三回，秦可卿去世前向王熙凤托梦，说道：

若目今以为荣华不绝，不思后日，终非长策。眼见不日又有一件非常喜事，真是烈火烹油、鲜花着锦之盛。要知道，也不过是瞬息的繁华，一时的欢乐，万不可忘了那"盛筵必散"的俗语。……我与婶子好了一场，临别赠你两句话，须要记着：三春去后诸芳尽，各自须寻各自门。

（1）这里说的"非常喜事"在小说中指什么？

（2）画线的部分与小说后续情节有何关系？请结合原著，举例说明。

【参考答案】（1）元妃省亲（贾元春才选凤藻宫）

（2）是小说后续情节发展的暗示，暗示了青春少女的红颜薄命以及封建家族走向崩溃的悲剧。例如小说写林黛玉泪尽而亡、贾府最后被抄家等。

【解析】（1）本题考查学生对经典名著基本内容的把握能力。这段话出自《红楼梦》第十三回"秦可卿香消玉殒，王熙凤大权在握"，这是秦可卿临终时托梦给王熙凤时所说的话。"非常喜事"是指贾元春晋封为妃，皇帝恩准元春省亲。

（2）本题考查学生对经典名著基本内容、情节等的整体把握能力。这句话是秦可卿临终给王熙凤的提醒，暗示贾府将走向衰败。"盛筵必散"暗示贾府会盛极必衰的命运。而"三春去后诸芳尽，各自须寻各自门"中，"三春"有人认为指贾家的三个女子，迎春嫁得不如意，后被折磨致死，探春远嫁，惜春出家。这三春离开贾府，贾府已经没落不堪了，再加上唯一显赫的元春病逝，贾府更是彻底落败。这才有了"三春去后诸芳尽，各自须寻各自门"的说法。"诸芳尽"也包括大观园所有女子的悲惨命运，比如黛玉泪尽而逝等。因此秦可卿这句话是小说后续情节发展的暗示，暗示了青春少女的红颜薄命以及封建家族走向崩溃的悲剧。

《马瑞芳教你读红楼梦》中《元妃省亲》册，第31—33页深入解读了秦可卿托梦所说的话的思想含义，即贾府将迎来大喜事，但曲终人散的命运结局不可逆转。

6、（2020·江苏卷）《红楼梦》第五十回"芦雪庵争联即景诗，暖香坞雅制春灯谜"中，众人联句，起句为王熙凤所作，她说，"你们别笑话我，我只有一句粗话"，"就是'一夜北风紧'"。请结合这句诗简析王熙凤的形象。

【参考答案】（1）诗句浅白，表明其学识浅薄；诗句能领起全篇，表明其聪明颖悟，有一定领导才能；诗句意境肃杀，表明其心怀忧惧。

【解析】从诗句本身而言：浅白通俗易懂，可见王熙凤文化素养知识水平浅陋；诗句中"夜""北风""紧"等词给人肃杀冷寂的压抑感觉，表明王熙凤心怀忧惧压力满满。从猜灯谜活动而言，王熙凤作起句，有抛砖引玉的效果，能领起后面内容，总领下文和全篇。从文如其人的角度而言，文字里传递了内心世界和性格特征：表明了其身份地位，体现出其智慧超凡情商极高的性格特点，能在个顶个不简单的姑娘们面前故作谦虚低调，表明其具有极强的人际交往能力，又彰显出超凡的领导能力。

《马瑞芳教你读红楼梦》中《海棠诗社》册，第77页作者揭示了王熙凤的"一夜北风紧"所传达的深意，也揭示出小说家曹雪芹在塑造人物上的精妙。

总结与备考建议

作为中国古典章回体小说的巅峰，《红楼梦》长久以来备受各界的瞩目，人们或是借此研习其中的诗词歌赋，或是借此探究当时的民俗风情，抑或借此洞悉一贯的人性世情。恰恰是在极为凡俗平淡的日常化场景中，作者以高妙的叙事技巧细腻而又精准地寄寓自身对于现实社会的透彻观察与深邃思索。倘若借用一副警句对联来概括《红楼梦》中的丰厚意蕴，莫过于"世事洞明皆学问，人情练达即文章"——文本内涵深广，重在勾连现实，映射各色人生，书写世间百态，因而对于"人性"与"世情"的感知和洞察便是阅览此书的要义所在。

然而如何有效介入文本内部，并以《红楼梦》为范例，进而掌握阅读长篇小说的范式和路径便是对接高中教学考点的关键。具体而言，可以梳理小说的主线情节，建构文本的事件逻辑和前后关联；把握主要人物的形象特征及其之间的关系，并尝试探究人物的内在精神世界；借用具体意象或事件主题作为抓手，串联文本之中的共性内容，有的放矢，精准把握。

在阅读《红楼梦》的过程之中，最为重要的鉴赏能力训练莫过于两点：其一就是要细致品读作者对于日常生活的细节性刻画。"一粒沙里见世界，半瓣花里说人情"，家族之中的琐细日常和人物举手投足间的细微描摹，都展露出小说家对于现实生活的敏锐洞察与真切表现。林黛玉的"哭"、王熙凤的"走"、贾宝玉的"笑"，无不揭示生活表象之下的人性真态。其二就是深切体会人物性格所呈现的多样性、复杂性抑或悖反性。面对具体的"人"，绝不应是一言以蔽之的判定，人性的驳杂和多样恰恰是《红楼梦》破除固有窠臼的精湛所在。

少年轻读·马瑞芳教你读红楼梦

黛玉葬花

马瑞芳 ／ 著

海豚出版社
DOLPHIN BOOKS
CICG 中国国际传播集团

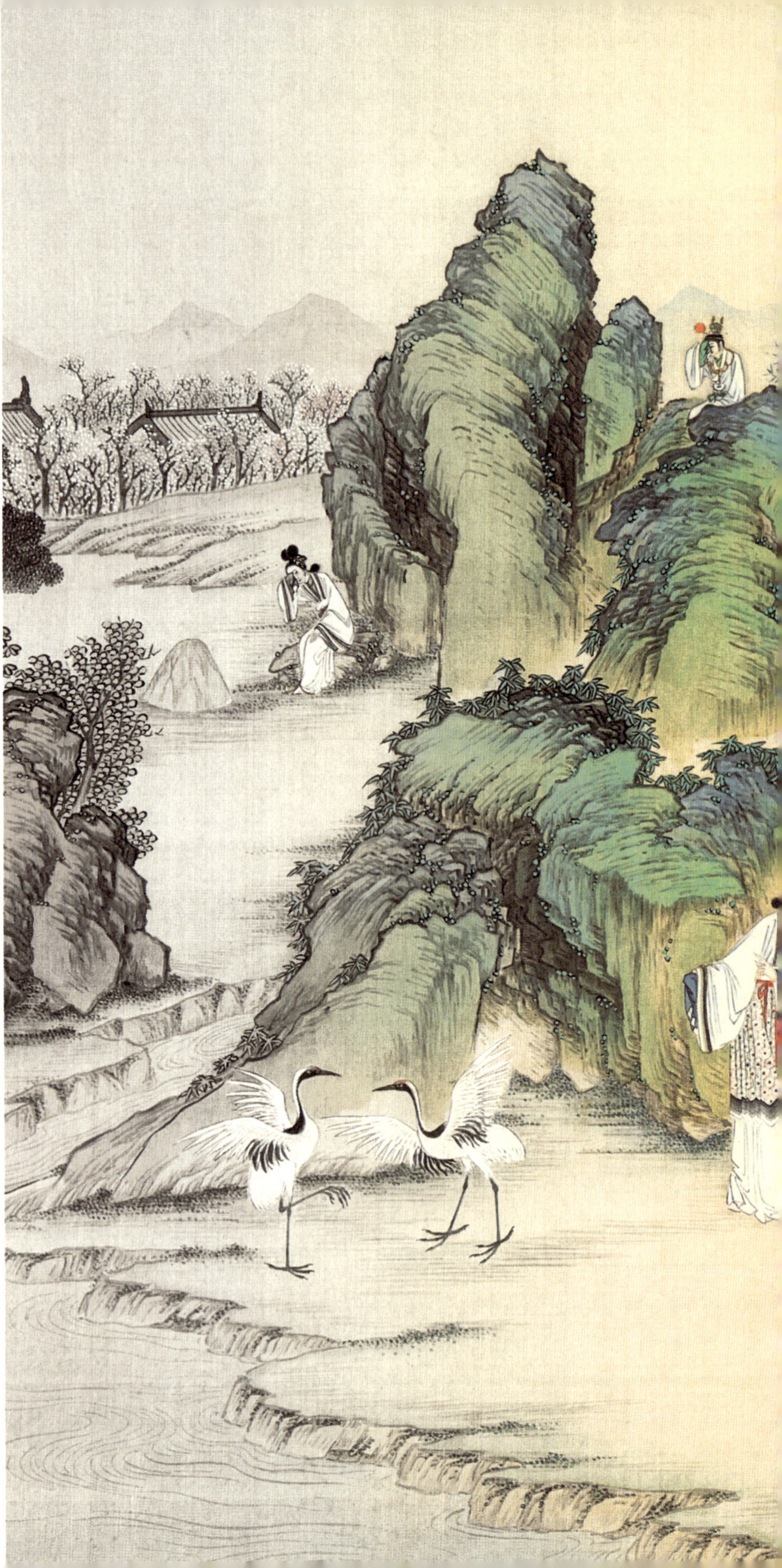

4	什么臭男人拿过的
10	黛玉变香玉
16	我为的是我的心
21	共读《西厢记》
28	黛玉葬花
40	红麝香串事件
48	张道士提亲
54	不是冤家不聚头
63	宝黛诉肺腑
69	黛玉题帕诗
75	梦兆绛芸轩
83	黛玉宝钗成好友
87	风雨夕闷制风雨词
93	紫鹃试宝玉
105	黛玉桃花诗

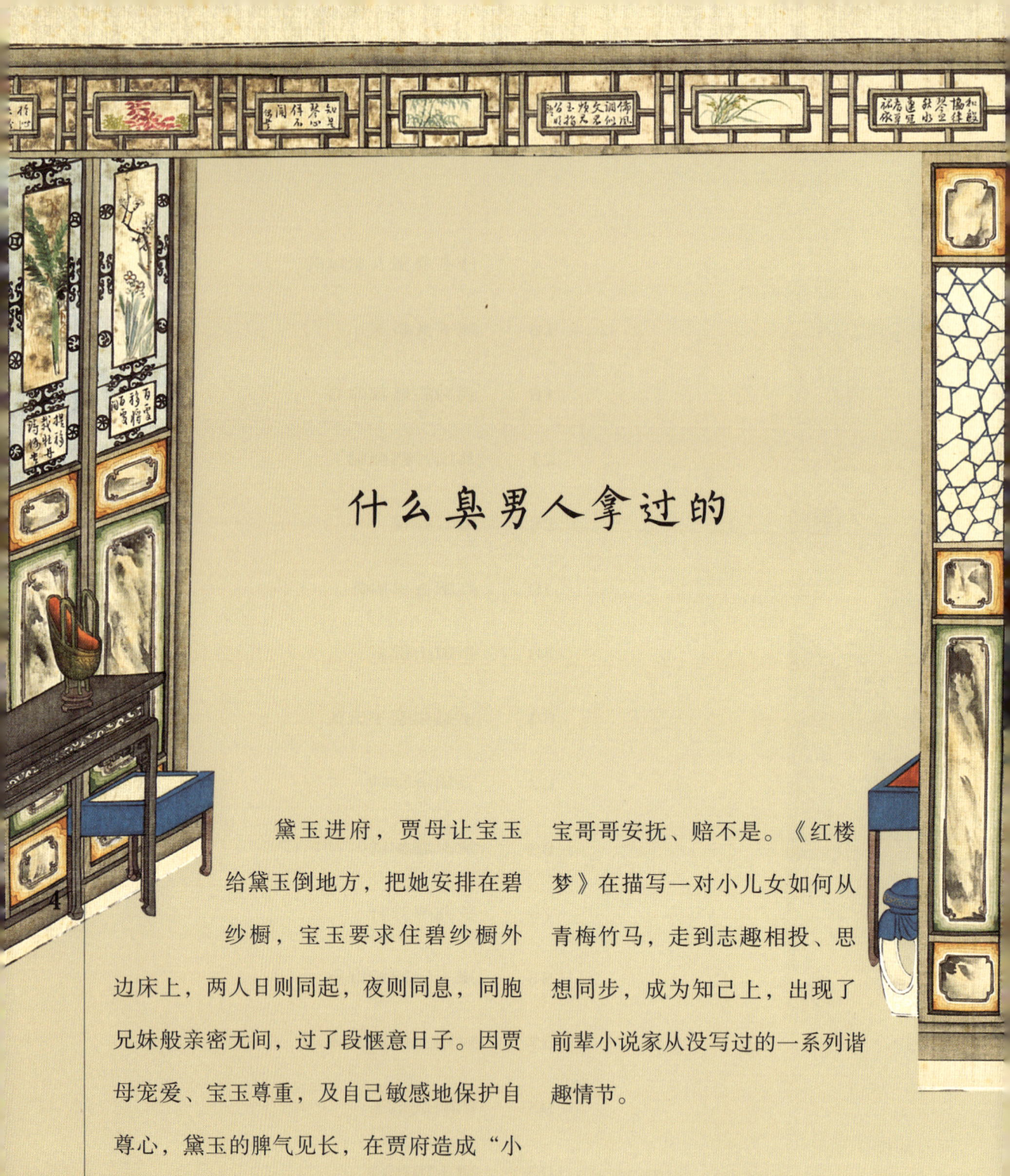

什么臭男人拿过的

黛玉进府,贾母让宝玉给黛玉倒地方,把她安排在碧纱橱,宝玉要求住碧纱橱外边床上,两人日则同起,夜则同息,同胞兄妹般亲密无间,过了段惬意日子。因贾母宠爱、宝玉尊重,及自己敏感地保护自尊心,黛玉的脾气见长,在贾府造成"小性儿""行动爱恼人"的印象。宝玉对黛玉总是做小伏低,就像每当灵河岸边绛珠草需要浇灌时,神瑛侍者总采来一杯甘露水浇灌一样,每当林妹妹要小性儿,总是宝哥哥安抚、赔不是。《红楼梦》在描写一对小儿女如何从青梅竹马,走到志趣相投、思想同步,成为知己上,出现了前辈小说家从没写过的一系列谐趣情节。

什么臭男人拿过的

秦可卿大丧,林如海病重,黛玉回扬州,宝玉盼星星盼月亮地盼林妹妹回来,在与黛玉见面后悲喜交集,大哭一场。

在宝玉心目中，黛玉是神仙似的妹妹，两人分离几个月后再见面，宝玉琢磨，林妹妹不是更美，而是越发"出落得超逸"，更飘逸脱俗。宝玉把自认为最珍贵的礼物——北静王送的鹡鸰香串，送给黛玉。鹡鸰香串是皇上赏北静王、北静王赠宝玉的，多贵重？但黛玉说："什么臭男人拿过的，我不要它。"北静王的香串，不要说贾母、贾政，连宝玉也视同至宝，可是林黛玉却掷而不取。

有红学家说，林黛玉的举动说明她反封建王权。其实没必要上纲上线，在黛玉眼中，宝玉之外的男人，哪怕是皇帝、王爷，都和自己毫不相干。她就是到人世间来向神瑛侍者还泪的，就是生活在理想彩云中的下凡仙女。她只是真心痴情对宝玉，除此以外，她不关心宝玉身世如何、前程如何，不关心哪个重要人物夸过他，也不关心王爷甚至皇帝送他什么珍贵礼物。这个细节是写林黛玉任性的特笔，也是林黛玉和贾宝玉心灵相通的基础。

黛玉半含酸

第八回《比通灵金莺微露意 探宝钗黛玉半含酸》中，宝玉、宝钗、黛玉第一次"同台"。宝黛初见即产生了心灵震撼，而宝玉宝钗初见时是何心理？曹雪芹没做心理描写。宝钗在宝玉眼中是美丽淡雅、和蔼可亲的好表姐，二人没有心灵碰撞，此后也一直没有真情相知的火花。

宝钗识通灵和宝玉看金锁，是涉及人物命运的"金玉良缘"的开始，也是对"木石前盟"产生心理压力的开端。宝玉和黛玉住在碧纱橱内外，黛玉肯定早看过通灵宝玉，但曹雪芹不写，这是小说家的天才调度：宝玉黛玉是木石"情"，宝玉宝钗是金玉"姻"。所以，宝玉本人的形象必须从黛玉眼中描出，通灵宝玉则需要从宝钗眼中交代。

通灵宝玉和宝钗的金锁是不是一对？貌似是一对，实际不是，或者说原本不是一对，是父母之命让其成对。通灵宝玉是宝玉出生时衔下，玉及字都属原有；金锁是皇商制作，字是后刻。二者的本质，一个是无材补天的顽石，一个是金光灿灿的富豪首饰，怎能成对？曹雪芹写越变越神奇的金锁来历，故意留些空隙、露点儿矛盾，让读者猜谜。

宝钗看通灵宝玉是有意看，念两遍通灵宝玉上的字，引出不识字的莺儿说通灵宝玉和金锁是一对，说字是癞头和尚给的，必须錾金器上。宝玉是懵懵懂懂地看金锁，看后傻乎乎地说"倒真与我的是一对"。这个喜剧场面幸亏没被黛玉看到。

元春封妃后，薛姨妈开始宣传金锁是和尚给的，必须和有玉的（出生嘴里衔玉）结亲，等于女家造舆论向男家求婚。既然和尚明确预言了宝钗的命运，为何薛姨妈还送宝钗待选入宫？看来，薛姨妈本企望宝钗进皇宫穿黄袍，进宫无望后，才不得已求其次，争取做宝二奶奶，宝钗的金锁也就从宝钗说的"是个人给了两句吉利话儿，所以錾上了"，演变为和尚送的金锁，且说必须和"有玉的"成亲。宝玉挨打后，金玉良缘被薛蟠捅破窗户纸：金锁必须跟有玉的成亲是"妈说的"，不是和尚说的。薛姨妈掌舵金玉良缘，暗合太虚幻境命运册。如果宝钗真对金玉良缘没兴趣，怎会整天戴着标志金玉良缘的金锁在贾府招摇过市？宝钗也有权利喜欢宝玉，她总有意无意亲近宝玉。宝玉、黛玉、宝钗之间并非"三角恋"，却胜于"三角恋"，他们之间的关系实际是人生道路追求的心灵捉对厮杀，这成为《红楼梦》最有趣的情节。

《红楼梦图咏》之宝钗 清 改琦绘

曹雪芹给宝钗加上了十六个字的概括："罕言寡语，人谓藏愚，安分随时，自云守拙"，成为大家闺秀薛宝钗的性格标志。藏愚守拙是封建妇教精髓，《列女传》《贤媛传》反复推崇，宝钗深深领会，活学活用，游刃有余。其实宝钗一点儿也不愚，半点儿也不拙。她大智若愚，大巧若拙。在贾府比性格张扬的黛玉更得包括小丫头在内的人心。"识通灵"的宝钗礼数周全，一见宝玉，先问老太太、姨娘安，再问别的姐妹好，然后才看她一直想看的通灵宝玉。

宝玉黛玉自小一起长大，互相既有类似同胞的亲情，也产生朦朦胧胧的排他的异性情。黛玉不喜欢宝玉和宝钗一起玩，她为人率直，不会掩饰，这情绪一定要表现。薛姨妈劝宝玉不要喝冷酒，宝玉没听，宝钗劝，宝玉听了，黛玉立即"发作"：

> 黛玉磕着瓜子儿，只抿着嘴笑。可巧黛玉的小丫鬟雪雁走来与黛玉送小手炉，黛玉因含笑问他："谁叫你送来的？难为他费心，那里就冷死了我！"雪雁道："紫鹃姐姐怕姑娘冷，使我送来的。"黛玉一面接了，抱在怀中，笑道："也亏你倒听他的话。我平日和你说的，全当耳旁风。怎么他说了你就依，比圣旨还快些！"

宝玉知是黛玉借此奚落他，只嘻嘻笑。宝钗也听懂了，宽宏大度不理睬。宝玉在不喝冷酒的小事上听宝钗的，黛玉也不舒服，立即挖苦。指桑骂槐谁不会？关键在于黛玉灵机一动，借题发挥。真真冰雪聪明。前辈评论家早就说黛玉"兰为心，玉为骨，莲为舌，冰为神"。

因为"金玉良缘"还没在荣国府正式启动，黛玉对宝钗和宝玉的接近"半含酸"，有点儿吃醋，但不强烈。宝玉因喝酒被李嬷嬷哪把壶不开提哪把（贾政问书）扫兴，黛玉立即义无反顾站到宝玉一边，既让李嬷嬷下不了台，也令薛姨妈心中不快。黛玉纵情任性得罪人，皆为宝玉。宝玉黛玉的相濡以沫在黛玉为宝玉整理服装的细节中表现得淋漓尽致。黛玉对宝玉事事关心，事事用心，连宝玉外出怎样戴斗笠、披斗篷，都知道要怎么做，对宝玉充满柔情蜜意。

黛玉剪香袋

宝玉大观园题额得到贾政欣赏，贾政的小厮求赏，把宝玉的随身小物件都抢走了。黛玉担心宝玉受舅舅刁难，早在宝玉房间等消息，她一听袭人说宝玉的随身小物件被小厮抢走，就对宝玉说："我给

你的那个荷包也给他们了？你明儿再想要我的东西，可不能够了！"赌气回自己房间，拿起剪刀就剪精心给宝玉绣的香袋。宝玉赶紧解开衣领，从贴身棉袄上解下黛玉送的荷包："你瞧瞧，这是什么！我哪一回把你的东西给人了？"宝玉把黛玉送的东西视若珍宝，藏在贴身棉袄里，说明他看重林妹妹。黛玉没话可讲，又愧又气，愧自己不分青红皂白埋怨宝玉，气好不容易绣个香袋，自己又给剪了。黛玉为何生气？因为黛玉只允许宝玉接触她的东西。如果给宝玉绣的荷包被送给了贾政的小厮，她当然不高兴，但剪错了，她只好一声不吭。宝玉居然还想教训黛玉，把荷包撂到黛玉怀里说不要了。黛玉拿起来就剪，宝玉回身抢住："好妹妹，饶了它吧。"

黛玉把剪子一摔，擦着眼泪说："你不用同我好一阵歹一阵的，要恼，就撂开手，这当了什么！"赌气上床，朝里躺下擦眼泪。宝玉上来妹妹长妹妹短，一个劲赔不是。

明明是林妹妹错了，却是宝哥哥赔不是，他们之间还有是非对错吗？没有。在宝玉眼里，荷包事小，气坏林妹妹事大。贾宝玉的原则就是林妹妹永远没错。林妹妹万一错了怎么办？宝哥哥赔不是。世界上就是有这样的事，自己犯了错误，反而是别人赔不是，这就叫深深爱怜。因为还处于朦胧状态，所以特别好看。袭人说，林姑娘一年未必做一件针线活，但她给宝玉做的香袋十分精美。这说明宝玉在乎黛玉，黛玉也在乎宝玉。而宝黛之间难免有"求全之毁，不虞之隙"，越想十全十美，越可能发生误会，然后因为误会解开，感情加深。脂砚斋说，这是儿女之情必有之事，但古今小说都没写到过。黛玉孤高任性，宝玉曲意安抚，俩人两小无猜的心灵碰撞，在小香袋细节处被写活了。《红楼梦》是情痴至文。

黛玉变香玉

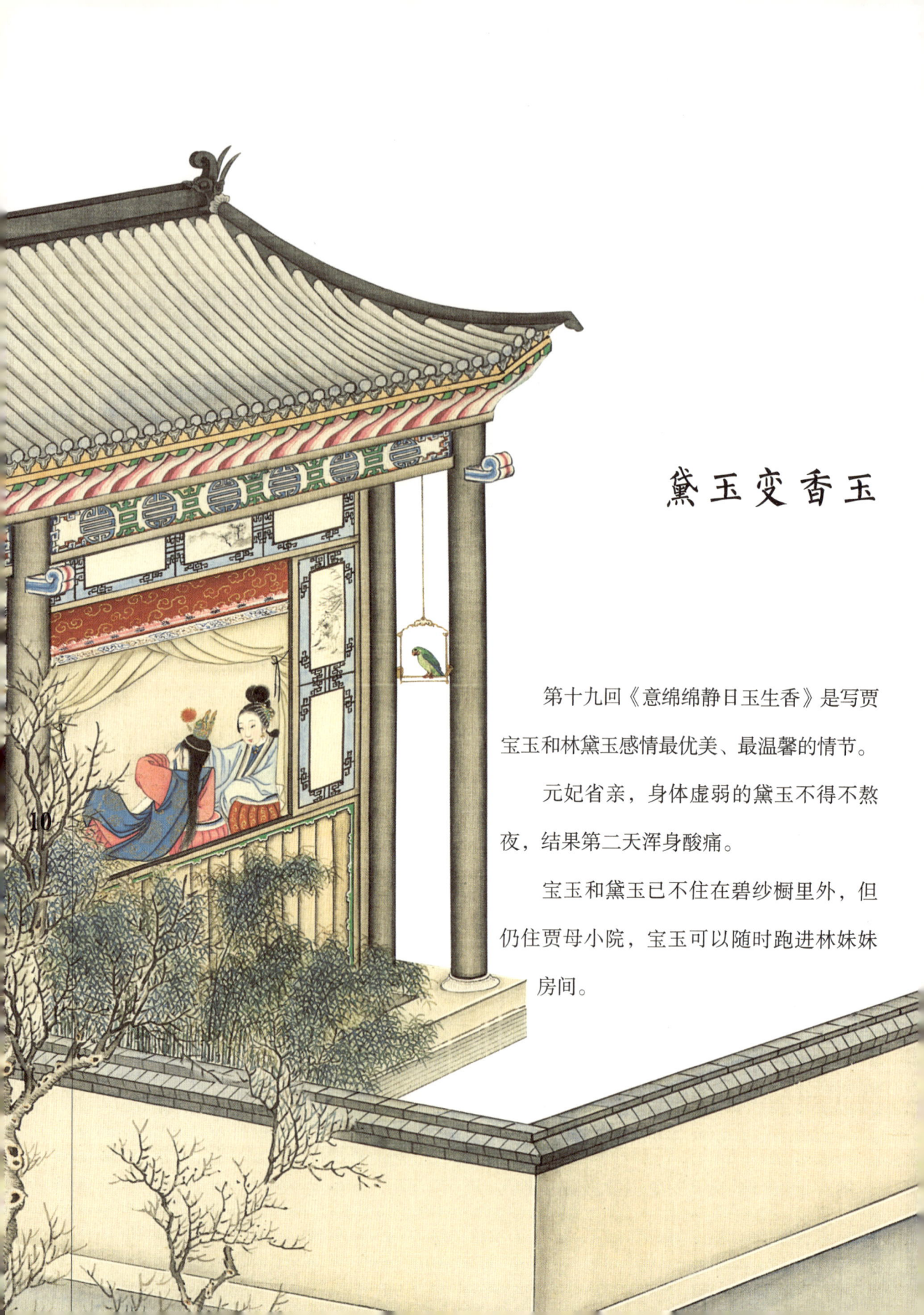

第十九回《意绵绵静日玉生香》是写贾宝玉和林黛玉感情最优美、最温馨的情节。

元妃省亲,身体虚弱的黛玉不得不熬夜,结果第二天浑身酸痛。

宝玉和黛玉已不住在碧纱橱里外,但仍住贾母小院,宝玉可以随时跑进林妹妹房间。

黛玉正在床上歇午觉，丫鬟不在，满屋静悄悄的。宝玉掀起帘子进入里间，看到黛玉睡在那里，忙走上来推黛玉说："好妹妹，才吃了饭，又睡觉！"黛玉被叫醒，对宝玉说：你先到别的地方闹一会子。宝玉说我不去，看到他们就怪腻歪的，我说话给你解闷儿。黛玉说，那你老老实实坐在那里说话。宝玉说，不行，我得歪着。黛玉说：那你就歪着。宝玉说：咱俩枕一个枕头吧！宝玉对黛玉不存他念，只希望越亲近林妹妹越好，就是所谓"意绵绵"。绛珠仙子下凡，多美妙文雅的女性，居然骂句"放屁"，然后说：你真是我命中的魔星！把自己的枕头让给宝玉，又去找个枕头，两人对脸躺下。

　　看来，宝玉黛玉从小一起长大，黛玉想不到现在已不是儿时，已要讲究男女有别。她大概也想不到，宝玉如果跟自己歪到一张床上，成何体统？这说明宝玉要求歪着，黛玉容忍他歪着，都属小儿心性。宝玉又蹬着鼻子上脸，要跟黛玉枕一个枕头，仍是小儿心性。宝玉一心想亲近林妹妹，却并无杂念，才敢直接说跟黛玉枕一个枕头。二人距离上越逼越近，感情上情意绵绵，却还不是男女之情。

《红楼梦》曾经曹雪芹五次增删，在早期版本中，史湘云幼年曾被贾母留在身边住过，黛玉进贾府数年后宝钗才进府。所以贾宝玉和史湘云、林黛玉都有青梅竹马的经历。这些描写被保留到现在常见的版本中。

黛玉看到宝玉脸上的红颜色，关心地问他，宝玉说给丫头淘胭脂蹭上的。像这样的事，袭人或宝钗看到，会好好规劝，你可不能干这个，你得好好读书。但黛玉不大惊小怪，她亲手给宝玉擦干净，说你干这个也就罢了，你还要带出幌子来，叫别人当个新奇事，吹到舅舅耳朵里面，又该大家不干净惹气。

这就叫知心。黛玉知道，宝玉喜欢给丫鬟淘弄胭脂，喜欢干就干吧，黛玉给宝玉擦脸，是怕这块红胭脂被其他人看到，传到贾政耳朵里。由此可见黛玉情脉脉、意绵绵。

黛玉这么关心宝玉，宝玉该好好听着？不。他像小猎狗一样在那里嗅：什么地方这么香？他发现黛玉身上有股"醉魂酥骨"的香气。

这是曹雪芹描写黛玉的神来之笔——黛玉自身带香气。曹雪芹写林黛玉病如西子胜三分，而传说西子自身带有香气。六朝小说写西施洗澡后，她的水沉淀下来可做成香料。

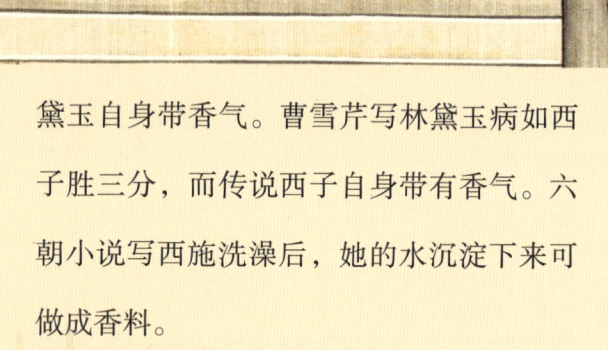

宝玉问林妹妹笼了什么香？黛玉就棍打狗，讽刺："难道我也有什么'罗汉''真人'给我些奇香不成？便是得了奇香，也没有亲哥哥亲兄弟弄了花儿、朵儿、霜儿、雪儿替我炮制。我有的是那些俗香罢了。"

巧舌如簧，讽刺薛宝钗的冷香丸，什么罗汉、真人，就是癞头和尚。什么花儿、朵儿、霜儿、雪儿，就是冷香丸四季白色的花蕊和水。黛玉拿冷香丸开涮，看宝玉怎么应对。宝玉很聪明，不上当，他说："凡我说一句，你就拉上这么些，不给你个厉害，也不知道，从今儿可不饶你了。"给个什么厉害？挠痒痒。这不是小孩之间开玩笑？表兄妹嬉闹，有亲切的真情，无一丝一毫邪念，也没一丝一毫邪行。

黛玉最怕痒，就说我再也不敢了。她真的再也不敢了？她反而得寸进尺又来一句："我有奇香，你有'暖香'没有？"你不是说我身上的香味，你都不知道，没见过，没嗅过吗，我这是很奇的香，那么，你有暖香吗？宝玉还是没有黛玉聪明，"暖香"的对仗是"冷香"，他没听懂。黛玉说："蠢才，蠢才！你有玉，人家就有金来配你，人家有'冷香'，你就没有'暖香'去配？"黛玉大大方方拿金玉良缘开涮。这说明黛玉根本不相信什么癞头和尚给了金锁，而认为是薛姨妈造个锁来配玉。所以她讽刺，既然人家拿个锁来配你的玉，你就应该有个"暖香"去配人家的"冷香"。这时，黛玉真吃醋吗？没有，她把金玉良缘当成笑料，没当成对自己的威胁。宝玉很聪明，还是不上当，再次动手挠痒痒。结果黛玉说:"好哥哥,我可不敢了。"

宝玉总是一口一个"好妹妹",黛玉叫"好哥哥"实在不多。而在《意绵绵静日玉生香》中,她就叫了"好哥哥",这说明这对表兄妹正从青梅竹马向两情相悦悄悄转折。但是两人无论是语言还是行动上,都没有邪念,孩子般嬉闹中隐喻着彼此深深的关怀和爱护。

黛玉调侃了宝玉,被宝玉挠痒痒,只好告饶,宝玉的交换条件是"饶便饶你,只把袖子我闻一闻",宝玉把黛玉的袖子拉到鼻子边,像小狗一样闻个不住,他实际嗅到的是黛玉的体香。黛玉此时还是想支开宝玉自己休息:"这可该去了。"宝玉笑道:"去,不能。咱们斯斯文文的躺着说话儿。"这家伙像狗皮膏药似的贴到黛玉身上,这是依恋。

宝玉有一搭没一搭地说些鬼话,黛玉不理。宝玉为什么说些鬼话?他怕黛玉躺在这里休息积住食。看黛玉总不搭理他,就问黛玉几岁来的,路上见什么了,扬州有什么古迹。黛玉不回答。因为她浑身酸痛,需要休息。宝玉喋喋不休,不妨碍她休息。宝玉已成了黛玉生活中的气场,甭管说什么,不用回答,只要他在就行。于是宝玉像天才童话作家,用黛玉的名字,编出扬州黛山林子洞小耗子精偷香玉的故事。

这一系列描写,一环扣一环,娓娓道

来，写得顺畅自然，又巧妙细腻。

《意绵绵静日玉生香》是不是写爱情的章节？我看只能算写爱情萌芽的章节。宝玉一进房间就看到黛玉躺在那儿，他只关心林妹妹不能躺在这里积住食。宝玉和黛玉亲热体贴，像亲哥哥亲妹妹，没有男女区别，但一点儿不越轨。他们的感情却慢慢增长。曹雪芹正是既把握住特定的分寸，又捕捉到豆蔻年华的特点，把握他们之间朦朦胧胧的依依不舍，把柔情蜜意始终放到两小无猜的框架中，写得丝丝入扣。

《红楼梦》的"香玉"情节，受到了《聊斋志异》的影响，《聊斋》名篇《香玉》写牡丹花神香玉和黄生的生死恋，写他们的六世情。牡丹花神身带香味，行走时香风飘拂，牡丹花被挖走，花神死后，靠黄生用一杯一杯中药浇灌才得以重生。贾宝玉和林黛玉的前身绛珠仙草和神瑛侍者的甘露浇灌与它何其相似。

《意绵绵静日玉生香》是宝黛情最柔美温馨的章节。黛玉不是到人世间来向神瑛侍者的后身宝玉还泪的吗？但是在整个"玉生香"章节里，她动不动就笑得透不过气来，没有掉过一滴眼泪。林黛玉的活泼聪慧跃然纸上。这段描写是青少年读者也是红学家最喜欢的，可惜这样的描写像昙花一现，成为宝黛情永远的甜美追忆。

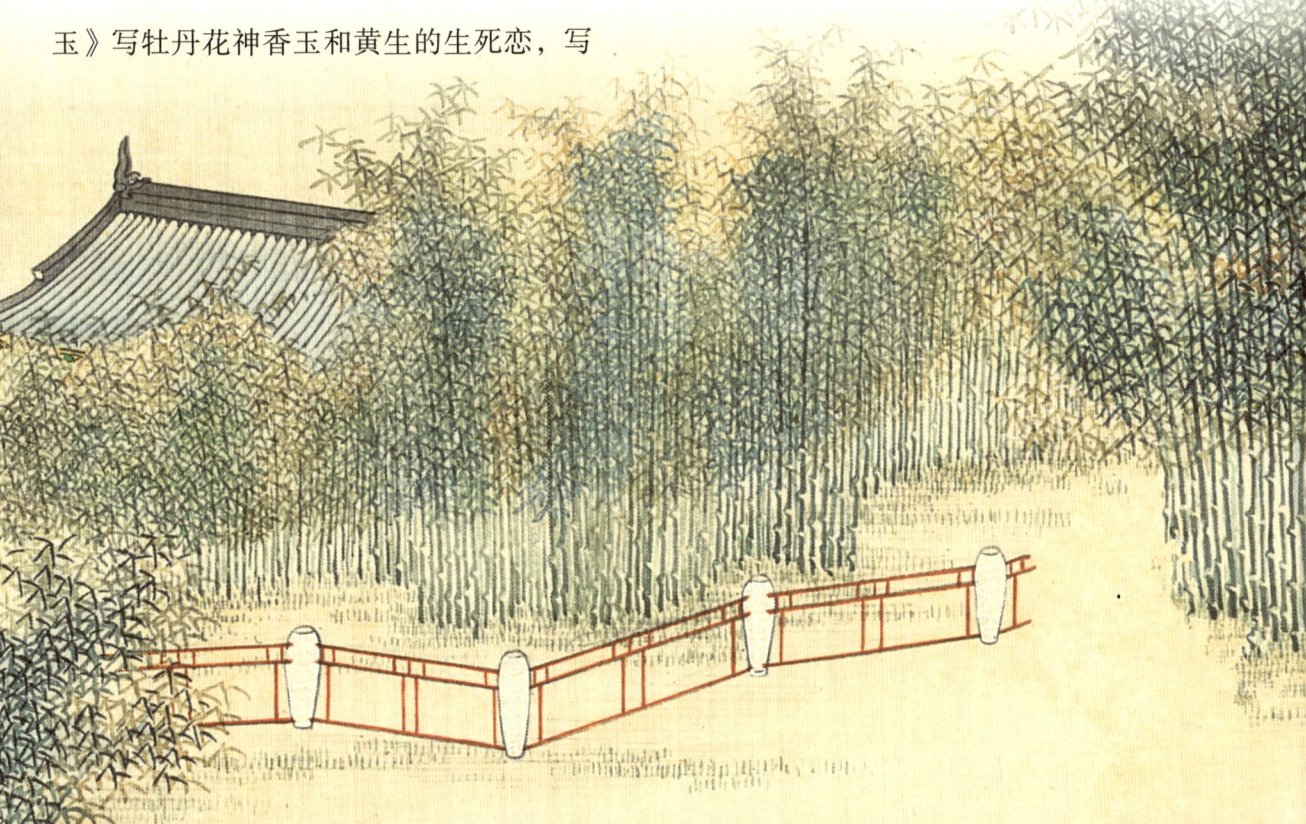

我为的是我的心

第二十回《林黛玉俏语谑娇音》中，宝玉黛玉首次谈"心"。

元宵节后宝玉和宝钗玩耍时，有人说："史大姑娘来了！"宝玉抬身就走，想去见从小一起长大的表妹。宝钗叫他等着一块儿走。到贾母那儿，看到湘云"大笑大说"。这四字用得精彩，湘云像男孩，大大咧咧。有人却小心眼，黛玉看宝玉来了，问你在哪里呢，宝玉说在宝姐姐家。黛玉冷笑："我说呢，亏在那里绊住，不然早就飞了来了。"

黛玉语言锋利，一石双鸟，讽刺两个人：宝钗想千方百计留住宝玉，甚至想拿根绳拴住宝玉；宝玉在意湘云，想见湘云，不是走来，不是跑来，是飞来。

这句话表现了黛玉的排他心理。宝玉傻呵呵地说："只许同你玩，替你解闷儿。不过偶然去她那里一趟，就说这话。"宝玉还没摸透黛玉心理，可能认为他跟表姐妹之间都是一起玩而已。他说的是实话，正因为是实话，黛玉才更生气。照黛玉的心理，你到宝钗那里待一小会儿都大可不必。但她不能说出来，就跟宝玉怄气："好没意思的话！去不去管我什么事，我又没叫你替我解闷儿。可许你从此不理我呢。"说完，赌气回房。

宝玉赶快跟过来巴结。黛玉继续不讲

理，越来越不讲理。宝玉劝她："好好的又生气了？就是我说错了，……"先承认我错了，甭管林妹妹怎么不讲理，反正我错了，"你到底也还坐在那里，和别人说笑一会子，又来自己纳闷。"甭管怎么着，林妹妹别气着。黛玉说："你管我呢！"小姑娘的任性被活画出来。宝玉说：我自然不敢管你，但你也不要自己作践自己。黛玉继续不讲理，你不是心疼我？我偏偏使劲作践自己，我作践坏了身子我死了，和你有什么关系？宝玉还是低声下气："何苦来，大正月里，死了活了的。"黛玉说："偏说死，我这会子就死，你怕死，你长命百岁的，如何？"越说越难听，越说越离谱，宝玉也受不了啦，说："要像只管这样闹，我还怕死呢？倒不如死了干净。"黛玉说，对，这么闹，不如死了干净。宝玉是说自己死了干净，黛玉接过话来诬赖宝玉说黛玉死了干净。宝玉说："我说我自己死了干净，别听错了话赖人。"

青少年读者往往难理解，宝玉和黛玉为什么总吵架？黛玉怎么总不讲理？宝玉总像幼儿园阿姨哄小朋友一样，你不讲理，我就哄你、劝你，不管你怎么胡搅蛮缠，总是我错了。而黛玉没有一句骂宝玉，她不断伤害自己，你不是心疼我吗，我就伤害我自己，说我要死了。现在的小说绝对写不出这样的情节。

是不是黛玉不通情理？不是，是曹雪芹太懂封建时代豆蔻少女的心理。

林黛玉心中只有个贾宝玉，她也希望贾宝玉心中只有她一个，但她不能说出来，只能用使小性、闹别扭的方式表达。这就是为什么黛玉在别人面前，包括在丫鬟、仆妇跟前，从没有不讲理，但和宝玉就总不讲理。宝玉还想和她讲理，讲着讲着，就跟着她不讲常理，甚至纵容黛玉不讲理。

如果黛玉永远不讲理，就没什么可爱之处了，黛玉只要搞清楚宝玉在意她，立即晴空万里。

黛玉不讲理，宝玉挖空心思劝解林妹妹时，宝钗走进来对宝玉说："史大妹妹等你呢！"推着宝玉走了。黛玉本就为了宝钗生气，现在宝钗又把宝玉拉走，她只能继续流泪。宝玉一会儿就跑回来，黛玉一看，越发哭个没完。怎么哭？抽抽噎噎不出声，但特别伤心。她很清楚，宝哥哥马上跑回来，是因为心疼自己，她不吵了，哭，这是干吗？

这是绛珠仙子向神瑛侍者还眼泪。宝玉再哄她，黛玉把真实心理说出来了："你又来作什么？横竖如今有人和你玩，比我又会念，又会作，又会写，又会说笑，又怕你生气拉了你去，你又作什么来？死活凭我去罢了！"这不是妒忌宝钗吗？

宝玉说出掏心窝子的话："你这么个明白人，难道连'亲不间疏，先不僭后'也不知道？我虽糊涂，却明白这两句话。"

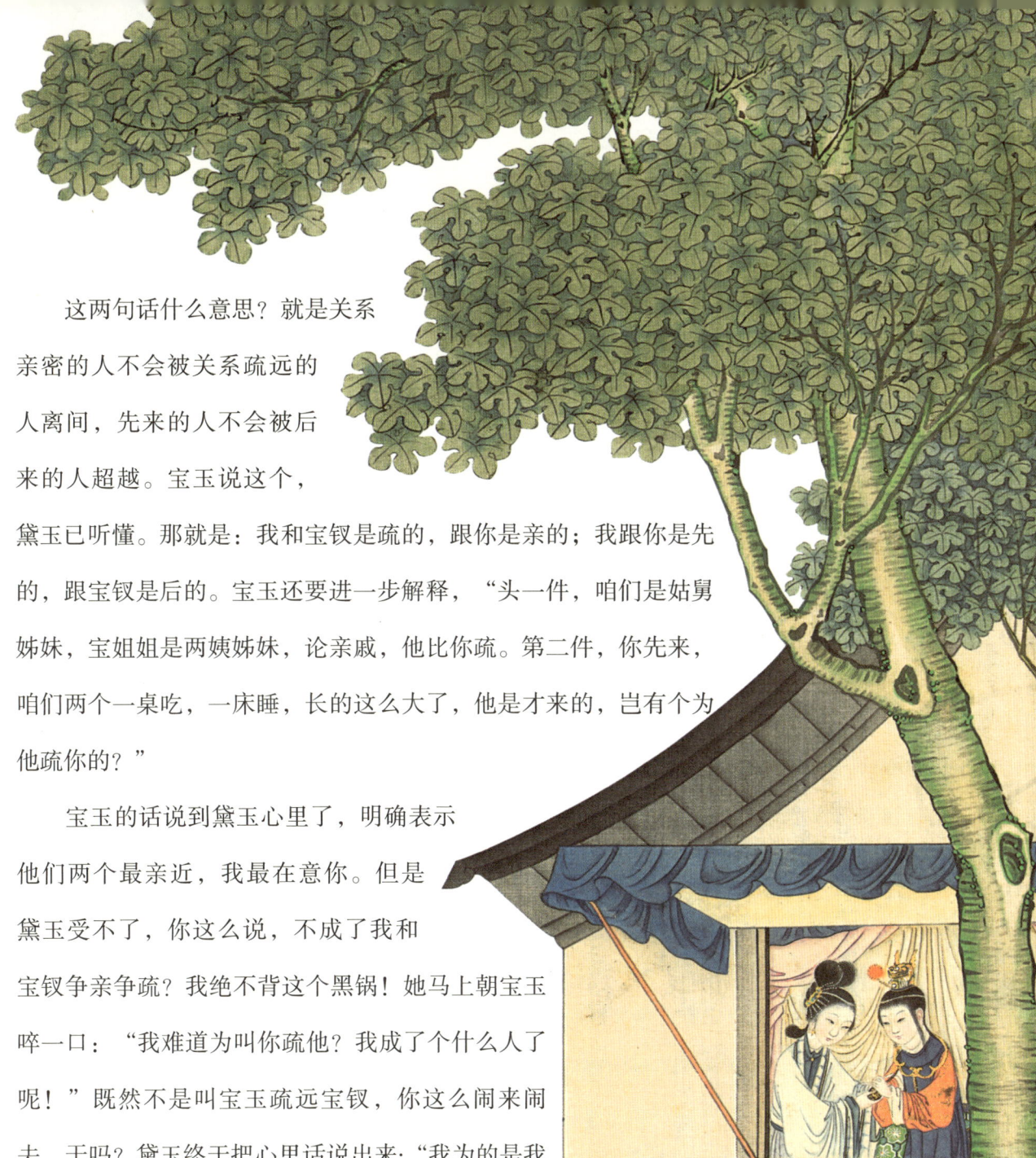

这两句话什么意思？就是关系亲密的人不会被关系疏远的人离间，先来的人不会被后来的人超越。宝玉说这个，黛玉已听懂。那就是：我和宝钗是疏的，跟你是亲的；我跟你是先的，跟宝钗是后的。宝玉还要进一步解释，"头一件，咱们是姑舅姊妹，宝姐姐是两姨姊妹，论亲戚，他比你疏。第二件，你先来，咱们两个一桌吃，一床睡，长的这么大了，他是才来的，岂有个为他疏你的？"

宝玉的话说到黛玉心里了，明确表示他们两个最亲近，我最在意你。但是黛玉受不了，你这么说，不成了我和宝钗争亲争疏？我绝不背这个黑锅！她马上朝宝玉啐一口："我难道为叫你疏他？我成了个什么人了呢！"既然不是叫宝玉疏远宝钗，你这么闹来闹去，干吗？黛玉终于把心里话说出来："我为的是我的心。"

这是什么话？就是：宝哥哥，你和任何人，愿意亲就亲，愿意疏就疏，我都不管，我的心已经交给你了。

宝玉回答："我也为的是我的心。难道你就知你的心，不知我的心不成？"

宝玉的话什么意思？林妹妹，我的心也早就交给你了。

两个人都说"我为的是我的心"，为的什么心呢？谁也不说，但谁心里都明白。

宝玉和黛玉说"我为了我的心"，就是封建社会贵族家庭才有的特殊的感情表达方式，近似于爱情表白。

对"心"可以有各种理解，只有他们两个人心里清楚，这个"心"是以对方为唯一的心。但是他们不能明讲，只能经常吵架，就像王熙凤说的，越大越成孩子了。

黛玉多聪明？宝玉已和她挑明，你为的是你的心，我为的也是我的心。黛玉低头，一句话也不说了。黛玉嘴那么巧，怎么不说话了？她太感动了。她知道宝玉只在意她。但黛玉从不会向宝玉认错，反而又责备起宝玉来："你只怨人行动嗔怪了你，你再不知道你自己怄人难受。就拿今日天气比，分明今儿冷的这样，你怎么倒反把个青肷披风脱了呢？"

奇怪不奇怪？黛玉分明该向宝玉道歉，怎么又批评怪罪宝玉？而且怪罪的是，今天这么冷，你为什么把坎肩脱了。宝玉穿不穿坎肩，干黛玉什么事？

小说家曹雪芹对人心的理解、对人情的描绘太不得了！

黛玉对宝玉关怀深，天冷了你就得穿暖和点儿，否则我不舒服！

宝玉回答："何尝不穿着，见你一恼，我一炮燥就脱了。"

这个情节描写得更妙。宝玉穿多穿少，都得看黛玉的情绪。黛玉一恼，他就浑身暴躁，浑身冒火，就把背心脱下来。可见宝玉对黛玉的感情有多深。

在宝黛情中，宝钗的介入，是古代小说描写爱情中少见的现象。古代小说常在男女主角周围设计"第三者"拨乱其间。而在《红楼梦》中，宝钗不是"第三者"，她也有追求爱情的权利；"第四者"史湘云的介入就更有意思了。湘云的到来，让黛玉误认为自己在宝玉心中并没占据最重要位置，她发脾气，随后宝玉急于表白，两人阴差阳错先后说出"我为的是我的心"。只有在封建社会的贵族家庭里才会有这样的表达方式。曹雪芹把这个过程细致入微地描绘了出来。

共读《西厢记》

宝玉黛玉共读《西厢记》是他们情感发展的重要推力,也是《红楼梦》优美、重要的章节。

为什么《西厢记》得偷偷读?

《西厢记》是元代王实甫的著名杂剧,根据唐传奇元稹《莺莺传》改编。张生偶遇崔莺莺,灵魂出窍,回到书房唱"你就是个倾国倾城的貌,我就是个多愁多病的身",二人几经周折,终于在红娘的帮助下,共结连理。因为《莺莺传》中有会真诗,所以《西厢记》又被称《会真记》。"会真"是和神仙相会,这里的神仙不是真正的神仙,是像神仙一样的美女。

因为《西厢记》是写青年男女不经父母之命、媒妁之言的自由结合,贵族家庭虽然允许戏班唱这出戏,但家长却禁止子女读剧本。茗烟给宝玉买来这个禁书,宝玉只能放到外书房偷看,他太喜欢《西厢记》了,于是携到大观园在桃花树下读。

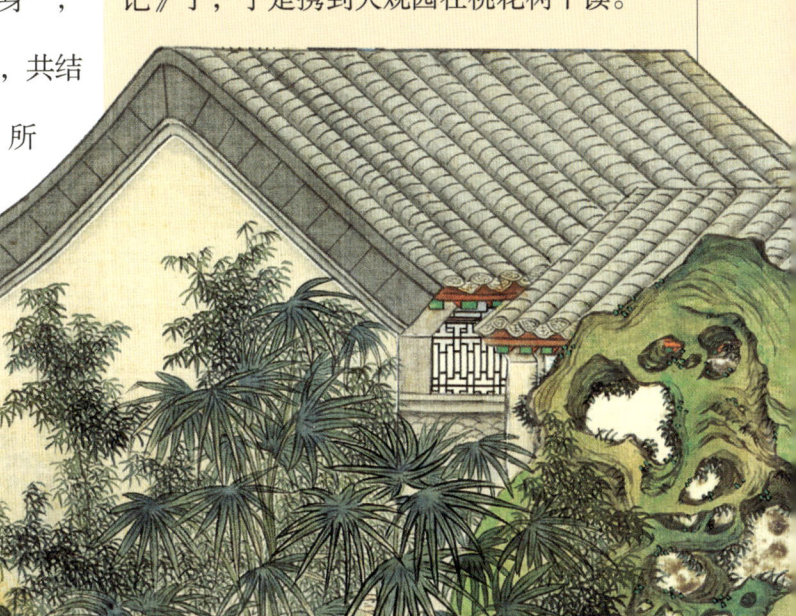

黛玉为何喜欢《西厢记》？

黛玉问宝玉看什么书？宝玉慌了，撒谎："不过是《中庸》《大学》。"黛玉说："你又在我跟前弄鬼，趁早儿给我瞧，好多着呢。"黛玉很聪明，你爹拿板子打着叫你念《中庸》《大学》，你都不好好念，现在会拿到大观园来念？宝玉说："好妹妹，若论你，我是不怕的。你看了，好歹别告诉别人去。真真这是好文章！你要看了，连饭也不想吃呢。"宝玉把《会真记》递给黛玉。黛玉把葬花花具放下，接过书坐到桃花树底下从头看去，越看越爱看，不到一顿饭工夫，将十六出都看完，看完后，只管出神，心里还在默默记诵。

黛玉感觉《西厢记》辞藻警人、余香满口，她主要是喜欢王实甫的文采。

借《西厢记》抒情

宝玉却有不同心思，妹妹喜欢《西厢记》，我就借《西厢记》表达感情吧："我就是个'多愁多病身'，你就是那'倾国倾城貌'。"等于说，你是莺莺，我是张生，咱俩是一对。宝玉感情自然流露，想不到这样说伤害了黛玉：

不觉带腮连耳通红，登时直竖起两道似蹙非蹙的眉，瞪了两只似睁非睁的眼，微腮带怒，薄面含嗔，指宝玉道："你这该死的胡说！好好的把这淫词艳曲弄了来，还学了这些混话来欺负我。我告诉舅舅舅母去。"

黛玉不是希望宝玉喜欢自己吗？宝玉表白，她为什么发怒？归根到底在于黛玉从小受千金小姐德容言功的教育，不可听淫词艳曲，更不可在婚姻问题上自己做主。她要求宝玉必须心里只有她一个，但绝对不允许把爱她的话说出来，即便借戏曲说出来也不行，说出来就是欺负她。宝玉急了，向前拦住黛玉，又表白一番：

"好妹妹，千万饶我这一遭，原是我说错了。若有心欺负你，明儿我掉在池子里，教个癞头鼋吞了去，变个大忘八，等你明儿做了一品夫人，病老归西的时候，我往你坟上替你驮一辈子的碑去。"

宝玉是天才童书作家，当场编出非常好玩、云遮雾绕、根本不现实的浑话哄黛玉。

癞头鼋是一种龙，难道大观园还有龙？就算有癞头鼋，把宝玉吞了，该变成粪便，怎么还变成大王八，等黛玉做一品夫人病老归西，再去给她驮碑？宝玉的话有没有实话？半句都没有。但黛玉

《西厢记图页》明 仇英绘 弗利尔美术馆藏

天真，就喜欢这个，她高兴得揉着眼笑，说："一般也唬的这个调儿，还只管胡说，'呸！原来是苗而不秀，是个银样镴枪头。'"这话从哪里来？《西厢记》。宝玉说："你这个呢！我也告诉去。"黛玉聪明地回答："你说你会过目成诵，难道我就不能一目十行么？"不回答你讲的是淫词艳曲，我讲的也是淫词艳曲，真是太聪明了。

黛玉受《西厢记》感染，但她所受的教养使得她不得不教训宝玉，她骨子里还是喜欢这些曲文的。当她教训了宝玉，宝玉来讨好她的时候，她竟然把《西厢记》中的原话引出来。这些地方写得生动、好玩、有趣。

宝玉的话也一语成谶，将来黛玉死了，宝玉做了和尚，不相当于精神上给林妹妹驮碑？

《牡丹亭》酒杯浇绛珠仙子块垒

黛玉读了《西厢记》之后，因宝玉借《西厢记》说的似乎爱情表白的话，让她的心灵受到震动。虽然千金小姐要三从四德，非礼勿言，非礼勿动，但共读《西厢记》后，宝玉已引起黛玉的感情波澜。曹雪芹是怎么写黛玉的心理的？背面敷粉，他不直接写黛玉思念宝玉，也不写黛玉感叹青春易逝、红颜易老，而是写黛玉听《牡丹亭》。

戏班子演习戏文，在大观园慢慢走动的黛玉耳朵里飘进《牡丹亭》几个唱段。

这几个唱段一步比一步深入地刻画了黛玉的心理：

> 原来姹紫嫣红开遍，似这般都付与断井颓垣。

唱词出自《牡丹亭》第十出《惊梦》。姹紫嫣红，各色娇艳的花朵；断井颓垣，破破烂烂的墙头井边。美丽的鲜花开在破烂的墙头井边，引申杜丽娘虽然青春很美，但没有欣赏她的人。这不是恰好符合黛玉的心理？黛玉很美很有才华，但宝玉能公开欣赏她吗？不能。

《牡丹亭》之杜丽娘鬼散祭梅花

黛玉很感慨，站住侧耳细听，又听到：

> 良辰美景奈何天，赏心乐事谁家院。

南朝谢灵运 谢灵运像

《拟魏太子邺中集诗序》："天下良辰、美景、赏心、乐事，四者难并。"良辰美景，指美好的时光和景物、春光春景；赏心乐事，指称心如意的事，比如有情人终成眷属；谁家，哪一家。黛玉听了，点头自叹，想到"原来戏上也有好文章。可惜世人只知看戏，未必能领略其中的趣味"。世人不能领略，黛玉领略了。按照黛玉的心理，她只有和宝玉在一起，才是良辰、美景、赏心、乐事，但她能不能和宝玉共享这四件事，又不是她能决定的，所以她只能点头自叹，侧耳再听，听到：

> 则为你如花美眷，似水流年。

这是谁唱的？这是柳梦梅唱杜丽娘美丽的青春像东逝水一样渐渐流逝。黛玉和杜丽娘一样。眼看着自己的如花美眷和美丽青春在似水流年中无可奈何地消逝，她更感伤，心动神摇，比刚才点头自叹更深一步。她又听到第四段，是柳梦梅唱：

你在幽闺自怜。

黛玉越发如醉如痴。这是柳梦梅感叹杜丽娘，又像宝玉感叹黛玉。

黛玉听的《牡丹亭》的四段唱词，是《牡丹亭》中最有名、最脍炙人口的唱词。黛玉从止步听，到感叹，到自叹，到心动神摇，到最后如醉如痴，一步比一步深，掀起她的感情波澜。这一场景描写得层次分明，一步一步深入。从最初听到"姹紫嫣红开遍"，到最后"你在幽闺自怜"，特别符合黛玉的处境和心事。不仅如此，她又想起了唐诗《春夕》的诗句，"水流花谢两无情，送尽东风过楚城"，也是感叹青春消逝；想起了词句"流水落花春去也，天上人间"，这是南唐李煜《浪淘沙》中的两句，也是说时光如春去花落再难寻觅，相见之难，好像人与天上相隔。她又想到刚才看到《西厢记》中的"花落水流红，闲愁万种"都是感叹青春易逝，红颜易老，她把这些词句凑在一块儿仔细想，想得心痛神痴，眼中落泪。

林黛玉是绛珠仙子到人间还神瑛侍者灌溉之恩的，她每次哭都和贾宝玉有关，但是这一次她是听《牡丹亭》的唱词，想到古人的诗句"水流花谢两无情""流水落花春去也""花落水流红，闲愁万种"哭的。这岂不是和贾宝玉不搭界？但仔细想想，其实仍然和还泪、和贾宝玉有关。脂砚斋评语说"情小姐故以情小姐词曲警之，恰极当极"。该句中第一个情小姐是林黛玉，第二个情小姐是杜丽娘。黛玉这个钟情小姐的情绪，用前辈钟情小姐的词句警示自己，帮自己表达。也就是说，《牡丹亭》唱杜丽娘的心境，激发了黛玉内心深处的幽怨，对宝黛爱情起到催化、升华的作用。这样一来，共读《西厢记》后的宝玉黛玉，就达到深深依恋、时时思念的程度。曹雪芹喜欢用一个词"闷闷的"，宝玉看不到黛玉会闷闷的，黛玉看不到宝玉也会闷闷的。什么事闷闷的？一日不见，如隔三秋。

通过前辈作家的作品描绘人物心理，欧洲文学叫"文学的他者种子"，就是通过前人作品中的类似情况，表现人物心理,是对人物巧妙的侧面描写。

第二十三回《西厢记妙词通戏语 牡丹亭艳曲警芳心》,描写了两部戏剧名作在宝黛爱情发展中起到的重要且不可替代的作用。林黛玉深受崔莺莺、杜丽娘的影响,她身上有她们的痴情聪慧、多愁善感。林黛玉的青春苦闷,林黛玉的爱情追求,林黛玉渴望爱情但深受封建礼俗重压的凄苦心理,林黛玉"感时花溅泪、恨别鸟惊心"的思维模式,甚至于林黛玉花一般脆弱,都和崔莺莺、杜丽娘密切相关。

与宝玉共读《西厢记》和听《牡丹亭》曲后,崔莺莺和杜丽娘便常驻林黛玉心中,使其叛逆色彩越来越明显。第四十回《史太君两宴大观园 金鸳鸯三宣牙牌令》中,林黛玉竟当众吟出"良辰美景奈何天",薛宝钗立即警觉到她的话违犯了礼俗,"宝钗听了,回头看着她"。林黛玉却没有发觉,继续说出"纱窗也没有红娘报",可见崔莺莺和杜丽娘对林黛玉的影响已深入骨髓、融入血液。

宝玉得《西厢》,黛玉爱《西厢》,宝黛感情进入新境界。宝钗对这类事一无所知。宝玉跟黛玉的感情是基于思想相通,宝玉跟宝钗最终婚姻崩溃,是基于思想上的楚河汉界。

《红楼梦赋图册》之黛玉葬花 约绘于清同治十二年

黛玉葬花

"娴静时如娇花照水",曹雪芹按审美理想虚拟林黛玉是娇花,葬花是黛玉专有、古代文学最优美的行为艺术。黛玉葬花,第一次是跟宝玉共读《西厢》后合作欢快葬花,第二次是黛玉误会宝玉,在原葬桃花处哭诉《葬花吟》。

《葬花吟》是天才女诗人对生存环境放大的体验,充满抑郁不平之气。黛玉以落花自比,用导致花落的"风刀霜剑"比喻环境,表面上写花在风霜的摧残下憔悴枯萎,实际吟诵的是自己的命运和抱负。花不能战胜风刀霜剑,只能任风吹霜打,在凋零时保持洁净和被毁灭的美。这是林黛玉宁为玉碎、不为瓦全的人格宣言,这种风骨跟屈原一致。

葬花是优秀的文学传统

古代文人喜欢把落花当成凋零的红颜、逝去的青春,早就有葬花传统:北朝诗人庾信写过《瘗(yì)花铭》,

把花埋起来再写篇文章；

初唐诗人刘希夷有诗句"年年岁岁花相似，岁岁年年人不同"；

明代唐寅写过"枝上花开能几日？世上人生能几何"；

蒲松龄《聊斋志异·绛妃》中有写风对百花的摧残和花的反抗；

曹家也有葬花传统，曹寅有"百年孤冢葬桃花"的诗句。

《葬花吟》与这些前人或本家作品有明显的传承关系。

自从《红楼梦》问世，《葬花吟》便压倒古代其他作家的葬花诗，成为千古绝唱。

宝玉再次用《西厢记》惹恼黛玉

宝玉信步一走就到潇湘馆，"只见凤尾森森，龙吟细细"，凤尾是凤尾竹，茂密的竹子被微风一吹，发出细细的龙吟样声音。宝玉走到窗前，嗅到一股幽香从碧纱窗暗暗透出，这是"香玉"身上的幽香。宝玉听到细细的一声长叹："每日家情思睡昏昏！"

这是《西厢记》第二本第一折莺莺想念张生时的唱词。听黛玉吟出这句唱词，宝玉不觉心里像猫抓了一样，再看黛玉在床上伸懒腰，好一幅美人图画，宝玉笑问："为什么'每日家情思睡昏昏'？"一边说一边掀帘子进来。黛玉不好意思，于是装睡，奶妈要请宝玉出去时，她却"醒了"，因为她不想让宝玉离开。紫鹃进来，宝玉说，把好茶倒一碗给我喝。黛玉说，给我舀水去。紫鹃说："他是客，自然先倒了茶来再舀水去。"一边说一边出去倒茶。跟前没人，

宝玉笑了说:"好丫头,'若共你多情小姐同鸳帐,怎舍得叠被铺床?'"

这句话是《西厢记》中张生对红娘说的,宝玉借来向黛玉表达情愫。宝玉是接着黛玉念的《西厢记》词故意这样说的,你"每日家情思睡昏昏",肯定是想我吧,我如果能和你成亲,就不叫紫鹃给我们叠被铺床了。

黛玉登时摞下脸来:"二哥哥,你说什么?"宝玉耍赖皮:"我何尝说什么。"黛玉哭了:"如今新兴的,外头听了村话来,也说给我听,看了混帐书,也来拿我取笑儿。我成了替爷们解闷的。"一面哭一面下床往外走。

黛玉确实被宝玉气坏了,千金小姐不能听亵渎的话。她往外走,并非要找舅舅告状,而是躲开宝玉,晾了宝玉,教训宝玉。

那么,黛玉为什么生气?

有些思想束缚黛玉无法摆脱。她从小父母双亡,虽然和宝玉实际在追求婚姻自由,但她比崔莺莺有更深的思想压抑,不会迈出崔莺莺那样的步伐。宝黛一直谈情,但永远不能说"爱"字,只要宝玉一说相近的词,她就甩下脸子教训宝玉,这

《红楼梦》程乙本 清乾隆五十七年萃文书屋活字印本

就是贵族小姐的恋爱。黛玉是孤女，但她强烈保留着自尊自贵的贵族小姐的尊严。自己约束自己，自己规范自己。林黛玉和杜丽娘、崔莺莺相比，更诗化、仙女化、精神恋爱化。黛玉绝对不允许自己所爱的人有一点儿涉及肌肤相亲的语言，她要求的是在尊重甚至敬重基础上的爱，像写诗一样的爱，像爱护鲜花一样的爱。爱到深处绝不说"爱"，情到浓时绝不言"情"，这是诗性少女的特点，也是介于少女和女孩之间的特点。这时黛玉周岁十二，虽然她喜欢贾宝玉，但她对男女情到底是什么，依然懵懵懂懂。

宝玉马上赌咒发誓求原谅，再编变大王八驮墓碑太拙劣，只能直接说烂了舌头。

袭人来叫宝玉，说老爷叫宝玉。用袭人截断宝玉黛玉的纠纷，是所谓"用险句结住"。其实袭人被茗烟骗了，实际上是薛蟠喊宝玉出来喝酒。

《花阴花魂诗》

黛玉听到舅舅召唤宝玉，立刻把对宝玉的恼丢开，为宝玉悬心。听说宝玉回来，就到怡红院问。晴雯恰好和碧痕拌了嘴，把一股子气发在宝钗身上："有事没事跑了来坐着，叫我们三更半夜不得睡觉！"宝钗喜欢跟宝玉待在一起，这无可厚非。表姐弟愉快交谈，时间过得很快，早就想睡觉的丫鬟却只有等客人走了，才能打发宝玉洗澡、歇息，然后自己休息。宝钗宝玉聊天，晴雯很烦，黛玉一敲门，晴雯有地方撒气了："都睡下了，明儿再来罢！"黛玉知道怡红院丫鬟喜欢发脾

气,她高声说:"是我,还不开么?"聪明的晴雯偏偏没听出是说吴侬软语的林姑娘,一错再错,假传圣旨:"凭你是谁,二爷吩咐的,一概不许放人进来呢!"

黛玉这回真生气了。她想到如今父母双亡,无依无靠,在他家栖居,明明吃了他们的气,也不好认真发作。她并不恼宝玉宝钗聊天,而是恼怒宝玉不理解自己,她想:必定是宝玉恼我要告他,但我何尝告你去了?

这个误会就是天才女诗人写《葬花吟》的主要原因,黛玉的天空其实就是情痴的天空,和宝玉一次愉快交谈,立即艳阳高照;和宝玉一次误会,马上阴云密布。

黛玉越想越伤悲,也不管花径风寒,苍苔露冷,一个人站在墙角花阴之下,悲悲戚戚地呜咽起来。黛玉一哭,附近柳枝花朵上的宿鸟栖鸦都飞起来远避。曹雪芹接着写一个对句、一首七绝:

花魂默默无情绪,鸟梦痴痴何处惊。

颦儿才貌世应希,独抱幽芳出绣闺,
呜咽一声犹未了,落花满地鸟惊飞。

这首七绝可叫《花阴花魂诗》,和《葬花吟》有密切联系。它描写花儿鸟儿不忍心听黛玉呜咽,花儿落了,鸟儿飞起来躲避,这是化用前人典故:沉鱼落雁,闭月羞花,写黛玉美的魅力。曹雪芹对《红楼梦》任何一个女性人物,都没有像对林黛玉这样,用这样诗情画意的笔墨,这说明他对林黛玉的钟爱。而且曹雪芹点出黛玉是"花魂",花的灵魂,或者说灵魂如花,这是对黛玉个性的概括。

小说家巧妙截断法

黛玉晚上失眠,早上起晚,赶快梳洗了出房间,这时宝玉已进潇湘馆,他觍着脸赔不是:"好妹妹,你昨儿可告我了不曾?教我悬了一夜心。"

宝玉明知他说"共罗帐"的浑话,黛玉当时会恼,但不会真恼,更不会一直恼,他说担心林妹妹告他,悬了一夜心,是找理由跟黛玉搭讪,其实他早就放下心,如果林妹妹真告他,贾政早把他的屁股敲肿了。

黛玉不理他,回头叫紫鹃:"把屋子收拾了,撂下一扇纱屉。看那大燕子回来,把帘子放下来,拿狮子倚住。烧了香就把炉罩上。"千金小姐活在竹子旁边,像绿竹一样正直飘逸,她日常生活都在干什么?除了读书写诗,还关心屋檐下的燕子,房间要烧香,保持清洁。这些日常的活儿,紫鹃不等黛玉吩咐都会做好,黛玉却要多余嘱咐,这是故意无视宝玉,无视宝玉道歉。宝玉哪知道晚间晴雯那段公案,还是打躬作揖。黛玉正眼也不看宝玉,去找别的姐姐妹妹了。宝玉想看看黛玉到什么地方去,就当跟屁虫继续赔不是。黛玉在前边走,宝玉"由不得随后追了来"。"由不得"三字用得多妙!没想到探春把他叫住了。

继上次袭人截断宝玉黛玉谈话之后,曹雪芹再次采用巧妙截断法。如果贾宝玉能追上林黛玉且问明昨晚的事,两人冰释前嫌和好,还会有《葬花吟》吗?

宝玉和探春长篇大论交谈也得有人来截断,哪个来截断?薛宝钗。宝玉探春聊天的时间恰好留给黛玉扫花、把花收进花囊,到她和宝玉上次一起葬花处。

人情小说的情节安排,像侦探小说一样严密。

宝玉转过山坡,听到有人哭得很伤心。他煞住脚,听到一边哭一边念的是:

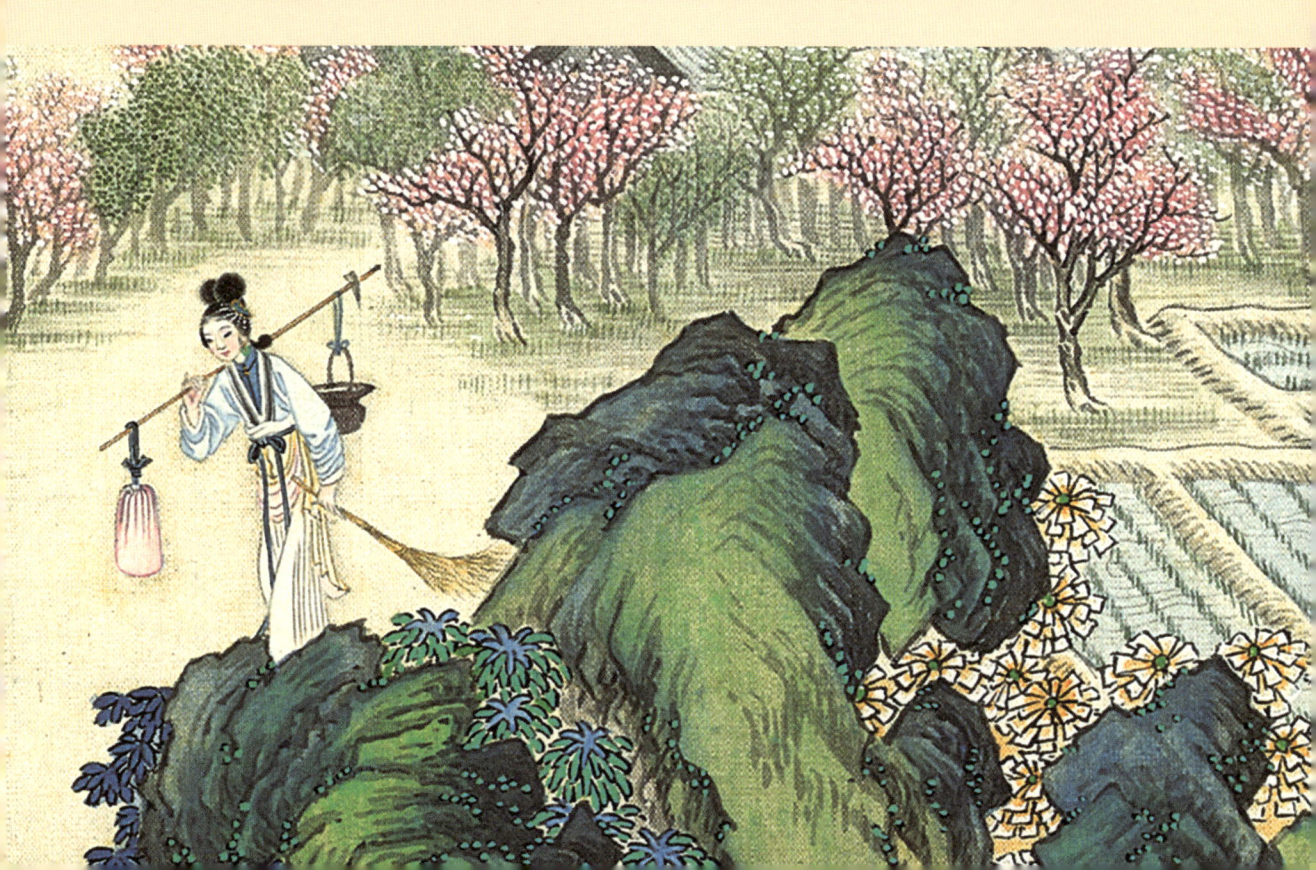

《红楼梦》程乙本 清 乾隆五十七年萃文书屋活字印本

花谢花飞花满天,红消香断有谁怜?
游丝软系飘春榭,落絮轻沾扑绣帘。
闺中女儿惜春暮,愁绪满怀无释处。
手把花锄出绣闺,忍踏落花来复去。
柳丝榆荚自芳菲,不管桃飘与李飞。
……

这是《红楼梦》中的著名诗歌,作者林黛玉,题目《葬花吟》。

《葬花吟》表面上写的是在风霜摧残下,花憔悴了,花枯萎了,实际上写的是黛玉这个才华卓绝的孤苦少女,对社会、

清《十二金钗图册》之黛玉葬花

对环境、对自己命运的感受。"花谢花飞花满天，红消香断有谁怜"，花飞了，花谢了，美丽的生命消失了，谁怜惜。"柳丝榆荚自芳菲，不管桃飘与李飞"，柳丝在那里得意，榆荚在那里得意，柳丝从鹅黄初染，到在风里飘拂，越长越大，榆树都结荚了，它们都在旺盛生长。但是李花落了，桃花落了。这是对世态炎凉，人与人之间关系冷漠的叹息。

　　一年三百六十日，风刀霜剑严相逼，
　明媚鲜妍能几时，一朝飘泊难寻觅。
……

风刀霜剑逼的是鲜花吗？逼的是像鲜花一样美丽又像鲜花一样脆弱的黛玉。黛玉最后说：

愿奴胁下生双翼，随花飞到天尽头。
天尽头，何处有香丘？
未若锦囊收艳骨，一抔净土掩风流。
质本洁来还洁去，强于污淖陷渠沟。
……

这是黛玉宁为玉碎、不为瓦全的人格表现。她有屈原那样的风骨——屈原宁

可投江，也不和祸国殃民的楚国奸佞同流合污。黛玉渴望自由，但绝不向恶势力低头。她渴望思想自由、婚姻自由，但绝不向掌握命运的人低头，比如说王夫人。黛玉也从没有阿谀过最亲的外祖母。她从落花想到自己的身世，想到自己像花一样纯洁，但是自己所处的环境像污泥一样肮脏，花掉下来就掉到污泥里面，葬花就是葬自己。

哪儿来的"风刀霜剑"？

黛玉葬花之前，有没有发生过算是迫害她的事？没有。她只不过和宝玉吵架了，只不过晴雯没给她开门。这种鸡毛蒜皮的事算得上"风刀霜剑"？

黛玉对环境非常敏感，她似乎有先见之明。远的不说，就说黛玉葬花的同时，大观园还发生了一件美丽的行为艺术：宝钗扑蝶。这个情节安排有什么作用？

宝钗温文尔雅，端庄有礼，常用读书做官的大道理"教导"宝玉，引起了宝玉的反感。在美丽的自然景物前摘下道学面具扑蝶，是宝钗难得的活泼可爱的瞬间。宝钗扑蝶追到滴翠亭，听到小红跟坠儿说话，判断出"眼空心大，是个头等刁钻古怪"的小红在做"奸淫狗盗"的事，她怕伤害到自己，于是决定"金蝉脱壳"。她本能地选择黛玉做替罪羊，客串天才演员，天衣无缝地把黛玉偷听滴翠亭谈话一步步坐实。如果单纯洗清自己，有必要把林姑娘亭前弄水编得有鼻子有眼吗？虚构林姑娘偷听，是"温柔敦厚"的宝钗极不厚道的表现。结果引起小红对林姑娘的猜忌，而小红不久后就被"调"到王熙凤身边。

《金陵十二钗正册》插图 卡内基梅隆大学波斯纳中心藏

薛宝钗

黛玉葬花的同时宝钗扑蝶，扑蝶的巧妙陷害葬花的，黛玉不可能知道，但本质就是风刀霜剑的表现之一；王夫人妒羡贾敏，对黛玉有成见，阻挠木石前盟，是更重要的风刀霜剑。

贾宝玉赔不是的新花样

宝玉听完黛玉的《葬花吟》，想到花颜月貌的黛玉将来无可寻觅，那是怎样的心碎肠断，哭得倒在山坡上。黛玉葬花是痴，宝玉哭倒也是痴，两痴相逢，真是知音。

黛玉听着有人大哭，抬头一看是宝玉，啐了一口："我当是谁，原来是这个狠心短命的……"刚说到"短命"，连忙把嘴捂住，长叹一声，走了。捂嘴动作很传神，说明黛玉虽生宝玉的气，但如果宝玉受到一点儿损害，首先不能接受的还是黛玉。

因为黛玉已不理他，宝玉得先叫黛玉理自己，他于是就在黛玉身后说："我只说一句话，从今以后撂开手。"黛玉说请说吧。宝玉顺竿就爬："两句话，说了你听不听？"黛玉扭头就走。宝玉果然说两句话："既有今日，何必当初！"这话像侦探小说一样充满了悬念，黛玉不得不问："当初怎么样？今日怎么样？"她一问，宝玉就痛痛快快地叙述我是怎样关心爱护你，顺着你，让着你，惦记着你，比丫鬟还要体贴，最后总结一句，"和气到了儿，才见得比人好"。前面的表功，当然也重要，但这一句最重要，那就是说，我们两人最好，其他人都一般般。这话已叫黛玉动心，接着宝玉埋怨："如今谁承望姑娘人大心大，不把我放在眼睛里，倒把外四路的什么宝姐姐凤姐姐的放在心坎儿上，倒把我三日不理四日不见的。"这是带诬赖性质的表白。黛玉什么时候把宝姐姐、凤姐姐放在宝玉前面了？但黛玉

愿意听这样的话，这说明宝玉心里只有黛玉，他也希望黛玉心里只有他。特别是宝玉说到宝姐姐时，特地加了两个限制词，"外四路的""什么"，表示轻视，宝姐姐跟我关系远着呢，哪像咱两个这么近。这是宝玉的衷肠话，最能打动黛玉。宝玉还一边哭一边说："我又没个亲兄弟亲姊妹。——虽然有两个，你难道不知道是和我隔母的？我也和你似的独出，只怕同我的心一样。谁知我是白操了这个心，弄的有冤无处诉！"什么意思？为了说服黛玉，宝玉连他同父同母的皇妃姐姐都不算了，他成独出了。宝玉善于辞令，他针对黛玉孤苦伶仃的心病，说我也孤苦伶仃，我们两个应该同病相怜。他还表示，我错了，你打也行，骂也行，你不要不理我，你不理我，我就是死了也是个不能超生的冤鬼，得你说明了原因，我才托生。

宝玉向黛玉赔不是赔得多精彩？每一次赔不是的结果就是两个人的感情又上了一个新台阶。黛玉问为什么我到怡红院，你不让我进去。宝玉说，昨晚上只是宝姐姐坐了一会儿就走了，我不知道你来。两人误会解开，感情又加深一步。

红麝香串事件

第二十八回《薛宝钗羞笼红麝串》中，贾元春端午节赏赐宝玉和宝钗相同的物品，导致宝玉、宝钗、黛玉三人之间感情出现波澜，促进了宝玉和黛玉感情的进展。

红麝串的象征意义

第二十八回《蒋玉菡情赠茜香罗　薛宝钗羞笼红麝串》写宝玉跟薛蟠吃酒后回到怡红院，袭人向宝玉汇报贵妃娘娘赏了端午节礼，你和宝姑娘一样，林姑娘和二姑娘、三姑娘、四姑娘一样。赏给宝玉和宝钗的是上等宫扇两柄，红麝香串两串，凤尾罗二端，芙蓉簟一领。赏给黛玉、迎春、惜春的是扇子和数珠儿。宝玉怀疑，传错了吧？怎么是宝姑娘和我一样，不是林姑娘和我一样？袭人说，这是从宫里传出来的，一样一样写着名字。

宝玉赶紧叫个丫鬟来，说：你拿了我这些东西，到林姑娘那儿去，就说昨儿我得的，愿意要什么，就留下。丫鬟去了，一会儿回来说，林姑娘说她也得了，二爷留着吧。

黛玉比宝玉宝钗少什么？凤尾罗和芙蓉簟。所谓凤尾罗，是高档丝织品，可做衣服，也可做夹被；芙蓉簟是细竹织成的席子，夏天铺床上。所以，元妃给宝玉宝钗相同的床上用品，是放个带指婚意向的气球。而红麝香串对宝钗和黛玉没有区别，因为她们都得到了。黛玉得到的，就是袭人对宝玉说的"数珠儿"。

红麝香珠是以麝香作主要配料制成的红色念珠，红麝香串是把红麝香珠穿在一起，可戴在手上，也可当作念佛的数珠儿。奇怪，麝香是皇宫最忌讳的物品，因为麝香可导致怀孕的妃嫔流产。为什么贾元春身边有麝香珠，还要送给贾府姐妹？

这就引出"薛宝钗羞笼红麝串"的情节，宝钗当然不能把元妃赏给她的跟宝玉同样的床上用品顶在头上在大观园晃，她于是把红麝香串当作凤尾罗和芙蓉簟的代表使用，似乎是戴在臂膀上的寻常饰品，其实却起到提醒众人特别是贾母、王夫人的作用：元妃赏赐给我和宝玉相同的日常用品，应该有些赏外之意吧？

宝钗到底对做宝二奶奶感不感兴趣？曹雪芹和我们捉迷藏，他说：自从薛姨妈说是和尚送女儿金锁，要等日后有玉的方可结为婚姻。宝钗知道妈妈宣传金玉良缘，就远着宝玉。但晴雯发牢骚，说宝钗有事没事跑来坐着。而且每当宝黛亲密交谈时，宝钗总会出现，无意之间给宝黛制造点儿纠纷。宝玉和黛玉十次吵架有九次是因为金玉良缘。但两人越吵越知心，越吵越亲密。宝钗对宝玉黛玉永远吵闹、越吵越亲密带着莫名的艳羡。她对贾母也琢磨不透。贾母是太极高手，薛姨妈宣传金玉良缘，贾母从不表态。现在突然元妃赏端午节礼，把宝玉和宝钗并列，是不是金玉良缘的机会来了？贾母还不表态？

金玉良缘如何在贾府登场

我们回顾一下金玉良缘是如何在贾府登场的。

先来看宝钗的金锁到底是谁给的。第八回中宝钗看过宝玉的通灵宝玉后有段描写:

宝钗看毕,又从新翻过正面来细看,口内念道:"莫失莫忘,仙寿恒昌。"念了两遍,乃回头向莺儿笑道:"你不去倒茶,也在这里发呆作什么?"莺儿嘻嘻笑道:"我听这两句话,倒像和姑娘的项圈上的两句话是一对儿。"宝玉听了,忙笑道:"原来姐姐那项圈上也有八个字,我也赏鉴赏鉴。"宝钗道:"你别听他的话,没有什么字。"宝玉笑央:"好姐姐,你怎么瞧我的呢!"宝钗被缠不过,因说道:"也是个人给了两句吉利话儿,所以錾上了,叫天天带着;不然,沉甸甸的有什么趣儿。"一面说,一面解了排扣,从里面大红袄上将那珠宝晶莹黄金灿烂的璎珞掏将出来。宝玉忙托了锁看时,果然一面有四个篆字,两面八字,共成两句吉谶。

金锁最初来历：吉利话是癞头和尚给的，金锁是薛家找人制作的，把吉利话錾上边保宝钗平安。有没有必须和"有玉的"也就是贾宝玉成亲？如果有，薛姨妈怎会送宝钗候选入宫？

结果宝钗没选上，元春封妃，薛姨妈于是有了新动向：儿子只是闯祸太岁，女儿如果嫁给北静王说的"雏凤清于老凤声"的宝玉，未尝不是明智的选择。于是，金锁的来历和用途跟原来不一样了，薛姨妈对王夫人等宣传，金锁是癞头和尚给的，"等日后有玉的方可结为婚姻"。似乎贾宝玉还没出生，就有和尚给宝钗金锁，预言宝钗得和有玉的成婚。

世上哪怕有十万个王孙公子，却只有贾宝玉符合这个条件。薛姨妈果然老辣。但她也不免捉襟见肘：薛宝钗戴着金锁，参选做公主或郡主侍读、向皇帝身边进发时，"等日后有玉的方可结为婚姻"的"玉"，难道是皇帝的玉玺？

癞头和尚就是太虚幻境的茫茫大士，他知道过去未来，所以他给了薛宝钗两句话，这两句话跟通灵宝玉上的话恰好是一对，因为他们将来会成为夫妻，这是天意。天意还必须跟"人为"结合，把金锁说成是癞头和尚给的，且必须跟有玉的成亲，是薛姨妈的天才创造。

宝钗想不想成就金玉良缘？她如果不想，怎么会天天戴着象征"金玉良缘"的金锁在贾母和王夫人跟前晃来晃去？以薛宝钗的聪明睿智，她肯定明白，在待选入宫失利后，跟家世显赫、人物出众、脾气和蔼、身为国舅的表弟成亲，是不错的机遇。宝钗这样做是错误甚至有罪？当然不是。宝钗也有追求爱情、追求幸福的权利，也有选择心仪的人生伴侣的权利。

宝钗和黛玉不一样，黛玉只会争取宝玉的心，怎样得到婚姻决策人物，比如说王夫人的支持，她想都不想，更不要说做了。《红楼梦》前八十回中，黛玉说过一句讨好王夫人的话吗？说过一句迎合亲外祖母的话吗？而宝钗总能和跟宝玉婚姻挂上钩的人拉关系，包括身世低微、人缘极差但可给贾政吹枕头风的赵姨娘在内。王夫人早就默认金玉良缘。王夫人每月两次进宫见元妃，她可能委婉地告诉了女儿，希望宝钗做儿媳妇。这样一来，元妃端午节赏赐，就对宝钗和黛玉分出厚薄。宝钗和贾母没有任何关系，黛玉是贾母的亲外孙女。贾元春有必要厚待宝钗，叫祖母不高兴吗？但她偏偏这样做了，说明她需要这样做，她得帮母亲一把。但不管王夫人还是贾元春，只要贾母不开口，哪个也不敢开口。所以贾元春只是放个带有指婚意向的试探气球，看看贾母有什么反应。如果贾母积极，元妃下一步可能就会指婚；如果贾母消极，即便是贵妃，也不能不照顾从小把自己养大的祖母的情绪。

在《红楼梦》中,二玉一家和金玉良缘的长期对抗,实际是贾母和王夫人暗中较劲。木头似、锯嘴葫芦似的王夫人,在儿子婚姻的问题上,对婆婆寸步不让。而老江湖贾母善待王夫人亲属,多次夸奖宝钗,但对金玉良缘却装聋作哑,说明她心里最重的,还是两个玉儿。

有红学家认为,从给宝钗过生日开始,贾母对宝玉婚姻的天平已倾向宝钗。我不这样认为,如果贾母、王夫人对宝玉婚姻选择如此一致,《红楼梦》哪儿来那么多矛盾、曲折?如果木石姻缘仅仅因为传统的"父母之命"成不了,那曹雪芹构思的"忽喇喇似大厦倾"还有什么意义?

贾母"二玉一家"的想法,还会旗帜鲜明地表现出来。

为妻子预留位置

黛玉平时对金玉良缘敏感,但她并没真正在意。现在贾元春赏赐端午节礼,把宝玉和宝钗画等号,黛玉难道想不出有什么暗示?宝玉派丫鬟把元春赏赐的东西送去,叫黛玉挑,黛玉不要,见了面宝玉问,我的东西叫你拣,你怎么不拣?黛玉

发牢骚:"我没这么大福禁受,比不得宝姑娘,什么金什么玉的,我们不过是草木之人!"黛玉说的是实话,她就是草木之人、绛珠仙草修炼成绛珠仙子降临探花府。宝玉马上说:"除了别人说什么金什么玉,我心里要是有这个想头,天诛地灭,万世不得人身!"宝玉发的是毒誓,黛玉当然知道分量,赶快笑了:"白白的说什么誓?管你什么金什么玉的呢!"黛玉信赖宝玉,宝玉还要进一步向黛玉表白,你在我心目中是妻子的位置:"我心里的事也难对你说,日后自然明白。除了老太太、老爷、太太这三个人,第四个就是妹妹了。要有第五个人,我也说个誓。"祖母父母之外第四个人是哪个?妻子,这表白再清楚不过。黛玉还要调侃:"你也不用说誓,我很知道你心里有妹妹,但只是见了姐姐,就把妹妹忘了。"宝玉再次宣誓效忠:"那是你多心,我再不的。"

元妃给宝玉宝钗相同赏赐的结果,是黛玉得到宝玉又一次"准爱情表白":你在我心目中,是祖母、父母之后为妻子预留的位置。

见了姐姐想着妹妹

宝玉永远像长不大有女儿气的男孩,明明自己有红麝香串,看到宝钗戴了一串,就说:"宝姐姐,我瞧瞧你的红麝串子?"宝钗只好从胳膊上褪下来。宝钗长得肌肤丰泽,不容易褪下来。宝玉在一旁看着宝钗雪白一段酥臂,不觉动了羡慕之心,暗想:"这个膀子要长在林妹妹身上,或者还得摸一摸,偏生长在她身上。"正恨没福得摸,忽然想起"金玉"一事来,再看宝钗,脸若银盆,眼似水杏,唇不点而红,眉不画而翠,比黛玉另具一种妩媚风流,不觉呆了。宝钗褪了串子来递与他也忘了接。

宝钗和黛玉完全不同的美，吸引了宝玉，叫他呆在黛玉的视线中。黛玉猜出宝哥哥因为看美丽的宝姐姐看呆了，她咬着手帕笑，笑宝玉鹰嘴鸭子脚，刚发誓说你不会见了姐姐就忘了妹妹，现在怎么看姐姐看呆了？

宝钗见宝玉看自己看呆了，倒不好意思，就问黛玉："你又禁不得风儿吹，怎么又站在那风口里？"黛玉现编个理由奚落宝玉："何曾不是在屋里呢。只因听见天上一声叫唤，出来瞧了一瞧，原来是个呆雁。"

只有黛玉有如此巧妙、敏捷、应景的编剧才能，宝钗难道不知道黛玉说的呆雁是挖苦宝玉？她故意给黛玉出难题，你不是说呆雁？"呆雁在那里呢？我也瞧一瞧。"黛玉说："我才出来，他就'忒儿'一声飞了。"接着把手帕一甩，甩到宝玉的脸上来，吓了宝玉一跳。宝玉问是谁，黛玉摇摇头说："不敢，是我失了手。因为宝姐姐要看呆雁，我比给他看，不想失了手。"

这段几百字的人物描写，一击三鸣，把宝玉、宝钗、黛玉三个人活画了出来。

历史常跟人开玩笑，你想走进这个房间，却走进了另一个房间。贾元春想借端午赏赐放个金玉良缘的试探气球，结果是宝黛爱情又前进一大步，宝玉再次向黛玉连续变换三种说法，说明黛玉在他心里的地位。第一，他绝对不想金玉良缘；第二，黛玉在他心目当中是排在祖母父母之后第四位、位在同父同母的贵妃姐姐之上，是妻子的位置；第三，他绝不会见了宝姐姐忘了林妹妹，请林妹妹不要多心。宝玉看到宝姐姐雪白酥臂时的艳羡心理，把不由自主受到吸引的心态写得活灵活现。有意思的是，他居然可惜酥臂怎么没长到林妹妹身上，这叫什么？看到姐姐也想到妹妹。宝玉一心专恋黛玉，已定型。

张道士提亲

第二十八回《薛宝钗羞笼红麝串》中，贾元春给宝玉宝钗相同的赏赐，似乎是抛出了带指婚意向的气球，按说该继续沿着这条线索往下写。没想到曹雪芹笔尖一转，却在第二十九回《享福人福深还祷福　痴情女情重愈斟情》中，把贾府众人一股脑儿"调"进清虚观，对贾府权势好一番铺陈，似乎不经意写了一笔张道士给宝玉提亲，导致黛玉又和宝玉大吵一架，宝玉要把通灵宝玉砸了。曹雪芹借此大段描写道出宝玉黛玉二人的心事。

张道士提亲

匪夷所思。贾母到清虚观祈福，化外之人张道士竟贸然当众给贾宝玉提亲：

前日在一个人家看见一位小姐，今年十五岁了，生得倒也好个模样儿。我想着哥儿也该寻亲事了。若论这个小姐模样儿，聪明智慧，根基家当，倒也配的过。但不知老太太怎么样，小道也不敢造次。等请了老太太的示下，才敢向人去说。

小姐是哪家？张道士不说，好像他就起个把宝玉婚事提到议事日程的作用，逼迫贾母当众对贾宝玉的婚事表态。更妙不可言的是，张道士提的小姐，像薛宝钗的套牌车。

张道士提亲确实是曹雪芹为小说而构思设置。

张道士既然说有个合适的小姐，贾母至少该礼貌地问是哪家小姐，但贾母一个字也不问，就回答："上回有个和尚说了，这孩子命里不该早娶，等再大一大儿再定罢。"

这话一箭双雕，直接拒绝张道士提亲，间接拒绝金玉良缘。为什么这样说呢？

此前薛姨妈宣传：和尚说的，薛宝钗的金锁须和有玉的（生下时嘴中衔玉者）成亲，这是女家公然向男家求亲，很不合常理，也十分没面子。王夫人姐妹极力想促成金玉联姻，贾母却始终没表态。端午节时，元妃赏宝玉宝钗同样东西带指婚意向，贾母不可能不知道。她能和贵妃孙女公开唱反调吗？不能。但她可以正面表态，那就是我现在不考虑宝玉的亲事。宝玉既然不能早娶，他能娶比自己大的姑娘吗？答案显而易见。张道士提亲的小姐和宝钗同岁，都比宝玉大一岁，张道士提的这位，贾母连问都不问，那宝钗还有戏吗？这是贾母对金玉良缘不表态的表态。我的宝贝孙子命里不该早娶，宝钗愿意等金玉良缘就等着吧。女大当嫁，你等得了吗？

贾母接着提出宝玉的择偶标准，"不管他根基富贵，只要模样配的上就好，来告诉我。便是那家子穷，不过给他几两银子罢了。只是模样性格儿难得好的。"对贾母这段话，有红学家解释，要求模样好、

性格好，黛玉已经出局了。我的解释是贾母不讲究根基富贵，薛家的财富就没有优势。何况林家并不比薛家财富少，而且这些财富都属林黛玉。至于模样好，黛玉和宝钗都合格。性格好也不意味着黛玉出局，贾母喜欢纤巧袅娜的秦可卿，把几分像黛玉的晴雯内定为宝玉未来的侍妾，说明像黛玉这样口齿伶俐的娇弱美人是贾母喜欢的。更重要的是，黛玉是贾母唯一心疼的宝贝女儿留下的骨肉，贾母叫"心肝儿肉"，想把黛玉永远留在身边，最好的办法就是让二玉成一家。

贾母本想高高兴兴到清虚观看两天戏，没想到张道士提亲惹了宝玉，宝玉不去了。黛玉中了暑，第二天贾母也就不去了。这是人之常情，哪家老人不把自家第三代的事排在首位，怎么可能把外四路亲戚宝钗排在首位？

吵架吵出新水平

宝玉嗔着张道士提亲，说以后再不见他。男大当婚，女大当嫁，有人提亲很正常，宝玉为什么恼怒？这正是宝玉的心病。他只希望提亲提黛玉。张道士提亲成了他实现爱情理想的威胁。

从清虚观打醮回来后，黛玉和宝玉又吵架了，原因其实都是关心对方。宝玉见黛玉病了，放心不下，几次去问黛玉好了没有；黛玉怕宝玉有什么好歹，说只管看你的戏去，在家里做什么。这不是互相关心？结果反而吵起来。宝玉因为道士提亲不自在，心想别人不知道我的心还可恕，林妹妹也奚落起我来了，就沉下脸说："我白认得了你，罢了罢了！"在宝玉和黛玉的多次争吵中，这是少有的宝玉向黛玉发火，而且好像发的是无名火。宝玉认为，黛玉应该理解他为什么不高兴，因为他就是为了黛玉不高兴！可黛玉啥时吃过宝玉的气？马上连讽加刺："白认得了我！我哪里像人家有什么配的上呢。"针对金锁和金麒麟说风凉话。

上次宝玉和黛玉吵架，宝玉已诅咒发誓，说他如果心里有金玉的念头，天诛地灭。现在黛玉再次挑起这话头，宝玉当然受不了，走到黛玉跟前问到脸上："你这么说，是安心咒我天诛地灭？"黛玉回

想头天的话,发现自己说错了,又着急又羞愧,战战兢兢地说:"我要安心咒你,我也天诛地灭。"说到这里,两人完全可以休战,但黛玉嘴不饶人,还要跟宝玉怄气:"何苦来!我知道,昨日张道士说亲,你怕阻了你的好姻缘,你心里生气,来拿我来煞性子。"这不又是找事?宝玉一听黛玉提"好姻缘",显然指"金玉良缘",马上把通灵宝玉摘下来要砸碎它。宝玉是向黛玉赌气吗?不,是向黛玉宣誓忠心,你不是总猜忌金玉良缘?我把通灵宝玉砸了,没了玉还谈什么金玉良缘?黛玉知道通灵玉是宝玉的命根子,"有砸他的,不如来砸我"。两人大哭大闹,吵得不可开交。

宝玉黛玉的共同痴病

曹雪芹对二玉的争吵有段很长的心理描写。中国古代小说不很注意人物心理描写，而多半用白描，通过人物行动展示心理。曹雪芹的这大段心理描写，是古代小说心理描写中最长、最成功的。多少年来，红学家引用上千次，认为是古代小说心理描写手法的大创新、大跨越。

曹雪芹故意借道学家的口气，说宝玉自幼生成了下流痴病，这和说《西厢记》是邪书僻传、淫词艳曲一样，是反话。宝玉和黛玉都因为爱对方，存了一段心事，又不能把真意说出来，都用假意反复试探，两假相逢必有一真。他们这次吵架吵出了什么真心？宝玉想的是，难道你不知道我心里只有你？你不为我烦恼还奚落我，可见你心里没我。黛玉想的是，你心里当然有我，我常提金玉，你置若罔闻，那是待我重。我一提你就恼，可知你心里还是有金玉。

看来两个人原本是一个心，但都多生了枝叶，反弄成两个心了。那宝玉心中又想着："我不管怎么样都好，只要你随意，我便立刻因你死了也情愿。你知也罢，不知也罢，只由我的心，可见你方和我近，不和我远。"那林黛玉心里又想着："你只管你，你好我自好，你何必为我而自失。殊不知你失我自失。可见是你不叫我近你，有意叫我远你了。"如此看来，却都是求近之心，反弄成疏远之意。如此之话，皆他二人素习所存私心，也难备述。

曹雪芹对二人"心病"的详细剖析，是古代小说中最著名的心理描写，四大名著之《三国演义》《水浒传》《西游记》及"三言""二拍"、《聊斋志异》皆不曾有过，是小说创作手法的重大创新。

宝玉和黛玉第一次见面就摔玉，这一次宝玉把通灵宝玉当成祸根，必须砸了它，才叫黛玉放心。宝玉砸玉，黛玉大哭大吐，又把给通灵宝玉穿的穗子剪了。婆子们怕负责任，报告贾母、王夫人。贾母急忙跑到大观园看到底发生了什么惊天动地的事。贾母问他俩为什么事吵，宝玉和黛玉谁也不把吵架缘故讲出来。紫鹃从头到尾在场，但她一个字也不会露。袭人是因为宝玉砸玉被紫鹃叫来，不清楚两人为什么吵架，更不知道宝玉为什么砸玉。贾母问不出为什么吵架，就把紫鹃和袭人连骂带训，嫌她们不好好服侍，然后把宝玉带走。

宝玉黛玉吵架，似乎越吵越远，一个砸玉，一个剪穗子，好像分崩离析，其实两人越吵心灵越近。贾母掺和进第三代吵嘴风波，结果把毫无过错的丫鬟骂一顿，老太太虽不讲理，却合情理。贾母舍得骂谁？宝贝孙子？心肝儿肉外孙女？都不舍得，只好把丫鬟骂一顿。胡适说《红楼梦》好玩，跟这些似乎不合理的巧妙描写有很大关系。

不是冤家不聚头

贾元春借端午节赏赐，放出对宝玉宝钗带指婚意向的气球，张道士提亲引出贾母为宝玉择婚的态度，随着宝玉黛玉"热吵"，贾母讲出"不是冤家不聚头"，一向冷静的薛宝钗冷静不了了，于是借扇机带双敲，教训宝玉黛玉。

不是冤家不聚头

清虚观打醮第三天，是薛蟠生日，宝玉最爱热闹，但因得罪黛玉而不去。黛玉知道宝玉因为自己不去，很后悔。贾母本希望两个小家伙到薛蟠宴席上见个面就好了，结果两人都不去，老太太抱怨天，抱怨地，抱怨自己，说了段很有名的话：

我这老冤家是那世里的孽障,偏生遇见了这么两个不省事的小冤家,没有一天不叫我操心。真是俗语说的,"不是冤家不聚头"。几时我闭了这眼,断了这口气,凭着这两个冤家闹上天去,我眼不见心不烦,也就罢了。偏又不咽这口气。

贾母把宝玉和黛玉吵架说成"不省事",好像小孩吵架,但又说"不是冤家不聚头"。"冤家"是古代对夫妻的代称。贾母是七十来岁的健康老人,她不会认为自己几年内就死,而她说等她死了,凭着宝玉和黛玉再闹,她也不管了。那就是说宝玉和黛玉还会长期吵下去,永远吵下去。仅是表兄妹,而且各自成立家庭,有机会长期吵下去、永远吵下去吗?当然不能。只有夫妻才会。贾母潜意识中,把她对宝玉黛玉未来的安排透露出来了。

贾母抱怨着也哭了。这说明二玉在贾母心中的地位非同小可。

"不是冤家不聚头"说明贾母已认可二玉心事,后来她一言定鼎,确定宝黛的亲事。最终他们不能终成眷属,是因为贾府遭难,不是后四十回所写的,凤姐设调包计、宝钗鸠占鹊巢。曹雪芹构思的黛玉之死跟宝钗没有一毛钱关系。

贾母的话很快传到宝玉和黛玉耳朵里,两个人从没听过这么新鲜的话,参禅一样琢磨,随后两个人都哭了。两人虽没见面,"一个在潇湘馆临风洒泪,一个在怡红院对月长吁,却不是人居两地,情发一心!"

为什么宝玉黛玉听了这话后情发一心?因为贾母的话太重要了。"不是冤家不聚头"在古代指夫妻关系是常识。所谓常人聚首,不过偶合萍踪,冤家聚头,必定永结连理。贾母这样说,说明在她的心目中,已明确二玉一家,这个话分量很重。宝玉黛玉琢磨出滋味,动心落泪,所以人居两地,情发一心。

宝玉黛玉这次吵架怎么下台?袭人劝

話說林黛玉自與寶玉口角後也覺後悔但又無去就他之理因此日夜悶悶如有所失紫鵑也看出八九便勸道姑娘太多心了論前兒的事竟是姑娘不是不知道姑娘……鉸了那穗子不是姑娘倒有七分不是只我看他素日在姑娘身上就好皆因姑娘小性兒常要歪派他纔這麼樣黛玉欲答話只聽院外叫門紫鵑聽了說道這是寶玉的聲音想必是來賠不是的了忙出來開門紫鵑笑道二爺怎麼來了這麼熱天頭地下曬壞了他也道姑娘又不是了這麼熱天頭地下曬壞了他如何使得呢口裡說着便出去開了門果然是寶玉一面讓他進來一面笑着說道我只當寶二爺再不上我們的門了誰知這會子又來了寶玉笑道你們把極小的事倒說大了好好的為什麼不來我便死了魂一日也要來一百遭妹妹可大好了紫鵑道身上病好了氣兒可大呢我就死了乎聽見寶玉來了一面進來一面拭淚並不答應寶玉近床來道妹妹身上可大好了黛玉只顧拭淚並不答應寶玉

宝玉，你们两个再这么仇人似的，老太太要生气了，大家也不安生，你干脆去赔个不是算了。

宝玉这次赔不是赔出了什么结果？

"你死了，我做和尚！"

袭人劝宝玉向黛玉赔不是，紫鹃劝黛玉说姑娘歪派宝玉。"歪派"意思是没事找事、没理翻缠。为什么紫鹃说黛玉，她不生气？因为紫鹃替黛玉着想。黛玉很后悔，但她绝对不会找宝玉认错。她还没表态，宝玉就来了，黛玉言不由衷说不许开门。紫鹃知道黛玉最在乎的还是宝玉，开门放进了宝玉。宝玉昨天跟黛玉吵得天崩地裂，今天厚着脸皮登门，得有个台阶下，聪明的紫鹃先给他铺个台阶，说："我只当宝二爷再不上我们这门了。……"马上把宝玉的甜言蜜语引出来："你们把极小的事倒说大了。好好的，为什么不来？我便死了，魂也要一日来一百遭。妹妹可大好了？"死了都惦记着黛玉。黛玉一听又哭了，又还泪了。

宝玉这次赔不是怎么赔出花来了？他先对黛玉来句"我知道妹妹不恼我"。这话说到点子上了，黛玉恼的是金玉良缘，不是宝玉。宝玉接着说，"但只是我不来，叫旁人看着，倒像是咱们又拌了嘴似的。"说得多好听，你们不是拌嘴拌得老祖宗都惊动了，还"像是"又拌了嘴？"若等他们来劝咱们，那时节岂不咱们倒觉生分了？"咱们是最亲的自己人，其他人都是外人，咱们的事咱们自己解决，不能叫别人插手，为什么？因为疏不间亲。黛玉更感动了。宝玉接着把"好妹妹"连叫几万声。黛玉还是不依不饶，干脆对宝玉叫起"二爷"来，说我今后再也不敢亲近二爷，二爷只当我去了。宝玉问："你往那里去呢？"黛玉说："我回家去。"宝玉死皮赖脸地说："我跟了你去。"黛玉说："我死了！"宝玉连想也不想就回了句："你死了，我做和尚！"

宝玉向黛玉诅咒发誓又上个新台阶，先是掉到池子里变个大王八，给黛玉驮碑，后是烂了舌头，如果心有"金玉"天地诛灭，现在干脆"你死了，我做和尚"。

做和尚有谶语的作用，最后确实是黛玉死了，宝玉做了和尚。

黛玉一听，马上撂下脸子说："你家倒有几个亲姐姐亲妹妹呢，明儿都死了，你几个身子去作和尚？明儿我倒把这话告诉别人去评评。"黛玉很清楚，只有心上人死了，痴情男儿才做和尚。她不会把宝玉的话告诉任何人，只会暗藏心里。宝玉也知道这话说错了，憋得满脸紫胀。黛玉咬着牙，用手指狠命在宝玉额头戳一下，说"你这"两个字，又叹口气，擦眼泪不说了。黛玉向来语不惊人誓不休，这次为什么说了半截话？她咽回去的另外半句是什么？"你真是我命中的天魔星"，"你这狠心短命的"，她都说过，都不能表达两人深

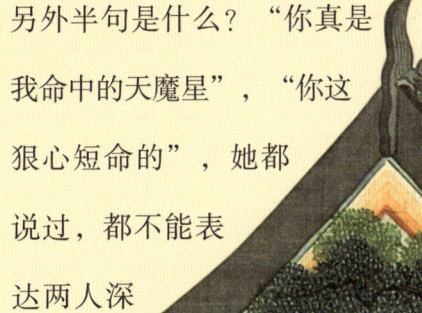

情的分量，好像只能把贾母说的话用上才合适，"你这个冤家！"但是黛玉明白"冤家"的含义，她不肯说。曹雪芹就叫她说了半截话。

宝玉流眼泪，恰好没带手帕，就拿衣袖擦泪。黛玉看到宝玉用簇新的藕荷纱衫擦泪，就一边自己继续擦泪，一边回身把枕头上搭的绡帕摔到宝玉怀里。

满腹衷情就在这一摔。黛玉爱惜宝玉，连带爱惜他的新衣服。小红和贾芸转多大圈，才完成手帕定情。黛玉只一摔就完成了。手帕在以后的故事中还要发挥重要作用。

王熙凤口下留德

宝玉接过手帕擦泪，又挽了黛玉的手说："我的五脏都碎了，你还只是哭。走罢，我同你往老太太跟前去。"黛玉马上摔了宝玉的手，说："谁同你拉拉扯扯的。一天大似一天的，还这么涎皮赖脸的，连个道理也不知道。"宝玉激动得有点儿忘情，黛玉仍要遵守闺训，连手都不肯和宝玉拉。黛玉的话还没说完，突然有人喊一声"好了！"，两人吓了一跳，回头一看，凤姐跳了进来。

宝黛爱情每前进一步，都是黛玉还眼泪，这次还眼泪还出宝玉做和尚的誓言，

是宝黛爱情非常重要的进展。但曹雪芹不让他们的感情继续发展，叫凤姐截住。

凤姐很像现在一把手身边亦步亦趋的秘书，对一把手的心思摸得最快最准，以便及时配合。贾母抱怨过后，派凤姐劝说两个小冤家熄火。凤姐不是走来的，而是"跳来"，接着凤姐像倒了核桃车一样说一大串话，最有意思的是："也没见你们两个人有些什么可拌的，三日好了，两日恼了，越大越成了孩子了！有这会子拉着手哭的，昨儿为什么又成了乌眼鸡呢！"凤姐好心好意把两人吵架归结成孩子行为，好像提示小兄妹给自己的行为定性。其实黛玉刚说过一天大似一天，说明他们已不是孩子了。

凤姐来劝和，是为宝玉和黛玉吗？不，她主要为叫贾母放心。凤姐把宝黛拉到贾母跟前汇报：

我说他们不用人费心，自己就会好的。老祖宗不信，一定叫我去说合。我及至到那里要说合，谁知两个人倒在一处对赔不是了。对笑对诉，倒像'黄鹰抓住了鹞子的脚'，两个都扣了环了，哪里还要人去说合。

看来凤姐没听到宝玉要做和尚的话，只听到宝玉要拉黛玉找老太太，所以她说他们对赔不是，对笑对诉，很生动。她又说宝玉和黛玉像"黄鹰抓住了鹞子的脚"。扣了环了，黄鹰和鹞子都是猎鹰，猎人出猎时用铁环把爪子扣到架子上。如果凤姐说，我去说合，他们两个正手拉着手，效果肯定不雅观。但她用黄鹰和鹞子的爪子形容，真是口下留德，口才绝佳。

宝玉和黛玉今天好了明天恼了，到底为什么，凤姐难道不知道？她早就知道，她不是已经说过林妹妹应该给宝玉做媳妇？但在众人面前，她极力掩饰他们之间亲密关系的实质是什么。凤姐善待宝黛二人，是因为贾母最重"二玉"，也因为凤姐自己心里的小九九：黛玉做宝二奶奶，凤姐可继续当家，如果成全金玉良缘，宝钗进门，凤姐就得回邢夫人那边做小媳妇。这是切身利益所在。凤姐跟黛玉关系好，跟亲表妹宝钗疏远，《红楼梦》写得很清楚。

宝钗借扇机带双敲

这时，心里最不是滋味的是谁？宝钗。黛玉悄悄坐到贾母身边。宝钗一开始可能不清楚宝黛为何吵架，但宝玉砸玉会传到她的耳朵里，她可以判断是为金玉良缘吵架。而这两个人吵架吵出贾母"不是冤家不聚头"的话，等于宣布宝玉黛玉是一对。元妃暗示哪两个该成一对？宝玉和宝钗。难道娘娘的暗示你们都看不出来？贾母和凤姐卖力地给宝玉黛玉劝合，对元妃把宝玉宝钗并提不闻不问，宝钗肯定气愤。她向来不干己事不开口。宝玉和黛玉吵架，干她何事？但这次她气不过，一再开口，两次主动出击。

宝玉不好意思地跟宝钗搭讪，说大哥哥好日子，偏生我身上不好，连个头也没给他磕，又问姐姐怎么不看戏。宝钗一听，说，我怕热，推身上不好就来了。这不是挖苦宝玉托病不去薛蟠生日宴？宝玉听懂了，搭讪笑道："怪不得他们拿姐姐比杨妃，原来也体丰怯热。"宝钗大怒。为什么？因为当众取笑女孩体形是大忌。

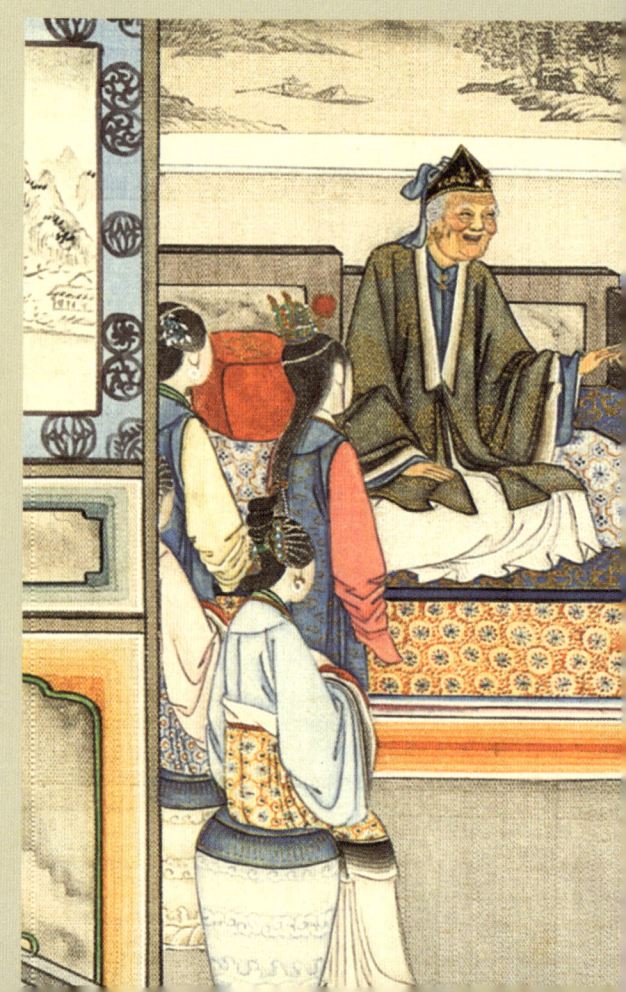

宝钗胖，恰好和骨感美人黛玉形成对比，这不是拿宝钗开涮，叫黛玉高兴？而且杨贵妃名声不好，特别是宝钗进京候选没选中，最怕有人提和宫廷有关的话题。宝玉是找骂。

满心不高兴的宝钗既不能跟宝玉吵，也不能学黛玉一不高兴抬腿走人，因为贾母在场，她冷笑两声说："我倒像杨妃，只是没一个好哥哥好兄弟可以作得杨国忠的！"讽刺贾家子弟不成器，干不了杨国忠当宰相的大事。宝钗盛怒之下，失于计较，既讽刺了贾门子弟，又讽刺了贾元春。这话当着贾母的面说很不合适。

宝玉贬损宝钗，宝钗自视甚高的心理受到伤害。宝玉黛玉如此亲密，贾母又如此重视他们，宝钗更不高兴，所以她想教训宝玉，教训因宝玉奚落自己而幸灾乐祸的黛玉。但在贾母跟前，她不能直接向他俩发怒，她得琢磨既能教训他俩又只有他俩能听懂的话。宝钗选择指桑骂槐。恰好小丫鬟靛儿这时来找扇子，说宝姑娘藏起来了，赏我吧。宝钗立即指着靛儿说："你要仔细！我和你顽过，你再疑我。和你素日嘻皮笑脸的那些姑娘们跟前，你该问他们去。"这是教训丫鬟吗？不是，是教训宝玉顺带敲打黛玉。因为平时是宝玉对黛玉嘻皮笑脸，这就叫"借扇机带双敲"，借丫鬟找扇子的同时敲打宝玉和黛玉。

黛玉听到宝玉奚落宝钗，很得意，也想趁势取笑，没想到宝钗先反击回来，就改口笑问："宝姐姐，你听了两出什么戏？"黛玉想给宝玉解围，她这一问，又问出宝钗另一个机带双敲。宝钗笑着说："我看的是李逵骂了宋江，

后来又赔不是。"别人问你看什么戏,你把戏名说了不就行了,为什么这么啰唆?黛玉知道这里有门道,不接话。宝玉却傻呵呵掉到陷阱里,他说:"姐姐通今博古,色色都知道,怎么连这一出戏的名字也不知道,就说了这么一串子。这叫《负荆请罪》。"这话正合宝钗心意,她马上笑道:"原来这叫作《负荆请罪》!你们通今博古,才知道'负荆请罪',我不知道什么是'负荆请罪'!"这不就是说宝玉向黛玉负荆请罪?宝钗顺手用戏名挖苦宝黛。她的话还没说完,二玉心里有病,脸就羞红了。

宝钗是当着满屋子人,特别是当着把宝玉黛玉视若珍宝的贾母说这番话的。贾母也懂戏,宝钗借题发挥,贾母能不懂?但贾母不做任何表示。不做任何表示其实就是有所表示,那就是贾母在意的还是"二玉",不管是宝玉向黛玉负荆请罪,还是他们互相负荆请罪,只要两个小冤家和好就成,老太太就安心了。

宝钗对宝玉黛玉一点儿都不讲情面,如果她不是被"不是冤家不聚头"气晕了,如果不是她吃黛玉一缸子醋,她能对刚和好的小兄妹说出这么尖酸刻薄的话来吗?宝钗不管口才还是才思,都不比黛玉差,她既知道韬光养晦,又能该出手时就出手。

宝、黛、钗的互相周旋,充满文化气息,常常出人意外,时时意在言外,有趣不?

宝黛诉肺腑

第三十二回，宝玉黛玉终于"诉肺腑"！

"你放心！"在当代青少年看来，岂不是太普通？

而一句 "你放心"包含千言万语，经历多少荆荆棘棘？

黛玉听宝玉背后说自己

湘云有金麒麟，宝玉清虚观揣起金麒麟后，黛玉又琢磨上了：宝玉最近看的野史里才子佳人多半因小物件撮合，宝玉和湘云会不会因金麒麟出事？黛玉是缺乏安全感，还是小心眼儿？大概都有点儿。她决定到怡红院"侦察"，看看那对也是青梅竹马的表兄妹在做什么。

史湘云到怡红院并不是来找她咬舌子叫的"爱（二）哥哥"的，而是来给小时照顾过她的袭人送绛纹戒指。黛玉到怡红院前发生了两件她知道会十分欣慰的事。

一件是宝玉湘云没因金麒麟发生感情纠纷，倒显示宝玉轻视功名、看重真情。湘云在来的路上捡到宝玉在清虚观得的金麒麟，湘云说："幸而是这个，明儿倘或把印也丢了，难道也就罢了不成？"宝玉笑道："倒是丢了印平常，若丢了这个，

我就该死了。"这就是贾宝玉,不喜欢读书做官,丢了印无所谓,丢了打算和表妹比比的金麒麟,就该死。

一件是袭人向湘云道喜定亲。

两件最令黛玉"放心"的事,她偏偏都没听到。

这就是天才小说家的妙招。读者无所不知,小说中的当事人却只知其一不知其二,小说因此才好看。

黛玉没听到这两段话,却听到了更重要的话——宝玉背后把她当知己。

黛玉到怡红院时,湘云正和袭人一起一唱一和地议论黛玉如何不如宝钗,宝钗怎么有修养。宝玉本来听这些话就一肚子不高兴,恰好贾雨村要来见宝玉,宝玉和他话不投机半句多,很烦。

湘云劝宝玉:"你就不愿读书,去考举人进士的,也该常会会这些为官做宰的人们,谈谈讲讲些仕途经济的学问,也好将来应酬世务,日后也有个朋友。没见你成年家只在我们队里搅些什么。"湘云是希望表哥好。宝玉却讨厌仕途经济,他毫不客气地对湘云说:"姑娘,请别的姊妹屋里坐坐,我这里仔细污了你知经济学问的。"对儿时玩伴下了逐客令。宝玉说的"经济学问"是经时济世、如何做官的学问。袭人解释,宝钗也说过类似的话,宝玉咳了一声,拿起脚就走了,把宝钗羞个大红脸。袭人说,"真真宝姑娘叫人敬重","真真有涵养,心地宽大。谁知这一个反倒同他生分了。——那林姑娘见你赌气不理他,那你得赔多少不是呢"。宝玉说:"林姑娘从来说过这些混帐话不曾?若她也说过这些混帐话,我早和她生分了。"

宝玉黛玉都视功名如浮云,可惜他们不能穿越到六朝生存,只能生活在清代封建贵族家庭。

果然是知己

宝玉的话背着黛玉说出来,恰好叫黛玉听到。情节设计得太妙了。宝玉把劝他立身扬名的话叫"混帐话",而黛玉从不说这样的话,这就是知己,这就是宝黛共同的理想基础。

宝玉和黛玉之间的情感是知己之恋,远远高于我们通常见到的古代小说中一见

钟情、因外貌吸引产生的爱情。当然，宝黛爱情还有个诗意背景——缘定三生的神话、还泪之说。

黛玉听到宝玉背后说自己的话，受到强烈的心灵震动，产生了四种感情——惊、喜、悲、叹。

她喜的是宝玉果然是个知己；

惊的是，宝玉居然不避嫌疑，背后夸我；

叹的是，我们既然是知己，又何必有金玉之说，何必有宝钗；

悲的是，父母双亡，没人做主，自己身体越来越差。你纵为我知己，耐我薄命何。

宝黛深情一步一步往前发展的同时，因为还泪的缘故，黛玉的身体已日渐衰落。

黛玉本来要来怡红院，听完宝玉的话，她很感动，流着眼泪离开。

宝玉："你放心！"

宝玉从怡红院出来，看到黛玉在前边一边走一边擦泪，赶上来问：怎么又哭了？不禁上前替黛玉擦眼泪。黛玉退几步，嫌宝玉又动手动脚。宝玉说："说话忘了情，不觉的动了手，也就顾不的死活。"话说得多么好！没想到黛玉又带刺回答："你死了倒不值什么，只是丢下了什么金，又是什么麒麟，可怎么样呢？"

宝玉急了："你还说这话。到底是咒我，还是气我呢？"

黛玉自然听懂宝玉话里蕴含的意思，他如果心里有"金玉"，天诛地灭。

她第一次向宝玉道歉："你别着急，我原说错了。这有什么的，筋都暴起来，急得一脸汗。"一面说，一面禁不住走近前替宝玉擦汗。

宝玉黛玉先后情不自禁为对方拭泪擦汗的动作设计得特别妙。

宝玉瞅黛玉半天，说了一句"你放心"。

黛玉表示，她不明白什么放心不放心。

宝玉说："好妹妹，你别哄我。果然不明白这话，不但我素日之意白用了，且连你素日待我之意也都辜负了。你皆因总是不放心的原故，才弄了一身病。但凡宽慰些，这病也不得一日重似一日。"

这就是宝玉著名的"诉肺腑"。

在现代青年看来，这有什么了不起？

仔细琢磨，意思非常深。

"你放心"的意思就是：

你放心，我如果有金玉良缘的想法，天诛地灭；

你放心，我只在乎你一个人，永远不变心；

你放心，假如你真死了，我就做和尚。

黛玉听了如轰雷掣电，觉得宝玉的话比从肺腑里掏出来还恳切。宝玉还要再说，黛玉说："你的话我早知道了。"肺腑之言既出，其他话都是多余的了。

黛玉其实早就知道宝玉心里只有自己，但是她一再试探，给宝玉出难题。现在宝玉一句"你放心"已经让两人的心紧紧连在一块，宝玉不需要再讲其他的语言，所以黛玉走了。

宝玉还想进一步和黛玉说心里话,却偏偏把赶来给他送扇子的袭人当成黛玉,说了更动情的话,他先是拉住袭人叫声"好妹妹",接着说:"我的这心事,从来也不敢说,今儿我大胆说出来,死也甘心。我为你也弄了一身的病在这里,又不敢告诉人,只好掩着。只等你的病好了,只怕我的病才得好呢。睡里梦里也忘不了你。"

宝玉大着胆子说出来的这番话,最关键的是"睡里梦里也忘不了你",却偏偏没有叫黛玉听到,而叫袭人听到了。这是小说家有意调度。

袭人希望成就"金玉良缘",现在知道宝玉的心思,她会想方设法阻止"木石前盟"的成功,这就有了宝玉挨打后,袭人以"林姑娘宝姑娘都大了",宝玉常跟她们在一起不方便,建议王夫人把宝玉搬出大观园。这话中的"宝姑娘"是陪衬,目标是让宝二爷远离林姑娘。

宝玉向黛玉诉肺腑,两人进入心灵交会的最高层次。从此二人不再吵架,只互相关心、互相爱护。小性儿、行动爱恼人的黛玉,个性也随和多了,她再也不拿金玉良缘当回事儿,再也不怄气了,还跟宝钗成了好姐妹。

宝玉挨打和诉肺腑有关

红学家常说宝玉挨打有两个原因:蒋玉菡和金钏儿。其实宝玉挨打也和宝玉向黛玉诉肺腑有关。

宝玉向黛玉说"睡里梦里也忘不了你",偏偏被最不应该听到的袭人听到了,宝玉心神慌乱地去见贾雨村,当然不可能有什么挥洒谈吐,所以,当他一头撞到贾政怀里时,贾政这样训他:

好端端的,你垂头丧气,嗐些什么?方才雨村来了,要见你,叫你那半天你才出来了;既出来,全无一点慷慨挥洒谈吐,仍是葳葳蕤蕤。我看你脸上一团思欲愁闷气色,这会子又嗐声叹气。你那些还不足,还不自在?无故这样,却是为何?

宝玉见贾雨村时精神不"振奋",就因为惦记着早点结束谈话,回去看林妹妹。至于他撞到贾政怀里时嗐气叹气,则是因金钏儿之死被王夫人教训一顿,五内摧伤。

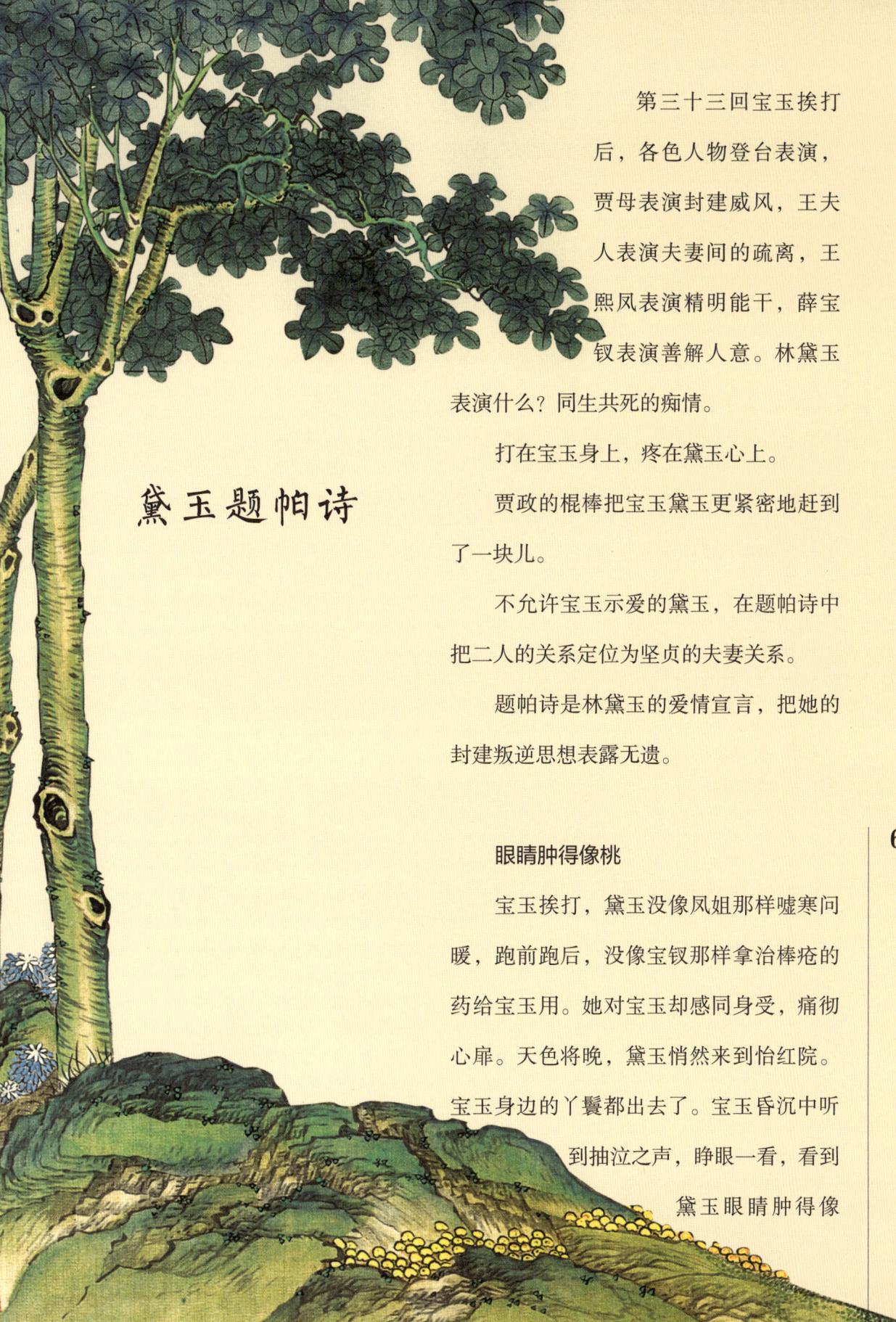

第三十三回宝玉挨打后，各色人物登台表演，贾母表演封建威风，王夫人表演夫妻间的疏离，王熙凤表演精明能干，薛宝钗表演善解人意。林黛玉表演什么？同生共死的痴情。

打在宝玉身上，疼在黛玉心上。

贾政的棍棒把宝玉黛玉更紧密地赶到了一块儿。

不允许宝玉示爱的黛玉，在题帕诗中把二人的关系定位为坚贞的夫妻关系。

题帕诗是林黛玉的爱情宣言，把她的封建叛逆思想表露无遗。

黛玉题帕诗

眼睛肿得像桃

宝玉挨打，黛玉没像凤姐那样嘘寒问暖，跑前跑后，没像宝钗那样拿治棒疮的药给宝玉用。她对宝玉却感同身受，痛彻心扉。天色将晚，黛玉悄然来到怡红院。宝玉身边的丫鬟都出去了。宝玉昏沉中听到抽泣之声，睁眼一看，看到黛玉眼睛肿得像桃一样。黛玉无声之泣，比号啕大哭更难受，号啕大哭可以把悲痛发泄出来，无声抽泣会使林黛玉气噎喉堵，展现的是大悲大痛。

黛玉千言万语说不出，过了半天抽抽噎噎地说："你从此可都改了罢。"

既然舅舅打你，你什么事叫舅舅不高兴，就改了！不以是非论，只怕宝玉再遭罪。

宝玉长叹一声："你放心。别说这样的话。我便为这些人死了，也是情愿的。"

又是一句"你放心"。

贾政因其他事打宝玉，宝玉为什么叫黛玉放心？因为宝玉清楚，他挨打的重要原因，是刚向黛玉诉肺腑，不可能和贾雨村谈得投机，所以父亲不悦。他说就是为这些人死了也情愿，这些人包括金钏儿、蒋玉菡，最主要还是黛玉。

晴雯送旧帕

听说凤姐来，黛玉匆忙从后门离开，宝玉挂念黛玉，要打发个人去看黛玉，怕袭人阻拦，遂支走袭人，派晴雯去看黛玉。晴雯说："白眉赤眼（平白无故），做什么去呢？到底说一句话儿，也像一件事。"宝玉说"没有什么可说的"。晴雯说，要不送件东西？不然我怎么跟她搭讪？一下子提醒了宝玉，便拿两条手帕撂给晴雯。晴雯一看，两条半新不旧

的手帕,说:"这又奇了。他要这半新不旧的两条手帕子!他又要恼了,说你打趣他。"晴雯天真烂漫,根本想不到这是私情传递。宝玉说,你放心,她自然知道。

黛玉开头纳闷宝玉为什么送旧手帕,想了一会儿,突然醒悟。

元春端午节赏赐,把宝玉宝钗并列,黛玉大闹,宝玉砸玉。后来两人对哭,黛玉把自己的手帕摔到宝玉怀里。当宝玉连路都不能走时,却派心腹侍儿晴雯送回手帕给黛玉,他要传递的是这样的意思:我即便被打得不能动,我的心也和你在一起。

这里林黛玉体贴出手帕子的意思来,不觉神魂驰荡:宝玉这番苦心,能领会我这番苦意,又令我可喜;我这番苦意,不知将来如何,又令我可悲;忽然好好的送两块旧帕子来,若不是领我深意,单看了这帕子,又令我可笑;再想令人私相传递与我,又可惧;我自己每每好哭,想来也无味,又令我可愧。如此左思右想,一时五内沸然炙起,黛玉由不得余意缠绵,令掌灯,也想不起嫌疑避讳等事,便向案上研墨蘸笔,便向那两块旧帕上走笔写道……

黛玉理解宝玉送旧手帕的意图,知道什么贵妃赏赐、金玉良缘,都不会再影响他们,他们的感情已瓜熟蒂落。但是他们可以操纵自己的爱情,却不能操纵自己的婚姻。所以黛玉感到可喜、可悲、可笑、可恨、可愧,对面临的局势洞如观火,对如何争取婚姻一筹莫展。

林黛玉是孤高自许、要求灵魂清高、仙女临凡的女性,她不会为了婚事对掌握婚事的人比如王夫人,阿谀奉承,说好话拉关系。她只能用痴情还宝玉痴情,以题帕诗言志。

黛玉题帕诗

对题帕诗，要联系《红楼梦》开头的神话理解。灵河岸边三生石畔绛珠仙草经赤瑕宫神瑛侍者甘露浇灌后，修炼成绛珠仙女，五内凝结着对神瑛侍者的缠绵不尽之意。神瑛侍者下凡做宝玉，绛珠仙子跟他下凡做黛玉，把一生眼泪还他，偿还甘露浇灌之恩。黛玉到人间就是为了向宝玉还眼泪，这是古今中外从没有过的诗意化的爱情。宝玉被打，送旧手帕给黛玉，黛玉作题帕诗和还泪联系在一起，一首比一首深地写出黛玉的感情。

眼空蓄泪泪空垂，暗洒闲抛却为谁？
尺幅鲛绡劳解赠，叫人焉得不伤悲！

第一首诗，是流泪、流泪、流泪，眼睛蓄满眼泪，为谁一个劲抛洒？是黛玉为宝玉抛洒眼泪，也是绛珠仙子为神瑛侍者还眼泪。"尺幅鲛绡"是个美丽的传说，海中有鲛人，他们织出叫"鲛绡"的美丽绸缎，鲛人流出的眼泪，变成珍珠，所以"鲛绡"常代指眼泪。这首诗四句有三句写眼泪，黛玉流泪是因为她理解绡帕已是爱情信物，这两块绡帕当初是黛玉枕头上的，宝玉哭了后，黛玉拿下来，摔到宝玉的怀里。

抛珠滚玉只偷潸，镇日无心镇日闲。
枕上袖边难拂拭，任他点点与斑斑。

第二首诗，还是写流眼泪，不停地流眼泪，日日夜夜流眼泪。偷潸，偷偷潸然泪下。黛玉去看宝玉，眼睛肿得像桃子，是因为她在潇湘馆，让自己的眼泪痛痛快快为宝玉而流。黛玉不是为自己流眼泪，而是为宝玉被打流眼泪，为宝玉痛苦而痛苦，为宝玉不幸而不幸。枕上的眼泪，袖子上的眼泪，到处都是眼泪。

彩线难收面上珠，湘江旧迹已模糊。
窗前亦有千竿竹，不识香痕渍也无。

第三首诗是三首诗的中心、高潮，是黛玉感情的升华，这里使用的"湘江旧迹"典故，来自六朝小说《博物志》。湘江一带种的湘妃竹，上有天然的紫褐色斑点。舜帝南巡死了，尧的两个女儿娥皇女英，都是舜的妃子。她们为舜的死痛苦，她们的眼泪洒到湘江的竹子上，形成像血珠一样的斑点。黛玉用湘江旧迹的典故，且说"窗前亦有千竿竹"，我这些竹子也沾上我的眼泪了。这样一来，黛玉就把自己和宝玉的关系定位为娥皇女英和舜帝的关系，也就是坚贞的夫妻关系。像娥皇女英哭大舜，使得湘竹变成斑竹，潇湘馆的竹子有朝一日也会因为黛玉哭宝玉变为斑竹。

题帕诗是毫不隐讳、情深意浓的情诗，第三首诗是黛玉爱情诗的高潮。这三首诗把林黛玉对三从四德的背叛，完整地写出来了。黛玉不是一直用三从四德，用闺训约束自己吗？宝玉跟她开句玩笑，"我就是那个多愁多病的身，你就是那个倾国倾城的貌"，宝玉对紫鹃说声，"好丫头，若共你多情小姐同罗帐，怎舍得叠被铺床"，黛玉都要翻脸，她不允许宝玉即便借用文学作品来说明他们两个是一对。但是现在她在手帕上毫不隐讳地把自己和宝玉的关系定位为娥皇女英和大舜的关系。对于一个千金小姐来说，这是非常危险的，假如她的题帕诗被人发现，再弄清这是宝玉黛玉之间私相传递的手帕，黛玉就要丢人现眼，黛玉和宝玉就会出现危机。

一般小说家处理这个情节，应该会让黛玉的题帕诗传到宝玉的手里，引起宝玉共鸣，或者宝玉也和上三首诗，两人的感情再往前发展；题诗再被别有用心的人发现，拿来做诬陷宝玉和黛玉的文章，引起轩然大波。"三言""二拍"经常有类似情节。但曹雪芹是天才，天才之所以为天才，就是不按规矩出牌。黛玉写了像爱情宣言一样的诗，这些诗一直到前八十回结束，宝玉都没看到。丢了的后四十回曹雪芹是怎么安排黛玉的题帕诗的？将来宝玉外出逃亡，黛玉在潇湘馆为他担忧，不断哭泣，终于为宝玉流尽最后一滴眼泪，飘然而去。宝玉逃亡归来，回到潇湘馆。潇湘馆人去馆空，寒烟漠漠，落叶萧萧，宝玉对景悼颦儿时，会不会从紫鹃手里接过黛玉的诗？……

一位天才作家飘然而去，甭管有多少作家对他的作品进行补充，都不可能补上他留下的空白。

《葬花吟》是黛玉诗的代表作，没有涉及爱情，是表达宁为玉碎不为瓦全的人格。题帕三绝句才是黛玉的爱情宣言。题帕诗似乎只写给读者看。读者知道，黛玉对宝玉的感情已发展到像娥皇女英对大舜的感情。但是宝玉不知道。宝黛爱情如同猜谜游戏，还会很有趣味地继续下去。也就是在这样一些非常细微的地方，我们能够切实体会到鲁迅先生说的：《红楼梦》把传统的写法打破了。

梦兆绛芸轩

绛芸轩是哪里？是贾宝玉给自己卧室的命名；

梦兆是什么？是梦境体现做梦者的隐秘心思。

第三十六回《绣鸳鸯梦兆绛芸轩》写：薛宝钗坐在绛芸轩贾宝玉床边绣鸳鸯兜肚时，贾宝玉突然在梦中骂起来："和尚道士的话如何信得！什么是金玉姻缘，我偏说是木石姻缘！"

宝玉因何远钗敬黛

宝玉挨打恢复期间，贾母一道命令：宝玉需休养数月，贾政不能叫宝玉和官场人物来往，等于解除了宝玉读圣贤书，走功名路的家族责任。宝玉只在大观园游卧，甘心为诸丫鬟充役，甚至把科举考试必读书、四书之外的书，都一把火烧了。

贾母的溺爱使宝玉越来越偏离贵族子弟应走的"正"路，过起远离功名的消闲

日月。贾政不能教训宝玉,宝钗却主动担负起贾政的职责,"有时见机导劝",劝宝玉留心仕途经济:

> (宝玉)反生起气来,只说:"好好的一个清净洁白女儿,也学的沽名钓誉,入了国贼禄鬼之流。这总是前人无故生事,立言竖辞,原为导后世的须眉浊物。不想我生不幸,亦且琼闺绣阁中亦染此风,真真有负天地钟灵毓秀之德。"因此祸延古人,除四书外,竟将别的书焚了。众人见他如此疯颠,也都不向他说这些正经话了。独有林黛玉自幼不曾劝他去立身扬名等话,所以深敬黛玉。

在宝玉眼中,显官达宦是国贼禄鬼。所谓"国贼",即他们不是为国家效力,而是祸害国家;所谓"禄鬼",就是他们骗高官俸禄来自己享受。宝玉多次说过,天地钟灵毓秀都钟于女儿。因为女儿不受功名利禄影响,所以他见了女儿就觉得清爽,见了男人就觉得浊臭逼人。本应该心境清净的宝钗却跟"国贼禄鬼"同一腔调,她就是有迷人的酥臂,宝玉也避之唯恐不远。宝钗跟宝玉思想上南辕北辙。

黛玉明明知道舅舅严厉管教宝玉的目的是什么,如果她真想争取两人的合法婚姻,她也应该劝宝玉读书上进,同时把自己修炼成宝钗式淑女,再凭着她是贾母唯一疼爱女儿的遗孤,她和宝玉的尘世姻缘还不水到渠成?但黛玉偏偏不这样做。她我行我素,从不劝宝玉立身扬名,从不对王夫人等人说恭维讨好的话,只在潇湘馆诗意栖居。宝玉因而更加远宝钗近黛玉。宝玉对黛玉用的词是"深敬"而非"深爱",说明二人志同道合、心灵相通。

宝玉

黛玉和宝钗的为人迥然不同，宝钗讨好王夫人和贾母，甚至讨好袭人、赵姨娘，教育宝玉关心功名，结果她越关心、教育宝玉，宝玉越和她格格不入。而黛玉感兴趣的是大自然风花雪月，廊下吟诗小鹦鹉。宝钗功利，黛玉超然，宝玉和宝钗越来越不合拍，越来越向着黛玉。宝玉的感情选择其实也是人生道路的选择，他和黛玉不是单纯的儿女之情，而是思想共鸣，是两个追求自由的灵魂相知相悦。

宝钗

袭人靠进谗上位

宝玉挨打后，袭人通过向王夫人"进言"获得上位，成为宝玉的准姨娘。

袭人向王夫人进了什么言？

第一，隐瞒贾环在贾政跟前陷害宝玉的事。袭人已从宝玉的贴身小厮茗烟处知道，宝玉被打是贾环在贾政跟前说金钏儿的事，她还把此事告诉宝钗，说明她相信这是事实。但当王夫人问起：宝玉被打，听说是三爷对老爷说金钏儿，袭人回答：没听说。袭人为何袒护贾环？她是担心能向贾政吹枕头风的赵姨娘报复？

第二，捏造加重宝玉的罪名。忠顺王府长史问罪贾政，只说带玉的哥儿和琪官相与甚厚，贾政不过骂宝玉"流荡优伶"，袭人却对王夫人说，宝玉"霸占"琪官。袭人为何诬陷宝玉？袭人对王夫人说："论理，我们二爷也须得老爷教训两顿。若老爷再不管，不知将来做出什么事来呢。"她编造宝玉"霸占"优伶，是吓唬王夫人，让王夫人相信她？

第三，建议王夫人让宝玉远离黛玉。袭人是身份低贱的丫鬟，贾宝玉住大观园是贵妃的懿旨，按说袭人绝对不敢也不能

俗语说的：'没事常思有事'，世上多少无头脑的事，多半因为无心中做出，有心人看见，当作有心事，反说坏了。只是预先不防着，断然不好。二爷素日性格，太太是知道的，他又偏好在我们队里闹。倘或不防，前后错了一点半点，不论真假，人多口杂。那起小人的嘴有什么避讳，心顺了，说得比菩萨还好；心不顺，就贬的连畜生不如。二爷将来倘或有人说好，不过大家直过没事；若要叫人说出一个不好字来，我们不用说粉身碎骨，罪有万重，都是平常小事，但后来二爷一生的声名品行岂不完了。二则太太也难见老爷。俗语又说：'君子防未然'，不如这会子防避的为是。太太事情多，一时固然想不到。我们想不到则可；既想到了，若不回明太太，罪越重了。近来我为这事，日夜悬心，又不好说与人，惟有灯知道罢了。"

对此说三道四，但奇怪的是，她居然建议王夫人把宝玉搬出大观园：

"（袭人）我只想着讨太太一个示下，怎么变个法儿，以后竟还叫二爷搬出园外来住就好了。"王夫人听了，吃一大惊，忙拉了袭人的手，问道："宝玉难道和谁作怪了不成？"袭人连忙回道："太太别多心，并没有这话。这不过是我的小见识：如今二爷也大了，里头姑娘们也大了，——况且林姑娘宝姑娘又是两姨姑表姊妹，——虽说是姊妹们，到底是男女之分，日夜一处起坐不方便，由不得叫人悬心；便是外人看着，也不像一家子的事。

打着为王夫人利益、宝玉前程考虑的堂皇招牌，目的只一个：阻止宝玉和黛玉亲近，"林姑娘宝姑娘"并提，林前宝后，林是主角，宝是陪衬，王夫人心领神会。宝玉如搬出大观园，宝玉黛玉相见就有困难，王夫人薛姨妈携手实现金玉良缘就更顺利。

王夫人怀疑宝玉和谁作了怪？就是贼喊捉贼的袭人。第六回《贾宝玉初试云雨情》中早就写过这事。袭人的目标是宝二姨娘，要达此目的，她必须同时得王夫人母子欢心。宝玉奶妈李嬷嬷说过袭人装狐媚子哄宝玉，袭人心机绵密套路王夫人，是更重要的"工作"。

在袭人的心目中，宝玉正妻的位置有两个选项：黛玉或宝钗。宝钗为人宽厚，更适合袭人相处，小性儿的黛玉却不一定善待侍妾；宝钗跟贾政同心同德劝宝玉"上进"，黛玉总不劝宝玉立身扬名。哪个更符合希望宝玉飞黄腾达的袭人的心愿？而王夫人及其背后的元妃对宝玉的婚姻有决定性作用。

自从宝玉把袭人当成黛玉诉肺腑，袭人就处心积虑防范宝玉、黛玉亲近，想方设法帮助"金玉良缘"。让王夫人敌视林黛玉，防范宝玉"在我们队里闹"，暗含宝玉和晴雯等丫鬟的关系，是袭人下的"妙棋"，这些都会在查抄大观园时得到体现。

宝玉挨打后袭人对王夫人说的话，是在王夫人保证袭人说什么也不外传、暗许袭人姨娘待遇后说的，袭人的"准姨娘"有了王夫人的"尚方宝剑"，她知道对王夫人编造什么也不会传出去，就开始谋划如何对自己的人生有利，那就是，借王夫人之手，操纵宝玉的婚姻，促成"金玉良缘"。袭人"进言"，生动地刻画出其恶毒的利己主义，她隐瞒贾环陷害宝玉、给宝玉编造霸占戏子的罪名，尤其居心叵测。

袭人进谗的结果是，王夫人告诉王熙凤，从她的月例银中批二两给袭人，以后凡有赵姨娘的，就有袭人的。袭人成了宝玉实际的通房丫头，但"先混着"不公开，其实就是瞒着早就内定晴雯为宝玉侍妾的贾母。

黛玉给袭人"道喜"

黛玉在王夫人那里听说袭人被内定为宝玉"身边人"，和湘云一起来向袭人道喜，却看到做梦都想不到的场景：宝玉穿着纱衫躺在床上睡觉，宝钗坐在他身边绣鸳鸯戏水兜肚。黛玉招手叫湘云来看。湘云本想笑，忽想起宝姐姐待她不薄，赶快把嘴捂住，拉黛玉离开。

黛玉和宝玉是生死恋，黛玉居然来祝贺宝玉的准姨娘，且是真心真意。当代青少年读者对此很难理解。这就是《红楼梦》中的爱情描写和其他小说很不一样的特点。宝黛爱情是真诚的，但黛玉并不在乎王夫人给宝玉安排个事实上的通房大丫头，因为这是封建贵族家庭的常态。封建社会上层男女本质上不平等的爱情，和宝玉黛玉生死恋不矛盾。

宝钗坐在宝玉床边绣鸳鸯，这个场面可不体面。宝钗是没出阁的贵族小姐，宝玉是没娶妻的贵族公子。宝玉睡午觉，宝钗怎么可以像妻子一样在旁边看护，还绣着鸳鸯戏水的兜肚？如果黛玉喜欢飞短流长，给宝钗传出去，宝钗是不是很丢人？但黛玉襟怀坦荡，她并没把这事当成了不起的事，更不和"金玉良缘"挂钩。黛玉平时喜欢刻薄人，连湘云咬舌子她都得学她"爱哥哥"，但宝钗在宝玉床边坐着绣鸳鸯，黛玉却从没对第三个人说过，只跟宝玉开玩笑提过。宝玉不想参加薛姨妈的生日宴会，黛玉用宝钗曾替他赶蚊子劝宝玉还是得去。在黛玉眼里，宝钗坐在宝玉身边绣鸳鸯的咄咄怪事，成了寻常的表姐给表弟赶蚊子！当初连宝玉到宝钗那儿玩一会儿都要说风凉话的黛玉怎么会如此宽宏大量？这正是宝黛爱情成熟的标志。

宝玉梦中骂金玉良缘

宝玉挨打后，宝钗立即送治棒伤的药丸，情不自禁地流露出对宝玉被打的心疼："点头叹道：'早听人一句话，也不至今日。别说老太太太太心疼，就是我们看着，心里也疼。'刚说了半句，又忙咽住，自悔说的话急速了，不觉红了脸，低下头来。"宝钗对宝玉有感情，但她总是极力规范自己，不让这类感情表露出来，却身不由己受到宝玉吸引，想亲近宝玉。

宝钗午睡时进怡红院，想和宝玉聊天以解午倦。这个情节很有意思。午倦可以回房午睡，为何要找人聊天？为何找宝玉不找探春等？还是因为依恋宝玉，这当然无可厚非。

怡红院仙鹤睡着，丫鬟横三竖四睡着，宝钗并没退缩，而是径直进宝玉房内。宝玉睡着了，袭人坐宝玉身边绣鸳鸯戏莲兜肚，这是袭人情绪表露，希望跟宝玉成鸳鸯。按正常做法，宝钗来了，袭人该放下手中活，喊醒其他丫鬟看着宝玉，她请宝姑娘去外间奉茶。奇怪的是，袭人对宝钗说："好姑娘，你略坐一坐，我出去走走就来。"

袭人的做法违规，宝钗该断然拒绝。丫鬟怎能叫贵族小姐代替自己守护你们的少爷睡觉？但宝钗不吭声。宝钗可能一时想不了那么多。袭人说完就走，宝钗拿着她绣的兜肚，一蹲身坐在袭人方才坐的地方，又看那活可爱，就拿起针来替她绣，令她尴尬的是：

> 这里宝钗只刚做了两三个花瓣，忽见宝玉在梦中喊骂说："和尚道士的话如何信得？什么是金玉姻缘，我偏说是木石姻缘！"

宝玉的梦话把宝钗骂呆了，她明白，宝玉心中只有黛玉。

黛玉姓林为木，宝玉实是美石，木石姻缘就是宝玉黛玉的姻缘。

宝钗一直对宝玉黛玉亲密无间无可奈何，现在她发现，宝玉连梦中都忘不了林妹妹，都要骂"金玉良缘"安慰林妹妹。她自己在宝玉心中是什么位置？

绣鸳鸯这个细节很妙，宝钗也有爱宝玉的权利，但她总用妇德约束自己，极力掩饰乃至排斥儿女私情。不过，身不由主地坐在宝玉身边绣鸳鸯却露泄了她儿女真情的一点儿春光。绣两三个花瓣大概得半个时辰，这恐怕是宝钗人生最惬意的半个时辰，不过好景不长。袭人让豪门小姐替自己守主子午睡，实乃让出位置让二宝亲近，没想到事与愿违，害宝钗听到宝玉梦中骂"金玉良缘"。更有哲理意味的是，大自然鸳鸯一雄一雌，哪见过一只雄鸳鸯身后跟着两只雌鸳鸯？宝钗和袭人先后坐在宝玉身边绣鸳鸯，俨然双美一夫，都是宝玉伴侣，最后却一个嫁蒋玉菡，一个终身寂寞，都不过做了场鸳鸯梦。曹雪芹用"金针暗度"法巧讽人物未来的命运。

宝钗聪明过人，自珍自重，知道宝玉连做梦都想黛玉，她能不清醒？

此后，再也见不到宝、黛、钗在感情问题上正面交锋。

黛玉宝钗成好友

第四十二回《蘅芜君兰言解疑癖 潇湘子雅谑补馀香》，回目对仗工整，蘅芜君，薛宝钗，潇湘子，林黛玉；兰言是朋友间美好的语言，雅谑是文雅的笑话；解疑癖是解开林黛玉心中的疑虑，补馀香是和兰言有同样内容的话语。林黛玉用开玩笑的话，表达她对薛宝钗的友情。中国古代把朋友间的知心话叫"兰言"，说话像兰花样有香味，出自《易经》："二人同心，其利断金，同心之言，其臭如兰。""臭"同"嗅"，气味。

黛玉大观园吟错酒令

刘姥姥二进荣国府，史太君两宴大观园，鸳鸯掌酒令：

鸳鸯又道："左边一个'天'。"黛玉道："良辰美景奈何天。"宝钗听了，回头看着他。黛玉只顾怕罚，也不理论。鸳鸯道："中间'锦屏'颜色俏。"黛玉道："纱窗也没有红娘报。"

83

黛玉的酒令，第一句来自《牡丹亭》，第二句来自《西厢记》。宝钗听出毛病来了，这是大人不让我们看的禁书里的艳词。宝钗回过头看黛玉，是提醒：你不可以说这话。黛玉怕罚，没留心宝钗在注意自己，继续说"纱窗也没有红娘报"，黛玉说完就忘了，其他人大概听不懂，或者听懂了，过耳就忘，但宝钗记着，而且替黛玉担心。

蘅芜君兰言解疑癖

宝钗"教育"黛玉

史太君宴大观园次日，黛玉宝钗给贾母请过安回大观园时，宝钗把黛玉叫到蘅芜苑，用开玩笑的口气说：你跪下，我要审你。接着说："好个千金小姐，好个不出闺门的女孩儿，满嘴里说的是什么！"宝钗把黛玉千金小姐的身份抬出来，那肯定是黛玉做了跟千金小姐身份不符的事，宝钗把大观园酒令提了出来。黛玉满脸绯红，央告宝钗"好姐姐"不要告诉人。宝钗见黛玉满脸飞红，也坦诚地对黛玉承认，她早看过这些书，然后大发议论：男人应该读书明理，辅国治民。女孩只应该关心针线之类，女孩如果"见了些杂书，移了性情，就不可救了"。一席话，说得黛玉垂头吃茶，心下暗服，只答应"是"。

黛玉不是我行我素吗？这次怎么对宝钗心悦诚服？因为在那个时代，千金小姐看《西厢记》《牡丹亭》，再念剧本的唱词，如果被人指出，会非常难堪。

黛玉从此和宝钗成了推心置腹的好朋友。难道黛玉仅仅因为短处被宝钗抓住,两人就成了好朋友?并不是。因为宝钗的私下交谈是为黛玉的名声和前途考虑。在贵族大家庭里,千金小姐迷恋《牡丹亭》《西厢记》是丢脸的事。宝钗及时提醒黛玉刹车,千万不要再看这样的书,即便看了,也不可以当众说书里面的话,这当然是爱护黛玉。

黛玉从小父母双亡,没人给她说这样的话。她把宝钗当成姐姐,因为宝钗确实起着姐姐的作用,而且宝钗是冒着被误会的可能劝黛玉。黛玉一向小性,行动好恼人,万一她不高兴呢?宝钗还是要劝,还是要说,她的出发点是为黛玉好。其实,在任何社会,迎合主流意识形态就能站住脚跟,违背主流意识形态常被抛弃。而宝钗教育黛玉的,正是在那个社会要听主流意识形态导引。黛玉信服,因黛玉从小受的也是淑女教育。

接着就发生了宝钗给黛玉送燕窝、黛玉认薛姨妈做妈等情节。

黛玉和宝钗成为好朋友,相当重要的原因是,她们对"木石姻缘"和"金玉良缘"对峙的前景都看清了。两个聪明姑娘都知道,他们之间的争斗,对个人命运一点儿不起作用。从黛玉那边看,宝钗怎么跟她争夺,也拉不过宝玉的心,这就够了,她就是要宝玉的真心;从宝钗那边看,宝玉梦中都想着黛玉,宝钗改变不了,但不管宝黛如何浓情蜜意,决定婚姻

的却是家长,特别是宝玉穿黄袍的姐姐,对宝钗来说,这也够了。

宝、黛、钗"三角"消失,只剩下兄弟姐妹情,及身不由己地融入大家族的兴衰中。

啥时孟光接了梁鸿案

从"蘅芜君兰言解疑癖"开始,黛玉和宝钗成了好朋友,后来还近乎成结义姐妹,黛玉直呼宝钗"姐姐",宝琴"妹妹",不叫"宝姐姐""琴妹妹"。钗黛亲密,让一直处于两位表姐妹"醋意风波"中的宝玉大感不解,他直接问黛玉:啥时梁鸿接了孟光案?意思是,你和宝姐姐因为什么、从什么时候成了好朋友?

黛玉把宝钗怎么关心她,教育她不要讲《西厢记》《牡丹亭》做酒令,怎么给她送燕窝,都告诉了宝玉。说到宝琴,想到自己连个姐姐妹妹都没有,黛玉又哭了,对宝玉说:"近来我只觉心酸,眼泪却像比旧年少了些的。心里只管酸痛,眼泪却不多。"

这段话特别有哲理意义。绛珠仙子到人世间向神瑛侍者还眼泪,眼泪少了,意味着绛珠仙子为神瑛侍者流的眼泪快要流完,她快要回太虚幻境了。

风雨夕闷制风雨词

第四十五回是《金兰契互剖金兰语 风雨夕闷制风雨词》。中国古代把不是同父母而情如兄弟的人叫"金兰之交"。金兰契互剖金兰语，是已成好朋友的黛玉对宝钗说知心话；风雨夕闷制风雨词，是黛玉在秋风秋雨夜晚独自苦闷地写《秋窗风雨夕》。

黛玉对宝钗披肝沥胆

薛宝钗会做人，最成功的是在林黛玉跟前做人。兰言解疑癖是一个例子，给黛玉送燕窝是另一个例子。黛玉长期咳嗽，宝钗来看她，说：你总年年闹，又不老又不小的，不是长法。黛玉说，我知道我的病不能好了。宝钗懂医理，说黛玉该平肝健胃，每天上等燕窝一两，冰糖五钱，用银铫子熬出粥来，滋阴补气。黛玉说：我

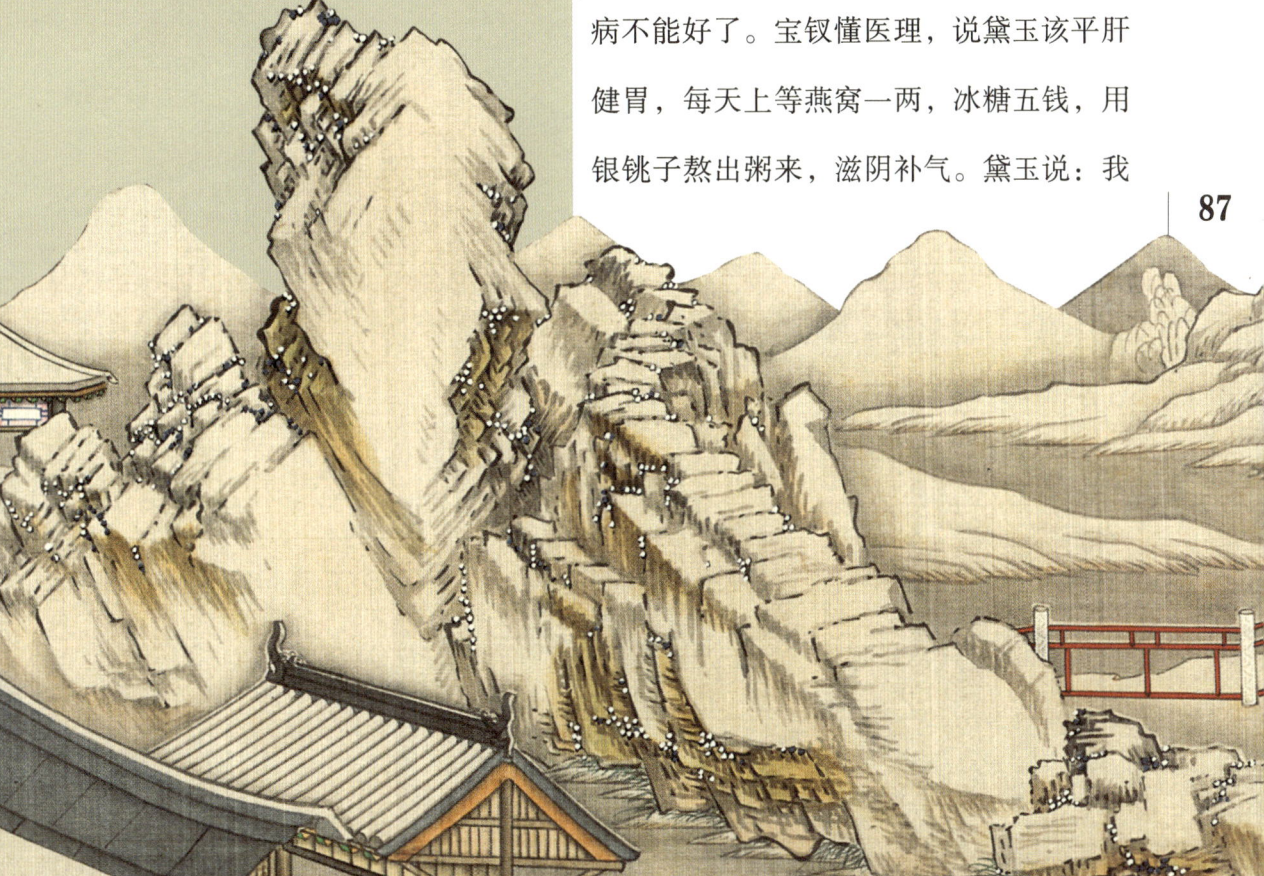

能自己提出来喝燕窝粥？宝钗说我给你送。黛玉长期缺乏兄弟姐妹的温暖，她感到宝钗亲姐姐样的关怀，孤凄的心灵特别感动，深情地说：

你素日待人，固然是极好的，然我最是个多心的人，只当你心里藏奸。从前日你说看杂书不好，又说我那些好话，竟大感激你。往日竟是我错了，实在误到如今。细细算来，我母亲去世的早，又无姊妹兄弟，我长了今年十五岁，竟没一个人像你前日的话教导我。怨不得云丫头说你好，我往日见他赞你，我还不受用；昨儿我亲自经过，才知道了。比如若是你说了那个，我再不轻放过你的。你竟不介意，反劝我那些话，可知我竟自误了。

黛玉天真率真，跟宝钗心结解开以后，用纯净的心灵揣摩宝钗，披肝沥胆，自我检讨，是真正的金兰语。

金兰契互剖金兰语

有一点可以肯定,曹雪芹的构思和一般的爱情小说不一样,他不是写三角恋角逐,也不是写家长操纵婚姻导致悲剧,他写覆巢之下焉有完卵:贾府遭难,宝玉外出,黛玉泪尽而逝,宝钗才和宝玉成亲。

黛玉深感人生苦秋来临

黛玉不再为金玉良缘怄气,但病越来越重,短命而亡的预示出现了。

宝钗一走,面对秋雨连绵,黛玉看《乐府杂稿》,写秋雨,写伤别离的诗,写模仿《春江花月夜》品格的《代别离·秋窗风雨夕》:

秋花惨淡秋草黄,耿耿秋灯秋夜长。
已觉秋窗秋不尽,那堪风雨助凄凉。
助秋风雨来何速,惊破秋窗秋梦绿。
抱得秋情不忍眠,自向秋屏移泪烛。
泪烛摇摇爇短檠,牵愁照恨动离情。
谁家秋院无风入,何处秋窗无雨声。
罗衾不奈秋风力,残漏声催秋雨急。
连宵脉脉复飕飕,灯前似伴离人泣。
寒烟小院转萧条,疏竹虚窗时滴沥。
不知风雨几时休,已教泪洒窗纱湿。

《春江花月夜》是唐代诗人张若虚的名作,是写离愁别恨的歌行。林黛玉的诗在格调和句法上都有意模仿之。"代别离"是乐府题,"代"即"拟",模仿之意,具体诗名是《秋窗风雨夕》。诗中有几个字句需要解释:

耿耿秋灯，耿耿指灯光微明，暗示心中不宁，因心不宁才觉夜长；

秋梦绿，秋夜梦中看到春夏时草木葱茏的景象，为晚秋风雨惊破。

林黛玉是大观园的首席女诗人，她的《海棠诗》《菊花诗》是严格的格律诗，用了不少典故，《秋窗风雨夕》是通俗歌行，诗中对主体事物反复渲染，再三咏叹，"秋""风""雨"不断出现，"秋"出现达十五次。《秋窗风雨夕》和《葬花吟》相比，已没了虽然沉郁却仍然昂扬的气度，离人泣、移泪烛、泪洒窗纱湿，比《葬花吟》更悲苦，更感伤。为什么黛玉和宝钗成了好朋友，和宝玉心心相印，却还在流眼泪？因为长期心理压抑，因为长期和金玉良缘过招，因为一次次和宝玉心灵碰撞，因为对未来没有希望，产生焦虑。林黛玉的身体越来越不行了，仅十五岁，就已感到人生深秋苦秋来临。

《秋窗风雨夕》是代别离。按曹雪芹原来的构思，宝玉因变故而离家不归，与黛玉永别离时，恰好是秋天。黛玉预感到要和深爱的宝玉分离，要和她喜欢的潇湘馆分离，要和美丽的生命分离。宝黛深深相爱，钗黛成了好朋友，但是《葬花吟》写的人生风雨没有休止，仍然是风刀霜剑，花谢花飞，秋风秋雨，万木凋零。林黛玉缠绵病榻，更觉得秋风秋雨愁煞人，还是"想眼中能有多少泪珠儿，怎禁得秋流到冬尽，春流到夏"。

画中戏上的爱宠

好像为了符合"代别离"的对象就是宝玉，黛玉刚写完《秋窗风雨夕》，宝玉就冒雨来了。黛玉看到宝玉身披蓑衣、头戴斗笠，开玩笑："那里来的渔翁！"宝玉说：我这套打扮都是北静王送的，我送

一套给你吧。黛玉脱口而出:"我不要它。戴上那个,成个画儿上画的和戏上扮的渔婆儿了。"她马上想到,刚才嘲笑宝玉是渔翁,自己成渔婆,因失言而害羞,后悔不迭。宝玉一心都在黛玉身上,没听出黛玉说错话,也没发现林妹妹害羞。

"渔翁"对"渔婆",冲口而出,潜意识中黛玉已经把自己和宝玉当成一家人。不过,黛玉说的渔婆是画上画的和戏上扮的,不是现实生活中的。元杂剧《西厢记》中,因为崔莺莺的母亲棒打鸳鸯,莺莺感叹,张生成了镜中情郎,她成了画儿中的爱宠。林黛玉说的"画儿扮的",也成了谶语。贾宝玉和林黛玉无论怎么相爱,最后也成不了夫妻,就像画儿画的戏上扮的渔翁和渔婆,一个是水中月,一个是镜中花。他们现在日日相守、时时关心,将来却不得不伤别离。有考证者认为,宝玉因家难进狱神庙待了一年,北静王把他救了出来。也有学者说宝玉因为丑祸,跑到外面去避祸。黛玉为宝玉担心、叹息,眼泪至死不干,万苦不怨。落难中的宝玉对黛玉牵肠挂肚,他们互相担忧思念,却传递不到对方,"一个枉自嗟呀,一个空劳牵挂"。

最后黛玉孤零零泪尽夭亡。宝玉回到大观园，看到寒烟漠漠、落叶萧萧的潇湘馆，林妹妹已人去馆空。

宝玉黛玉相濡以沫

宝玉一天几次看黛玉，晚上还冒雨进来看，进门就问："今儿好些？吃了药没有？今儿一日吃了多少饭？"拿灯照照林妹妹的脸，看看她的气色是不是好点儿了。黛玉同样关心宝玉，知道宝玉来，怡红院的人打着灯笼，黛玉还是不放心，把书架上的玻璃绣球灯拿下来，让点上支小蜡烛，递给宝玉，说：这个比那个亮，这是雨里面点的。宝玉说，我也有这么一个，怕他们摔了，没点来。黛玉说："跌了灯值钱，跌了人值钱？你又穿不惯木屐子。那灯笼命她们前头照着；这个又轻巧又亮，原是雨里自己拿着的，你自己手里拿着这个，岂不好。明儿再送来。就失了手，也有限的，怎么忽然又变出这'剖腹藏珠'的脾气来！"剖腹藏珠是形容人爱护琐细事物不爱护自己。

这一段平淡的日常细节，把宝黛深情写得真真切切。其实黛玉对宝玉凡事关心已成习惯，通灵宝玉的穗子是她给串的；在第八回，他们从薛家离开的时候，宝玉的斗篷斗笠，是黛玉给戴的。两个人吵架后，宝玉把"我为的是我的心"挑明，林黛玉反而责备他，怎么今天这么冷，你倒把披风脱了？黛玉习惯性地关心宝玉的一举一动，就是从这些奇妙的似乎不通人情的问话中表现出来。

宝玉对黛玉事事关心，处处留意。他后来知道，宝钗给黛玉送燕窝，认为宝姐姐客中，不可以这样麻烦她。他把黛玉吃燕窝的事告诉贾母，贾母从此派人送燕窝。

宝黛情这样纯净、澄明、真挚动人，高出凡庸的感情，实在真不需要什么世俗的婚姻形式了，哪怕结婚之后举案齐眉，也没有这种初恋美好。

一个阆苑仙葩，一个白玉无瑕，曾经互相深爱，即便最终不成双，又有什么遗憾？

紫鹃试宝玉

第五十七回《慧紫鹃情辞试忙玉　慈姨妈爱语慰痴颦》是《红楼梦》中最长的一回，字数几乎是一般回目的两倍，是描写宝黛爱情的重要笔墨，也是曹雪芹前八十回直接描绘宝黛爱情的最后笔墨，弥足珍贵。

回目包含的意思是：聪慧的紫鹃用黛玉要回老家苏州，试探宝玉对黛玉有没有真情，"忙玉"是因宝钗给宝玉起的绰号"无事忙"，宝玉因黛玉要"走"而迷茫、而莽、而不知所措地"忙"，他的"忙"引起整个贾府忙乱，慈祥的薛姨妈疼爱黛玉，用世俗道理劝慰她，说出对黛玉终身大事的想法。

紫鹃为什么要试宝玉？

紫鹃为黛玉的命运忧虑，她知道黛玉和宝玉不能分离，但他们都受封建贵族教育长大，都认为婚姻必须有父母之命、媒妁之言，不敢在家长跟前透露一点儿自主婚姻的想法。黛玉身体越来越坏，主要是因为她一心一意爱宝玉，又感觉希望渺茫。紫鹃认为，黛玉父母双亡，寄人篱下，唯一的依靠是外祖母。贾母在一天，黛玉就有保障，贾母一旦不在，舅舅舅妈完全靠不住，孤女黛玉只能任人欺负。黛玉只有在老太太硬朗时和宝玉定亲，未来才有保障。但能不能叫老太太开口？紫鹃一厢情愿地认为这取决于宝玉对黛玉爱的深度。所以她想试探一下，假如黛玉要离开贾府，宝玉会有什么表现？

估计紫鹃一直琢磨这事，但迫使她付诸行动的诱因，是薛宝琴。

宝钗的堂妹宝琴突然和哥哥薛蝌一起投奔薛姨妈，贾母特别喜欢宝琴，让王夫人认作义女，留宝琴跟自己住。大观园群钗雪景联诗后，贾母向薛姨妈打听宝琴的生辰八字。这事令紫鹃产生危机感，贾母是不是打算给宝玉订宝琴？另外，王熙凤病倒后，宝钗跟探春理家，有点儿像王夫人让未来宝二奶奶"实习"，这大概也让紫鹃产生了危机感。

紫鹃试宝玉试出什么结果？

第一，试出了宝玉的狂热痴情。

紫鹃煞有介事地编出黛玉要回苏州后，宝玉立即癫狂发作：

魂魄尽失，口角流涎，袭人说"死了半个"，李嬷嬷说"不中用了"；

见到紫鹃才能开口说话，死命拉住乞求：林妹妹走，带我一起走！

听到林之孝家来请安，立即大哭大闹：林家的人来接了！

慧紫鹃情辞试莽玉

你"诉到袭人耳朵里,非但传不到黛玉耳中,还起反作用;现在他把活着一起活着、死了一起化烟化灰,诉到黛玉心腹丫鬟紫鹃耳朵里,等于直接告诉了林妹妹。

第二,试出了黛玉的真情。

宝黛心相连,命相通。急难出真情,宝玉出了事,黛玉要为宝玉先死。紫鹃跟黛玉深聊,说出宝黛是知己之恋:

我倒是一片真心为姑娘。替你愁了这几年了。无父母,无兄弟,谁是知疼着热的人。趁早儿老太太还明白硬朗的时节,作定了大事要紧。俗话说:"老健春寒秋后热",倘或老太太一时有个好歹,那时虽也完事,只怕耽误了时光,还不得趁心如意呢。公子王孙虽多,那一个不是三房五妾,今儿朝东,明儿朝西。娶一个天仙来,也不过三夜五夕,也丢在脖子后头了;甚至于为妾为丫头反目成仇的。若娘家有人有势的,还好些;若是姑娘这样的人,有老太太一日还好,若没了老太太,也只是凭人去欺负了。所以说拿主意要紧。姑娘是个明白人,岂不闻俗语说:"万两黄金容易得,知心一个也难求!"

看到架上的自行船,大哭接林妹妹的船来,把船掖被窝,可走不了啦!

每每睡醒,必定大哭:林妹妹走了,需紫鹃好言安慰。

一系列啼笑皆非的表现,说明林妹妹是宝哥哥的命根子。

宝玉最终对紫鹃说:咱们活着一起活着,死了一起化烟化灰。

这是宝黛爱情的最高誓言。此前宝玉向黛玉诉肺腑,把"睡里梦里也忘不了

儿女私情。所以她说不是要紧大事，是句玩话，她还嘱咐紫鹃，宝玉有呆根，你不可以和他这么开玩笑。后来宝玉听到姓林的来就大闹，连玩具船都藏到被窝里，贾母的处理就是宝贝孙子说怎样就怎样，不让姓林的来，姓林的都叫她打出去了，都死绝了。这等于向宝玉承诺，我会把林妹妹永远留在你身边。

贾母看清黛玉对宝玉性命攸关，还能让二玉分离吗？绝对不能。紫鹃虚构黛玉要离开，宝玉就死了半个。假如真叫二玉

紫鹃把宝玉和黛玉的感情基础说出来了。他们是知己，万两黄金容易得，知心一个也难求。

第三，试醒贾母。

听说黛玉要"走"，宝玉急症将死，贾母继宝玉挨打后再次表演"孙子至上"。听说和紫鹃有关，先是"眼内出火"骂"小蹄子"，后认为紫鹃得罪宝玉，尊贵的一品夫人拉着丫鬟叫孙子打，令人绝倒！

贾母哭着感叹："我当有什么要紧大事，原来是这句顽话。"贾母难道看不出宝黛感情？她看出来了，但不能叫别人认为她看出来，也不能叫别人认为他们两个是

分离，宝玉岂不死绝。贾母即便不为黛玉考虑，仅为宝玉考虑，也得成全二玉。何况自黛玉进府，贾母一直把黛玉放在孙女地位之上，放炮仗时得把黛玉搂在怀里。贾母不会像流行本后四十回所说的，参加调包记，那不是曹雪芹的意图。

王太医看病趣写

听说黛玉要"走"，宝玉激烈成"忙玉"，举动令人喷饭；黛玉哭得几乎先宝玉而去；贾母王夫人等像热锅上的蚂蚁……紫鹃试宝玉，热闹非凡，中间插入王太医背医书、史太君开玩笑要拆太医院大堂，情节松紧有致，场面摇曳多姿。《红楼梦》中偶尔出现的过场人物王太医也有神采。

王太医来看病，贾母坐在宝玉身边。王太医先请贾母的安，才诊了宝玉的手。宝玉一只手还死拉着紫鹃不放，紫鹃低了头，王大夫也不知道怎么少爷还得一直拉着个姑娘。诊完脉说：

世兄这症乃是急痛迷心。古人曾云，痰迷有别：有气血亏柔，饮食不能镕化痰迷者；有怒恼中痰裹而迷者；有急痛壅塞者。此亦痰迷之症，系急痛所致，不过一时壅闭，较诸痰迷似轻。

急惊风遇到慢郎中，贾母急于知道孙子的病要不要紧，他倒背起医书了。贾母说："你只说怕不怕？谁同你背药书呢。"王太医赶快躬身回答："不妨，不妨。"贾母问："果真不妨？"王太医说："实在不妨。都在晚生身上。"贾母施威风："既如此，请到外面坐，开方子。若吃好了，我另外预备好谢礼，叫他亲自捧了，送去磕头；若耽误了，我打发人去拆了太医院的大堂。"治不好贵妃祖母的孙子，她把太医院的大堂拆了。王太医开始只听到贾母说叫宝玉好了后捧着谢礼亲自去磕头，连忙说"不敢，不敢"。但他说"不敢"时，贾母已说拆他们的大堂，那就成了你可不敢拆我们的大堂。大家都笑了。插上这一段，就使得情节和刚才那种宝玉急怒攻心的场面有所协调。拆太医院大堂的话，也只有疼孙子将要得痰迷症的贵妃祖母说得出，而王太医举重若轻，回复既文质彬彬又恰到好处。创造松紧交替的场面，寥寥数笔写活了几个人物，曹雪芹是一绝。

薛姨妈要成全"木石姻缘"?

薛姨妈求邢岫烟为媳,邢岫烟薛蝌婚姻轻易成就,说明父母之命、媒妁之言的重要性。宝黛生死恋却始终得不到父母之命、媒妁之言。宝钗母女关心金玉良缘,算父母之命,但始终没出现媒妁之言,特别是元妃指婚之言。木石前盟和金玉良缘的交锋还会继续。

薛姨妈看黛玉,说了很多爱语,她是真心,还是虚情假意?

薛姨妈对黛玉说月下老人系红绳,你们姐妹俩的婚事"不知道是在眼前,还是在山南海北",劝导黛玉,不要太痴情。

薛姨妈对宝钗说到宝玉的婚事:

前儿老太太因要把你妹妹说给宝玉,偏生又有了人家,不然倒是一门好亲。前儿我说定了邢女儿,老太太还取笑说:"我原要说他家的人,谁知他的人没到手,倒被他说了我们的一个去了。"虽是顽话,细想来倒有些意思。我想宝琴虽有了人家,我虽没人可给,难道一句话也不说。我想着你宝兄弟,老太太那样疼他,他又生的那样,若要外头说去,断不中意,不如竟把你林妹妹定与他,岂不四角俱全。

慈姨妈爱语慰痴颦

这是红学家讨论来讨论去觉得最费解的话。薛姨妈说老太太要把宝琴定给宝玉，直刺黛玉之心。但一直宣扬金玉良缘的薛姨妈怎么说她无人可给？如果这句话言不由衷，薛姨妈其他话能不能当真？这是红学家争论不休的话题。

宝玉成"忙玉"，让薛姨妈知道宝黛心心相连，不能分开。她也早就发现，不管她怎么宣传金玉良缘，贾母却从不表态。偶尔出现个宝琴，贾母就动心，一直在她身边活动的宝钗她却不曾动心。薛姨妈说把黛玉定给宝玉，很可能是无奈之语。

紫鹃忙跑来笑道："姨太太既有这主意，为什么不和太太说去？"薛姨妈呵呵笑道："你这孩子急什么？想必催着你姑娘出了阁，你也要早些寻一个小女婿去了。"紫鹃将一军，差点儿把自己将死。薛姨妈轻轻避开。薛姨妈在骑虎难下之际，只好回答："我一出这主意，老太太必喜欢的。"

薛姨妈能出这主意吗？让认定金玉良缘的薛姨妈去成全木石姻缘，可能吗？在天才小说家笔下，什么事都可能发生。某句谶语，可引出后文。薛姨妈公开说的话就不能兑现？如果薛姨妈真兑现她的话，会出现什么样的情节？曹雪芹为后世留下了一个难解之谜。

金玉良缘最终为何得以实现？

第五十八回是《杏子阴假凤泣虚凰 茜纱窗真情揆痴理》，凤凰是传说中的神鸟，雄为凤，雌为凰，常用来形容夫妻。假凤虚凰，指假夫妻、戏中夫妻。揆，推测，领悟。"杏子阴假凤泣虚凰"是原戏班演夫妻的演员间的真情，"茜纱窗真情揆痴理"，茜纱窗为林黛玉特有，宝玉体味的痴理与黛玉密切相关。

第五十八回和前一回紫鹃试宝玉有密切联系，是宝玉未来命运的预示。这一回表面看是写大观园小丫鬟的细事，其实预伏"金玉良缘"实现时贾宝玉的心理依据。

宝玉病一场后，在大观园遇到藕官烧纸，问已经到怡红院做小丫鬟的芳官原因，知道了事情的原委：藕官祭奠死了的小旦菂官，她们在戏里演夫妻，日常生活也假戏真做。芳官说：

菂官一死，他哭的死去活来，至今不忘，所以每节烧纸。后来补了蕊官，我们见他一般的温柔体贴，也曾问他得新弃旧的。他说："这又有个大道理：比如男子丧了妻，或有必当续弦者，也必要续弦为是；但只是不把死的丢过不提，便是情深义重了。若一味因死的不续，孤守一世，妨了大节，也不是理，死者反不安了。"你说可是又疯又呆，说来可是好笑。宝玉听说了这篇呆话，独合了他的呆性，不觉又是喜欢，又是悲叹，又称奇道绝……

藕官烧纸被大观园婆子发现，要告发。宝玉同情、爱护、体谅女孩，未经问明缘由就挺身而出，连续编两个理由，执意庇护。藕官感激，让宝玉向芳官问缘由。此处三个人物命名特别巧妙。藕官祭奠菂官，菂是莲子，莲子和莲花、生在水底的藕同体，所以藕官菂官是戏中夫妻。菂官死后补蕊官。蕊是荷花里的小花蕊，和藕也同体，仍是戏中夫妻。曹雪芹如此构思三人名字旨在说明，原配和丈夫同体，续娶妻子也和丈夫同体。

宝玉因藕官的事产生感想，"茜纱窗真情揆痴理"，茜纱窗为林黛玉特有，乃史太君游大观园时命人给黛玉更换。宝玉体味的痴理与黛玉密切相关。

宝玉知道藕官烧纸之意，又喜又悲又称奇道绝："天既生这样人，又何用我这须眉浊物玷辱世界。"让芳官悄悄告诉藕官以后不要烧纸，逢时按节备个香炉焚香。宝玉发议论，死了妻子可以续弦，只要不把原来的妻子忘掉就可以。此处是伏笔。将来黛玉死了，宝玉本不想出家。作为荣国府男性继承人，他要承担家族责任、娶妻生子。宝钗表现得利欲熏心，像须眉浊物一样热衷功名，宝玉受不了，才去做和尚。这就能解释黛玉泪尽夭亡后，宝玉怎么还会娶宝钗，而且婚后"举案齐眉"。他终究"意难平"，就是因为"薛宝钗借词含讽谏"，又劝他立身扬名，宝玉越发"忘不了世外寂寞林"，才悬崖撒手，出家为僧。

曹雪芹如何安排木石姻缘的结局

曹雪芹同时代宗室诗人明义写过《题红楼梦》二十首,下面的是第十八首:

伤心一首葬花词,似谶成真自不如。
安得返魂香一缕,起卿沉痼续红丝?

意思是黛玉的葬花词成了她生命终结的预告,这是黛玉没有想到的。我们能不能得到一缕还魂香,把黛玉起死回生,那样她和宝玉因为死亡而断了的红丝就可以接上,终成眷属。

这首诗成了曹雪芹如何安排木石姻缘的重要证据。明义想叫黛玉起死回生,以便和宝玉续上红丝,而不是系上,那就说明黛玉生前和宝玉已订婚、系好红丝。黛玉死了,宝黛婚姻才终止,宝钗才能嫁给宝玉。黛玉之死绝不像现在后四十回写得那么富有戏剧性,宝玉失玉疯傻,凤姐搞调包记,宝钗冒名出嫁,黛玉焚稿断痴情,在对宝玉的怨恨中死去。黛玉是绛珠仙子到人世还泪,黛玉之死是泪尽而亡,黛玉的眼泪永远为宝玉而流,万苦不怨。黛玉是因为牵挂外出逃亡的宝玉,不顾自己的病体,日夜哭泣,流尽最后一滴眼泪。参考明义题红诗,再分析《葬花吟》,就可以发现《葬花吟》有的诗句有暗示意义:

三月香巢已垒成,梁间燕子太无情,
明年花发虽可啄,却不道人去梁空巢也倾。

诗句的表面意思是，三月时双栖的爱巢已建成，但梁间那只雄燕子飞走了，明年鲜花重开时，雌燕子已死，香巢倾了，梁空了，雄燕子飞回来，也没了爱巢，没了伴侣。诗句暗藏的意思是，三月，宝黛婚姻经贾母认可，已定了，也就是说香巢筑成了。不久发生变故，宝玉外出逃亡，像雄燕子一样飞走了。这个变故可能是因为宝玉和蒋玉菡、柳湘莲来往，招来丑祸，得罪了王爷，不得不离家避祸。他音讯全无，黛玉日夜悲哭，宝玉回来的时候，黛玉已经死了，她的灵柩也已运回苏州，成了"人去梁空巢也倾"，"花落人亡两不知"，"花魂鸟魂总难留"。黛玉的《葬花吟》预示着黛玉未来的命运。

联系第二十六回回末的"花魂默默""鸟梦痴痴"，更易理解明义诗的含义。花鸟皆是无情物，为什么它们有了"魂"、有了"梦"？因为曹雪芹是用花、用鸟比喻人。花魂，是林黛玉的灵魂，宁可玉碎不肯瓦全的灵魂；鸟梦，是宝玉黛玉爱情的美梦，是宝黛共筑爱巢的美梦最终变成爱巢倾覆的噩梦。为什么当贾宝玉进潇湘馆向林黛玉负荆请罪时，林黛玉假装不理他，却细心地嘱咐紫鹃如何照顾梁下燕？为什么林黛玉明明写的是《葬花吟》，却在诗里边出现燕子的香巢和"人去梁空巢也倾"？就是曹雪芹用燕栖爱巢比喻宝黛定亲，这就是擅长以诗作谶语的曹雪芹在林黛玉人格宣言的《葬花吟》中预伏她未来的命运，预示她的死亡。

早在二十世纪七十年代，蔡义江教授就研究过曹雪

芹笔下黛玉之死。他在《蔡义江新评红楼梦》第五十七回的评语中提出,很大可能薛姨妈后来兑现了她的话:

《葬花吟》有"三月香巢已垒成,梁间燕子太无情"句,探其隐寓意,当指宝黛婚事已定,宝玉忽因祸匆匆出走,一年后再回家时,已是"人去梁空巢也倾"了。所以揣测后来确是由薛姨妈出头,向老太太说了这门"定亲"事的。

黛玉之死与宝玉另娶宝钗无关,将前八十回暗示和明义《题红楼梦》互相印证,宝黛爱情悲剧的大致轮廓即可窥见:宝黛爱情快要结出果实,不料事事多磨,贾府遭变,贾宝玉因为与戏子来往的"不才之事"惹出"丑祸",离家避祸音讯全无。黛玉急痛忧忿,日夜悲啼,泪尽而亡。

前八十回中林黛玉最后的诗句"冷月葬花魂"正是她的结局。

黛玉桃花诗

紫鹃试宝玉，宝玉单恋黛玉局面明朗，宝钗黛玉成好友，宝黛钗感情纠纷烟消云散，"二玉一家"成贾府舆论，第五十五回探春理家时，凤姐跟平儿议论贾府的未来时说："宝玉和林妹妹他两个一娶一嫁，可以使不着官中的钱，老太太自有梯己拿出来。"透露贾母仍要"二玉一家"。第六十六回贾琏偷娶尤二姐，小厮兴儿对尤氏姐妹说宝玉婚事"将来准是林姑娘定了的。因林姑娘多病，二则都还小，故尚未及此。再过三二年，老太太便一开言，那是再无不准的了"。宝玉黛玉感情前景似乎一片乐观。

但他们的悲剧仍在悄然进展。第七十回回目《林黛玉重建桃花社》，林黛玉没能建起桃花社，只写出满纸悲凉的桃花诗，预示着宝黛的悲剧。

宝玉忧思如缕

凤姐病倒，李纨探春宝钗理家不得闲，接着发生了许多杂事，快乐之源的大观园诗社被搁置，贾宝玉忧思重重：

争奈宝玉因冷遁了柳湘莲，剑刎了尤小妹，金逝了尤二姐，气病了柳五儿：连连接接，闲愁胡恨，一重不了一重添。弄得情色若痴，语言常乱，似染怔忡之疾。慌得袭人等又不敢回贾母，只百般逗他玩笑。

富贵闲人贾宝玉怎会为似乎跟他不相干的"闲愁胡恨"病倒？如何理解？鲁迅先生在《中国小说史略·清之人情小说》中剖析："悲凉之雾，遍被华林，然呼吸而领会之者，独宝玉而已。"家族衰落、亲朋不幸，宝玉感受最深。

宝玉黛玉情和贾府盛衰双线推进且深受贾府盛衰的影响。

湘云打发翠缕请宝玉去瞧好诗，宝玉到沁芳亭，黛玉、宝钗、湘云、宝琴、探春都在看诗，见他来都笑说："咱们的诗社散了一年，也没有人作兴。如今正是初春时节，万物更新，正该鼓舞另立起来才好。"

黛玉忧思更深

宝玉看《桃花行》：

桃花帘外东风软，桃花帘内晨妆懒。
帘外桃花帘内人，人与桃花隔不远。
东风有意揭帘栊，花欲窥人帘不卷。
桃花帘外开仍旧，帘中人比桃花瘦。
花解怜人花也愁，隔帘消息风吹透。
风透湘帘花满庭，庭前春色倍伤情。
闲苔院落门空掩，斜日栏杆人自凭。
凭栏人向东风泣，茜裙偷傍桃花立。
桃花桃叶乱纷纷，花绽新红叶凝碧。
雾裹烟封一万株，烘楼照壁红模糊。
天机烧破鸳鸯锦，春酣欲醒移珊枕。
侍女金盆进水来，香泉影蘸胭脂冷。
胭脂鲜艳何相类，花之颜色人之泪；
若将人泪比桃花，泪自长流花自媚。
泪眼观花泪易干，泪干春尽花憔悴。
憔悴花遮憔悴人，花飞人倦易黄昏。
一声杜宇春归尽，寂寞帘栊空月痕。

这首诗是长篇歌行，其中有几句值得特别注意：

帘中人比桃花瘦：此句学李清照"人似黄花瘦"，形容黛玉病情加重。

花解怜人花也愁：再次把人和花融为一体，说明黛玉是花魂。

泪眼观花泪易干，泪干春尽花憔悴：绛珠仙子到人世向神瑛侍者还泪，她的泪快干了，花憔悴了，春天尽了，美丽的青春完了。

一声杜宇春归尽，寂寞帘栊空月痕：杜宇，指杜鹃叫声。黛玉侍儿叫紫鹃，她的名字有象征意义，随着杜鹃叫"不如归去"，黛玉回归太虚幻境，只留下寂寞的月亮和更加寂寞的贾宝玉。

《桃花行》是为命薄如桃花的林黛玉夭亡做预示性描写。

宝玉看了并不称赞，却滚下泪来，立即判断这首诗出自黛玉，他对众姐妹解释是"林妹妹曾经离丧，作此哀音"。其实黛玉面临新的离丧：她自己的"丧"和宝玉的"离"。而贾宝玉为此离丧提前流下了眼泪。

桃花社成泡影

众人刚议定，三月初二日起社，改"海棠社"为"桃花社"，林黛玉为社主，大家齐集潇湘馆拟题时，王子腾夫人来了，大家去请安。第二天是探春生日，黛玉笑道："我这一社开得又不巧了。"于是诗社改至初五。早晨，在外做学政的贾政家书到了，说不日回京，黛玉知贾政回家，必问宝玉功课，宝玉如为诗社分心，恐临期吃亏。黛玉装作不耐烦，不提诗社，却悄悄替贾宝玉写下几十张蝇头小字备贾政查考。

"林黛玉重建桃花社"成了空话，只有桃花诗留下黛玉之死的预言。

西施
一代傾城逐浪花 吳宮空自憶兒家
效顰莫笑東村女 頭白溪邊尚浣沙

虞姬
腸斷烏騅夜嘯風 虞兮幽恨對重瞳
黥彭甘受他年醢 飲劍何如楚帳中

明妃
絕艷驚人出漢宮 紅顏命薄古今同
君王縱使輕顏色 予奪權何畀畫工

綠珠
瓦礫明珠一例拋 何曾石尉重嬌嬈
都緣頑福前生造 更有同歸慰寂寥

紅拂
長劍雄談態自殊 美人巨眼識窮途
尸居餘氣楊公幕 豈得羈縻女丈夫

《五美吟》

林黛玉有絕世才華，又情痴傷感，她感嘆女子薄命古今一致，寫下了《詠西施》等五首詩歌。《葬花吟》、"題帕詩"、《秋窗秋雨夕》《桃花行》感嘆個人悲苦命運，《五美吟》關心古代奇女子命運。《五美吟》視角寬廣，命意新奇，別開生面。《五美吟》是詠古詩，也表現了黛玉的追求和性格特點，如詠虞姬一詩，瞧不起苟且偷生的大將黥布和彭越，欣賞寧可飲劍楚帳的虞美人，這種寧為玉碎不為瓦全的精神，林黛玉一以貫之。林黛玉認為古代有些女子令人可喜可羨，她欣賞慧眼識英雄的紅拂女，因她自己就見識與凡人不同，慧眼識寶玉。脂硯齋透露，"《五美吟》與後《十獨吟》對照"。可惜《十獨吟》我們看不到了。

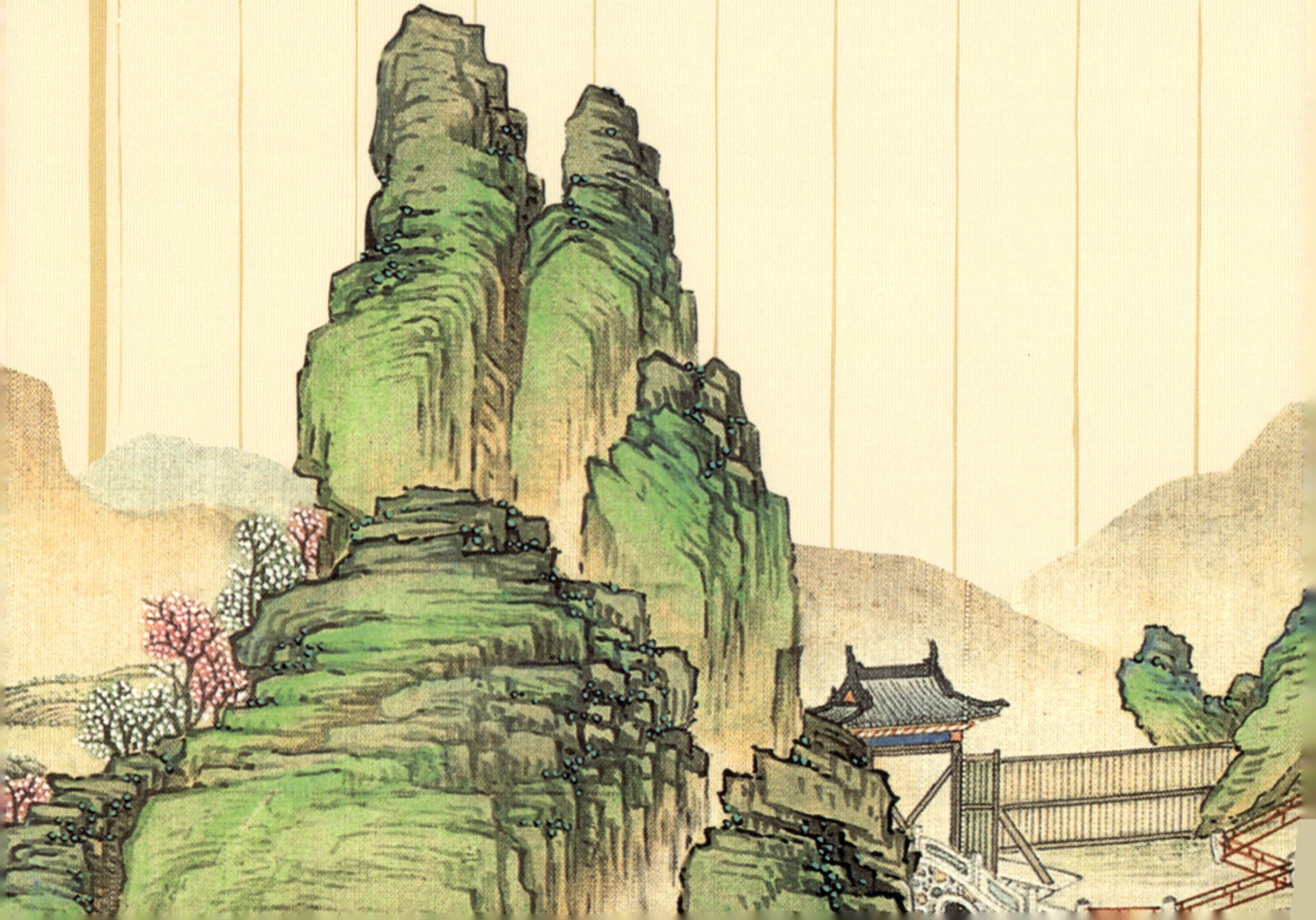

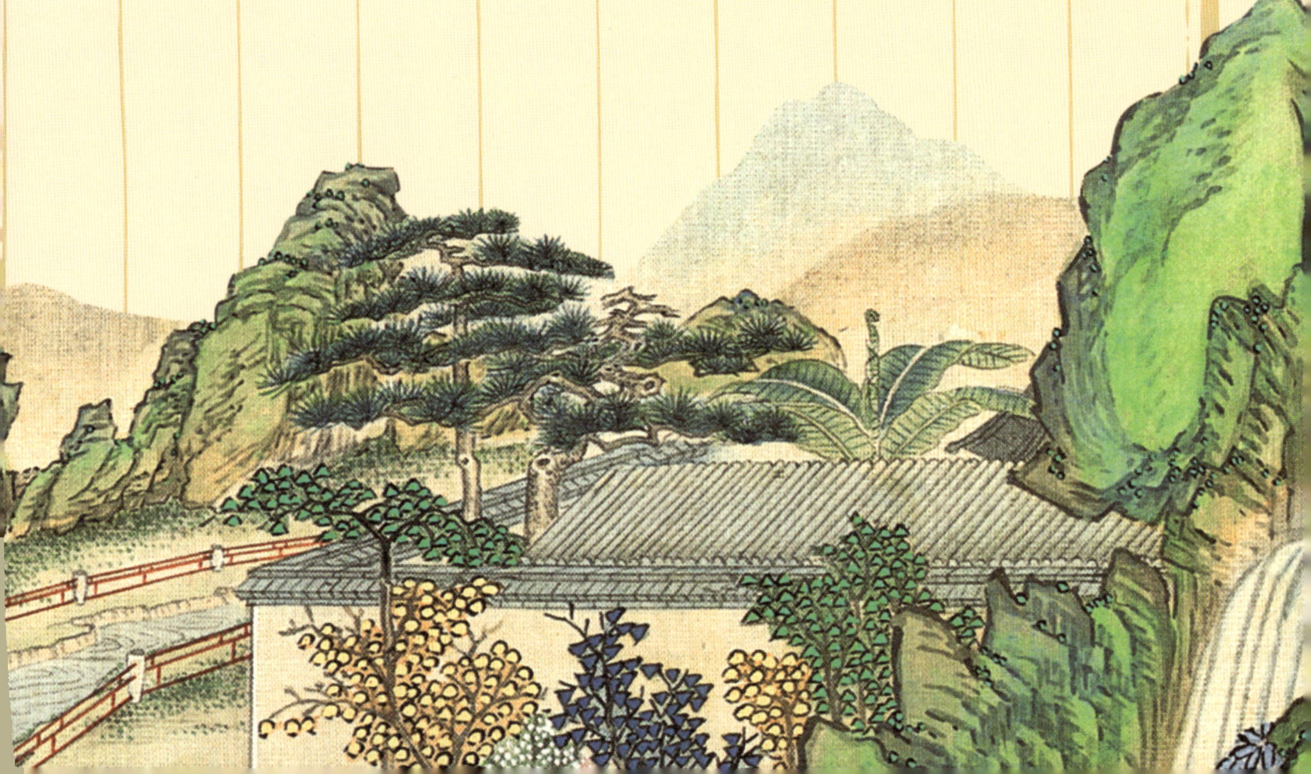

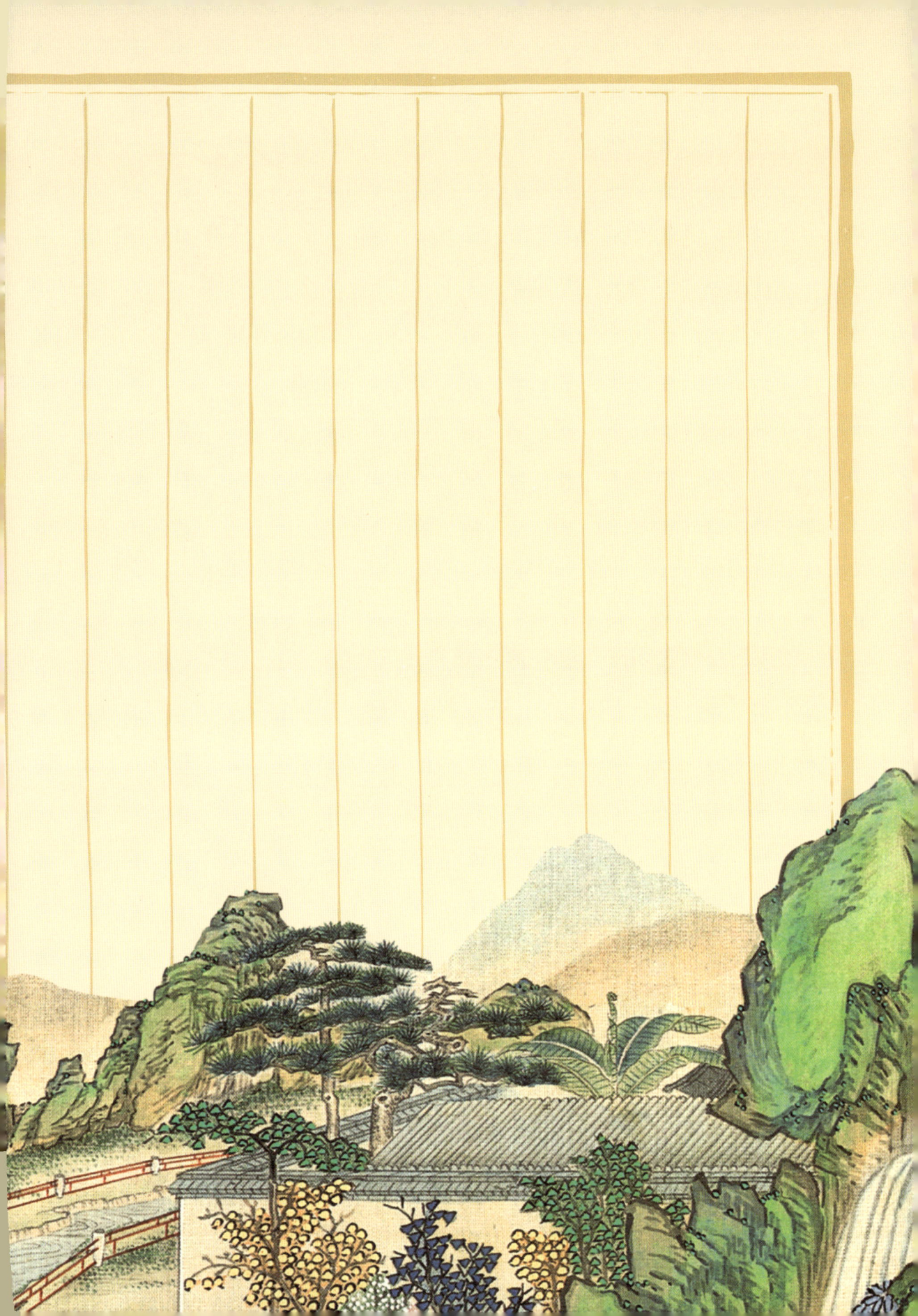

图书在版编目（CIP）数据

马瑞芳教你读红楼梦. 黛玉葬花 / 马瑞芳著.
北京：海豚出版社, 2024.9. --（少年轻读）.
ISBN 978-7-5110-6978-8

Ⅰ. I207.411-49

中国国家版本馆 CIP 数据核字第 2024CF8205 号

少年轻读·马瑞芳教你读红楼梦 黛玉葬花

出 版 人：王磊

选题策划：孟科瑜
出版统筹：许海杰
责任编辑：许海杰 孟科瑜 杨文建 张国良
美术统筹：赵志宏
图文设计：聚力创景
责任印制：于浩杰 蔡丽
法律顾问：中咨律师事务所 殷斌律师

出　　版：海豚出版社
地　　址：北京市西城区百万庄大街24号 邮编：100037
电　　话：010-68325006（销售） 010-68996147（总编室）
传　　真：010-68996147
印　　刷：北京利丰雅高长城印刷有限公司
开　　本：16开（787mm×1092mm）
印　　张：36
字　　数：375千
版　　次：2024年9月第1版 2024年9月第1次印刷
标准书号：ISBN 978-7-5110-6978-8
定　　价：188.00元（全5册）

版权所有 侵权必究

少年轻读·马瑞芳教你读红楼梦

海棠诗社

马瑞芳 / 著

海豚出版社
DOLPHIN BOOKS
中国国际传播集团

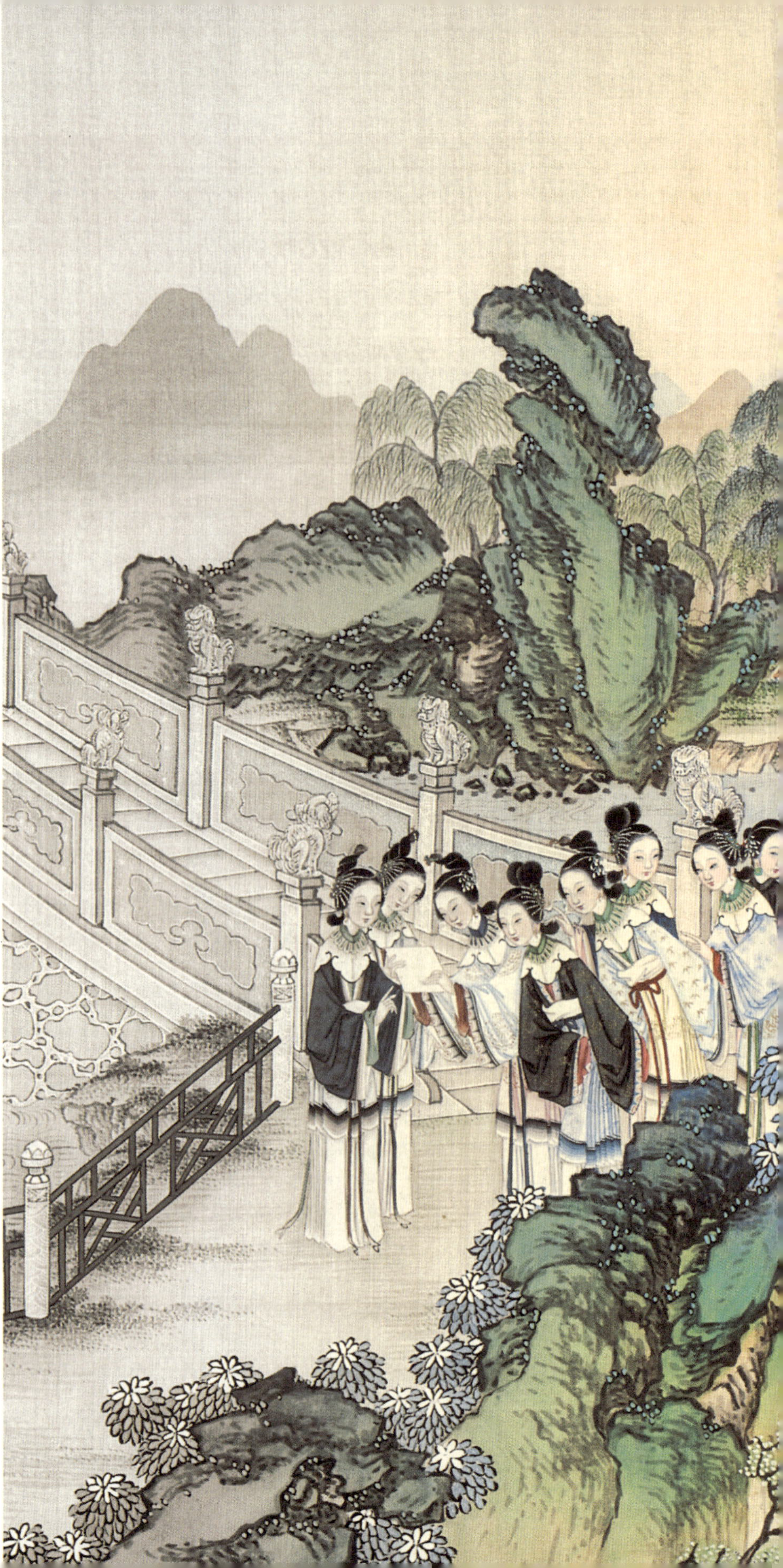

4	海棠诗社
13	螃蟹宴和螃蟹诗
19	菊花诗
25	贾母为刘姥姥导游
31	鸽蛋·茄鲞·老君眉
37	大观园绝妙笑场
41	大观四景巧妙再现
50	品茶栊翠庵
54	香菱学诗
63	惜春绘画
68	大观园裘衣秀
74	芦雪广雪景联诗
81	晴雯撕扇补裘
88	贾宝玉过生日
95	史湘云醉卧芍药裀
99	怡红夜宴掣花签
106	柳絮词·放风筝

海棠诗社

第三十七回《秋爽斋偶结海棠社 蘅芜苑夜拟菊花题》、第三十八回《林潇湘魁夺菊花诗 薛蘅芜讽和螃蟹咏》写大观园诗社的活动。大观园是地面上的太虚幻境，大观园诗社是悠扬的大观神曲，大观园诗社活动把红楼人物的个性、抱负、才情、命运展露无遗。

《红楼梦》和中国古代其他小说的很大不同在于"文备众体"，即用诗词文赋等各种文学形式写人物、讲故事。大观园诗会这一内容在世界各国小说中都很少见到。大观园诗会是《红楼梦》最有诗情画意的部分，也是《红楼梦》文化底蕴的重要体现。

探春建议成立诗社

贾政点学差（官职名）刚上任，宝玉就成了脱缰之马，优哉游哉中收到探春的信。

据脂砚斋评语，宝玉是十二金钗之贯（冠），大观园各种活动都得在他这儿挂号。探春建议成立诗社的信就写给了宝玉。信用骈文写法，讲究对仗用典。探春跟宝玉说，我前一阶段因贪看月色感冒，二哥派侍儿问候，送荔枝和颜真卿真迹给我，我很感激；想到古人在争名夺利之场，仍没忘记写诗，而我们生活在大观园这个有泉有石的地方，有宝钗、黛玉两个现成诗人，为何不搞个风雅诗会，叫大观园姐妹的才能有展现的机会？难道吟诗作赋只有男人？叫我们巾帼展示一下吧：

今因伏几凭床处默之时，因思及历来古人中处名攻利敌之场，犹置些山滴水之区，远招近揖，投辖攀辕，务结二三同志盘桓于其中，或竖词坛，或开吟社，虽一时之偶兴，遂成千古之佳谈。娣虽不才，窃同叨栖处于泉石之间，而兼慕薛林之技。风庭月榭，惜未宴集诗人；帘杏溪桃，或可醉飞吟盏。孰谓莲社之雄才，独许须眉；直以东山之雅会，让余脂粉。若蒙棹雪而来，娣则扫花以待。此谨奉。

探春的信才气满纸，雅趣横生，有些词语需要略加解释。

名攻利敌之场：繁华闹市等争名夺利的场所。

些山滴水之区：范围很小的人工园景。

投辖攀辕：诚恳地挽留客人。"辖"是古代车上的金属零件，将其插入车轴内孔，使轮不离轴。"投辖"指汉代陈遵为留客，把客人车辖投入井内；"辕"是驾车时用的伸于前端的横木；"攀辕"指挽住车子前端横木不让客人走。

薛林之技：薛宝钗和林黛玉写诗的技巧。

风庭月榭：凉爽的庭院和月下的台榭。

醉飞吟盏：饮酒赋诗。

帘杏溪桃："杏帘桃溪"的倒装，"杏帘"指稻香村，"桃溪"指大观园里有桃树的沁芳亭一带。

莲社之雄才：东晋慧远创立于庐山的东山寺内有白莲池，曾经招陶渊明参加诗会。

东山之雅会：王羲之曾与朋友在东山聚会赋诗，吟咏山水。

棹雪而来：乘兴而来。《世说新语》写王子猷雪夜驾船访戴安道，及门而返。人问其故，曰："吾本乘兴而行，兴尽而返，何必见戴。"

扫花以待：杜甫《客至》诗有"花径不曾缘客扫，蓬门今始为君开"的句子。

宝玉本就认为女儿是水做的骨肉，山川日月之精华，独钟于女儿。一看妹妹写这么好的信，提出这

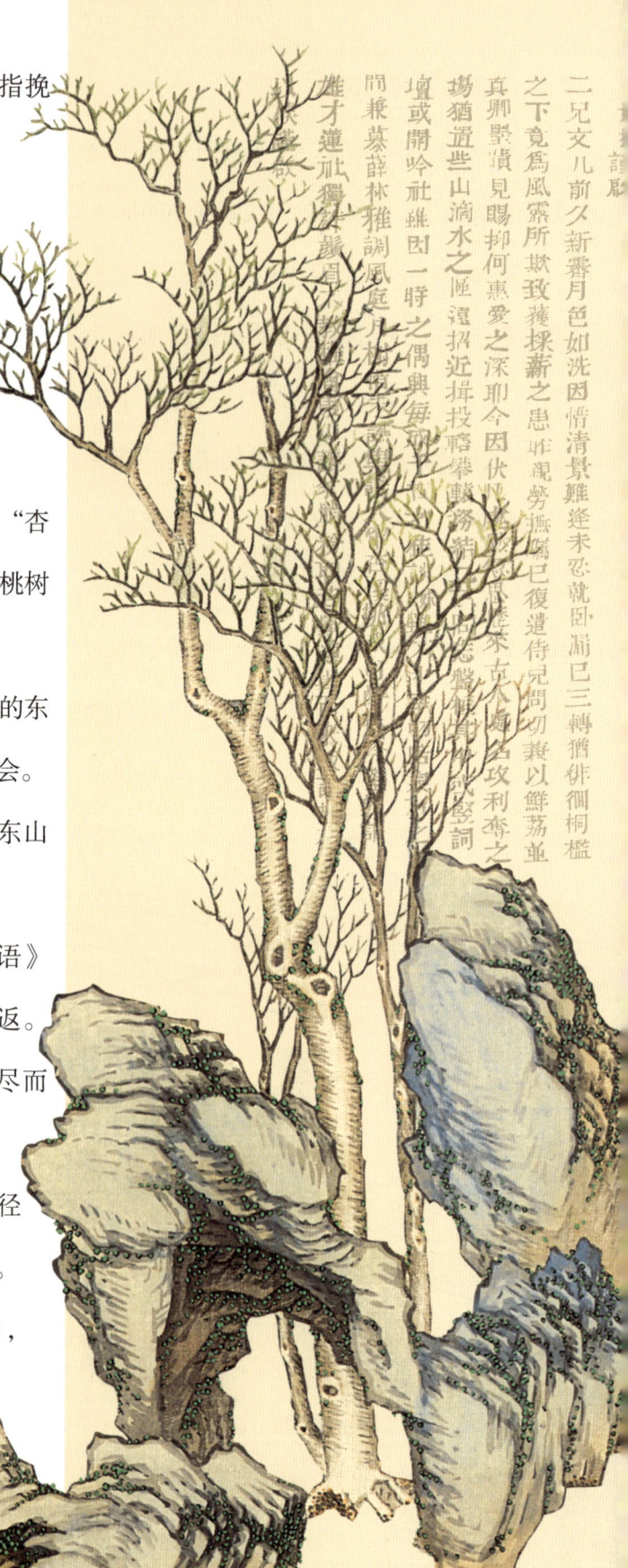

么好的建议，立刻往秋爽斋跑。

令人绝倒的贾芸信

宝玉去秋爽斋的路上，大观园后门婆子给他送了一封信，说芸哥请安，在后门等着。

贾芸是贾府旁支，人物秀美。宝玉开玩笑说你倒像我的儿子，他马上认宝玉为父亲。贾芸的信，不文不白，不伦不类，能让人把肚皮笑破。一开头"不肖男芸恭请父亲大人万福金安，男思自蒙天恩，认于膝下，日夜思一孝顺，竟无可孝顺之处"。十八岁的贾芸拜在十三岁的宝玉膝下承欢，琢磨怎么孝顺父亲大人，又没可孝顺之处。这不是互相矛盾？下面又说"前因买办花草，上托大人金福，竟认得许多花儿匠，并认得许多名园"，认得花儿匠、名园就是了，为何加个"竟"？"因忽见有白海棠一种，不可多得"，说不可多得，却弄到两盆；"大人若视男是亲男一般，便留下赏玩"。前辈红学家说，贾芸的信真好新鲜文字，千古未有之奇文，初读，令人不解，思之，令人喷饭。

曹雪芹真了不起。同时写出两封迥然不同的信。探春的信是六朝文人书启，贾芸的信是市井俗人家书。两封信显示出伟大小说家掌握不同笔墨的超凡才能。

贾芸送的白海棠成为大观园第一次诗会的题目，俗人送花，成就雅客赋诗，妙！

画龙点睛的诗号

黛玉提出起诗社里的人要起号,探春取"蕉下客"。别人还没反应过来,黛玉已笑着说,快把她牵去炖成脯子下酒。黛玉敏捷地想到"蕉叶覆鹿"这一典故,《列子·周穆王》中写道:郑国樵夫获得一头鹿,怕别人看到,用蕉叶藏起来,不久忘记此事,还以为得鹿是做梦。后人用"蕉鹿"比喻世事无常。探春取这个号,是不是寓意将离乡背井远赴三千里外?

黛玉用"蕉叶覆鹿"调侃探春。探春对黛玉说,你不用使巧话骂人,我已替你想个极当美号"潇湘妃子"。探春说出娥皇女英哭舜帝的典故。探春说,黛玉住的潇湘馆有竹子,她又爱哭,将来她想林姐夫时,那些竹子要变成斑竹。这说出黛玉的结局是哭林姐夫泪尽而亡。林姐夫是谁?是和黛玉永远成不了婚的宝玉。黛玉《题帕诗》已把娥皇女英哭舜帝的典故用上,写自己的窗前竹将来要变成斑竹。探春的话成黛玉命运谶语。

宝钗给宝玉起号为"无事忙""富贵闲人",都是嘲笑。宝钗关心富和贵,偏偏宝玉不争取,想做宝二奶奶且望婿成龙的宝钗借机调侃。探春对宝玉说,你的号多得很,我们随便叫

秋爽斋偶结海棠社

《红楼梦赋图册》之海棠结社 约绘于清同治十二年

你,你随便答应就是。其实在探春之前,李纨建议宝玉用原来的"绛洞花主"。这和黛玉的"潇湘妃子"恰好对应。主对妃,绛洞的红对潇湘的绿。

大观园其他人皆因住处得号。李纨是"稻香老农",宝钗是"蘅芜君",迎春是"菱洲",惜春是"藕榭"。李纨自任社长,菱洲、藕榭任副社长,两位副社长一个出题限韵,一个誊录监场。第一次诗社活动定在稻香村。

按头制帽的大观园诗

李纨决定吟白海棠,诗社活动开始:

迎春道:"既如此,待我限韵。"说着,走到书架前抽出一本诗来,随手一揭,这首竟是一首七言律,递与众人看了,都该作七言律。迎春掩了诗,又向一个小丫头道:"你随口说一个字来。"那丫头正倚门立着,便说了个"门"字。迎春笑道:"就是门字韵,'十三元'了。头一个韵定要这'门'字。"说着,又要了韵牌匣子过来,抽出"十三元"一屉,又命那小丫头随手拿四块。那丫头便拿了"盆""魂""痕""昏"四块来。……迎春又令丫鬟炷了一支"梦甜香"。原来这"梦甜香"只有三寸来长,有灯草粗细,以其易烬,故以此烬为限,如香烬未成便要罚。

白海棠

黛玉是大观园中最灵秀聪慧的，她对生活特别敏感，对生活的观察别出心裁。在她眼里，白海棠清纯洁白，不是从普通泥土里长出被种到瓦盆，而是碾碎冰做土，用玉做盆，于是有"碾冰为土玉为盆"；白海棠又是从人们熟悉的梨花的花蕊那偷来三分白，从人们赏识的梅花那借来一缕香魂，于是有"偷来梨蕊三分白，借得梅花一缕魂"；白海棠像月中仙女，穿着自己缝制的素衣，像闺中愁苦的少女悄悄擦拭眼泪，于是有"月窟仙人缝缟袂，秋闺怨女拭啼痕"。诗句既表现了黛玉的巧思，也是黛玉个性的写照。

进了诗社，"二木头"迎春也变得聪明有趣了。诗歌是文学的皇冠，是古人聪明智慧的集中表达。大观园诗会是凝聚古代诗人、闺阁才人的生活创造出来的。看大观园诗会就能知道古代文人雅士怎么生活，古代有文化的贵族怎么生活，古代才女怎么生活。

"十三元"是唐宋后古人写诗用的一种韵，先规定韵脚再写诗，叫"限韵"。限韵是对诗人聪明才智的考验，也是束缚，此后的菊花诗不限韵。

大观园诗歌和人物命运紧密联系，是人物形象的有机组成部分。曹雪芹在《红楼梦》外的诗歌只传下两句，但他替红楼人物写的诗歌，写一人像一人，真是天才。

宝钗

宝钗是大观园中最稳重深沉，也最有雄心大志的，她为人低调不张扬，她的诗歌雍容、沉稳、含蓄。黛玉笔下娇羞的白海棠，到宝钗笔下变得端庄、珍惜芳姿、珍重身份、有意识地把自己严密地封闭起来，所以有"珍重芳姿昼掩门"。宝钗又是入世的人，不会一味退缩，一味低调，她知道自己是什么分量，知道自己有什么能力、什么魅力，所以又有"淡极始知花更艳"。正因不加修饰，素面朝天，才显出天然的艳丽。这是写白海棠，也是写宝钗。

探春写"玉是精神难比洁，雪为肌骨易销魂"，以玉和冰雪比喻白海棠，化用苏轼《松风亭下梅花盛开又韵》中的诗句"罗浮山下梅花村，玉雪为骨冰为魂"，和探春刚强而有志气的个性符合。

湘云后至，她的诗洋洋洒洒，"也宜墙角也宜盆"，实际表现了湘云和什么人都能和谐相处的品格。湘云未来命运是"白首双星"，和她嫁的才貌仙郎两地分居。她的诗出现"自是霜娥偏爱冷""幽情欲向嫦娥诉"，预示湘云的命运和寂寞嫦娥相似。

李纨自封诗会社长，管评论。宝钗和黛玉都写得好，但李纨主张宝钗第一，探春也同意。宝玉说到底谁第一再琢磨，但黛玉没有表示不服气。李纨对宝钗的诗歌评价"含蕴浑厚"，这个评价很到位。

不仅每个人的诗歌不一样，每个人写诗的脾气也不一样。咏白海棠，又限题，又限韵，很难做。黛玉好像全不在乎，别人在那苦思冥想，黛玉或抚弄梧桐，或和丫鬟说笑，或看秋色，好像她根本没有构思，其实一想就得。宝钗也早就写出来了，但她谦虚地说，我虽然有了，却不好，体现为人的低调。宝玉急得背着手走来走去。大家都写好了，在讨论哪一句好的时候，黛玉提笔一挥而就。这么简单的描写，写出了黛玉的恃才傲物，宝钗的谨慎小心，宝玉的毛毛躁躁，活灵活现。

起诗社的建议是探春提出来的，大观园最好的诗人却是黛玉，这不仅因为黛玉早就有《葬花吟》，还因为黛玉是用生命写诗。黛玉的冰雪聪明和单纯率真，在诗歌活动中表现得最充分。黛玉平时爱使小性，但在诗歌活动中她从没使过小性，她的个性竟然和平时都不一样了。她仍旧聪明伶俐，但不再愁眉紧锁，泪眼蒙蒙，而是活泼可爱，喜笑颜开。大观园诗社活动"开掘"出林黛玉性格中的另一面，使人物形象更加丰满。

螃蟹宴和螃蟹诗

大观园诗社一场螃蟹宴,把青春、欢乐的气氛推及贾府。

成立诗社时,宝玉觉得心里有事想不起,袭人派宋妈给湘云送东西提醒了他,原来是缺湘云。宝玉恳求贾母请来湘云。湘云起号"枕霞旧友",兴致勃勃地宣布只要入社,扫地焚香都愿意。湘云大大咧咧地要做东再邀一社,却想不到请客得用钱。宝钗把她请到住处,剖析了一番湘云的处境(家中只给不多的零用钱)后说:

这个我已经有个主意,我们当铺里有个伙计,他家田上出的好肥螃蟹。前儿送了几斤来。现在这里的人,从老太太起,连上园里的人,有多一半都是爱吃螃蟹的。前日姨娘还说要请老太太在园里赏桂花、吃螃蟹,因为有事还没有请。你如今且把诗社别提起,只普通一请。等他们散了,咱有多少诗作不得的?我和哥哥说,要几篓极肥极大的螃蟹来,再往铺子里取上几坛好酒,再备四五桌果碟,岂不是又省事,又大家热闹了?

湘云请客，宝钗出资。湘云不拘小节，考虑不周；宝钗处世大方，处事得当，相得益彰。

凤姐带乐螃蟹宴

大观园诗会前，先请贾母等赏桂花，这是宝钗提出来的。湘云一说请贾母赏桂花，贾母就很高兴地答应了。第二天贾母等进园后，大观园出现了少有的欢乐祥和场面。这是从贾母到丫鬟都参加的宴会，也是贾府除宝玉之外，没有别的男人参加的宴会。女儿国聚会欢声笑语，其乐融融。之所以能有这么热闹、这么快乐，和王熙凤关系很大。

凤姐有柔美的一面，擅长制造欢乐气氛。贾府兴盛时，凤姐走到哪儿，就能把笑声播撒到哪儿，把幽默风趣带到哪儿。宝钗和黛玉都没法比。凤姐用心照顾贾母，时时刻刻尊着她，敬着她，捧着她，叫她感到我们这些当家人对老人家望尘莫及。贾母在藕香榭想起小时家里有枕霞阁，她不小心掉水里，好容易救上来，木钉又把头碰破，现在鬓角上还有指头顶大一块窝儿。贾母这话题很难接。贾母破相了，脑门上有小疤痕。王熙凤不等别人说话，先笑了：

那时要活不得，如今这大福可叫谁享呢！可知老祖宗从小儿的福寿就不小，神差鬼使碰出那个窝儿来，好盛福寿的。寿星老儿头上原是一个窝儿，因为万福万寿盛满了，所以倒凸高出些来了。

随机应变，妙语如珠，神思妙想，巧舌如簧，凤姐把贾母幼年倒霉事说成盛万福万寿

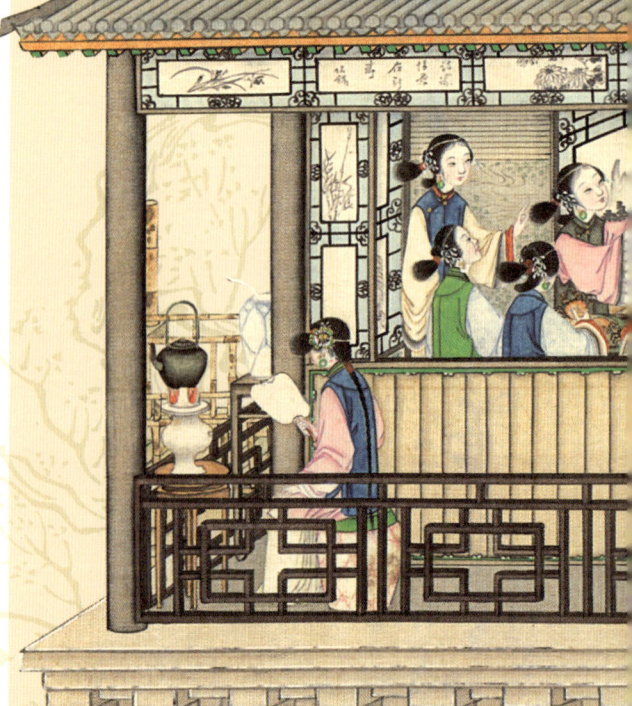

之事！凤姐这样不分老少取笑，木头般的王夫人既不会也不敢；贾宝玉和大观园众小姐再聪明再受宠，也没有一个敢做、能做、会做。只有王熙凤信手拈来，谈笑风生。而贾母认为，家常没人，娘儿们原该这样，只要礼体不错就行，对凤姐的行为高度评价。其实王熙凤一切取笑都严格遵循为长者折枝的理，严格遵循叫长者开心、舒心、顺心的理。她在贾母跟前做任何事都是察言观色，投其所好。贾母也乐得沉浸在所谓体味福寿的天伦之乐中。

凤姐叫螃蟹宴名义上的东道主湘云只管自己吃，叫鸳鸯、袭人，甚至婆子们，只管随意坐了吃喝，她里外张罗。她先剥出蟹肉奉给薛姨妈，这是待客之道。薛姨妈说自己掰着吃香甜，王熙凤便又奉给贾母。再掰第二个，凤姐奉给贾母的心肝宝贝宝玉。贾母这边吃得差不多，王熙凤还没吃一口，她来到廊上。鸳鸯说，我们在这里清闲一会，你

又来了,叫我们清闲不了。王熙凤信口和鸳鸯开玩笑:"你知道你琏二爷爱上了你,要和老太太讨了你做小老婆呢。"这玩笑引起丫鬟起哄。琥珀说,鸳丫头去了,平丫头还饶她?平丫头没吃螃蟹,倒喝了一碟子醋。平儿拿蟹黄抹琥珀,琥珀一躲,蟹黄抹到凤姐脸上,众人哈哈大笑。贾母问什么事那么乐,鸳鸯来个即兴歪曲式创作:"二奶奶来抢螃蟹吃,平儿恼了,抹了她主子一脸的螃蟹黄子,主子奴才打架呢。"贾母说,她可怜见的,那些小腿子、脐子叫她吃点吧。鸳鸯故意高声说,这满桌子螃蟹腿,二奶奶只管吃吧!大观园形成不分主子奴才、互相取乐打趣的欢乐场面。

宝钗帮湘云,是姐妹情深,还是因湘云是贾母娘家侄孙女?凤姐和鸳鸯开玩笑,是平等意识,还是因鸳鸯是贾母首席大丫鬟?凤姐精心照顾贾母,是孙媳孝顺老婆婆,还是为"挟天子以令诸侯"?曹雪芹不动声色地描写,读者爱怎么理解就怎么理解。

螃蟹咏

大观园诗会上大家写完菊花诗,又吃螃蟹。宝玉说:"今日持螯赏桂,亦不可无诗。我已吟成,谁还敢作呢?"宝玉的诗"持螯更喜桂阴凉,泼醋擂姜兴欲狂",不就写吃螃蟹?"原为世人美口腹,坡仙曾笑一生忙",还是笑螃蟹。黛玉说,这样的诗要一百首也有。宝玉说,你这会才力已尽,不要说不能作了,还贬我。黛玉不假思索,提笔一挥而就,比宝玉写得好,也还是写怎样吃螃蟹,但黛玉形容的螃蟹很生动:"铁甲长戈死未忘,堆盘色相喜先尝。螯封嫩玉双双满,壳凸红脂块块香。"大家说确实写得好,宝玉也称赞。宝钗说:"我也勉强了一首,未必好,写出来取笑儿吧。"不说自己神思敏捷,而是勉强写一首还未必好，结果令大家叫绝。

宝钗的螃蟹诗共八句，其实只有两句最好："眼前道路无经纬，皮里春秋空黑黄。"螃蟹走路方式特别，它横着走。不管眼前道路是经是纬，对它来说都没有意义；"皮里春秋"指人的外表看不出好坏来，但心里可存褒贬，心里可以有阴谋诡计。螃蟹肚子里有黑黄两种不同的膏，但不管黄的黑的，最后都叫人给吃了。"皮里春秋"引申意思是，世人啊世人，不管你如何搞阴谋诡计，不管想出来多么高的招，都不会有好下场。宝钗的咏螃蟹诗是在小题目上寄予大意思，讽刺世人太狠了点。这样深刻的讽世之作，只能出于宝钗之手，这是由宝钗老辣的性格和她的博学决定的。

螃蟹咏是大观园诗人吟诗场面的代表，也是大观园青年男女热爱生活、坦坦荡荡的写意图画。当大观园聚合起男男女女，一起写菊花诗，写螃蟹咏时，似乎大观园里的人只要遇到诗歌，就抛弃了原来的不和，丢弃了你亲我疏。宝玉是黛玉心上的宝哥哥，但是黛玉不因此称赞宝玉的诗写得好。当宝玉说黛玉已才尽，轮到他露脸时，换作平常，黛玉早就恼了，早就甩脸子了，早就哭了，早就走了，但是这次黛玉没事。宝钗的螃蟹咏一出来，马上压倒宝玉，也压倒黛玉，两人都心服口服。这说明什么？说明诗是智慧的较量，是才情的较量。诗和现实生活的钩心斗角扯不上一毛钱关系。诗是大观园的欢乐颂，大观园的人只要写起诗来，什么你跟他好，他跟你不好，所有大事小事俗事都不存在了，存在的只是诗题、诗韵、诗意。这样的场面超出了日常生活的鸡争鹅斗，进入了和美的境界。

宝玉和姐姐妹妹在大观园诗会中充分舒展性情，度过了人生最美好的阶段。

刘姥姥算笔螃蟹账

刘姥姥二进荣国府，恰好平儿从螃蟹宴回来。周瑞家的说，早上我就看见那螃蟹了，一斤也就称两三个，两三大篓，大概有七八十斤。刘姥姥算了笔螃蟹账：

这样螃蟹，今年就值五分一斤。十斤五钱，五五二两五，三五一十五，再搭上酒菜，一共倒有二十多两银子。阿弥陀佛！这一顿的钱够我们庄家人过一年了。

刘姥姥算螃蟹账起两个作用，一是有意无意写贫富差距，庄稼人全家一年生活费二十两银子，而大观园一次螃蟹宴就吃掉了；一是写刘姥姥这个人物，她算不清账，偏偏喜欢算。这是乡村絮絮叨叨老太太的特点。

水墨设色《菊石图》 吴昌硕

菊花诗

中国古代文人常用菊花喻指人格，《离骚》中"夕餐秋菊之落英"是写性格高洁；陶渊明的"采菊东篱下，悠然见南山"被世代传诵；《聊斋志异》也写过菊花精黄英的故事。

第三十八回，林黛玉在菊花诗会中以《咏菊》《问菊》《菊梦》得前三名，这一回的回目叫《林潇湘魁夺菊花诗》。

别致的诗题

菊花诗题目是由宝钗湘云在蘅芜苑夜晚拟定的。

宝钗说咏菊花以菊花为宾，以人为主，不是单纯咏菊花，而是写人和菊花的关系，这很有创意。她们拟了十二个题目，宝钗解释，起首是《忆菊》；忆之不得故访，第二就是《访菊》；访之既得，就种，第三是《种菊》；种了盛开要赏，第四是《对菊》；对菊而兴有余，折来供瓶，第五是《供菊》；供而不吟不行，第六是《咏菊》；菊花进入词章，第七就得《画菊》；菊花有什么妙处，就得问，第八是《问菊》；第九是《簪菊》，就是把菊花戴头上。这时人和菊花的关系似乎写尽，但仍可以菊作诗，于是《菊影》《菊梦》就放在第十和第十一，最后第十二以《残菊》结束。宝钗说，这样三秋好景妙事都有了，不限韵，十二个题，谁愿意写什么题，就把这个题勾下。

大观园里的年轻人写诗前先请贾母赏桂花，大家一起吃螃蟹，等贾母一走，大观园菊花诗会便形成一幅仕女野游图：

黛玉拿着钓竿钓鱼；

宝钗掐了桂花蕊喂鱼；

迎春用花枝穿茉莉花；

探春、李纨、惜春在柳树下看池里的水鸟；

宝玉一会儿看黛玉钓鱼，一会儿跟宝钗说笑，一会儿陪袭人吃螃蟹。

大观园儿女无忧无虑，心情舒畅。

黛玉菊花诗展雄才

十二个菊花诗题，从方方面面写人和菊花的关系。黛玉选了三首，其他人有选两首的，有选一首的。最后李纨评价，《咏菊》获第一，《问菊》第二，《菊梦》第三。三首都是黛玉写的。李纨是很有见解的诗评家，她对黛玉诗歌的评价是"风流别致"。

我们来看看林黛玉这三首菊花诗：

咏菊

无赖诗魔昏晓侵，绕篱欹石自沉音。

毫端蕴秀临霜写，口角噙香对月吟。

满纸自怜题素怨，片言谁解诉秋心。

一从陶令平章后，千古高风说到今。

这首七律写得非常切题，题目是"咏菊"，前四句写诗人创作咏菊诗的过程，后四句写对菊花高尚品格的认识和咏菊诗的历史。

"无赖诗魔"句指诗歌创作的冲动使诗人心灵日日夜夜不得安宁。

"绕篱欹石"句形容诗人绕着东篱、倚着青石沉思低诵。

"毫端蕴秀"句指笔端带着聪明灵秀描绘菊花。

"口角噙香"句指对着明月吟出丽辞佳句。

"素怨""秋心"两句借菊的孤傲抒发自己的情怀。"素怨"即秋怨，与"秋心"互文，秋叫"素秋"。

"一从"两句意思是自从陶渊明吟咏菊花后，历来都有文人称赞菊的高风亮节。

问菊

欲讯秋情众莫知，喃喃负手叩东篱。
孤标傲世偕谁隐，一样花开为底迟？
圃露庭霜何寂寞，鸿归蛩病可相思？
休言举世无谈者，解语何妨话片时。

前两句写问菊过程，第二联是问的中心，后四句仍然问，却带着诗人的揣想和对菊花的体贴。

"欲讯秋情"句，问询菊花情怀，大家都不理解。"秋情"指后边"孤标傲世"两联。

"喃喃负手"句，两手在背后相握，若有所思问菊花。"叩"指问，"东篱"指菊花。

"孤标傲世"句，孤高的品格能和谁相谐相合？"孤标"指孤高的风操，"标"指树梢最上部，引申为"出众"之意。

"一样花开"句，同样是开花，为什么你开得这么晚？"为底"指为何。

"圃露庭霜"句，菊圃冷冷清清，已蒙白露、浸寒霜，菊花何等寂寞。

"鸿归蛩病"句，鸿雁南归，蟋蟀悲鸣，菊花在想念什么？

"休言举世"句，菊花不要认为整个世界都没有理解你的。

"解语何妨"句，如果菊花懂得人的语言，咱们也可以聊一聊。

菊梦

篱畔秋酣一觉清，和云伴月不分明。
登仙非慕庄生蝶，忆旧还寻陶令盟。
睡去依依随雁断，惊回故故恼蛩鸣。
醒时幽怨同谁诉，衰草寒烟无限情。

"篱畔秋酣"两句，秋菊在东篱边酣睡，梦魂依稀伴着明月薄云。

"登仙非慕"两句，秋菊飘飘欲仙的酣眠，不是羡慕庄子化作蝴蝶，而是找老朋友陶渊明叙旧。这两句一语双关，预示黛玉之死。"登仙"是死的隐语，暗指黛玉以死证明木石前盟。

"睡去依依"两句，梦中有依恋之心，因所思遥远，随着大雁飞到绝远之处，惊醒后听到蟋蟀鸣叫，又总是为自身的孤单清凄而悲伤。"故故"即时时、屡屡。

《菊花竹石图》明 徐渭

"醒时幽怨"两句,梦醒后满腹幽怨能告诉谁,只有衰草寒烟懂得菊花的深情吗?

黛玉的三首诗都有警句,而警句都和黛玉为人、形象挂得上钩。如"满纸自怜题素怨,片言谁解诉秋心","素怨"和"秋心"都是洁白高洁的意思,都是写菊花,又是借菊花的高洁表达自己的情怀。再如,"孤标傲世偕谁隐,一样花开为底迟",那么多花都开了,为什么你开得这么晚?因为你孤标傲世。诗句把菊花的孤高品格写出来,暗喻黛玉孤高自许的品格。"毫端蕴秀临霜写,口齿噙香对月吟",在咏菊过程中显示天才女诗人迷人的地方。

林黛玉是大观园中的李清照

李清照对黛玉有很大影响。李清照特别关注菊花,她有首《多丽·咏白菊》:

小楼寒,夜长帘幕低垂。恨萧萧、无情风雨,夜来揉损琼肌。也不似、贵妃醉脸,也不似、孙寿愁眉。韩令偷香,徐娘傅粉,莫将比拟未新奇。细看取、屈平陶令,风韵正相宜……

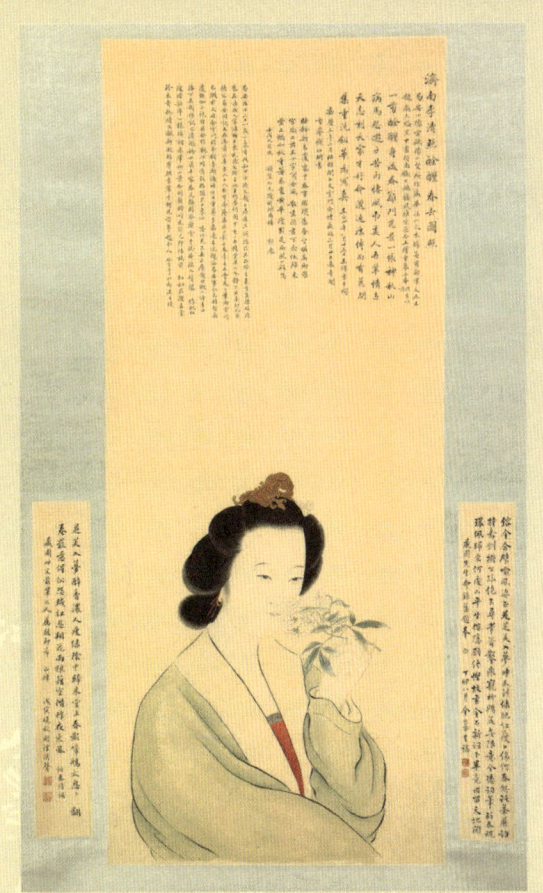

李清照像 清 国家博物馆藏

李清照遭遇爱情不幸,她借和大自然白菊融为一体,抒发自己和古代既有文名又有骨气又爱菊花的屈原及陶潜气脉相通的情怀。她写白菊经历了潇潇无情的风雨,被打得花垂叶落,它不像牡丹花那样艳丽,不做妖媚打扮,它没有迷人的香气,更不做奇态怪形,只有屈原笔下的风骨、陶潜笔下的风韵。

　　看完李清照的《咏白菊》,再看林黛玉的咏白菊,"一从陶令平章后,千古高风说到今","休言举世无谈者,解语何妨片语时",还有"喃喃负手叩东篱","忆旧还寻陶令盟",从这些词句来看,林黛玉对李清照诗文的承传关系一目了然。再往后,林黛玉的《桃花行》干脆把李清照的词句稍加改动变成自己的诗句:"桃花帘外开仍旧,帘中人比桃花瘦。"这是对李清照"人似黄花瘦"的翻版。所以林黛玉是中国诗史上拥有重要地位的女诗人,但这个女诗人是小说家创造的女诗人。林黛玉是大观园里的李清照。

　　黛玉只要到写诗的地方,脾气就特别好。大观园菊花诗会,黛玉夺魁,但黛玉很谦虚,表扬别人的诗句写得好。她说头一句好的是史湘云的"圃冷斜阳忆旧游",这句背面傅粉。李纨说,这句当然不错,但你的"口齿噙香"也敌得过了。

　　黛玉夺魁,谁垫底?宝玉。宝玉只要和姐姐妹妹凑一块,总垫底。而他很高兴:我又落第了。

贾母为刘姥姥导游

第三十九回《村姥姥是信口开合　情哥哥偏寻根究底》、第四十回《史太君两宴大观园　金鸳鸯三宣牙牌令》、第四十一回《栊翠庵茶品梅花雪　怡红院劫遇母蝗虫》，这三回写刘姥姥二进荣国府引起欢声笑语，给贾府带来盛世不再的狂欢节。

"天上的缘分"

刘姥姥一进荣国府是打秋风，那次王熙凤施舍了二十两银子，没见过豪门气象的刘姥姥似乎吓蒙了，说话都不着调。王熙凤说"大有大的艰难去处"，她竟回个"瘦死的骆驼比马大"。所以周瑞家的

埋怨：你怎么见了她不会说话了？刘姥姥二进荣国府，成了草根外交家，见什么人说什么话，怎么说怎么到点子上。

刘姥姥一进荣国府是周瑞家的陪着，二进荣国府多个张材家的陪着。曹雪芹借人名谐音暗点刘姥姥二进荣国府是"长财"之旅，她从荣国府带走现银108两和贾母给的金银元宝，还带走一车礼品，包括贾母送她的贵重衣服、贾宝玉从栊翠庵要的成窑五彩盅。

刘姥姥得如此厚待，周瑞家的说，她投了贾母的缘，是"天上的缘分"。

"天上的缘分"是指刘姥姥二进荣国府收获颇丰？非也，是指当贾母寿终正寝不能护庇后代儿孙时，受恩不忘的刘姥姥救了贾母唯一的重孙女巧姐。

两个智慧老妇

刘姥姥二进荣国府是来答谢，送了些瓜果。刘姥姥所谓的穷心感动了王熙凤的富心，王熙凤说这么大年纪扛些东西来，住一晚再走。贾母听到说请来我见见。贾母整天在珠围翠绕中，想知道跟自己不同阶层的老人什么样？所以请刘姥姥来聊。

《红楼梦》擅长在对比中写人物，清高脱俗的黛玉和处世灵活的宝钗，飞扬跋扈的凤姐和清心寡欲的李纨，心机深细的袭人和率真敢言的晴雯……都是一对一对的。这次刘姥姥二进荣国府，两个出身、个性完全不同的老妇，形成巧妙的对比，演了一场精彩的对手戏。

出身于四大家族之一的贾母，贵为诰命一品夫人、贵妃祖母，是荣国府的"宝塔尖"。刘姥姥一无显赫家世，二无显贵亲戚，自己连家都没有，而且在女婿家看孩子，穷得吃不上饭。她们有没有相同的地方？有。都是祖母级人物，都喜欢念佛，都见多识广。贾母对富贵人家的事没有没经过、没见过的，刘姥姥对乡村农户的事，也是没有没经过、没见过的。二人经历恰好形成互补。贾母后来曾说，贾府的人是一个富贵心，两只体面眼。她对贾府的人嫌贫爱富、以势压人看得很清楚，她本人却怜贫悯穷。

两个祖母级人物第一次见面，怎样互相称呼？曹雪芹写得很妙。

刘姥姥进贾母房间，上来福了几福，说"请老寿星安"。贾府人对贾母都叫"老太太"，凤姐、宝玉叫"老祖宗"，刘姥姥无师自通叫"老寿星"。刘姥姥懂心理学，知道贾母什么都不缺，最希望福寿康宁，"老寿星"是贾母最喜欢的称呼。

贾母叫刘姥姥"老亲家"。贾府其他人都叫她"刘姥姥"，只有贾母叫"老亲家"。其实她们既不沾亲也不带故。刘姥姥是王夫人娘家挂名亲戚，不管多不相干，贾母都接受刘姥姥是亲家，是给王夫人面子。

不过贾母这个称呼又是铁定事实，只是提前叫了。按照曹雪芹构思，贾府败落后，王熙凤被关进狱神庙，王熙凤唯一的女儿巧姐被狠舅王仁和奸兄贾蓉卖进妓院，刘姥姥把巧姐赎出来，让巧姐跟自己的外孙板儿成亲。贾母和刘姥姥岂不就是真正的亲家！

贾母挽留刘姥姥住几天，说我们也有个园子，我带着你去逛逛我们的园子。

一品夫人成穷婆子导游，《红楼梦》真是无奇不有。有个好玩的情节，饭后贾母带着刘姥姥到山前的树下待了半晌，把看到的一一说给刘姥姥听：这个叫什么树，这个叫什么石头，这个叫什么花。刘姥姥一一领会，表示开眼界了，又跟贾母说："谁知城里不但人尊贵，连雀儿也是尊贵的。偏这雀儿到了你们这里，它也变俊了，也会说话了。"人们不知道什么鸟进大观园变得尊贵、会说话了，刘姥姥说："那廊下金架子上站着的绿毛红嘴是鹦哥儿，我是认得的。那笼子里黑老鸹子怎么又长出凤头来，也会说话呢？"刘姥姥真不认识八哥吗？多半是假装糊涂，逗贾母开心。你们想看山村野趣，那我能要多土有多土；你们想让老太太开心，我帮着你们叫老太太开心，我自己也开心。有这样的心态，怪不得身体好人缘也好。

唐诗宋词化景

曹雪芹换了三次角度写大观园：一次是贾政带着贾宝玉游园题额，以贾宝玉的角度；一次是元妃归省，以皇妃的角度；这次换了贫妪的角度，对大观园做陌生化观察和描写。

按照常理，大观园建成后，没等元春归省，贾母已游玩过，平时她也常到园子里休闲，曹雪芹却是借刘姥姥到来详细写贾母游园。

贾母带刘姥姥四处游玩，有两处谐趣描写从唐诗、宋词中化出。

一处是刘姥姥戴菊花。贾母进园，李纨叫碧月捧过个大荷叶式的翡翠盘子，里面盛着各色折枝菊花。贾母拣个大红菊花簪在鬓角上，然后叫刘姥姥戴花。凤姐说："让我打扮你。"横三竖四地给刘姥姥插了一头。这不就是恶作剧？刘姥姥却说："我这头也不知道修了什么福，今儿这么体面起来。"大家说，她把你打扮成老妖精了，还不拔下来摔到她脸上。刘姥姥说："我虽老了，年轻时也风流，爱个花儿粉儿的，今儿老风流才好。"刘姥姥老江湖，识玩知趣，凡事看得开，整天"阿弥陀佛"不离嘴，她做事的宗旨就是与人方便，自己方便。

曹雪芹可能是将杜牧《九日齐山登高》中的两句诗延展为刘姥姥菊花满头的场面。

尘世难逢开口笑，菊花须插满头归。

刘姥姥插一头菊花，大家哄堂大笑，不正是这两句诗的意境？曹雪芹顺手牵羊

将人们耳熟能详的名句,从文人雅兴变为闺阁笑谑。

另一处是沁芳亭说画。

到沁芳亭,贾母问刘姥姥:"这园子好不好?"刘姥姥念佛道:

我们乡下人到了年下,都上城里买画儿贴。时常闲了,大家都说,怎么得也到画上去逛逛。想着那个画儿也不过是假的,哪里有这个真地方呢。谁知我今儿进这园子里一瞧,竟比那画儿还强十倍。怎么得有人照着这个园子画一张,我带了家去,给他们见见,死了也得好处。

据传说柳永《望海潮》写"三秋桂子,十里荷花"等江南美景,导致金兵南下,里面有两句词:

异日图将好景,归去凤池夸。

这段情节不就是化用柳永的两句词,不过在《红楼梦》里变成穷苦老妇赞扬国公府园林。

伟大作家总能从前人作品中获得创作灵感,将其稍加点缀后巧妙使用。

《红楼梦》和传统文化的联系,千丝万缕,处处可见。

鸽蛋·茄鲞·老君眉

"刘姥姥进大观园"已成现代汉语常用语,常用来形容没有见过世面的人来到陌生新奇的世界,见到从来没有见过的事物。

贾府在大观园搞大型活动,第一次是元妃归省,第二次是史太君两宴大观园,两次形成有趣对比。贾元春是社会最高层,皇妃归省却出现悲惨场面,人性被扭曲,亲情被淹没。史太君两宴大观园的客人是社会最底层,却营造出欢乐祥和场面,动不动就笑,张扬了人性、个性,这在中国古代小说中非常少见。

贾府生活奢华讲究,美器美食满眼都是。史太君两宴大观园,早饭用楠木桌子设旁座席,午饭宴席每人面前设高档茶几并放几样爱吃的。午宴上金鸳鸯作令官行酒令,她行的是牙牌令。牙牌又叫牌九,用来行酒令就叫牙牌令。它的令组成一副三张牙牌玩,所以叫三宣牙牌令。

大观园早饭是鸽蛋、午饭是茄鲞,再到栊翠庵喝的是老君眉,都是刘姥姥从没见过的,小说里这些极微小的细节非常生动有趣。

一两银子一个的鸽蛋

早饭时凤姐故意给刘姥姥摆双特别沉的筷子,再上碗鸽子蛋。叫刘姥姥用笨重筷子夹鸽子蛋。刘姥姥耍酷说:"这里的鸡儿也俊,下的这蛋也小巧,怪俊的。我且肏(cào)攮一个。"刘姥姥的话粗野放肆,乡野气味浓厚。从没听到过这类话的贾母,笑得眼泪出来,说把鸽蛋换了。凤姐不换,说这鸽子蛋一两银子一个呢。刘姥姥想,一两银子一个,我一定得尝尝,于是伸着筷子要夹,满碗闹了一阵,好容易撮起一个来,伸着脖子要吃,偏又滑下来掉在地上。她放下筷子正要去捡,不料底下的人早就捡出去了。刘姥姥叹息:"一两银子,也没听见个响声就没了。"曹雪芹写刘姥姥吃鸽蛋,夹不起来,满碗闹,终于撮起来,再伸着脖子吃,像是动漫镜头分解,好看极了。

凤姐说鸽子蛋一两银子一个,是不是夸富?不是。据清代笔记小说记载,富贵人家先用冬虫夏草、人参之类大补药喂鸡、喂鸽子、喂鹌鹑,再叫它们生蛋,然后再吃这个蛋,那这个蛋就合一两银子一个。

贾母发现大家都用乌木镶银筷子,给刘姥姥用四棱象牙镶金筷子,于是命给刘姥姥换了。刘姥姥说:"去了金的,又是银的,到底不及俺们那个伏手。"凤姐说:"菜里若有毒,这银子下去了,就试得出来。"王熙凤分明是炫耀,刘姥姥巧妙捧哏:"这个菜里有毒,俺们那些都成了砒霜了。哪怕毒死了,也要吃尽了。"

贾府吃饭用的筷子豪华气派。

乌木三镶银箸:乌木是产自非洲的名贵木材;三镶是用银包裹筷子下半部,中腰和顶端也加银饰。旧时人们认为银能试毒,故银箸是名贵筷子,乌木三镶银箸尤其贵重。

四棱象牙镶金筷子:贾府重大宴席专用筷子,较乌木三镶银箸更金贵,也特别笨重。

茄子能这样做?

大观园午宴上,凤姐和鸳鸯要拿竹根抠的大酒杯灌刘姥姥,贾母和薛姨妈劝止。当刘姥姥捧着

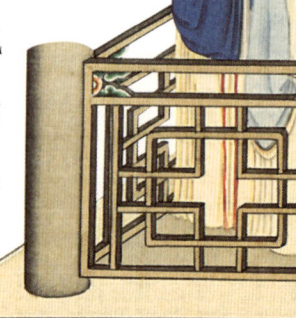

酒杯喝酒时，薛姨妈叫凤姐给她点菜吃。贾母下令：你把茄鲞搛些喂她。凤姐对刘姥姥说："你们天天吃茄子，也尝尝我们的茄子弄得可口不可口。"话带炫耀意味。凤姐将茄鲞喂到刘姥姥嘴里。刘姥姥嚼了几口，不相信是茄子："别哄我了，茄子跑出这个味儿来了，我们也不用种粮食，只种茄子了。"之后又说："姑奶奶再喂我些。这一口细嚼嚼。"细嚼了半日，说："虽有一点茄子香，只是还不像茄子。告诉我是什么法子弄的，我也弄着吃去。"凤姐说：这也不难。你把才下来的茄子去了皮，切成丁，用鸡油炸了，加上鸡脯子肉、香菌、蘑菇、五香豆腐干、各色干果子，都切成丁，用鸡汤煨干，用香油一收，糟油一拌，盛在瓷坛子里封严了，要吃时拿出来，用炒的鸡丁一拌就行了。刘姥姥一听："我的佛祖！倒得十来

只鸡来配它，怪道这个味儿。"

茄鲞是什么菜？鲞是鱼干。鱼干这种菜出现在两千多年前，根据史书《吴地记》记载，春秋时吴王阖闾带兵入海，遇到风浪，没粮食了，吴王向大海祈祷，一群金色的鱼游过来给他们做了食物。出征回国后，吴王想起当时在船上吃的鱼。臣子汇报，那些鱼已经晒干。吴王说做来吃吃。一吃，觉得比鲜鱼更好吃。吴王就在"美"下面再加个"鱼"字成了"鱻"（现简化为"鲞"），也就是鱼干。从此鲞成了下酒凉菜。茄鲞是素菜荤吃，把茄子做出鸡肉的味道。元代食谱已经有做菜鲞的方法。新时期以来，因《红楼梦》热，很多地方开发红楼宴，但茄鲞始终做不出来。可能荣国府大厨的茄鲞工序，被王熙凤漏掉了关键部分。

刘姥姥吃茄鲞，是显示贾府贵族生活讲究的典型细节。

茶再熬浓些就好了

第四十一回《栊翠庵茶品梅花雪》，贾母带刘姥姥进了栊翠庵，妙玉迎出来：贾母道："我们才都吃了酒肉，你这里头有菩萨，冲了罪过。我们这里坐坐，把你的好茶拿来，我们吃一杯就去了。"妙玉听了，忙去烹了茶来。宝玉留神看她是怎么行事。只见妙玉亲自捧了一个海棠花式雕漆填金云龙献寿的小茶盘，里面放一个成窑五彩小盖钟，捧与贾母。贾母道："我不吃六安茶。"妙玉笑说："知道。这是老君眉。"贾母接了，又问是什么水。妙玉笑回："是旧年蠲的雨水。"贾母便吃了半盏，便笑着递与刘姥姥说："你尝尝这个茶。"刘姥姥便一口吃尽，笑道："好是好，就是淡些，再熬浓些更好了。"贾母众人都笑起来。然后众人都是一色官窑脱胎填白盖碗。

非常简单的喝茶情节背后，包含繁复的传统文化内容。

海棠花式雕漆填金云龙献寿小茶盘：茶盘形体是海棠花，表面装饰为雕漆填金，纹样是云龙献寿。云龙献寿的纹样是云朵间有双龙烘托个"寿"字，雕漆填金是在雕刻的沟槽整体填以金色。妙玉用这样的茶盘，一是显示其家族财力丰厚，二是表示她敬重贾母。

成窑五彩小盖钟：成窑是明代成化年间的官窑，成窑斗彩开创了釉下青花和釉上多种彩色相结合的新工艺。成窑上品，无过五彩小盖钟。成窑五彩小盖钟在清代已价值不菲。妙玉给贾母用此茶具，也表达敬重之意。

六安茶：安徽名茶，产自霍山，有毛尖、瓜片、银针等品，分白茶和明茶两种。贾母说她不吃六安茶，多半指明茶。妙玉说"知道"，应是宝玉独自来喝茶时告诉她的。

老君眉：安徽名茶六安银针，白茶，味甘醇，针长如眉，满布银毫。武夷山也有此茶。

旧年蠲（juān）的雨水：古代讲究的文人雅士常把雨水接下泡茶。"蠲"为积存之意。

官窑脱胎填白盖碗：官窑是专为宫廷烧制瓷器的瓷窑，开始于宋徽宗年间；脱胎是薄胎瓷器，极薄，映光可透见指纹，似乎釉层脱去胎骨，故名；填白，是在暗白刻纹的薄胎器上挂一层透明釉，温润如玉，若无胎骨。官窑脱胎填白盖碗是极名贵的茶具。

　　妙玉给贾母奉茶，用的是名器，敬的是名茶。贾母细品老君眉，大概是想让刘姥姥见识一下什么叫茶中极品，于是吃半盏递到刘姥姥手里，刘姥姥则一口吃尽。半盅茶喝出两个老太太的不同身份和教养。贾母喝茶是优雅、细致地品，刘姥姥喝茶是一股脑儿灌。更好玩的是，刘姥姥还要对她从没喝过的高档茶发表议论，"再熬浓些更好了"。大约贾母把茶递给刘姥姥时妙玉就心想：老太太差矣，这样高雅的茶具岂能交给这么粗俗的人？因为刘姥姥用过成窑五彩小盖钟，妙玉嫌弃不要了，对宝玉说，如果我用过，得把它砸了。宝玉劝她把五彩小盖钟送给贫婆子，她卖了也可以度日。一桩小事，看出妙玉孤僻，宝玉善良。

大观园绝妙笑场

刘姥姥即兴耍酷

整部《红楼梦》不分男女老少,不分身份贵贱,全体大笑,笑得畅快,笑得有趣,只有刘姥姥在史太君宴会上表演"小品"后的大观园笑场。

此后没过多久,在贾府经常看到:主仆间你死我活,妻妾间花样宫斗,妯娌间鸡斗鹅争,奴仆间鸡毛蒜皮……没了笑声,只有国公府大厦将倾的嘎吱声。

贾母亲自给刘姥姥当导游,早饭、午饭都安排在大观园。凤姐、李纨、探春、鸳鸯带着端饭的人,把早饭摆在秋爽斋晓翠堂。鸳鸯对凤姐说:"天天咱们说外头老爷们吃酒吃饭都有一个篾片相公,拿他取笑儿。咱们今儿也得了一个女篾片了。"凤姐说咱们就拿刘姥姥取乐。凤姐平时想方设法逗贾母开心,现在有了新鲜人新鲜事,还不得大做文章。李纨善良古板,说你们一点好事都不做,又不是小孩儿,别淘气,叫老太太说。鸳鸯说:"很不与你相干,有我呢。"大丫鬟有面子,和国公府长媳说话连"大奶奶"都不叫,直接叫"你"。鸳鸯摸透贾母脾气,摸透李纨脾性。《红楼梦》中对人物的称呼,有很妙的学问。

贾母命:"把那一张小楠木桌子抬过来,让刘亲家近我这边坐着。"贾母把刘姥姥的位置摆到薛姨妈之上,是尊长待客之道,她不知她最信任的两个人,凤姐和鸳鸯却要拿"贵客"取笑。凤姐是当家奶奶,不能放下身段安排刘姥姥逗笑,鸳鸯是丫鬟,可以安排。凤姐递眼色给鸳鸯。鸳鸯把刘姥姥拉出去,悄悄嘱咐一番话后说:"这是我们家的规矩,若错了,我们就笑话呢。"

鸳鸯怎么安排?曹雪芹不写,如果写,刘姥姥逗笑就不出效果了。

大家入座。贾母带宝玉、湘云、黛玉、宝钗一桌,王夫人带迎春姐妹一桌。贾母平时吃饭身边有小丫鬟侍候,鸳鸯早就不当这差,今天偏偏站贾母桌边侍候,悄悄对刘姥姥说:"别忘了。"刘姥姥说:"姑娘放心。"

刘姥姥入座,拿起筷子,沉甸甸不伏手,说:"这叉爬子比俺那里铁锨还沉,哪里犟得过它。"她把筷子说成是叉爬子,生动有趣;不说我哪里拿得动它,而是说哪里犟得过它,形象好玩。一句话说完,众人已笑起来。

刘姥姥还没夹菜,贾母说声"请",刘姥姥站起来,高声说:"老刘,老刘,食量大似牛,吃个老母猪不抬头。"说完了,自己还鼓着腮帮子不笑。

刘姥姥的表演是鸳鸯教的,还是鸳鸯大略提要求,叫刘姥姥发挥?估计是刘姥姥自主发挥。因为刘姥姥说的话完全是乡村老太太能想出来的。她鼓着腮帮子不笑，像当代最顶尖的相声演员侯宝林，叫大家笑，而自己不笑。

刘姥姥"异军突起"，大观园宴席上的人都愣住了。为什么愣住？黛玉进府和贾母吃的第一顿饭，有贾母在那儿，一个个敛声屏气，鸦雀无声，侍候的人很多，却连一声咳嗽都听不到。刘姥姥吃了熊心豹子胆，竟敢在贾母宴席上大声喧哗、胡言乱语？所以大家都呆住。

画面描写用"摇镜头"

接着是上上下下大笑，恍然大悟地大笑。上上下下包括贾母，也包括丫鬟和粗使婆子。曹雪芹用两百个字，像高明的摄像师用摇镜头，一人一姿态，每个人的姿态都和身世个性相合。

第一个笑得撑不住，一口饭喷了出来的是史湘云。湘云性格豪放，对个人行为不加掩饰，饭喷出来了。

第二个笑岔了气扶着桌子"哎哟哎哟"的是林黛玉。她身体虚弱，猛然一笑，岔了气。黛玉也不擅长掩饰感情，想哭就哭，想笑就笑。

第三个笑得滚到贾母怀里的是宝玉。贾母搂着宝贝孙子叫"心肝"，贾母是第四个笑的。

第五个是王夫人。王夫人知道，刘姥姥逗乐，肯定是凤姐导演，她笑着用手指凤姐，但说不出话来，因为笑得太厉害了。

第六个是薛姨妈。已吃了早饭在旁边喝茶的薛姨妈撑不住，口里的茶喷了探春一裙子。

第七个是探春。探春手里的饭碗合到迎春身上。探春也是心胸开阔，想笑就笑，笑的时候还带着比较夸张的动作，把饭碗合到姐姐身上。

第八个是惜春。惜春笑得离了座位，拉着乳母，说给我揉揉肠子。惜春还小，所以出来还得奶妈跟着。

还有写众人一起笑的三句话："地下的无一个不弯腰屈背，也有躲出去蹲着笑去的，也有忍着笑上来替她姊妹换衣裳的。"这就是丫鬟和老婆子们在笑了。

笑和不笑有哲理

有没有不笑的？有。"独有凤姐、鸳鸯二人撑着，还只管让刘姥姥。"

真的独有凤姐和鸳鸯没笑？还有三个人在宴席上，估计也没笑，是谁？

薛宝钗，大家闺秀，甭管多么可笑，得端庄，不能开怀大笑；

迎春，二木头，凡事慢半拍，等她领悟过来笑时，别人已笑过了；

李纨，青春守寡，心如槁木，理所当然不能当众大笑。

什么样的人该笑，什么样的人不该笑，什么样的人笑成什么样，对于天才作家来说，都不是随意而为。曹雪芹摄取的八人大笑特写场面，是经过认真思考的，他不写宝钗、迎春、李纨大笑，也是经过严密思考的。南京织造府公子哥儿曹雪芹怎么能想象出农妇在贵族聚会场上给贵族"演小品"逗笑的场面？不可思议。

《红楼梦》大观园群笑图可以让人联想到达·芬奇的名画《最后的晚餐》。多个门徒互不相同的性格气质在图画上得到巧妙展示，小说家曹雪芹寥寥几笔也把不同人物的个性"画"了出来。王维写诗是诗中有画、画中有诗，曹雪芹写小说写成"书中有画"。

能不能从世界长篇小说巨匠作品中找到类似描写？比如托尔斯泰、屠格涅夫、陀思妥耶夫斯基、巴尔扎克、雨果、狄更斯、罗贯中、施耐庵、吴承恩等的，一个也没有。只有《聊斋志异》中有写狐女婴宁千姿百态的"笑"的文字，这些文字很可能给了曹雪芹如何写笑的启示。

大观园四景巧妙再现

刘姥姥二进荣国府,大观园四处美景潇湘馆、秋爽斋、蘅芜苑、怡红院得到全新角度再现。贾母带刘姥姥看了前三个地方,最后一处是刘姥姥误闯。小说描写这四处景观对写人物性格,写人与人之间的关系,甚至预示人物命运都有巧妙作用。

潇湘馆诗人栖居

贾母带刘姥姥先到潇湘馆。翠竹夹路,青苔满布,是幽静的才女居所。进潇湘馆时,紫鹃打起湘帘,贾母等进来坐下。黛玉亲自用小茶盘捧了盏盖碗茶奉于贾母。黛玉还要去端茶给薛姨妈、王夫人,王夫人说:"我们不吃茶,姑娘不用

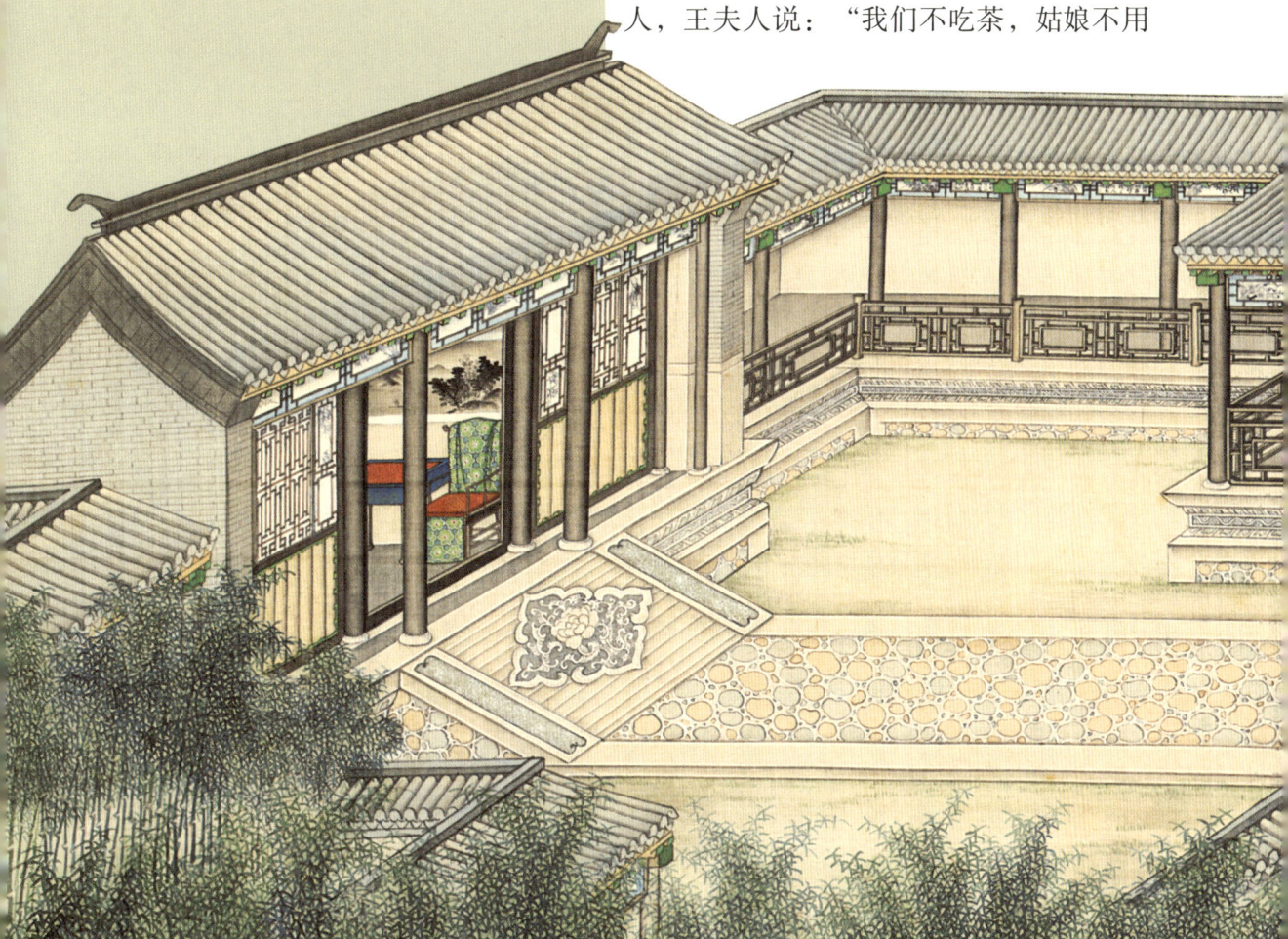

倒了。"黛玉叫丫头把自己窗下常坐的椅子挪到贾母座位下首,请王夫人坐。

长辈进晚辈住处,再娇贵的晚辈也得亲自奉茶,这是大家族的规矩。贾母可以和儿媳妇的妹妹薛姨妈对坐,因为薛姨妈是客人,儿媳妇王夫人只能坐下首,这也是规矩。

刘姥姥一看,这么多笔,这么多砚台,这么多书,说:"这必定是哪位哥儿的书房了。"刘姥姥故意做此说。众人进屋后黛玉奉茶,命丫鬟给王夫人搬座位,她显然是房主,刘姥姥不傻,岂能分不清,而她故意说是哥儿的书房,这就给贾母一个炫耀的机会。贾母笑着指指黛玉:"这是我这外孙女儿的屋子。"刘姥姥留神打量黛玉一番,笑了:"这哪里像个小姐的绣房,竟比那上等的书房还好。"刘姥姥在哪儿见过上等书房?有趣。

贾母看到黛玉的窗纱旧了,和王夫人说:"这个纱新糊上好看,过了后来就不翠了。这个院子里头又没有个桃杏树,这竹子已是绿的,再拿这绿纱糊上反不配。"贾母懂美学,对窗纱和院中树木颜色如何配搭很懂行。她吩咐,明天把林黛

玉窗上的纱换了。

然后是关于"纱"的讨论，凤姐说库房里有，纱名"蝉翼纱"，贾母说纱名是"软烟罗"，"那纱比你们的年纪还大呢"。早年库存代表国公府早年荣耀。贾母对凤姐说："你能够活了多大，见过几样没处放的东西，就说嘴来了。那个软烟罗只有四样颜色：一样雨过天晴，一样秋香色，一样松绿的，一样就是银红的。"贾母下令，拿银红的替林黛玉糊窗子。房子外面是绿竹，窗纱银红色，搭配起来非常和谐。

贾母非常疼爱林黛玉，她的窗纱旧了得换，颜色不对也得给协调成银红色。曹雪芹写潇湘馆的窗纱不是闲笔，既写荣国府往日的奢华讲究，也写贾母待黛玉上心。

秋爽斋雅士高卧

秋爽斋可以叫雅士高卧处。探春喜欢宽阔，房间没有隔断，房子东边摆着卧榻，拔步床上悬着双绣花卉草虫纱帐，是葱绿色，很有青春气息。房中间放张花梨木大理石大案，案上摞着各种名人法帖，数十方宝砚，各色笔筒，笔筒里的笔如树林一般。

探春房中挂着宝玉送的颜真卿真迹：

烟霞闲骨格，泉石野生涯。

对联是什么意思？住在这个地方的人天性风流闲散，像烟霞一样，以泉石为伴，有山野品行。这是来自《新唐书》的典故，田游岩喜欢烟霞、泉石成癖。颜真卿有没有写过这副对联？据考证没有，是曹雪芹虚构的。曹雪芹把唐代著名大书法家的真迹"挂在"擅长书法的探春的墙上，对联当中有幅米襄阳的《烟雨图》。宋代大书画家米芾是襄阳人，被称为米襄阳，画烟雨特别有名。对联和中堂相映成趣。

花梨木大理石大案上摆着斗大的汝窑花囊，北宋河南临汝出的瓷器非常名贵。花囊里插满水晶球白菊，是探春清高脱俗个性的表现。

探春的花梨木大理石大案上摆个大鼎，左边紫檀架子上放个大观窑大盘，盘里盛着几十个娇黄玲珑大佛手。右边洋漆架上悬着白玉比目磬，旁边挂着小锤。板儿熟了，要摘锤子敲，要吃佛手，探春拣个佛手给他说，你玩吧，但不能吃。板儿抱着佛手玩的时候，王熙凤的女儿巧姐来了，手里抱个大柚子，她一眼看到小男孩抱个佛手，就哭了，要佛手！丫鬟赶快拿柚子哄板儿换佛手。板儿一看，柚子又香又圆，还可以当球踢，同意交换。小孩换玩具这一细节，暗藏两个小孩未来的人生。板儿想敲比目磬，暗示想比翼齐飞；柚子和佛手预伏巧姐结局。脂砚斋评语：柚子又名"香橼"，"橼"通姻"缘"；佛手预意指点迷津。两个小孩交换柚子和佛手，成千里伏线，暗透《红楼梦》通部脉络，这两个人将来要结婚。

贵族千金和农村贫娃如何能结亲？因为后来贾府被抄家败落，王熙凤落难，巧姐的狠舅王仁和奸兄贾蓉把她卖给妓院，刘姥姥把她赎了出来，让她跟板儿成亲。

贾母对薛姨妈说："咱们走罢。她们姐妹们都不大喜欢人来坐着，怕脏了房子。咱们别没眼色，正经坐一回子船喝酒去。"老太太跟孙女开玩笑。探春赶紧

说:"这是哪里的话,求着老太太、姨妈、太太来坐坐还不能呢!"贾母又笑了,说:"我的这三丫头却好,只有两个玉儿可恶。回来吃醉了,咱们偏往他们屋里闹去。"

两个玉儿是谁?贾宝玉、林黛玉。真可恶吗?贾母说反话。她心里最喜爱,最怜惜,最叫她操心,最叫她放不下的,就是两个玉儿。

蘅芜苑朴素过头

贾母等进了蘅芜苑,只觉得异香扑鼻,院中奇草仙藤愈冷愈苍翠。进了房屋,像进了雪洞一般,一色玩器全无。案上只有一个土定瓶，瓶中供着数枝菊花；还有两部书和茶奁（lián）茶杯，仅仅而已。床上只吊着青纱帐幔，衾褥也十分朴素。

贾母感叹："这孩子太老实了。你没有陈设，何妨和你姨娘要些。我也不理论，也没想到，你们的东西自然在家里没带了来。"一边说一边叫鸳鸯去取点古董来，又嗔着凤姐："不送些玩器来与你妹妹，这样小器。"王夫人、凤姐报告老太太："她自己不要的。我们原送来了，都退回去了。"薛姨妈也说："她在家里也不大弄这些东西的。"贾母摇头："使不得。虽然她省事，倘或来一个亲戚，看着不像。二则年轻的姑娘们，房里这样素净，也忌讳。我们这老婆子，越发该住马圈去了。你们听那些书上、戏上说的小姐们的绣房，精致得还了得呢。他们姊妹们虽不敢比那些小姐们，也不要很离了格儿。"这是批评。

贾母又说："我最会收拾屋子的，如今老了，没有这闲心了。"这是自谦，然后说："她们姊妹们也还学着收拾的好，只怕俗气，有好东西也摆坏了。我看她们还不俗。"老太太是赞扬她的玉儿黛玉和三丫头探春的房子收拾得好，一点也不俗气，散发书卷气同时，没丢掉千金小姐的格儿。贾母亲自给薛宝钗装点房间，叫过鸳鸯来吩咐：把石头盆景儿、纱桌屏、墨烟冻石鼎摆在案上，拿水墨字画白绫帐子来，把青纱帐子换了。

贾母人老眼光不老，人老爱美之心不老，人老气派不老。贾母准备给宝钗房间换上的这几件摆设是什么？

石头盆景，是用植物、巧石、水布置在盆里，变成自然景物的缩影。第五十三回写到贾母的玉石盆景：八寸来长，四五寸宽，两三寸高，点着山石布满青苔。

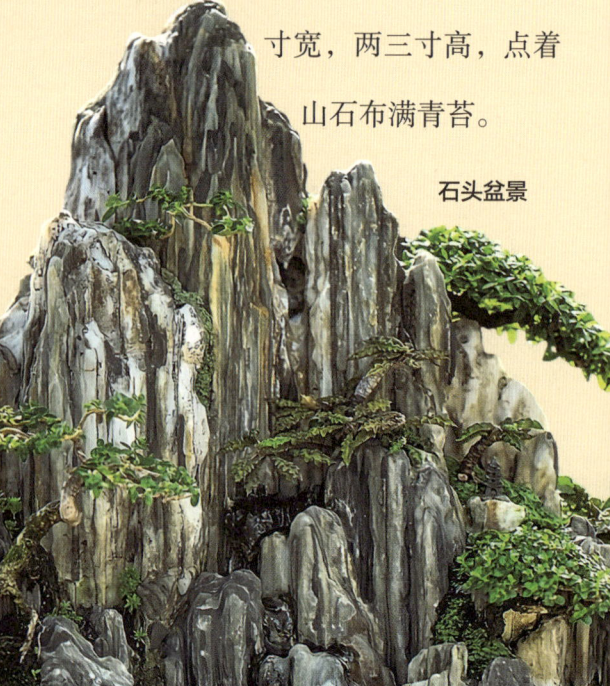

石头盆景

铭文瓷桌屏 清 乾隆时期

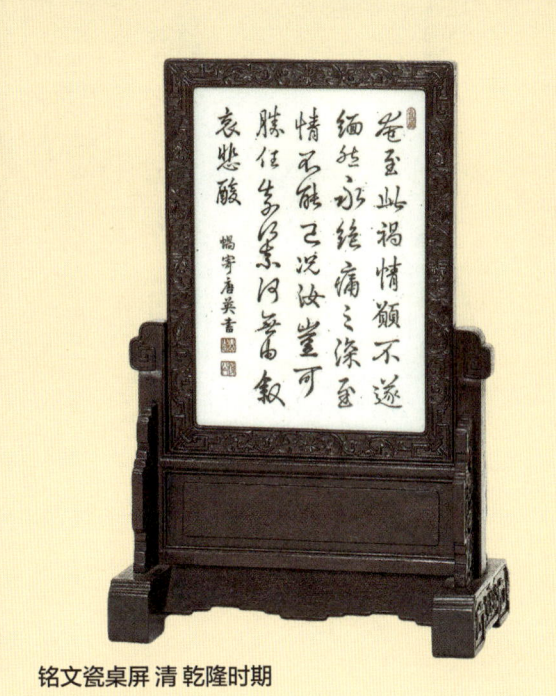

纱桌屏，是文人雅士摆在桌案上的小座屏，也叫"砚屏"，虽然小，但极为讲究。

墨烟冻石鼎，是墨烟冻石制作的鼎。墨烟冻石是黑白相间、半透明的名贵石头，可以做印章和工艺品。

贾母这三样摆设非常上档次，跟宝钗原来摆的土定瓶有天壤之别。

土定瓶，是定窑烧制的粗质瓷瓶。定窑是宋代五大名窑之一，它的白釉剔花瓷很名贵，而土定瓶却是粗糙瓶子。薛宝钗从哪儿淘来这么土气的低档花瓶？

贾母稍加点缀，宝钗房间的气质立刻和原来不一样了，虽然仍然素净，却很大方。

蘅芜苑俭朴到超出常规，这使贾母很不舒服，于是贾母连用几个词句，"离了格儿""忌讳""来一个亲戚，看着不像"。不像什么？不像贵族千金小姐的闺房，倒像穷人寡妇的住处。享乐型的贾母能给宝贝孙子贾宝玉娶这么个简朴的媳妇，让他也跟着艰苦朴素一番？恐怕不会。

贾母在潇湘馆跟王夫人商议给黛玉换窗纱，在蘅芜苑跟凤姐商议给薛宝钗摆古董、换帐子。不管是黛玉还是宝钗，两个性格完全不一样的女孩，不约而同地一句话也不说，好像贾母说的不是她们的事。为什么？在长辈面前，深闺小姐三缄其口，是贵族家庭的规矩，是贵族小姐必须有的修养，林黛玉薛宝钗都自觉遵守。

怡红院豪华靡费

　　栊翠庵喝完茶后,贾母、薛姨妈、王夫人很疲倦,去休息了,鸳鸯继续带着刘姥姥各处逛。到了省亲别墅牌坊,刘姥姥觉得肚子一阵乱响,找个小丫头要了两张纸,马上要在省亲别墅牌坊下解衣服。乡村老太太要在省亲别墅正牌坊下解大便,这是对皇权极大的调侃!大家笑她,又忙喝住她,派个婆子带着她到东北角上。婆子指给她一个地方,自己走开。

　　刘姥姥痛泻一番,站起来,眼花头眩,找不着路了,该往哪去?眼前有个石子道,她就顺着这道走。到了一个房舍前,顺着花架走进去,进一个月洞门,看到个水池子,清水潺潺细流,白石架在上面。刘姥姥沿着白石桥进去,拐两个弯,看到一个房门。她醉眼蒙胧地看到迎面一个女孩儿满面含笑迎出来。刘姥姥说:"姑娘们把我丢下来了,要我碰头碰到这里来。"那女孩不答应,刘姥姥上来拉她的手,"咕咚"一声撞到板壁上了。原来那不是女孩,是幅凸出来的画。刘姥姥感叹:富贵人家还有这样的画!她拿手摸摸,点头叹两声,一转身,看到有个小门,门上挂着软帘子,刘姥姥便走进去。什么地方这么阔!四面墙壁玲珑剔透,琴剑瓶炉贴在墙上,锦笼纱罩,金彩珠光,连地下踩的砖都是碧绿凿花,刘姥姥越发眼花。

这是哪儿？怡红院。贾政游园看到墙上玲珑剔透的木板，刘姥姥看到地板碧绿凿花，分层次描写，都是富贵之极，讲究之甚。

刘姥姥想出去却没有门，这边一架书，那边一架屏，刚从屏后得了一个门转过去，怎么，亲家母也来了？刘姥姥说：你是不是看到我几天没回去，找我来了？你看你怎么把这里的花没死活戴了一头？她的"亲家"不回答。刘姥姥想起来，富贵人家有穿衣镜，是不是我在镜子里面？拿手乱摸，触到开关，镜子掩过去，露出一个门。刘姥姥又惊又喜地进去。咦？有张特别精致的床。她又醉又乏，一屁股坐到床上，说我歇一歇，没想到太累了，朦朦胧胧一歪身便在床上熟睡起来。待袭人发现时，贾宝玉的卧室酒屁臭气满屋，刘姥姥扎手舞脚地躺在床上。

刘姥姥是谁？是贫穷的农村老婆子。贾宝玉是谁？是贾府的尊贵凤凰。现在穷老婆子躺到宝二爷床上了。曹雪芹好像借此提醒人们，人生风云变幻，难以预测，有朝一日，贾府凤凰甚至还不如这穷婆子。根据脂砚斋评语提供的线索，贾府败落后，贾宝玉寒冬腊月没有衣服御寒，围着破毡，饥肠辘辘，只能吃酸菜。

穷苦农妇睡到贾府凤凰床上，出乎意料又合乎哲理，意味深长。

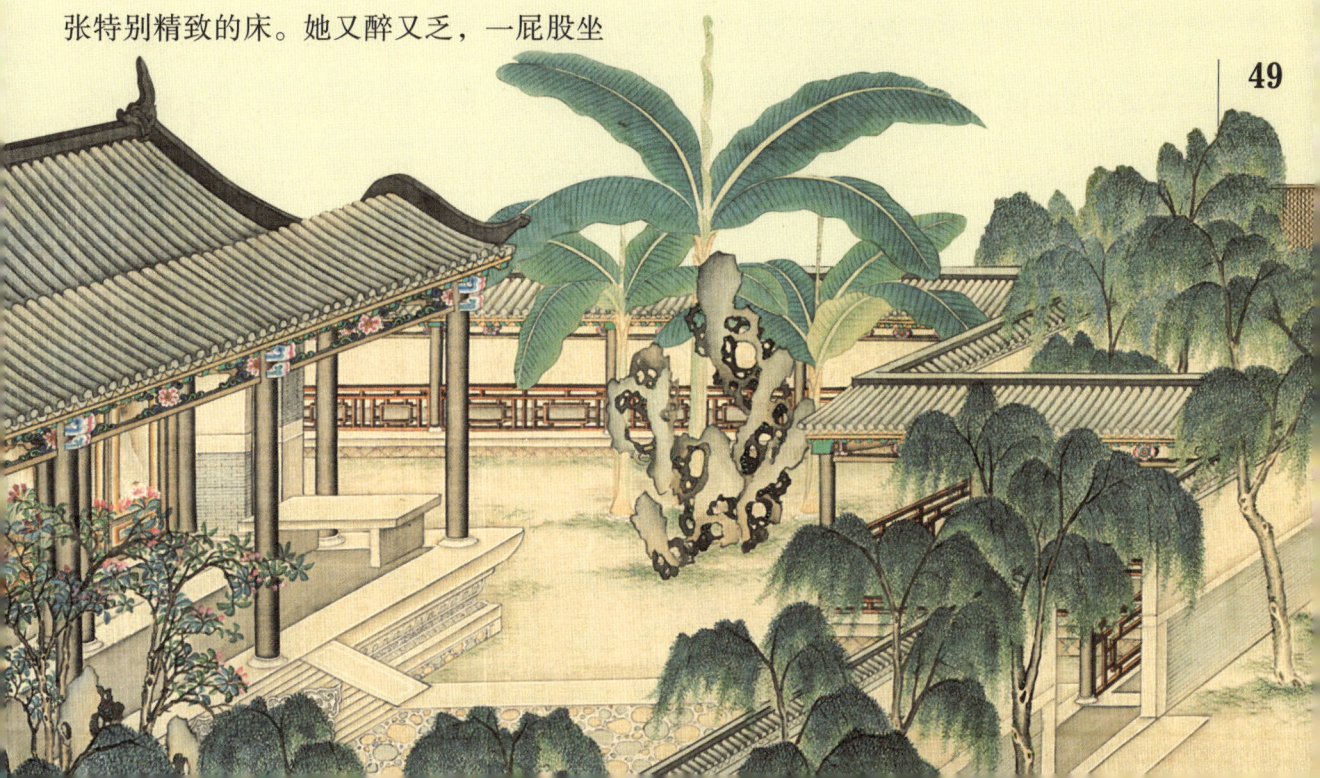

品茶栊翠庵

盖完省亲别墅后，林之孝家的向王夫人介绍带发修行、出身高贵的妙玉。王夫人下请帖请妙玉主持栊翠庵，从此妙玉在书中没了踪影。妙玉清高、聪慧、孤僻，她遁入空门却追求诗意生活，这在众人品茶栊翠庵时做了集中描写。

贾宝玉蹭茶喝

妙玉对贾母礼数周到，却不陪伴，给贾母上完茶就走开，真是咄咄怪事。贾母在这，就是天马行空的林黛玉，也不敢晾了她走开，而受贾府供养的妙玉却特立独行。妙玉不陪贾母陪谁？黛玉、宝钗，更妙的还有宝玉。

妙玉把黛玉宝钗的衣襟一拉，两人默契地跟她走，宝玉悄悄跟上。黛玉宝钗进了妙玉内室，简直就是宾至如归，她们一个坐到妙玉的卧榻上，一个坐到妙玉的蒲团上。妙玉亲自烧水泡茶，刚刚泡好，宝玉来了，黛玉和宝钗调侃：你来蹭茶喝，这儿没你的。妙玉对宝玉说，你这遭吃的茶是托她两个的福，你自己来了，我是不给你喝的。宝玉说，我知道，我不领你的情，只谢她们两个人就是。

妙玉、宝玉都话中有话，把黛玉宝钗蒙在鼓里。为什么？宝玉早就来喝过茶。妙玉怎么知道贾母不喝六安茶？当然是听宝玉说的，但妙玉不能叫外人知道她和怡红公子单独喝茶。宝玉也不能叫黛玉知道，他在黛玉、宝钗、湘云之外还有第四个闺友。

妙玉是青灯古佛下的青春少女，她对贾宝玉这样一个有见识、比自己小好几岁的美男子产生了好感，希望亲近，希望在一起聊一聊，喝喝茶，是她"云空未必空"的真实写照。后来宝玉过生日，妙玉给他送贺帖。宝玉诚惶诚恐，觉得妙玉看重自己、认为自己有些见识。贾宝玉对女孩，不管是林黛玉、薛宝钗、史湘云，还是晴雯、袭人、金钏儿，甚至平儿、香菱，都百般呵护，如香花般供养。对妙玉这样一个应该享受青春欢乐却不得不把自己关在栊翠庵的美貌才女，贾宝玉更多一份怜香惜玉之情。他跟妙玉是心灵相近、互相欣赏。

妙玉茶具大有品位

妙玉给宝钗和黛玉用的茶具非常名贵。

一个杯子上刻着隶字"爮爮斝（bān páo jiǎ）"，后面有一行小字"晋王恺珍玩"，又有"宋元丰五年四月眉山苏轼见于秘府"字样，这说明杯子是晋代大富豪王恺和宋代

《红楼梦赋图册》之栊翠庵品茶 约绘于清同治十二年

大文豪苏轼收藏过的名贵古玩,很珍贵。其实这个茶具是为写妙玉家里有钱有文化虚构的。元丰五年四月苏轼已经在黄州,不可能在秘府鉴定这个茶具。

另一个茶具像微型小碗,刻有三个垂珠篆字"杏犀盉(qiáo)"。这是一个杏黄色的半透明的用犀牛角制成的酒杯,很名贵。

妙玉给贾宝玉用什么茶杯?妙玉尊重两个闺蜜,但她和贾宝玉更亲近。"仍将前番自己常日吃茶的那只绿玉斗来斟与宝玉"。这就是说宝玉在这之前已经用妙玉喝茶的绿玉斗喝过茶。接着妙玉又拿出用竹节抠的茶碗问贾宝玉吃得了吗,宝玉表示吃得了。妙玉说:"你虽吃得了,也没这些茶糟蹋。岂不闻'一杯为品,二杯即是解渴的蠢物,三杯便是饮牛饮骡了'。你吃这一海便成什么?"妙玉说得有文化,说得俏皮。妙玉亲自给宝玉斟茶,宝玉细细地吃了,果然清纯无比。看来真正和妙玉品梅花雪的就是贾宝玉。贾宝玉的到来,在妙玉孤寂的心中投进青春的阳光。妙玉在宝玉跟前口舌生风、妙语如珠,完全是青春美少女,哪有一点尼姑的样子?

孤僻的"超人"

宝玉、黛玉都遭到妙玉挖苦。宝玉调侃妙玉说:"常言'世法平等',她两个就用那样的古玩奇珍,我就是个俗器了。"妙玉说:"只怕你家里未必找得出这么一个俗器来呢。"这话透露出妙玉家

的富贵超过贾府，也透露出妙玉心性高于贾府群钗。

　　林黛玉问妙玉，我们喝的茶也是旧年的雨水吗，妙玉冷笑："你这么个人，竟是大俗人，连水也尝不出来。这是五年前我在玄墓蟠香寺住着，收的梅花上的雪，共得了那一鬼脸青的花瓮一瓮，总舍不得吃，埋在地下。今年夏天才开了，我只吃过一回，这是第二回了。你怎么尝不出来？隔年蠲的雨水哪有这样轻淳，如何吃得！"宝玉说神仙似的妹妹林黛玉从来没有被人居高临下地说成是大俗人，但在妙玉这儿开眼了。妙玉说：旧年的雨水如何吃的？但她给贾母上的茶就是旧年雨水泡的。

　　贾府的人说林黛玉孤高自许，林黛玉在栊翠庵遇到个更加孤高自许的，林黛玉的脾气没了，小性也没了。她还知道，在这儿不要多坐，于是吃完茶就约着宝钗出来。而宝钗喝了半天茶，一句话也没说，多谨慎小心！黛玉宝钗对妙玉的为人处世未必赞赏，她们却尊重她。这是闺秀之间的惺惺相惜。

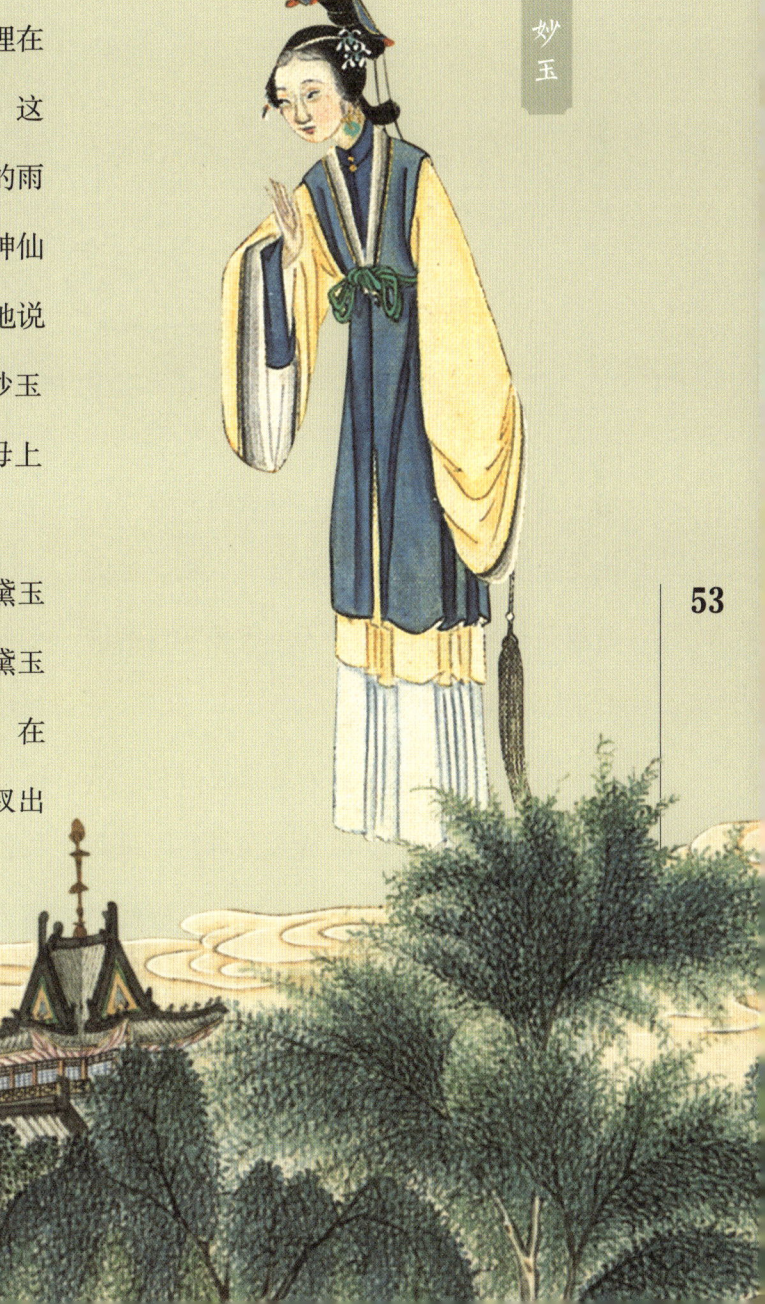

妙玉

香菱学诗

香菱出身读书人家，容貌清秀妩媚。她是金陵十二钗副册中的唯一人物，她的命运是林黛玉命运的影子。香菱学诗的情节别致有趣。

第四十八回《滥情人情误思游艺　慕雅女雅集苦吟诗》。滥情人是谁？呆呆薛蟠。慕雅女是谁？呆呆侍妾香菱。薛蟠因滥施感情，被柳湘莲狠狠揍了一顿，吃了大亏，羞于见人，想出去学着做买卖，实际是躲羞。他一走，一向羡慕大观园的香菱进入大观园，跟林黛玉学写诗。

宝钗创造机会

贾宝玉梦游太虚幻境时看到有关香菱的判词"根并荷花一茎香"，预示她的性格中有荷花样的馨香。香菱一直羡慕大观园吟诗作赋的女孩，也想学。但她是薛蟠的侍妾，没权利进大观园。薛蟠一走，善解人意的宝钗向薛姨妈请求让香菱进园做伴，满足了香菱进大观园的愿望。

香菱跟宝钗说："好姑娘，你趁着这个

工夫，教给我作诗吧。"宝钗说香菱"得陇望蜀"，叫香菱先从贾母起各处问候。宝钗不承诺教香菱写诗，但给香菱创造了学诗的条件。

黛玉欣然收徒

香菱求黛玉教写诗，黛玉回答："既要学作诗，你就拜我作师。我虽不通，大略也还教得起你。"

香菱确实找对了人。第四十八回之前把黛玉描写成天才诗人。读者在第四十八回中发现，黛玉之所以能成为大观园首席女诗人，因为她非常好学，把古代名人名作研究透了，还能学以致用。从她怎样教香菱就能看出来，她是怎样从前人作品中学习写诗的。

香菱听说黛玉愿意教她，很高兴，说："我就拜你为师。你可不许腻烦的。"

黛玉说："什么难事，也值得去学！"这话特别有哲理。诗歌是诗人的心声，写诗要有天赋，有灵气，黛玉自己有天赋，有灵气，所以觉得不是什么难事。

确实，在文学创作中，诗歌最不容易"学"而得之，写诗首先得有诗人"底子"。

接着黛玉说："不过是起承转合，当中承转是两副对子，平声对仄声，虚的对虚的，实的对实的。若是果有了奇句，连平仄虚实不对都使得的。"古人写

诗，包括大作家李白、苏轼，有好句好词，真是平仄都不管。黛玉还告诉香菱，写诗词句是次要的，第一要紧的是立意，立意好了，连词句都不用修饰，都会是好的，这就叫"不以词害意"。

"导师"布置作业

宋代严羽《沧浪诗话》中说学写诗，入门须正，立志须高。写诗要找对了门走进去，不要走歪门邪道；要学高人的作品，才能写出较好的作品。如果一开始就学三四流的，不可能写出好作品。

黛玉给香菱布置作业是经过细心揣摩的，共分三步走：

第一步，读一百首王维五言律诗；

第二步，读一百首杜甫七言律诗；

第三步，读一二百首李白七言绝句。

黛玉选的作品体现了唐诗三杰的最高水平，也体现了三杰最擅长的写法。王维五律、杜甫七律、李白七绝，千古流传。

黛玉对香菱说，"肚子里先有这三个人作了底子"（即以三人做榜样，"以盛唐为法"），然后再看一看陶渊明、建安七子、谢灵运、阮籍、庾信、鲍照等的诗，像你这样聪明伶俐的人，不用一年，不愁是个诗翁了。

黛玉为什么这样说？因为她认为，香菱伶俐聪明，写诗有学问固然重要，但性情、天分最重要。香菱请黛玉先把王维的诗集拿出来，她拿回去学。黛玉还告诉她：那上面有红圈的都是我选的。我画圈的，有一首你念一首。不明白的，问你们姑娘。遇见我，我也讲给你听。林黛玉看诗，认为最好的，早就画了圈，不是为香菱画的。

苦命女早有诗心

香菱从潇湘馆拿回王维的诗集，回到蘅芜苑，什么也不干，就在灯底下一首一首地读起来。宝钗说快睡觉，她不睡。宝钗只好随她去。第二天，黛玉刚梳洗完，香菱就来了，一个晚上，王维那些诗她读完了，来要杜甫的律诗。

香菱说读王维的诗，特别令人感动。香菱还说她读王维赠秀才裴迪的诗，读到"渡头余落日，墟里上孤烟"，琢磨"余"和"上"，难为他怎么想来。"我们那年上京来，那日下晚便湾住船，岸上又没有人，只有几棵树，远远的几家人家做晚饭，那个烟竟是碧青，连云直上。谁知我昨日晚上读了这两句，倒像我又到了那个地方去了。"

香菱是怎么到京城的？薛蟠打死冯渊，把她抢来，她随恶少来的京城，可她竟有闲心看风景。当她读到王维的诗"渡头余落日，墟里上孤烟"，又想起当年风景。不幸苦命女有诗心，可惜命运捉弄，只能做说"唐寅"是"庚黄"的薛蟠侍妾，甄英莲真应该可怜。

她们两个正说着，宝玉和探春来了，二人入座听香菱讲诗。黛玉继续对香菱讲，王维诗句是从陶渊明"暧暧远人树，依依墟里烟"翻来的，叫香菱看陶渊明的诗。

呆香菱苦吟诗

香菱逼着黛玉给她换出杜甫的律诗来，央求黛玉和探春：你们出个题目，我也作作去。黛玉说："昨夜的月最好，我正要诌一首，竟未诌成，你竟作一首来，十四寒的韵。"香菱现学现卖，刚学了几首诗，就要学着写诗了。

香菱拿回杜诗，想一会儿怎么作诗，作了两句，又舍不得杜诗，再去看，读了两首，再回去琢磨怎么写诗。她没心思吃饭，坐卧不宁。宝钗叹息："何苦自寻烦恼！都是颦儿引的你，我和她算账去。你本来呆头呆脑的，再添上这个，越发弄成个呆子了。"这是侧面描写，美人往往都聪明伶俐，香菱偏偏呆头呆脑，她真呆？当然不是，是她太热爱诗歌，废寝忘食了。香菱把诗写出来拿去找黛玉。黛玉叫她另作。香菱回来干脆连蘅芜苑的门都不进，在池边、树下、山石上出神，或蹲在地下抠土。来往的人都奇怪，这是干吗？李纨、宝钗、探春、宝玉说她在构思诗，都远远地从山坡上看她，看到她一会儿皱眉一会儿笑。宝钗说："这个人定要疯了。昨夜嘟嘟囔囔，直闹到五更天才睡下。没一顿饭的工夫天就亮了，我就听到她起来了，忙忙碌碌梳了头，就找颦儿去。一回来了，呆了一日，作了一首又不好，这会子自然另作呢。"

宝玉笑道："这正是'地灵人杰'，老天生人，再不虚赋情性的。我们成日叹说，可惜她这么个人竟俗了。谁知到底有今日。可见天地至公。"宝玉一向同情香菱，觉得像香菱这么聪明俊秀的人，竟只是做个侍妾，现在她能写诗，就说明老天生人绝不会"虚赋情性"，给你一定诗性，你一定会在条件允许的时候发挥出来。贾宝玉叹息，其实就是曹雪芹的叹息。

宝钗听了宝玉的话后说："你能够像她这苦心就好了，学什么有个不成的。"言外之意是，你如果能像香菱学诗一样，好好学《四书》《五经》，考取举人进士，还不是手拿把掐。宝钗见缝插针教育宝玉，宝玉不回答，只作东风吹马耳。

香菱又构思出新的诗，跑到黛玉那去了。探春等跟了去，听黛玉评诗。黛玉说也难为你了，但还是不好。香菱像疯了一样，考虑那么长时间，以为自己这首肯定行了，还不好，就再思索吧。她到竹子旁散步，耳不旁听，目不别视，挖心搜胆构思诗。探春隔着窗子说："菱姑娘，你闲闲吧。"香菱呆头呆脑地回答："'闲'字是十五删（古诗词中的一种韵律格式）的，你错了韵了。"大家听了大笑。宝钗说："可真是诗魔了。都是颦儿引的她！"香菱到了晚间，对着灯又出了一会儿神，上床躺下，两眼瞪着不睡觉，五更才朦朦胧胧睡去。天亮，宝钗醒了，见她睡了，心想：她翻腾了一晚，是不是做成了诗了？忽听香菱在梦里说："可是有了。难道这一首还不好？"宝钗觉得又是可叹，又是可笑，把香菱叫醒了："得了什么？你这诚心都通了仙了。你学不成诗，还弄出病来呢。"

香菱梦中得了八句，洗脸梳头，赶快写下梦中得句去找黛玉。宝钗正在告诉姐妹们香菱怎样梦中作诗。大家见香菱来了，都要看她到底梦中作了什么诗。

香菱学诗吟诗，苦思冥想，搜肠刮肚，宛然唐代苦吟诗人贾岛的女性版。

香菱的三首诗

黛玉布置香菱写月亮，香菱第一次写出这样的诗：

月挂中天夜色寒，清光皎皎影团团。
诗人助兴常思玩，野客添愁不忍观。
翡翠楼边悬玉镜，珍珠帘外挂冰盘。
良宵何用烧银烛，晴彩辉煌映画栏。

这首诗毫无蕴藉，内容空洞，一首七律不过形容"月亮很亮"而已。黛玉说："意思却有，只是措词不雅。皆因你看的诗少，被它缚住了。"她叫香菱再去读诗，只管放开胆子做。

香菱第二首诗有了进步：

非银非水映窗寒，试看晴空护玉盘。
淡淡梅花香欲染，丝丝柳带露初干。
只疑残粉涂金砌，恍若轻霜抹玉栏。
梦醒西楼人迹绝，余容犹可隔帘看。

这首诗已不太笨，能用花香、夜露烘托月亮，放开了点儿，但黛玉说"过于穿凿"。所谓"穿凿"就是过多地拿其他东西比附月亮。宝钗看了说，这首不像吟月，倒像吟月色。这是因为香菱想脱开第一首诗总形容月亮本身的状态，结果跑题了。但比起第一首，已有很大进步。

香菱的第三首诗大不一样：

精华欲掩料应难，影自娟娟魄自寒。
一片砧敲千里白，半轮鸡唱五更残。
绿蓑江上秋闻笛，红袖楼头夜倚栏。
博得嫦娥应借问，缘何不使永团圆！

第三首跟前两首相比，既有意境，文字又美，既写了月亮，又写了自己。起句有气势，好似一轮明月破云而出，写月亮的精华难以被云彩遮掩，这正如香菱的才华难以被不幸的生活淹没，传达出香菱学诗终能成功的自信心。中间四句抒发内心的幽怨，情景交融，笔法老练。最后两句分明是写香菱渴望和终身之靠的薛蟠永团圆，却偏偏推给嫦娥，咏月咏人兼得，月景人心双关，余韵悠长。

众人看了香菱第三首诗，都笑道："这首不但好，而且新巧有意趣。可知俗语说'天下无难事，只怕有心人'，社里一定请你了。"

香菱又多一位"导师"

香菱满心只想作诗，她住宝钗处却不敢给宝姑娘添乱，恰好湘云的叔叔被外派，贾母把湘云接到贾府，给她安排住处，湘云愿跟宝钗住。湘云本爱说话,香菱请她谈诗,越发高兴,两人没昼夜地高谈阔论。

宝钗因笑道:"我实在聒噪的受不得了。一个女孩儿家,只管拿着诗作正经事讲起来,叫有学问的人听了反笑话,说不守本分的。一个香菱没闹清,偏又添了你这么个话口袋子,满嘴里说的是什么:怎么是杜工部之沉郁,韦苏州之淡雅,又怎么是温八叉之绮靡,李义山之隐僻。放着两个现成的诗家不知道,提那些死人做什么!"湘云听了,忙笑问道:"是那两个?好姐姐,你告诉我。"宝钗笑道:"呆香菱之心苦,疯湘云之话多。"湘云香菱听了,都笑起来。

诗歌把身世悲惨的香菱变成"诗翁",让不苟言笑的薛宝钗开起玩笑,妙不妙?

鲜花插到牛粪上

曹雪芹在第五回把香菱列为金陵十二册副册代表。到第四十八回,终于把"影自娟娟魄自寒"的香菱形象重重描上一笔,聪颖脱俗却遭遇不幸的香菱,越发令人同情。

《脂砚斋重评石头记》庚辰本第四十八回有一段评语:

细想香菱之为人也,根基不让迎、探,容貌不让凤、秦,端雅不让纨、钗,风流不让湘、黛,贤惠不让袭、平,所惜

者幼年罹祸，命运乖蹇，至为侧室，且虽曾读书，不能与林、湘辈并驰于海棠之社耳。然此一人岂可不入园哉！

少年读者既可以当小说读，当塑造人物形象的经验学，也可当学写诗甚至学其他学问经验看。香菱学诗是《红楼梦》展现传统文化精髓的表现之一。

这段话意思是：仔细想想香菱这个人，本来她的家庭教养和根基不比荣国府的迎春、探春差；她的模样儿不比王熙凤、秦可卿差；她为人的端庄雅致不比李纨、薛宝钗差；她的风流才情不比史湘云、林黛玉差；她做人的贤惠不比袭人、平儿差。可惜的是她年幼被拐卖，命运十分不幸，只能给薛蟠做个小妾。虽然她也读过书，但她没有条件进海棠诗社，不能和林黛玉、史湘云一起写诗。这样一个人岂能不让她进入大观园呢？脂砚斋的评语抬出金陵十二钗正钗好几位跟香菱类比，形容她才貌出众且温柔可爱。

从《慕雅女雅集苦吟诗》中的情节，回想纨绔子弟薛蟠写的蚊子哼哼哼、苍蝇嗡嗡嗡，香菱可真是一朵鲜花插到牛粪上了。

香菱学诗，是写香菱的笔墨，也是写黛玉的重笔，写宝钗、湘云等的特笔，更是写诗情画意大观园的妙笔。曹雪芹写小说的同时写出诗论和创作诗歌的体会。青

惜春绘画

贾府四艳叫元春、迎春、探春、惜春。曹雪芹构思的她们的命运是名字第一个字联起来的谐音"原应叹息"。四个姑娘具备贵族小姐的文化修养,她们的侍儿,元春的叫抱琴,迎春的叫司棋,另有一个绣橘,探春的叫待书(也有章回写作"侍书"),另有个翠墨,惜春的叫入画,另有个彩屏。四个大丫鬟名字连到一块是"琴棋书画"。

因为曹雪芹后三十回稿子遗失,他原本构思的贾府四位小姐及其丫鬟的悲剧多半看不到,而涉及惜春绘画一事在书中留下不少趣味描写。

刘姥姥点题

贾母做刘姥姥"导游"时问:"这园子好不好?"刘姥姥念佛说,这么好的园子,如果有人能画幅画让我带回家就好了。

贾母听说,便指着惜春笑道:"你瞧我这个小孙女儿,他就会画。等明儿叫他画一张如何?"刘姥姥听了,喜的忙跑过来,拉着惜春说道:"我的姑娘。你这么大年纪儿,又这么个好模样,还有这个能干,别是神仙托生的罢。"

第三回黛玉进府时惜春"身量还小",女大十八变,在刘姥姥眼中,惜春有了神仙托生的俊模样。贾母把画大观园的活派给惜春。穷苦农妇跟一品诰命"一拍即合",真是佳话!

宝钗画论是曹雪芹小说的创作论

惜春向诗社告了一年的假,去画大观园。诗社群钗商量怎样帮惜春画画,对绘画发表意见的主要是宝钗。宝钗论画为什么那么有见解?因为曹雪芹是大画家。他的好朋友在写给他的诗里说,曹雪芹晚年生活极其贫困,用"卖画钱来付酒家"。曹雪芹特别会画石头。大画家在小说里让小说人物说画论,把小说人物当成画家告诉大家绘画要注意什么、忌讳什么。

宝钗说:"这园子却是像画儿一般,山石树木,楼阁房屋,远近疏密,也不多,也不少,恰恰的是这样。你就照样儿往纸上一画,是必不能讨好的。"什么意思?就是你不能像照相一样直露,得有选择。

她说:"这要看纸的地步远近,该多该少,分主分宾,该添的要添,该减的要减,该藏的要藏,该露的要露。"绘画是这样,有的地方要大的留白,写小说也是这个样,要有所扬弃,有所突出。

宝钗说:"这些楼台房舍,是必要用界划的。"什么叫界划?就是用界尺划线,标出楼阁、宫室的大小和准确的位置。如果不用界划,"一点不留神,栏杆也歪了,柱子也塌了,门窗也斜了,阶矶也离了缝,甚至于桌子挤到墙里去,花盆放在帘子上来,岂不倒成了一张笑'话'儿了。"说得多么精彩,不管是绘画还是写小说,都得遵守一定的规矩,一定的章法,不能乱来。

宝钗又说:"要插人物,也要有疏密,有高低。衣折裙带,手指足步,最是要紧;一笔不细,不是肿了手,就是跏了脚,染脸撕发,倒是小事。"……

这是画家曹雪芹的经验之谈,讲怎么绘画,也可以应用到写小说上。

大观园群钗本来是讨论帮惜春准

备绘画原料，宝钗却头头是道地论画，开始阐述绘画的基本原理和注意事项，然后才叫宝玉记着买哪些原料。如果宝钗一般性地开列个绘画材料清单，会枯燥乏味，但有黛玉不断插话、不断打趣、不断开玩笑，也就是曹雪芹所说的雅谑，这就使文笔显得活泼跳脱，生机盎然，一点也不生涩。

宝钗论画，似乎是不经意间，通过人物对话做了一番绘画启蒙和小说家创作的心得交流。《红楼梦》的传统文化可谓如微风入帘栊，"无孔不入"。

凤姐安排绘画原料却入了诗社

第四十五回，刘姥姥二进荣国府早已结束，凤姐经过生日"泼醋"大伤元气，李纨带着探春等去找王熙凤。探春说，四妹妹为画园子用的东西这般那般不全，怎么办？凤姐立即安排先找贾府存的绘画材料，再安排采购。

诗社的人集体找凤姐，主要不是为惜春的绘画原料，而是给诗社找经济来源。

探春请凤姐做诗社铁面无私的监社御史，凤姐说她不会"湿的干的"。探春说："你虽不会作，也不要你作。你只监

察着我们里头有偷安怠惰的,该怎么样罚他就是了。"凤姐立刻戳穿探春们的心思:"你们别哄我,我猜着了。哪里是请我作监社御史,分明是叫我作个进钱的铜商!"凤姐和李纨唇枪舌剑:

> (凤姐)笑道:"这是什么话,我不入社花几个钱,不成了大观园的反叛了,还想在这里吃饭不成?明儿一早就到任,下马拜了印,先放下五十两银子给你们慢慢作会社东道。过后几天,我又不作诗作文,只不过是作个俗人罢了。'监察'也罢,不'监察'也罢,有了钱了,你们还撑出我来!"

凤姐真是水晶心肝玻璃人儿!别人尾巴一翘,她就知道要往哪儿飞。探春等请她监察诗社实际是叫她掏钱。凤姐掏得痛快,说得风趣。监察还立即上任,罚误了诗社的宝玉:叫他把你们屋子里的地扫一遍!连喝杯茶都等丫鬟来倒的宝二爷到姑娘们的住处扫地,罚得多好玩、多有趣?凤姐一颦一笑,充满谐趣,骨子里的幽默细胞无人可比。

借惜春画大观园一事顺便把不认字的王熙凤请进诗社,表面看是解决诗社的经费,实际有深层含义:像王熙凤这样的风流俊秀人物,绝对不能和大观园的诗情画意脱钩!大观园芦雪广联诗,凤姐果然起了颇有气势的开头:"一夜北风紧。"

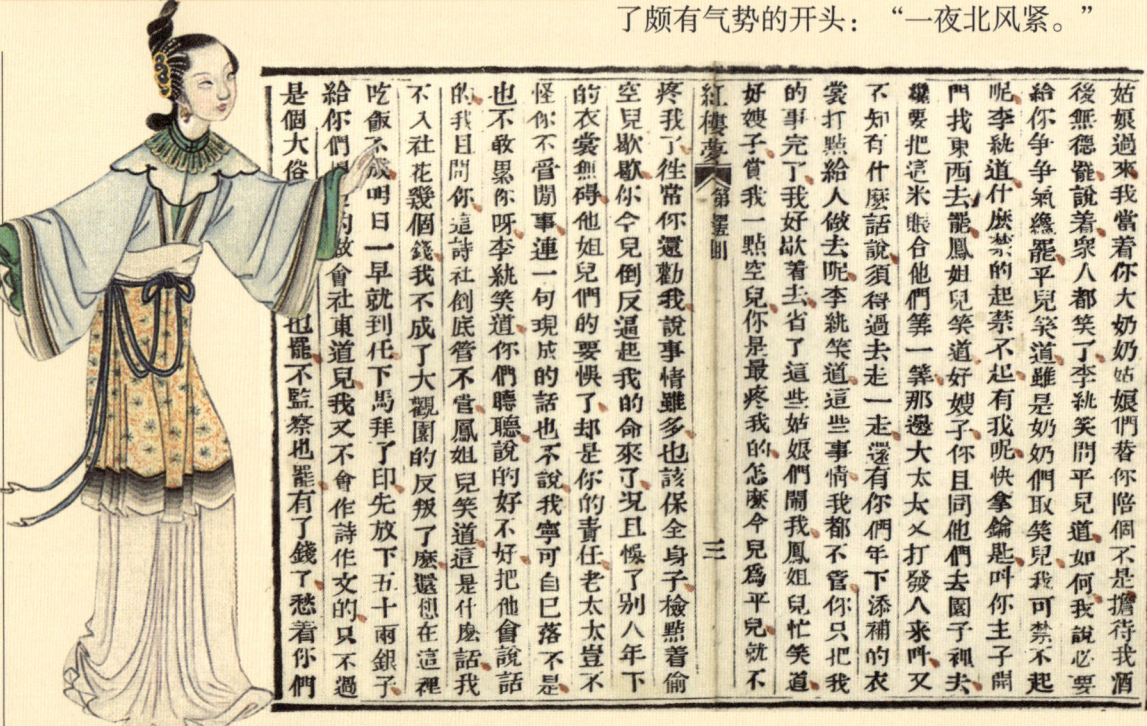

贾母要画雪景美人

夏天时经刘姥姥提醒,贾母安排惜春画大观园,第五十回《芦雪广争联即景诗 暖香坞雅制春灯谜》中,大观园群钗在芦雪广联雪景诗时,贾母来了,要大家去暖香坞看惜春画的怎么样。进了惜春住处,贾母并不归座,只问画在哪里。惜春回:"天气寒冷了,胶性皆凝涩不润,画了恐不好看,故此收起来。"贾母说:"我年下就要的。你别脱懒儿,快拿出来,给我快画。"贾母从暖香坞带着众人出夹道东门,到了园子里,看到四面粉妆银砌,薛宝琴披着凫靥裘站在山坡上,身后丫鬟抱着瓶红梅。贾母立刻被眼前美景和美人吸引,她说:"你们瞧,这山坡上配上她的这个人品,又是这件衣裳,后头又是这梅花,像个什么?"大家说:"就像老太太屋里挂的仇十洲画的《艳雪图》。"贾母摇头说:"那画的哪里有这件衣裳,人也不能这样好。"

贾母叫惜春抓紧把大观园画出来,第一要紧的是把琴儿、丫头及梅花照模照样,一笔别错,快快添上。贾母品位不俗,喜欢雪中美景美人,有高雅审美。惜春听了只好答应,但她琢磨不出怎么再把这两个人添上。已经画得差不多,很可能惜春画的还不是雪景,现在又得画雪景,又得画梅花,还得画披凫靥裘的宝琴,怎么画?惜春为难了。

盛世雅集,大观园美事多多。穷苦老妇出题画大观园,宝钗高谈阔论绘画理论,不识字的凤姐进了海棠诗社,七十多岁的贾母欣赏青春美……

《红楼梦》是一部网状结构的小说,惜春绘画成为一个连接点,和许多回目、许多人物挂上钩,宝钗、凤姐、贾母、刘姥姥都有闪光表现。

惜春的大观园画成没有?直到刘姥姥二进荣国府八年后的贾母八十大寿,都没出现。更遗憾的是,刘姥姥心目中神仙托生的贾府千金最终不得不入空门,而她入空门在姐妹中是最好的下场。

大观园裘衣秀

第四十九回《琉璃世界白雪红梅　脂粉香娃割腥啖膻》中，"琉璃世界"句指大雪后大观园的人好像行走在玻璃盒里一样，栊翠庵红梅在皑皑白雪中像胭脂一样红；"脂粉香娃"句指史湘云和贾宝玉在芦雪广烤鹿肉吃。随着薛宝琴、邢岫烟、李纹、李绮的到来，大观园群钗毕集，盛况空前，诗社决定在芦雪广赏雪联诗，而在诗会活动前演出了一场大观园华丽裘衣秀。

哪个人穿哪样裘衣，甚至穿不穿裘衣，和其身份、经济状况、在贾府的地位息息相关。

曹雪芹出身于江宁织造府，写人物衣着和人物身份命运之间的联系，是他的拿手好戏。

林黛玉着千金裘

对长篇小说来说,"女一号"穿戴什么还不该随时描写?但曹雪芹连黛玉进府都不写她的穿戴。故事推演到第四十八回,曹雪芹仍没写过黛玉穿什么衣服戴什么首饰。第四十九回突然细细描绘:

> 黛玉换上掐金挖云红香羊皮小靴,罩了一件大红羽纱面白狐皮里鹤氅(chǎng),束一条青金闪绿双环四合如意绦,头上罩了雪帽。

这些穿戴需要一件一件地看:

黛玉脚上穿的是用金线掐出边缘、靴面上有云头彩装饰的、偏红的香色高腰羊皮靴,也就是"胡履"。这是北方游牧民族常穿的靴子,适合雪地行走。

黛玉罩的鹤氅是类似斗篷的无袖御寒外衣,外表是厚密防水羽缎,里边是白狐皮。羽缎是进口的。据大诗人、康熙朝刑部尚书王士禛记载,清代初年从西洋进口的羽缎羽纱,是用鸟的羽毛织成,每一匹价至六七十两黄金,着雨不湿。所谓白狐皮,不是整个白狐狸的皮,而是"狐白",即狐狸腋下的白皮毛,做一件白狐皮裘衣,不知得用多少只狐狸。《史记·孟尝君传》:"孟尝君有一狐白裘,值千金。"汉代白狐裘已价值千金,黛玉的鹤氅又用的是上等的进口面料,价值可见一斑。

黛玉腰间扎着"青金闪绿双环四合如意绦"。绦,指丝带;四合如意,指绦下边垂下部分四相连属的如意结;双环,即绦带下垂部分连结如意结的两个玉环;青金,是青白色的金线,闪绿,指闪耀

光泽的绿色,"青金闪绿"指绿色丝与金线编织成的绦带颜色。

雪帽,也叫风帽、风兜,因与观音菩萨所戴相似,又称"观音兜",用于防御风寒。

黛玉穿戴俏丽高档,一点寄人篱下的痕迹都没有。贾母照搬贾敏模式富养外孙女,黛玉不缺物质享受,而缺任何人不能替代的母爱。

猩猩毡斗篷

穿大红羽纱鹤氅的黛玉和穿大红猩猩毡斗篷的宝玉同往稻香村,迎春、探春、惜春也穿着大红猩猩毡羽毛缎斗篷。宝玉、黛玉、迎春、探春、惜春的着装,像是都由史太君裘衣厂批量生产的,外表大红羽缎,里边只有黛玉是狐白,其他人是猩猩毡。毡是用兽毛碾合而成的片状纺织品,档次比狐白低不少。贾宝玉有件大红金蟒狐腋箭袖,这件裘衣算是跟黛玉同级别的。曹雪芹用黛玉裘衣里的狐白跟贾府三艳的猩猩毡区别,是不是强调黛玉更受宠爱?

李纨和宝钗的裘衣

李纨穿青哆罗呢对襟褂子。青,指黑色;哆罗呢,指价格昂贵的进口毛织品;对襟即前幅均分为两片,中间系扣;褂子,指外衣。李纨在贾府享受超出王熙凤的待遇。寡妇虽穿黑,却是进口高档呢料。

宝钗穿莲青斗纹锦上添花洋线番耙(bā)丝鹤氅。莲青,即青莲色,是一种紫色;斗纹,由多条环形线、螺形线组成,形状似斗;锦,是用彩色图案织出各种花纹的丝织品;花洋线是进口的花线;番指西藏,靶指干肉条,番靶丝是指形状如干肉条的花线缀饰。宝钗讲究实惠不炫耀,她的着装考究贵重,衣料上有用进口洋线在彩色图案上织出的花纹,但颜色不张扬,是紫色。

邢岫烟仍着家常旧衣,并无避雪衣服。邢姑娘穷,邢夫人小气,岫烟借住在"二木头"那里,连避寒衣都没人提供,后来还是平儿看不过去,以凤姐的名义给了她一件裘衣。

湘云鹤立鸡群

湘云的着装和她的个性相辅相成。湘云穿着贾母给的貂鼠脑袋面子、大毛黑灰鼠里子的皮衣,头上戴着挖云鹅黄片金里、大红猩猩毡昭君套,围着大貂鼠风领。黛玉笑道:"你们瞧瞧,孙行者来了。她一般的也拿着雪褂子,故意妆出个小骚达子来。"

湘云叫大家看她里边打扮:半新的靠色三镶领袖秋香色盘金五色绣龙窄褙小袖掩衿银鼠短袄,里面短短一件水红妆缎狐肷褶子,腰里紧紧束着一条蝴蝶结子长穗宫绦,脚下穿着鹿皮小靴,越显得蜂腰猿臂、鹤势螂形。

众人笑道:"偏她只爱打扮成个小子的样儿,原比她打扮女儿更俏丽了些。"

湘云的裘衣"里外发烧",即里外都是贵重毛皮做的,再加貂鼠围领,全身毛茸茸的,所以黛玉说来了个猴。湘云的昭君套鹅黄片金色和大红色里外交辉。脱掉大衣,剪裁可体的黄绿色盘金绣龙皮袄里是华丽的短款云锦戎装服,束上带长流苏蝴蝶结的窄腰带,好莱坞要求的曲线美暴露无遗。宝玉的闺蜜中,钗肥黛瘦,最具健康美的是湘云。湘云好像穿越时光隧道从魏晋名士圈来到大观园,乐观阳光,胸

怀开阔，心直口快，装扮成男孩反而使湘云的那份洒脱显露得更充分。湘云跟黛玉一样从小父母双亡，婶娘在她身上很算计。湘云着装如此昂贵时髦，是贾母给的。湘云代表史家的脸面，是贾母心爱的娘家孙女。

薛宝琴着凫靥裘

黛玉、宝钗、湘云、李纨、贾府三春的裘衣是集中并带对比意味描写的，宝琴的裘衣用特笔另写。此前宝琴披了件金翠辉煌的斗篷来到蘅芜苑，宝钗忙问哪里来的，宝琴说下雪老太太给的。香菱上来瞧了说，怪道这么好看，原来是孔雀毛织的。湘云说，哪里是孔雀毛，是野鸭子头上的毛做的，可见老太太疼你了，这样疼宝玉，也没给他穿。瞅了宝琴半日又说：这衣服只配她穿，别人穿了实在不配。湘云说"别人"指哪个？指能接受贾母体己服装的贾府三春和黛玉，她们都缺少宝琴兼具的富贵、美丽、大气。

凫靥裘引起宝钗关于宝琴和贾母多有"缘法"的议论，恰好琥珀来传贾母话，叫宝钗不要管紧琴姑娘："她还小呢，让她爱怎么样就怎么样。"贾母爱宝琴无微不至且不避嫌，特别是不避黛玉的嫌。宝钗忙起身答应，又推宝琴笑道："你也不知道是哪里来的福气！你倒去吧，仔细我们委屈着你。我就不信，我哪些儿不如你？"这话是是开玩笑，未必不是真想法。

宝琴姗姗来迟，却享受着比住过碧纱橱的湘云、宝玉、黛玉更高的待遇，跟贾母住一张床。有一次宝玉给贾母请早安，贾母没起，开了房门令宝玉进来，宝玉看到宝琴在贾母床上脸朝里睡还没醒。原来宝琴进贾府后，"贾母欢喜非常，连园中也不命住，晚上跟着贾母一处安寝"。贾母心中最重"二玉"，现在多出个宝琴，且有取黛玉而代之的势头。机智的凤姐瞧出来，宝玉担心起来，黛玉好像浑然不觉。天上掉下的林妹妹纯净天真，将外祖母视作人生幸福的定海神针，她想不到宝琴差点儿就动摇了贾母既定方针——"二玉是一对"。结果引出紫鹃试宝玉这出大风波，宝玉单恋黛玉的事实再次向贾母做了证明。

可以跟大观园裘衣秀场面相媲美的是潇湘馆冬日的情境。

潇湘馆冬闺集艳图

宝钗姐妹等聚集潇湘馆，宝玉说了句"冬闺集艳图"，形象地点出大观园闺秀性格风雅。

宝玉发现潇湘馆新花卉单瓣水仙。水仙有凌波仙子之称，单瓣水仙有金黄色杯型环状冠，又叫"金盏银台"。潇湘馆水仙开在玉石条盆上，装点洁白宣石，冰清玉洁，摇曳生姿。

古代传说，水仙是娥皇女英的化身，水仙出现在潇湘馆，再次把林黛玉和娥皇女英联系起来。曹雪芹钟爱林黛玉，一再用大自然美丽而富诗意的竹子、水仙装点黛玉居处。潇湘妃子诗意栖居，绿竹、水仙都是人格象征。

大家在潇湘馆听薛宝琴念真真国女子写的诗时，宝钗称湘云"诗疯子"、香菱"诗呆子"，可谓画龙点睛。薛宝钗也是曹雪芹钟爱的形象，既德容言功俱全，是典型的淑女，也是宝玉厌恶的贪求官位俸禄的人。随着诗社的活动，宝钗个性渐渐变得和原来不太一样。她三番五次对宝玉说教，却又八面玲珑，她对社会现象和家庭关系洞若观火，又常说幽默风趣的话，开几句睿智玩笑。大观园结社对宝钗性格的描写起到助燃作用，让其人物形象更加丰满。

芦雪广雪景联诗

第五十回《芦雪广争联即景诗　暖香坞雅制春灯谜》中描写了大观园诗会一次高潮，这次诗会是大观园诗人一次才能的竞赛，也是一曲青春的赞歌。

芦雪广是大观园一处傍山临水的建筑，暖香坞是惜春住的地方。

芦雪广的"广"要读"俨"，就是临山崖筑成的房屋。芦雪广，芦花似雪，言其临水。

大观园诗人在芦雪广联诗，后听贾母吩咐，又在暖香坞制灯谜。

大观园美丽雪景

红楼风云常和大自然美景一起出现。

李纨建议到芦雪广去给新来的朋友接风。"无事忙"的宝玉惦记这事,一夜没好好睡。第二天一早爬起来,看到窗上很亮,担心不是晴天,起来一看,一夜大雪下了一尺多厚,天上仍像搓绵扯絮一般。宝玉欢喜非常,急忙往芦雪广跑,举目四顾,白茫茫一片,远远的是青松翠竹,自己像被装在玻璃盒里。顺着山脚转过去,寒香拂鼻,栊翠庵十数株红梅像胭脂一样,映着雪色,分外精神。

扫雪的婆子看见宝玉过来,说:姑娘们吃了饭才来。宝玉到贾母处催吃饭,听说有鹿肉,和湘云悄悄计议:要块鹿肉,叫婆子送到园里去。

是真名士自风流

大观园人物聚集芦雪广,李纨要出题限韵时,找不到湘云和宝玉。黛玉说,他两个一定是算计那块鹿肉去了。果然,老婆子们拿了铁炉、铁叉、铁丝蒙来,要烤肉了。

凤姐打发平儿来告诉说她不能来。

湘云和宝玉烤鹿肉,众姐妹参与。黛玉笑"一群花子",湘云回"是真名士自风流","我们这会子腥膻大吃大嚼,回来却是锦心绣口"。湘云的豪爽可爱,如画纸上。

凤姐居然要吟诗

海棠诗、菊花诗是各自写诗,芦雪广联诗是"即景联句,五言排律"。即景就是写雪景;联句是每人两句,意思互相接续;排律是一种长篇律诗。

芦雪广地炕上,鹿肉果菜已摆上,墙上诗题、规定的韵脚已贴出来,限"二萧韵"。

湘云见了平儿,拉住不放。平儿说,我们先烤上几块吃。宝钗、黛玉看惯了这些人捣蛋,而宝琴她们都觉得太稀罕。探春说:"你闻闻,香气这里都闻见了,我也吃去。"湘云一边吃一边说:"我吃这个方爱吃酒,吃了酒才有诗。若不是这鹿肉,今儿断不能作诗。"她叫宝琴:"傻子!过来尝尝!"宝琴说:"怪脏的。"宝钗说:"你尝尝去,好吃的。你林姐姐弱,吃了不消化,不然她也爱吃。"宝琴也过去吃了。凤姐见平儿没回去,便找来,也跟着吃了起来。

李纨说:"我不大会作诗,我只起三句吧,然后谁先得了谁先联。"

哪个也想不到,王熙凤居然也要写诗。

凤姐儿说道:"既是这样说,我也说一句在上头。"众人都笑说道:"更妙了!"宝钗便将稻香老农之上补了一个"凤"字,李纨将题目讲与凤姐听。凤姐想了半日,说只有一句粗话,众人说,越是粗话越好。凤姐笑道:"我想下雪必刮北风。昨晚听见一夜的北风,我有了一句,就是'一夜北风紧',可使得?"众人听了,都相视笑道:"这句虽粗,不见底下的,这正是会作诗的起法。不但好,而且留了多少地步与后人。"

古代诗人联句,按惯例开头一句由惯做排律的行家所为,此处偏偏成了胸无文墨的凤姐所为,凤姐首句又被大家公认如此开头有很多好处。

王熙凤是金陵十二钗之一。金陵十二钗除巧姐外,连秦可卿都在王熙凤梦里念过两句诗"三春去后诸芳尽,各自须寻各自门"。金陵十二钗中的重要人物王熙凤怎么可以没有诗?曹雪芹叫她在联诗时不该出手也出手,把能事之人的异样才能描绘出来。

夏天史太君带领众人游大观园时,贵族少奶奶王熙凤要撑船;冬天大观园诗人联句时,不认字的凤姐要说一句在上头,偏偏说得出彩。曹雪芹运笔之妙,可谓巧夺天工。

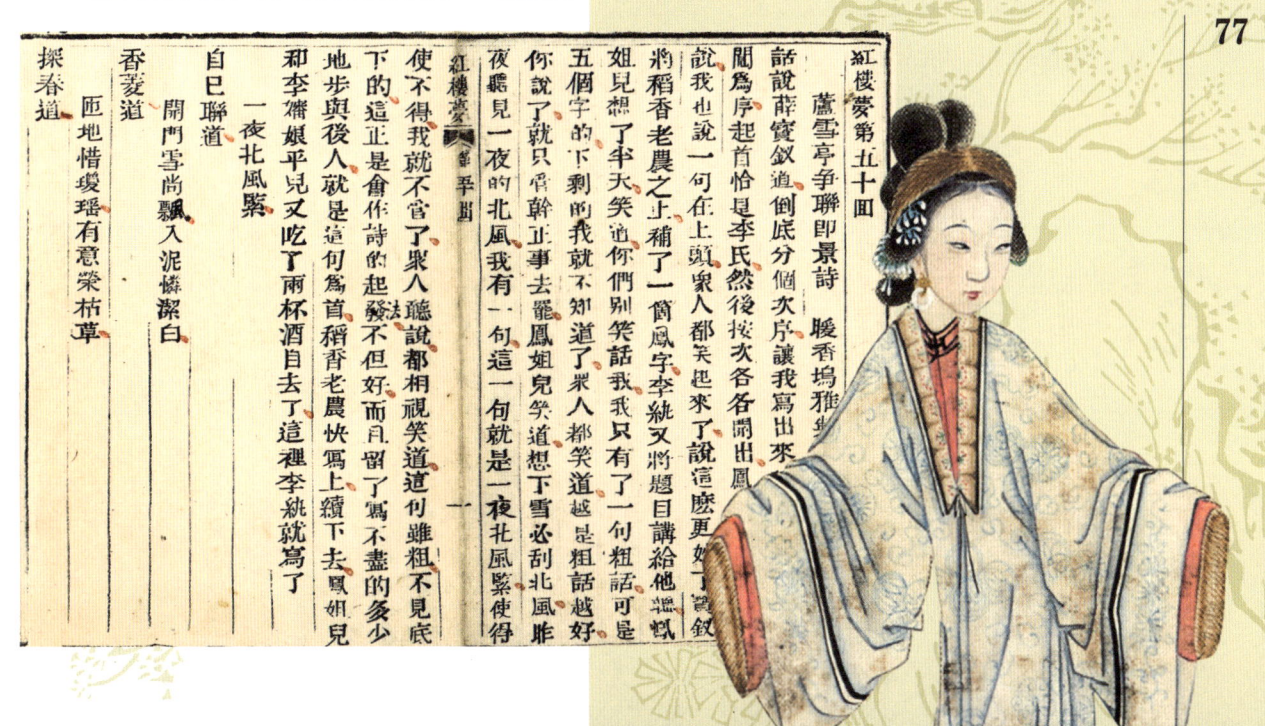

妙句连珠

芦雪广联句写了三十五韵、七十句,由很多人共同创作,居然上勾下联,血脉畅通,没有堆砌的感觉,还出现一些写雪景佳句。如"寒山已失翠,冻浦不闻潮"。再如"伏像千峰凸,盘蛇一径遥",似乎毛主席诗词《沁园春》中的"原驰蜡象"都受其影响。"沁梅香可嚼,淋竹醉堪调"一句把雪景中的梅花、翠竹写出来,既紧扣雪景,也反映联诗者的个性。联诗本来规定一人两句。湘云说到"海市失鲛绡",本该接着说下一句,林黛玉却抢过去说"寂寞对台榭"。从这开始,成了一人抢一句,抢得更快乐。宝琴说"埋琴稚子挑",湘云念句"石楼闲睡鹤",大家问你念了什么。大家为什么没听懂?因为湘云一边笑得弯腰一边说诗句。湘云咬舌子,大家不懂,她就喊出来。黛玉笑得捂着胸口,高声嚷"锦罽(jì)暖亲猫",林黛玉居然高声嚷,太妙了。联句竟把猫用上,太稀奇,也太有才了。

联句联得快乐,最后统计,谁最多?史湘云。大家说是那块鹿肉的功劳。大家联句,最后谁收住?两位客人,李纹说"欲志今朝乐",李绮说"凭诗祝舜尧"。

宝玉又受罚

宝玉联句又落第,李纨的处罚像凤姐让宝玉扫地一样有趣:去栊翠庵折枝红梅。宝玉去要梅花,众人提议由刚到大观园的客人分别用红、梅、花作韵写七律。邢岫烟、李纹、薛宝琴咏红梅花的诗,宝琴写得最好,头两句"疏是枝条艳是花,春妆儿女竞奢华",非常有味道。

宝玉笑嘻嘻地扛枝梅花回来，说你们赏吧，还不知道费我多少精神。看来妙玉还是先刁难了他一番。大家要宝玉写诗，湘云说写《访妙玉乞红梅》，大家说有趣。湘云拿支铜火箸击着手炉："我击鼓了，若鼓绝不成，又要罚的。"

宝玉吟诗，黛玉书写，宝玉说句"酒未开樽句未裁"，黛玉写了，摇头笑道："起的平平。"湘云道："快着！"宝玉笑道："寻春问腊到蓬莱。"黛玉湘云都点头笑道："有些意思了。"宝玉又道："不求大士瓶中露，为乞嫦娥槛外梅。"黛玉写了，又摇头道："凑巧而已。"看来黛玉还是欣赏宝玉的诗句的。湘云忙催二鼓，宝玉又笑道："入世冷挑红雪去，离尘香割紫云来。槎枒（丫）谁惜诗肩瘦，衣上犹沾佛院苔。"湘云的鼓还没敲完，宝玉的诗已完成。

宝玉为什么跟姐姐妹妹写诗常落第？又说不会联句，又怕韵险？并不是他才疏学浅，而是因为他喜欢自由，不乐意受人为束缚，这次不让姐妹们限韵写出的诗就比较有味，用典也巧妙。"嫦娥"非月中嫦娥，指妙玉。栊翠庵被比作仙境，到那里去是"离尘"，从那里回来是"入世"。在前人诗句中，挑红雪和割紫云都指折红梅。"槎枒"一句是说自己这个诗人因天冷耸肩、踏雪冒寒而来。而不求瓶中露，为乞槛外梅，又暗含未来贾宝玉出家并非为了修炼成佛，只是为了逃避现实。

暖香坞灯谜

芦雪广诗歌活动刚刚结束，贾母顶风冒雪来了。年轻人聚会写诗，本没老人家的份儿，贾母偏偏跑来凑热闹，进来就说："好俊梅花！你们也会乐，我来着了。"贾母人老心不老，对美好事物有特殊的感受。

贾母令大家做些灯谜节下玩。李纨等编的灯谜多和《四书》有关。宝钗道："这些虽好，不合老太太的意思，不如作些浅近的物儿，大家雅俗共赏才好。"湘云编了《点绛唇》，让大家猜猜：

溪壑分离，红尘游戏，真何趣？名利犹虚，后事终难继。

众人不解，想了半日，有猜是和尚的，也有猜是道士的，也有猜是偶戏人的。宝玉笑了半日，道："都不是，我猜着了，一定是耍的猴儿。"湘云笑道："正是这个了。"众人道："前头都好，末后一句怎么解？"湘云道："哪一个耍的猴子不是剁了尾巴去的？"众人听了，都笑起来，说："偏她编个谜儿也是刁钻古怪的。"

湘云的谜语有深意，它简直是在说贾宝玉，本是神瑛侍者带着无材补天的顽石幻形入世，成了佩戴通灵宝玉的怡红公子，岂不是"溪壑分离，红尘游戏"？贾宝玉经常觉得荣国府灯红酒绿的生活无趣，他不要名也不要利，最后悬崖撒手，出家为僧，还有什么后事？

后四十回续补者的思想和艺术水平与曹雪芹相去甚远，把贾宝玉安排成名利都不虚，做了举人，出家后有皇帝赐名，还有将来"兰桂齐芳"的儿子，与曹雪芹的构想南辕北辙。

晴雯撕扇补裘

晴雯在《红楼梦》中上了两个回目，第三十一回《撕扇子作千金一笑》和第五十二回《勇晴雯病补雀金裘》。《红楼梦》中描写的著名的行为艺术，贵族小姐黛玉、宝钗、湘云、宝琴各占一件，分别是葬花、扑蝶、醉卧、立雪；丫鬟中晴雯却占两件：撕扇、补裘。撕扇写出晴雯纯洁任性、疾恶如仇的真性情，补裘刻画出晴雯可以为宝玉献身的真情感。

晴雯身世低微，父母双亡，十岁成为赖大母亲的丫鬟，是奴才的奴才。因贾母喜欢，赖嬷嬷便将她献给贾母。贾母因晴雯模样俊俏，语言爽利，聪明灵巧，将其派到宝玉身边。贾母曾对王夫人说，怡红院丫鬟只有晴雯将来仍可给宝玉使用，是内定她为宝玉未来的侍妾。

晴雯撕扇

晴雯撕扇前因是跌扇。端午节宝玉得罪了宝钗，又因和金钏说笑导致金钏被撵，他回到怡红院后唉声叹气。晴雯给他换衣服时不小心跌断扇骨，宝玉骂晴雯"蠢才"，晴雯立即把宝玉挖苦一番，袭人上来劝解，说"原是我们的不是"。奴才跟主子共称"我们"，无意中透露出袭人和宝玉的私情，被晴雯夹枪带棒地讽刺说"你们鬼鬼祟祟干的那事儿"。宝玉要把晴雯撵走，怡红院丫鬟集体下跪求情才罢。

晴雯跌扇跟宝玉发生纠纷，最开始为袭人被打不满，后来又和袭人发生矛盾，这些都因晴雯不平则鸣的性格造成：你就是尊贵的"二爷"，也不能随便打人；袭人再关心宝玉，也不能干见不得人的事。晴雯明知贾母对她未来的打算，但她跟宝玉却像知心朋友，像闺蜜。她秉性纯洁，眼里揉不下沙子，想说就说，凭你是谁，你做得不对，我就说话。当宝玉发少爷脾气要撵走她时，晴雯却又死也不走。这个无家可归的孤儿早就把怡红院当成自己的家，把贾宝玉当成亲人。

晚上薛蟠请宝玉喝酒，宝玉带几分酒意，踉踉跄跄回到怡红院，看到晴雯在凉榻睡着，便用假意批评向晴雯赔不是："你的性子越发惯娇了。早起就是跌了扇子，我不过说了那两句，你就说上那些话。说我也罢了，袭人好意来劝，你又括上她。你自己想想，该不该？"晴雯说："怪热的，拉拉扯扯作什么！叫人来看见像什么！"晴雯自重，没有人在，也不跟宝玉拉拉扯扯，发牢骚说"我这身子也不配坐在这里"，宝玉抓住她的话反

问"你既知道不配,为什么睡着呢?",这一来一去成了闺蜜间的斗嘴。

宝玉叫晴雯拿果子来吃,晴雯还要找补他,把宝玉骂自己蠢才的话再重复一遍:"我慌张得很,连扇子还跌折了,哪里还配打发吃果子。倘或再打破了盘子,还更了不得呢。"宝玉发一番爱物论,甭管什么东西都是给人用的,愿意怎么用就怎么用,扇子是扇的,愿意撕着玩也行,只是不要拿它出气就行。晴雯一听,那你拿扇子来,我喜欢撕。

晴雯天真任性,你既然说扇子可以撕,我就撕给你看。宝玉笑着把扇子递给她。晴雯接过来,"嗤"的一声撕成两半,"嗤、嗤、嗤"又是好几声。宝玉在一旁说:"响得好,再撕响些。"正说着,麝月走过来,一看他们撕扇子,就说"少作些孽吧"。宝玉一把将她的扇子抢过递给晴雯,晴雯也撕了好几半。

宝玉说,千金难买一笑。小说把晴雯撕扇和《史记·周本纪》中的故事联系起来,但是它们的性质完全不一样。《周本纪》中写周幽王叫褒姒撕绸缎,体现的是昏王爱宠妃。宝玉叫晴雯撕扇,体现的是怡红院主仆间类似知己的平等关系。

83

"爆炭"爆发撵坠儿

晴雯虽身份低贱，但看不起袭人千方百计讨好主子的做派，多次讽刺袭人，说她是"西洋花点子哈巴儿"，揭露袭人靠献媚王夫人多领二两银子，挖苦袭人和宝玉鬼鬼祟祟。晴雯也不允许比自己身份低的小丫头偷东西，这是做人的底线。撵坠儿是晴雯做的又一件似乎"出格"的事。

袭人回家时，晴雯因着凉在怡红院吃药。宝玉发现晴雯一个人在，问麝月、秋纹哪儿去了。晴雯说，秋纹是我撵去吃饭，麝月是平儿来找。两人不知背着我说什么，是不是说我病了不出去？宝玉说，平儿不是那样的人。他至窗下潜听麝月和平儿说话，原来芦雪广联诗平儿烤肉丢的虾须镯，是怡红院小丫鬟坠儿偷了。平儿说，这事传扬出去对宝玉不利，嘱咐麝月，这事不能叫晴雯知道："晴雯那蹄子是块爆炭，要告诉了她，她是忍不住的。一时气了，或打或骂，依旧嚷出来不好，所以单告诉你留心就是了。"宝玉回到房中，把平儿的话告诉晴雯，又说："她说你是个要强的，如今病着，听了这话越发要添病，等好了再告诉你。"晴雯果然气得蛾眉倒蹙，凤眼圆睁，即时就叫坠儿。宝玉忙劝："你这一喊出来，岂不辜负了平儿待你我之心了。不如领她这个情，过后打发她就完了。"

晴雯仍忍耐不住，大发雷霆，把坠儿叫到身边，戳她的手："要这爪子作什么？

拈不得针，拿不动线，只会偷嘴吃。眼皮子又浅，爪子又轻，打嘴现世的，不如戳烂了！"晴雯虽然心直口快，但她骂坠儿的话，其他人听了，只不过认为骂坠儿懒，只有坠儿能听明白，偷虾须镯的事暴露了。晴雯把坠儿撵出去，理由是"懒"，是"偷嘴吃"，绝不说坠儿偷东西。因说出去既丢怡红院的人，又连累平儿，更重要的是，坠儿从此难做人。"懒"和"偷东西"对下层人物命运有完全不同的影响。晴雯电闪雷鸣击邪恶，又细心维护坠儿的根本利益，既有心如明镜、嘴尖如刀、敢作敢当的"爆炭"性格，又有骨子里爱护弱者的善良。

晴雯想不到，她雷厉风行处理坠儿，虽然宝玉已经有打发坠儿出去的话，却触犯了以怡红院总管自居的袭人的管辖权。

晴雯补裘

宝玉要参加舅舅的生日宴，贾母命鸳鸯："把昨儿那一件乌云豹的氅衣给他吧。"

鸳鸯取来，宝玉看时，金翠辉煌，碧彩闪灼。贾母说："这叫作'雀金呢'，这是哦啰斯国拿孔雀毛拈了线织的。"

贾母给宝玉的氅衣极其昂贵、不可多得。

内里乌云豹，指内里用名贵的小狐狸脖子下最厚的皮制作，一件氅衣不知用多少只狐狸。乌云豹即沙狐的颔下皮，《清一统志》："沙狐生沙碛中，身小色白，皮集为裘，在腹下者名天马皮，颔下者名乌云豹，皆贵重。"

外表雀金呢，是用孔雀毛拈金线织成的厚衣料，一件氅衣的外表大约要费几百两银子。清代叶梦珠《阅世编》："昔年花缎惟丝织成华者加以锦绣，而所织之锦大率皆金缕为之,取其光耀而已。今有孔雀毛织入缎内,名曰毛锦,花更华丽,每匹不过十二尺,价银五十余两。"

贾母又对宝玉说:"就剩下了这一件,你糟蹋了,也再没了。这会子特给你做这个也是没有的事。"雀金呢有唯一性、不可代替性。

不巧的是,宝玉参加舅舅的宴会,雀金呢给烧了个洞。更不巧的是,贾母要求宝玉第二天还穿这件极其体面的贵重氅衣参加王子腾生日正宴。达官贵人生日正宴是王孙公子靠服饰穿戴显示其身份、家族地位和实力的机会,国公府当家人贾母当然重视。

宝玉因雀金呢给烧个洞很沮丧,麝月赶紧派婆子悄悄拿出去,找能干的织补匠人,结果婆子去了半日,拿回来说:"不但织补匠人,就连裁缝、绣匠并作女工的问了,都不认得这是什么,都不敢揽。"病重在床的晴雯忍不住翻身要过雀金呢看了说:

"这是孔雀金线织的,如今咱们也拿孔雀金线就像界线似的界密了,只怕还可混得过去。"麝月笑道:"孔雀线现成的,但这屋里除了你,还有谁会界线?"晴雯道:"说不得,我挣命罢了。"宝玉

勇晴雯病补雀金裘

忙道:"这如何使得!才好了些,如何做得活。"晴雯道:"不用你蝎蝎螫螫的,我自知道。"一面说,一面坐起来,挽了一挽头发,披了衣裳,只觉头重身轻,满眼金星乱迸,实实撑不住。待不做,又怕宝玉着急,少不得恨命咬牙捱着。便命麝月只帮着拈线。晴雯先拿了一根比一比,笑道:"这虽不很像,若补上,也不很显。"宝玉道:"这就很好,那里又找哦啰斯国的裁缝去。"

晴雯先将里子拆开,用茶杯口大的一个竹弓钉牢在背面,再将破口四边用金刀刮得散松松的,然后用针纫了两条,分出经纬,亦如界线之法,先界出地子,后依本衣之纹来回织补。补两针,又看看,织补两针,又端详端详。无奈头晕眼黑,气喘神虚,补不上三五针,伏在枕上歇一会。宝玉在旁,一时又问:"吃些滚水不吃?"一时又命:"歇一歇。"一时又拿一件灰鼠斗篷替他披在背上,一时又命拿个拐枕与他靠着。急得晴雯央道:"小祖宗!你只管睡罢。再熬上半夜,明儿把眼睛抠搂了,怎么处!"宝玉见他着急,只得胡乱睡下,仍睡不着。一时只听自鸣钟已敲了四下,刚刚补完,又用小牙刷慢慢地剔出绒毛来。麝月道:"这就很好,若不留心,再看不出的。"宝玉忙要了瞧瞧,说道:"真真一样了。"晴雯已嗽了几阵,好容易补完了,说了一声:"补虽补了,到底不像,我也再不能了!"嗳哟了一声,便身不由主倒下了。

第五十二回目在晴雯前加"勇"字,是因晴雯关键时刻敢承担责任、甘为宝玉献身。晴雯硬撑着补裘,补上两针,端详端详,便觉头晕眼黑,气喘神虚;补上三针五针,又趴下歇一会。这既写晴雯病重体弱,更写晴雯勇担重担。宝玉既希望破洞能顺利补上,又担心晴雯病情加重,便在晴雯周围像陀螺般瞎忙。晴雯不顾自己病体,只担心宝玉"把眼睛抠搂",多么细心又何等情深。大作家在细微处见功力,补个小破洞,中国古代任何小说家,哪位能像曹雪芹这样写得前因后果明确、场面风生水起、人物如同画出?

贾宝玉过生日

第六十二回《憨湘云醉眠芍药裀 呆香菱情解石榴裙》，出现两个性格不同的女性。性格娇憨的湘云在宴会上喝醉了，跑到山后石凳上，用芍药花瓣做枕头睡了一觉。大家找到她时，她还在梦中说她创造的酒令。学诗学成呆子的香菱和豆官芳官玩斗草游戏打闹起来，滚在地上，把石榴裙弄脏，宝玉找来袭人同样的石榴裙给她换上。

虽然湘云和香菱出现在回目上，这一回主要内容却是详写宝玉过生日。曹雪芹的一管之笔像万花筒，前写宝钗生日，着眼宝玉、黛玉、宝钗周旋；中写凤姐生日，着眼凤姐、贾琏、贾母三人过招；第六十二回写宝玉花团锦簇的生日宴会，着眼多人露面表演，时不时透出衰音。

憨湘云醉卧芍药裀

贾宝玉生日时，贾府掌权人物外出，凤姐生病，贾府"维持内阁"的只有薛姨妈和尤氏。薛姨妈是亲戚，只是出于礼貌表面照管一下，不会深管也不会真管，而尤氏又是宁国府的，也不便多管。大观园成了更加自由的天地，贾宝玉的生日简直成了大观园青年儿女的狂欢节。

宝玉生日背景

贾母捐资给宝钗过生日，集资给凤姐过生日，而宝贝孙子过生日，她偏偏不在。

贾母离开贾府，是带邢、王夫人等，在贾珍贾琏的护卫下去参加老太妃葬礼。这是小说家曹雪芹的妙招，把贾母等贾府要人调开，把空间留给宝玉和姐妹。如果说贾母等在时，大观园环境相对宽松，那么贾母等离开后，大观园儿女就彻底解放了。

经典生日流程

宝玉生日的经典流程，为当代青少年读者了解那时的贵族子弟如何过生日、古代礼仪是什么样的提供了通俗有趣的素材。

先接受礼物：

张道士等和尚尼姑送的带吉祥性质的礼物；

舅舅姨妈的衣服、寿桃、长寿面；

姐妹们的贺礼。

再按照生日礼节一个一个拜。

第一步先拜祭天地。李贵们设下香烛，宝玉炷香烧纸行礼。

第二步到宁国府祭拜祖宗。

第三步拜长辈。贾母、贾赦、邢夫人、贾政、王夫人都不在家，宝玉拜完祖宗以后，到月台上向他们遥拜。

宝玉遥拜完长辈后，拜家里的长辈。从宁国府长嫂尤氏开始，回荣国府拜薛姨妈，再叫晴雯和麝月跟着，让小丫头抱着毡子，从李纨开始，把比自己年长的人都拜了。然后宝玉到四个奶妈那儿让一会儿，宝玉不能向仍是奴才的奶妈行礼，只能"让"她们参加宴会。

贾宝玉完全按家庭要求的礼教行事，他毕竟是荣国府宝二爷，不是《水浒传》里的李逵，这是由他的身份决定的。

有两件事很奇怪：

一件是宝玉生日凤姐没出现。宝玉去拜时，平儿在给凤姐梳头，一向不拘形迹的表姐弟竟因此不能见面？显然是在淡化王熙凤的重要性。

另一件是宝玉遥拜的人里边没有元妃，他收的礼物里也没有元妃的赏赐。贾府平常节日元妃都赏赐礼物，她最爱的弟弟过生日，怎么可能毫无表示？只能解释为元妃已不在人世。贾母等参加的所谓太妃丧事，在初稿中是元妃葬礼。

大观园青年儿女狂欢节

宝玉生日四个人一块过。曹雪芹把平儿和宝玉的生日安排到同一天，由袭人说出来。平儿解释，我们生日没有拜寿的福，受礼的职分，吵闹什么？平儿没过生日的权利，偏偏探春要给她过生日。探春讲究等级讲究到不近人情，对生母一口一个"姨娘"，却要给通房大丫头过生日，这是在安抚平儿。探春理家时曾给平儿没脸。探春丫鬟告诉管家娘子叫人把宝钗的饭端过来。探春说，平儿在这儿，叫她叫去。等于说，平儿再有脸，也是丫鬟。平儿在贾府有人缘，探春理家时看出平儿可疼可爱甚至可敬。探春还不知道平儿挖空心思地保护她，遮掩赵姨娘让丫鬟偷王夫人东西的事。很多事读者知道，当事人不知道，这是小说家的妙笔。

贾府凤凰宝玉和通房大丫头平儿同一天庆生日，已耐人寻味，而贾府最得宠的薛宝琴和最贫寒的邢岫烟的生日也是这一天，曹雪芹借此写人生荣辱交替，贫富轮回。

生日宴会座次安排不分尊卑，恰好是讲究等级观念的探春安排。主桌是宝琴、岫烟上座，平儿、宝玉侧坐，探春、鸳鸯陪坐。第二桌是宝钗、黛玉、湘云、迎春、惜春、香菱、玉钏。第三桌是尤氏、李纨、袭人、彩云。第四桌是紫鹃等丫鬟。当家奶奶尤氏和李纨坐第三桌，丫鬟鸳鸯坐第一桌，这是主子奴才颠倒，不论尊卑饮酒行令。

生日酒令成谶语

宝玉宴会酒令再次和人物命运联系起来。

宴会行"射覆"令。射覆就是把东西藏起来，再暗示给你，叫你猜是什么东西。轮到宝钗宝玉对点子，宝钗覆"宝"，想叫宝玉射"玉"。宝玉说："姐姐拿我做雅谑，我却射着了，说出来姐姐别恼，就是姐姐的讳'钗'字就是了。"大家问怎么解？宝玉说："她说'宝'，底下自然是'玉'了。我射'钗'字，旧诗曾有'敲断玉钗红烛冷'，岂不射着了？"这话是不祥之兆。"敲断玉钗红烛冷"是唐代郑谷《题邸间壁》诗中的句子，红烛，指结婚的蜡烛，玉钗敲断，红烛冷了，预示宝玉宝钗即使结婚，宝玉也是要离家出走的。

湘云说宝玉宝钗涉及时事，都该罚。刚开始学唐诗的香菱说，唐诗有宝玉的出处："此乡多宝玉"（岑参《送张子尉南海》诗句）。香菱没说的下一句是"慎莫厌清贫"，巧合宝玉将来贫穷难耐又凄凉。香菱又说不仅宝玉的名字在唐诗上，宝钗的名字也在："宝钗无日不生尘"（李商隐《残花》诗句）。香菱没说前一句是"若但掩关劳独梦"，预示宝钗将来独居寂寞。

湘云在酒席上创造了一个新酒令："酒面要一句古文，一句旧诗，一句骨牌名，一句曲牌名，还要一句时宪书上的话，共总凑成一句话。酒底要关人事的果菜名。"她刁难宝玉，宝玉想不出来，黛玉张嘴就来："落霞与孤鹜齐飞"，是王勃《滕王阁序》的话；"风急江天过雁哀"，是放翁的诗；"却是一只折足雁"，是骨牌名；"叫得人九回肠"，是曲牌名；"这是鸿雁来宾"，是《礼记·月令》中的话。黛玉拿起一个榛穰，说酒底是"榛子非关隔院砧，何来万户捣衣声"。在林黛玉的酒令中，天上孤鹜在飞，折足雁在哀鸣，叫得人九回肠；酒底榛子和捣衣砧子音相通，而榛子在古代常借指妇人忠贞执着，李白的《子夜吴歌》中"长安一片月，万户捣衣声"是怀念良人，描述恋人分别。黛玉的酒令哀婉萧瑟，和她将来泪尽而亡有关系。

湘云要考贾宝玉，可能她自己早就想好令了，她说的是："奔腾而砰湃"，是欧阳修的《秋声赋》；"江间波浪兼天涌"，是杜甫的《秋兴八首》；"须要铁锁缆孤舟"，是骨牌名；"既遇着一江风"，是曲牌名；"不宜出行"，是历书上的话。湘云的酒令，词意险恶，暗示史湘云未来的人生风波。湘云的酒底最好玩，她举着正在吃的鸭头，说："这鸭头不是那丫头，头上哪讨桂花油。"惹得晴雯莺儿们找湘云，要求一人给瓶桂花油。小姐说酒令，丫鬟起哄，没了丫鬟和小姐的界限，她们玩得很开心。没想到黛玉顺口说句："她倒有心给你们一瓶子油，又怕罣（同"挂"）误着打窃盗的官司。"黛玉是调侃宝玉，没想到挖苦了彩云。彩云偷了王夫人的高档用品给赵姨娘，出了失盗案后，宝玉向平儿承认是他开玩笑拿的，保护了彩云。黛玉一说，彩云低了头，宝钗瞅了黛玉一眼。心直口快的人总不会像心思绵密的人想得周到。

呆香菱情解石榴裙

香菱进大观园，苦心学诗学呆了，她名义上是宝钗丫鬟，却登上了宝玉的生日宴席。曹雪芹构思金陵十二钗，都和宝玉挂钩。香菱是金陵十二钗副册之首，必须在宝玉跟前挂号。香菱在宝玉生日斗草，巧妙地和宝玉发生了联系。

斗草又叫斗百草，是古代青年女子喜欢的游戏，传说从西施开始。玩游戏时，参加斗草者各自采花、草、竹、物，用自己采的东西来对，对得好的得胜。观音柳对罗汉松，君子竹对美人蕉，月月红对星星翠，牡丹花对琵琶果，都算对好了。香菱和豆官等斗草，豆官说她有姊妹花，香菱对了个夫妻蕙，香菱胜了。豆官没的说，挖苦香菱，什么夫妻蕙，你想你汉子了。两人动手闹，把香菱刚穿上的石榴裙拖到泥里了。

宝玉也拿了并蒂菱想参加斗草，香菱说，什么夫妻蕙、并蒂菱，你看我这裙子！宝玉替香菱着想，说姨妈嘴碎，她知道了又得埋怨。你不能动，一动连内衣都弄脏了，还是把袭人的裙子拿来换下！宝玉去通知袭人来换裙子。

宝玉心里盘算，可惜这么个人，没父母，连本姓都忘了，被人拐出来，偏又卖给个霸王。宝玉联想到上次能照顾平儿是意想不到的事，现在能照顾香菱更是意想不到。

宝玉善待香菱是出于对弱者的同情、尊重、爱护。平儿和香菱都是宝玉兄长的侍妾。两个兄长一味好色，不知道作养脂粉，爱护女性。宝玉同情爱护香菱、平儿，正是警幻仙子说的宝玉"意淫"，即对女性体贴爱护的特点。

史湘云醉卧芍药裀

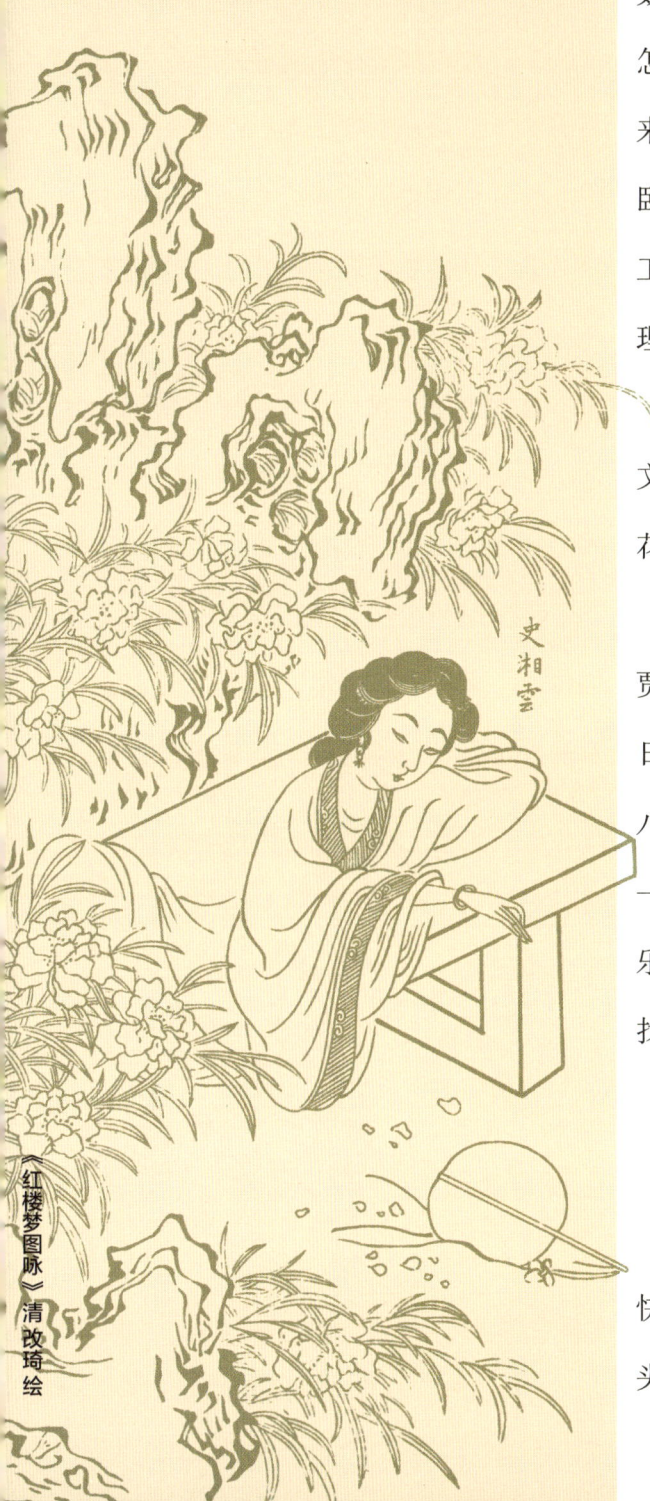

史湘云

《红楼梦图咏》清 改琦 绘

如果问贾宝玉怎么样过生日，大多数读者可能没在意。如果问"湘云醉卧"怎么回事，红迷恐怕无人不知。两百多年来，有多少艺术样式描绘、再造湘云醉卧？有多少著名画家大展身手？有多少能工巧匠精雕细刻，如象牙的，美玉的，大理石的？

憨湘云醉卧芍药裀是《红楼梦》青春文学最美的标志，翻过这一页，大观园百花凋零。

贾母和王夫人等为老太妃送丧离开贾府，宝玉等像开了锁的猴儿，趁宝玉生日玩了个痛快。酒席上呼三喝四，喊七叫八，满厅中红飞翠舞，玉动珠摇，你灌我一盅，我灌你一盏，恣意痛饮，任意取乐。起席时不见了湘云，各处去找，哪里找得到？

史湘云香梦沉酣

一个小丫头笑嘻嘻地走来说：姑娘们快瞧云姑娘去，吃醉了图凉快，在山子后头一块青板石凳上睡着了。大家跑去看：

果见湘云卧于山石僻处一个石凳子上,业经香梦沉酣。四面芍药花飞了一身,满头脸衣襟上皆是红香散乱。手中的扇子在地下,也半被落花埋了,一群蜂蝶,闹穰穰地围着他,又用鲛帕包了一包芍药花瓣枕着。

多么明丽多么美好的画面!多么诗情四溢的画面!这是湘云个性和人格魅力的大写意,是"只恐石凉花睡去"的天仙化境,是《红楼梦》中的标志性画面,能和黛玉葬花并列,也是中国传统文化的标志性画面,堪和天女散花媲美。

大观园中的女性看到落花都可能是什么态度?黛玉看到落花,会悲悲切切联想到自己落花般的命运;宝钗看到花,会想到"天下没有不可用的东西。既可用,便值钱",可以派婆子管花花草草、"小惠全大体";凤姐看到落花,会责问:这是哪个管的地方没扫干净?打他二十板子!只有湘云,能将花瓣包起来当枕头,来它个香梦沉酣。

大观园里,哪个女性可能躺到石凳上酣睡一觉?黛玉肯定不敢,躺到潇湘馆暖和的床上还说不定感冒着凉;宝钗肯定不肯,大家闺秀公然在花园石凳上躺卧,成何体统;凤姐肯定不能,哪有那份闲心、那份逸趣,忙着钩心斗角、聚敛财富呢。

《红楼梦赋图册》之醉卧芍药裀 约绘于清同治十二年

只有湘云，能大大方方、心无旁骛，想睡就睡，想在哪儿睡就在哪儿睡!

睡态最能观察人的心理是否健康，湘云"襁褓中，父母叹双亡，纵居那绮罗丛，谁知娇养？"，却从不怨天尤人，"幸生来，英豪阔大宽宏量"，"好一似霁月光风耀玉堂"。

湘云凡事想得开，拿得起，放得下：父母没了，那就到贾府依偎可爱的姑祖母；没有姐妹，无妨将宝姐姐当成亲生的；没有兄弟，可以找宝玉"爱哥哥"，或者把自己打扮成假小子模样；喝醉了，还找什么闺房绣房，鲜花丛中可以入梦乡。

湘云梦中酒令

就在众人看着湘云醉卧芍药裀又是爱又是笑时，湘云这位画上诗人、梦中仙女却唧唧嘟嘟地说她创造的别致酒令。湘云在酒席上为刁难宝玉创造了个新酒令，这么好玩的酒令岂能只说一次？湘云这个睡美人在花香蝶舞的极乐世界梦游，继续琢磨她创造的好玩酒令，在石凳上睡梦中又来一个，说给围绕她的姐妹们听："泉香而酒洌（古文，出自欧阳修《醉翁亭记》），玉碗盛来琥珀光（古诗，出自李白），直饮到梅梢月上（骨牌名），醉扶归（曲牌名）。却为宜会亲友（宪书上的话）。"句句可圈可点！说梦话都这么有才气，这就是湘云。遗憾的是大家扶湘云起来稍早了一点，不知道湘云想好的酒底还会如何诌断肠子？

妙哉史湘云

史湘云烧鹿赏雪、饮酒赋诗，划拳行令，枕花醉眠，种种情态完全是魏晋风度。潇洒脱俗的劲头可和《世说新语》中的逸士高人相比。其实，史湘云既可跟苏东坡等历代豪放文人媲美，更可跟历代真实和虚构的"醉侠"媲美。刘伶自称天为衣，地为裤，对劝他少喝的人说：君何入我裤中？他喝酒连命都不要，命人带着铁铲相随：死即埋我。嵇康喝得酩酊大醉，如玉山倾倒，躺在美丽的酒家妇身边，酒家开始还怀疑他是否跟妇有私情，后来发现啥事也没有。唐代诗人有酒中八仙，李白斗酒诗百篇，天子请来不上船。罗贯中把真实历史人物曹操放在赤壁大战背景下，让他喝得醉醺醺，横槊（shuò）赋出千古绝唱：青青子衿，悠悠我心……乌鹊南飞，无枝可依蒲松龄让美丽的狐女在梦中髻变荷盖，袜变莲杯，将情人灌个大醉……所有这些，男的女的，老的少的，哪个比得了史湘云？湘云醉卧芍药裀，既像幅西洋油画，又像支小夜曲，颈下枕的是花瓣，身上落的是花瓣，上面飞舞着的是美丽的蝴蝶，嗡嗡叫着的是采花蜜蜂，在梦里用吴侬软语说的是诗、词、赋。史湘云是古代诗人中最美丽的醉中仙；史湘云是红楼女儿中最令人喜爱的诗人。妙哉史湘云！

怡红夜宴掣花签

怡红夜宴掣花签是《红楼梦》和传统文化,尤其前人诗歌关系最密切的章节。

宝玉生日,大观园春色满园,怡红院欢声笑语,红楼儿女的欢乐达到顶峰,也成绝响。

第六十三回《寿怡红群芳开夜宴》,本来是怡红院丫鬟给主子庆寿,却变成了大观园姐妹抽命运花签。每个人的花签都和命运契合,都带悲剧色彩。

丫鬟集资生日宴

宝玉平时为丫头服役做胭脂口红,他过生日丫鬟集资给他庆寿。宝玉过意不去,晴雯快人快语抢白:"这原是各人的心。哪怕她偷的呢。"丫鬟你三钱我五钱集资办的宴会,没有山珍海味,却真情至性,非豪宴可比。主子奴才像闺蜜,玩得前所未有的舒心。

开夜宴前,宝玉先假装睡下。林之孝

家查夜，说一番大家公子应早睡早起，好好读书，不然成挑脚汉，又教训宝玉不可叫姑娘们的名字，她们是老太太、太太的人，得尊重。几句话把有点儿倚老卖老的世代家奴活画出来。林之孝家走后，夜宴拉开序幕。

本来是宝玉和丫鬟关起门玩，想起如果占花名，人少了没意思。干脆把宝钗、黛玉、湘云、李纨、香菱请来。怡红院没事偷着乐，变成大观园姐妹借占花名同乐。

掣花签预伏悲剧结局

张潮《幽梦影》说，世间万物都有知己感，菊花以陶渊明为知己；荔枝以杨太真为知己；茶以陆羽为知己。花卉早就被古代文人赋以人格特点。曹雪芹把历代人花交辉诗句用到怡红夜宴掣花签中，既以花喻人，又暗藏悲剧命运。

读《红楼梦》要顺藤摸瓜，既知道诗句出处，还要知道和这句诗相连、没写到《红楼梦》里却更重要的诗句，这样才能明白曹雪芹用的诗句的内涵，弄清曹雪芹在花签里暗藏什么意思。曹雪芹这是用小说跟读者玩古典诗词知识竞赛。

宝钗的签上画着牡丹，题"艳冠群芳"，下面小字"任是无情也动人"。大家说，你原来配牡丹花。宝钗欣然接受祝贺。如果宝钗当时能想起全诗，肯定高兴不起来。

"任是无情也动人"出自唐代诗人罗隐的《牡丹花》：

似共东风别有因，绛罗高卷不胜春。
若教解语应倾国，任是无情亦动人。
芍药与君为近侍，芙蓉何处避芳尘。
可怜韩令功成后，辜负秾华过此身。

前六句写牡丹美丽高贵，用李白"名花倾国两相欢"和唐明皇称杨贵妃"解语花"典故，但给宝钗命名牡丹的玄机，却在诗的最后两句韩令砍牡丹。据《唐国史补》，京城人玩牡丹玩过头，每到春天，车马若狂。元和末年，韩弘任京城令尹，看到玩牡丹玩得耽误正事，就命人砍了居地的牡丹。"任是无情也动人"虽然符合薛宝钗的美丽、富贵、艳冠群芳，但暗藏被砍杀命运。大家闺秀的郎君出家当和尚，和牡丹花被砍有什么不一样？

宝钗的签上还写着，"在席共贺一杯。此为群芳之冠，随意命人不拘诗词雅谑，道一则以侑酒"。宝钗说，"芳官唱一支我们听吧"。芳官唱了《赏花时》。这段唱词出自汤显祖《邯郸记》，吕洞宾下凡度人，代替何仙姑天门扫花。何仙姑唱《赏花时》嘱咐吕洞宾快去快回。吕洞宾到了邯郸客店，把一个神奇磁枕交给卢生，叫他做梦。宝钗抽个牡丹花签，又接上黄粱梦，言外之意，牡丹再美，不过是黄粱梦。宝钗宝玉的姻缘就是一场梦，这和白天的酒令联系起来："敲断玉钗红烛冷"。

黛玉的签上画的是芙蓉，题"风露清愁"，上面有诗"莫怨东风当自嗟"。芙蓉是荷花，是高洁人格的象征，屈原的《离骚》中写："制芰荷以为衣兮，集芙蓉以为裳。"周敦颐的《爱莲说》中写："莲，花中君子也，中通外直，不蔓不枝，香远益清，亭亭净植，可远观而不可亵玩焉。"

《红莲》潘天寿 杭州潘天寿纪念馆藏

用荷花比喻黛玉清高，"莫怨东风当自嗟"出自欧阳修长诗《明妃曲》，其中有这样的诗句：

明妃去时泪，洒向枝上花。
狂风日暮起，飘泊落谁家。

又有眼泪，又有狂风吹落鲜花，跟黛玉还泪葬花扯上关系。"莫怨东风当自嗟"前有句"红颜胜人多薄命"。将来贾府发生巨变，狂风日暮起，比《葬花吟》的"风刀霜剑"更有破坏力。宝玉外出逃难，黛玉为他担忧，整日以泪洗面，最终花落人亡两不知。

湘云揎拳掳袖掣出的花签上画了枝海棠，题"香梦沉酣"，还有苏轼诗句"只恐夜深花睡去"。苏轼《海棠诗》：

东风袅袅泛崇光，香雾空蒙月转廊。
只恐夜深花睡去，故烧高烛照红妆。

湘云掣到的花签印证湘云醉卧。林黛玉敏捷地说，"只恐夜深花睡去"该改成"只恐石凉花睡去"，打趣湘云。海棠花早就是湘云的象征。大观园诗社咏白海棠，湘云后到补了两首，写得风流俊逸。"蘅芷阶通萝薛(bì)门，也宜墙角也宜盆"，形容海棠适应任何环境，没有特殊要求，像湘云一样随遇而安。但海棠又是传说中的断肠花，曹雪芹构思，湘云和卫若兰结为夫妻，郎才女貌，夫唱妇随，不久因金麒麟发生误会，两人像牛郎织女，隔河相望，断肠相思，像倩女离魂。湘云白海棠诗有透露："自是霜娥偏爱冷，非关倩女亦离魂。"湘云掣海棠花，进一步坐实白海棠诗所透露的湘云未来的不幸人生。

探春掣到杏花，上面红字"瑶池仙品"，诗是"日边红杏倚云栽"，加注"得此签者，必得贵婿"。这句诗出自唐代诗人

《海棠蛱蝶图页》南宋 故宫博物院藏

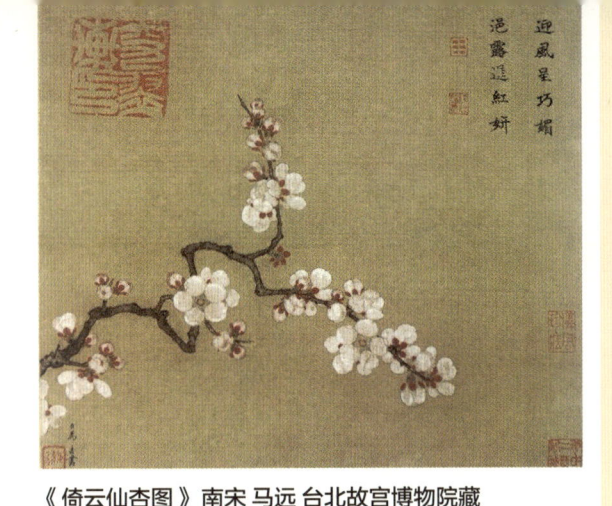

《倚云仙杏图》南宋 马远 台北故宫博物院藏

高蟾的《下第后上永崇高侍郎》：

天上碧桃和露种，日边红杏倚云栽。
芙蓉生在秋江上，不向东风怨未开。

"日"喻皇帝，杏花能在日边栽，是攀上了皇室。探春才貌不次于元春，但她成年后，贾府已到末世，探春只能攀上外番，极大可能是和亲，永不回家。就是贾宝玉梦游太虚幻境看到的判词："才自精明志自高，生于末世运偏消。清明涕送江边望，千里东风一梦遥。"

李纨擎的花签上画枝老梅，写着"霜晓寒姿"，旧诗是"竹篱茅舍自甘心"，符合李纨的身世和个性。李纨住稻香村，表面是竹篱茅舍，而她又是寡妇，形如槁木，心若死灰。

丫鬟的花签也有深刻含义。香菱擎根并蒂花，上题"联春绕瑞"，诗是"连理枝头花正开"，似乎说香菱和薛蟠婚姻和美，奥秘藏在原诗朱淑真的《落花》：

连理枝头花正开，妒花风雨便相催。
愿教青帝常为主，莫遣纷纷落翠苔。

香菱把薛蟠看成终身之靠，白天斗草都情不自禁地斗出夫妻蕙，但迫害香菱的"妒花风雨"马上要刮来。薛蟠娶夏金桂为妻，香菱不久就像花落青苔般被夏金桂虐待而死。

麝月的花签是荼蘼花，题"韶华胜极"，诗是"开到荼蘼花事了"，下面小注"在席各饮三杯送春"。麝月问怎么讲？贾宝玉皱着眉头把签藏了。贾宝玉喜聚不喜散，而麝月的花签意味着繁华到顶点，一切都结束。

"开到荼蘼花事了"出自宋代王淇的

荼蘼花

《春暮游小园》：

一从梅粉褪残妆，涂抹新红上海棠。
开到荼蘼花事了，丝丝天棘出莓墙。

据脂砚斋评语，将来袭人嫁蒋玉菡时，曾说好歹留着麝月。宝玉有宝钗为妻、麝月为婢，却出家为僧，就像天棘爬出莓墙。

袭人掣的花签既和她本人有关，也和贾宝玉有关，还和所有的人有关。袭人掣得桃花，题"武陵别景"，旧诗"桃红又是一年春"。武陵别景指晋代的桃花源，是逃避现实的地方。这句诗出自宋代谢枋得的《庆全庵桃花》：

寻得桃源好避秦，桃红又是一年春。
花飞莫遣随流水，怕有渔郎来问津。

袭人最后嫁给蒋玉菡，所以叫"又是一年春"。蒋玉菡来问津，是渔郎，谐音玉郎。袭人和蒋玉菡后来曾奉养贫困的贾宝玉，成了贾宝玉临时的桃花源。

袭人的花签有个注："杏花陪一盏，坐中同庚者陪一盏，同辰者陪一盏，同姓者陪一盏。"大家说热闹有趣，其实这个注解用不幸把众人一网打尽。陪饮的都是谁？杏花是探春，同岁的是香菱、晴雯、宝钗，同辰的是黛玉，同姓的是芳官。这六人哪个幸福？哪个幸运？探春远嫁，黛玉、香菱、晴雯夭折，芳官出家做尼姑，宝钗守了活寡。

曹雪芹是学者型作家，能把传统文化信手拈来为构思小说、描写人物服务。红楼夜宴抽花签既是小说好看好玩、可以好好琢磨的章节，也是曹雪芹构思小说布局的大章法。他延续了《红楼梦》的一贯做法，在小说进展过程中，像歌剧咏叹调，不断咏唱悲剧主题。在红楼夜宴前已有过元妃点戏，暗示贾府的命运；清虚观打醮，佛前点戏，又预示贾府命运；怡红夜宴掣花签，再次预示主要人物的命运，贾府将来注定是个大悲剧。

妙玉祝寿

妙玉自称"槛外人""畸人",喜欢"纵有千年铁门槛,终须一个土馒头",偏偏关心宝玉生日,写帖遥祝。佛门少女不忘红尘好友,言行有些不一,做人未免矫情。宝玉不知回帖如何署名,去请教黛玉的路上,巧遇与妙玉有深交的邢岫烟。邢岫烟说妙玉放诞诡僻,拜帖上下别号,这是从来没见过的,这就如俗语说的"僧不僧,俗不俗,女不女,男不男"。这是世人对妙玉的理解。曹雪芹正是在矛盾中刻画特殊人物。

贾宝玉生日次日,传来贾敬误服丹药身亡消息。《红楼梦》继大观园花前月下文字后迎来"三言二拍"中类似故事,红楼二尤悲剧登场。

柳絮词·放风筝

第七十回《林黛玉重建桃花社 史湘云偶填柳絮词》中，因黛玉写《桃花行》而重建桃花社，却诸事杂乱，诗社被拖了许久。史湘云偶填柳絮词，大观园众人诗没吟成又填词。无论桃花还是柳絮，都飘零无根、飘泊无依，皆非佳题佳兆。柳絮词还没吟完，又去放风筝，最后大家的风筝全都飞走，暗示贾府群钗全都离散。

小令切合身份、性格和命运

史湘云看到柳花飞舞，写首《如梦令》：

岂是绣绒残吐，卷起半帘香雾，纤手自拈来，空使鹃啼燕妒。且住，且住！莫使春光别去。

这首词里有几个词句需要了解：

绣绒，比喻柳花；

残吐，借闺中女子吐出的绣绒线头，说柳絮因残而和柳条分离；

香雾，形容飞絮蒙蒙，像一团带香气的雾；

鹃啼燕妒,形容柳絮占得春光,使得春鸟嫉妒。

湘云的小令写柳絮离开枝子,意思是春天要离开,美好时光要结束。湘云很得意,其实这小令恰好是她的命运启示。

湘云叫宝钗、黛玉看。黛玉说新鲜有趣。湘云说,我们干吗不起社填词。

黛玉选出几个调,以柳絮为题填词。

紫鹃点上支"梦甜香",用以计时,叫大家限时思考。

探春写出半首《南柯子》,宝玉给她续上后半阕:

空挂纤纤缕,徒垂络络丝,也难绾系也难羁,一任东西南北各分离。(探春)

落去君休惜,飞来我自知。莺愁蝶倦晚芳时,纵是明春再见隔年期!(宝玉)

探春描绘柳条很难挽住柳絮,只能叫柳絮东西南北到处乱飘,预示她将来的命运,就是《红楼梦曲·分骨肉》:"从此分两地,各自保平安,奴去也,莫牵连。"宝玉续上的半阕"莺愁蝶倦晚芳时"和黛玉《葬花吟》的"红颜老死"一

个意思。"纵是明春再见隔年期"暗合了《葬花吟》中"明年花发犹可啄,却不道人去梁空巢也倾",预示宝玉将来在外逃难,将近一年后回家,黛玉已去世。

黛玉的《唐多令》:

粉堕百花洲,香残燕子楼。一团团逐对成毬。飘泊亦如人命薄,空缱绻,说风流。

草木也知愁,韶华竟白头。叹今生谁拾谁收?嫁与东风春不管,凭尔去,忍淹留。

粉堕、香残都是说柳絮堕枝飘残,隐喻美人死亡。粉,指柳絮的花粉;香,指柳絮的芳香。《唐多令》写不忍心看到柳絮总在外面漂泊,总无家可归,暗点林黛玉自幼父母双亡,无家可归。百花洲在姑苏山,而林黛玉是姑苏人。唐代关盼盼曾住燕子楼,白居易写过燕子楼三首。古人用百花洲、燕子楼典故都是说孤独悲愁。苏轼写"燕子楼空,佳人何在,空锁楼中燕"。"空缱绻,说风流"暗喻黛玉风流灵巧,与宝玉情思缠绵,最终落空。柳絮被东风吹落,春天不管,指黛玉青春渐逝,知己无法过问。"凭尔去,忍淹留",似乎是黛玉对逃亡在外的宝玉的最后心声:时到如今,你忍心不回家,我也只好任你去!我的眼泪已全给了你!

大家看了黛玉的词,点头感叹,太悲了,好当然很好。

宝琴的《西江月》:

汉苑零星有限,隋堤点缀无穷。三春事业付东风,明月梅花一梦。

几处落红庭院,谁家香雪帘栊?江南江北一般同,偏是离人恨重!

这词很悲凉，写离人写怨恨，写三春事业付东风，明月梅花一梦。词中用了典故"汉苑零星"，此典故出自汉代皇家园林曲江池常种柳树，而汉代柳树不如隋代堤坝柳树规模大，古人喜欢折柳赠别，这首词也隐喻人的分离和不幸，就像苏轼《杨花词》中写的"细看来不是杨花，点点是离人泪"。据这首词推测，宝琴本来许嫁梅翰林的儿子，但她这段姻缘也要付于东风，像梅花一梦。"梅翰林"寓意是"没这个翰林"。

宝钗说，我想柳絮原来是件轻薄无根无绊的东西，我的主意偏要把它说好，才不落俗套。宝钗写首《临江仙》，刚念了两句"白玉堂前春解舞，东风卷得均匀"，湘云先说："好一个'东风卷得均匀'！这一句就在别人之上了。"这两句确实把湘云、探春、宝玉、黛玉、宝琴，所有人的悲怆语气都纠正了过来。柳花被春风吹起，翩翩起舞，有乐观的情调。接着宝钗念："蜂团蝶阵乱纷纷。几曾随逝水，岂必委芳尘。"这两句更进一步把刚才那些人的悲哀纠正过来，它哪儿随着逝水走了？它哪儿委芳尘了？下阕更加昂扬："万缕千丝终不改，任他随聚随分。韶华休笑本无根，好风频借力，送我上青云！"柳絮随着风一会飘到这里，一会飘到那里，忽聚忽散，柳树的柳条仍然飘拂。春光中的柳絮，本来没有根，只要有一定条件，有了风力，也能把它吹到青云之上。这首词特别符合宝钗的身份，雍容典雅，又昂扬向上，多少有点想往上爬的意思。

风筝飞走，众人离散

跟姐姐妹妹一起写诗填词联句，贾宝玉受罚成了常态。这次大家正商量怎么罚他，却给响声截住了。出去一看，一个大蝴蝶风筝挂在竹梢上了。宝玉说认得这风筝，这是大老爷那边嫣红姑娘的。宝玉没有不知道的事，他伯父贾赦用八百两银子买了个小姑娘做小妾，以及这小妾有什么样风筝，宝玉都知道。

依当时的风俗，放风筝是把身上的晦气放走。黛玉说把咱们的也拿出来放放。

小丫头们贪玩，巴不得一声，七手八脚拿出风筝。宝钗说，你们去把你们的拿来放放。探春的丫鬟笑嘻嘻地回去拿。宝玉也派人回去拿昨天赖大娘送的大鱼。小丫头回来说，大鱼昨天叫晴雯放走了。宝玉说，有个大螃蟹拿来放了。再去问，扛个美人来，告诉宝玉，昨天螃蟹给三爷了。这些极其微不足道的事，都非常好玩。螃蟹就得给满地乱爬的贾环。宝琴评论，宝玉的美人风筝不如三姐姐那软翅子大凤凰好。这里点了一句，软翅子大凤凰得飞走，探春得远嫁。

宝琴放个大红蝙蝠，宝钗放的是七个大雁，都放得高高的。蝙蝠求福，大雁传信，薛家姐妹是不是祈求上苍给福气、给信息？是不是宝玉出家后，宝钗想得到消息？

宝玉的美人风筝是林之孝家送的，很精致。别人的风筝都放起来，就宝玉的美人放不起来。风筝偏偏是姓林的送的，是不是意味着宝玉心目中神仙似的妹妹会不幸？

众人都放风筝，连身体虚弱的黛玉也用手帕垫着手放风筝。最后风筝线剪断，全都放走。按照当时风俗，放风筝是把晦气放走,实际上是离散。

放风筝有个"光明尾巴",似乎意味探春远嫁固然不幸,但毕竟获得婚姻幸福:

探春正要剪自己的凤凰,见天上也有一个凤凰,因道:"这也不知是谁家的。"众人皆笑说:"且别剪你的,看他倒像要来绞的样儿。"说着,只见那凤凰渐逼近来,遂与这凤凰绞在一处。众人方要往下收线,那一家也要收线,正不开交,又见一个门扇大的玲珑喜字带响鞭,在半天如钟鸣一般,也逼近来。众人笑道:"这一个也来绞了。且别收,让他三个绞在一处倒有趣呢。"说着,那喜字果然与这两个凤凰绞在一处。三下齐收乱顿,谁知线都断了,那三个风筝飘飘摇摇都去了。

《红楼梦》不断用人世间的普通事物,比如落花,比如柳絮,比如风筝,暗示人物将来的命运,将极其微不足道的细节都写得生动、有趣、好玩、隐含深意。大观园青春靓丽的儿女将来一个一个风云流散,像探春这样跟贾府亲人离散还算好的,最不幸的是黛玉泪尽而逝。

图书在版编目（CIP）数据

马瑞芳教你读红楼梦. 海棠诗社 / 马瑞芳著.
北京：海豚出版社，2024.9. --（少年轻读）.
ISBN 978-7-5110-6978-8

Ⅰ. I207.411-49

中国国家版本馆 CIP 数据核字第 20249BQ351 号

少年轻读·马瑞芳教你读红楼梦　海棠诗社

出 版 人：王磊

选题策划：孟科瑜
出版统筹：许海杰
责任编辑：许海杰 孟科瑜 杨文建 张国良
美术统筹：赵志宏
图文设计：聚力创景
责任印制：于浩杰 蔡丽
法律顾问：中咨律师事务所 殷斌律师

出　　版：	海豚出版社
地　　址：	北京市西城区百万庄大街24号 邮编：100037
电　　话：	010-68325006（销售）　010-68996147（总编室）
传　　真：	010-68996147
印　　刷：	北京利丰雅高长城印刷有限公司
开　　本：	16开（787mm×1092mm）
印　　张：	36
字　　数：	375千
版　　次：	2024年9月第1版 2024年9月第1次印刷
标准书号：	ISBN 978-7-5110-6978-8
定　　价：	188.00元（全5册）

版权所有　侵权必究

少年轻读·马瑞芳教你读红楼梦

大厦将倾

马瑞芳 / 著

海豚出版社
DOLPHIN BOOKS
中国国际传播集团

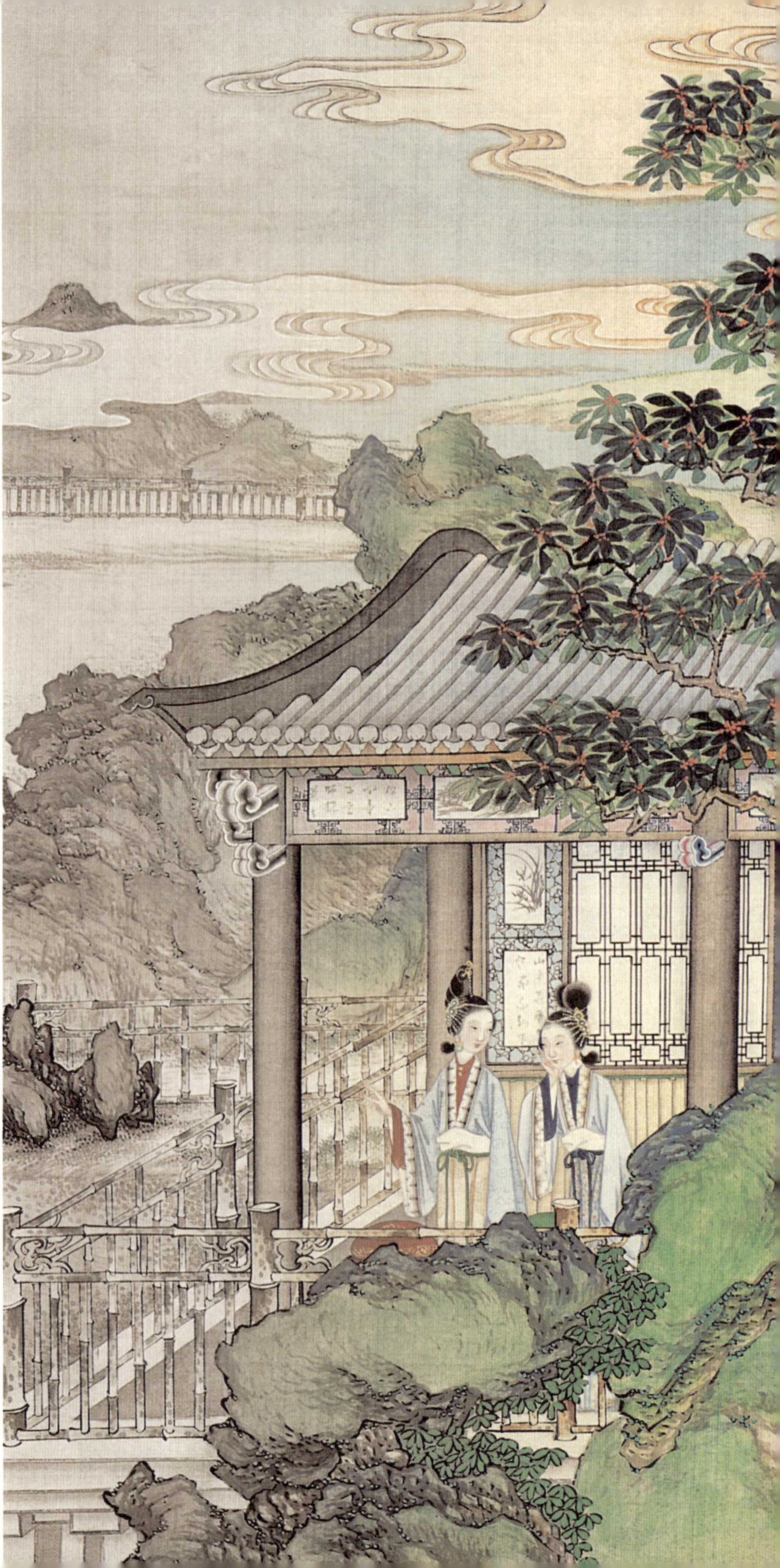

4	凤姐泼醋
11	鸳鸯抗婚
20	贾赦夺古扇
26	祭宗祠，过元宵
39	探春理家
47	只有石头狮子干净
55	尤二姐之死
69	国公府日暮途穷
79	查抄大观园
87	悲凉中秋
95	晴雯之死
107	百花凋零
116	后记

凤姐泼醋

4

凤姐生日坐首席,享恭维,结果却乐极生悲。贾母给了王熙凤极大的面子,丈夫却给了王熙凤最大的没脸。贾琏趁凤姐无暇监视与仆妇幽会,结果是无过错的平儿被打,凤姐又被贾母教训不得吃醋。贾琏虽然按祖母的指示给凤姐和平儿赔礼,但其夫权和"寻花问柳权"却得到了贾母的公开认可。

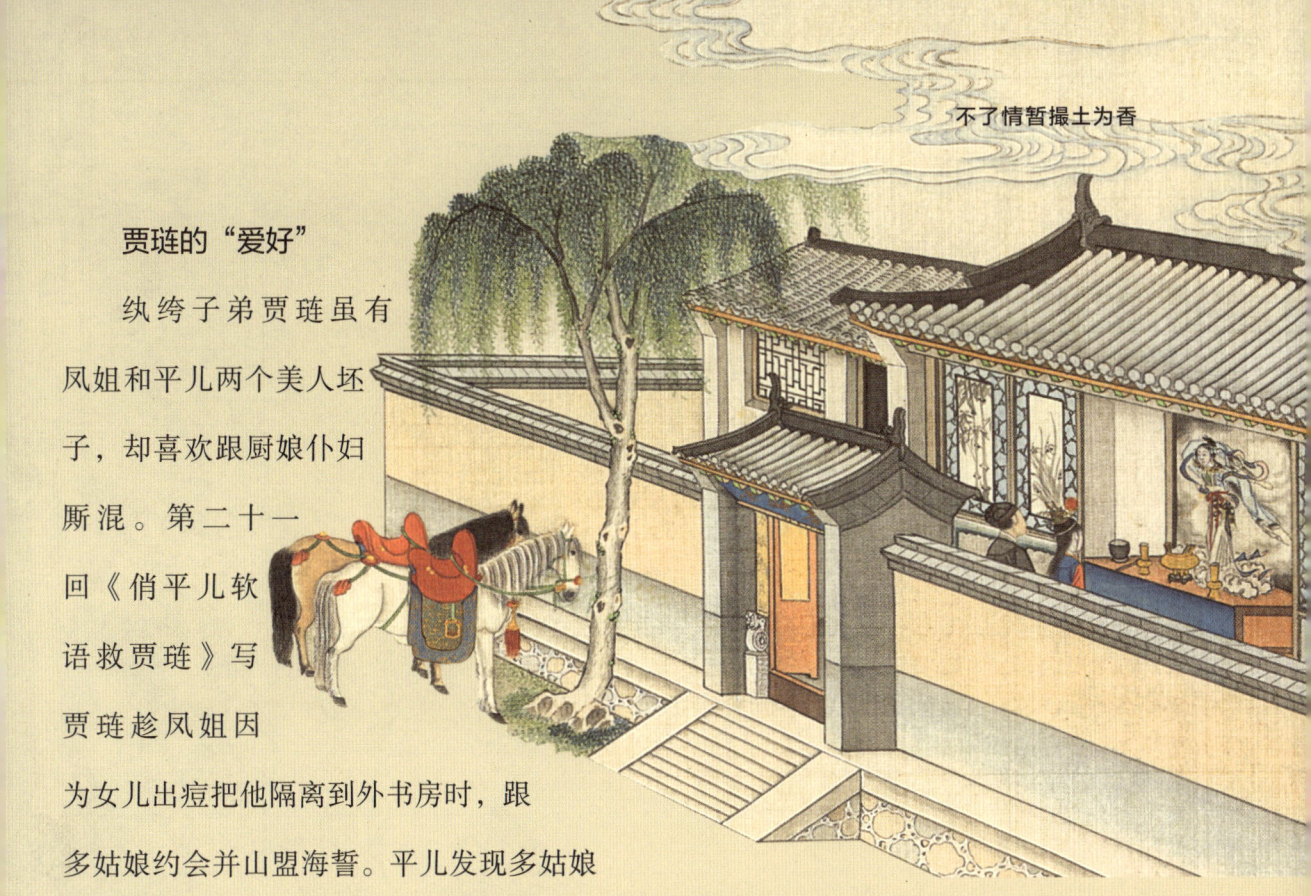

不了情暂撮土为香

贾琏的"爱好"

纨绔子弟贾琏虽有凤姐和平儿两个美人坯子，却喜欢跟厨娘仆妇厮混。第二十一回《俏平儿软语救贾琏》写贾琏趁凤姐因为女儿出痘把他隔离到外书房时，跟多姑娘约会并山盟海誓。平儿发现多姑娘送他青丝（情丝），机智地帮贾琏遮掩，避免被凤姐发现。按曹雪芹的构思，这是后来夫妻生变的伏笔，因曹雪芹所写后三十回丢失，我们看不到了。贾琏这一"爱好"在凤姐生日宴会时再次发作，当他跟另一仆妇鲍二家的在凤姐房中私会时，被凤姐捉个现行。

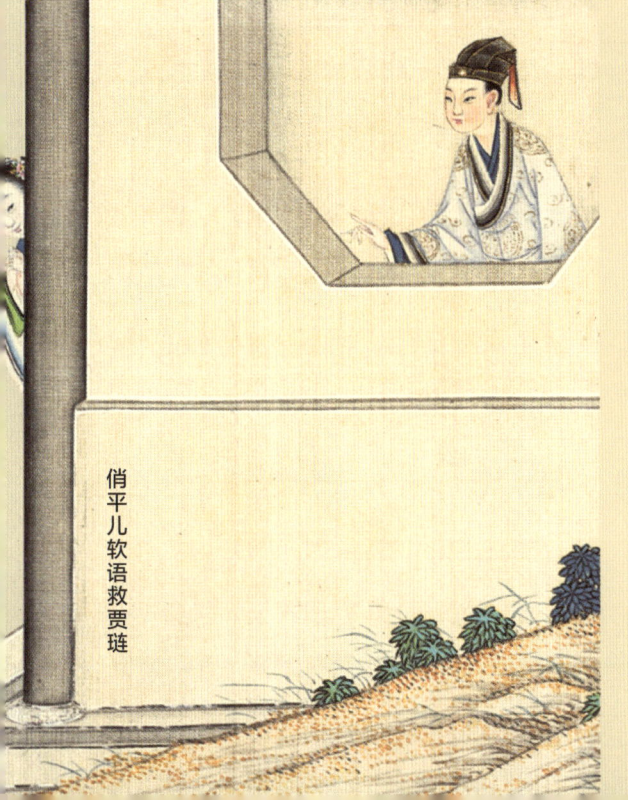

俏平儿软语救贾琏

王熙凤极大荣耀

第四十三回《闲取乐偶攒金庆寿　不了情暂撮土为香》，贾母学小家子凑钱给王熙凤过生日叫"闲取乐"。这天恰好也是金钏儿的生日，宝玉跑水仙庵祭奠金钏儿，条件简陋，因此叫"撮土为香"。

金钏与凤姐儿同一天生日,只有一心忏悔的宝玉和胞妹玉钏儿还记着。凤姐生日花团锦簇,与凤姐关系最密切的小弟弟素衣外出非吉兆。北静王再次给贾宝玉做挡风墙。风光无限的管家奶奶过生日,含冤投井的丫鬟也冥生,是上苍捉弄,还是曹雪芹的奇想妙思?

贾府安富尊荣的代表是贾母。不断地想新花样取乐,是贾母生活的重心。通过贾母为凤姐攒金过生日,曹雪芹将贾府各类人尊卑地位、经济状况、相互关系巧妙地写了出来。凤姐和赖大母亲为贾母凑趣,贾母说贾府管家有钱,尤氏偶尔露峥嵘显才干,亦在还赵姨娘等份子时邀人情。凤姐把在贾府立足的妙诀传授给尤氏:只看老太太眼色行事就行。凤姐说代大嫂出钱,以口头人情在贾母跟前获贤名却不掏钱,被尤氏戳穿后,继续发赖。尤氏嘲笑凤姐,你弄这么多钱使不了,明儿带棺材里。脂砚斋评"戏言成谶"。一件件都是寻常小事,却使各个人物活现在读者眼前。

变生不测凤姐泼醋

物极必反。凤姐太有脸,结果遇到非常没脸的事。第四十四回《变生不测凤姐泼醋 喜出望外平儿理妆》中,丈夫跟仆妇咒她死,她不得不给丫鬟平儿赔礼。

夜叉婆还不死?

凤姐在宴会上喝高了,想回房间洗脸换衣服,却发现两个丫鬟"站岗",她立即软硬兼施,又打嘴巴,又要拿刀割肉,再许诺以后疼她们,问出贾琏的猫腻,到窗下细听,却听到:

那妇人笑道:"多早晚你那阎王老婆死了就好了。"贾琏道:"他死了,再娶一个也是这样,又怎么样呢?"那妇人道:"他死了,你倒是把平儿扶了正,只怕还好些。"贾琏道:"如今连平儿他也不叫我沾一沾了。平儿也是一肚子委曲不敢说。我命里怎么就该犯了'夜叉星'。"

凤姐气昏加酒醉,怀疑平儿素日也有愤怨语,回身把平儿打了两下,又踢开门抓着鲍二家的厮打,堵着门骂:"好淫妇!你偷主子汉子,还要治死主子老婆!

平儿过来！你们淫妇忘八一条藤儿，多嫌着我，外面儿你哄我！"又把平儿打了几下。平儿有冤无处诉，只气得干哭，也抓住鲍二家的厮打。贾琏恼羞成怒，仗剑作势要杀凤姐。

贾母护谁

凤姐向贾母报告，贾琏对仆妇发的牢骚被她改成杀她的计谋：

我才家去换衣裳，不防琏二爷在家和人说话，我只当是有客来了，唬得我不敢进去。在窗户外头听了一听，原来是和鲍二家的媳妇商议，说我利害，要拿毒药给我吃了治死我，把平儿扶了正。我原气了，又不敢和他吵，原打了平儿两下，问他为什么要害我。他臊了，就要杀我。

贾琏仗着贾母平时疼他们，见了贾母，就撒娇撒痴，涎言涎语乱说。贾母说："把他老子叫来！"贾琏听了赶紧开溜，"方趔趄着脚儿出去了"，活画出了纨绔子的醉态。

贾母是如何看待这件在凤姐来说是天大的事的？对孙子的行为轻描淡写，对孙媳的"过激反应"不以为然："什么要紧的事！小孩子们年轻，馋嘴猫儿似的，那里保得住不这么着。从小儿世人都打这么过的。都是我的不是，他多吃了两口酒，又吃起醋来。"态度非常明确：寻花问柳是国公府少爷的常态和权利，你做妻子的不可以吃醋。贾母的处理方法是：贾琏给凤姐赔不是，凤姐也得给平儿赔不是。

凤姐泼醋，泼得轰轰烈烈，闹出了什么结果？鲍二家的上吊，贾琏许鲍二两百两银子，又动用王子腾的势力平复此事。将来树倒猢狲散，王子腾也因此受到连累。

凤姐泼醋对自己最不利的结果是，贾琏寻花问柳"合法化"。

满盘皆输的凤姐泼醋，使得凤姐以后再和贾琏的外遇斗争时，比如对贾琏偷娶尤二姐，其手段更毒辣，心思更缜密，也就更加明是一把火，暗是一把刀了。

劝慰平儿

凤姐泼醋满盘输,平儿挨打却"全面赢",简单地说有以下几个体现。

宝玉请平儿到怡红院,亲自伺候平儿理妆,替哥嫂赔礼,因能为平儿尽心感到欣慰。

贾母知道平儿受委屈,命凤姐和贾琏当众安慰平儿,给她赔礼。

后来李纨带姑娘们找凤姐要钱开诗社,凤姐给李纨算经济账,认为她该拿出钱带姑娘们玩,李纨恼羞成怒,把凤姐臭骂一顿,说她该和平儿调个个儿,这话成了谶语。

强势的凤姐不得不放下身段,言不由衷地安慰平儿。

宝钗劝慰平儿最早:"你是个明白人。素日凤丫头何等待你,今儿不过他多吃一口酒。他可不拿你出气,难道倒拿别人出气不成?别人又笑话他吃醉了。你只管这会子委曲,素日你的好处,岂不都是假的了?"宝钗要平儿忍气吞声,恪守奴仆本分,连凤姐打人都可以理解,真是是非不分,连贾母的水平都没达到。

平儿挨打这么一桩小事,宝玉、宝钗、贾母、李纨等做了合乎身份和个性的表现。

喜出望外平儿理妆

鸳鸯抗婚

第四十六回《尴尬人难免尴尬事 鸳鸯女誓绝鸳鸯偶》中，尴尬人指邢夫人，她办了件尴尬事——代表贾赦去动员鸳鸯做小老婆。鸳鸯坚决不干，以死抗争。这就是《红楼梦》的著名情节鸳鸯抗婚。尴尬人难免尴尬事，是贾赦的尴尬，邢夫人的尴尬，凤姐的尴尬，贾母的尴尬，更是日渐衰落国公府的尴尬。

据脂砚斋评语，鸳鸯抗婚有真实事件做原型，曹雪芹将其纳入《红楼梦》的宏伟主题，让各种人物登场表演。贾赦的无耻，邢夫人的愚蠢，王熙凤的狡诈，贾母的家长威风，鸳鸯的铮铮铁骨，以及王夫人、薛姨妈、探春、宝玉乃至平儿、袭人、鸳鸯嫂子，一人一面，各唱各调，组成波澜起伏的描绘贾府衰亡的大戏。

贾赦猎艳，凤姐智对

贾宝玉说，男人是泥做的骨肉。贾府一等将军贾赦更是污泥做的，他胡子都白了，还一门心思玩女人。他看上了鸳鸯，想弄来做姨娘，大概同时还琢磨着占有鸳鸯管理的贾母的财富。如果有个懂事明理的夫人劝，贾赦不至于出洋相。而邢夫人软弱无能，一味讨好贾赦，居然找儿媳商量如何找贾母讨鸳鸯。凤姐的第一反应是坚决反对，她如实跟邢夫人说这事不能办的原因：鸳鸯受贾母信赖，离了鸳鸯，贾母饭都吃不下去。贾母对大儿子早就不满，说他上了年纪，做什么左一个小老婆右一个小老婆放屋里？放着身子不保养，官儿不好生做，成日家和小老婆喝酒。凤姐深知，贾母爱护、纵容子孙，但子孙不能损害她的利益。贾母在贾府是老虎屁股，摸不得。凤姐劝阻邢夫人，不要拿草棍儿戳老虎的鼻子眼。

凤姐的话句句在理，如果邢夫人接受，再去给贾赦解释，那么鸳鸯抗婚、老爷丢脸的事就可以避免。但邢夫人昏庸又左性，无能又颠顸。昏庸无能是她的教养决定的，颠顸左性是明媒正娶的大房夫人的身份决定的。凤姐实话实说，邢夫人却

恼了，说凤姐派她不是，还说："就是老太太心爱的丫头，这么胡子苍白了又作了官的一个大儿子，要了作房里人，也未必好驳回的。"凤姐知道邢夫人禀性愚翚，只知道顺着贾赦以自保，且喜妄取财货。凤姐擅长对什么人说什么话，对愚蠢倔强的婆婆，凤姐的对策是，顺着你，让你把洋相出尽。她马上见风使舵，叫邢夫人下台，然后巧妙调度，不管邢夫人碰什么钉子，她王熙凤不能受到怀疑，不能给邢夫人留下她不帮忙反拆台的印象。

她们从东院到贾母这边来后，凤姐说，太太你先去见老太太，我脱了衣服再来。这样一来，先见到老太太的是邢夫人，凤姐可没给走漏风声。凤姐还把平儿派出去玩，免得邢夫人叫平儿做工作。这也是小说家的妙笔安排。平儿出去玩，才能在大观园跟袭人一起遇到鸳鸯，以两个"准姨娘"的身份听鸳鸯表衷肠。而凤姐带着幸灾乐祸的心情等着看在自己跟前威风八面的婆婆，如何在她的婆婆跟前碰个头破血流。

鸳鸯到底长什么样儿，叫胡子都白了的贾赦惦记？第二十四回曾对她稍加描写。当时贾母派鸳鸯叫宝玉给生病的大老爷请安。贾宝玉等着换衣服靴子的时候，"回头见

鸳鸯穿着水红绫子袄儿，青缎子背心，束着白绉绸汗巾儿，脸向那边低着头看针线，脖子上戴着花领子。宝玉便把脸凑在她脖颈上，闻那香油气，不住用手摩挲，其白腻不在袭人之下。"这一段是写在贾母身边长大的皮小子跟祖母侍女调皮捣蛋耍赖皮，顺笔写出鸳鸯皮肤细腻、人物秀丽、穿扮讲究。贾赦看上鸳鸯，叫邢夫人说媒，读者又通过邢夫人观察到鸳鸯长什么样儿，邢夫人"打鸳鸯的卧房门前过。只见鸳鸯正然坐在那里做针线，见了邢夫人，忙站起来。邢夫人笑道：'做什么呢？我瞧瞧，你扎的花儿越发好了。'一面说，一面便接她手内的针线瞧了一瞧，只管赞好，放下针线，又浑身打量。只见她穿着半新的藕合色绫袄，青缎掐牙坎肩儿，下面水绿裙子。蜂腰削背，鸭蛋脸面，乌油头发，高高的鼻子，两边腮上微微的几点雀斑。"鸳鸯面容姣美，身材出众，青春靓丽，怪不得老色鬼惦记上她。

没想到，鸳鸯却瞧不上荣国公继承人贾赦，鸳鸯抗婚的大戏开幕。

鸳鸯抗婚一波高过一波

第一波，邢夫人说媒。邢夫人在鸳鸯跟前滔滔不绝，面面俱到。总而言之一句话，你给贾赦做姨娘，尊贵又体面，是你人生的最佳选择。鸳鸯一肚子不以为然，但不能当面顶撞太太。邢夫人产生错觉，以为鸳鸯害羞，就去找鸳鸯的嫂子。

鸳鸯女誓绝鸳鸯偶

第二波，鸳鸯跟袭人、平儿说心里话："别说大老爷叫我去做小老婆，就是太太这会子死了，他三媒六聘地娶我去做大老婆，我也不能去。"这是鸳鸯的人格宣言。鸳鸯是所谓的家生子，一出生就注定在贾府做一辈子奴隶，应该谈婚论嫁时由主子指派个小厮，将来子女仍做奴才。她居然拒绝做姨娘，看来鸳鸯和晴雯一样，心比天高，身为下贱。多诱人的荣华富贵我也不贪，宁死不做糟老头子的玩物。

第三波，鸳鸯听她嫂子说，有件天大的喜事。嫂子还没把做姨娘的话说出来，鸳鸯就预料到她要说什么，马上指着嫂子的鼻子骂："你快夹着屄嘴离了这里，好多着呢！什么'好话'！宋徽宗的鹰，赵子昂的马，都是好画儿。"她大骂嫂子盼望一家子成了小老婆、仗势欺人。鸳鸯平时温文尔雅，这通痛快淋漓的臭骂，体现出她蔑视权贵，高傲果敢，口才出众。

第四波，宝玉听到鸳鸯跟袭人、平儿讲心里话，大骂嫂子。他把鸳鸯请到怡红院。宝玉从伯父身上感受到权势男人的污浊，但他不能批评伯父，很郁闷。

第五波，贾赦通过鸳鸯的哥哥逼婚，

酸溜溜地说出叫人牙碜的话："'自古嫦娥爱少年'，她必定嫌我老了，大约她恋着少爷们，多半是看上了宝玉，只怕也有贾琏。"国公府的继承人，居然无耻到妒嫉侄儿和儿子，威胁鸳鸯："凭他嫁到谁家去，也难出我的手心。"世袭一等将军，竟说出欺男霸女、无耻无赖的话，看来国公府末日快到了。

鸳鸯哥哥向她传达贾赦的话，鸳鸯假装无奈。哥嫂以为她回心转意，嫂子跟着她到贾母跟前，然后是鸳鸯抗婚的最重要一波。

第六波，鸳鸯当着大观园众人，跪在贾母跟前痛诉衷肠，说大老爷想叫自己过去：

因为不依，方才大老爷越性说我恋着宝玉，不然要等着往外聘。凭我到天上，这一辈子也跳不出他的手心去，终究要报仇。我是横了心的，当着众人在这里，我这一辈子别说是'宝玉'，便是'宝金''宝银''宝天王''宝皇帝'，横竖不嫁人就完了！就是老太太逼着我，我一刀子抹死了，也不能从命！若有造化，我死在老太太之先，若没造化，该讨吃的命，服侍老太太归了西，我也不跟着我老子娘、哥哥去，我或是寻死，或是剪了头发当尼姑去！若说我不是真心，暂且拿话来支吾，日后再图别的，天地鬼神，日头月亮照着嗓子，从嗓子里头长疔烂了出来，烂化成酱在这里！

鸳鸯连老太太逼着她从命的假设都提出来——老太太逼着我也不干！她誓死反抗，虽身份低贱，却铁骨铮铮。

贾母大怒，凤姐巧对

鸳鸯跪在贾母跟前痛诉衷肠，拿出剪子剪头发，把贾母气得浑身乱颤说："我通共剩了这么一个可靠的人，他们还要来算计。"邢夫人不在跟前，贾母不假思索地把王夫人臭骂一顿："你们原来都是哄我的！外头孝敬，暗地里盘算我。有好东西也来要，有好人也要，剩了这么个毛丫头，见我待他好了，你们自然气不过，弄开了他，好摆弄我！"

贾母支持鸳鸯抗婚吗？没有。贾母批评贾赦不该讨小老婆吗？也没有。贾母还说，贾赦想再讨小老婆，她有银子，只管买去。贾母是从自己的需要出发，不愿放弃像拐棍一样的丫鬟鸳鸯。贾母是从都不孝顺老母亲的角度对"你们"，也就是贾赦、贾政夫妇做出批评。

贾母的话，裂开了国公府血淋淋的伤口：不管是贾赦夫妇还是贾政夫妇，都像狼一样觊觎贾母的财富，想掌握她，摆弄她。

贾母错怪王夫人，谁也不敢反驳。探春挺身而出，帮王夫人说话。鸳鸯抗婚大风波中的这个小镜头，把好几个不同人物的为人处事，顺便写了出来。

贾母就坡下驴，对薛姨妈说王夫人极孝顺，这未必是她的心里话。所谓孝顺，应该是对父母首先"顺"，然后才能"孝"。而王夫人在家庭事务上，一直和贾母貌合神离，依恃女儿是贵妃，跟贾母对着干。贾母喜欢黛玉，王夫人却和薛姨妈联手推金玉良缘；贾母喜欢晴雯，王夫人却把晴雯赶走；贾母不喜欢没嘴的葫

芦袭人，王夫人却不通知贾母，就把袭人内定为贾宝玉未来的侍妾。贾母教训王夫人的话，实际是在她很不理智的情况下，说出藏在心底很长时间的实话。贾母很清楚，两个儿子都不孝顺，两个儿媳妇更不孝顺。贾母早就对刚进府的林黛玉宣布，她的儿女当中唯疼黛玉之母。看来只有贾敏真正孝顺她。贾母训王夫人是情急出真言。其实贾母很有经验，她一眼就瞅出来，贾赦讨鸳鸯，主要还不是为了美色，而是要算计老母亲，盘算老母亲的财富，是通过伤害老母亲来满足自己的色欲和财欲。这是贾赦、贾政夫妇不孝顺的大暴露。

贾赦讨鸳鸯是凤姐遇到的棘手难题。贾赦和邢夫人可以决定凤姐的命运，贾母是国公府的最高统治者，双方对立，凤姐哪个也不敢得罪。凤姐聪明伶俐，见风使舵，瞅准每个人的命门下针砭。贾母震怒，连宝玉和凤姐都有了不是。宝玉会说

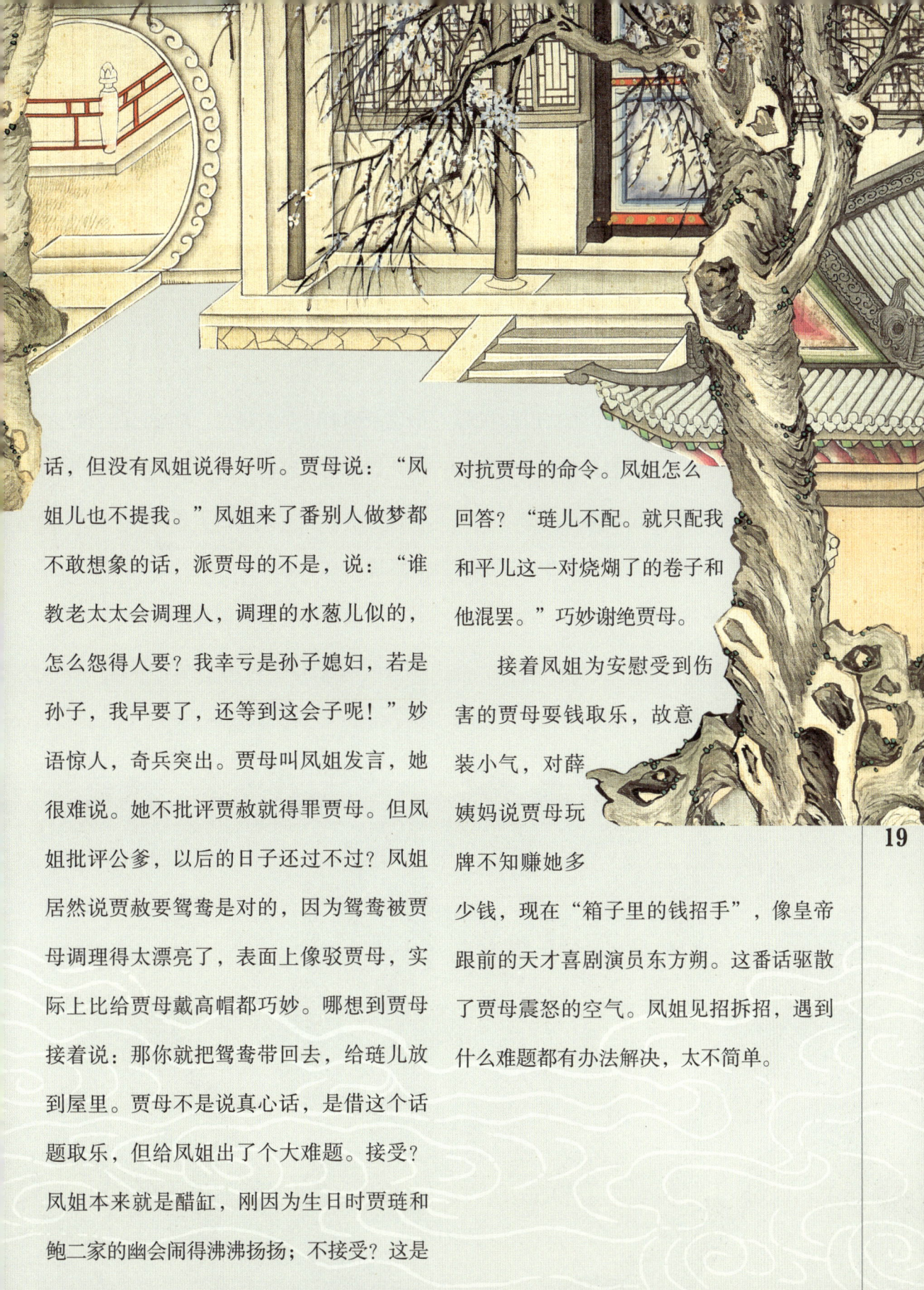

话，但没有凤姐说得好听。贾母说："凤姐儿也不提我。"凤姐来了番别人做梦都不敢想象的话，派贾母的不是，说："谁教老太太会调理人，调理的水葱儿似的，怎么怨得人要？我幸亏是孙子媳妇，若是孙子，我早要了，还等到这会子呢！"妙语惊人，奇兵突出。贾母叫凤姐发言，她很难说。她不批评贾赦就得罪贾母。但凤姐批评公爹，以后的日子还过不过？凤姐居然说贾赦要鸳鸯是对的，因为鸳鸯被贾母调理得太漂亮了，表面上像驳贾母，实际上比给贾母戴高帽都巧妙。哪想到贾母接着说：那你就把鸳鸯带回去，给琏儿放到屋里。贾母不是说真心话，是借这个话题取乐，但给凤姐出了个大难题。接受？凤姐本来就是醋缸，刚因为生日时贾琏和鲍二家的幽会闹得沸沸扬扬；不接受？这是对抗贾母的命令。凤姐怎么回答？"琏儿不配。就只配我和平儿这一对烧煳了的卷子和他混罢。"巧妙谢绝贾母。

接着凤姐为安慰受到伤害的贾母耍钱取乐，故意装小气，对薛姨妈说贾母玩牌不知赚她多少钱，现在"箱子里的钱招手"，像皇帝跟前的天才喜剧演员东方朔。这番话驱散了贾母震怒的空气。凤姐见招拆招，遇到什么难题都有办法解决，太不简单。

贾赦夺古扇

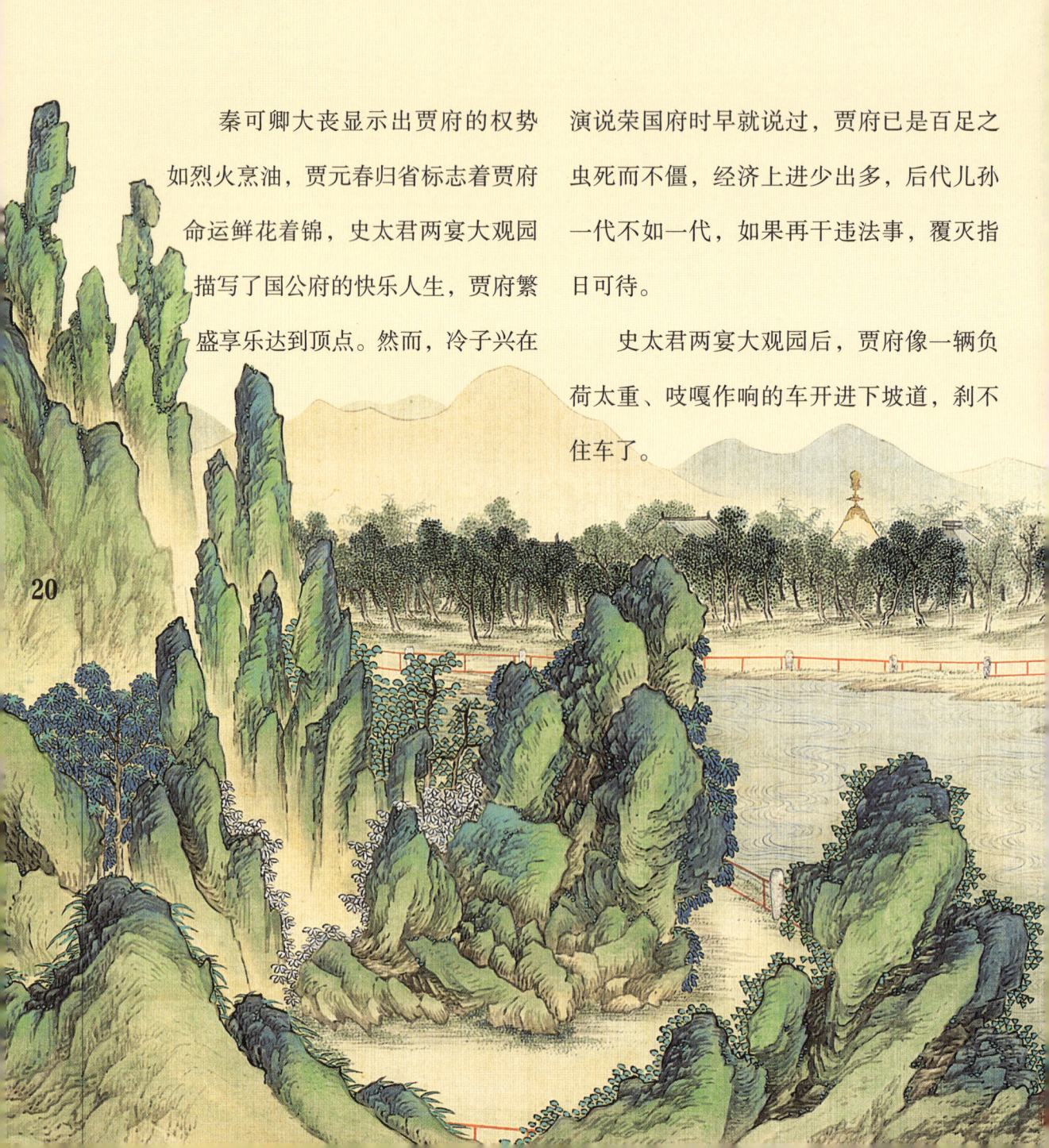

秦可卿大丧显示出贾府的权势如烈火烹油,贾元春归省标志着贾府命运鲜花着锦,史太君两宴大观园描写了国公府的快乐人生,贾府繁盛享乐达到顶点。然而,冷子兴在演说荣国府时早就说过,贾府已是百足之虫死而不僵,经济上进少出多,后代儿孙一代不如一代,如果再干违法事,覆灭指日可待。

史太君两宴大观园后,贾府像一辆负荷太重、吱嘎作响的车开进下坡道,刹不住车了。

刘姥姥醉卧怡红院

第四十一回《怡红院劫遇母蝗虫》中，贫妪在贾府凤凰床上四仰八叉睡了一觉，暗喻未来贫富地位颠倒，贾府衰落大幕将要拉开。

祸事紧锣密鼓

刘姥姥刚离开，贾府的祸事便接二连三。

第四十四回《变生不测凤姐泼醋》中，贾琏在凤姐生日时和鲍二家的幽会，被王熙凤抓个现行，大闹一场后：

林之孝家的进来悄回凤姐道："鲍二媳妇吊死了，他娘家的亲戚要告呢。"凤姐儿笑道："……只管叫他告去。也不许劝他，也不用镇吓他，只管让他告去。告不成倒问他个'以尸讹诈'！"……贾琏一径出来，和林之孝来商议，着人去作好作歹，许了二百两发送才罢。贾琏生恐有变，又命人去和王子腾说了，将番役仵作人等叫了几名来，帮着办丧事。那些人见了如此，纵要复辨，亦不敢辨，只得忍气吞声罢了。

凤姐倚仗国公府的权势，闹出人命还如此猖狂，贾琏靠贾府和王子腾的势力，暂时把人命案压了下去。王子腾派番役仵作来帮着办丧事，是主管京城治安的高官压制地方官草菅人命，此事将是贾府被抄家的原因之一，还连累王子腾被罢官治罪。

第四十五回《鸳鸯女誓绝鸳鸯偶》中，贾赦讨鸳鸯碰了一鼻子灰，他只好花八百两银子，买十七岁的嫣红做了小老婆，继续醉生梦死、玩物丧志、欺压良民。鸳鸯抗婚后不久，贾赦闹出古扇案。

《红楼梦》像推理严密的侦探小说，情节安排得非常紧凑。

凤姐泼醋第二天，贾府大管家赖大的母亲来请主子到她家赴宴，请客原因是其孙子赖尚荣"选出"做县令。凤姐生日时，贾母说过赖嬷嬷是财主。老管家婆贾母很清楚，贾府花费巨大跟管家中饱私囊有关，赖大、林之孝等都是蛀空贾府的蛀虫。现在贾府奴才有了带花园的豪宅，孙子要做官，而贾府的官却快做到头了。

众人到赖家赴席的结果是：薛蟠因调情被柳湘莲胖揍，他为躲羞外出"经商"，香菱得以进大观园学诗，这就是第四十七回《呆霸王调情遭苦打　冷郎君惧祸走他乡》和第四十八回《滥情人情误思游艺　慕雅女雅集苦吟诗》中描写的内容。而探春因与赖家女孩闲谈，知道一草一木都可利用，才有了探春理家的"新政"。

香菱进大观园学诗，似乎"顺便"交代出贾赦的重要罪行：夺古扇害死人命。

贾雨村帮贾赦夺古扇

这件事是平儿来找宝钗讨治棒伤丸药时说出来的，原因是贾琏被贾赦打伤了。

老爷不知在那个地方看见了几把旧扇子，回家来，看家里所有收着的好扇子都不中用了，立刻叫人各处搜求。谁知就有一个不知死的冤家，混号儿世人叫他作石呆子，穷得连饭也没得吃，偏他家就有二十把旧扇子，死也不肯拿出大门来。二爷好容易烦多少人情，见了这个人，说之再三，他把二爷请到他家里坐着，拿出这扇子，略瞧了一瞧。据二爷说，原是不能再有的，全是湘妃、棕竹、麋鹿、玉竹的。

冷郎君惧祸走他乡

贾雨村继续和贾府攀关系，他的官还不是靠贾政、王子腾帮忙？他还要背靠大树好乘凉，他和贾赦、贾珍臭味相投，关系最密切，帮贾赦夺古扇只是他做的坏事之一。

贾琏因不肯作恶挨打

薛家有治棒疮的丸药，平儿怎么会知道？因为宝玉挨打，宝钗去送丸药，贾府人人尽知。贾琏被贾赦打得动不了，平儿来向宝钗要治棒伤的药。通过人物之间的对话，简要交代将来对贾府命运起重要作用的"古扇案"，以及奇特的贾琏被打事件。

平儿继续向宝钗介绍，"老爷拿着扇子问着二爷说：'人家怎么弄了来？'二爷只说了一句：'为这点子小事，弄得人坑家败业，也不算什么能为！'"

伟大作家写人物，不是好人就高大全，坏人就坏到头顶长疮脚底流脓，他笔下的人物一定是复杂多面的。像贾琏这种见了女人就拖不动腿的人，在见到父亲干的不平事时，也会说句公道话。贾琏给人的印象就是风流而不下流，人物形象五彩斑斓，非常好看。

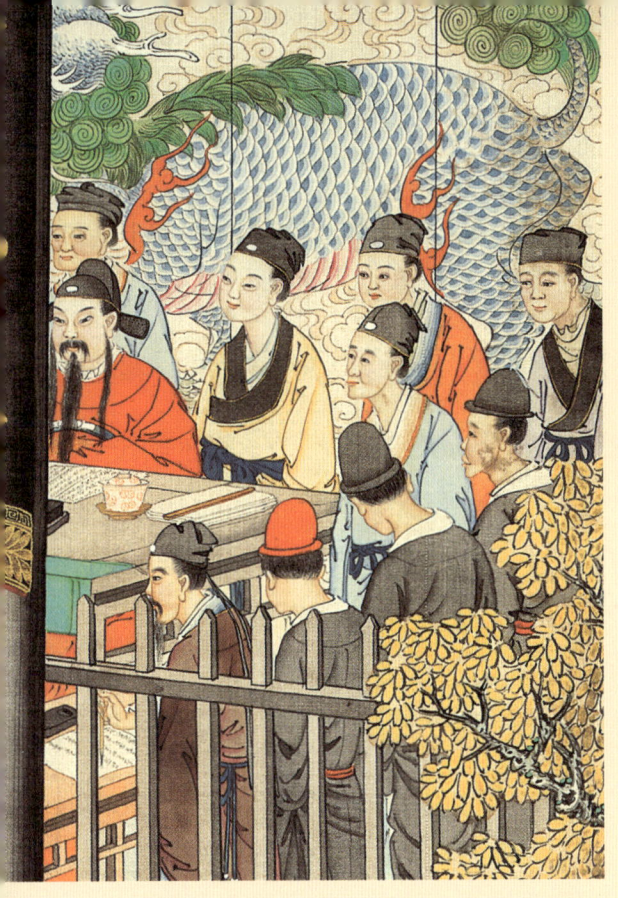

湘妃、棕竹、麋鹿、玉竹是做扇子的名贵竹子。石呆子扇子的扇面则是古人写画真迹。贾赦要买，石呆子却说"饿死冻死，一千两银子一把，我也不卖！"。贾赦天天骂贾琏没能耐。平儿说："谁知雨村那没天理的听见了，便设了个法子，讹他拖欠了官银，拿他到衙门里去，说'所欠官银，变卖家产赔补'，把这扇子抄来，作了官价，送了来。"

当年乱判葫芦案的贪官，作恶更上层楼，讹石呆子拖欠官银，把扇子抄来作价几乎白送给贾赦，导致"石呆子不知是死是活"。

平儿继续说，"老爷听了，就生了气，说二爷拿话堵老爷，因此这是第一件大的。这几日还有几件小的，我也记不清，所以都凑在一处，就打起来了。"

从上下文勾连来看，贾琏这顿肥揍多半是替贾母挨的。贾赦要不到鸳鸯，迁怒于王熙凤，只能拿贾琏解气。讨不来小老婆，拿儿子出气，这算个什么爹？

平儿很少骂人，她上次骂贾瑞癞蛤蟆想吃天鹅肉，叫他不得好死，果然言中。这次骂贾雨村："都是那贾雨村什么风村，半路途中那里来的饿不死的野杂种！认了不到十年，生了多少事出来！"平儿说"生了多少事"，说明贾雨村跟贾府攀上后，十年间帮贾府干了好多件缺德事。这次干的事，直接危害到贾琏，平儿才骂起来。

宝玉挨打，是他爹恼怒他不好好读书，游荡优伶，是希望他好。

贾琏挨打，是他爹埋怨他不去把别人的东西讹来，是希望他坏。

元妃归省点戏《一捧雪》，脂砚斋评"伏贾家之败"。《一捧雪》说的就是因为一个酒杯害得家败人亡。贾赦因为几把扇子，害得石呆子不知是死是活。而这事是贾雨村给他办的。这是贾赦在要鸳鸯做小老婆不成之后，又做的一件缺德事。

王熙凤早有犯法事

王熙凤干了不少犯法事，小说中具体描写的有两件。

其一，王熙凤协理宁国府时，受尼姑静虚撺掇，假借贾琏的名义给节度使云光写信，拆散财主女儿张金哥和守备公子的婚约，把张金哥改许长安府太爷小舅子李衙内。王熙凤赚进三千两银子，张金哥和守备公子双双自杀。这是闺阁人物贪赃枉法导致的人命案。而王熙凤通过这件事，知道如何用国公府的权势捞钱，后面做了更多的犯法事。

其二，王熙凤用荣国府的月钱放高利贷。据平儿说，这一项一年就赚近千两银子。清代对放高利贷有明确处罚规定。顺治五年四月皇帝"谕户部：今后一切债负，每银一两，止许月息三分，不得多索及息上增息。"同年十一月又下诏："势豪举放私债，重利剥民，实属违禁，以后止许照律每两三分行利，即至十年，不过照本算利，有例外多索者，依律治罪。"王熙凤重利盘剥已经触犯了法律。

王熙凤害死一对未婚夫妻、放高利贷。贾琏因和鲍二家的私通致鲍二家的自杀，贾雨村帮贾赦抢古扇，都是荣国府的劣迹。接下来尤氏姐妹之死，就是荣宁二府共同的劣迹了。

善有善报，恶有恶报，不是不报，时候未到，时候一到，全部报销。

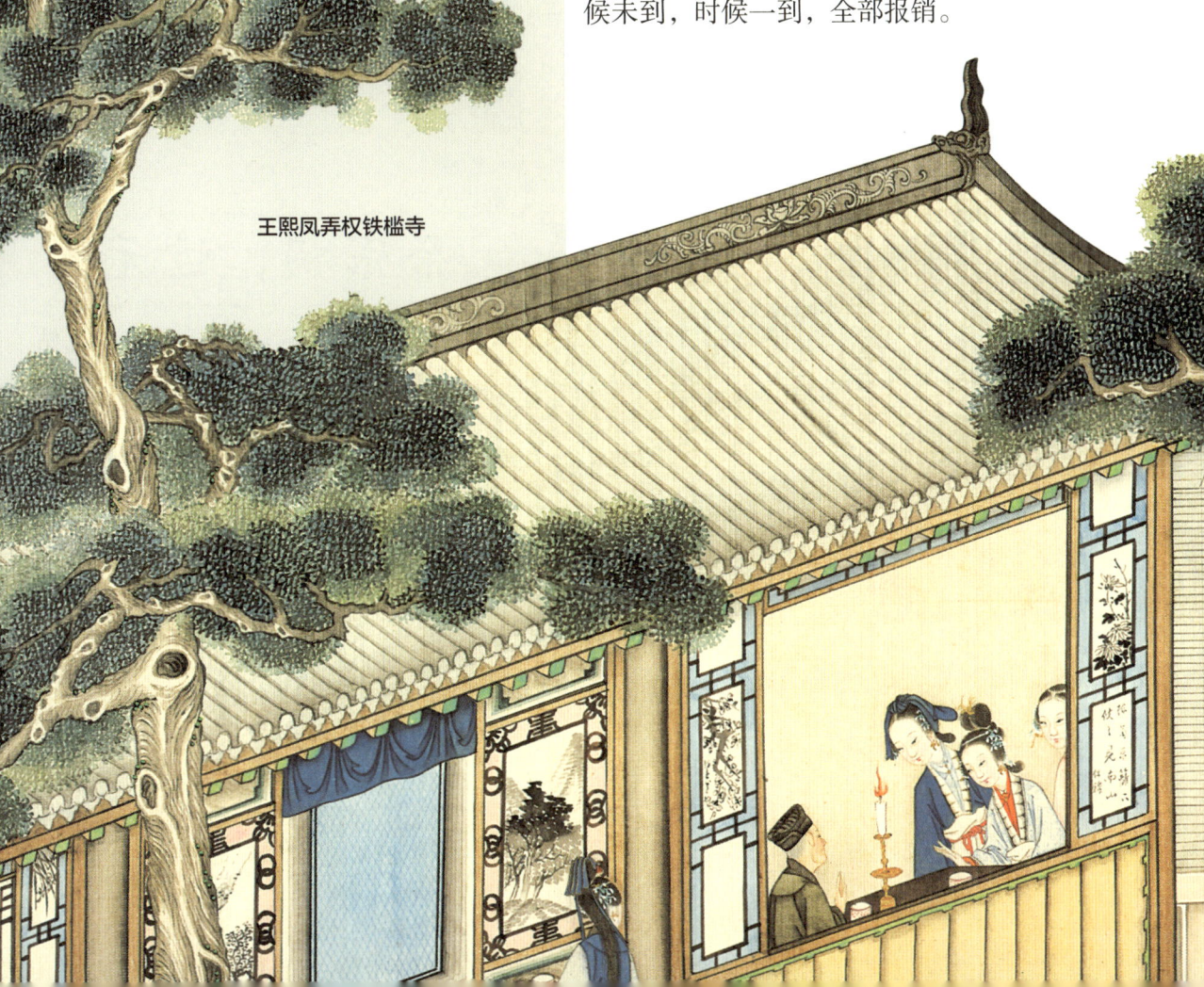

王熙凤弄权铁槛寺

祭宗祠，过元宵

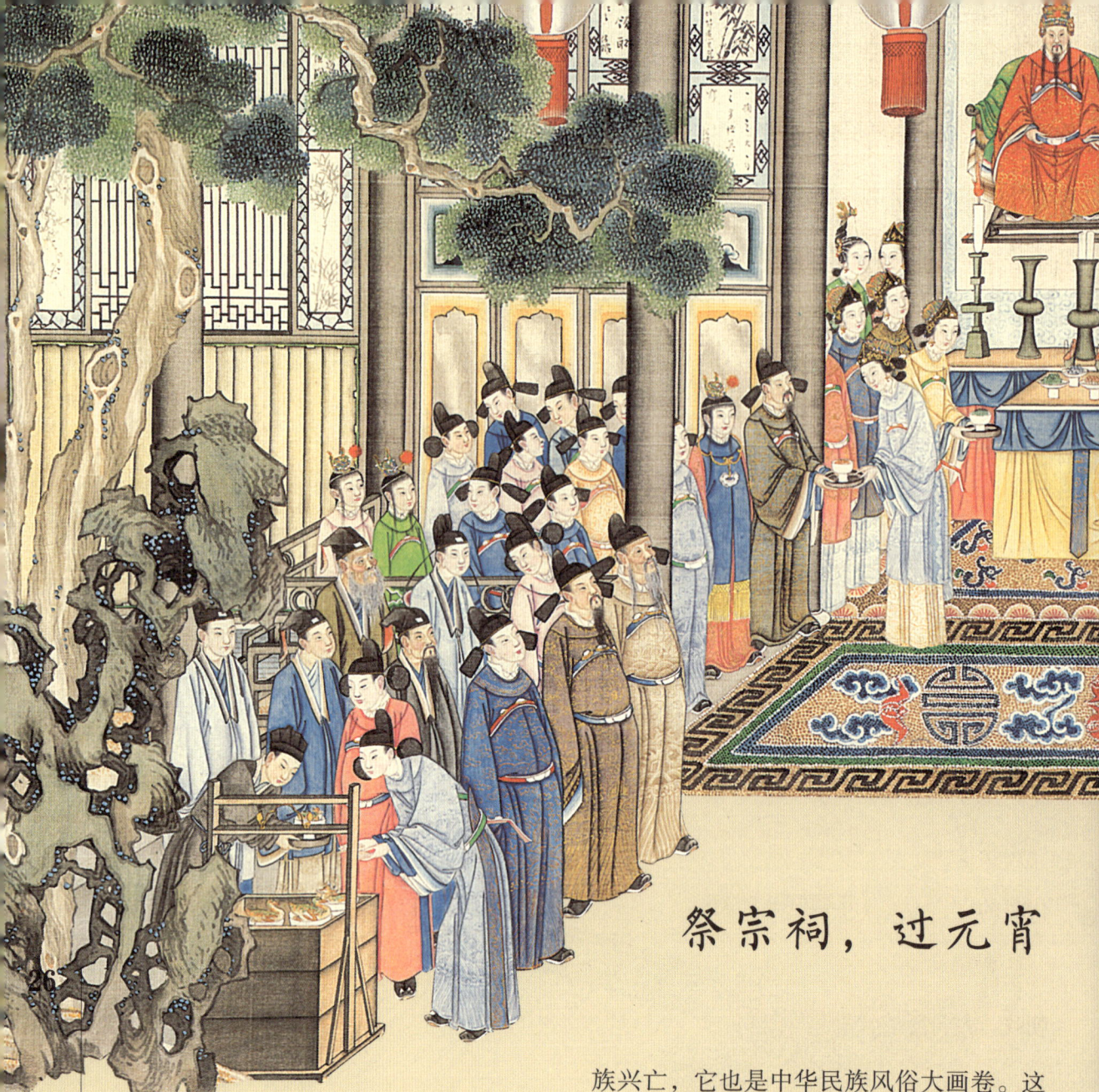

第五十三回《宁国府除夕祭宗祠 荣国府元宵开夜宴》和第五十四回《史太君破陈腐旧套 王熙凤效戏彩斑衣》，写贾府从除夕到元宵节的礼仪活动。这些描写所呈现的文化简直可以申请"非遗"，即世界非物质文化遗产。

《红楼梦》不仅写爱情，也不仅写家族兴亡，它也是中华民族风俗大画卷。这两回把百年望族如何过年、除夕祭祖、拜宗祠、进宫行礼、元宵节摆酒看戏，细致地写了出来，描绘了多彩多姿的人物和生动有趣的故事，是记录古代大贵族生活及习俗的珍贵资料。

腊月贾府办年货年事时，曹雪芹轻描一笔人事变动，把各朝代官名打乱任意用。

王子腾升九省都检点，这是五代时的官，为禁军最高长官，宋朝已废。

贾雨村补授大司马，协理军机，参赞朝政。大司马是汉武帝时执掌兵权的最高长官，隋以后废，明清时是兵部尚书的别称。

王子腾和贾雨村分别在贾琏外遇导致仆妇自杀案和夺石呆子古扇案中徇私枉法，却都升官，成朝中显贵。

族长贾珍开了宗祠，叫人打扫，请神主，供影像，宁荣两府上上下下忙忙碌碌，准备过年。过年首先要祭宗祠，还要准备压岁钱——用一百五十多两金子做小元宝当压岁钱。

皇恩和地租

年前贾蓉到光禄寺领祭祀银，黄口袋上面有礼部印记：皇恩永赐，宁国公贾演荣国公贾源恩赐永远春祭赏共二分，折银若干两，某年月日龙禁尉候补侍卫贾蓉当堂领讫。贾珍叫贾蓉捧着银子向贾母汇报,把银子拿出来,把黄口袋向宗祠大炉焚烧,告慰宁、荣国公。春祭赏银是宁、荣国公世袭爵禄外的皇帝恩赐,是贾府的地位象征和安全保证。

大贵族奢靡生活的来源,一靠俸禄,二靠地租。第五十三回描写黑山村庄头乌进孝进租,是古代文学作品中极其神奇珍贵的一笔,是小说情节,更是了解封建社会制度的重要资料。

乌进孝来了,贾蓉接过禀帖和账目,展开捧着。贾珍倒背着手,向贾蓉手内看,红禀帖上写着:"门下庄头乌进孝叩请爷、奶奶万福金安,并公子、小姐金安。新春大喜大福,荣贵平安,加官进禄,万事如意。"好一篇古代乡村应用文!接着是进租单:

大鹿三十只,獐子五十只,狍子五十只,暹猪二十个,汤猪二十个,龙猪二十个,野猪二十个,家腊猪二十个,野羊二十个,青羊二十个,家汤羊二十个,家风羊二十个,鲟鳇鱼二个,各色杂鱼二百斤,活鸡、鸭、鹅各二百只,风鸡、鸭、鹅二百只,野鸡、兔子各二百对,熊掌二十对,鹿筋二十斤,海参五十斤,鹿舌五十条,牛舌五十条,蛏干二十斤,榛、松、桃、杏穰各二口袋,大对虾五十对,干虾二百斤,银霜炭上等选用一千斤,中等二千斤,柴炭三万斤,御田胭脂米二石,碧糯五十斛,白糯五十斛,粉粳五十斛,杂色粱谷各五十斛,下用常米一千石,各色干菜一车,外卖粱谷、牲口各项之银共折银二千五百两。外门下孝敬哥儿、姐儿顽意:活鹿两对,活白兔四对,黑兔四对,活锦鸡两对,西洋鸭两对。

乌进孝进租单的几件物品有：獐子，即麋，似鹿而小，无角；狍子，"狍"同"麅"，一种力大善跑的鹿；暹猪，产于泰国（暹罗）的猪；汤猪，宰杀后用开水去净毛的家猪；龙猪，一种皮薄肉嫩的猪；家腊猪，家庭腌腊的猪；野羊，羚羊；青羊，毛色带青的山羊；家汤羊，宰杀处理好的羊；家风羊，家庭腌制风干的羊；鲟、鳇，体形很大的珍稀鱼；穰，果核；银霜炭，银灰色无烟优质炭；御田胭脂米，长粒优质米，煮熟后色红有清香。

按清代价格，乌进孝进的鲟鳇鱼，一条差不多合人民币十几万元。在这个进租单里，和熊掌、鹿筋、鹿舌、鲟鳇鱼相比，海参已不算多高档。

令人瞠目结舌的进租单只是宁府收租的十分之一，荣国府的田庄更多。

乌庄头进租，除大量实物地租外还有折银二千五百两，贾珍还要骂"老砍头的"又来"打擂台"。老砍头的，是骂人的俗话；打擂台，是存心耍花样占便宜的意思。贾珍认为乌进孝地租比往年交少了。乌进孝解释是因为自然灾害。

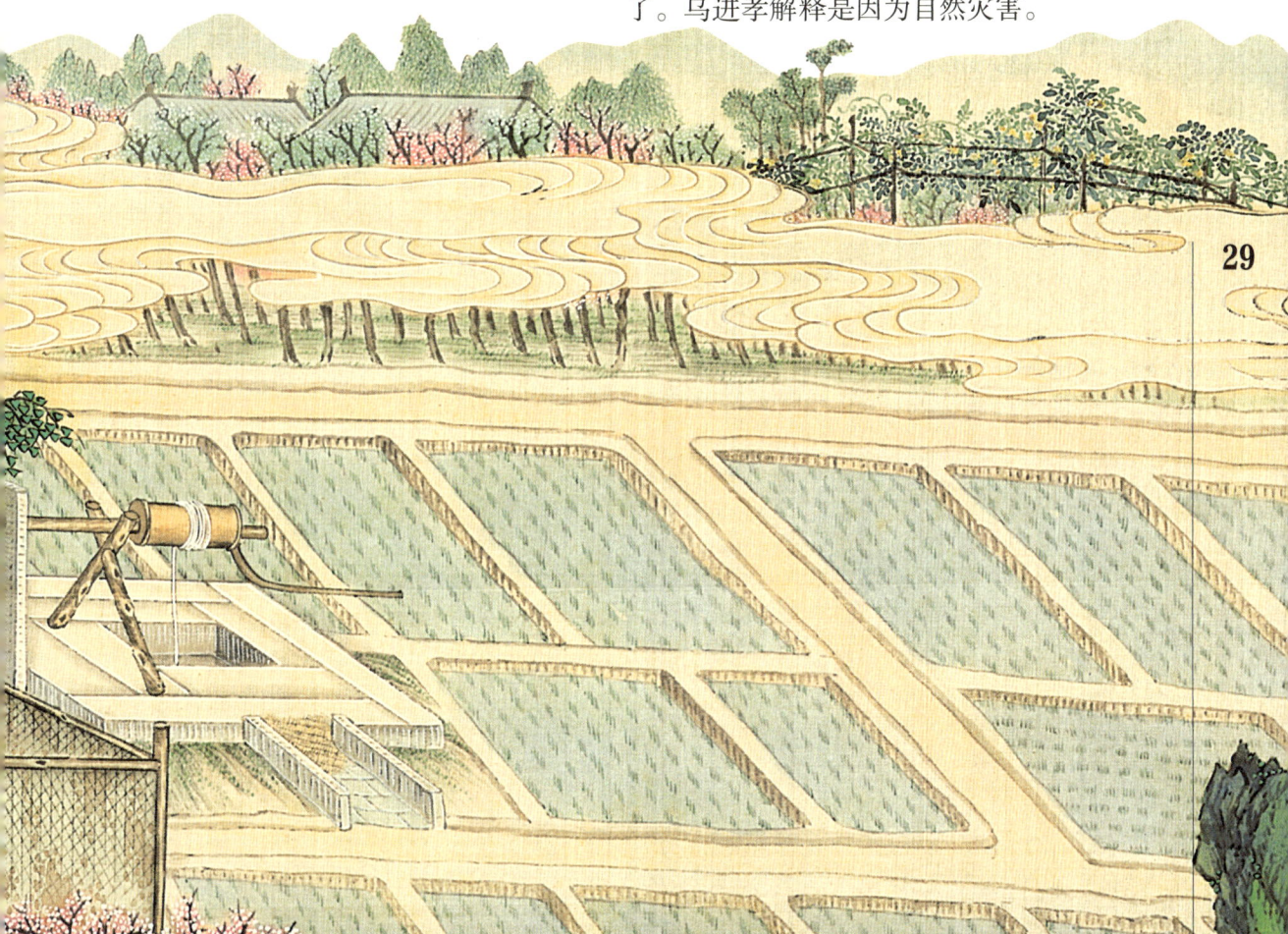

乌庄头进租聊到皇妃赏赐，贾蓉说"再省一回亲只怕就净穷了"，说明元妃省亲给贾府造成了极大负担。贾蓉对贾珍说，那府里穷了，凤姐和鸳鸯商量要偷老太太东西当银子。这是通过人物的闲谈交代表面繁华的荣国府已寅吃卯粮。

贾珍吩咐贾蓉，把乌进孝拿来的东西，留出供祖宗和家用的，挑些送到荣国府，剩下的分成好多份，堆到宁国府月台底下，叫族里没收入的子侄来分。

一说领东西，宁国府旁支的人也跑来了。贾珍铺个大狼皮褥子，披着猞猁皮大皮袄，晒着太阳，看都是谁来领。猞猁，亦名土豹，皮毛珍贵，灰色带花纹，轻巧暖和。

猞猁

贾芹来了，贾珍把他叫过来骂一顿：和尚道士的钱都从你手里过，花成叫花子形象！夜夜招聚匪类赌钱，养老婆小子，还敢来领东西？该给你一顿棍子。贾芹不敢回答。这不是闲笔。贾府败落是家族内不争气的子弟不干好事。贾珍贾琏不干好事，招来旁支也不干好事。贾芹被王熙凤派管家庙的和尚道士，每年从荣国府领一千多两银子，主要却用来吃喝嫖赌。

宝琴做小说家叙事代言人

腊月二十九,两府换门神、联对、挂牌,油了桃符,焕然一新。宁国府从大门、仪门、大厅、暖阁、内厅、内三门、内仪门、内寨门,直到正堂,一路正门大开,两边阶下朱红大高照,点得像两条金龙。

第二天,贾府有诰命封赏的人,按品级化妆坐轿,进宫朝贺,参加宴会。回宁国府下轿,祭宗祠。

祭宗祠是继秦可卿出丧、元妃省亲、史太君两宴大观园后,《红楼梦》又一大场面,是写豪门贵族的大手笔。祭祀的种种细节都从宝琴眼中被写出来。

她看到宁国府西边另一个院子,黑油栅栏内五间大门,上悬一块匾,写着"贾氏宗祠",旁书"衍圣公孔继宗书",其实衍圣公中没有叫孔继宗的。旁边还有一副对联:

肝脑涂地,兆姓赖保育之恩,
功名贯天,百代仰蒸尝之盛。

贾府万代都受到皇帝恩泽,接受宁荣二公给家族开创的恩泽。

进入院中,两边苍松翠柏,月台上设鼎彝等器,抱厦前悬着皇帝写的九龙金匾"星辉辅弼",是先皇表扬朝廷重臣的御笔,说宁荣二公像明星辉耀辅佐日月,

是皇帝倚靠的大臣。两边也有副皇帝写的对联：

勋业有光昭日月，

功名无间及儿孙。

五间正殿上悬着闹龙填青匾"慎终追远"，这是出自《论语》的话，意思是谨慎保持节操，好好教育子孙，子孙好好回想祖上功德。旁边也有副对联：

已后儿孙承福德，

至今黎庶念宁荣。

皇帝把宁荣二公地位抬得很高：儿孙及百姓都接受宁荣二公的祖德。

宗祠里香烛辉煌，列着神主。"只见贾府的人分昭穆立定"，什么叫"昭穆"？这是封建宗法规定的宗庙祭祀排列次序，始祖居中，以下是二世、四世、六世……位于始祖左方，叫"昭"；三世、五世、七世……位于始祖右方，叫"穆"。贾府的人在神主前两旁面对着昭、穆祖宗排队。上面居中挂着宁国公和荣国公披蟒腰玉的遗像，两边有几轴列祖的遗像。

宁府是长房，贾敬主祭，贾赦陪祭，贾珍献爵，贾琏、贾琮献帛，宝玉捧香，贾菱贾菖展拜毯，青衣乐奏，三献爵，拜完了后焚帛奠酒。祭奠上菜由身份最低的从祠外往里送，最后传到身份最高的贾母手里，把菜放到桌上。菜、酒、茶传完，开始排班。文字旁贾敬为首，玉字旁贾珍为首，草字旁贾蓉为首，男东女西站好。贾母拿着香跪下，她一跪，大家都齐刷刷跪下。五间大厅三间抱厦，阶上阶下花团锦簇，没一个空闲地方，跪得鸦雀无声，只听到金铃玉佩，铿锵叮当，这是女人的首饰在响。等起来，听到一片靴子响。行完礼，贾敬、贾赦等退出来，再到荣府向贾母行礼，场面壮观。

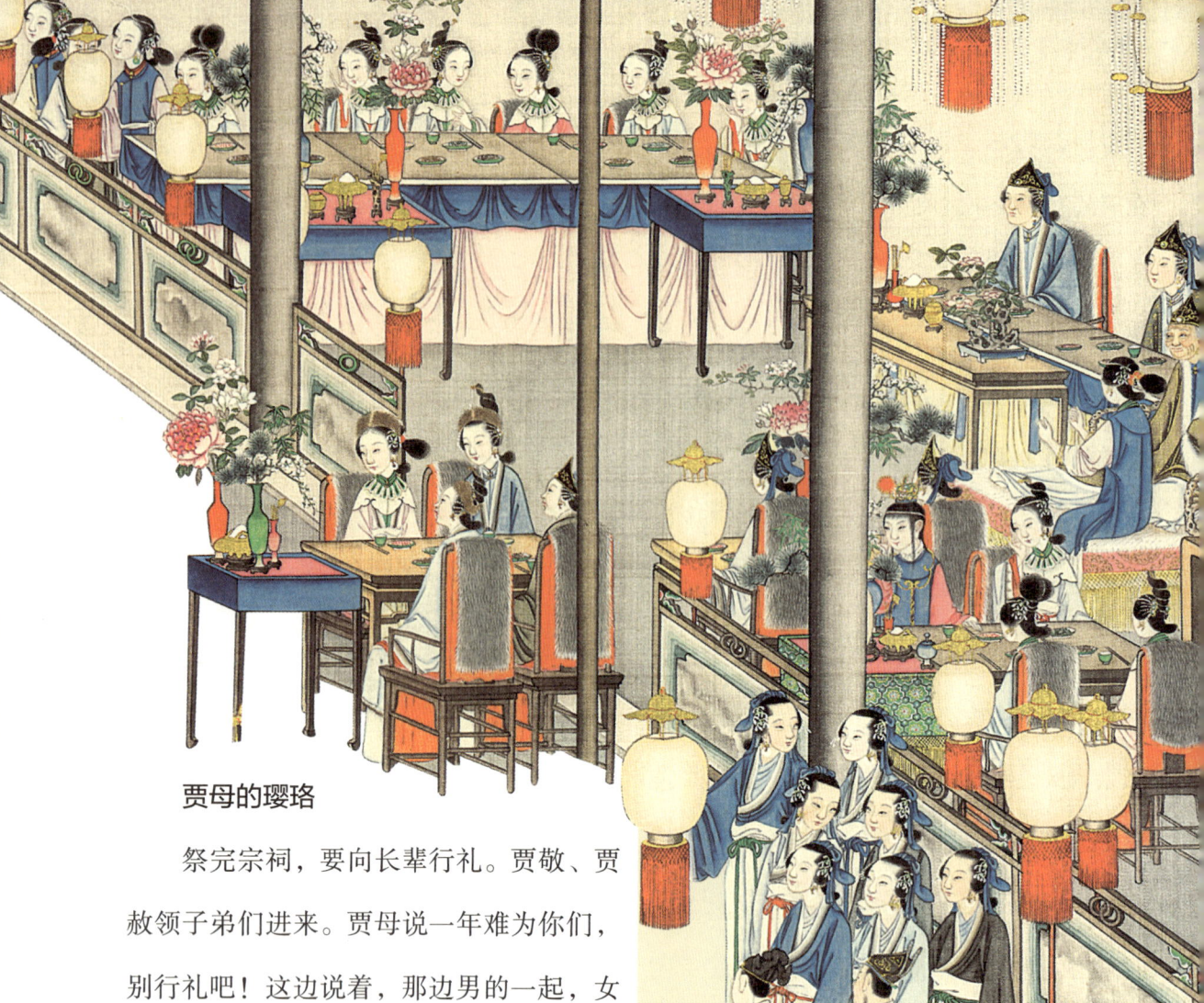

贾母的璎珞

祭完宗祠，要向长辈行礼。贾敬、贾赦领子弟们进来。贾母说一年难为你们，别行礼吧！这边说着，那边男的一起，女的一起，一起一起行礼。两府奴仆也按照级别行礼。行礼的同时散发压岁钱。

第二天，贾母又按品大妆，摆全副执事进宫朝贺，向皇帝拜年，兼祝元妃千秋。回来后又在宁国府祭过列祖再休息，这样一直闹了七八天。

忙完过年，又快到元宵节。十五晚上，张灯结彩，贾母在大花厅摆酒，订了小戏，挂着各色花灯，贾敬已回他"修行"的道观，贾赦领了母亲的赏赐后也告辞，快快乐乐地和小老婆吃酒去了。贾政仍在外做学差，不能回家。

贾母在花厅上摆了十来席，每个席边设茶几，茶几上设炉瓶三事，焚着御赐的百合宫香。有八寸来长、四五寸宽、两三寸高、点着山石布着青苔的小盆景，上面都是新鲜花卉。又有小洋漆茶盘，放着旧窑茶杯和小茶吊，泡着上等名茶。茶几上一色都是紫檀透雕，嵌着大红纱透绣花卉并草字诗词的璎珞。

所谓璎珞，就是刺绣成扇、扇与扇连在一起的陈设品。贾母的璎珞是无价之宝。

贾母的璎珞叫"慧纹"，绣璎珞的书香小姐叫慧娘。她特别擅长书画，偶尔绣一两件，从不外卖。她绣唐、宋、元、明名家折枝花卉，每枝花旁用黑绒绣出古人题花诗词。诗词字迹勾踢、转折、轻重、连笔都和草书没有分别。慧娘十八岁就死了，她绣的这些东西本来叫"慧绣"，天下虽知，得者甚少。后来文人认为"绣"字太唐突，换个字成了"慧纹"。贾府有三件，两件进贡给了皇上，剩下的这一件十六扇，贾母爱如珍宝，留在身边，高兴时拿出来摆酒赏玩。

描写中国古代达官贵人的富贵生活，写他们吃山珍海味、穿绫罗绸缎、出行香车宝马，是一种写法；写他们日常生活小细节、小物件，更显优美细致。唐朝诗人白居易做过高官，官场斗争使他心灰意冷，晚年闲居洛阳。他的《宴散》诗里的两句被推崇为写富贵生活的代表作："笙歌归院落，灯火下楼台。"古代评论家认为这两句不用玉堂金马的词，却成为诗歌史上描绘富贵气象的典范。它用轻轻的笔触，描绘出了身居高位的白居易的富贵气象。欧阳修《归田录》记载："晏元献公（殊）喜评诗，尝云：'老觉腰金重，慵便枕玉凉'未是富贵语，不如'笙歌归院落，灯火下楼台'，此善言富贵者也。"做过宰相的晏殊评论什么样的诗句能真正显示富贵气象，并不是寇准写的老了觉得身上的金带太重，睡下觉得玉枕太凉，直接把金、玉搬到诗里反而不如白居易写的"笙歌归院落，灯火下楼台"更能显示富贵气象。贾宝玉挨打后出现的小莲蓬小荷叶汤，史太君两宴大观园出现的茄鲞，都是这样的例子，贾母的慧纹也是这样的例子，而且对理解贾母这个人物形象很重要。贾母酷爱"慧纹"，说明贾府老一代管家婆不仅读书明理，还懂绘画、书法、刺绣，品位高雅，不像现在的管家婆凤姐一味抓权抓钱。贾母是《红楼梦》里的重要人物，是古今中外文学作品中杰出的老妇人形象。1982年我参加全国红学会时交过一篇论文《古今中外一祖母》，我在论文中说，曹雪芹擅长以细节描绘人物，贾府宝塔尖贾母的慧纹是代表。

元宵节看戏透露曹家"戏史"

第五十三回描写元宵节的灯简洁精彩:

两边大梁上,挂着一对联三聚五玻璃芙蓉彩穗灯。每一席前竖一柄漆干倒垂荷叶,叶上有烛信,插着彩烛。这荷叶乃是鏊珐琅的,活信可以扭转,如今皆将荷叶扭转向外,将灯影逼住,全向外照,看戏分外真切。窗格、门户一齐摘下,全挂彩穗各种宫灯。廊檐内外及两边游廊罩棚,将各色羊角、玻璃、戳纱、料丝,或绣、或画、或堆、或抠、或绢、或纸诸灯挂满。

灯节气象,富丽辉煌。贾府元宵节挂的各色灯,不仅样式繁复、形态优雅、明亮好看,而且用料考究昂贵。如戳纱、料丝,都是做灯具的材料,戳纱是有明显竖向纹理的纱,料丝是以玛瑙、紫石英熔化后抽丝而成的透光材料。料丝灯光,皎洁晶莹,似明珠相照。

贾母看戏,林之孝家的带了六个媳妇,抬三张炕席,搭着红毡,上面放着刚出局的铜钱,准备叫贾

元代高则诚有《琵琶记》,《续琵琶》是曹雪芹祖父曹寅写的南戏,又叫《后琵琶》,写蔡文姬被匈奴掳走,后被曹操赎回。这样一来,曹家的一段历史,以人物的对话形式进入《红楼梦》。曹雪芹在提到很多著名剧本的同时,提到曹寅的《续琵琶》,这是曹雪芹为祖父的多才多艺感到自豪。曹寅和好几位载入文学史的大戏剧家有来往,他曾把洪昇请到江宁织造府连演三天《长生殿》。曹寅的这些戏剧社交活动深刻影响了小说家曹雪芹。《红楼梦》中总出现戏剧,这些戏剧和小说情节人物融合得天衣无缝,就是因为曹雪芹从小看的戏太多了。

贾母看戏,欣赏小演员,一声"赏",满台钱响,贾母大悦。

母赏人。陪贾母看戏的是薛姨妈和李婶。她们的座上,有靠背,铺着皮褥子,安着引枕,榻上有小巧的描金小几。茶几上放茶吊子、茶碗、漱盂、洋巾、眼镜匣子。贾母和大家说笑一会儿,拿眼镜往戏台上照一会儿,对薛姨妈和李婶说:"恕我老了,骨头疼,放肆,容我歪着相陪罢。"

贾母看戏,透露出曹雪芹身世的重要细节。贾母指着湘云说:

我像她这么大的时节,他爷爷有一班小戏,偏有一个弹琴的凑了来,即如《西厢记》的《听琴》,《玉簪记》的《琴挑》,《续琵琶》的《胡笳十八拍》,竟成了真的了。比这个更如何?

欢乐背后是"完了""散了"

贾府祭宗祠是由贾府"要员"参加，元宵节活动的主角是贾府祖孙两代媳妇贾母和凤姐。贾母以丰富的社会经验在酒席上对将要给她讲男女爱情故事的女先儿（瞽目女艺人）做一番所谓大批判，实际写的是曹雪芹对前人爱情小说的观点。王熙凤想尽一切办法让贾母开心，模仿《二十四孝》老莱子孝亲。中国古代讲究孝，有二十四孝经典，有些孝行像故意哗众取宠的行为艺术，如老莱子娱亲。老莱子七十岁，父母九十岁，老莱子为让父母高兴，穿上婴儿彩衣，躺地摇拨浪鼓。这夸张到不合情理的孝道故事早就受到鲁迅先生的嘲讽，但老莱子娱亲影响了一代又一代中国人。凤姐把自己在贾母跟前的表现上纲上线为老莱子娱亲。

贾府过除夕和元宵，何等气派、豪华，但在庄严肃穆的背后，是贾府子孙的不肖。主祭者贾敬一直待在道观想成仙，只在祭祖时回家，平时把宁国府撂给贾珍，令其胡作非为。荣国公继承人贾赦继儿子贾琏的丑事后，刚经历想霸占老母亲侍女的丢脸事，又联手贾雨村霸占石呆子的古扇，害得石呆子不知是死是活。国公府气派、豪华的礼仪不过是堂皇"脸面"，内里已成烂桃。

元宵节即将过去，王熙凤说笑话：年也完了，节也完了，聋子放炮仗散了吧，有预言的意味。

第五十四回是贾府由盛到衰的转折点。此后第五十五回，凤姐病倒，探春理家，各种矛盾显露出来。

探春理家

第五十五、第五十六回是贾府盛衰的重要节点。

第五十五回《辱亲女愚妾争闲气 欺幼主刁奴蓄险心》，其实是刁奴吴新登家欺幼主探春在先，愚妾赵姨娘向亲女闹事在后，愚妾很可能是受刁奴挑唆。

第五十六回《敏探春兴利除宿弊 时宝钗小惠全大体》，"敏"是思维敏捷、眼明手快地拿出应对办法，"时"是审时度势，拿出相应措施。

探春理家理出才智威风，宝钗管家管出精明宽仁。

凤姐病重，家势颓危

第五十五回是贾府由盛到衰的转折点，王熙凤开始从权力顶峰跌落。曾协理宁国府，管理荣国府，伴随贾母出席各种活动，风光无限的凤姐即将走向覆灭。她得先一步步让出已占领的阵地，于是凤姐病倒，就得找人管家。王夫人先派李纨，又叫探春暂理家务。

王夫人重用探春很微妙。赵姨娘是王夫人的死对头，探春是赵姨娘的亲生女，按说王夫人不排斥探春就不错了，为什么反而重用她？这是由王夫人的贵族身份决定的。按照封建礼法，王夫人是嫡妻，不管亲生还是妾生子女，都算她的孩子。探春一直极力亲近嫡母，冷淡生身母亲，疏远同母弟贾环，亲近同父异母兄宝玉，想抹去庶出痕迹，这些都被王夫人看到眼里。王夫人重用探春，既说明她为人公正，亲生妾生孩子一样看待，同时起到孤立赵姨娘的作用。

精明干练玫瑰花

第五十五、第五十六回通过探春和赵姨娘的矛盾冲突、探春对凤姐管理贾府的

敏探春兴利除宿弊

漏洞进行纠错，以及从赖大家的花园想到如何管理大观园，生动细致地写出了探春过人的才智和性格。

探春理家一上任，刁奴愚妾斗玫瑰花的情节活画出探春的精明干练。赵姨娘兄弟赵国基死了需赏多少银子？是对刚上任的管家探春的考验。吴新登的媳妇欺幼主，不提供贾府先例。李纨不知底里，吩咐照袭人模式给赵国基丧葬费四十两银子，吴新登的媳妇领了对牌就走。探春连说四个"你且"："你且回来""你且别支银子""我且问你""你且说两个我们听听"。快刀斩乱麻，教训吴新登家的，最后按规定处理，赏赵国基丧葬费二十两银子。接着赵姨娘跑来找探春闹事，探春口角如刀，对生身母亲的昏话逐一反驳。一段话三个"姨娘"，直呼"赵国基"，跟赵姨娘划清界限：王夫人是我母亲，王子腾是我舅舅，你不是我母亲，赵国基不是我舅舅，你们都是奴才，赵国基死了赏多少钱必须按贾府对奴才的章法。接着，当众拿平儿作法，让平儿给宝钗叫饭菜。意思是：我的生身母亲是奴才，你这位凤姐管家"副当家"也是。一件小事，打出

三小姐又红又香但有刺的玫瑰花威风。

　　生身母亲赵姨娘闹事，探春处理得如履平地，既坚持了国公府的规矩，又维护了三小姐的尊严。接着探春兴利除宿弊，都和她的切身利益有关：她停了学堂每年给上学者八两银子的补助，牵涉到她的同父同母弟贾环，牵涉到贾宝玉，牵涉到一起理家的李纨。探春都不顾这些人情，说停就停。因为前边有赵国基赏钱的处理，到了这件事，赵姨娘竟不敢吭声，比较在乎金钱的李纨也不能发表不同意见。探春又免除了账房给姑娘们买脂粉的钱，这就落实到她自己头上了。探春从生身母亲、亲兄弟、亲侄子、最有头脸的宝玉、凤姐和自己下手，拿头面人物作法开端，几件事一处理，让本来想挑战她、看她洋相的管家娘子们发现，探春"精明不让凤姐"。这说明温文尔雅的三姑娘跟张牙舞爪的王熙凤一样杀伐决断，敢说敢做敢当家。接着探春开源节流，对大观园搞承包制，以园养园。探春还严格自律，绝不以权谋私。管厨房的柳嫂子说，三姑娘要吃个素菜，先送五百钱来。探春要给平儿过生日，明确说明：只管把新巧菜蔬预备来，从她自己的账上领钱。

　　探春管理大观园，不过是小范围改

革。荣府花销主要在贾母、贾赦、贾政、贾琏，宁府在贾珍。大观园能有多大油水？但曹雪芹热情讴歌探春其实只能算小打小闹的改良，就是要为闺阁立传。

探春理家实为宝钗当家

王夫人更高明的一招是请宝钗参与管家。宝钗是没出门的亲戚家小姐，怎可到姨妈家管事？但王夫人请宝钗帮助照看几天，宝钗二话不说就同意了，她比李纨、探春还尽力尽心。探春、李纨在大观园处理家务，宝钗在王夫人上房监察，每晚睡前，她亲自坐轿子，带上人各处巡查。荣国府形成了这样一种局面：李纨、探春处理具体事务，和管家娘子打交道，宝钗统管全局，和王夫人联系。宝钗成了荣国府实际掌控全局的大当家。清代点评家认为，宝钗晚上像查街委员在贾府查夜，让闺阁千金的脸面扫地。薛姨妈散布金玉良缘，王夫人请宝钗管家，等于提前认可儿媳妇。王夫人未请示贾母，叫娘家外甥女管家事，在封建家庭中属违规越礼，但王夫人有贵妃女儿做后盾，有恃无恐。

宝钗比探春考虑问题更周全，且有

宽仁管家的理念。探春学赖大家的经验，把大观园花花草草承包给婆子们，再让她们承担某项开支，节省部分开支，下人也高兴。宝钗觉得大观园创收固然重要，但要顾及各方面关系。有些婆子分工管事获得收入，没有承包的怎么办？叫承包的每年拿出若干贯钱分给没管事的。这些没承包的婆子一年到头很辛苦，园里有出息，她们该分点。这是"小惠全大体"的具体表现。宝钗长篇大套向贾府下人训话，教导没管事的众婆子：你们并没干活，干活的拿出钱分给你们，你们就要谨慎一些，不要纵放人，不要赌博。她语重心长、苦口婆心地劝谕粗使婆子，激发她们自我尊重，告诫不要因失误受管家娘子训。向来"不干己事不张口"的宝钗，对贾府下人慷慨训话，俨然一副掌家奶奶做派，但又不像凤姐那样作威作福。宝钗如果真到贾府当家，恐怕要超过凤姐。她既不从中渔利，还懂小惠全大体，又识文断字，媳妇。世事洞明。但是呼喇喇似大厦将倾，不管多有能力的人，不管用什么办法，都没法挽救钟鸣鼎食的贾府日暮途穷。

凤姐点评诸钗

平儿回去向凤姐汇报探春所作所为，凤姐说："好，好，好，好个三姑娘！我说她不错，只可惜她命薄，没托生在太太肚子里。"她跟平儿说起姑娘庶出和嫡出不一样。又说，我们家现在出去的多，进来的少，很多事还按原来的规矩办，越来越一年不如一年，省俭多了别人笑话，老太太、太太受委屈，要不趁早料理点省俭之计，再过几年就赔尽了。我这些年管家管得太毒，得罪不少人，有这么个机会借坡下驴也好。

凤姐这段话透露出贾府在走下坡路。平儿说，将来还有三四个姑娘要出嫁，两三个小爷要娶亲，还有老太太的事。凤姐说，我也考虑了，宝玉和林妹妹一娶一嫁，可以不用官中的钱，老太太自有体己拿出来。从这句话看，王熙凤揣测贾母已把黛玉宝玉配成一对。凤姐又说：二姑娘是大老爷那边的，不算。剩了三四个，满破每人花一万银子；环哥娶亲三千两银子；老太太的事出来，一应都是全的。现在就怕凭空再出一两件事，可就了不得了。

凤姐与平儿闲谈，既知贾府入不敷出，也知自己结怨甚深，打算省俭度日，担心意外发生。凤姐是不是有先见之明，预料到会被抄家？凤姐地位岌岌可危，国公府前途渺茫。

凤姐对平儿点评大观园诸钗："林丫头和宝姑娘她两个倒好，偏又都是亲戚，又不好管咱家务事。"显然对宝钗理家不以为然，"况且一个是美人灯儿，风吹吹就坏了；一个是拿定了主意，不干己事不张口，一问摇头三不知，也难十分去问他。倒只剩了三姑娘一个，心里嘴里都也来得，又是咱家的正人，太太又疼他，虽然面上淡淡的，皆因是赵姨娘那老东西闹的，心里却是和宝玉一样呢。"凤姐表示：我们应该协同，大家做个膀臂，我也

不孤不独了。

凤姐评价诸钗，语语中的。前八十回看下来，凤姐跟贾母外孙女黛玉亲近，跟亲表妹宝钗较疏远。以凤姐的精明，除配合贾母心思外，如果为贾府选宝二奶奶，是选尽职到大观园巡夜的宝钗，让凤姐回邢夫人前做小媳妇，还是选美人灯黛玉，凤姐继续当家？凤姐不会算错账。

平儿以柔克刚

凤姐病了，探春理家，平儿成了探春和凤姐之间的联络员，这角色很不好做，做不好，就成了猪八戒照镜子。但平儿就能做到让凤姐和探春都满意。探春想拿凤姐和贾宝玉作法，树立自己的威信。如果平儿承认探春做得对，就等于承认凤姐错了，她在众人眼中成了凤姐身边的犹大；如果平儿维护凤姐，又得罪探春，成为探春理家的挡路石。怎么办？平儿在凤姐和探春之间，有利于团结的话好好讲，不利于团结的话一句也不说。她没有丝毫奴颜媚骨，维护了凤姐的威信。对探春她绝对不说一个"不"字，对凤姐也绝对不说一个"不"字。但是探春的改革是对着凤姐来的，怎么能做到？平儿就能做到。

探春要拿凤姐过去的事改革，比如买脂粉。她说重了，姑娘们有二两银子可以买脂粉，怎么账房还来领每个姑娘二两银子？平儿说，三姑娘说得对，奶奶也没做错，这事本来就重复了。姑娘们的二两银子原不是买脂粉的，是给姑娘们临时缺钱时用的，因为外面买办买的脂粉不合适，姑娘们才把月钱当成脂粉钱。这样一来，责任不在凤姐，而是外面账房没把脂粉买好。

探春说大观园这么大的一个园子，为什么不学赖大家的办法，把它承包给婆子？平儿说，这话必须姑娘说出来，我们奶奶虽有此心，未必好说出口。姑娘们在这住着，奶奶叫人来监管修理，图省钱，这话不好出口。

不管探春出什么幺蛾子，都难不倒平儿。宝钗摸着平儿的脸说：

> 你张开嘴，我瞧瞧你的牙齿舌头是什么做的。从早起来到这会子，你说了这些话，一套一个样子，也不奉承三姑娘，也没见说你奶奶才短想不到。也并没有三姑娘说一句，你就说一句是；横竖三姑娘一套话出，你就有一套话进去；总是三姑娘想得到的，你奶奶也想到了，只是必有个不可办的原故。

宝钗这番话，把平儿总结得太到位了。既说明平儿聪明机智，又说明平儿不卑不亢；既说明平儿会说话，也说明平儿说的话既维护了凤姐威信，又和探春相通。探春也承认，她本来一肚子气，看到平儿来了以后，态度像避猫鼠儿。平儿不说她主子待我好，倒说了"不枉姑娘待我们奶奶素日的情意"。好像你现在做的所有的改革，都是你三姑娘待我们奶奶的情意。探春说，这一句话我就没气了，又伤心了，我一个女孩，自己还没人疼，哪里有什么好处去待人？探春这么精明，平儿三言两语，她就缴械投降。探春原认为，凤姐当家必定使出撒野的人，没想到平儿这么谦恭、柔和、以柔克刚！平儿用柔道功夫把探春这个没有社会经验的深闺小姐征服了。

曹雪芹在前五十四回借助诗情画意的笔墨，创造了大观园令人过目不忘的写诗、赏雪、宴会中欢声笑语的场景。第五十五回开始又借助管理家务的场景，同时描写探春和宝钗这两个女性人物此前没有展现过的性格的重要一面：探春的心志高远和宝钗的精明练达，还通过描写和她们打交道的过程，刻画出了不平凡的平儿。

只有石头狮子干净

只有石头狮子干净,是《红楼梦》对百年望族贾府道德沦丧的尖锐评语。

"你们东府里,除了那两个石头狮子干净,只怕猫儿狗儿都不干净。"柳湘莲对贾宝玉说完这话后,索回给尤三姐的定礼,随后尤三姐自杀。

《红楼梦》从第六十三回末开始,宝玉、黛玉、凤姐、宝钗、探春都不见了,贾府的活动中心贾母也不见了,国公府灯火楼台也不见了。顶级花花公子贾珍、贾蓉、贾琏在府外活动,跟市井女子打交道,油嘴滑舌的小厮兴儿跑龙套。大观园温文尔雅的文字收起,三言二拍市井语言满地横流。黛玉论诗、宝钗论画等深厚文化内涵的话语不见了,宋元话本快嘴李翠莲式石破天惊的话语,令人目不暇接。

从《红楼梦》作为封建社会百科全书的巨著来看，红楼二尤的故事，是不可缺少的深邃的社会内容，也构成了贾府"忽喇喇似大厦倾"的重要条件。

红楼二尤的故事，是《红楼梦》从第六十四回《幽淑女悲题五美吟 浪荡子情遗九龙佩》，到第六十九回《弄小巧用借剑杀人 觉大限吞生金自逝》整整六回描写的内容。《红楼梦》有了这段故事，揭露封建贵族和封建官场罪恶的深度广度得到加深，王熙凤、平儿、贾琏、贾珍等人物形象更加丰满。尤二姐和尤三姐成为红楼人物画廊中独特且成功的市井人物形象，红楼二尤故事成为戏剧宠儿。

尤氏姐妹的人生选择

第六十三回怡红夜宴结尾，传来消息：贾敬服自己炼的"仙丹"想成仙，结果一命呜呼。为处理贾敬的丧事，尤氏接继母到宁国府看家，尤老娘把没出嫁的两个小女儿带来。尤二姐和尤三姐此前已羊入虎口，成为贾珍父子的玩物。贾珍和贾蓉在贾敬棺前装出泣血稽颡的样子，私下却惦记着玩弄二尤。小混混贾蓉轻薄两个姨娘，丫鬟都看不下去，贾蓉顺口说出两府脏事。尤二姐对贾蓉搂头就打，尤三姐上来撕嘴，毫无长辈尊严，一副低俗市井做派。

宁国府道德沦丧，封建礼法荡然无存，与纨绔子弟厮混的尤氏姐妹会是什么下场？

尤二姐选择贾琏为"终身之靠"，最后靠山山崩，靠水水流。

第六十四回《浪荡子情遗九龙佩》中，"浪荡子"指贾琏，九龙佩即纹饰为九龙的玉佩，汉玉则为汉代珍贵旧玉，是王孙公子的佩饰。贾琏行为放荡，到处拈花惹草，他瞅机会把自己的汉玉九龙佩解下，暗中赠给尤二姐，二人结下私情。

浪荡子情遗九龙佩

贾琏早知尤氏姐妹和贾珍贾蓉父子有不正当关系，仍贪恋美色，勾引尤二姐。贾蓉建议贾琏偷娶尤二姐，便于自己鬼混。猎艳老手贾琏和放荡女子尤二姐在尤老娘、尤三姐眼皮子底下交换信物。九龙佩定情和聊斋人物王桂庵与榜人女芸娘金钏定情，在细节描写上如出一辙，说明曹雪芹受到蒲松龄的影响。王桂庵和芸娘这对纯情男女一见钟情以信物定情后，茫茫人海寻觅、等待、终成美眷。而从汉玉九龙佩开始，尤二姐向悲剧深渊堕落。

贾琏把尤二姐娶到小花枝巷，尤二姐想改邪归正一心跟贾琏过。贾珍仍将二尤视作随意玩弄的粉头，以为贾琏不在，跑到小花枝巷想找二尤取乐。后院"二马同槽，不能相容，互相蹶踢起来"，辛辣地讽刺了珍琏兄弟畜生不如。贾琏建议贾珍纳三姐为妾，兄弟各拥一尤享乐，贾珍欣然接受，但遭到尤三姐的激烈反抗：

尤三姐站在炕上，指贾琏笑道："你不用和我花马吊嘴的，清水下杂面，你吃我看。见提着影戏人子上场，好歹别戳破这层纸儿。你别油蒙了心，打量我们不知道你府上的事。这会子花了几个臭钱，你们哥儿俩拿着我们姐儿两个权当粉头来取乐儿，你们就打错了算盘了！我也知道你那老婆太难缠，如今把我姐姐拐了来做二房，偷的锣儿敲不得。我也要会会那凤奶奶去，看他是几个脑袋几只手。若大家好取和便罢；倘若有一点叫人过不去，我有本事先把你两个的牛黄狗宝掏了出来，再和那泼妇拼了这命，也不算是尤三姑奶奶！喝酒怕什么，咱们就喝！"说着，自己绰起壶来斟了一杯，自己先喝了半杯，搂过贾琏的脖子来就灌，说："我和你哥哥已经吃过了，咱们来亲香亲香！"唬得贾琏酒都醒了。贾珍也不承望尤三姐这等无耻老辣。弟兄两个本是风月场中耍惯的，不想今日反被这闺女一席话说住。尤三姐一叠声又叫："将姐姐请来，要乐咱们四个一处同乐。俗语说'便宜不过当家'，他们是弟兄，咱们是姊妹，又不是外人，只管上来。"

贾珍和贾琏两个无耻犯浑的碰到了尤三姐这个无耻老辣的。什么妇德、男女有别、尊卑上下，尤三姐都踩在脚下。她破罐子破摔，痛快淋漓地臭骂贾珍和贾琏，言辞纯属市井下层用语。

"花马吊嘴"：花言巧语。

"清水下杂面"两句是歇后语，杂面是以绿豆粉为主制成的面条，如果不多加油、肉等作料，只用清水下，就很难吃，所以"你吃我看"。

"提着影戏人子"两句也是歇后语，

尤三姐痛骂国公府公子，颇有思想力度，却是势力不均衡的对抗。尤三姐以暴易暴，以邪治邪，珍琏无非挨几句骂，尤氏姐妹所谓的"臭名"却要一直背下去。导致王熙凤在贾府造尤二姐烂桃的舆论，以及柳湘莲悔婚。

尤三姐择偶观

《红楼梦》第六十五回，现存版本有不同回目，《脂砚斋重评石头记》庚辰本以及通行本（百二十回）第六十五回的回目是《贾二舍偷娶尤二姨 尤三姐思嫁柳二郎》，明白晓畅，但只不过说明贾琏偷娶尤二姐，尤三姐想嫁柳湘莲。《脂砚斋重评石头记》蒙古王府本回目是《膏粱子惧内偷娶妾，淫奔女改行自择夫》。膏粱子指贾琏，淫奔女指尤三姐。回目有明显的倾向性。尤三姐和尤二姐原本是同样货色，是落入贾珍父子魔掌、被玩弄的可怜少女。但尤氏姐妹是怎样落入贾珍父子魔掌的，小说没写，其实就是贫富之间弱肉强食的结果。尤三姐清醒地认识到，尤二姐现在满足于和贾琏的所谓恩爱，将来肯

意思是，你别叫我把你们办的丢人事说穿了。影戏人子，是皮影戏用纸剪成的人物，如果戳破纸，戏就演不成了。

牛黄狗宝：用来骂人黑心肠、坏心思的俗话。牛黄，牛的胆囊结石；狗宝，癞狗腹内结石，二者都可做中药。

跟《红楼梦》描写宝黛爱情花娇月媚的文字不同，跟大观园诗会柔美蕴藉的文字不同，尤三姐的语言像狂风骤雨、惊涛骇浪、犀利杂文，尽情宣泄着市井少女受欺凌的愤怒心理。

定有大灾难。尤三姐不甘心做豪门少爷的玩偶，决心改邪归正嫁个如意郎君，过夫唱妇随的日子，她宣布自主择偶：

> 终身大事，一生至一死，非同儿戏。我如今改过守分，只要拣一个素日可心如意的人方跟他去。若凭你们拣择，虽是富比石崇，才过子建，貌比潘安的，我心里进不去，也白过了一世。

尤三姐选择婚姻自主，不承认父母之命、媒妁之言，其思想观念远高于贾宝玉、林黛玉。宝黛的身份教养让他们不可能说出尤三姐这样的话。

贾琏居然以为尤三姐爱上了贾宝玉，而且觉得太合适了。尤三姐啐一口："我们有姐妹十个也嫁你兄弟十个不成，难道除了你家，天下就没好男子了不成？"连贾宝玉都看不上，还有谁？原来，尤三姐看上了喜欢串戏的柳湘莲。

尤三姐对尤二姐说清楚了心上人，对贾琏表示：姓柳的来，我便嫁他去；不来，我自己修行。把一根玉簪一击两半，"一句不真，就如这簪子！"

尤三姐对柳湘莲如此痴心，那么柳湘莲是什么样的人？

> 柳湘莲原是世家子弟，读书不成，父母早丧，素性爽侠，不拘细事，酷好耍枪舞剑，赌博吃酒，以至眠花卧柳，吹笛弹筝，无所不为。

尤三姐和柳湘莲有共同思想基础没有？没有。有青梅竹马的经历没有？没

《红楼梦图咏》清 改琦绘 民国十年浙江杨氏文元堂

尤三姐

有。尤三姐纯属对美男靓哥一见钟情，认为他就是可心如意的人。她既不了解他的为人，更不了解他的择偶要求。柳湘莲要找个绝色美女，尤三姐恰好貌美如花，他们或许能成眷属。但最要命的是，柳湘莲虽自己眠花卧柳，他娶妻却必须符合封建淑女的标准，绝对不要犯"淫"字的。封建社会的男人，不管地位如何，总是丈八灯台，只拿"贞静""忠诚专一"照女人，从不会照自己。

结果就是柳湘莲对贾琏上赶着把尤三姐许配给自己产生怀疑，就找好朋友贾宝玉对尤三姐来了番"婚前调查"。贾宝玉说："她是珍大嫂子的继母带来的两位小姨。我在那里和她们混了一个月。"连宝玉都和尤氏姐妹"混"了一个月，色狼贾珍和尤三姐能没事？宝玉说："真真一对尤物，她又姓尤。"这番话决定了尤三姐的命运。柳湘莲跌脚，"这事不好，断乎做不得了。你们东府里，除了那两个石头狮子干净，只怕连猫儿狗儿都不干净。我不做这剩忘八！"贾宝玉不是说人世间至清至净不过女儿？看来他对贾珍干的坏事，已有耳闻。

贾琏路中定亲柳郎

鸳鸯剑

柳湘莲一进小花枝巷的房子，就已不承认订的婚姻，他见了尤老娘作揖称"老伯母"，自称"晚生"。按说定了亲的女婿，该称岳母大人，跪下磕头才对。贾琏奇怪。柳湘莲说，姑妈给我定亲了，只好来把定礼要回去。贾琏说，婚姻之事还能这么随意？两人争论起来。尤三姐已听见，好容易等了他来，他却反悔。尤二姐知道他是在贾府得了消息，嫌自己是淫奔无耻之流，不屑为妻。她把挂在床头上的鸳鸯剑取下来，把一股雌锋隐在肘后，出来对他们说:"你们不必出去再议,还你的定礼。"一面说一面泪如雨下,左手把鸳鸯剑和剑鞘送给湘莲,右手回肘往脖子上一横。

曹雪芹写尤三姐自杀,用了两句非常简练的词语:

揉碎桃花红满地,玉山倾倒再难扶。

"玉山倾倒"是《世说新语》写嵇康的名句。嵇康长得帅,喝醉了像玉山倾倒;桃花揉碎,是对自杀流血做的隐晦描述。

尤三姐虽跟贾珍放荡在先,却不想做二奶梦,她做更美好也更凄惨的梦,做漂白自己灵魂就可以漂白名气的幼稚梦。

尤三姐的悲剧在于,已犯了"淫"字,心心念念的却是"情"字。封建社会允许男人犯"淫"字,也允许浪子回头,却不允许女人犯"淫"字,不接受淫奔女回头做正妻。尤三姐死定了。尤三姐知道柳湘莲嫌弃自己是不贞女子,用鸳鸯剑殉情。贾琏说柳湘莲最冷面冷心,柳湘莲看到尤三姐当他的面刚烈殉情,后悔不迭,心灰意冷,便跟着跛足道人出家了。

柳湘莲的悲剧在于,他不能真正理解尤三姐。尤三姐自杀时,他认为看到的是一朵雪白雪莲,但他做梦也想不到,这朵雪白雪莲,也曾是盛开在宁国府烂泥地上的罂粟花。她要改过,社会却不接受她。尤三姐这个可怜的精灵靠着对柳湘莲的挚爱把心灵漂白了。但尤三姐想不到的是,她心爱的柳湘莲被世俗的偏见蒙住了眼睛。

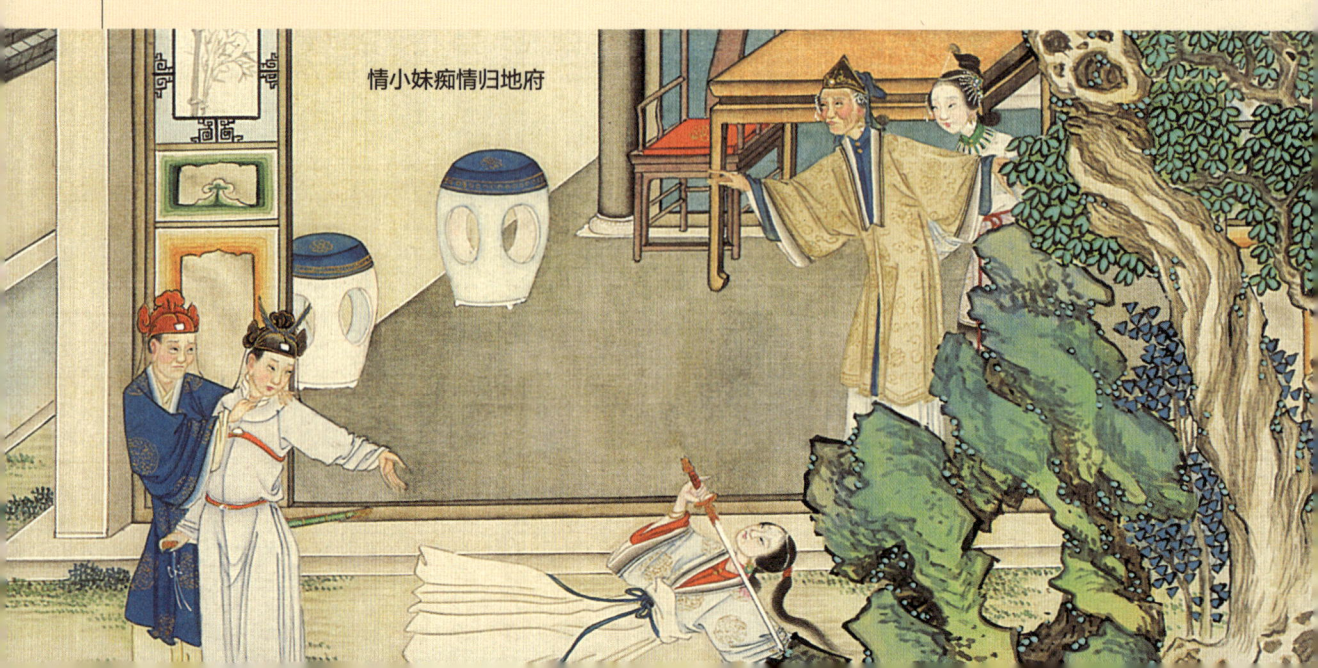

情小妹痴情归地府

尤二姐之死

王熙凤演出剿灭尤二姐连场大戏,她先扮演温柔和顺的闺门旦(戏剧中的大家闺秀)把尤二姐赚入大观园,后扮演撒泼耍赖的刀马旦(戏剧中武艺高强的女性角色)大闹宁国府,在贾母面前扮演识大体顾大局的正旦(正派人物、贤妻良母)。她像懂兵法的军事家,运筹帷幄,八方出击,十面埋伏,让包括官场和贾府在内的众人,按照她编的剧本,共同演出《红楼梦》前八十回中一出精彩的折子戏——尤二姐之死。

尤二姐之死,是标志贾府由盛转衰的重要情节。《红楼梦》的核心人物王熙凤既合法地运用封建礼法家规,役使奴仆,操纵家人,又非法地控制官府。她的作恶

心机、手段、花言巧语的形象,不仅在古代小说作品中空前,在世界文库也极罕见。这段小说情节把古代小说最丰满的女性形象王熙凤刻画得栩栩如生,同时预伏贾府败落的重要原因。

苦尤娘赚入大观园

尤二姐被赚入大观园

得到贾琏偷娶尤二姐的消息后,王熙凤先按兵不动,待贾琏出差后,她才突袭小花枝巷。赚尤二姐入大观园选择的时机、带的随从、穿的服饰、说的话,都特别有心计。

她选择的时机是贾琏外出的一个月期间。贾琏前脚走,后脚她就传匠人收拾东厢房,然后报告贾母要烧香,随后直扑小花枝巷,由贾琏亲信兴儿带路。她带的随从,有女仆平儿、丰儿、旺儿家的,带周瑞家的是为了让她做现场目击证人,向王夫人报告王熙凤是怎样顾全大局、善待丈夫的外室的。

王熙凤突然出现在小花枝巷,尤二姐只好整衣出迎。王熙凤像悲剧名角一样隆重登场,头上皆是素白银器,身上月白缎袄、青缎披风、白绫素裙。这身打扮就给尤二姐一个下马威:我穿丈夫亲大爷的孝,你穿红嫁衣,你们违背国法家法,国孝家孝期间停妻再娶。

王熙凤摆出忍气吞声、深明大义的姿态,"披肝沥胆"地告诉尤二姐:我因治家严,受小人误解,有怨无处诉。你想想,我上有公婆,下有弟妹,怎叫我横行?如果我真妒嫉,怎会听到二爷娶了姐姐,还亲自来请?我过去管他,是怕他眠

花宿柳伤害身体。他娶二房可以生子,我高兴还高兴不过来呢!我亲自登门恳求姐姐回荣国府。你我姐妹合心谏劝二爷慎重事务,保养身体。她可怜兮兮地说:你不跟我回去,我就搬到你这儿来,"奴愿做妹子,每日服侍姐姐梳头洗脸,只求姐姐在二爷跟前替我好言方便方便,容我一席之地安身,奴死也愿意。"

王熙凤还告诉尤二姐,她住外面对二爷名声有损害。这样一来,尤二姐如果不随她走,就成了不顾丈夫声誉、破坏家庭、不懂事的人。凤姐对尤二姐描绘进去后的美好前景:"我今来求姐姐进去和我一样同居同处,同分同例,同侍公婆,同谏丈夫,喜则

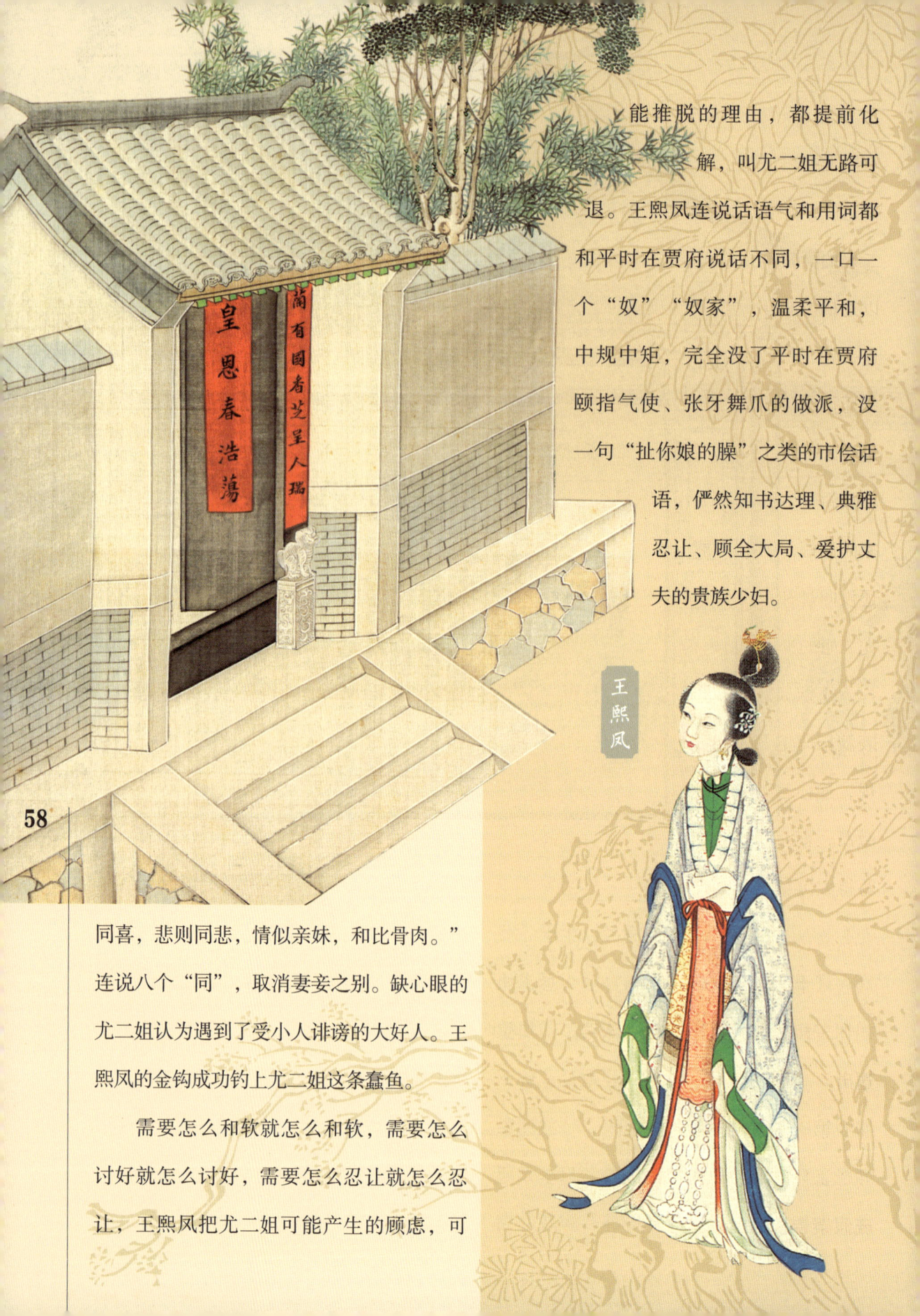

能推脱的理由，都提前化解，叫尤二姐无路可退。王熙凤连说话语气和用词都和平时在贾府说话不同，一口一个"奴""奴家"，温柔平和，中规中矩，完全没了平时在贾府颐指气使、张牙舞爪的做派，没一句"扯你娘的臊"之类的市侩话语，俨然知书达理、典雅忍让、顾全大局、爱护丈夫的贵族少妇。

同喜，悲则同悲，情似亲妹，和比骨肉。"连说八个"同"，取消妻妾之别。缺心眼的尤二姐认为遇到了受小人诽谤的大好人。王熙凤的金钩成功钓上尤二姐这条蠢鱼。

　　需要怎么和软就怎么和软，需要怎么讨好就怎么讨好，需要怎么忍让就怎么忍让，王熙凤把尤二姐可能产生的顾虑，可

尤二姐则把无能弱智表现得淋漓尽致。一见王熙凤，先把尤氏出卖了：奴家年轻，到了这里，诸事都是家母和家姐做主。把她做二奶的责任推给尤氏了，授凤姐大闹宁国府以把柄。王熙凤要尤二姐跟她回去，尤二姐连一句"等二爷回来再商量"都不会说，无意中还把贾琏出卖："我也没什么东西，那也不过是二爷的。"王熙凤马上明白，贾琏好小子不仅偷娶小老婆，还有小金库！她马上叫周瑞家的记好，抬到东厢房。等尤二姐一死，贾琏还没回过神来，王熙凤已把他的小金库连同尤二姐的贵重首饰一锅端。

王熙凤到小花枝巷，居心叵测，但她表演出来的却是满满的封建礼法、贵族家规，连语言都不是平时的飞扬跋扈、慷慨激昂，而是小心翼翼、低声下气。曹雪芹写得太出彩了。

"十面埋伏"

王熙凤把尤二姐请进荣国府后，妙计迭出。

第一计，告假状。

王熙凤制造尤二姐未婚夫张华告贾琏假案告到都察院，罪名是国孝家孝之中背旨瞒亲、倚财仗势、停妻再娶、强逼退亲。这是正儿八经要案，但只用来教训贾琏、贾珍，驱逐尤二姐，绝不叫贾琏受伤害。王熙凤把张华勾来养活，叫他去告状。张华不敢告，凤姐叫旺儿说给张华，告我们家谋反也没事。你告大了，我自然能平息。张华告了，凤姐马上派王信到都察院行贿，告诉都察院虚张声势。最高司

法机构成了在凤姐跟前听喝的，叫怎么审就怎么审。凤姐还安排张华告旺儿，旺儿当堂诱使张华把贾蓉说出来，都察院只得传讯贾蓉。张华明明告贾琏，都察院却传讯贾蓉，这是凤姐安排，叫贾蓉丢人也不能叫贾琏丢人。而宁国府银子一递，都察院又不审贾蓉了，判张华无赖，打一顿轰了出来。凤姐继续派兴儿挑唆张华，给你银子安家过活，只要回原妻就行，还给都察院捎信，结果都察院批下来的就是张华所定之亲令其有力时娶回。官司完全按照凤姐的部署进行。她本可在贾琏还没从平安州回来就把尤二姐清除，没想到百密一疏，尤二姐向贾母提供了退婚根据。清除不出去尤二姐，凤姐只能设法进一步迫害她。

第二计，清君侧。

王熙凤先把尤二姐的丫头轰出去，把自己的丫头善姐派给尤二姐。来者不善，善姐被使唤三天就不听尤二姐的。尤二姐叫善姐向王熙凤要头油。善姐说，你怎么不知好歹？我们奶奶天天承应老太太、太太、姐妹，哪能为这点子小事烦她？咱又不是明媒正娶，就是她这贤良人这样待你，差些儿把你丢在外，死不死，活不活，你敢怎样？善姐后来连好饭都不端给尤二姐吃，端来的都是吃剩下的。尤二姐连饭都吃不饱。

第三计，借刀杀人。

贾琏回家，因平安州事办得好，贾赦赏秋桐给他做妾。王熙凤心中一刺未除又添一刺，满心烦恼却假装高兴，派人把秋桐接来，换出好颜面和尤二姐一起给贾琏接风，带秋桐见贾母。她如此"贤惠"，贾琏都感到稀奇。王熙凤表面和尤二姐好，实际却是口蜜腹剑。她对尤二姐说："妹妹的名声很不好听，连老太太、太太们都知道了，说妹妹在家做女孩就不干净，又和姐夫有些首尾，'没人要的了你拣了来，还不休了再寻好的!'"老太太要休,奴才在说,都是凤姐虚构。但懦弱的尤二姐哪敢查证?结果凤姐倒"气病了",不和尤二姐一块吃饭。

秋桐自认是老爷给少爷的,连凤姐、平儿都不放在眼里,对尤二姐张口就是"先奸后娶,没汉子要的娼妇,也来要我的强"。这正中王熙凤下怀,她暗地里拨火,叫秋桐"烧"二姐。凤姐虽恨得宠的秋桐,但她想借剑杀人,便假意劝秋桐,你年轻,不知事,尤二姐现在是二房奶奶,爷心坎上的人,我还让她三分,你去碰她,不是自寻死路?秋桐听了,越发天天大吵大叫骂尤二姐。凤姐假装不敢说话,尤二姐在房里哭泣,连饭也吃不下去。

第四计,找庸医和算命的。

尤二姐受了一个月暗气,恹恹生病,等贾琏来看她时,对他说,我已有身孕,现在我的命都不保,何况他?贾琏忙找人医治。胡庸医一副药下去,成形男胎被打下来。胡庸医是不是凤姐唆使?小说没明写。但尤二姐怀孕是对凤姐最大的威胁,她不可能不做手脚,不然等尤二姐把小贾琏生下来,凤姐所有迫害尤二姐的努力都会功亏一篑。曹雪芹没有具体写,没必要画蛇添足。

王熙凤假装跟贾琏一样求子心切，烧香拜佛求菩萨保佑尤二姐再怀孕，请人算命说是什么人"冲"了，偏偏算出是属兔的秋桐。王熙凤"诚心诚意"劝秋桐出去躲躲。秋桐大骂，连尤二姐的孩子不可能是贾琏的都骂了出来，再跑到贾母、邢夫人跟前说尤二姐如何不贤良，如何嫉妒，又跑到尤二姐窗下大哭大骂。尤二姐更添烦恼，心想，病成这样，孩子也打下来了，与其活着受零气，不如一死，于是找块金子吞下，死了。

大闹宁国府

把尤二姐骗进大观园，酸凤姐立即上演摔打哭闹宁国府的全武行。她是为出气？不，她是有明确目标、明确层次的。凤姐有四个目的，一是教训贾珍；二是叫尤氏按她的要求，蒙骗贾母，帮她树立贤良声名；三是叫贾蓉把尤二姐请出荣国府；四是敲诈二百两银子。

凤姐到宁国府顶头遇到贾珍，却聪明地不揪住贾珍闹。贾珍是族长、三品将军。凤姐如果揪住贾珍闹，就违反了礼法，犯不敬尊长的七出罪名，贾珍可以指使贾琏把她休了。凤姐不管怎么恨贾珍，也只能吓唬一句："好大哥哥，带着兄弟们干的好事。"任凭贾珍溜号。

尤氏曾全心全意替凤姐办生日，凤姐怎好意思拉下脸大哭大闹？凤姐的宗旨是：不管什么人，不管以前对我多好，只要触犯我的利益，我就翻脸不认人！凤姐见到笑脸相迎的尤氏，先照脸一口唾沫，骂：你们尤家的丫头没人要了，偷着只往贾家送，害得贾琏犯了国孝家孝当中停妻再娶的禁忌，害得我偷了太太五百两

银子去打点。这一番骂真中有假,因为贾琏确实被人以这罪名给告了,凤姐也确实送了银子,但贾琏被告是凤姐操纵,送的银子是三百两。凤姐还说,现在都察院指明要休我!她质问尤氏是不是受老太太指使,咱一块见官,请族中人评理,给我休书我就走!这些话没一句真话,尤氏却只能听任凤姐滚到她怀里,撒泼撞头,大放悲声。凤姐还对尤氏说:嫂子的兄弟是我的丈夫,嫂子怕他绝后,我岂不比嫂子更怕绝后。嫂子的妹妹就是我的妹妹,我欢天喜地迎了来,金奴玉婢住在园里。这些话没一句是真的,凤姐把尤二姐接进大观园,是为整治她,但从表面上看,又确实是嫡妻把丈夫藏在府外的外室接进来。

凤姐骂贾蓉:"天雷劈脑子五鬼分尸的没良心的种子!不知天有多高,地有多厚,成日家调三窝四,干出这些没脸面没王法败家破业的营生。你死了的娘阴灵也不容你,祖宗也不容,还敢来劝我!"这些话都是真话,凤姐骂贾蓉没良心,意思是婶婶这么重用你,你怎么欺骗我,骂得正常;说死了的娘阴灵和祖宗都不容你,更正常。凤姐一边骂一边扬手就打。贾蓉磕头有声,说:"婶子别动气,仔细手,让我自己打。"

酸凤姐大闹宁国府

尤氏骂贾蓉："孽障种子！和你老子做的好事！我就说不好的。"凤姐搬着尤氏的脸又骂："你发昏了？你的嘴里难道有茄子塞着？不然他们给你嚼子衔上了？"牲口才衔嚼子。凤姐骂人不吐核，接着她说尤氏，"你又没才干，又没口齿，锯了嘴子的葫芦，就只会一味瞎小心图贤良的名儿。"这是体谅尤氏的难处，又让自己的大闹借坡下驴，最后来句"总是他们也不怕你，也不听你"，表示我体谅你，原谅你。几句话把撕破脸的妯娌关系修复了。尤氏马上领情，惨兮兮地说，怨不得妹妹生气。

贾蓉告诉凤姐，既然张华告状，给

他钱就是。凤姐说,给他银子,花光了又来闹事,不是了局。贾蓉领悟:原来要轰走我姨娘。他马上表示,我劝二姨娘还嫁给张华去。凤姐说,我舍不得你姨娘,还是多给张华钱吧。贾蓉知道这是假话,他得想办法叫尤二姐走人。像凤姐这样拿着假话当真话说的人,只有长期在她帐前听令的小混混贾蓉能看透她的心思。

　　王熙凤大闹宁国府,闹到贾蓉下跪求饶,自打耳光;闹到尤氏给揉搓成面团;闹到宁国府下人乌压压跪了一地求情;闹到尤氏和贾蓉全盘接受她的城下之盟。尤氏和贾蓉承认,一概都是他们的不是,他们赔她那五百两银子;他们叫尤二姐出来嫁给张华。尤氏还向凤姐讨教怎样向贾母撒谎,王熙凤就是需要尤氏按她的布置去忽悠贾母,要让剧情按照她的导演向前发展。凤姐全盘获胜,见好就收。

　　王熙凤大闹宁国府,一件生活琐事被描写得紧锣密鼓、高潮迭起、花团锦簇,令人目不暇接。凤姐这个天才"作家"浓墨重彩地做了篇真真假假、假假真真、真中有假、假中有真的妙文章、大文章。酸凤姐大闹宁国府,什么时候该说真话,什么时候该说假话,什么时候似真实假,什么时候似假实真,火候掌握得恰到好处。

什么时候应该哭闹,什么时候应该缓和,什么时候要倒赔不是,什么时候鸣金收兵,她都掌握得丝毫不差。

大闹宁国府之前凤姐给贾府众人留下的深刻印象是辣。贾母叫她"凤辣子",说她是"泼皮破落户",那是老祖宗开玩笑的话。但王熙凤大闹宁国府,确实成了泼皮破落户。

如果把凤姐治理宁国府和大闹宁国府对照起来看,读者会不会感到一丝凄凉?感到王熙凤其实非常可怜?这个在尤氏怀里撞头的,还是那个在贾母跟前妙语如珠、笑得花枝乱颤的可爱孙媳妇吗?还是那个三下五除二就把宁国府治理得井井有条的巾帼英雄吗?还是那个在刘姥姥跟前雍容华贵的贵族少奶奶吗?还是宝玉黛玉跟前和蔼可亲的凤姐姐吗?

第六十八回《酸凤姐大闹宁国府》和第十三回的《王熙凤协理宁国府》相差五十五回。贾府经历了从盛到衰的过程,昔日巾帼英雄也完成了向泼皮悍妇的转型。当年在宁国府演过"英姿飒爽女宰辅"大剧正剧的王熙凤,再次粉墨登场,演了出"摔打哭闹女光棍"的全武行闹剧丑剧。贾府的败落从一个新颖角度展现出来。

酸凤姐大闹宁国府,令读者读得过瘾,读得畅快,也读得心酸心疼。

王熙凤得胜的后果

王熙凤为剿灭二奶射出的连弩箭,又狠又准,泡足毒药,最终如愿以偿,逼死了尤二姐。到尤二姐送葬,她还不给银子,说尤二姐是害痨病死,叫贾母发话,不许她进祖坟,要把尤二姐烧了。王熙凤太恶、太狠,人死了王熙凤害死尤二姐,去了心腹大患,却带来好多恶果。其一,她丢掉了她在荣国府最重要的同盟军平儿。贾琏偷娶尤二姐,是平儿报告给凤姐的。凤姐迫害尤二姐,平儿最清楚是怎么回事。凤姐对贾琏的二房痛下杀手,不能不叫平儿兔死狐悲,对王熙凤有所提防。凤姐成功剪除尤二姐的同时,平儿会对凤姐从言听计从、指哪打哪,到琢磨如何自保,如何和王熙凤拉开距离。曹雪芹原有的构思是最后两人真像李纨开玩笑说的调了个个儿,王熙凤被休,平儿成为正妻。其二,贾琏怀疑尤二姐之死有猫腻,对尤二姐的阴灵表示:我忽略了,终究对出来,我替你报仇。其三,王熙凤害尤二姐留下的蛛丝马迹太多:张华掌握着凤姐制造假案的证据;旺儿掌握着王熙凤从"讯家童"到诱骗尤二姐进府的证据;秋桐掌握着凤姐挑唆她和尤二姐作对的证据;贾珍、贾蓉掌握着凤姐和都察院来往的证据。将

还不放过,要赶尽杀绝。

尤二姐之死是一幅封建社会一夫一妻多妾制下的惨烈图画。女性间争斗,要负责的是不公平的社会制度,但尤二姐之死却主要是写凤姐如何制造尤二姐的不幸。因为凤姐两面三刀,太毒辣,太凶狠,杀人不见血,杀人不皱眉。原本尤二姐身上的不道德因素常被读者忽略,而王熙凤成了妒妇典型。

王熙凤真的胜利了吗?恐怕不是。

来尤二姐之死真相大白时,墙倒众人推,凤姐的把柄接二连三被贾琏掌握到手里,贾琏跟她秋后算账,王熙凤想哭都找不到坟头了。至于因为尤二姐之死牵涉到贾府被抄,是更大的问题。

警幻出现

红楼二尤故事中,"警幻"先后出现了两次。第一次是尤三姐一手捧鸳鸯剑,一手捧警幻命运册,向柳湘莲剖明心迹;第二次是尤三姐手捧鸳鸯剑向尤二姐点出王熙凤的恶毒用心,让尤二姐杀死王熙凤,同回警幻案下听从发落。太虚幻境出现在小说第一回,前八十回接近结束时警幻再次出现,有重要意义。据脂砚斋评语,二尤是曹雪芹安排在金陵十二钗副册上的人物,红楼二尤的悲剧,生动地诠释了太虚幻境"千红一窟(哭)""万艳同杯(悲)",展现了红楼所有女性的悲剧命运,说明诗礼簪缨之族、钟鸣鼎食之家的虚伪,绘出封建官府为权势服务的真相。

国公府日暮途穷

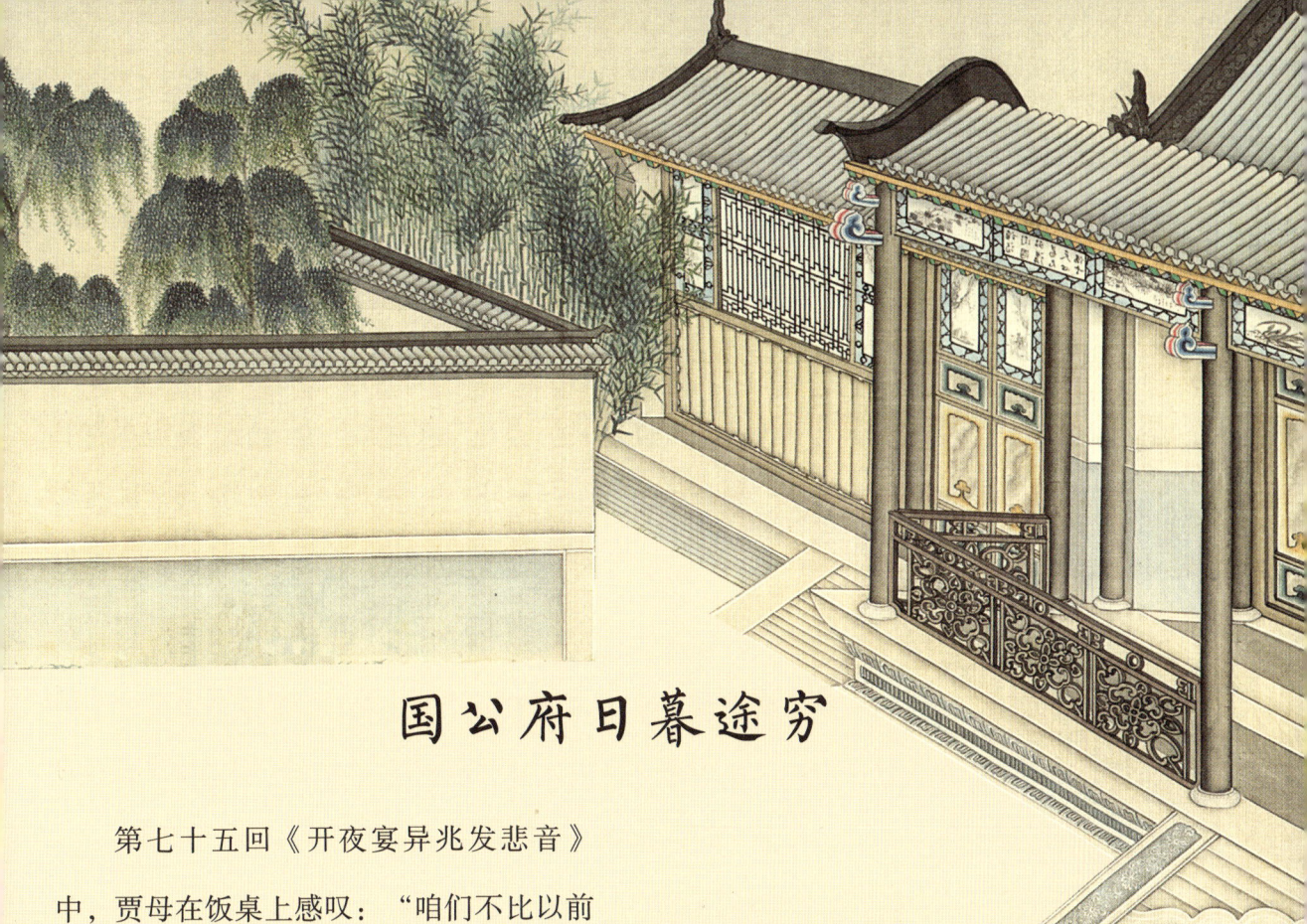

第七十五回《开夜宴异兆发悲音》中,贾母在饭桌上感叹:"咱们不比以前辐辏的时候了。"什么叫辐辏?就是家道兴盛、人丁兴旺。这话从贾母嘴里说出来,分量更重。贾母是宁国公、荣国公开创贾府先业的当家人,她说不如以前辐辏时光,就是家道由盛而衰了。

《红楼梦》写贾府败落,除写贾赦、贾珍、贾琏、王熙凤巧取豪夺、欺男霸女、践踏国法之外,还有第五十六回后散落在许多回目的细节:元妃实际失宠,贾府经济捉襟见肘,管理混乱无章,亲人尔虞我诈,奴仆渐次失控,维系贾府兴盛的王熙凤病入膏肓。

贾母八十大寿

第七十一回《嫌隙人有心生嫌隙》中,"嫌隙人"指因讨鸳鸯在贾母跟前栽面的邢夫人,"有心生嫌隙",指邢夫人在贾母八十大寿时整王熙凤。

贾母八十大寿,荣宁两处齐开筵宴,宁府请官客,荣府请堂客,大观园的缀锦阁、嘉荫堂被用作贵宾的临时休息处。二十八日请皇亲、驸马、王公、公主、郡主、王妃、国君、太君、夫人等(国君、太君、夫人是皇帝按臣子官位赐其妻子的封号)。二十九日请阁下、都府、督镇及诰命等(阁下指入内阁办事的大学士;都府,指军政将帅府衙长官;督镇指各省总督、巡抚、总兵之类的官员)。三十日请诸官长、诰命,及远近亲友和堂客。贾母庆寿,一网打尽朝廷重要官员,然后连续五天设家宴。

贾母八十大寿是八月初三,七月上旬起,送寿礼者便络绎不绝。皇帝和元妃的赏赐都带祝寿之意,显贵送的礼物没有具体写,仅时髦围屏收到十六架,其中江南甄家送大屏十二扇,一面是大红缎子缂丝"满床笏",一面是泥金"百寿图",非常吉祥。

青少年读者读到贾母八十大寿时发现,大观园人物都还没结婚,可能与我上大学时读到此处一样困惑。第三十九回刘姥姥和贾母见面,刘姥姥七十五岁,贾母说比我大好几岁,我们算大三岁,当时贾母七十二,现在八十,那就过了八年。当时十五岁的林黛玉如今二十三岁,贾宝玉二十四岁,薛宝钗二十五岁。贵族家庭这

么大的姑娘小伙还不婚嫁？订婚八九年的史湘云也不出阁？早就准备到京城嫁人的薛宝琴也仍留在大观园？再往后看，大观园年轻人年龄不长还缩。贾宝玉写《芙蓉女儿诔》时，明确写晴雯十六岁夭亡，而晴雯和宝钗同岁！宝钗比黛玉大两岁，这样一来，刘姥姥二进荣国府时十五岁的林黛玉，八年后成了十四岁。为什么会如此？《红楼梦》曾经被曹雪芹增删五次，人物年龄往往对不起来。这是很多红学家考证研究很多年都解决不了的问题。青少年读者不必像看推理小说那样去推具体时序。曹雪芹怎么写，我们就怎么欣赏吧！

繁华背后的衰音

贾母八十大寿，荣、宁府两处开宴，皇帝元妃赏赐，朝廷要员送礼赴宴，贾母待宾，贵宾拜寿，点戏送礼，秩序井然，雍容华贵。继秦可卿之死、元妃归省之后，贵妃祖母大寿，寿宴隆重无比，再次描摹贾府权势。但南安太妃坐坐就走，北静王妃也不终席，贾母也早乏了，似敷衍了事走过场。贾府从上到下，衰音重重。贾母最看好的孙女探春说我们这大家子有说不出的烦难，不如寒素小家子欢天喜地、大家快乐；贾母最宝贝的孙子宝玉希望现在就死，这些都是丧气话。内部矛盾则暗流涌动。

邢夫人阴毒整凤姐

邢夫人因鸳鸯抗婚事件对凤姐怀恨在心，邢夫人的亲信一直拨火：老太太不待见太太，都因为王夫人和王熙凤挑唆。贾母八十大寿南安太妃要见贾府小姐，贾母派宝钗姐妹、黛玉、湘云、探春见客，对长房迎春视若无有，更令迎春嫡母邢夫人挟怨。恰好荣国府值班管家溜号，园内婆子不听喝，尤氏被冷落，凤姐已决定在贾母大寿后处理，周瑞家的却擅自捆起跟自己有宿怨的婆子，引起陪房费婆子向邢夫人进谗，邢夫人趁机抓住把柄阴毒整凤姐：

邢夫人直至晚间散时，当着许多人陪笑和凤姐求情说："我听见昨儿晚上二奶奶生气，打发周管家的娘子捆了两个老婆子，可也不知犯了什么罪。论理，我不该讨情，我想老太太的好日子，发狠的还舍钱舍米，周贫济老，咱们家先倒折磨起老人家来了。不看我的脸，权且看老太太，竟放了他们罢。"说毕，上车去了。

邢夫人为人愚弱，整王熙凤却有创造性，既会挑时机，也会挑场合，还善言辞。邢夫人是王熙凤正头香主婆婆，操去留生杀大权，她吩咐一句，凤姐自会照办。她却故意求情，挑的时机是众人在场而贾母不在时。这样一来众人可替她造舆论，贾母不能维护凤姐。她陪笑称"奶奶"，暗示凤姐张狂到婆婆跟她说话也必须陪笑称"奶奶"；不说婆子有错，只说"二奶奶生气"，暗示凤姐擅作威福不顾忌贾母大寿；说完就上车去了，不给凤姐辩解机会。

邢夫人这记闷棍敲得狠毒巧妙，向来在众人面前春风满面的凤姐惊惶失措，出现从没有过的"憋得脸紫涨"的表情。贾母是凤姐的保护伞，虽然事后贾母知晓邢夫人对凤姐发难并对邢夫人不以为然，但她已过八十大寿，还能保护凤姐多少年？邢夫人整儿媳仅仅是开始，威风八面的凤姐伴随着病重和贾府的内部矛盾，渐渐走向不归路。

雪山崩和夺锦梦

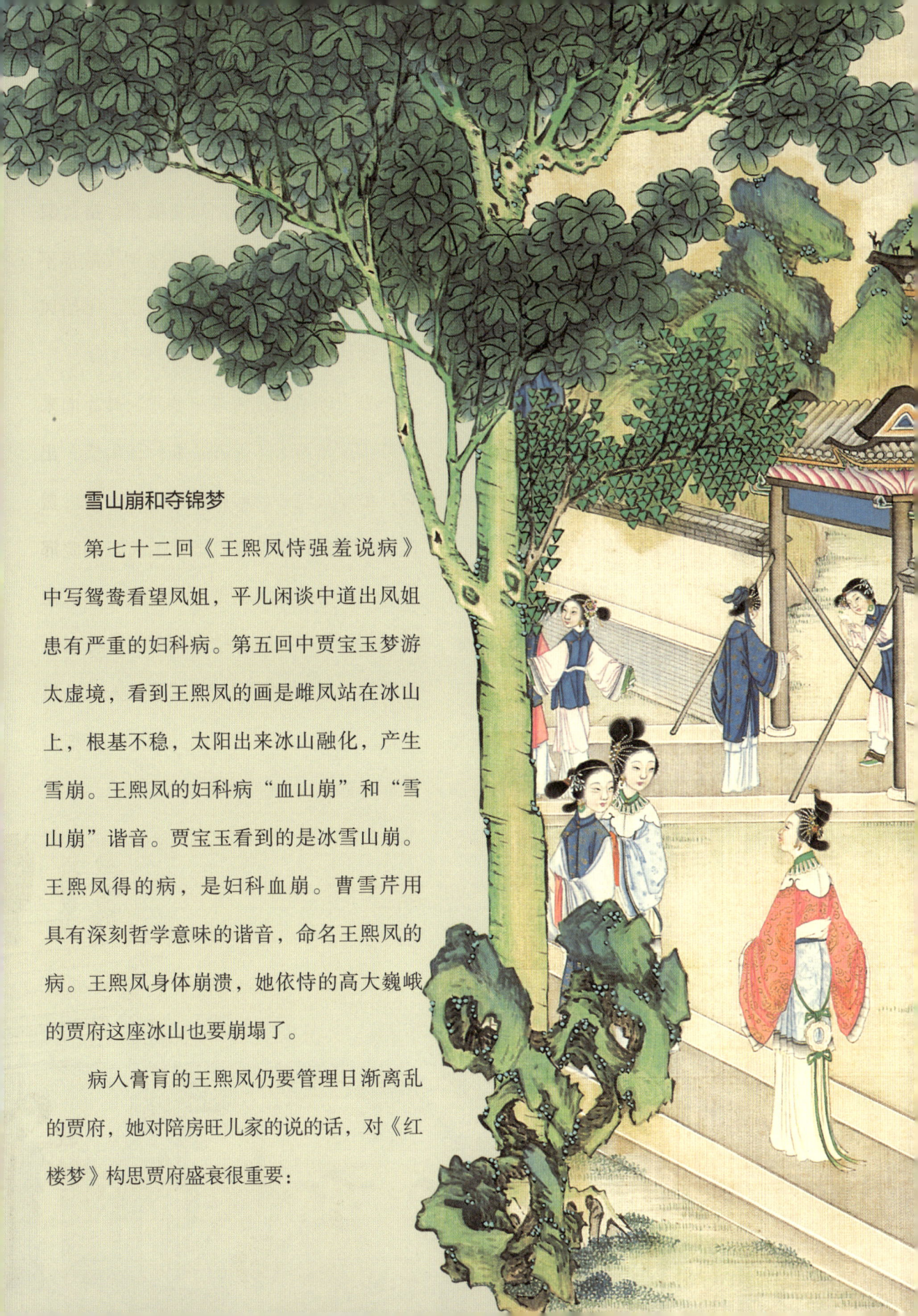

第七十二回《王熙凤恃强羞说病》中写鸳鸯看望凤姐，平儿闲谈中道出凤姐患有严重的妇科病。第五回中贾宝玉梦游太虚境，看到王熙凤的画是雌凤站在冰山上，根基不稳，太阳出来冰山融化，产生雪崩。王熙凤的妇科病"血山崩"和"雪山崩"谐音。贾宝玉看到的是冰雪山崩。王熙凤得的病，是妇科血崩。曹雪芹用具有深刻哲学意味的谐音，命名王熙凤的病。王熙凤身体崩溃，她依恃的高大巍峨的贾府这座冰山也要崩塌了。

病入膏肓的王熙凤仍要管理日渐离乱的贾府，她对陪房旺儿家的说的话，对《红楼梦》构思贾府盛衰很重要：

昨晚上忽然作了一个梦，说来也可笑，梦见一个人，虽然面善，却又不知名姓，找我。问他作什么，他说娘娘打发他来要一百匹锦。我问他是那一位娘娘，他说的又不是咱们家的娘娘。我就不肯给他，他就上来夺。正夺着，就醒了。

这是个微妙深刻的梦。锦是什么？荣华富贵的代指。一百匹锦是一百年荣华富贵。第五回贾宝玉梦游太虚境之前，警幻仙子在荣国府上空遇到荣国公和宁国公的灵魂。他们告诉警幻仙子，吾家自国朝定鼎以来，"功名奕世，富贵传流，虽历百年，奈运终数尽"。贾府百年好运马上要结束了，而贾府好运结束是元妃失宠造成的。王熙凤说不是咱们家娘娘来夺贾府一百匹锦，这是暗示元妃已失去皇帝宠爱，贾府百年富贵豪华将终止。

贾琏向鸳鸯借当

贾母八十大寿后，荣国府财力更加困难，第七十二回贾琏向鸳鸯借当，是典型情节：

贾琏忙也立身说道："好姐姐，再坐一坐，兄弟还有一事相求。"说着便骂小丫头："怎么不沏好茶来！快拿干净盖碗，把昨儿进上的新茶沏一碗来。"说着向鸳鸯道："这两日因老太太的千秋，所有的几千两银子都使了。几处房租、地税通在九月才得，这会子竟接不上。明儿又要送南安府里的礼，又要预备娘娘的重阳节礼，还有几家红白大礼，至少还得三二千两银子用，一时难去支借。俗语说，'求人不如求己'。说不得，姐姐担个不是，暂且把老太太查不着的金银家伙，偷着运出一箱子来，暂押千数两银子，支腾过去。不上半年的光景，银子来了，我就赎了交还，断不能叫姐姐落不是。"

贾琏在鸳鸯跟前摆出正人君子、辛苦当家人的样子，做小伏低，自称"兄弟"，对比自己小的鸳鸯一口一个"姐姐"，给鸳鸯戴高帽，可怜巴巴、委婉恳切，却又不屈不挠、死缠烂打，求鸳鸯帮他渡过难关。贾琏要典当贾母的金银家伙，此前王夫人已当过贾母的铜锡家伙。贾母的私房成为贾府苟延残喘的最后依靠。

贾琏求凤姐在鸳鸯跟前说句话，凤姐竟要抽利息，这是夫妇同床异梦；邢夫人得知贾琏向鸳鸯借当，也敲诈了几百两银子。如此夫妻母子！

太监走马灯"借钱"

贾琏和凤姐正议论家庭经济难支，夏太监打发小太监来"借钱"，实为敲诈。

元妃失宠，太监走马灯般到贾府敲诈。主管夏太监把贾府当成提款机，周太监开口就是一千两。贾府的银库已像管库者的名字"钱华"——钱花光。王熙凤只好把自己的首饰，比如金项圈送进当铺。但即便王熙凤当场用首饰典当付款，太监也没停止"借钱"。

王熙凤的金自鸣钟卖了五百六十两银子，大概就是刘姥姥一进荣国府看到的钟。贫妪不懂什么爱物儿的高档物品，正跟贾母的金银家伙一起从贾府流出。旺儿媳妇跟凤姐聊到哪位太太奶奶的头面衣服折变了不够过一辈子？如果抄家，则连这样的"活路"也没了。

要百匹锦的梦和太监敲诈是元妃失宠的暗写，是抄家的预兆；贾雨村降了，是贾府倒台的前奏。

贾琏感叹：这起外祟何时了？外祟了时，就是元妃被皇帝赐死、贾府被抄时。

宁国府败象

在第七十四、第七十五回中，曹雪芹从尤氏的角度，让读者从多方面感受到贾府的坠落衰败。先是惜春因宁国府丑闻"杜绝宁国府"，接着听说甄家获罪抄家，隐喻贾府会有同样的命运。尤氏对李纨说贾府只讲假礼、假体面，做出的事够使。宁府丫鬟银蝶教训炒豆的话又说明贾府早已礼崩乐坏。尤氏返回宁国府时偷窥贾珍招聚纨绔子弟酗酒、赌博、玩娈童。贾府衰败颓势如滚雪球，族长贾珍为罪魁祸首。

大观园乱象丛生

贾府家反宅乱，鸡飞狗跳，大观园下人不守秩序，出现种种无序的乱象。丫鬟采摘柳条花朵，管园婆子和她们争吵。婆子责打春燕，竟撵到宝玉身边揪打。袭人

派人请平儿，平儿说三四天工夫，大大小小的事情出了十几件，这件是极小的。

堂皇贾府纲纪不彰。贾政的姨太太竟跟小戏子交手厮打；芳官把茉莉粉当蔷薇硝给贾环，赵姨娘借此大闹，恶口恶舌撒泼咒骂，把贾母王夫人外出说成"撞尸"，把王熙凤生病说成"挺床"，骂芳官"小淫妇"，芳官回敬"梅香拜把子——都是奴儿"。四个小戏子手撕头撞，把赵姨娘裹住，场面令人喷饭。

《红楼梦》是封建社会的百科全书，它在写宝黛爱情和凤姐理家的同时，笔触深入到封建家庭的角角落落。通过写身份低微的粗使丫鬟、粗使婆子、姨娘侍妾之间发生的纠葛，借助烧纸钱、编花篮，以及茉莉粉、蔷薇硝、玫瑰露、茯苓霜，甚至一碗蒸鸡蛋，这些微不足道的小物件、鸡毛蒜皮、鸡零狗碎，写出贾府的重重矛盾，这些共同构成贾府败落的具象。

大观园女奴的故事跟宝黛爱情、凤姐理家相比，算旁枝斜出，但在组成大家族没落的情节上，却有不可替代的作用。这类情节又使小说节奏得到松弛。长篇小说应有的金戈铁马和锦瑟银筝并存，有瓢泼大雨和毛毛细雨的交替，有多人宏大场面和个人心理独白的转换，有主要人物和次要人物的换位。曹雪芹在构筑小说大厦的框架后，增写部分贾府生活场景，让小说丰厚、蕴藉，把小说"装修"得细致精美，这是伟大小说家

才能的展现，也令《红楼梦》格外有趣。

红稻米粥和朽木人参

贾母是国公府的宝塔尖，常用国公府昔日的辉煌提醒儿孙继承祖业。贾母同时是贾府享乐总司令，领着儿孙吃好、玩好、玩得有文化。她的专用厨房用水牌写着天下所有美食，她可以轮换着吃，比如牛乳蒸羊羔、风腌果子狸，还有各房即贾赦、贾政、贾珍的厨房孝敬她的菜。

查抄大观园后，尤氏到贾母处。宝琴、探春陪贾母吃饭。贾母说，各房孝敬我的菜，以后免了。尤氏给她端过红稻米粥，贾母吃半碗，说："将这粥送给凤哥儿吃去，这一碗笋和这一盘风腌果子狸给颦儿、宝玉两个人吃去，那一碗肉给兰小子吃去。"贾母心里最要紧的仍是凤姐、黛玉、宝玉。她把黛玉宝玉的食物一块送，等于再次让众人，特别要王夫人明白，她就是要二玉一家。她称呼黛玉，用宝玉起的绰号"颦颦"，更是意味深长。

贾母吃完，尤氏坐下吃白米饭。贾母问，你们怎么盛这饭给她吃？丫鬟回答，老太太的饭吃完了，今天添了个姑娘，饭不够了。鸳鸯说："如今都是可着头做帽子了，要一点富余都不能的。"王夫人解释，这两年旱涝不定，田上的米都不能按数交，这几样细米更艰难。贾母说："这正是'巧媳妇做不出没米的粥'来。"

这段闲谈，说明连贾母吃的东西都是可着头做帽子，多做一点都没有。旱涝不收，好多庄子告灾，是表面现象，真正的原因还是贾府没人开源节流，只知道享乐浪费。

秦可卿病重用人参时，凤姐说我们这样人家，一天一斤吃得起。查抄大观园后王熙凤病重需人参配药，王夫人只找出一堆渣末芦须。贾母倒有一大包，配药的却说，虽然是上好的人参，但年代久远，无药性，成了朽木。这个细节特别意味深长，像贾母这样宁国公、荣国公时代的人虽然还在，却像没效力的人参。贵族家庭面临五世而斩的境地。

贾母查赌

宝玉怕贾政查功课,假称被大观园跳墙的人吓病。贾母问明情况,说:"我必料到有此事。如今各处上夜都不小心,还是小事,只怕他们就是贼也未可知。"探春向贾母汇报大观园奴仆开赌局、有头家局主、三百吊大输赢、争斗相打之事。

贾母忙道:"你姑娘家,如何知道这里头的利害。你自为要钱常事,不过怕起争端。殊不知夜间既要钱,就保不住不吃酒,既吃酒,就免不得门户任意开锁。或买东西,寻张觅李,其中夜静人稀,趁便藏贼引盗,何等事作不出来。况且园内的姊妹们起居所伴者,皆系丫头、媳妇们,贤愚混杂,贼盗事小,再有别事,倘略沾带些,关系不小,这事岂可轻恕!"

查抄大观园

《红楼梦》中的大事件查抄大观园,是第七十三回《痴丫头误拾绣春囊 懦小姐不问累金凤》和第七十四回《惑奸谗抄检大观园 矢孤介杜绝宁国府》描写的内容。

查抄大观园是贾府内部矛盾的公开化、朝廷抄家的预演。

贾母这段话非常重要，这是老管家婆管理封建大家庭的经验之谈，也是对现在大观园已出现和将要出现的乱象的概括。贾母太有经验了，她似乎预料到大观园会出现"绣春囊"，也就是出现比贼盗更大、涉及风化的事，就是从夜晚守夜聚赌、门户开锁引起。

贾母命人即刻查头家赌家，有人出首者赏，隐情不告者罚。查得大头家三人，小头家八人，聚赌者二十多人，她们在贾母院内磕响头求饶。贾母命将骰子牌烧毁，所有钱入官分散与众人，为首者每人四十大板，撵出，不许再入；从者每人二十大板，革去三月月钱，拨入圊厕行内。贾母雷厉风行，处理严谨，展示了老当家人的气魄。

黛玉、宝钗、探春看到迎春奶母在内，便向贾母求情。贾母连三个最得宠女孩的面子都不给。老当家人治家严整，家庭出现聚赌，必须不讲情面严厉处理，防微杜渐。

贾府现在的当家人却黄鼠狼生耗子，一代不如一代。其实王夫人叫宝钗参与理家时，已知道赌博之事："老婆子们不中用，得空儿吃酒斗牌，白日里睡觉，夜里斗牌，我都知道的。"早就知道，却意识不到问题的严重性，也不处理，怪不得贾母叫王夫人"木头"。王夫人不作为，贾府越来越乱。

邢夫人发起攻势

贾赦是荣国公一等将军，住东院；贾政是五品员外郎，住荣国府正室荣禧堂。长房邢夫人不能当家，王夫人管家。邢夫人早就对王夫人、王熙凤心怀不满，她一直伺机出击。

邢夫人从傻大姐手里接过绣春囊，吓得魂都快掉了。邢夫人不管怎样愚蠢颟顸，也是国公府夫人，知道这事的分量。她虽然深知此事的严重性，却故意不报告贾母，而是袖起绣春囊作为向王夫人发难的利器。绣春囊是贾府弊病的大暴露，也是王夫人管家的重大失误。

"在野党"理直气壮地向"当权派"发起攻势。

邢夫人把绣春囊送给王夫人，其实是递话：

你女儿开放大观园，开出了什么结果？

你叫王熙凤管荣国府，管出了什么结果？

你儿子住在大观园,绣春囊跟他有没有关系?

王夫人气个半死,居然怀疑到凤姐身上。凤姐紫涨了面皮,双膝跪下,含泪自白,像推理小说大师一样,把边边角角的疑点全扫到。绣春囊一事,贾府奴才媳妇、年轻侍妾,甚至尤氏都有嫌疑,就她没有,她讲得有理有力有节。

王熙凤建议以查赌为名,谨慎暗查绣春囊的来历,但王夫人不采用。

王夫人惑奸谗

王夫人采纳了王善保家的馊主意,抄检大观园。

王夫人惑奸谗,邢夫人的陪房王善保家的"奸谗"晴雯,这个情节写得很有层次,意味深长:

又听王夫人委托,正撞在心坎上,说:"不是奴才多话,论理这事该早严紧的。太太也不大往园里去,这些女孩子们一个个倒像受了封诰似的。他们就成了千金小姐了。闹下天来,谁敢哼一声儿。不然,就调唆姑娘的丫头们,说欺负了姑娘们了,谁还耽得起。"王夫人道:"这也有的常情,跟姑娘的丫头原比别的娇贵些。你们该劝他们。连主子们的姑娘不教导尚且不堪,何况他们。"

王善保家的道:"别的都还罢了。太太不知道,一个宝玉屋里的晴雯,那丫头

因春囊重托王善保

仗着他生得模样儿比别人标致些。又生了一张巧嘴，天天打扮的像个西施的样子，在人跟前能说惯道，掐尖要强。一句话不投机，他就立起两个骚眼睛来骂人，妖妖趫趫，大不成个体统。"

王夫人听了这话，猛然触动往事，便问凤姐道："上次我们跟了老太太进园逛去，有一个水蛇腰、削肩膀、眉眼又有些像你林妹妹的，正在那里骂小丫头。我的心里很看不上那个轻狂样子，因同老太太走，我不曾说得。后来要问是谁，又偏忘了。今日对了坎儿，这丫头想必就是他了。"

王善保家的给大观园丫鬟进谗言，王夫人说跟姑娘的丫头原娇贵些，似乎体谅这些丫鬟，接着说"连主子们的姑娘不教导尚且不堪",透露出王夫人对黛玉心怀怨恨。贾府主子姑娘只有四个：迎春、探春、惜春、黛玉，哪个因不教导而不堪？迎春、探春、惜春不会，只剩下黛玉。黛玉进府后，贾母照搬对贾敏的宠爱。贾府小姐有固定月钱，贾母单独给黛玉送钱，有好菜单独送给宝玉和黛玉，黛玉的雪地氅衣比贾府小姐高档，放爆竹时贾母把黛玉搂在怀里。"主子们的姑娘不教导"暗示贾母骄纵黛玉，王夫人对"不堪"的特定含义是迷住宝玉，妨碍金玉良缘。王善保家的单独给晴雯进谗言，王夫人马上联想到"水蛇腰削肩膀"的晴雯眉眼儿像林黛玉，她把晴雯叫来谩骂："好个美人！真像个病西施了。你天天作这轻狂样儿给谁看？""我看不上这浪样儿！谁许你这样花红柳绿的妆扮！"王夫人仇视青春靓丽，仇视美貌灵巧，仇视言语俏皮。因为她是块木头，所以贾政宁可常住在恶俗的赵姨娘房里。王夫人整晴雯，并没抓住任何可拿到桌面上的"罪过"。晴雯是怀璧其罪。小姑娘长得漂亮、语言爽利有什么错？王夫人却深恶痛绝，因为她对较晴雯更美貌、更灵巧、语言更锋利的黛玉有成见，但因贾母在，王夫人整不了，也不敢整黛玉。但她可以整黛玉的"影子"晴雯以敲山震虎。

探春说抄家预演

在激烈的矛盾中刻画人物性格，抄检大观园一段最出色。探春不许抄丫鬟，且说她就是窝主，打王善保家的一记耳光打出了千金小姐的威风，痛骂王善保家的狗仗人势、天天作耗，假称要给大娘赔礼，实际是向邢夫人示威——我打了你的奴才，你还得给我撑腰、道歉！

特别值得注意的是探春对王熙凤说的

一番话：

你们别忙，自然连你们抄的日子有呢！你们今日早起不曾议论甄家，自己家里好好的抄家，果然今日真抄了。咱们也渐渐的来了。可知这样大族人家，若从外头杀来，一时是杀不死的，这是古人曾说的"百足之虫，死而不僵"，必须先从家里自杀自灭起来，才能一败涂地！

这是闺阁思想家对家族命运的深沉担忧，这担忧成了谶语。查抄大观园后某日，尤氏要到王夫人那儿去，老嬷嬷悄悄告诉她，刚才有甄家人来，还带些东西，不知有什么机密事，您去不方便。尤氏说："昨日听见你爷说，看邸报甄家犯了罪，现今抄没家私，调取进京治罪，怎么又有人来？"甄家和贾家是老亲，甄家先被抄家，又转移财物到贾家，很可能成为贾家被抄的原因之一。

查抄大观园次日，宝钗以母亲有病为由告诉李纨她要搬走。探春说：姨妈好了不来也使得。尤氏说：你怎么撵起亲戚来了？探春说：

正是呢，有叫人撵的，不如我先撵。亲戚们好，也不在必要死住着才好。咱们倒是一家子亲骨肉呢，一个个不像乌眼鸡，恨不得你吃了我，我吃了你。

探春把贾府鸡争鹅斗、骨肉相残的状况说了出来，直率地说出薛家在贾府"死住着"的尴尬事实。看来探春深知薛家死住在贾府的目的是"金玉良缘"，这造成贾府内部的微妙争夺，所以薛家应该赶快离开。她毫不留情面，当着宝钗的面说"不如我先撵"，三姑娘果然泼辣厉害。

搬石头砸自己的脚

王善保家的一心想拿别人的错,特别是想拿晴雯的错,以证明骂晴雯没错。搜怡红院时,"晴雯挽着头发闯进来,'豁啷'一声将箱子掀开,两手捉着底子朝天,往地下尽情一倒,将所有之物尽都倒出。王善保家的也觉没趣,看了一看,也无甚私弊之物。"王善保家的偷鸡不成蚀把米,查抄的结果是拿住了自己的外孙女。从司棋箱子里翻出的情书说明,原来傻大姐捡到的绣春囊正是司棋跟表弟私会的信物。凤姐瞅着王善保家的嘻嘻笑,幸灾乐祸。司棋的惊天秘密被揭开,却并没畏惧惭愧之意。按现在的观点,司棋追求爱情自由,刚强无畏,与懦弱的迎春形成鲜明对比,是个性鲜明的小人物。而按曹雪芹小说的布局,司棋属在野党阵营。这个在野党有王善保家的、司棋婶娘秦显家的,主要人物还是邢夫人。司棋的秘密被揭出,迎春不能救她。不要说司棋的事有伤风化,不能救,就是不这么严重,迎春也没能力救,她自身都难保,这只羔羊马上要被中山狼吞噬。

王熙凤跌落神坛

凤姐从权力顶峰跌落,王夫人不接受她的理家好意见,助长了王善保家的、实际是邢夫人的气焰。为不抄检宝钗,凤姐还要征求王善保家的意见。到探春处时,凤姐小心陪笑,能哄就哄,不能哄就让步,一忍再忍,惹不起躲得起。儿媳妇不敢惹千金小姐是封建家族的正常现象。探春气势汹汹,说明凤姐不得人心。

查抄大观园当晚,王熙凤妇科病复发,请医用药,病情有增无减。

悲凉中秋

第七十五回《开夜宴异兆发悲音 赏中秋新词得佳谶》、第七十六回《凸碧堂品笛感凄清 凹晶馆联诗悲寂寞》中,钟鸣鼎食诗书翰墨之家的中秋佳节,月圆人不圆,人愁鬼也怒。贾府最后团圆夜,只剩下感凄清,悲寂寞,树倒猢狲散,一片阴云密布,预示百年豪门运数快尽。

宁国公荣国公叹气?

第七十五回《开夜宴异兆发悲音》,贾珍居丧,既不可以赌博,也不可以摆宴庆中秋,他却以习武为名大开赌局,叫贾蓉做局家,招揽家道丰富的世袭公子,即一帮斗鸡走狗、问柳评花的纨绔,每日来宁国府射箭,轮流做晚饭之主,天天宰猪

开夜宴异兆发悲音

割羊，屠鹅戮鸭，争先夸耀卖弄，招妓女娈童陪酒，花天酒地，昏天黑地，狐朋狗党厮混，污言秽语满耳，简直把堂堂国公府变成了"夜总会"。贾珍还备好佳肴果品赏月，不分上下，叫小妾和正妻坐一起猜拳行令。喝得高兴时，叫小老婆吹箫唱曲。乐到三更时分，忽听墙下有人长叹。饮宴处挨着祠堂，四下没人，来了一阵风声，恍惚祠堂内隔扇开合，令人感觉冷气森森。这段像《聊斋志异》的文字，神秘、恐怖。是谁在叹气？似乎宁国公荣国公之灵叹息败家子不可救药。

贾母感叹人少

甄府被抄的消息令贾母不快，她想借欢度中秋之际，撑走心头阴云。中秋夜大观园赏月，贾母感叹"究竟咱们的人也甚少"，已是将散之兆。

两个儿子给贾母凑趣说笑话，结果不是说笑，反而成了添堵。贾政说舔老婆脚跟的笑话，趣味庸俗，令人作呕。贾赦讲个孝顺儿子偏心娘的笑话，无意中露真心，惹得贾母说："我也得这个婆子针一针就好了。"过去节日里凤姐说笑话，下人呼朋唤友聚集来听，每次都能令贾母开怀大乐，总能引起欢声笑语，现在贾府头面人物说笑话，贾政的笑话令人不舒服，贾赦的笑话惹老母不高兴。二位老爷真如宝玉所想：连个笑话都说不好。

贾母将贾赦、贾政等赶走，欲与贾府女眷重拾往日节庆欢乐。无奈抄检大观园后，人人心头蒙着不祥烟雾。凤姐、李纨病着；因贾赦、贾政在，宝钗母女回自家赏月；迎春、惜春为抄检大观园事烦恼，早早离席。只有探春强撑到三更天，为祖母捧场。

贾府老封君成中秋赏月的主力，有深厚文化修养的贾母，见月至中天，精彩可爱，说："如此好月，不可不闻笛。"吩咐打十番的："音乐多了反失雅致，只用吹笛的远远的吹起来就够了。"还要捡曲谱慢地吹：

只听那壁厢桂花树下，呜呜咽咽，悠悠扬扬，吹出笛声来……

只听桂花阴里，呜呜咽咽，袅袅悠悠，又发出一缕笛音来，果真比先越发凄凉。大家都寂然而坐。夜静月明，且笛声悲怨，贾母年老带酒之人，听此声音，不免有触于心，禁不住堕下泪来。众人彼此都不禁有凄凉寂寞之意，半日，方知贾母伤感，才忙转身陪笑，发语解释。又命暖酒，且住了笛。

贾母强打精神带着全家月夜闻笛，举杯销愁愁更愁，闻笛释烦闷更闷。强颜欢笑的贾母怆然泪下。尤氏企图东施效颦，像凤姐那样说笑话，却说得怪诞无趣，说不下去。贾母对尤氏说"可怜你公公已是二年多了"。脂砚斋旁批："不是算贾敬，却是算贾赦死期也。"据曹雪芹构思，贾赦死期不远，可能是被贾雨村案牵出，导致他枷锁扛，死于监狱或卒于流放苦寒地途中。这是脂砚斋评语透露的后回重要线索。

"佳谶"是什么？

第七十五回回目《赏中秋新词得佳谶》，《脂砚斋重评石头记》这一回回前有批："乾隆二十一年五月初七日对清，缺中秋诗，俟雪芹"，但曹雪芹始终没把诗补上。如果贾兰的诗预示将来高官厚禄可算佳谶，在中秋宴席上，贾赦偏偏喜欢并奖赏猥琐不堪的贾环，可见二人臭味相投。贾赦守着贾母说贾环将来继承世袭爵位，是故意煞专宠宝玉的贾母的风景，还是贾环的诗预示将来飞黄腾达？但对第一回《好了歌注》，脂砚斋评语并未提贾环将来能像贾兰一样做官。何况曹雪芹对赵姨娘母子从没有一句好话。

宋太祖说得好：'卧榻之侧，岂许他人酣睡。'他们不作，咱们两个竟联起句来，明日羞他们一羞"。"卧榻之侧"两句原是宋太祖说明为何发兵围金陵、灭南唐的话。湘云的意思是，赏月写诗原是大观园姐妹的事，不能让贾府男子纵横起来。黛玉和湘云聊起来：

才女闲谈有学问

大观园诗社众人早就约定中秋赏月赋诗。到中秋时，李纨病了，宝钗、宝琴回薛家了，迎春、惜春因查抄大观园不自在，早早离席，宝玉因晴雯诸事心情不佳，被贾母劝回休息，探春在陪侍贾母，只剩下湘云和黛玉做伴。湘云劝慰思亲伤心的黛玉，感叹"社也散了，诗也不作了。倒是他们父子叔侄纵横起来。你可知

（黛玉）笑道："你看这里这等人声嘈杂，有何诗兴。"湘云笑道："这山上赏月虽好，终不及近水赏月更妙。你知道这山坡底下就是池沿，山坳里近水一个所在就是凹晶馆。可知当日盖这园子时就有学问。这山之高处，就叫凸碧；山之低洼近水处，就叫作凹晶。这'凸''凹'二字，历来用的人最少。如今直用作轩馆之名，更觉新鲜，不落窠臼。可知这两处

一上一下,一明一暗,一高一矮,一山一水,竟是特因玩月而设此处。有爱那山高月小的,便往这里来;有爱那皓月清波的,便往那里去。只是这两个字俗念作'洼''拱'二音,便说俗了,不大见用,只陆放翁用了一个'凹'字,说'古砚微凹聚墨多',还有人批他俗,岂不可笑。"林黛玉道:"也不只放翁才用,古人中用者太多。如江淹《青苔赋》,东方朔《神异经》,以至《历代名画记》上云'张僧繇画一乘寺'的故事,不可胜举。只是今人不知,误作俗字用了。"

湘云似乎给当年设计大观园的山子野做说明,为什么要设计这两个供不同欣赏者观月的地方,为什么要用"凸碧""凹晶"命名,这命名又多么不同凡响。湘云引了句陆放翁的诗句用"凹"字,黛玉接着引经据典,说

明古人用"凹"的还有不少,黛玉没举出这些名作中的句子,因为湘云肯定读过,这些句子是:

江淹《青苔赋》:"悲凹险兮,唯流水而驰骛。"

东方朔《神异经》:"其湖无凹凸,平满无高下。"

《历代名画记》上云张僧繇画一乘寺的故事：张僧繇，南朝梁武帝时著名画家，传说曾在南京一乘寺门上用古印度技法画凹凸花。寺因此得名凹凸寺。

两个妙龄少女娓娓而谈，谈话内容精彩动听，多有学问！大观园裙钗举手投足都带文化，言谈话语常述经典。《红楼梦》中的女性人物和其他古代小说中的人物很不一样，就是她们身上有浓郁的翰墨气息，有高士雅客的清悠气息。湘云和黛玉似乎分别从六朝和盛唐穿越时光隧道来到大观园。

黛玉又对湘云说，"凸""凹"这两个字还是她拟的，当年贾政试宝玉，宝玉有尚未拟的，姐妹们"把这没有名色的也都拟出来了，注了出处，写了这房屋的坐落，一并带进去与大姐姐瞧了。他又带出来，命给舅舅瞧过。谁知舅舅倒喜欢起来"。大观园题额竟是宝玉和姐妹、特别是黛玉的合作成果，太有趣了。

黛玉和湘云到了凹晶馆，两个上夜的老婆子已熄灯睡了，凹晶溪馆只有两轮明月：

只见天上一轮皓月，池中一轮水月，上下争辉，如置身于晶宫鲛室之内。微风一过，粼粼然池面皱碧铺纹，真令人神清气净。

写景妙句如仙，桂花飘香，笛声悠扬，清风摇动大观园的草木，天上池中两轮明月争辉，绝世才女就景联句，佳句迭出。

名句寓命运

寂寞秋夜，寒虫悲鸣，黛玉湘云联诗，从众人中秋观月写起，描绘满天星斗，遍地管弦，吃月饼，品西瓜，桂花飘香，萱草繁茂，人们在摆着玉液琼浆的宴席上行酒令，笑声渐息，霜露渐浓，"秋湍泻石髓（湘云）""风叶聚云根"（黛玉），星星清朗明净，月亮光彩焕发，牛郎织女相会相分，月有阴晴圆缺……

最后出来《红楼梦》名句：

"寒塘渡鹤影"（史湘云），

"冷月葬花魂"（林黛玉）。

湘云看到河里有个黑影，拾块小石片一打，一只仙鹤飞起来。湘云说："这个鹤有趣，倒助了我。"联道："寒塘渡鹤影"。

黛玉赞湘云"寒塘鹤影"何等自然，何等现成，何等有景，又新鲜，她简直要搁笔了。湘云得意地说，放着明日再联也可，黛玉只看天，不理她，对曰："冷月葬花魂"。

两句诗和人物命运融为一体，是谶语。

杜诗有"鸟影度寒塘"，史湘云把"鸟影"改为"鹤影"。前边曾用鹤形容史湘云体型凹凸有致，这个鹤影隐喻将来史湘云未来的日子像孤独的白鹤。

黛玉写《葬花吟》《桃花行》，花为肚肠蕊为心，是花魂，但最后被冷月葬了。

凹晶馆联诗悲寂寞

妙玉续诗

妙玉是金陵十二钗中的重要人物,但她不可能参加大观园诗会,曹雪芹借黛玉湘云凹晶馆联诗,把妙玉牵涉进来大显身手。妙玉赞黛玉湘云的诗好,只是太悲了,她邀请黛玉湘云到栊翠庵,"彻旦休云倦,烹茶更细论"。亲自录下她二人的联句,还想用续诗把悲哀气氛扭过来。妙玉的续诗,写大观园夜景,写晨光快露,"振林千树鸟,啼谷一声猿";"钟鸣栊翠寺,鸡唱稻香村",写夜尽晓来,可谓清词丽句,似想表达黑暗盼光明的愿望,想为中秋联句的悲戚情绪增加欢乐气氛。无奈贾府很快忽喇喇似大厦倾。光明不属于大观园,更不属于栊翠庵,妙玉也将被裹挟着卷入黑暗的深渊。在大观园过着名曰修行实际侯门小姐的安逸生活,"歧熟焉忘径"的妙玉,将被大变故带到无法预料的风尘肮脏处。

大观园诗社,芦雪广联句,联进了不识字的管家婆王熙凤;凹晶馆联句,联进了不可能参与诗社活动的出家人妙玉。悲凉的凹晶馆联句,是大观园诗人最后的哀歌。

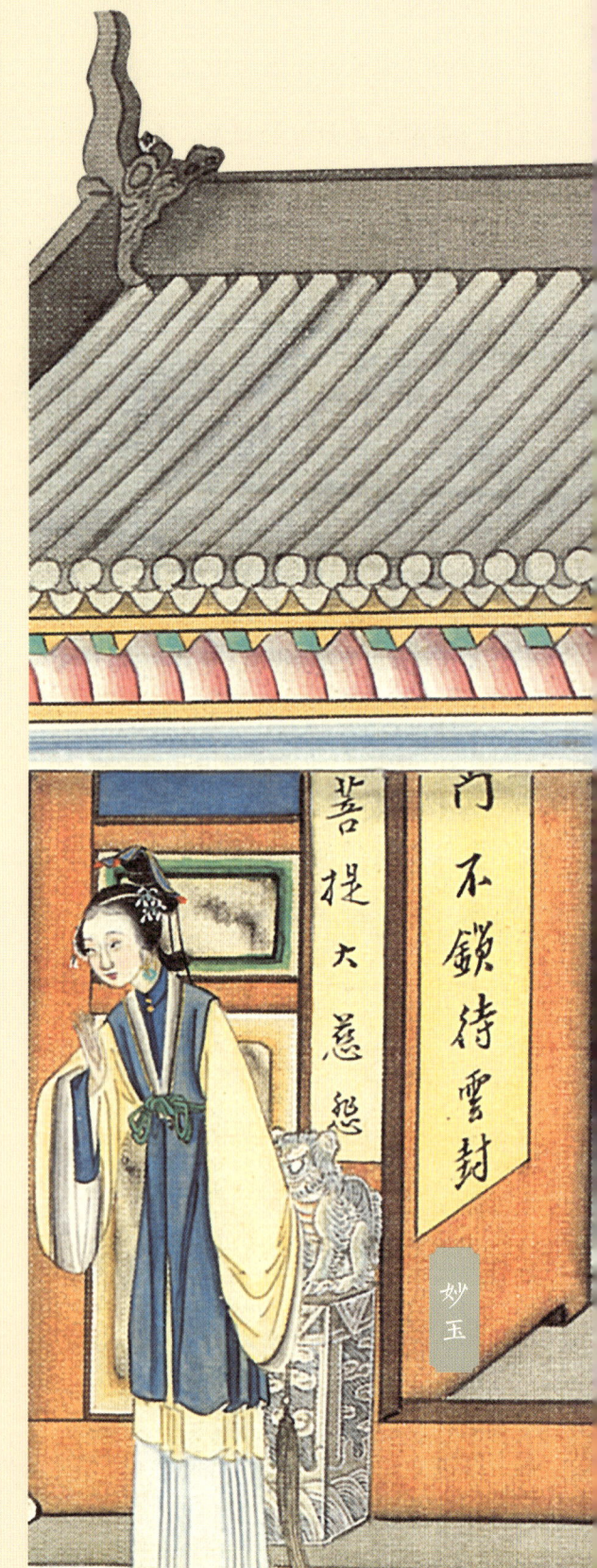

晴雯之死

第五回中贾宝玉神游太虚境所见的金陵十二册人物，除秦可卿早死外，从第七十八回开始，以晴雯之死为标志，各人陆续走向死亡或其他悲惨结局，大观园女儿国毁灭。

晴雯之死是《红楼梦》前八十回中邪恶势力剿杀青春美丽灵魂的悲情大戏，《芙蓉女儿诔》是贾宝玉和旧势力决裂的宣言，也是曹雪芹继承屈原文学传统的集中表现，是《红楼梦》现实主义批判锋芒和浪漫激情的完美结合。

王夫人血洗怡红院

中秋后，周瑞家的向王夫人报告查抄大观园的结果。

搜检大观园前，王夫人处于被动境地。邢夫人递荷包是针对王夫人和宝玉而来，但查抄的结果是，贾政的子女及黛玉等处什么违禁东西也没搜出，伤风败俗的"赃物"来自司棋，属邢夫人那边。形势反转，邢夫人处于劣势，只能装聋作哑，王夫人如明智，应见好就收。

王夫人却说：快办了我们家那些妖精！

王夫人对"妖精"的定义只有一条：美。

晴雯首当其冲。王熙凤说过，所有丫鬟都没晴雯长得好。

王夫人一脸怒色地走进怡红院坐着，看到宝玉连理都不理。晴雯四五天水米不沾牙，被从炕上拉下来，蓬头垢面，由两个女人架出去。王夫人吩咐，只许把她的贴身衣服撂出去，余者好衣服留下给好丫头穿！

王夫人抓住晴雯是"狐狸精"的把柄没有？没有，她连捕风捉影的"证据"都没有。

"菩萨似的"王夫人为何对晴雯如此冷酷残忍，她们之间哪儿来的深仇大恨？

关键是晴雯太美，关键的关键，是晴雯的模样和为人太像林黛玉。

"晴为黛影"，整晴雯意味着排斥黛玉。

王善保家的告晴雯的状，怡红院及大观园中和晴雯不睦的，都趁机说对晴雯不利的话。但王善保家的话，不过是恶毒老妇咒骂青春靓丽。"西施样子"算什么罪过？骂不尽职小丫头算什么罪过？后来者加的谗言是什么？曹雪芹没写，王夫人也一个字也摆不上桌面。

晴雯是"狐狸精",滥加之罪,根本无辞。

王夫人还要清查怡红院丫鬟队伍,标准明确:哪个美丽清除哪个。

王夫人问:谁和宝玉是一天生的?本人不敢应。老嬷嬷指长得不错的四儿。王夫人冷笑:"你也是个不怕臊的,她背地里说的,同日生日就是夫妻,这可是你说的?打谅我隔得远,都不知道呢。可知道我身子虽然不大来,我的心耳神意时时都在这里。难道我通共一个宝玉,就白放心凭你们勾引坏了不成?"四儿低头不语,王夫人命令把她家人叫来,领出去配人。

丫鬟和宝玉平常打打闹闹的话,王夫人怎么知道得如此详细?王夫人时时都在怡红院的"心耳神意"是谁?

王夫人又问:"谁叫耶律雄奴?"老嬷嬷指芳官。王夫人说:"唱戏的女孩子自然是狐狸精了。"这是什么混账逻辑?王夫人又说:"上次放你们,你们又不去,你该安分守己才是,你就成精鼓捣起来,挑唆着宝玉无所不为。"芳官辩解,没敢挑唆什么。王夫人冷笑:"谁挑唆宝玉要柳家的丫头五儿?幸亏那丫头短命死了,不然进来了,你们又连伙聚党,糟害这园子。你连你干娘都整倒了,岂止别人。"芳官和柳五儿的友谊,芳官和干娘的纠纷,事无巨细,也有人报告给王夫人。

王夫人下令:分到姑娘们那里的唱戏女孩,都叫各人的干娘带回去,自行嫁人。

结果芳官等三个原戏班的小姑娘出家,她们是被"菩萨似的"王夫人逼上绝路,是钟鸣鼎食的贵族家庭给三个出身贫苦的女孩造成伤害。

吃斋念佛的王夫人清洗怡红院,露出狰狞的一面,向贾母汇报逐晴雯又露出虚伪的面孔,她满嘴谎言说晴雯淘气、懒,得了女儿痨。贾母原认为只有"晴雯"可继续服侍宝玉,听到王夫人的话,只能无奈地说"没想到变了"。王夫人在贾母跟前确定了袭人的准姨娘地位,贾母却仍不欣赏袭人。

谁是怡红院告密者?

晴雯、四儿、芳官受迫害,王夫人惑奸谗,有比王善保家的威力更大、更知怡红院底细的告密者。告密者是谁?曹雪芹没写。但晴雯被撵后,宝玉对袭人表示困惑。为什么他们私自玩笑的话太太也知道?又没外人走风,这可奇怪。这是直接怀疑,袭人就是王夫人的线人。袭人居然说,有些话是宝玉不分场合信口乱说泄露的,这分明是胡赖。宝玉爱护、袒护丫鬟还恐怕不足,怎会把丫鬟和自己间的私密话语向外信口胡言?宝玉接着问了个更尖锐的问题:怎么怡红院人人的不是太太都知道,就挑不出你和麝月、秋纹的不是来?而麝月、秋纹都是按你的调教行事的。袭人被问得哑口无言,支吾推脱说,太太以后还要查她们的吧。

王夫人在怡红院的内线是谁,其实容易推断。晴雯、芳官、四儿都有共同叫袭人妒嫉的资本。三个人都漂亮,都和贾宝玉不拘形迹,都容易和贾宝玉形成更密切的关系,都会影响袭人的准姨娘地位。袭人对这些姐妹下手,是给自己"清君侧"。

第三十一回《撕扇子作千金一笑》中,晴雯和宝玉吵架,宝玉要回王夫人撵走晴雯。袭人说:"好没意思!认真的去回,你也不怕臊了?便是她认真的要去,也等把这气下去了。等无事中说话儿回了太太也不迟。"这是什么意思?就是教宝玉不要正式回王夫人要晴雯走,要在无意

撕扇子作千金一笑

中闲谈时叫她走。袭人教给宝玉的方法,把袭人一向在王夫人跟前怎样给别人进谗言讲清楚了。她就是这样做的,似乎是闲谈,却起到了给别人挖坑的效果。四儿和芳官的事,可能就是袭人"闲谈"中"无意"汇报给王夫人的。宝玉挨打后,王夫人已向袭人许诺,你不管跟我说什么,我都不会对其他人讲。这更使袭人告密有恃无恐。晚清有位红学家说,袭人的名字可以解释成恶狗从背后偷袭别人。是不是有些道理?

宝玉的《芙蓉女儿诔》中写对晴雯的谗言来自怡红院闺阁,"诼谣謑诟,出自屏帏",是恶鸟妒嫉雄鹰高翔设下罗网,臭草妒嫉香兰芬芳要连根铲除,所以才在王夫人跟前进谗言:

钳诐奴之口,讨岂从宽,剖悍妇之心,忿犹未释!

意思是：

钳住长舌奴才的臭嘴，我的诛伐岂肯从宽！

剖开凶狠毒妇的黑心，我的愤恨也难消除！

贾宝玉咬牙切齿痛恨的，难道仅是王善保家的等长舌妇奴才？联系贾宝玉对袭人的一再追问，"悍妇"指袭人，顺理成章。至于有人说"悍妇"指王夫人，恐怕过于以现代观点看古人，贵族公子贾宝玉恐怕还没有把母亲说成"悍妇"的胆量或觉悟。

袭人和晴雯，一个鬼鬼祟祟，一个堂堂正正；一个龌龌龊龊，一个清清白白。结果鬼鬼祟祟的整了堂堂正正的，污浊的整了清白的。担了虚名的晴雯被轰出大观园，跟贾宝玉偷试云雨情的袭人当准姨娘。贾府就是这样是非颠倒、黑白混淆。

贾宝玉跟袭人说，晴雯这一下去，好像一盆才出嫩箭的兰花被送到猪窝。她一身重病一肚子闷气，没亲爹亲娘，只有个醉泥鳅姑舅哥哥，她这一去不能习惯，要想见她一面两面都不能了，说着就哭了。怡红院海棠花死了一半，宝玉认为象征晴雯。袭人说，就是海棠花也该先来比我，还轮不到她。晴雯都被轰出去了，宝玉拿海棠花比晴雯，袭人还要说海棠花要比也得先比我！脸皮真厚！正因为袭人争强好胜，才不能容许有可能威胁到她地位的丫鬟存在。结果晴雯、芳官、四儿都被轰走。

晴雯宝玉精彩感人的诀别

宝玉探晴雯，是古代小说写尽至情的妙文：

宝玉拉着他的手，只觉瘦如枯柴，腕上犹戴着四个银镯，因泣道："且卸下这个来，等好了再戴上罢。"因与他卸下来，塞在枕下。又说："可惜这两个指甲，好容易长了二寸长，这一病好了，又损好些。"晴雯拭泪，就伸手取了剪刀，将左手上两根葱管一般的指甲齐根铰下，又伸手向被内将贴身穿着的一件旧红绫袄脱下，并指甲都与宝玉道："这个你收了，以后就如见我一般。快把你的袄儿脱下来我穿。我将来在棺材内独自躺着，也就像还在怡红院一样了。论理不该如此，只是担了虚名，我可也是无可如何了。"宝玉听说，忙宽衣换上，藏了指甲。晴雯又哭道："回去他们看见了要问，不必撒谎，就说是我的。既担了虚名，越性如此，也不过这样了。"

晴雯真勇敢！你们不是说我是狐狸精吗？我担了虚名，就和他换贴身衣服，就把我身体的一部分（指甲）留给他做纪念！这是挑战封建传统，挑战王夫人，可能也是挑战袭人。这段描写是挚情挚爱刻骨铭心的表达，表明他们两人有这样深的感情，却和男女之事毫不相干。

如果只是他们两个，可能还不算太感人。天才作家曹雪芹给他们这段生离死别，安排贾琏的情人灯姑娘（多姑娘）在窗外"旁听"，她进房间后对宝玉说：我原来料定你们偷鸡盗狗，谁知你两个各不相扰，可知天下委屈事不少，你以后只管

痴公子杜撰芙蓉诔

来看她，我不阻挠，也不骚扰你。贾府最淫荡的女人对晴雯和宝玉的纯洁关系做证明，是绝妙讽刺，也是背面敷粉。

《芙蓉女儿诔》

晴雯之死实际版本是叫了一夜娘，并没提宝玉。宝玉很难面对这个事实，于是伶俐丫头虚构出晴雯临终想着宝玉并做了花神，编出天花乱坠的鬼话安慰宝玉。隔了两百多年的读者都得感谢她。晴雯之死如果只是悲惨地叫了一夜娘，还有王夫人让人马上烧了的恶毒处理，固然能引起读者同情，却缺少美感，不利于晴雯这一美好形象。小丫头现场编的童话，给贾宝玉带来极大慰藉，带来了美好幻想，让其相信晴雯真做了花神，不再痛苦，不再被逐，跟传说的仙女一起，自由自在。红楼夜宴掣花签，林黛玉抽到芙蓉花，晴雯恰好成了管芙蓉花的花神，这个情节安排得更妙。

曹雪芹写尤三姐自杀，都不忍心写血腥场面，而用"桃花揉碎""玉山倾倒"的诗意化笔触。在不得不简笔写晴雯极其悲惨的死亡现实场面后，笔尖一转，给晴雯之死添加了浪漫想象，添加了绚丽而温暖的光芒。尽管这对读者来说不过是美好愿望、感情寄托，但这种良好愿望却很有

价值。特别是贾宝玉真诚地相信小丫头这番鬼话,还因此写出《芙蓉女儿诔》这一《红楼梦》中光芒四射的杰作,放在整个中国文学骈文史上,也不可多得。

《芙蓉女儿诔》写晴雯:

其为质则金玉不足喻其贵,其为性则冰雪不足喻其洁,其为神则星日不足喻其精,其为貌则花月不足喻其色。

译成白话就是:

晴雯,你的品质,黄金美玉不足以比喻你的高贵;你的心地,晶晶冰雪不足以比喻你的纯洁;你的神志,明星朗月不足以比喻你的光华;你的容貌,鲜花明月不足以比喻你的娇妍。

晴雯这个身世低微的丫鬟,成了贾宝玉心目中美丽、纯洁、正直的女神。

《芙蓉女儿诔》把晴雯被谗害跟历史上著名的贤达联系起来:

高标见嫉,闺帏恨比长沙;直烈遭危,巾帼惨于羽野。

"高标"二句是说,晴雯因品格高洁受诬陷被逐,像贾谊遭谗害被贬。高标见嫉:因品格高洁受嫉妒。长沙:代指贾谊。贾谊汉文帝时官至大中大夫,遭谗后贬为长沙王太傅,故称贾长沙。

"直烈"二句是说晴雯像鲧(gǔn)一样正直刚烈,结局比鲧更惨。禹的父亲鲧窃取长生不息的神土堵塞洪水,帝命祝融将其杀害于羽山荒野。

贾宝玉认为晴雯和著名士大夫贾谊一样,受到小人妒忌、陷害,蒙冤而死,像为民众治洪水的鲧一样,被掌权者残酷杀害。陷害她的人在哪儿?在怡红院,在身边。所以贾宝玉诔晴雯,也是告别花红柳绿、莺莺燕燕的怡红院,和钟鸣鼎食的荣国府决裂。

《芙蓉女儿诔》是贾宝玉最杰出的作品。如果说《葬花吟》是《红楼梦》女主角的心声,那么《芙蓉女儿诔》就是男主角的心声,是贾宝玉作为思想独立叛逆者的淋漓尽致的表达。

《芙蓉女儿诔》感叹"呜呼!固鬼蜮之为灾,岂神灵而亦妒""花原自怯,岂奈狂飙,柳本多愁,何禁骤雨",控诉黑恶势力对大观园青春王国的毁灭,对所有清纯女儿的剿杀。

《芙蓉女儿诔》远师楚人,发扬的是屈原精神,它不仅是贾宝玉对晴雯的感情喷发,还是曹雪芹对整个黑暗社会的感情喷发。它对研究曹雪芹思想,给《红楼梦》思想定位,有很重要的作用。

红楼最后那碗茶

晴雯在表哥家的破炕上像饮甘露一样饮下那碗一味苦涩、不像茶的茶,是宝玉给倒的,也是曹雪芹详尽描绘的最后一碗茶。

《红楼梦》是古代文化百科全书,在人物描写和故事推进的过程中,贵族日常生活的方方面面,被细腻地"捎带"出来。《红楼梦》用茶做文章做到了家,前

八十回涉及"茶"有几百次。茶成了《红楼梦》的万花筒，照澈红楼人生的各个角落。

如何喝茶？是黛玉进贾府后上的第一堂国公府专题课。什么叫诗书礼乐之家的礼数？黛玉进贾府第一次喝茶就喝出来了。

喝茶能跟《红楼梦》主题线索"宝黛爱情"挂上钩。凤姐将暹罗国进贡的茶分送给姐妹和宝玉，黛玉说好喝，凤姐说她再送些给黛玉，并说还有事求她。黛玉笑道："吃了他们家一点子茶叶，就来使唤人了。"凤姐笑道："你既吃了我们家的茶，怎么还不给我们家作媳妇？"古代女子受聘叫"吃茶"。凤姐拿"吃茶"开玩笑，泄露的是贾母的心思。

怡红院"茶事"更是层出不穷。

一碗枫露茶撵走了茜雪：宝玉到梨香院看宝钗，回来时醉醺醺的，茜雪捧上茶，宝玉问，早起沏了碗枫露茶，这会怎么又沏这茶？茜雪说，李奶奶喝了。茜雪因此被撵走。

一碗不该倒的茶挤走了小红：小红是小丫鬟，该做抬水、扫地的粗活。第二十四回中秋纹问明是小红给宝玉倒了杯茶后，兜脸啐了一口，骂"没脸的下流东西"小红从此对怡红院心灰意冷，抓住在王熙凤跟前表现的机会，跳槽走人。

一碗絮絮叨叨的茶写活大管家：第六十三回中，怡红院的丫鬟约好晚上单独给宝玉庆祝生日。掌灯时分，林之孝家的带几个管家娘子查夜，先教育宝玉早睡早起，又教育宝玉不要叫丫鬟名字，还说，该给宝二爷泡些普洱茶喝。林之孝家的喝完茶，絮叨够才离去。

一碗死皮赖脸喝的茶写绝晴雯：第五十一回中袭人因母亲病重回家，晴雯嫌冷在熏笼上睡，麝月在宝玉暖阁外值班。半夜宝玉喝茶，晴雯对麝月说，好妹妹也赏我一口儿。晴雯平日似乎不太出力，需要给宝玉出大力时，病补雀金裘连命都不要。

宝玉看到晴雯喝那样差的茶水竟然如饮甘露，不禁感叹。将来宝玉还会发出更深的感慨，可能仍跟茶有关。据脂砚斋透

品茶枕翠庵

露,将来贾府事败,因为那碗枫露茶被宝玉撑走的丫鬟茜雪以德报怨,"茜雪至狱神庙方呈正文"。因为倒了碗不该倒的茶离开怡红院的小红也到狱神庙探望宝玉,和贾芸一起帮助宝玉。那时的宝玉,寒冬腊月,住绳床,围破毡,噎酸菜,什么枫露茶、暹罗国进贡的茶、六安茶、老君眉,什么普洱茶、女儿茶、玫瑰花露冲的茶、梅花雪水泡的茶……一概喝不上了。什么成窑五彩小盖盅、官窑脱胎白盖碗,什么绿玉斗、竹根整雕的套杯,还有端茶盅的海棠花式雕漆描金云龙献寿茶盘……一概见不着了。潇湘馆吟诗品茶的林妹妹回了太虚幻境,荣禧堂摆慧纹品茶的老祖宗驾鹤西去,国公府蛛丝儿结满雕梁。贾家、史家、王家、薛家,一损俱损,一败涂地。金满箱、银满箱,展眼乞丐人皆谤的宝玉剩下的,只是人生这杯苦茶,大概也是绛红色,摆在瓦灶上,盛在晴雯表哥那种粗糙的瓷碗里。

说不尽的《红楼梦》,说不尽的红楼茶,说不尽的隐藏在小说情节中的传统文化。

百花凋零

曹雪芹《红楼梦》最后一回，第七十九、第八十回连一起，回目《薛文龙悔娶河东狮　贾迎春误嫁中山狼》。继第七十八回晴雯之死，也就是第五回金陵十二钗又副册第一个人物死亡后，第七十九和第八十回，金陵十二钗正册迎春和副册香菱死亡命运也启动了。

河东狮和中山狼是著名典故。

河东狮：宋代洪迈《容斋三笔》卷三记载：陈慥自称龙丘先生，"好宾客，喜畜声妓，然其妻柳氏绝凶妒，故东坡有诗云：'龙丘居士亦可怜，谈空说有夜不眠，忽闻河东狮子吼，拄杖落手心茫然。'"河东为柳姓郡望（柳姓望族世居河东地方），暗指陈妻柳氏。狮子吼：佛家以喻威严。据《传灯录》，释伽佛生时，一手指天，一手指地，作狮子吼，云：天上地下，唯我独尊。陈恺好谈佛，苏东坡以此相讥。

中山狼：古代寓言，见宋朝谢良《中山狼传》。东郭先生曾在中山国（今河北定县一带）救了一只被追捕中箭的狼，狼脱险后要吃掉他。后来人用中山狼比喻忘恩负义的人。

林黛玉：花落人亡两不知

第七十九、第八十回把《芙蓉女儿诔》和林黛玉联系起来，祭晴雯实际上成了祭黛玉，预示了黛玉的不幸命运。

刘姥姥进大观园时，贾母让用霞影纱给黛玉糊窗，茜纱窗从此成为黛玉居处的代指。

第七十八回结尾，贾宝玉写出《芙蓉女儿诔》，模仿《离骚》的写法，后面还来段歌，宝玉念完后，焚香、焚帛、敬茶，依依不舍。小丫鬟说，快回去吧。宝玉刚想回去，忽听到山石后面有人笑道"且请留步"，一个人影从芙蓉花里走出来。

芙蓉花有两种，一种水生，即出污泥而不染的荷花，一种陆生，多年生木本芙蓉。贾宝玉祭晴雯是把祭文挂在陆生芙蓉树枝上。林黛玉在树后听宝玉念完一千多字的祭文后，走了出来，满面含笑说："好新奇的祭文，可与曹娥碑并传的了。"

曹娥碑是古代著名的祭文。东汉孝女曹娥，会稽上虞人，父溺于江而死，曹娥寻尸不得，沿江号哭，最后投江而死。上虞县长官度尚悲悯其义，为其立碑，命弟子邯郸淳作碑文，援笔立成，无所点改。后来著名文学家蔡邕看到，称赞"绝妙好词"。从此，曹娥碑成为后世祭文的典范。《后汉书》有《曹娥传》，《世说新语·捷悟》记其事。

黛玉对宝玉说，"红绡帐里，公子多情；黄土垄中，女儿薄命"这一联意思好，只是"红绡帐里"未免熟滥些，放着现成真事，为什么不用？咱们如今都是霞影纱糊窗槅，何不说"茜纱窗下，公子多情"？

两人讨论来讨论去，宝玉改成"茜纱窗下，我本无缘；黄土垄中，卿何薄命"。

黛玉一听，悚然变色。这么一改，是说：住在茜纱窗里的人，我和你没有缘分；

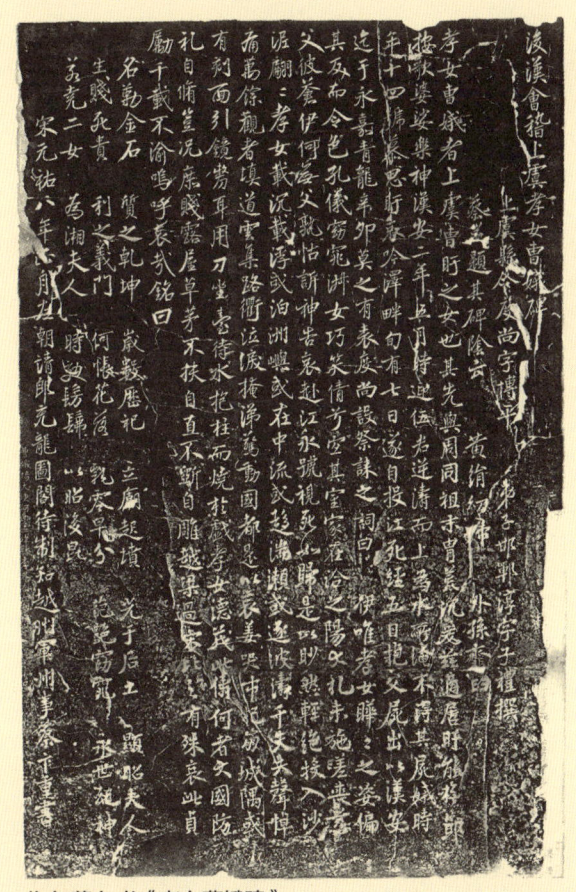

北宋 蔡卞 书《孝女曹娥碑》

将来你躺到黄土垄中,多么薄命。这一改,诔晴雯变成诔黛玉。

《脂砚斋重评石头记》庚辰本有这样的评语:

"一篇诔文总因此二句而有,又当知虽诔晴雯,而实诔黛玉也,奇幻至此。"

"慧心人可为一哭。观此句,便知诔文实不为晴雯而作也。"

黛玉听到宝玉最后改的两句,心中虽有无限狐疑乱拟,但不好意思表现出来,反而连忙含笑点头称妙,说:"果然改的好。再不必乱改了,快去干正经事罢。"

这样一来,贾宝玉祭晴雯的《芙蓉女儿诔》板上钉钉落到了林黛玉头上。

林黛玉是绛珠仙子到人世间来还泪的。第七十回林黛玉重建桃花社,已出现"泪眼观花泪易干,泪干春尽花憔悴"。绛珠仙子的眼泪快要干了,绛珠仙子快要返回太虚幻境了。

晴雯是黛玉的影子,晴雯的悲惨不幸,是黛玉悲惨不幸的前奏;晴雯的蒙冤是黛玉泣血的预演;晴雯之死是黛玉之死的彩排。贾宝玉想到晴雯灵柩前祭奠,她的棺木已经被一把火烧了。林黛玉《葬花吟》说:"他年葬侬知是谁?"将来贾宝玉想到林黛玉的棺前祭奠也不行,因为林黛玉的棺材已经运回苏州。

晴雯和黛玉,一对风露清愁的芙蓉花,都是质本洁来还洁去,强于污淖陷渠沟。

晴雯死了,还有《芙蓉女儿诔》,林黛玉死了,只有冷月葬花魂。

不管晴雯还是林黛玉,贾宝玉都是花落人亡两不知。

曹雪芹怎样描绘黛玉之死？肯定更凄美、深邃、惊心动魄，可惜我们看不到了。

紫菱洲寂寞萧然

紫菱洲是迎春的居处，迎春喜欢下棋，侍女叫"司棋"，已被逐出大观园。

司棋、晴雯等被逐，宝钗主动搬出大观园后，大观园冷落凄凉。迎春被邢夫人接出，将要嫁人。当日兴致勃勃各处题额的宝玉在紫菱洲徘徊，见轩窗寂寞，屏帐萧然，岸上蓼花苇叶，池内翠荇香菱，摇摇落落，似追忆故人。宝玉面对寥落凄惨之景，吟道：

> 池塘一夜秋风冷，吹散芰荷红玉影。
> 蓼花菱叶不胜愁，重露繁霜压纤梗。
> 不闻永昼敲棋声，燕泥点点污棋枰。
> 古人惜别怜朋友，况我今当手足情！

芰荷被秋风吹散，喻姊弟分离；重露繁霜压纤梗，喻迎春命运。宝玉叹紫菱洲寂寞萧然，再也没有姐弟快快乐乐下棋的光景。脂砚斋评语："先为'对景悼颦儿'作引"。不久的将来，原本红香绿玉的怡红院红败绿衰，原本凤尾森森、龙吟

细细的潇湘馆落叶萧萧、寒烟漠漠,大观园里蛛丝儿结满雕梁。

宝玉为跟姐姐而离别悲哀,还想不到迎春遇到中山狼。

贾赦乱点鸳鸯谱,贾母和贾政都不支持:

> 贾政又深恶孙家,虽是世交,当年不过是彼祖希慕荣宁之势,有不能了结之事才拜在门下的,并非诗礼名族之裔,因此倒劝谏过两次,无奈贾赦不听,也只得罢了。

常和王孙公子交流的宝玉,从未和未来姐夫打过交道,说明他们不是一个圈子的人。孙绍祖与贾府并不门当户对。贾赦看上他家资饶富,而孙家却富而不好礼。孙家当年借贾府权势了结不能了结的事。迎春嫁过去,孙绍祖成了恩将仇报的中山狼。迎春哭哭啼啼地向王夫人述说孙绍祖一味好色,好赌酗酒,说贾赦用了他五千银子,把迎春折给他。贾府财政危急,喜欢大手大脚花钱的贾赦有可能用了孙绍祖的钱,看来贾赦也未能给迎春陪送超过五千两银子的嫁妆。孙绍祖作践迎春,"金闺花柳质,一载赴黄粱。"迎春是封建婚姻的牺牲品。

宝玉在紫菱洲遇到香菱,天真的香菱

盼薛蟠娶妻,宝玉为香菱担心,幼稚的香菱反生疏远之心。香菱也属风露清愁之列。

薛蟠遭遇河东狮

《红楼梦》前八十回出现两百多位女性人物,各阶层都有,从贵妃到诰命夫人,从乡村老太到尼姑道婆,从千金小姐到丫鬟仆妇,每个人物都活灵活现。前八十回将近结束,出现了和薛宝钗身份一样的富商姑娘,但这富商姑娘却不像薛宝钗温文尔雅、与人为善,而是典型的泼妇,河东狮。《红楼梦》人物命名讲究,夏天桂花不开,夏天跟"雪"对着。金桂既姓夏,又偏偏嫁到薛(雪)家,意味深长。贾宝玉说女儿是水做的骨肉,夏金桂却是泥做的,跟孙绍祖一样,是富而不好礼的家庭培育的怪胎。夏金桂一步步露出风雷般唯我独尊的秉性,才能不及凤姐,而泼悍过之,怪戾过之,喜欢纠聚人斗纸牌,掷骰子作乐,又最喜啃骨头,每日务要杀鸡鸭,单以油炸焦骨头下酒。吃得不耐烦或动了气,便肆行海骂:"有别的忘八粉头乐的,我为什么不乐!"宁、荣二宅无有不知,无有不叹。

曹雪芹忽然加了一段类似通俗小说的描写,薛蟠看上宝蟾,两人调情,夏金桂故意制造机会让他们接近,又骗香菱打

断薛蟠好事，薛蟠用大棒打香菱……种种奇事怪态与此前迥然不同。曹雪芹妙笔生花，短短两回已使夏金桂进入中国古代文学作品中恶妇妒妇形象的画廊。

夏金桂整香菱与王熙凤害尤二姐，一个明目张胆，一个暗箱操作，一个笑里藏刀，一个张牙舞爪。互相对比补充写出封建婚姻嫡庶相争的本质。

香菱水涸莲败

香菱

美香菱屈受贪夫棒

香菱是最早出现的红楼可爱女性。她和黛玉同乡，恰好黛玉是她老师。香菱相当程度上是黛玉的影子。三个名字成香菱人生三段。

第一段甄英莲，被人拐卖，真应该可怜。

第二段香菱，周瑞家的说她的模样像东府蓉大奶奶的"品格儿"，贾琏艳羡她模样齐整，香菱进大观园几天就写出美妙咏月诗，性格散发出菱花般清香。

第三段夏金桂给改名"秋菱"，演出肃杀人生。薛蟠这个十足蠢货呆霸王被撒泼婆娘夏金桂当枪使，无辜的香菱挨了大棒，得了干血之症，将完成判词"水涸泥干，莲枯荷败"画境，走上死亡结局。

第八十回结尾，宝玉向王道士讨治女人嫉妒的膏药，王道士打着包治百病的幌子骗钱欺世，其油嘴滑舌的江湖老道形象活灵活现。三言两语写活一个特殊人物，文字诙谐有趣，是曹雪芹前八十回一以贯之的笔墨。曹雪芹认为小说要写成适趣闲文，《红楼梦》要既有趣好看，又有深刻的内涵。

王道士胡诌妒妇方

后记

《红楼梦》是最好的中国故事，它是小说，又是传统文化的百科全书。青少年读者读《红楼梦》，既是看好玩有趣的小说，更可以了解丰富的传统文化，还可以学习写作技巧。

曹雪芹的《红楼梦》虽然写完了，但是后三十回没传下来，清代就出现很多续书。程伟元、高鹗根据无名氏续书增订，是各种续书里最好的一种。程伟元、高鹗、无名氏的思想艺术水平无法与曹雪芹比，从思想倾向上看，前八十回，唱的是青春的赞歌、社会的挽歌、人性的悲歌，后四十回唱的是老气横秋的程朱理学旧调；前八十回写的是明媚的知己之恋，后四十回写的是酸腐的伦理道德。从艺术描写上看，前八十回写的是活灵活现的人物，后四十回基本是情节重述或捉襟见肘，人物未增光彩。除黛玉之死、贾府被抄、贾母之死等章节描写比较成功，并有一定的悲剧意味，其他已与《红楼梦》大悲剧脱钩，特别是两个核心人物，王熙凤和贾宝玉，在后四十回中塑造的不能算成功。但程高本续书毕竟能完成宝黛爱情的悲剧结局，写了比较感人的黛玉之死，写出了其他小说从来没写过的抄家。虽然写得不理想，比起其他版本的胡编乱造，如让林黛玉复活并掌管"十二钗"要强得多。所以经过两百年历史选择，程伟元、高鹗根据无名氏续书补订的后四十回，能够存留下来，成为一百二十回的《红楼梦》，还是功大于过。

曹雪芹《红楼梦》的构思框架，在第五回贾宝玉神游太虚幻境已交代得比较明白，《脂砚斋重评石头记》又透露出许多曹雪芹丢失的后三十回线索。大体说来《红楼梦》的结局如下。

贾宝玉因为"丑祸"外出逃难，林黛玉日夜思念，为贾宝玉流尽最后一滴眼泪，回归太虚幻境。贾宝玉回到大观园，只看到潇湘馆寒烟漠漠，落叶潇潇。贾宝玉不得不奉父母之命和薛宝钗成亲。二人思想不和，薛宝钗总劝宝玉立身扬名，贾宝玉终不忘世外仙姝寂寞林，最终悬崖撒手，弃家为僧。

贾府"忽喇喇似大厦倾"。贾雨村倒台，牵涉到贾赦、贾珍、贾政、王子腾。葫芦案、石呆子古扇案重审，导致贾府被抄，贾府被抄家后又遭大火，烧了个白茫茫大地真干净。贾雨村枷锁扛，贾赦戴罪期间就死了。

凤姐假借贾琏的名义写信给长安府云光，破坏张金哥婚事得三千两银子。长安不平安，云光运气光。鲍二家自杀案重审，张华告状事件真相大白，王熙凤被休短命而死……

一个个事件都对贾府大厦倾倒起到推波助澜的作用，其中被认为最重要的却是没有任何责任的贾元春。她的死是仅使贾府没了靠山，还是她本人因宫廷斗争获罪而死，连累贾府，是《红楼梦》一个有趣的谜团。贾府败落，刘姥姥从妓院救出巧姐，让她与板儿成婚。

曹雪芹的《红楼梦》未完，是中国文化的重大损失。青少年读者读《红楼梦》时，认真读好前八十回，或者说重点读前八十回，从中学习传统文化，会有意想不到的惊喜收获。

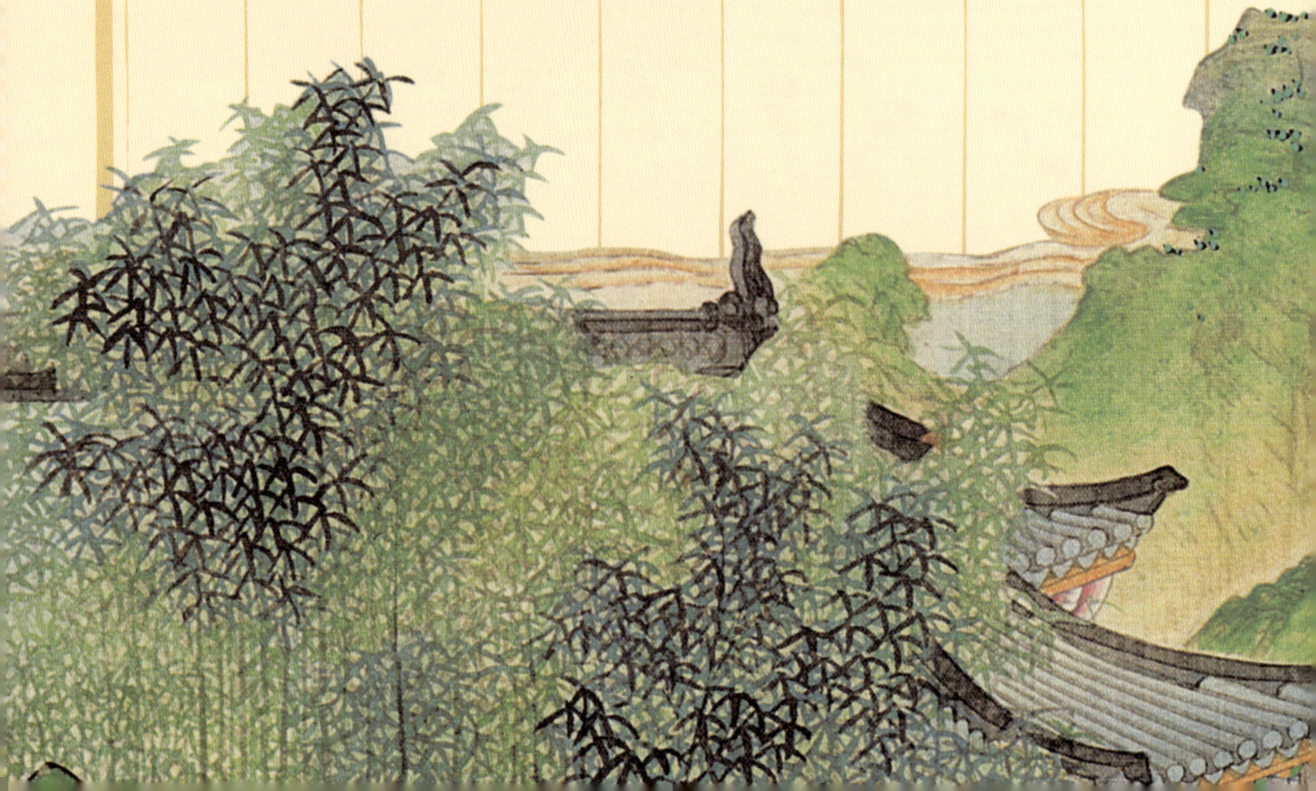

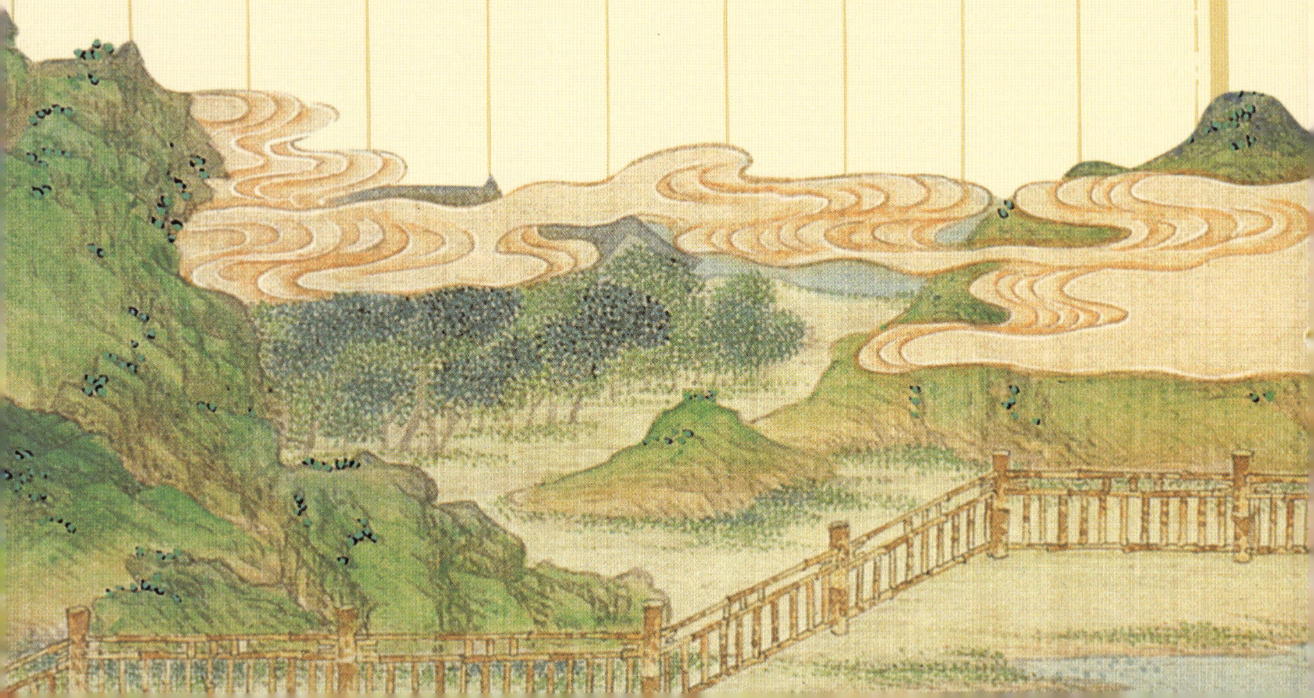

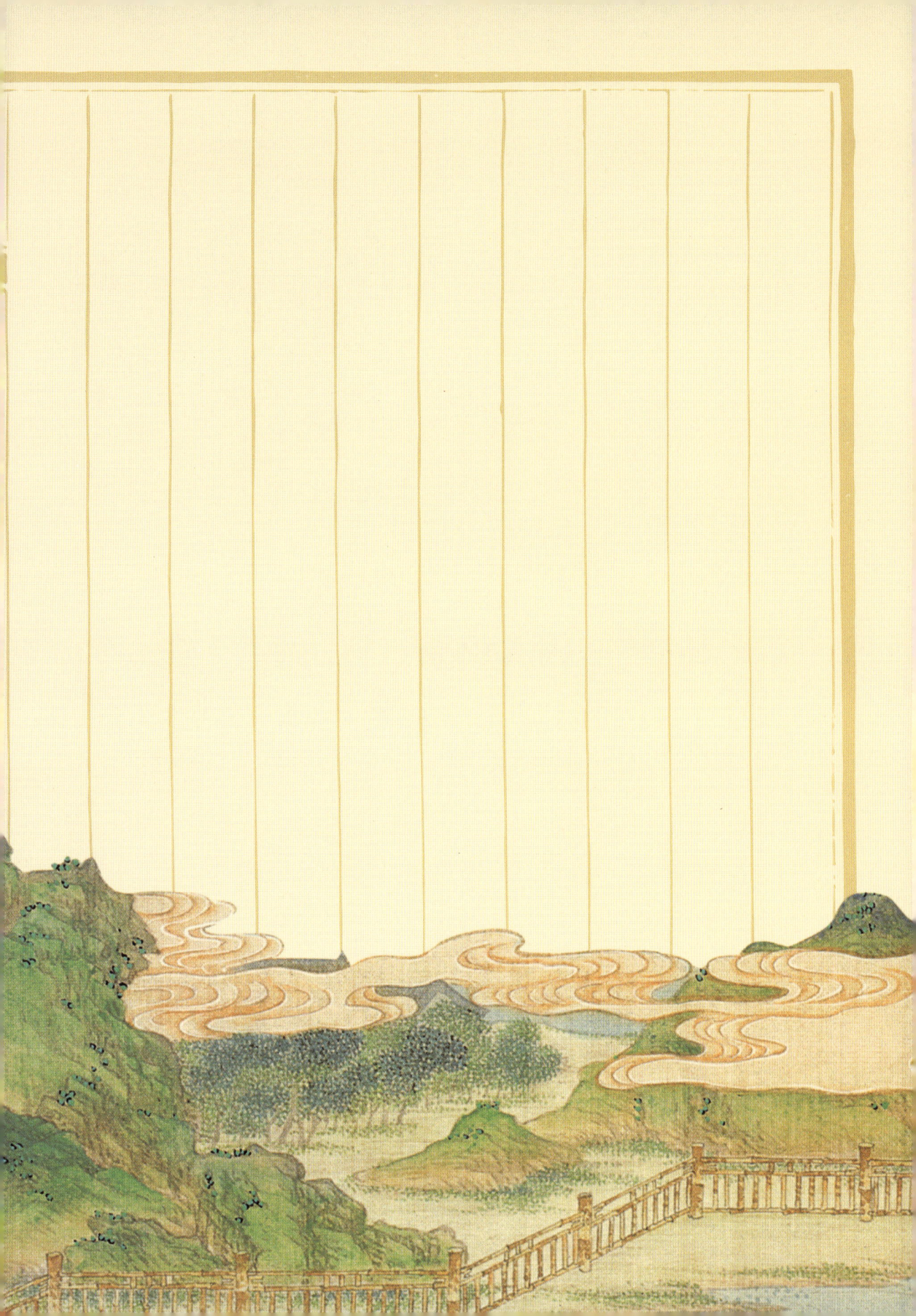

图书在版编目(CIP)数据

马瑞芳教你读红楼梦.大厦将倾/马瑞芳著.
北京：海豚出版社，2024.9.--（少年轻读）.
ISBN 978-7-5110-6978-8

Ⅰ.I207.411-49

中国国家版本馆 CIP 数据核字第 20246P445N 号

少年轻读·马瑞芳教你读红楼梦 大厦将倾

出 版 人：	王磊
选题策划：	孟科瑜
出版统筹：	许海杰
责任编辑：	许海杰 孟科瑜 杨文建 张国良
美术统筹：	赵志宏
图文设计：	聚力创景
责任印制：	于浩杰 蔡丽
法律顾问：	中咨律师事务所 殷斌律师
出　　版：	海豚出版社
地　　址：	北京市西城区百万庄大街24号 邮编：100037
电　　话：	010-68325006（销售） 010-68996147（总编室）
传　　真：	010-68996147
印　　刷：	北京利丰雅高长城印刷有限公司
开　　本：	16开（787mm×1092mm）
印　　张：	36
字　　数：	375千
版　　次：	2024年9月第1版 2024年9月第1次印刷
标准书号：	ISBN 978-7-5110-6978-8
定　　价：	188.00元（全5册）

版权所有　侵权必究